T0182577

Caballo de Troya 3
Saidan

Narrativa

Biografía

J. J. Benítez (1946) nació en Pamplona. Se licenció en Periodismo en la Universidad de Navarra. Era una persona normal (según sus propias palabras) hasta que en 1972 el Destino (con mayúscula, según él) le salió al encuentro, y se especializó en la investigación de enigmas y misterios. Ha publicado 52 libros. En julio de 2002 estuvo a punto de morir.

J. J. Benítez

Caballo de Troya 3
Saidan

Planeta

Obra editada en colaboración con Editorial Planeta – España

© 1999, J. J. Benítez
© 2011, Editorial Planeta, S.A. – Barcelona, España

Derechos reservados

© 2011, Editorial Planeta Mexicana, S.A. de C.V.
Bajo el sello editorial BOOKET M.R.
Avenida Presidente Masarik núm. 111, Piso 2
Polanco V Sección, Miguel Hidalgo
C.P. 11560, Ciudad de México
www.planetadelibros.com.mx

Diseño de portada: OPALWORKS
Fotografía del autor: © Jorge Nagore

Primera edición publicada en España en esta presentación en trade:
noviembre de 2011
ISBN: 978-84-08-10809-2

Primera edición publicada en México en esta presentación: noviembre de
2011
Vigésima segunda reimpresión en México: junio de 2023
ISBN: 978-607-07-0956-2

Ediciones anteriores:
En esta colección y con otras presentaciones:
1a. edición a 7a. impresión: mayo de 1999 a mayo de 2009
En bolsillo: 1a. edición a 15a. impresión: abril de 2000 a junio de 2011

No se permite la reproducción total o parcial de este libro ni su incorporación a
un sistema informático, ni su transmisión en cualquier forma o por cualquier
medio, sea este electrónico, mecánico, por fotocopia, por grabación u otros
métodos, sin el permiso previo y por escrito de los titulares del *copyright.*

La infracción de los derechos mencionados puede ser constitutiva de
delito contra la propiedad intelectual (Arts. 229 y siguientes de la Ley
Federal de Derechos de Autor y Arts. 424 y siguientes del Código Penal).

Si necesita fotocopiar o escanear algún fragmento de esta obra diríjase al
CeMPro (Centro Mexicano de Protección y Fomento de los Derechos de
Autor, http://www.cempro.org.mx).

Impreso en los talleres de Impregráfica Digital, S.A. de C.V.
Av. Coyoacán 100-D, Valle Norte, Benito Juárez
Ciudad De Mexico, C.P. 03103
Impreso en México – *Printed in Mexico*

Índice

A Irma y Jenny

«Después de un presuroso callejeo nos adentramos en un desahogado salón en obras. A la parca luz de algunas bombillas enroscadas a las columnas, confundidos en una atmósfera de yeso fresco y madera recién serrada, cuatro individuos trajinaban tablones y martillos. Uno de ellos, encorvado hacia un caldero de cemento, canturreaba una doliente melodía árabe.

»Cerré los puños, comido por la emoción. ¿Cuál de aquellos afanosos obreros era el depositario de lo que tanto ansiaba?

»Tras identificar a nuestro hombre, mi acompañante sorteó a los operarios más próximos, saludándoles con sendas y amistosas palmadas en las espaldas. Le vi llegar hasta el que removía la masa e, inclinándose, le susurró algo al oído. Ambos se incorporaron, observándome desde la penumbra. La irregular iluminación le preservó de mi desatada curiosidad. Pero me quedé quieto, tal y como había sugerido el improvisado guía.

»Digo yo que el tronar de mi corazón tuvo que ser escuchado en un amplio radio. Pero nadie alteró su faena.

»Concluido el breve diálogo, el que hacía de albañil arrojó la paleta en el mortero y, restregando las manos en los flancos del pantalón, avanzó hacia mí.

»No pude remediarlo. Me eché a temblar. ¿Había llegado el gran momento? ¿Qué podía decirle? ¿Cómo atacar tan peregrina historia?»

ESPAÑA

Sí, aquél fue un momento de alta tensión. En segundos, todo quedó olvidado: las interminables jornadas de nerviosa y, a veces, irritante búsqueda; las dilatadas horas sobre aquel papel y el refractario enigma; la soledad de los caminos y hasta los múltiples conatos de desesperación y de intento de abandono. Como en una pesadilla, en un abrir y cerrar de ojos, todo eso entró en las páginas del recuerdo. Pero bueno será —en honor y agradecimiento a cuantos se han sentido atraídos por este enigma o me han alentado a no desfallecer en semejante empresa— que relate, aunque sólo sea sucintamente, algunos de los pasos, sucesos y desventuras en que me vi comprometido por obra y gracia del criptograma que cierra mi anterior libro: *Caballo de Troya 2.*

Sin duda, aquellas personas que hayan leído el primero de los *Caballos* recordarán cómo, para hacerme con el fascinante diario del mayor norteamericano, en el que se narran los once últimos días de la vida de Jesús de Nazaret, fue menester una casi franciscana paciencia. En aquella labor policíaca jugaron un papel decisivo un total de cinco enigmáticas y aparentemente absurdas cinco frases:

EL CENTINELA QUE VELA ANTE LA TUMBA TE REVELARÁ EL RITUAL DE ARLINGTON.
LLAVE Y RITUAL CONDUCEN A BENJAMIN.
ABRE TUS OJOS ANTE JOHN FITZGERALD KENNEDY.
EL HERMANO DUERME EN 44-W. LA SOMBRA DEL NÍSPERO LE CUBRE AL ATARDECER.
PASADO Y FUTURO SON MI LEGADO.

Pues bien, como decía, el juego favorito del mayor —los criptogramas— no había concluido. El manuscrito aparecía bruscamente interrumpido, justo al final de la histórica jornada del domingo 16 de abril del año 30 de nuestra era, tras la primera de las misteriosas apariciones del Resucitado a sus once íntimos. Inexplicablemente, al menos para mí, la narración quedaba seccionada en el punto en que los apóstoles y la «cuna» se disponían a viajar hacia el norte: a la Galilea. Por todo final, después de una patética súplica —«¡Dios de los cielos, dame fuerzas para proseguir mi relato!»—, el mayor remataba su diario con este segundo y no menos inquietante enigma:

MIRA, ENVÍO MI MENSAJERO
DELANTE DE TI, MARCOS 1.2.
HAZOR ES SU NOMBRE
Y SUS ALAS TE LLEVARÁN
AL GUÍA MARCOS 6.2.0.
EL NÚMERO SECRETO DE SUS PLUMAS
ES EL NÚMERO SECRETO DEL GUÍA,
EL QUE HA DE PREPARAR TU CAMINO, MARCOS 1.2.

Como es natural, yo conocía esta supuesta clave mucho antes de que viera la luz pública, en marzo de 1986. Entonces no podía concebir el porqué de tan dramático y exasperante final. ¿Qué había sucedido? ¿Terminaba ahí la aventura de Jasón? Todo parecía señalar que no; que el diario profundizaba en las restantes apariciones del Maestro. ¿O era sólo mi ardiente deseo de seguir conociendo nuevos detalles sobre Jesús? Durante un tiempo, muy a pesar mío, viví con una inseparable sensación de rabia. Casi de frustración. No me sentía con fuerzas para desplegar una segunda e incierta exploración del criptograma. Y poco faltó para que, sin haberlo intentado siquiera, olvidara allí mismo y para siempre este nuevo desafío. Pero está visto que cada ser humano viene a este mundo con una o varias tareas de las que nada ni nadie pueden apartarle. Ni siquiera uno mismo. Y mi Destino (yo también he aprendido a escribirlo con mayúscula), evidentemente, es salir de una aventura para meterme en otra...

El caso es que —tal y como me temía— aquel distanciamiento de la postrera clave del mayor fue temporal. Esa «fuerza» que vive en mí se encargó de disipar los iniciales sentimientos de impotencia y de desengaño, arrastrándome, sutil y magistralmente, hacia lo inevitable. Y un buen día aparqué mis otras indagaciones y pesquisas, aceptando el reto.

No sé si merece la pena redundar en ello. Mis primeras escaramuzas con este segundo enigma fueron tan estériles como descorazonadoras. Durante semanas no hice otra cosa que marearlo y marearme. Ahora, con la ventaja del tiempo transcurrido, comprendo que, en aquellos días, incurrí en dos errores. Influido por el primero de los criptogramas, sospechando, incluso, que ambos guardaban relación, luché por descubrir alguna pista que me condujera a una nueva llave o apartado de Correos. Deseaba que el desenlace de este misterio pudiera materializarse en otro maravilloso mazo de folios manuscritos. Es decir, en lo que suponía la continuación del diario del mayor. Éstas, como digo, fueron las dos primeras y lamentables equivocaciones que retrasarían mi labor.

Desde el principio hubo una frase que me trastornó: «el que ha de preparar tu camino, MARCOS 1.2». ¿Qué demonios encerraba? ¿Cuál era ese camino? ¿O no se trataba de un camino, tal y como yo presumía? Ahora lo veo con nitidez. Ojalá entonces hubiera sido tan hábil como para olvidar la preconcebida idea de un legado, centrando mis fuerzas en otras «posibilidades». Pero las cosas debían seguir su curso natural.

Ni que decir tiene que consumí decenas de horas arañando hasta la más nimia e inverosímil de las hipotéticas combinaciones de letras, palabras y frases. Como en el primer desafío, hice bailar los vocablos del criptograma, buscando una secreta lectura del mismo. Me estrellé una y otra vez. Aquello no guardaba el menor sentido. Ni en el original, en inglés, ni en castellano, supe hilvanar una sola frase que arrojara un poco de luz a mi fatigado cerebro. Pensé en ocasiones que quizá me empeñaba en penetraciones tan profundas y retorcidas como inútiles. Tal vez la solución se hallaba en la «superficie» del enigma. Pero, empecinado en tales maquinaciones, tardé mucho tiempo en comprenderlo.

Recuerdo, repasando ahora mis notas, que hubo un momento en el que llegué a tomar el verdadero camino. Prescindiendo de los tres exasperantes «MARCOS» y de sus respectivas numeraciones, el mensaje del mayor —aceptándolo como tal— presentaba cierta lógica, dentro del hermetismo de cualquier criptograma. Desde esta perspectiva, y leído de corrido, el texto decía así:

«Mira, envío mi mensajero delante de ti. Hazor es su nombre y sus alas te llevarán al guía. El número secreto de sus plumas es el número secreto del guía, el que ha de preparar tu camino.»

La más elemental deducción —digamos que leyendo «en superficie»— puso ante mí dos «personajes» aparentemente distintos: el mensajero, cuyo nombre era Hazor, y un guía. Pujando por desenmarañar las intenciones de mi amigo, el mayor, consideré un sinfín de hipótesis. ¿Quién era el tal Hazor, mensajero alado? ¿Qué significaba que lo «enviaba delante de mí»? ¿Era menester esperar a que algo o alguien apareciera en mi presencia? Desde el primer instante rechacé la última posibilidad. Conociendo un poco el laberíntico estilo del ex oficial de la Fuerza Aérea norteamericana, era más que dudoso que quien se enfrentara al enigma debiera sentarse y aguardar la misteriosa aparición del citado Hazor... El mayor, de nuevo, jugaba con los símbolos. Y ése era el problema. Evidentemente, prosiguiendo con esa interpretación literal, el mensajero disponía de alas y de plumas. Pensé en un azor, en la conocida ave de rapiña. Pero, amén de la H sobrante, la ardua tarea de contar el número de plumas de estas rapaces me hizo desistir. Consulté a expertos ornitólogos. Las respuestas —como imaginaba— fueron desalentadoras: resultaba muy difícil, casi imposible, hallar dos azores con el mismo número de plumas. Claro que también podía tratarse de un azor de piedra, o de una pintura de dicha ave, enclavados en Dios sabe qué lugar del mundo. La posible pista se me antojó tan endeble como fatigosa. Y poco a poco se disipó entre mis manos.

Fue en aquellos días de 1985 cuando, siguiendo el rastro del «mensajero», en una de las primeras consultas bibliográficas, se levantó ante mí como un presagio. «Hazor» o «Ḥāṣōr» existía. Leí aquella documentación atropelladamente. Se trataba de una remota ciudad bíblica, localizada en lo alto de un *tell* o colina artificial, denominado «Tell el-Qedah o Tell Waqqās, entre los lagos el-Hūleh y Tiberíades, al norte de Israel. Como decía, fueron instantes de lucidez y de lógica excitación. ¿Una ciudad bíblica llamada Hazor? Quizá ahí estuviera la clave. Pero, desafortunadamente, al volver sobre el enigma, mis tímidas esperanzas naufragaron. Allí se hablaba de un mensajero, no de una ciudad. Era muy posible que el mayor hubiera conocido Hazor, pero ¿cómo asociar la hipótesis de un ser con alas y unas ruinas arqueológicas? Mi proverbial torpeza y quizá un asfixiante sentido de la racionalidad sepultaron lo que, sin lugar a dudas, había sido una excelente intuición. ¡Cuándo aprenderé a dejarme llevar por ese oculto y maravilloso sentido!

Además, y para terminar de sofocar esta luz inicial, los tres «MARCOS» y los números adyacentes cayeron sobre mí como otras tantas losas. Sencillamente, me perdí en la astuta trampa del mayor. ¿O no fue una trampa? Desde un principio, casi desde la primera lectura del criptograma, varias de las frases —con el ladino remate del Marcos 1.2 o Marcos 6.2.0— me llevaron inexorablemente a la Biblia. Repasé el evangelio de Marcos y comprobé cómo parte del capítulo uno, versículo dos, era idéntico a lo escrito por el mayor en la primera, segunda y última líneas. El citado evangelista dice textualmente en 1,2: «Comienzo del Evangelio de Jesucristo, Hijo de Dios. Conforme está escrito en Isaías el profeta: "Mira, envío mi mensajero delante de ti, el que ha de preparar tu camino."»

En cuanto a la segunda supuesta cita del Nuevo Testamento (Marcos 6.2.0), la lectura de la misma sólo contribuyó a encharcar mi ánimo. Para empezar, no existe tal cita. Y me explico. No existe como Marcos 6.2.0. Sí como Marcos 6,2. El escritor sagrado, en su capítulo seis, versículo dos, dice así: «Cuando llegó el sábado se puso a enseñar en la sinagoga. La multitud, al oírle, quedaba maravillada, y decía: "¿De dónde le viene esto? y ¿qué sabiduría es esta que le ha sido dada? ¿Y esos milagros hechos por sus manos?"»

No pude o no supe descifrar la posible conexión entre ambos textos. Había, además, otro pequeño-gran detalle que me sublevaba. Consulté a varios escrituristas bíblicos y todos fueron rotundos: los dígitos de las citas del Antiguo o Nuevo Testamento jamás se presentan separados por puntos. Siempre por una coma y un guión o con el primero de los números —el correspondiente al capítulo—, en una tipografía más acusada. El mayor había manejado la Biblia. La conocía muy bien. ¿Cómo interpretar entonces aquel fallo? ¿O no era tal? En este caso, ¿qué había querido decir con esas tres cifras —6.2.0— amarradas, o supuestamente amarradas, al nombre de Marcos?

Obstinado, me aventuré en el tortuoso mundo de las citas bíblicas, batallando por desvelar las posibles ramificaciones de aquellos dos pasajes de Marcos. Y de un texto fui saltando a otro, en una loca carrera, cada vez más vertiginosa. Quizá fuera mi afán por encadenar las pistas —o quizá la indudable «magia» del criptograma, tal y como se verá más adelante— lo que, de vez en cuando, me hacía ver insospechadas y asombrosas vinculaciones entre muchas de las citas consultadas. Por suerte y por desgracia, a principios del año 1986 —una vez publicado *Caballo de Troya 2*—, comencé a recibir decenas de cartas, informaciones y sugerencias en torno al enigma. Todo aquello, durante algún tiempo, terminó por conducirme a un peligroso y permanente estado de excitación y nerviosismo, muy próximo a la locura. Sin embargo, algunas de las ideas proporcionadas por los lectores, aunque no condujeran a la solución última y material del criptograma, apuntaron «algo» que yacía en lo más hondo del mensaje y que, como señalaba anteriormente, le confiere un halo mágico. Como si no hubiera sido confeccionado por una mente humana. Como si encerrara entre sus palabras y letras varios y preciosos tesoros, sólo distinguibles con las «herramientas» de la Kábala, de la Numerología o de la imaginación. Pero vayamos paso a paso...

Gracias al cielo, mis incursiones en la Biblia —siempre a la caza y captura de alguna clave segura— concluyeron a las pocas semanas y como consecuencia de un cansancio total. El encadenamiento de citas, amén de las mil posibles interpretaciones, todas ellas subjetivas, no me llevó a nada palpable o concreto. Una de estas pesquisas —pacientemente trazada por uno de mis lectores: Luis Astolfi— levantó, en parte, mi malparado ánimo. Partiendo del primero de los textos de Marcos (1,2), fuimos a parar a otro de Malaquías (3,1) en el que puede leerse: «He aquí que voy a enviar un mensajero, que preparará el camino delante de mí...»

A su vez, como había tenido oportunidad de experimentar en decenas de ejemplos precedentes, este pasaje nos catapultó a otro, también de Malaquías (4,5), aparentemente enganchado al primero: «He aquí que yo enviaré a Elías, el profeta, antes de que venga el día de Yavé, grave y terrible.» Y de ahí, con la esperanza de que Elías pudiera significar algo en la cada vez más intrincada tela de araña del enigma, fuimos saltando a Malaquías (3,23), a Mateo (11,10-14), con una nueva aportación referida a la huida a Egipto, a Mateo (17,1-13), a Marcos (9,2-13), otra vez a Malaquías (3,1), a Lucas (1,17-76), a Juan (1,6-26), a Isaías (63,9), etc. Paralelamente, de Marcos (6,2) podía uno introducirse en textos de Mateo (13,53-58) y de Lucas (4,16-30)..., y así, casi, hasta el infinito. De todas formas, Astolfi concluía su exposición con unas frases que reproduzco literalmente y que, como digo, constituían una posibilidad. Una difícil y remota posibilidad que yo había evaluado anteriormente en aquel «manicomio».

«De todo esto deduzco —decía mi amable comunicante— que Hazor está en la sinagoga. El azor es una ave. Ignoro por qué está con H. Puede ser que en las sinagogas (o en una en particular) exista la imagen simbólica del azor, con plumas, cuyo número tiene algo que ver con Elías o Juan el Bautista. Como no conozco ninguna sinagoga próxima, me he detenido aquí.

»La cosa sería investigar en sinagogas y buscar un azor (imagen u otra cosa), ver si la H tiene algo que ver, contar las plumas que tengan sus alas (supongo que serán limitadas, al ser una imagen), o ver si tiene algún número simbólico asociado, y ese número enlazarlo con el guía Elías o Juan el Bautista (que ignoro lo que puede representar). Ello preparará el camino.»

La sugerencia me inyectó ánimos. Desenterré la vieja pista y, por espacio de algunos días, busqué afanosamente.

Fue inútil. Ni los rabinos a quienes pregunté, ni la Asociación para la Amistad Hispano-Judía, ni mis amigos en Israel supieron orientarme. Y el asunto del azor en las sinagogas, del «guía» Elías o Juan el Bautista, fue archivado. Había que abrir nuevos senderos, nuevas posibilidades. Pero ¿cuáles?, ¿en qué dirección?

Algo sí había aprendido en aquel caótico ir y venir por la Biblia, deslumbrado por las alusiones evangélicas del mayor: éstas, casi con seguridad, no guardaban relación alguna con la solución del criptograma. Mi corazón me decía que eran un puro espejismo. Un truco. Quizá parte del juego. Y ese firme pero subterráneo sentimiento seguía recordándome una palabra, una pista —«Hazor»— que yo, con idéntica obstinación, relegaba una y otra vez. Para qué engañarme y engañar al lector. Desde un principio, desde que supe de la existencia de la ciudad bíblica, comprendí que debía viajar a Israel. Pero antes, quizá por mi exacerbado espíritu analítico, traté de apurar hasta la última probabilidad.

En algún momento de esta desordenada exposición —que refleja en cierta medida lo atropellado y confuso de mi propia búsqueda— he hecho alusión a la indudable «magia» contenida en el enigma. Pues bien, ésta sería otra de las causas de mis continuos y prolongados escarceos en direcciones aparentemente improductivas, de cara a la resolución del criptograma, pero todas ellas fascinantes. No me cansaré de repetirlo: el «mensaje» parece tener vida propia. Encierra y oculta otros «mensajes» secundarios que —me consta porque obran en mi poder— han maravillado a cuantos lectores han tenido la paciencia e instinto de descubrirlos y «trabajarlos». Una de esas sorpresas llegó hasta mí de la mano de la Kábala.

Aunque siga siendo un lobo solitario en muchas de mis aventuras e indagaciones, hace tiempo que comprendí que el trabajo en equipo arroja siempre resultados altamente provechosos. De ahí que, sin titubeos, desde el momento en que hice mío el nuevo desafío del mayor, solicitara la opinión y generosa ayuda de un escogido grupo de expertos en las más dispares disciplinas. Y los kabalistas, naturalmente, aceptaron lo que, a primera vista, sólo se presentaba como un juego.

Resultaría agotador desmenuzar aquí las asombrosas deducciones que, uno tras otro, fueron destilando del enigma estos estudiosos de la «otra cara» de la Biblia. Sirva como una pequeña muestra de cuanto afirmo el arranque de una de las misivas, obra de un eminente médico —el doctor Larrazábal—, en respuesta a mis requerimientos.

«Lo primero que llama la atención —escribía este magnífico investigador de la Kábala, en relación al criptograma— es el nombre del mensajero: HAZOR. ¡Qué raro pájaro!, porque en español azor no se escribe con hache. Luego, este nombre está camuflado y quiere decir otra cosa.

»Esta forma de ocultar palabras es frecuente en los libros sagrados y se resuelve mediante una operación llamada "Gilgul", que en hebreo significa "trasposición" o "revolución" y que consiste en trasponer el orden de las letras de la palabra para hallar su real significado. Por ejemplo: el Éxodo dice "enviaré ante ti a M'laki (el ángel)". Por trasposición obtenemos Mikael, el arcángel guía y protector del pueblo hebreo.

»Así, por trasposición de la palabra HAZOR, obtenemos "ZOHAR", que en hebreo significa "luz". El *Zohar*, junto al *Sepher Ietzirah*, constituyen los dos principales tratados de Kábala teórica, así como el *Tarot* y las *Schemanphoras* lo son de la Kábala práctica o aplicada.

»De forma que ya tenemos el nombre del "mensajero"; ahora vamos a contar sus "plumas" para ver si averiguamos la naturaleza del "guía" y del "camino".

»La palabra "Zohar" consta, como ves, de tres letras hebreas, que tienen los siguientes valores numéricos: "resch" = 200; "hé" = 5 y "zain" = 7. O sea, sumados, 212. Éstas serían las "plumas del hazor" y su número secreto (2 + 1 + 2), el 5. Si ahora te acuerdas de lo que te escribí en mi carta anterior, el "cinco" constituye el número secreto de Jesús. Recordarás que te decía que Yavé era el gran nombre de cuatro letras —el "cuatro"—, mientras que "Iesuhé" era el "cinco", y la gran relación que existía entre ambos nombres. No insistiré en ello. Este "cinco", repito, es el número

19

secreto de Jesús, porque su valoración numérica, correspondiente a cada letra hebrea, arroja la suma total de "2". Esto es lógico, al ser la manifestación del Verbo o segunda persona de la Trinidad divina. El "dos", por tanto, sería su número "natural", mientras que el "cinco" sería el secreto, motivado por provenir de su gran nombre de cinco letras...

»De este modo, las alas del "hazor" nos han llevado al guía que ha venido a preparar nuestro camino. De este Guía no te comento nada; tú lo conoces mejor que yo, y sabes que Él mismo es el camino...

»Pero prosigamos y veamos qué nos dice el *Zohar* del "camino". Para ello vamos a utilizar un procedimiento distinto. En vez de tomar los valores numéricos kabalísticos de las tres letras de la palabra, vamos a disponer, simplemente, de los números de orden en que dichas letras aparecen en el alfabeto hebreo. Así, "resch" es la letra 20. "Hé" es la 5 y "zain" la 7. De modo que $20 + 5 + 7 = 32$ (que también daría "5"). Tenemos de este modo el número principal que se desprende del contenido del análisis del *Zohar*: el 32. Son, precisamente, los 32 "senderos" del *Sepher Ietzirah* o Libro de la Formación...»

El estudio, apasionante, alcanza cotas inimaginables, sólo comprensibles para aquellos que conocen los misterios de la Kábala. Pero no voy a extenderme en los «hallazgos» de mi buen amigo y consejero el doctor Larrazábal. Me encanta que el lector juegue y participe conmigo, aunque sólo sea mínimamente, en todas y cada una de mis obras. Y ésta es otra magnífica oportunidad para que, quien lo desee o se sienta atraído por lo oculto, acepte el desafío y prosiga, por sí mismo, la «exploración» del enigma a través de los insospechados senderos kabalísticos. De seguro, su sorpresa será tan grande como la mía.

De momento, estos descubrimientos —desde el prisma de la Kábala— me permitieron disponer de algo más concreto: el número secreto de las plumas de Hazor, el mensajero, era el 212. En consecuencia, el del no menos escurridizo «guía» tenía que ser el mismo: o 212 o la suma de éstos. Pero el asunto, lejos de clarificarse, siguió enturbiándose. Aceptando que hubiera hallado el «número secreto», ¿cuál era el siguiente paso? El enigma decía con claridad que «las alas de Hazor, el mensajero, me llevarían al guía». La cuestión era: ¿dónde encontrar esas alas? Por otro lado —aunque careciese de pruebas en contra de la deducción del médico y kabalista—, la sugerencia de que el guía podía ser Jesús de Nazaret se me antojaba difusa. Demasiado espiritual. Ése no era el estilo del mayor...

Así y con todo, a pesar de la nube de dudas que empañaba mi horizonte, no tuve más remedio que maravillarme ante el insospechado y hermético potencial de aquellas ocho frases. ¿Cómo, de qué manera, había concebido el mayor semejante enigma? ¿Fue consciente, en el momento de su elaboración, de tan secreta y sugerente lectura kabalística?

Puestos a barajar hipótesis, hubo ocasiones en las que, sinceramente, dudé incluso de la paternidad del ex oficial norteamericano respecto del mensaje. Obviamente, terminaría rechazando tales pensamientos. Aquélla era la letra de mi amigo, el mayor. Y allí había —¡tenía que haber!— algo oculto que no lograba descifrar. Y por enésima vez en aquellos meses, a la vista del estéril paso de los días, caí en otro oscuro período de desaliento. La situación era calcada a la vivida en las semanas que precedieron a la resolución del primer criptograma. Quizá, más dolorosa si cabe. Estaba perdido. Clavado en mi alma, el enigma se transformó en un fantasma. Y viajaba conmigo, de día y de noche. Cada letra, cada palabra, se levantaban como espesos barrotes de una cárcel. Lo veía, como una obsesionante alucinación, en cualquiera de mis movimientos. Pero el Destino no permite que un ser humano languidezca o quede sepultado para siempre en la confusión. Y por los caminos y en los momentos más insospechados se destaca una mano, una voz, un amigo o una idea que te devuelve el ánimo, y, lo que es más importante, la esperanza. Y eso fue lo que me sucedió en plena primavera de 1986.

Aquellas dos cartas fueron un revulsivo. Yo seguía recibiendo una abultada correspondencia. La mayor parte de mis comunicantes —casi todos de buena fe—, tan inquietos y deseosos de desvelar el misterio como yo mismo, me abrumaban con un variopinto rol de posibles pistas y soluciones. Más adelante me referiré a algunas de las más insólitas. La cuestión es que, como venía diciendo, dos de estas misivas hicieron el milagro de oxigenar mi inteligencia, devolviéndome a la lucha. Una, procedente de Corrientes, en Argentina, insistía en la necesidad de que prestara toda mi atención a la ciudad bíblica de Hazor. Pero lo que más me emocionó de la carta que firmaba Eduardo Alfredo López fue este brevísimo párrafo: «... Estoy orando por usted. He colgado el enigma en una bolsita de nilón en mi mano y lo he atado en un cordón a mi muñeca. Lo llevo orando en todas partes: en el bus, mientras trabajo...» Quizá pueda parecer una nimiedad. Para mí, y para mi cansado corazón, fue una descarga eléctrica.

La segunda carta llegó el 20 de abril. Procedía de Dublín. Venía firmada por María-Ángel, una excelente amiga. A principios de ese año yo había visitado Irlanda y, dejándome llevar por una intuición, puse en sus manos el enigma. Creo, si la memoria no me falla, que fue una de las escasas personas que tuvo conocimiento del mensaje del mayor antes de que apareciera publicado en mi segundo volumen. Y, sinceramente, ante el dilatado silencio de mi amiga, casi olvidé el asunto. Mi sorpresa, al recibir su mensaje, fue total. El arduo trabajo de investigación de la joven abría un nuevo y desconcertante camino, que venía a ratificar ese mágico halo del criptograma.

«Cuando me diste el enigma —decía en su carta— no sabía qué hacer con él. Estuve a punto de no hacerle ni caso, hasta que se me ocurrió darle a cada letra un valor numérico. Así, la "a" valía 1, la "b" 2, etc., hasta la "z". (No tuve en cuenta la "ch", ni la "rr", ni la "w".)

»El segundo paso fue sumar esos valores, reduciendo siempre el resultado a un solo dígito, con lo que cada frase equivalía a un número concreto... La primera sumaba "1". La segunda "7". La tercera "8". La cuarta "6". La quinta "2". La sexta "7". La séptima "3" y la última frase, también "3". Es decir, 37. O, lo que es lo mismo, 3 + 7 = 10 = "1". ¡La unidad!...»

Este descubrimiento de María-Ángel, insisto, fue providencial. Me estimuló, rescatándome de las pesadas tinieblas. Y de la noche a la mañana, la «fuerza» que vive en mí me arrastró a una febril búsqueda. ¿Estaba la clave en los números? A partir de esos momentos probé todo tipo de conversiones y combinaciones numéricas. Desde una visión ocultista, el hecho de que el criptograma sumara «UNO» era altamente significativo. Los expertos en Numerología y Kábala lo saben bien... Puse el problema en manos de matemáticos y especialistas en ordenadores y el «mágico» halo del enigma reapareció en todo su esplendor. «Aquello» era desconcertante. Enloquecedor. El total de letras en español —contabilizando los números de las citas, o supuestas citas bíblicas, como otras tantas letras— era de 170. En la versión original, la inglesa, y siguiendo el mismo procedimiento, el volumen total de dígitos o símbolos a manejar era de 184. Pues bien, teniendo en cuenta cada uno de los abecedarios —español e inglés—, las combinaciones posibles para cada caso resultaron espeluznantes: 29^{170} para el castellano y 27^{184} para el inglés. Los sucesivos intentos de los hábiles programadores de computadoras para obtener la combinación concreta que configura el enigma, partiendo de los mencionados parámetros, fueron estrellándose irremisiblemente. El dictamen fue demoledor: cualquier ordenador de mediana capacidad necesitaría del orden de ¡trescientos años! para obtener esa combinación específica, teniendo en cuenta, por supuesto, que la construcción de la misma podría fraguarse en cualquier instante de esos tres siglos. Y la vieja interrogante no se hizo esperar: ¿cómo un ser humano pudo concebir un texto de tan diversas y simultáneas lecturas secretas? Los especialistas en informática replicaron con la única respuesta al alcance de la ciencia: todo es fruto del azar. Guardé silencio. En lo más íntimo de mi ser, yo sabía que la casualidad jugaba un insignificante papel en todo aquello. Probablemente, ninguno.

La pista de Irlanda, en suma, resultó doblemente útil. Me levantó de entre mis propias cenizas y, definitivamente, por eliminación, me situó en un rumbo que yo había dejado atrás: Hazor. Y digo por eliminación porque, al fin y a la postre, todas aquellas sugestivas posibilidades —Kábala, Numerología, etc.—, aunque intrigantes y dignas de estudio, no conducían a un final como el que deseaba y necesitaba. Mi obsesión era más prosaica: acertar con una clave que pusiera en mis manos el resto del diario del mayor. Y

Hazor —fuera lo que fuera— se me antojaba algo concreto, físico, tangible. Los laboriosos estudios de Numerología, además, habían situado ante mí otra sutil información, muy del estilo de Jasón. Al manejar el texto en inglés del criptograma, en uno de los cómputos verticales, lo vi con claridad. La primera palabra de cada una de las ocho frases formaban una sentencia con cierta lógica: «LOOK AHEAD HAZOR AND TO THE IS HE» (MIRA DELANTE DE HAZOR Y A ÉL ES ÉL). Instintivamente desdoblé la construcción en dos partes: «Mira delante de Hazor y a él. Es él.» Y recordé cómo, en el primer enigma, el mayor se había servido de este sistema para reafirmar su mensaje: «La llave abre el pasado.» Yo había advertido la existencia de esta forzada frase durante los primeros tanteos, cuando sometí los vocablos y dígitos del criptograma a toda suerte de saltos y permutaciones. Pero entonces, ajeno al verdadero peso de Hazor, no reparé en ello. Ahora, en cambio, tomaba una especial dimensión. El mayor parecía insistir en la trascendencia de dicha palabra. «Mira delante de Hazor...» No había duda. El objetivo era Hazor. Era menester localizarlo, situarse ante él y analizarlo.

Yo fui el primer sorprendido ante aquel súbito entusiasmo. Era tan absurdo como paradójico. Ardía en deseos de investigar algo que ni siquiera sabía dónde buscar... Es cierto que existía un hipotético indicio: las ruinas arqueológicas israelitas. Pero sólo se trataba de eso: un indicio. A pesar de ello, a pesar de los reproches de mi sentido común, tomé la firme decisión de viajar a Israel. En el fondo no tenía otra alternativa: o me dejaba llevar por la intuición o perdía la batalla.

Mi endeble memoria no me permite recordar con precisión cómo nació en mí aquella atrevida idea. El caso es que, días antes de la partida, activé un plan que —no sé si acertadamente— fue concebido como una cortina de humo. Llamé al entonces embajador judío en Madrid y, sin rodeos, le rogué que me concediera una entrevista. Conocía a Samuel Hadas mucho antes de que fuera designado para este cargo y, desde nuestro primer encuentro, reconocí en él las formas y el talante de un hombre abierto y eminentemente bueno. Su ayuda en otras investigaciones y consultas fue siempre crucial. Mi ardiente imaginación intuía que aquel inminente viaje a Tierra Santa podía «complicarse». La verdad: en aquellos momentos no me apetecía pasar por otro trago como el sufrido en Washington a la hora de sacar del país los documentos manuscritos por el mayor. Era consciente de la eficacia de los servicios israelíes de Información —los mejores del mundo, sin duda— y elegí «cubrirme las espaldas», siendo yo quien tomara la iniciativa de anunciarles cuáles eran mis propósitos. Naturalmente —y esto formaba parte del plan—, a la hora de revelar a Hadas mis objetivos, no podía insinuar siquiera el auténtico motivo de aquella nueva aventura: el enigma.

Y horas antes de mi salida hacia Tel Aviv, el embajador hizo un hueco en sus ocupaciones, recibiéndome en su despacho de la calle de Velázquez, en la capital de España. Me escuchó con gran atención y cariño, mostrándose especialmente interesado por uno de los capítulos: una marcha, a pie, desde Nazaret a Belén de Judá, en un intento de reconstrucción del histórico viaje de María y José, con motivo del famoso censo del emperador Augusto. Samuel había leído algunos de mis libros, incluyendo los *Caballos de Troya*, y, supongo, aceptó como inevitable que un loco aventurero como yo quisiera embarcarse en semejante caminata —algo más de 170 kilómetros—, así como en otras investigaciones relacionadas con un posible tercer volumen acerca de la vida de Jesús. Unas investigaciones de las que le hablé muy por encima. No es que pretenda justificarme, pero, a mi manera, le dije la verdad. En «esas otras indagaciones» dormitaba la razón de las razones de mi próximo periplo.

Prudentemente, y como muestra de sinceridad, le proporcioné una copia del mapa, con la ruta a seguir desde Nazaret a Belén, por la margen derecha del río Jordán, así como los nombres de algunos de los hoteles en los que calculaba podía alojarme. Deseaba que mi comportamiento, al menos en apariencia, resultara transparente. Una vez en Israel, y volcado en la investigación, Dios diría...

Aquellas jornadas previas al viaje fueron singularmente

excitantes. Un familiar hormigueo y nerviosismo, premonitorios siempre de cercanas aventuras, se instalaron en mí, no concediéndome respiro. Sabía, presagiaba, que «algo» muy especial me aguardaba al otro lado del Mediterráneo.

Repasé una y otra vez el difuso plan de trabajo, procurando, intencionadamente, que la referida caminata en solitario llegara a conocimiento de personas y círculos muy específicos. Casi sin proponérmelo, por sí misma, la audaz idea de repetir el viaje de los padres de Jesús a Judea fue adueñándose de mi corazón, alzándose como una magnífica excusa, que desvió cualquier otra sospecha respecto a tan repentino viaje. Y llegué, incluso, a ilusionarme con lo que, en principio, sólo era una maniobra de distracción. «Si fracasaba en mi auténtica misión —me dije a mí mismo—, siempre podía quedarme el consuelo de esa otra aventura.» Tal razonamiento, a decir verdad, no logró tranquilizarme. Mal empezaba si, antes de partir, pretendía engañarme y justificar el viaje con un proyecto ajeno a lo que llevaba entre manos. Traté de mentalizarme. Mi primer y principal deseo era resolver la clave del mayor. Él, según el texto del criptograma, «enviaba un mensajero delante de mí. Su nombre era Hazor. Y sus alas deberían llevarme al guía». Esto era lo único que contaba.

Y al fin, a las 13 horas y 16 minutos del 19 de noviembre de 1986, el Airbus *Islas Cíes*, de la compañía Iberia, alcanzaba los 188 nudos por hora. Era la velocidad límite, sin retorno, antes de lanzarse al aire. Para mí significaba también el «no retorno»... La suerte estaba echada.

Sonreí para mis adentros. Mientras el comandante De La Torre nos levantaba hacia el nivel de crucero previsto —33 000 pies—, alejándonos de la costa barcelonesa, rumbo a Italia, reparé en el número de aquel vuelo: el 888. Era curioso, «888» es la equivalencia numérica del nombre de Jesús, en griego (1).

(1) Para los griegos, los números se representaban por letras de su propio alfabeto. De esta forma, el nombre de Jesús, en griego «IESOUS», adquiere el referido valor numérico de 888. (I=10. E = 8. S = 200. O = 70. U = 400 y S = 200.) Un número —888— que, reducido a un solo dígito, encierra también un profundo significado esotérico y kabalístico: el «6». Algún día tendré que detenerme a escribir sobre el «seis» y sus curiosas vinculaciones con mi propia vida. *(N. del a.)*

Y aunque a lo largo de mis cuarenta años he acumulado abundantes pruebas como para no creer en la casualidad, la verdad es que no presté mayor consideración a tan curiosa coincidencia. No podía pasarme la vida sujeto a la tiranía de los números y a sus hipotéticos «mensajes» secretos. Así que, sin más, registré el asunto en mi cuaderno de «campo», convencido —eso sí— de que, cuando menos, iniciaba mi andadura con buen pie. (¡Torpe de mí! Los fracasos no tardarían en devolverme a la cruda realidad...) Pero por delante aparecían cuatro largas y apacibles horas de vuelo y procuré aprovecharlas al máximo, dejándome arrastrar en un torbellino de ideas, sueños y proyectos. Las dudas, sin embargo, agazapadas en una de mis gruesas carpetas de trabajo, seguían al acecho. En aquellos momentos no podía ser de otra forma. Y al ojear algunas de las anotaciones y cartas de los lectores de mis dos *Caballos* anteriores, el desasosiego me traicionó. «¿Estaba viajando en una dirección equivocada? ¿Y si no fuera Israel mi lugar de reunión con Hazor?»

Hice ademán de cerrar la documentación y fijar mis sentidos en Palestina. No pude. Aquellas sugerencias habían merecido y merecían aún mi respeto. Algunas de estas atentas misivas me hacían ver la sospechosa semejanza entre HAZOR y JASÓN, el nombre de «guerra» del mayor. Y me alertaban ante la posibilidad de buscar en las selvas mayas del Yucatán, donde mi enigmático amigo había apurado sus últimos días.

La proposición no era descabellada. ¿Y si el «mensajero» fuera un símbolo alado, un ídolo o, incluso, el mismísimo Laurencio Rodarte, fiel compañero del mayor hasta su muerte?

Otra de las comunicaciones —de Santiago de los Santos, de Valencia— me dibujaba un panorama diametralmente opuesto, pero tan sugestivo como el anterior. En una minuciosa búsqueda de la palabra Hazor, este amigo —como sucediera con otros lectores— había detectado «algo» interesante. Y repasé su carta por enésima vez...

«... Como supongo usted sabrá —decía textualmente—, Hazor es una antigua ciudad de Palestina, en Galilea. Pero lo que más retuvo mi atención fue el hecho de que en 1959 fueran descubiertas en su término las ruinas de 21 ciudades, construidas una sobre otra. ¡Otra vez el dichoso número!...» (El «21», como quizá recuerde el lector, constituyó una de las claves —el ritual del centinela del cementerio norteamericano de Arlington— a la hora de resolver el primer criptograma.)

«... Aquí me atasqué —proseguía De los Santos—. Tardé una semana en comprender de qué forma las "alas" de Hazor podrían llevarme al "guía". La clave estaba en MARCOS 6.2.0, "porque Herodes respetaba a Juan y lo protegía". Todo fue fácil al descubrir que la ciudad fue fortificada por el rey Salomón. Las "alas" tenían que ser las murallas, y el guía, Salomón. El "número secreto de sus plumas" era, evidentemente, el número de ciudades construidas una sobre otra. Para confirmarlo tenía que descubrir "el número secreto del guía", lo cual fue relativamente fácil, con la ayuda de una enciclopedia. Salomón, además de ser el nombre del famoso rey, es un archipiélago de Oceanía, situado en el Pacífico, entre los 5° y 12° de latitud Sur y los 154°, 40′ y 162°, 30′ de longitud Este. La parte británica del archipiélago está administrada por un consejo ejecutivo de ocho miembros y un consejo legislativo de ¡21! ¡Curiosa coincidencia!

»Era evidente que Salomón tenía que decirme dónde encontrar el resto del diario. Y todo debía guardar relación con el número 21. La única vía, por tanto, tenía que ser su libro: los Proverbios. Pero, viendo que en dicho libro no hay 21 capítulos, decidí concentrar mi atención en los versículos. Mi sorpresa fue mayúscula al leer en Proverbios 1,21: "... desde lo alto de los muros llama, a la entrada de las puertas de la ciudad". El enigma estaba resuelto...»

Quizá se debiera a mi natural desconfianza, o a mi no menos acusada torpeza, pero la cuestión es que yo no lo vi tan claro. Así, y con todo, tomé buena nota e hice mías las reflexiones e inquietudes de este esforzado lector.

En otra de las comunicaciones, las cosas se complicaban todavía más. Hazor podía ser entendido como un antiguo instrumento musical, usado por los hebreos. Una especie de arpa de diez cuerdas oblicuas, semejante al kinnor y destinado a acompañar al nabel. Y aquí surgía la posibilidad: Nabel, una ciudad de Túnez, a dos kilómetros del golfo de Hammamet...

¿Debía buscar en las ruinas de Nabel? ¿O era en Venecia? Según este comunicante, «San Marcos es el patrono de dicha ciudad italiana, siendo representado con un león alado. Por otra parte, Venecia se encuentra a escasos kilómetros del meridiano situado a 12° Este del de Greenwich. (Recordemos Marcos 1.2.) Y Venecia, además, dispone de un *gheto* judío, con una sinagoga. (Recordemos Marcos 6.2.0: «y el sábado se puso a enseñar en la sinagoga».)

Hubo quien apuntó otro no menos inquietante sendero: el de Egipto. En la mitología de este país, la vaca *Hathor* —¿Hazor?— podría conducirme a Horus, una diosa con cabeza de halcón... ¿Había equivocado el rumbo? ¿Era en Egipto donde debía investigar? ¿Y si todo aquel enredo —como insinuaba otro lector— obedeciera al deseo del mayor de transmitir una fecha, un número de teléfono o una determinada combinación de una caja de seguridad? Como muy bien descubría Ramón Ramos, de Canarias, entre los «juegos» a que se prestaban los números del enigma, uno de ellos, por ejemplo, podía ser interpretado como «12,6,2.012» (12 de junio del año 2012, en la lectura española, o 6 de diciembre del mismo año, si consideramos la costumbre inglesa). ¿Una fecha? ¿Y qué podía significar? Según los documentos que obraban en mi poder, el diario —al menos la parte que yo conocía— había sido concluido en abril de 1979.

Resté, sumé, multipliqué e hice mil cábalas con ésta y otras secuencias numéricas. No hubo resultados o fueron tan pobres e inciertos que sólo contribuyeron a emborronar el rompecabezas. Sólo una de las operaciones —al sustraer 1 979 de 2 012— parecía querer decir algo: 33 años o, sumando ambos dígitos, «6». Este número me tenía y me tiene trastornado. Y no me falta razón, tal y como descubriría poco después. He llegado a pensar, dada la mágica naturaleza del criptograma, que quizá esa fecha —12 de junio o 6 de diciembre del año 2012— sea un momento de gran trascendencia, aunque ignoro por qué ni para quién... ¿Quizá a nivel personal? Todo será cuestión de esperar y comprobar.

Y conforme nos fuimos aproximando a Tel Aviv, digo yo que, como un providencial milagro, este huracán de dudas se desvaneció. Y mi mente, en blanco, olvidó la aparente

tela de araña del enigma para dibujar un único afán: Hazor.
Y a las 17 horas y 15 minutos (hora española), al tomar tierra en el aeropuerto israelí de Ben Gurión, mi corazón se
estremeció. Y una familiar e inagotable «fuerza» me hizo
vibrar. Había llegado el momento de la verdad.

ISRAEL

La noche había caído ya sobre las lejanas luces de Tel Aviv.
Crucé despacio los escasos metros que nos separaban del
edificio terminal del aeropuerto, disfrutando de aquel firmamento limpio y sosegado: el mismo que, 1956 años
atrás, había contemplado Jesús de Nazaret. Y noté cómo
mis rodillas temblaban. Israel siempre me ha fascinado.
Mucho más, sin lugar a dudas, desde que conozco el diario
del mayor.

Mi objetivo en aquella primera jornada en Tierra Santa
era muy simple. Viajar a Jerusalén, instalarme y «tomar
posiciones». Había que arrancar por algún sitio y, después
de no pocas indecisiones y de doblegar mi instinto perio-
dístico, consideré que lo más práctico era demorar mi
exploración a las ruinas bíblicas de Hazor. Mi genética tendencia al análisis —tan propia de los Virgo— me dictaba
otra labor previa, esencial para un buen funcionamiento
del plan. Antes de marchar al norte convenía estudiar, repasar y bucear en toda la bibliografía existente sobre la cada
vez más atrayente Hazor. Es más, en mi diario de «a bordo» aparecía, en rojo, una autorrecomendación, tan vital
como el referido chequeo a los textos y documentos arqueológicos: «Interrogar a los especialistas.» Pero, como se verá
más adelante, tal y como suele sucederme con frecuencia,
un poco meditado giro en las pesquisas me retrasaría sensiblemente.

En realidad, mis preocupaciones —por si no eran
pocas— se vieron incrementadas allí mismo, frente a la
cinta transportadora de equipajes. Todo parecía discurrir

31

con normalidad —incluyendo la siempre delicada revisión del pasaporte— cuando, de pronto, alguien se plantó ante mí. Recuerdo que me hallaba absorto en la inútil tarea de adelantar mi reloj en una hora, con el propósito de ajustarme al horario de Israel. Y digo «inútil» porque jamás me he llevado bien con estos artilugios electrónicos...

—*Shalom!* Bien venido a Israel, señor Benítez...

Levanté la vista y, perplejo, distinguí a un individuo joven, enjuto y de aspecto nórdico. Sonreía socarronamente, divertido quizá ante mi estúpida mueca de asombro. Hablaba un correcto castellano, con ese indeleble y característico acento de los argentinos. Dijo llamarse Livne y representar a la agencia de turismo con la que yo había tramitado mi pasaje. Se mostró exquisitamente amable y servicial, interesándose de vez en cuando, y con una habilidad muy propia de los servicios de información, por los motivos de mi viaje, lugares que pretendía visitar, amigos o conocidos en Israel y hasta por las características de mi equipo fotográfico. Aquello me puso en guardia. Y decidí quitármelo de encima lo antes posible. Mis sospechas resultaron casi confirmadas cuando, camino ya de la salida, Livne, espontáneamente, me confesó haber leído *Caballo de Troya*, haciendo generosos elogios del libro. Era muy poco creíble que aquel judío tuviera noticias de mi trabajo, a no ser que figurara en el *dossier* que, con toda probabilidad, había sido transmitido desde la embajada israelí en España. Por supuesto, imaginaba que, desde mi visita a Samuel Hadas, la Inteligencia hebrea se hallaba al corriente de mis movimientos. Lo que no alcanzaba a entender era el porqué de tan fulminante «recibimiento». Horas más tarde, ya en el hotel, tuve un presentimiento.

No sé si mi locuaz amigo se percató de ello. Quiero creer que sí. El caso es que, sumisamente, aceptó mi deseo de viajar en solitario a Jerusalén. Mis continuas evasivas y respuestas a medias evidenciaban mi mal disimulada desconfianza. Y el hombre, como digo, cedió, aconsejándome —eso sí— que, «antes de poner en marcha mis investigaciones, procurara conectar con él o con cualquiera de los organismos oficiales del país». Estaba muy claro. Y, devolviéndole la misma falsa sonrisa, me perdí en el tráfico de Ben Gurión.

Una hora después, el taxista árabe me dejaba a las puertas del hotel Moriah Jerusalén, al suroeste, y relativamente cerca de la Ciudad Vieja. El encuentro con el supuesto agente secreto israelí me había desconcertado. ¿Qué estaba pasando? ¿Por qué aquella estrecha vigilancia? A decir verdad, sólo era un inofensivo periodista, ansioso de recorrer Israel y de reunir información sobre un asunto tan poco comprometido como la vida del Maestro... ¿O había algo más? Y esa noche, en la soledad de la habitación 724, haciendo un esfuerzo por memorizar mi conversación con el embajador judío en Madrid, saltó a la luz un pequeño detalle. Casi una nimiedad, pero que, al mencionarlo, recuerdo que alteró fugazmente el rostro de Hadas. Por aquellas fechas, entre mis múltiples investigaciones, figuraba una que, a la vista de su oscuridad, no dudaría en sepultar en el olvido. Me refiero al poco claro accidente de un avión de Iberia, el 19 de febrero de 1985, en el monte Oíz, en el País Vasco. Jamás he dudado de la profesionalidad y pericia de los pilotos, y aquel supuesto accidente, en el que fallecieron 148 personas, la verdad, movió mi insaciable curiosidad. Trabajé silenciosa y meticulosamente en la posible reconstrucción de los hechos, averiguando algunos pormenores tan extraños como alarmantes. Para resumir: según informaciones confidenciales de los servicios de Inteligencia de mi país, había un alto índice de probabilidades de que el reactor 727, *Alhambra de Granada*, hubiera sido derribado por un misil tierra-aire —quizá un Sam-7 o un Strella— disparado por la organización terrorista ETA. Pero lo que, a mi corto entender, alarmó al representante diplomático fue el hecho de que yo supiera que uno de los motores, aparecido a una considerable e inexplicable distancia, había sido trasladado a Israel. Concretamente a una de las bases militares, con el fin de ser inspeccionado por expertos judíos en terrorismo.

En aquel noviembre de 1986 yo no tenía la menor intención de proseguir las pesquisas de este caso y, mucho menos, de introducirme en la base israelí. Pero los judíos, desconfiados por naturaleza, no debieron de pensarlo así. Quizá este inoportuno comentario mío a Hadas fue la causa de tan sutil y, a un tiempo, férrea vigilancia. Si los hebreos sospechaban que mis propósitos no eran del todo transparentes, las dificultades podían acentuarse. Y así fue.

A la mañana siguiente, 20 de noviembre, jueves, tras una noche de agitada duermevela, con el corazón encogido por las sospechas, me apresuré a poner en marcha una inmediata acción preventiva. Si mi teléfono se hallaba intervenido, quizá aquellos primeros pasos en Jerusalén tranquilizaran a los hipotéticos escuchas. Seguí al pie de la letra las recomendaciones del embajador, poniéndome en contacto con las personalidades e instituciones oficiales que tan gentilmente me había proporcionado. Primero con Salomón Lewinsky, director de la revista *Semana*. Con un médico llamado Blezcof y, muy especialmente, con el Instituto Central de Relaciones Culturales. En este último, tanto su director —doctor Moshe Liba, veterano diplomático— como la amabilísima Rachel Eldar se desvivieron por ayudarme, orientándome y concertando un buen número de citas con destacados arqueólogos, antropólogos, profesores universitarios y un largo etcétera. Todo ello, claro está, en beneficio de unas muy saludables e interesantes investigaciones en torno a la vida y época de Jesús, pero que no constituían la clave de mi presencia en Israel. Sin embargo, por elemental prudencia, accedí encantado, enriqueciéndome, justo es reconocerlo, con todas ellas. Esta cadena de reuniones y entrevistas —que se prolongarían durante toda mi estancia en Palestina— ralentizaron, obviamente, mis principales pesquisas. Pero las circunstancias son las circunstancias y, en ocasiones, es preferible acomodarse a ellas, jugando las siempre insólitas cartas del Destino.

Por supuesto, aunque el «marcaje» de los funcionarios israelitas en aquellas dos primeras jornadas en Jerusalén fue lo suficientemente intenso y eficaz como para controlar la mayor parte de mis pasos, no es menos cierto que, en ningún momento, descuidé mi verdadero objetivo: el enigma del mayor. Y entre conversación y conversación pude ingeniármelas para visitar la Biblioteca Nacional, la del museo de Israel y otras librerías de la ciudad, siempre en busca de una teórica bibliografía histórica. Tales consultas no extrañaron a los hebreos, permitiéndome así esporádicos respiros y un mínimo de libertad de acción. Como es de

suponer, en la siempre supuesta intimidad de estas bibliotecas, mi intención se volcó en Hazor. Revisé catálogos,
ficheros y estanterías, a la caza de cualquier libro o documento sobre el particular. Pero la abrumadora realidad terminaría por desarmarme. Los estudios sobre la vieja ciudad cananea eran tan prolijos y abundantes que hubiera
necesitado varios meses para su atenta lectura. Sólo en la
biblioteca del museo de Israel contabilicé hasta un total de
46 fichas relacionadas con Hazor. Para colmo, en uno de
aquellos precipitados recorridos por los interminables y
densos textos arqueológicos comprobé con desaliento cómo,
en realidad, los especialistas especulaban con la posibilidad de que hubieran existido cinco o seis ciudades con este
mismo nombre. Una de ellas —«Ḥāṣōr Hādattāh» o «Hasor
la nueva»— podía ser excluida, ya que ni siquiera se conocía su exacta ubicación en la geografía hebrea (1). Un razonamiento que sólo gozaba de validez en el supuesto de que
el criptograma hiciera referencia a Hazor como tal ciudad.
Pero ¿y si no era así? Despejé como pude aquellas angus-
tiosas dudas, aferrándome al instinto.

En cuanto a las restantes «Asor», «Hasor» y «Azor» —poblaciones mencionadas también en el Antiguo Testamento— decidí apearlas temporalmente de la investigación.
Era más cómodo y positivo concentrar las fuerzas en la
Hazor más popular y más exhaustivamente trabajada por
los arqueólogos: la del norte. Si fracasaba en el intento,
tiempo habría de desenterrar las restantes pistas. ¿Había
mencionado la palabra «tiempo»? Yo mismo me respondí:
mis recursos económicos, como siempre, no eran muy
boyantes. Lo del «tiempo» era un consuelo poco fiable...

Debo reconocer que mis rastreos por la bibliografía
—fruto quizá del nerviosismo y de las prisas— fueron de
mal en peor. Muchos de los documentos se hallaban en
hebreo. Otros en alemán y la mayoría en inglés. Aquello
limitó aún más mis posibilidades. A esta precaria realidad
vino a sumarse el pesado lastre del que busca e indaga... a

(1)   Según textos extraídos del libro de Josué (15,25), esta «Ḥāṣōr
la nueva» podría haber sido una ciudad del sur de Judá. Por su parte,
Eusebio la ubica al este del territorio de Ascalón. Otros investigadores
la asociaron con Yāsūr y con Ḥattā, aunque, como digo, su localización
exacta resulta harto difícil. *(N. del a.)*

ciegas. ¿Qué era lo que debía encontrar en aquella montaña de libros? ¿Un «mensajero» con alas que obedecía al nombre de Hazor? ¿Y si no tuviera nada que ver con las ruinas en cuestión? Pero, de no ser así, ¿dónde encaminar los pasos?

Durante horas, mi estado de ánimo sufrió toda suerte de convulsiones. Veía pasar el tiempo y los resultados, aparentemente, brillaban por su ausencia. En la medida de mi capacidad, y de los minutos disponibles, ojeé algunos de los trabajos de Galling, Johanan Aharoni, Trude Dothan, Abel, Ruth Amiran, Maass, Perrot, Moshe Pearlman, Inmanuel Dunayevsky y Yigael Yadin, entre otros. Fueron dos días de frenética búsqueda. Sin embargo, cuando Asher Kupchik, uno de los responsables de la gigantesca Biblioteca Nacional de Israel, con el que llegué a trabar una cierta amistad, me anunció a primeras horas de la tarde del viernes 21 que la jornada llegaba a su fin, mi desesperanza fue total. Apenas si había tenido acceso —un alocado y superficial acceso— a una decena de libros... En los archivos, burlándose de mí, se escondía una treintena larga de volúmenes, documentos, mapas y cientos de fotografías que era menester estudiar. Mi cuaderno de «campo», sí, aparecía repleto de notas sobre la historia, sucesivas excavaciones, hallazgos arqueológicos y diferentes hipótesis en torno a la agitada vida de las 21 ciudades que formaban el tell de Hazor. En suma, una estéril sucesión de datos, cifras y respetabilísimas consideraciones técnicas que no arrojaron un solo rayo de luz sobre mi saturado cerebro.

La mansa lluvia y el frío de Jerusalén serenaron un poco mi ánimo. La inminente entrada del sábado lo paralizaría todo en Israel. Así que, mientras retornaba al hotel, procuré mentalizarme. Mi resignación, sin embargo, se agotaría bruscamente. No soy hombre que se rinda con prontitud y, atormentado en la penumbra de mi habitación, decidí cambiar el rumbo de las investigaciones. No podía aguardar hasta el domingo para reanudar las consultas en las bibliotecas. Tenía que actuar. Y, dejándome llevar por la intuición, activé un nuevo plan.

No había tiempo que perder. Localicé a Rachel Eldar y le expuse mi propósito. (Por fortuna para mí, esta mujer no practicaba su religión con el fanatismo y ortodoxia de algunos círculos judíos que incluso se niegan a descolgar el teléfono durante la festividad del *sabbath*. Éste, como creo haber mencionado, se inicia con la puesta del sol del viernes, prolongándose hasta el siguiente ocaso. Durante esas horas, las dificultades para un extranjero como yo podían ser continuas y casi insalvables. Muy pronto tendría ocasión de sufrirlo.)

Desde mi primer contacto con el Instituto Central de Relaciones Culturales, y por pura curiosidad científica, yo había manifestado mi deseo de conocer y conversar con Shelley Waschsmann, un eminente arqueólogo, que llevaba la responsabilidad de los trabajos de estudio y restauración de una embarcación descubierta en la orilla oeste del lago de Galilea. Un bote que, según los primeros tanteos de los científicos, podía corresponder a una época relativamente cercana a la de Jesús. Ésta, como otras, fueron simples excusas, como ya dije, para justificar mis idas y venidas por Israel. Y ahora me venía de perlas para mi inmediato objetivo. Rachel, con la admirable eficacia de los judíos, había practicado las gestiones precisas para la culminación de dicha entrevista. Shelley se mostró conforme, invitándome a su casa de Cesarea. Aquel súbito cambio en los planes no pareció alarmar a la funcionaria. Era lógico que deseara aprovechar las horas muertas del sábado con un asunto como aquél. Además, Cesarea se encuentra al norte de Jerusalén. Justo en dirección opuesta al emplazamiento de la base militar que —se suponía— yo no podía pisar...

Gentilmente, y con una subterránea habilidad, Rachel intentó averiguar cuánto tiempo pensaba quedarme en la ciudad costera de Cesarea, si disponía de un medio de transporte y si tenía intención de alojarme en algún hotel próximo. No supe satisfacer su curiosidad. En parte porque ni yo mismo lo sabía, y, sobre todo, porque no estaba en mi ánimo revelarle mis auténticas intenciones. Algo confusa me recordó una serie de visitas previstas para los días inmediatos, «recomendándome» que le telefoneara a mi regreso. Reconozco que soy hábil para persuadir y asumo también mi gran pecado de incumplidor de promesas. Así que, dócilmente, le prometí cuanto deseó. Cumplirlo o no era harina de otro costal...

Dispuse un elemental y austero equipaje y, confiado, inicié las gestiones para salir esa misma tarde hacia Cesarea. La fatalidad congeló cada uno de mis movimientos. Casi había olvidado que era sábado. En el hotel me insinuaron —como única vía para hacerme con un vehículo— que contratara a un chófer árabe. Es triste. En muchas de estas pesquisas, las mayores pérdidas de tiempo, de dinero y de fuerza, son desencadenadas por contratiempos de esta o similar naturaleza.

En esos instantes, mientras dialogaba con aquella atractiva y severa recepcionista, algunas de sus preguntas pasaron casi inadvertidas para mí. Respondí seca y mecánicamente que no pensaba dejar el hotel y que sólo se trataba de una excursión de fin de semana. Fue después, al marcar el teléfono de uno de mis amigos árabes de Jerusalén —Anthony Salman, director de una agencia de viajes—, cuando las palabras de la hebrea resucitaron en mi memoria. Me estremecí. Pero, automáticamente, me reproché a mí mismo tanta suspicacia. ¿Es que empezaba a ver espías por todas partes?

La cuestión quedó zanjada. Anthony me procuraría ese coche. Pero con dos condiciones: dado lo avanzado del día, sólo podría estar listo a primera hora de la mañana del sábado y con la inexcusable obligación de contratar a un chófer y a un guía, igualmente árabes. Aquello me sublevó. Pero no tenía alternativa. Y esa noche, mientras repasaba el plan, me propuse darles esquinazo en el momento oportuno. No veía muy claro el porqué de aquellas exigencias. Y mi natural desconfianza se impuso.

Los recelos —ya no sé si infundados— crecieron lo suyo cuando, en la mañana de ese sábado, 22 de noviembre, un tal Michael se presentó a mí como el guía designado por Salman. Había vivido en España, hablaba castellano y, durante el centenar largo de kilómetros que nos separaban de Cesarea, se mostró igualmente interesado en mis actividades profesionales y, en especial, en mi plan de trabajo para esos días. Le correspondí con la misma amabilidad, pero sin soltar prenda sobre mis auténticos objetivos. Tanto y tan específico interés por mi labor como periodista y escritor no era normal. Así que, sin pensarlo dos veces, opté por desembarazarme de mis acompañantes antes de la caída del sol.

Tras la instructiva reunión con Waschsmann, el arqueólogo judío-canadiense, ordené al silencioso conductor que tomara la carretera de Nazaret. No hubo muchas preguntas. Al atacar el último repecho que desemboca en la entrañable ciudad de Jesús, les indiqué que detuvieran el automóvil a las puertas del hotel Nazaret, en las afueras de la población. Y antes de que pudieran reaccionar, me despedí de ellos, informándoles que prescindía de sus servicios y que, si lo deseaban, podían regresar a Jerusalén. Ni siquiera me atreví a mirar atrás. Al cruzar la puerta del oscuro y vetusto albergue, guía y chófer continuaban enzarzados en una airada discusión, en árabe, que, naturalmente, no comprendí.

En realidad, aquélla era una vieja táctica. Siempre que emprendo una investigación —digamos que «comprometida»— tengo la precaución de reservar habitaciones en dos o tres hoteles, simultáneamente. A veces compensa.

La noche dominaba ya las calles de Nazaret y, muy a pesar mío, tuve que resignarme y aguardar al nuevo día. La luz era vital para mi siguiente y trascendental pesquisa.

Creo que, a estas alturas, estoy hecho y sobradamente dispuesto a amoldarme a todo tipo de alojamientos. Sinceramente, después de quince años de infatigables correrías por el mundo, entiendo que he visto y sufrido más, incluso, de lo aconsejable. Pero la tristeza de aquel hotel nazareno no puede ser descrita. Así que, incapaz de soportarlo, me lancé a la casi desierta ciudad. Nazaret, como tantos otros lugares santos, no es, ni remotamente, lo que uno pueda imaginar. El turismo, la civilización y los siglos han liquidado todo vestigio de la aldea que cobijó al Hijo del Hombre durante más de veinte años. Hoy, dominada por una mayoría árabe, es sólo un lugar de obligado y siempre vertiginoso paso de peregrinaciones de toda índole y confesión. Únicamente aquel cielo azabache, que las desordenadas colinas sobre las que se asienta la localidad hacen más cercano, puede estremecer de emoción a un visitante medianamente despierto. La miríada de estrellas, vivas entonces por el frío de Galilea, son las mismas que velaron los quehaceres e inquietudes de ese personaje que, como al mayor, me tiene atrapado.

Mis pasos, como en ocasiones precedentes, me llevaron a la basílica de la Anunciación. Y no por un afán de orar —cosa que debería practicar más a menudo—, sino por saludar a algunos de los pacientes y venerables franciscanos. A pesar del escaso tiempo transcurrido en Israel, las tensiones habían sido lo suficientemente intensas como para necesitar unos gramos de compañía. Gracias al cielo, aquel apacible rato de tertulia con los padres Rafael y Uriarte resultaría doblemente útil. De un lado, como digo, llenó mi soledad. Días más tarde serviría como coartada, sacándome de un serio aprieto... Pero no debo saltarme los acontecimientos.

La inquietud y el nerviosismo pudieron conmigo. Así que, tras otra noche en vela, salté de la cama, esperando el amanecer. A las 5 horas y 39 minutos de aquel domingo, una difusa luz naranja ascendió por detrás de las colinas, despertando a la ciudad.

Dos horas después, tras no pocos regateos, logré convencer y contratar a uno de los taxistas. Tentado estuve de prescindir de aquellos tozudos árabes y servirme del bus 431 que hace la ruta hasta Tiberíades, costeando después por la orilla occidental del lago. Pero, según mis informaciones, estos autocares públicos circulaban muy lejos de mi verdadero punto de destino. No había opción. El trato fue cerrado y, tras desembolsar los seiscientos dólares, Solimán Hakim, mi nuevo guía, se deshizo en parabienes y reverencias —todo ello en una caótica mezcla de inglés, italiano y árabe—, jurándome por su salud que no me arrepentiría de tan sabia decisión.

El cielo, celeste, prometía una jornada tibia y luminosa. Me acomodé junto al parlanchín Solimán y, respondiendo con monosílabos a su incontenible verborrea, vi desaparecer a mis espaldas los últimos contrafuertes de Nazaret. «Éste —me animé— tiene que ser un día decisivo...»

El potente Mercedes desafiaba bien las curvas. Y en poco más de diez minutos dejó en lontananza Caná (hoy conocida por Kafr Kannā) y sus abruptos y blancos despeñaderos, en dirección al cruce de Haifa-Tiberíades, en la ruta 77. Veinte minutos después llaneábamos a toda velocidad hacia el mar de Galilea. Siguiendo mis instrucciones, Solimán evitó el populoso núcleo urbano de Teverya o Tiberíades, rodeando el lago por la carretera 90. Poco faltó para que, obedeciendo otro de mis típicos impulsos, interrumpiera el viaje y aprovechara la ocasión presentándome en la Jefatura de la Policía, en la mencionada ciudad de Tiberíades. Al exponerles mi propósito de reconstruir, en solitario, la caminata de María y José desde Nazaret a Belén de Judá, tanto en el consulado de España en Jerusalén como el doctor Liba me recomendaron que —dado lo peligroso de la zona del río Jordán, fronteriza con Jordania— acudiera a las autoridades policiales y militares judías, con el fin de explicarles mi proyecto y obtener así los imprescindibles salvoconductos. Pero vencí la tentación. Lo primero era lo primero...

Y, de pronto, el mar de Galilea se presentó a mi derecha. Aquel azul inmóvil, pintado de verde y bruma en sus lejanas orillas, me recordó que viajaba por los que, un día, fueron escenarios de buena parte de la vida terrena del Maestro. Y una contenida emoción encendió mi ánimo. Aquellos lares sí conservaban toda su pureza, todo el poder y todo el magnetismo de los campos, laderas, senderos o aguas por los que se había movido Jesús. Y me prometí buscar un respiro y descender de nuevo a las negras y pedregosas «costas» de aquel mar. Necesitaba respirar su brisa. Sentir los ligeros pasos del Maestro y el tímido chapoteo de las olas entre los guijarros de basalto.

Solimán me sacó de tan apacibles y reconfortantes pensamientos, señalándome el *kibbutz* Ginnosar, al borde del lago. Shelley Waschsmann, en efecto, me había informado que la mal llamada «barca de Jesús» —descubierta, como ya mencioné, a principios de ese año de 1986 por los hermanos Yuval y Moshe Lufan— había sido transportada hasta un pequeño museo, especialmente abierto y acondicionado en el *kibbutz* que ahora tenía ante mí. Allí deberá permanecer, por espacio de siete o nueve años, sumergida en una solución de cera sintética. El árabe, deseando complacerme, insistió para que nos detuviéramos en la granja-hotel que constituye el citado *kibbutz,* pasando a visitar el valioso bote. Una reliquia de inestimable valor arqueológico —no en vano se trata de la primera embarcación de los tiempos de Jesús hallada en el referido Kinneret o mar de Galilea—, pero que, desafortunadamente, los intereses crematísticos han catalogado ya como un nuevo motivo de peregrinación religiosa. Así se hace la Historia.

Fui terminante. Era preciso continuar. Mi objetivo era otro y muy distinto. El guía masculló unas ininteligibles palabras en árabe, demostrando su contrariedad con un bronco acelerón. Mi negativa —gracias al cielo— le mantuvo en silencio durante aquellos últimos 17 kilómetros. Ascendimos a buena marcha, siempre por la ruta 90, y, tras dejar a la izquierda Rosh Pinna, la nevada cumbre del Hermón en el horizonte me anunció la inminente proximidad de mi destino. Y los nervios, como una premonición, se desataron en mi estómago.

Solimán sonrió. Me indicó el lugar y redujo la velocidad. A los pocos minutos giraba a la izquierda, abandonando la carretera general e introduciendo el vehículo en una pésima pista que ascendía hasta las mismísimas puertas de aquel gigantesco «triángulo» isósceles.

Fue inevitable. Mi corazón presentía algo. Y las palmas de mis manos comenzaron a gotear.

Solimán, con un recuperado buen humor, rogó que esperase en el coche. Descendió con parsimonia y se encaminó al austero chamizo que hacía las veces de puesto de control. Un aburrido guarda nos recibió con curiosidad. Las visitas no debían de ser muy frecuentes en aquel apartado rincón de Galilea. Mucho menos, la de un supuesto turista extranjero que, además, llegaba en solitario. Ignoro lo que hablaron, pero a juzgar por los aspavientos del guía y las intermitentes e incisivas miradas que me lanzara el guarda, o fui tomado por un excéntrico millonario o por algo peor... Satisfecho el obligado ceremonial, el cetrino y espigado guarda —siempre sin quitarme ojo— procedió a levantar la pequeña barrera y a franquear el paso.

Solimán, visiblemente satisfecho, me extendió los tres

tickets. Acto seguido penetró en la explanada que se abría ante nosotros. Eran las nueve de la mañana.

Leí los boletos sin terminar de creérmelo. En todos ellos —en el azul, el verde y el marrón— aparecía la misma tipografía: «National Parks Authority», y un nombre largamente acariciado: «Tell-HAZOR.»

El Mercedes se detuvo. Sentí miedo. Allí, en el lugar más insospechado de aquella meseta, podía estar la clave del enigma. «Mira, envío mi mensajero delante de ti, MARCOS 1.2. Hazor es su nombre y sus alas te llevarán al guía MARCOS 6.2.0. El número secreto de sus plumas es el número secreto del guía, el que ha de preparar tu camino, MARCOS 1.2.»

El criptograma, permanentemente instalado en mi memoria, sonó esta vez con un timbre especial. Me estremecí. ¿Encontraría allí lo que tanto ansiaba? Pero ¿qué era lo que buscaba?

El árabe me observó sin comprender. Mis dedos temblaban, y yo, con la vista fija en el horizonte, parecía atornillado al asiento.

—¿Le ocurre algo, señor?

No recuerdo haberle contestado. Y Solimán, intrigado, presionó mi brazo izquierdo, insistiendo:

—¡Señor...! ¿Se encuentra bien?

—¿Cómo?... ¡Ah! Sí —balbuceé al fin, saliendo de aquella especie de bloqueo mental.

Hice acopio de fuerzas y, decidido, abandoné el automóvil. Abrí mi inseparable bolsa de las cámaras y, buscando apaciguar tanta excitación, dediqué unos minutos a la revisión del equipo. El guía, curioso, me dejó hacer, pendiente de cada uno de mis movimientos. Colgué una de las máquinas del cuello y, tras comprobar el buen funcionamiento de la brújula, cinta métrica, medidor de pasos y otros artilugios, me situé frente a las ruinas. ¿Por dónde empezar? «Hazor es su nombre...» Sí, al fin estaba en Hazor. Pero ¿qué quería insinuar el mayor?

No tenía ni la más remota idea del tiempo que debería consumir en aquella exploración. Así que, con el firme propósito de gozar de una entera libertad de acción, hice ver a Solimán que mi visita podía alargarse y que lo más prudente era que organizara su jornada como creyera oportuno. Pero el guía se negó a moverse de su sitio. Me encogí de hombros y, dándole la espalda, avancé hacia el corazón del tell. Por lo que llevaba leído y estudiado, aquella pequeña colina artificial, de 40 metros de altitud en su zona más elevada, fue construida hace más de cinco mil años, desempeñando —a lo largo de su historia— un papel de gran importancia estratégica en el nudo natural de comunicaciones en que se hallaba enclavada. Por allí habían discurrido los caminos de Damasco a Megiddo y de Sidón a Beisán. La transparencia y luminosidad de aquel día permitían divisar, al oeste, las tierras azules del Líbano y, al este, las verdes laderas de las alturas de Golán. Pero mi objetivo —quizá— se encontraba allí mismo: en aquella meseta o plataforma que, a vista de pájaro, recordaba la figura de un descomunal y ocre triángulo isósceles, dominando una feraz campiña. A las puertas de las ruinas consulté algunas de las notas contenidas en mi cuaderno «de campo». Las respetables dimensiones de la ciudad-fortaleza me acobardaron: 470 metros de oeste a este y 175 de norte a sur, en su parte más ancha. Hacia el oeste —es decir, en el imaginario vértice del triángulo— la meseta pierde altura en sucesivas terrazas. Y todo ello sabiamente cercado por los restos de muros y fosos. En definitiva, un apretado y monumental conglomerado de restos arqueológicos que, según los expertos, pertenece a veintiún asentamientos humanos y, obviamente, a otros tantos y remotos períodos de la Historia (1). Demasiado para mi escasa capacidad e información...

(1)   El tell de Hazor o Ḥāṣōr, tras los iniciales sondeos de Gastang en 1927, fue meticulosamente excavado por el célebre arqueólogo judío Yigael Yadin (1955 a 1958). Hazor fue la ciudad-fortaleza más grande de Canaán y, durante largo tiempo, un centro comercial y político de primera magnitud. A finales del siglo XIII antes de Cristo contaba con una población aproximada de 40 000 almas. Según Yadin, aunque se sospecha que el tell pudo ser habitado hace unos cinco mil años, la arqueología sólo ha localizado un total de 21 estratos. El más antiguo, del período del Bronce Antiguo (II); es decir, de hace 2 750 a 2 600 años antes de Cristo. El más reciente ha sido fechado en la época helenística. La ciudad alta ocupaba unas seis hectáreas y estaba rodeada por una sólida muralla. Después de ser destruida por el bíblico Josué, Hazor quedó relegada a una colina de escombros, salpicada de toscas y míseras cabañas de nómadas. En el siglo X antes de Cristo, el rey Salomón reedificó

En este singular tipo de búsqueda —lo sé por experiencia— la disciplina y el método son de vital importancia. Conviene proceder con extrema calma, sin despreciar detalle alguno, por muy insustancial o pueril que pueda parecer. Y sin perder de vista tales premisas arranqué con lo que podría calificar como una inicial «toma de contacto» con el lugar. El molesto *handicap*, no me cansaré de insistir en ello, de no saber lo que buscaba, tensó aún más mis sentidos. Quizá la pista de las «alas» era el único y endeble apoyo en tan loca investigación. Y lentamente, como si una «fuerza» extrahumana hubiera congelado el tiempo, empecé aquella nueva fase de mi labor.

La oblicua luz de la mañana había despertado a un ejército de sombras, que corría perezosamente hacia el oeste. Y los amarillos, ocres y blancos del laberinto arqueológico fueron avivándose. Tomé el estrecho sendero arenoso que rodea la meseta por el acantilado norte, con los ojos y el corazón entregados a cuanto me rodeaba. Era el único visitante y ello me permitía una total libertad de movimientos.

«Hazor es su nombre...»

A primera vista, aquel caótico entramado de muros, patios, palacios semiderruidos, de columnatas segadas por la destrucción y los siglos, edificios públicos sin techumbre y de los restos a medio levantar del fortín helenístico, no parecía apuntar indicio o señal algunos que atraparan mi atención. Eran sólo piedras. Pilares y basamentos dormidos, importunados ahora, aquí y allá, por el monótono crujir de la arenisca bajo mis botas. Aquellos iniciales minutos de infructuosa búsqueda aceleraron mi ánimo. Debía conservar la calma. Y reanudé la lenta marcha, bordeando la fortaleza en todo su perímetro.

«... y sus alas te llevarán al guía.»

El mensaje del mayor —¿o eran imaginaciones mías?— continuaba en primer plano, derramándose, con mi vista, en cada bloque de piedra, en cada esquina, en cada sombra...

---

parte de la ciudad alta, convirtiéndola en una guarnición real que vigilaba los accesos del norte de Israel. Un siglo más tarde, destruida por el fuego, fue reedificada por Ajab, siendo definitivamente arrasada en el año 733 antes de Cristo por los asirios. Y su pasado esplendor quedaría ya sepultado durante veintisiete siglos. *(N. del a.)*

Al filo de las diez horas, cuando estaba a punto de cerrar la primera gira de inspección, unas húmedas y toscas escalinatas, ubicadas en la cara este de la explanada y que se perdían en las entrañas de Hazor, me hicieron titubear. Unos carteles amarillos, en hebreo e inglés, anunciaban la entrada a un túnel. Y un soplo de esperanza me hizo temblar. Pero me contuve. Primero debía «peinar» la superficie de la ciudad-fortaleza.

Al recalar en el punto de partida consulté el medidor de pasos. La aguja marcaba 402. Aquel dato, la verdad, no revelaba gran cosa. Sumando los dígitos, en efecto, aparecía el misterioso «6». Pero ¿de qué me servía? Anoté esta y otras imprecisas observaciones y, tras inspirar profundamente, procedí al segundo «asalto». Solimán, a lo lejos, dormitaba en el interior del automóvil. Mentalmente dividí la fortaleza en tres sectores, adentrándome en el primero: en el situado al norte. Olvidando toda norma, me desentendí de los senderillos que zigzagueaban entre las ruinas, acomodándome a mis propios impulsos. Salté muros, acaricié las rugosas columnas, trepé a las demolidas casamatas y, sudoroso, busqué incluso desde lo más elevado de las paredes del fortín. Por fortuna, como ya señalé, Hazor se hallaba entonces solitaria y en silencio, y el puesto de control quedaba relativamente apartado. No había riesgo, al menos de momento, de que mi heterodoxa visita pudiera llamar la atención de los vigilantes.

«... y sus alas te llevarán al guía.»

¿Sus alas? En mi creciente desconcierto llegué a imaginar que el mayor, en su hipotético deambular por aquella meseta, podría haber descubierto algún tipo de alineamiento o de figura geométrica que recordaran unas alas. Siempre con la brújula en la mano, cambié repetidas veces de posición, oteando el maremágnum de piedra. Fui incapaz de distinguir el menor vestigio. Ni las rudimentarias calles, ni el confuso trazado de la ciudadela, se parecían a lo que yo perseguía. Allí, las únicas «alas» eran las de mi recalentada imaginación. Descendí sobre el terroso pavimento, repitiendo la exploración a lo largo del segundo y tercer sectores. ¡Era desolador! Si el mayor había jugado con algún símbolo, restos de cerámica o estela funeraria, estaba claro que debía buscar en otra dirección. Las ruinas de Hazor, al menos lo que llevaba visto, eran sólo eso: unas ruinas desnudas, desprovistas de inscripciones, estatuas o ajuares, incapaces de arrojar un poco de luz. Y de pronto, sentado sobre una de las piedras, mientras pugnaba por recapitular, tuve un presentimiento. ¿Y si las fatigosas «alas» pertenecieran a algo que había sido desenterrado en Hazor y trasladado a Dios sabe dónde? Aquel *flash*, perturbador, me hundió en el desaliento. Y allí, humillado en mitad de unas remotas ruinas arqueológicas, fui memorizando lo que había visto y leído en la gruesa documentación bibliográfica sobre Hazor. En los tres años de excavaciones, los arqueólogos habían rescatado una miríada de objetos votivos, figurillas de deidades, centenares de vasijas, escarabeos egipcios —uno de ellos, incluso, con el nombre de Amenofis III—, relieves religiosos, máscaras litúrgicas, óstraca, la famosa estrella circunscrita (signo de la realeza hitita), formidables esculturas de leones y, en fin, hasta nueve *massebot* o estelas, una de ellas con dos enigmáticas manos en actitud de plegaria. Todo un arsenal perteneciente a 21 ciudades y períodos distintos. Y todo ello, si la memoria no me traicionaba, sin la menor relación con unas «alas». Ciertamente, aún quedaba mucho por revisar. Pero ¿y si no conseguía descubrir un solo motivo alado? ¿Y si las intenciones del criptograma se movían en otra dirección?

Me incorporé y, golpeando el muro con rabia, levanté los ojos al cielo, clamando por una pista. Estaba nuevamente perdido. La «respuesta», aunque una vez más no supe verla en esos críticos momentos, llegó sutil y puntual. Suspiré y, un tanto avergonzado de mi propio dramatismo, volví a sentarme. Encendí un pitillo y, sin saber por qué, caí de nuevo sobre el cuaderno de «campo». Releí las notas y, poco a poco, al tiempo que me serenaba, fui aproximándome a un comentario —subrayado en rojo— y que había copiado en España de una carta procedente de Munich. Su autora —M. Klein— escribía a propósito del enigma: «... Claro que, en principio, puede pensarse que Hazor se refiere más bien a un animal o personaje con alas. Por eso dudo un poco de su relación con la ciudad bíblica del mismo nombre. Sin embargo, podría ser también que cualquier figurita sacada de Hazor, y ahora en un museo, tuviera algo que ver con el asunto.»

Evidentemente, no supe interpretar aquel «signo». Me

llamó la atención, sí, la curiosa y oportuna «coincidencia» de ideas. Pero ahí quedó todo. En ocasiones, la excesiva autoconfianza o el estúpido engreimiento desembocan en rotundos fracasos. Aquel desmoronamiento, sin embargo, se esfumó a la par que el cigarrillo. Recompuse mis fuerzas y, como si allí no hubiera pasado nada, me alejé de la ciudadela en dirección este, dispuesto a intentarlo en el misterioso túnel que viera dos horas antes.

No es que sea muy practicante de la religión en la que fui educado, pero instintivamente, al poner el pie en el primer escalón, hice la señal de la cruz. La boca del túnel me sobrecogió. ¿Qué me aguardaba en aquellas profundidades?

La excavación practicada por Yadin —siempre respetuosa con los trazados primigenios— desciende en vertical. Se trata de un enorme pozo cuadrangular de poco más de 10 metros de lado, con una sucesión de rampas escalonadas, ganadas al terreno rojizo del tell por cada uno de los laterales del mencionado pozo.

Y muy despacio, con el corazón agitado, fui avanzando. Por mera precaución, antes de tocar el primer y húmedo peldaño, dispuse el Schritte (medidor de pasos), situando la aguja en el cero. La luz entraba sin dificultades hasta el fondo de la perforación, situado a unos doce metros de la superficie. El silencio era completo. Consulté la brújula en cada uno de los estratos, pero no advertí alteración alguna. Las paredes, cuidadosamente cepilladas por los arqueólogos, no presentaban tampoco otras evidencias o señales que no fueran las lógicamente derivadas de los trabajos de desescombro y de la humedad. De todas formas, dediqué un tiempo al examen de los diferentes cortes existentes en los muros. La experiencia fue nula. En el pozo no pude, o no supe, encontrar un solo detalle que encajara con el criptograma. Pero faltaba una segunda galería.

Al ganar el último de los peldaños me detuve. Frente a mí se abría un corredor de unos cinco metros de altura, pésimamente iluminado por algunos mortecinos y espaciados puntos de luz amarillenta. El túnel, ciertamente tenebroso, descendía hacia quién sabe dónde, en un brusco desnivel de 30 o 35 grados. Las paredes chorreaban humedad. Agucé el oído, intentando captar algún sonido. No fue posible. Sólo mi desacompasado ritmo cardíaco retumbaba en el pecho. Aguardé unos segundos, procurando que las pupilas se acostumbraran a la oscuridad. Pero no alcancé a distinguir el fondo del pasadizo. Fue entonces, al trastear en la bolsa del equipo fotográfico, en busca de una inexistente linterna, cuando reparé en el cuentapasos. A la luz del mechero, al tiempo que maldecía mi falta de previsión, procedí a desengancharlo del cinturón. La aguja se hallaba inmovilizada en 150 pasos. «¿Ciento cincuenta?», repetí en voz alta. El eco se propagó en la oscuridad. Sentí un escalofrío. La suma de los dígitos daba «6». Otra vez el misterioso número... ¿Cómo era posible? ¿Y si el *steps-pas* hubiera errado? Era dudoso. E, ilusionado con tan famélico dato, regresé por donde había bajado, contabilizando los escalones.

«... El número secreto de sus plumas es el número secreto del guía.» A la carrera, nervioso por confirmar la cifra, fui remontando las rampas, llegando a la superficie sin resuello. ¡Maldito tabaco!...

En efecto. No había error. Las escaleras sumaban 150 peldaños. Me dejé caer contra la barandilla que protegía el último de los vuelos de acceso al pozo y, mientras recuperaba el aliento, fui desgranando algunas hipótesis. Todas, cuando menos, se me antojaron retorcidas. ¿Es que debía asociar las «alas» con aquellas rampas escalonadas? ¿Podían conducirme al guía? ¿Era el «6» el número secreto de las plumas de las alas de Hazor?

Ahora, al recordar tamañas desventuras, no puedo por menos que sonreír. El mayor, casi con seguridad, había visitado las ruinas de Hazor. Sin yo saberlo, al manejar el cómputo de los peldaños, había acertado. Pero, absorto en el hallazgo, perdí de vista un factor, inherente al mayor y a sus enigmas: su natural inclinación al juego del despiste...

Admitiendo la forzada tesis de que tales rampas de tierra fueran las «alas» del «mensajero», y de que el número secreto fuera el seis, dichas escalinatas tenían que llevarme al «guía». Pero ¿quién o qué era el «guía»? ¿Me toparía con él en el subterráneo?

Sólo había una forma de salir de dudas.

En el fondo lo agradecí. Lo averiguado hasta ese momento en Hazor era tan poco relevante que aquella «luz» —o cualquiera otra, por muy pobre que hubiera sido— hizo el milagro de devolverme la esperanza. Me precipité escaleras abajo y, ansioso por penetrar en el túnel, poco faltó para que diera con mis huesos en tierra en uno de los resbaladizos tramos. El susto me hizo recapacitar. Tenía que proceder con cautela. En la boca de la segunda galería seguían reinando el silencio y una pastosa penumbra. Encendedor en mano caminé por el centro del túnel. La acusada pendiente resultaba incómoda y, prudentemente, me hice a un lado, pegándome al chorreante e irregular muro de la derecha. Fue una marcha lenta. Expectante. Con la frágil llama azul-amarillenta del mechero explorando cada centímetro cuadrado de piedra. Cada cuatro o cinco pasos cambiaba de pared, repitiendo la minuciosa operación de búsqueda. La abrupta bóveda del subterráneo tampoco revelaba inscripción o indicio alguno.

Sentí frío. La humedad aumentaba. Súbitamente, mientras revisaba uno de los muros a la luz del mechero, creí escuchar algo. Apagué la llama e, inmóvil como una estatua, esperé. El corazón había empezado a palpitar con violencia. Pero aquel fugaz y sordo sonido —algo así como un chapoteo— no se repitió. El fondo del pasadizo continuaba en tinieblas. Era difícil precisar sus perfiles y lo que pudiera albergar en lo más profundo. No voy a ocultarlo: una familiar sensación de miedo me hizo temblar las rodillas. Y unas gotas de sudor resbalaron por los costados. Peleé conmigo mismo, tratando de razonar. Allí, seguramente, no había nadie. Todo era fruto de la tensión. No salí muy convencido del lance. El instinto —más que la inteligencia— difícilmente se equivoca.

¿Qué hacía? ¿Continuaba avanzando o daba media vuelta, obedeciendo la lógica y natural inclinación a salir de aquel lugar?

Tragué la escasa saliva que me quedaba y, aceptando el imprevisto desafío, caminé sigilosamente, sin despegarme del muro derecho. Esta vez lo hice a oscuras. «Si se trataba de una falsa alarma —razoné con dificultad—, tiempo y oportunidad habría de repasar los paños de tierra que restaban por explorar.»

Según mis cálculos, llevaba recorridos unos diez o quince metros, ignorando cuánto faltaba para la culminación del túnel. Siguiendo una vieja táctica, inspiré profundamente y repetidas veces, buscando apaciguar la frecuencia cardíaca. Lo logré a medias. Estaba seguro de haber oído aquel ruido. Esta idea, unida a las tinieblas y al silencio del recinto, habían hecho saltar mis alarmas.

El piso se hacía cada vez más resbaladizo. Procuré aferrarme a los pedregosos entrantes de la pared, no dando un solo paso sin antes tantear la solidez del inclinado pavimento. Cuando había ganado veinte o veinticinco metros, otro seco golpe llegó con nitidez. Ahora no había dudas. Era como si una piedra, o algo contundente, topara con un muro. Los escalofríos me recorrieron en oleadas. En un arranque accioné el mechero, al tiempo que lanzaba un inseguro: «¿Quién hay ahí?»

No hubo respuesta. Pero, coincidiendo con el encendido de la llama, dos nuevos golpeteos —más cercanos— me helaron la sangre. Ahora, y sólo ahora, rememorando la escena, se me antoja tragicómica. En aquellos instantes, consecuencia del miedo y de los nervios, en lo único que reparé fue en una acuciante necesidad de orinar. Obviamente me contuve.

Entorné los ojos y, forzando la vista, creí distinguir a no mucha distancia una informe mezcolanza de sombras verticales y horizontales. ¿Qué demonios era aquello?

La curiosidad —nunca he logrado entender la extremada fuerza de tal atributo— se impuso al miedo. Sin embargo necesité algunos segundos para mover las piernas. Con el brazo derecho tenso como un mástil, soportando el doloroso contacto con el recalentado mechero, seguí aproximándome a lo que intuía como el final del subterráneo. El silencio, de nuevo, era total. Un silencio cargado de presagios. Saturado por mi propio miedo.

¿Sombras estilizadas? ¿Sombras inmóviles, dibujando un incierto amasijo de líneas (?) verticales y horizontales? ¿O no estaban inmóviles? Estas interrogantes me acompañaron los últimos metros, al tiempo que —gracias al cielo— la pobrísima radiación de mi encendedor fue rompiendo la negrura. Me detuve. Paseé la diminuta luz a izquierda y derecha y, de improviso, recibí un fétido olor. Sujeté la mano derecha con la izquierda, en un esfuerzo por inmovilizar la llama. La candela osciló, agitada por algún tipo de corriente. A los pocos minutos descubría ante mí —a cosa de tres o cuatro metros— una rudimentaria y semipodrida valla de madera, que me cerraba el paso. Respiré con alivio. Ligeramente encorvado, todavía con los músculos en guardia, me situé frente a los listones que ponían fin a aquella zona del túnel. La barrera apenas si alcanzaba un metro de altura. Me asomé despacio y, al extender el mechero, comprendí. Sencillamente, había cubierto los treinta o treinta y cinco metros de un subterráneo que moría en una piscina o cisterna, inundada de una agua hedionda y verdinegra. En cuanto al enjambre de «sombras», no era otra cosa que un apretado bosque de palos y postes que apuntalaba la techumbre del cubículo a derecha e izquierda. No sabía si reír o llorar. El miedo me había jugado una mala pasada. E, incomprensiblemente, olvidé los extraños ruidos. La calma volvió a mí y, deseoso de proseguir la búsqueda, dediqué un tiempo a pasear arriba y abajo de la valla de seguridad, examinando las maderas. Todo era normal. Al otro lado, el declive del terreno concluía bruscamente. Semienterrados, distinguí cuatro relucientes y enormes peldaños de basalto que se hundían en la charca. El rudimentario sistema de iluminación no permitía ver más allá de dos o tres metros. En consecuencia, desconocía las dimensiones de la cisterna y lo que pudiera haber al otro lado de las primeras hileras de postes.

Era el momento de evaluar mi situación. Frente a la mugrienta valla, respirando las nauseabundas emanaciones del agua estancada, fijé la vista y los pensamientos en la negra incógnita que tenía ante mí. Busqué en la memoria. La verdad es que apenas si había leído gran cosa sobre aquella parte de las excavaciones en Hazor. Sin duda, se trataba de un antiquísimo sistema hidráulico, ideado para el abastecimiento de una ciudad-fortaleza que, como registra la historia, se vio sometida a diversos y prolongados asedios. Lo asombroso es que, después de tantos siglos, el agua siguiera llenando el fondo del subterráneo. Calculé el camino recorrido, estimando que podía hallarme a 25 o 30 metros de profundidad. Mi gran duda era si debía arriesgarme a continuar la marcha, explorando el resto del túnel. (Lo de «marcha» era un decir, claro. La cerca de madera estaba allí por algo.) Experimenté un incómodo desasosiego. Pero lo atribuí al cúmulo de contrariedades que venía padeciendo. «¿Y si la clave del misterio estuviera más allá?» La tiranía del criptograma se dejó sentir por enésima vez. «¿Es que iba a tirar la toalla ante la primera seria dificultad que me cerrase el camino?»

La decisión estaba casi asumida cuando, en mitad de la oscuridad, oí un nuevo y misterioso golpe. Fue como un «plof». Prendí el encendedor y, al momento, descubrí el fatigoso avance de unas ondas en la superficie de la cisterna. Algo se había precipitado en las aguas. Y el miedo resucitó. Elevé la llama en un intento de visualizar el techo de la galería. Quizá se tratase de algún desprendimiento, tan habituales en túneles de esta naturaleza. La sola idea de un derrumbe me sobrecogió. Pero, al punto, al reconocer el rocoso y compacto techo abovedado, rechacé la ocurrencia. Entonces, si no era una piedra lo que acababa de agitar la piscina... El recuerdo de éste y de los golpes precedentes me acobardó. Como ya señalé, los había olvidado. En un santiamén, la imaginación se encargó de debilitar los escasos ánimos. ¿Y si la charca —cuya profundidad desconocía— ocultaba algún animal? Discutí conmigo mismo. Eso no era razonable. ¿Qué clase de bestia podría sobrevivir en una ciénaga así? Peores cosas había visto. Claro que cabía también la posibilidad de que, en el extremo oculto del túnel... Me autorrebatí sin miramientos. Eso no tenía mucho sentido. Si la galería continuaba, e incluso disponía de una segunda entrada, ¿por qué suponer que allí, en algún oscuro e incierto nicho del subterráneo, tenía que haber una guarida de perros o animales asilvestrados? Además —remaché con convicción—, ese o esos supuestos perros no habrían desaparecido bajo las aguas.

«... y sus alas te llevarán al guía.»

¡Maldita sea! La curiosidad seguía minando mi sentido común. ¿Qué había al otro lado de la cisterna y del andamiaje de sustentación del túnel? Era menester aclararlo. Si retornaba a la superficie sin intentarlo, jamás me lo perdonaría. Y, lo que era peor, quizá perdiese la ocasión de despejar el enigma.

¡Al diablo con todo! Aseguré la bolsa de las cámaras contra mi espalda, situando la correa en bandolera y, pleno de coraje y de una insensata inconsciencia, salté la cerca.

El terreno, al filo de los peldaños de basalto, era fangoso. A derecha e izquierda, hundidos en el barro, se levantaban los primeros puntales de madera. Mi propósito era trepar por ellos y, con toda la precaución del mundo, deslizarme sobre los travesaños hasta el final de los mismos. En aquellos agitados instantes no vi una fórmula mejor para salvar la charca.

Mis manos se humedecieron al palpar los maderos de la izquierda. «Mal asunto», sentencié. A la luz del mechero inspeccioné las bases. Se hallaban deterioradas. Era de esperar. Aquel armazón, dispuesto por los hombres de Yadin, venía soportando un desgaste de treinta años. La humedad de la cisterna, implacable, lo había corrompido todo o casi todo. Examiné los clavos que soldaban los palos horizontales a los verticales. La mayor parte —corroída por el óxido— no ofrecía mucha seguridad. ¿Resistirían mi peso? Decidí verificarlo. Me apoyé con ambas manos sobre el travesaño más bajo, situado a cosa de ochenta centímetros del terreno, propinándole varios e inmisericordes empellones. La estructura se resintió, crujiendo amenazadora. Fue un aviso. Pero no todo terminó ahí. Amén de patinar peligrosamente sobre la curvatura del madero, al tercer o cuarto «embate» escuché un nuevo «plof». Esta vez, a mi derecha y muy próximo. Me revolví frenético. La única respuesta fue otra cansina serie de ondas circulares avanzando hacia mis pies y el silencio. Un silencio que secó mi garganta. El irritante misterio de aquellos golpes empezaba a encolerizarme. Descendí hasta el último de los escalones y, en cuclillas, acerqué la llama a las aguas. Fue inútil. La negrura era impenetrable. Agité la superficie con la mano izquierda y, al acercar los dedos a la nariz, un repugnante olor a podrido me echó para atrás. Permanecí pensativo y expectante, bregando con la oscuridad. Al poco, por mi izquierda, junto a uno de los postes ubicado a metro y medio, emergieron varias burbujas. Sentí cómo los vellos de la nuca se erizaban. No tuve valor para moverme. Aquellas burbujas, las únicas que había observado desde que llegara a la cisterna, confirmaron las iniciales sospechas. Allí abajo habitaba o se movía algo... Segundos después otro burbujeo, más intenso, delató la presencia del supuesto animal junto a la base del poste contiguo. Parecía alejarse hacia el interior de la charca. Temblando de miedo, hecho un ovillo sobre el húmedo peldaño, fui abriendo la cremallera de la bolsa, tanteando las máquinas. Si «aquello» —lo que fuera— asomaba entre las aguas, un oportuno *flashazo* me permitiría fotografiarlo y dejarlo temporalmente ciego... En caso de peligro, esa ceguera jugaría a mi favor. Los segundos transcurrieron tensos e interminables. Con los músculos agarrotados fui paseando la vista por la ciénaga, esperando que, en cualquier momento, la o las bestias irrumpieran en la superficie. De pronto caí en la cuenta de que me hallaba con medio cuerpo fuera del escalón, prácticamente sobre las aguas. ¿Y si el responsable de las burbujas buceaba hasta el filo de la piscina? La repentina y angustiosa idea pulverizó mi menguado valor. Y de un salto retrocedí hasta la valla. Un sudor frío, y el miedo, destilaban ya por los cuatro costados. Pero el túnel continuó en silencio. Nada alteró sus aguas. Y despacio, muy despacio, fui recomponiendo mi malparado ánimo. Los que me conocen un poco saben que, a estas alturas de la vida, sólo me indigno conmigo mismo. Pues bien, ésta fue una de esas ocasiones en la que maldije mi escasa fortaleza de ánimo.

Guardé la cámara fotográfica y, mascullando toda suerte de improperios contra mí mismo, avancé hasta el andamiaje de la derecha. Se habían terminado las inspecciones y el rosario de fantasías. «Aquí no hay y no pasa nada —fui repitiéndome mientras me asía a uno de los palos, emprendiendo la escalada—. Aquí sólo hay miedo...»

No me equivocaba en lo del miedo. En lo otro, desgraciadamente, sí.

¡Estúpido de mí! Jamás aprenderé. Los primeros movimientos fueron sencillos. Molestos y delicados ante lo resbaladizo de los troncos, pero de escasa dificultad. El entibado moría a unos cinco metros de la superficie de la charca. Tanteé varios de los travesaños horizontales, eligiendo uno de los más gruesos. Ante la presión de mi pie, gimió levemente. Pero soportó el peso. El largo madero, claveteado a los postes verticales, se hallaba a unos dos metros sobre el nivel de la ciénaga, perdiéndose en la profundidad del túnel. Aquella batería de postes y tablas, al igual que la que había sido plantada en el lateral izquierdo del subterráneo, formaba un intrincado laberinto de difícil acceso. Los troncos horizontales habían sido dispuestos a medio metro uno de otro, reforzados en el interior de la masa del andamiaje con decenas de estacas, apuntaladas en aspa. Intentar el avance por el centro de la estructura habría sido laborioso en extremo. Así que, en mi afán por ganar tiempo, elegí la cara externa: desnuda y vertical sobre las aguas. Frente a este podrido e improvisado «puente» —a cuestión de cuatro o cinco metros— corría paralela, como digo, la estructura de la izquierda.

Atrapé el mechero entre los dientes y, midiendo cada paso, probando palmo a palmo la integridad y resistencia del tronco al que me aferraba, fui avanzando. La humedad, conforme me adentraba en el interior de la cisterna, fue en aumento. Un moho negruzco envolvía la mayor parte de las maderas, deshaciéndose entre mis dedos y suelas. Tomé aliento y, al mirar hacia abajo, la mancha negra de las aguas y el recuerdo de las burbujas me estremecieron. Si alguno de los tramos cedía, mi situación podía ser comprometida. Espanté tan funestos presagios y, con los cinco sentidos en cada centímetro de la madera, reanudé la marcha.

Todo fue relativamente bien hasta que, a cinco o seis metros de la orilla, al sortear otro de los postes, los viejos golpeteos me helaron la sangre. Pegué la cara al madero y, conteniendo la respiración, escuché. Los ruidos, ahora, eran continuos. Encadenados. Muy cercanos. Y percibí cómo los vellos de mi cuerpo se erizaban a un tiempo. Tras unos segundos de indecisión, abrazado al poste con todas mis fuerzas, incliné la cabeza, buscando la charca. La oscuridad no me facilitó las cosas. No acertaba a comprender...

De pronto, algo golpeó la bolsa. Fue un impacto seco. Violento. Las piernas se doblaron y una dolorosa lengua de fuego se propagó por mi vientre. Clavé los dedos en la madera, aterrorizado ante la «agresión» y, sobre todo, ante la idea de perder el equilibrio y caer.

¡Algo se movía a mi espalda, pateando y arañando la bolsa de las cámaras! Era pesado y topaba violenta y anárquicamente contra mis riñones. El pánico bloqueó la garganta. No podía volverme. Ignoraba lo que se revolvía a mis espaldas y, aunque el instinto me ordenaba soltar una de las manos y defenderme, la posibilidad de resbalar y precipitarme en las aguas fue más poderosa. En aquellos eternos segundos noté cómo el animal se asomaba al filo de la bolsa, desequilibrándome. Y, ciego por el pánico, comencé a agitarme, balanceando el equipo a derecha e izquierda con histérica desesperación. En los primeros vaivenes, la «cosa» debió de clavar las garras en el cuero, resistiendo, imperturbable, las violentas oscilaciones. A la quinta o sexta convulsión, la bolsa recobró su peso habitual. El animal, sin duda, había saltado.

Al aminorar la tensión, las fuerzas cayeron en picado. Tuve que abrazarme al madero, temblando de pies a cabeza. Los escalofríos y aquel miedo cerval habían hundido los dientes en el encendedor, perforando el plástico. Cerré los ojos, luchando por reprimir la agitada respiración. Pero los golpes continuaban a mi alrededor, quebrando el silencio del túnel y los desordenados intentos de serenarme. Me sentía impotente. Incapaz de avanzar o retroceder. Mi obsesión en tan dramáticos momentos era que otro u otros animales pudieran precipitarse sobre mi cuerpo. Evidentemente, los impactos en el agua eran provocados por aquellos «invisibles» seres.

No sé cuánto tiempo permanecí aferrado al poste, acobardado e indefenso. Sólo cuando los topetazos decrecieron, haciéndose más espaciados y distantes, la lucidez volvió a mí. Tenía que actuar. No podía atascarme en lo alto del andamiaje, sin saber a qué atenerme y con la permanente amenaza de una caída en unas aguas infectadas de Dios sabe qué criaturas.

«Sí, lo primero, antes de adoptar una decisión, es iluminar mi entorno.»

El miedo —quien lo haya padecido sabrá comprenderme— tiene estas y otras absurdas consecuencias. Uno habla solo. Y yo empecé a dialogar conmigo mismo, con la voz quebrada, en un fervoroso deseo de «sentirme acompañado».

«... ¡El mechero! Claro...»

Pero el mecanismo no respondió.

«¡Dios!... ¿Qué pasa?»

Uno, dos, tres golpes a la ruedecilla dentada. Era inútil. Me abracé de nuevo al pestilente y húmedo madero y, a tientas, abrí al máximo el paso del gas. Los estériles fogonazos habían multiplicado los golpes y los chapoteos en la ciénaga.

«¡Vamos, vamos!»

Al segundo o tercer intento, una larga y trepidante llamarada —al fin— brotó impetuosa ante mis ojos. Y con el pulso tembloroso y desarmado levanté la candela por encima de la cabeza, hacia los travesaños superiores. El túnel se iluminó. Al instante, al descubrir lo que bullía sobre los palos y maderos, los cabellos y la piel se tensaron como agujas. El pavor y la repugnancia me hicieron vomitar. Pensé que iba a desmayarme. Y en un supremo intento por conservar el sentido, golpeé mi frente contra el puntal...

Aquella reacción me salvó momentáneamente. Con un agrio sabor, sin poder controlar los temblores que me sacudían como un muñeco, me oriné de miedo. Nunca me había ocurrido. Lo confieso.

Con los ojos espantados aproximé la llama al palo horizontal que descansaba a medio metro de mis erizados cabellos, profiriendo un desgarrador: «¡Fuera!...»

El aullido, más que grito, y la proximidad del fuego surtieron efecto, y decenas de ratas que pululaban y se amontonaban en el entibado de la galería treparon y huyeron en todas direcciones, empujándose y cayendo a la ciénaga.

Eran ratas grises. Muchas de ellas enormes como gatos, chorreantes y con sus repulsivos pelajes inhiestos como púas.

Entre escalofríos fui dirigiendo la llama arriba y abajo, a derecha e izquierda, tratando de averiguar el número de las que se retorcían y circulaban veloces por los postes cercanos. Imposible calcularlo. Quizá fueran más de un centenar.

Es curioso. El instinto de conservación tomó las riendas y, mientras agitaba el amenazante brazo derecho, una atropellada secuencia de posibles soluciones desfiló por mi cabeza. Lo más sensato era retroceder y escapar de allí. En alguna ocasión había leído algo sobre tales roedores y sabía de su voracidad, inteligencia y capacidad destructora. También es cierto que raramente atacan o se enfrentan a un enemigo superior. Pero ¿cómo saber si aquella colonia reaccionaría así? ¿Y si estaban hambrientas?

La enloquecida dispersión de los núcleos más próximos me tranquilizó a medias. Estaban tan aterrorizadas como yo, aunque no podía fiarme. Algunas, quizá las más viejas, fueron a refugiarse en lo más intrincado del bosque de palos, desapareciendo en las tinieblas. Otras, en cambio, a prudencial distancia del fuego, se revolvían nerviosas, agitando sus peladas colas en el vacío y levantando los puntiagudos hocicos en actitud dudosa. Sus uñas y dientes destellaban a cada movimiento, llenándome de pavor. Varias de las ratas —no supe nunca si las más audaces o hambrientas— se atrevieron a cruzar por el poste horizontal más próximo y paralelo al que me servía de asidero. Centímetros antes de llegar a la altura de mis ojos, frenadas por las temblorosas acometidas de la llama que sostenía entre los dedos, daban media vuelta o se sentaban sobre sus cuartos traseros, orientando los sanguinolentos pabellones auditivos hacia el anárquico ir y venir del mechero. Desafiantes, como digo, algunas llegaban a aventurarse por el travesaño, corriendo veloces frente a mi rostro. En una de las ocasiones, medio enloquecido, acerté a golpear con los nudillos en el espeso pelaje de uno de los animales. Y el fuego prendió en el vientre. La rata se revolvió y, entre chillidos, lanzó una dentellada a la zona incendiada. El dolor la obligó a buscar el poste vertical más cercano y, enroscando la cola en el madero, descendió veloz hacia la charca. El siseo del fuego al contacto con el agua y una pequeña humareda pusieron punto final al lance. Sin poder reprimir la angustia, estallé en un nuevo y prolongado grito que provocaría otro precipitado alejamiento de los roedores. Con asombrosa habilidad, saltando por encima de sus congéneres, muchas de las alimañas, ayudándose siempre de las colas, tomaron el camino de la ciénaga, corriendo postes abajo hasta zambullirse en las aguas.

Algo reconfortado (?) por mi pequeño triunfo, deslicé la mano izquierda por el palo vertical y, en cuclillas, intenté iluminar la piscina. Por debajo de mis pies, en los maderos, gracias a Dios, no distinguí ninguno de los escurridizos y negros bultos. La cloaca, en cambio, parecía un hervidero. Las ratas grises, resistentes nadadoras, se dirigían veloces hacia la orilla y el entablado de la izquierda. Si caía al agua podía darme por muerto...

Y obedeciendo al instinto de conservación, empecé a retroceder, a la búsqueda de tierra firme.

«Hazor es su nombre...»

Nunca lo he asimilado. ¿Cómo un hombre atemorizado puede doblegar su natural inclinación a huir y, en cuestión de segundos, enfrentarse a lo que le acobarda? Quizá ésta sea una de las maravillosas paradojas de la condición humana...

La cuestión es que, cuando apenas llevaba recorridos unos metros, la «fuerza» que siempre me acompaña resurgió en mí. Y las frases del criptograma se entremezclaron con otros no menos violentos reproches.

«... y sus alas te llevarán al guía.»

«No, no puedo abandonar...»

«... El número secreto de sus plumas...»

«¡Sólo son ratas!»

«... el que ha de preparar tu camino.»

«¡Es preciso luchar!»

¡Maldición! Mi ánimo, muy a pesar mío, empezaba a fortalecerse. Las ratas, al menos de momento, no habían dado muestras de agresividad. Quizá pudiera alcanzar el otro extremo del subterráneo. Pero el miedo, tan sólido como el deseo de ganar la cara oculta de la galería, me hizo dudar.

«¡Decídete! Si al menos tuviera algo con que defenderme...»

No tenía más remedio que apagar el mechero. La cápsula metálica abrasaba. Pero la sola idea de la oscuridad, rodeado de aquel ejército de ratas, me estremeció. Recordé el cuaderno «de campo». Sí, aquello podía servir. Sus estrechas y alargadas hojas darían un respiro al encendedor.

Arranqué varias de las páginas en blanco y, retorciéndolas, improvisé una antorcha. Estaba decidido. Sujeté el providencial bloc a mi cintura, hundiéndolo en parte sobre el vientre, y, en otro arrebato, me precipité hacia el interior del túnel. Debía actuar con celeridad. Aquella frágil «tea» no duraría mucho. El fuego devoraba el papel y yo seguía ignorando la profundidad del entibado. Entre escalofríos, aferrado al palo horizontal con la mano izquierda y repartiendo las miradas entre el poste sobre el que caminaba, las inquietas ratas y el fuego, conseguí avanzar una docena de pasos. En parte por liberar la tensión y el pánico y también para ahuyentar a los habitantes del subterráneo, acompañé los movimientos de otros tantos y sonoros aullidos que hicieron enloquecer al eco, multiplicando las carreras de las alimañas y los chapoteos en la ciénaga.

Resistí la proximidad del fuego hasta que, a escasos milímetros de los dedos, el calor me hizo soltar la antorcha. Las tinieblas se precipitaron sobre el lugar. Arrecié en los gritos, mientras, torpemente, preparaba una segunda tea. La aparición de la lumbre no apaciguó el frenético bombeo del corazón. Mi pecho se agitaba violentamente. Escruté los palos inmediatos. Las ratas, cada vez más alteradas, habían dejado de huir, amontonándose convulsas y chillonas a tres o cuatro metros por delante de mí. Otras retrocedían, evitando los travesaños sobre los que me encontraba. Grité con más fuerza, protegiendo mi cuerpo con el fuego. No entendía aquella peligrosa detención y vuelta atrás de los roedores. ¿Por qué no escapaban hacia lo más profundo de la galería? La respuesta estaba frente a mí. Confuso y pendiente de las ratas, no lo comprendí hasta chocar casi con ella.

En uno de los avances de la tea creí verla. Sí, ahora estoy seguro. El resplandor amarillento la iluminó fugazmente. Pero sólo cuando el pie izquierdo fue a topar con ella, el presentimiento se hizo realidad. La más decepcionante de las realidades.

«¡Oh, no!»

Palpé incrédulo. La rugosidad de la roca fue demoledora. Allí mismo se secaron las fuerzas y la última gota de esperanza. El túnel finalizaba en una pared cementada, lisa y desnuda. Atónito, moví la tea a diestra y siniestra, buscando un hueco, un pasadizo, una continuación de la galería. Imposible. Los únicos orificios eran los practicados por los trabajadores de Yadin a la hora de perforar el subterráneo con los maderos de sustentación. Unos boquetes que las ratas se habían encargado de ensanchar, acondicionándolos como madrigueras. El crepitar del fuego, chamuscándome los dedos, me hizo reaccionar. Las brasas escaparon de mi mano y el silencio, las tinieblas y la desolación se abatieron sobre mí. Por un instante había olvidado dónde me hallaba. El sentimiento de frustración era total.

¡Qué estupidez la mía!

Ya sólo cabía volver. Deshacer lo andado. Antes, claro, era preciso salvar aquella veintena de metros, sobre unos maderos semipodridos, resbaladizos e infectados de ratas...

La sensación de inutilidad fue tan profunda que —digo yo— durante los primeros minutos eclipsó al miedo. Maquinalmente arranqué las postreras hojas del cuaderno, incendiándolas. La fortuna no estaba de mi lado. Al tantear en el pantalón, con el fin de guardar el mechero, éste se escurrió entre los mojados dedos, cayendo a la ciénaga.

«¡Mierda!»

Fue la gota que colmó mi indignación. ¿Cómo iba a cruzar la estructura de madera? Sin la protección del fuego, los roedores podían abalanzarse sobre mí... Y un copioso sudor bañó las sienes. Contemplé la oscilante llama como hipnotizado. Apenas si tenía antorcha para uno o dos minutos. Sin embargo, el miedo vino a sacudirme.

Aún quedaban hojas en el cuaderno «de campo». Pero

ésas —repletas de anotaciones— eran sagradas. Pensé en sacrificar la cazadora o la camisa... Afortunadamente reparé en otro elemento, de más fácil y cómodo manejo. Trasladé la tea a la mano izquierda y, sin pérdida de tiempo, me apoderé de uno de los rollos de película. Atrapé la cola entre los dientes y tiré del chasis. Al segundo golpe, el metro y medio de negativo quedó al descubierto, culebreando entre las piernas.

Debía trabajar con precisión. Sin demoras. Caminé hasta el poste vertical más cercano y, antes de que la endeble antorcha se agotara, envolví chasis y película en las agonizantes llamas. El velado Tri-X se retorció, desprendiendo un penetrante e intoxicante olor.

Las ratas, desorientadas por el súbito cambio de dirección del fuego, se apelotonaron sobre los mástiles por los que debía cruzar. Dudé. Era preciso apartarlas. Gané otro par de pasos sobre el crujiente travesaño, hostigándolas con el fuego y los gritos. Algunas huyeron. Otras, confusas e irritadas, plantaron cara o empezaron a girar sobre sí mismas, como enloquecidas. Temiendo lo peor, eché mano del pañuelo e, incendiándolo, lo arrojé con los restos de la antorcha sobre las más cercanas. El trapo y las pavesas se derramaron entre las ratas, provocando una desbandada. El camino quedó libre.

Las verdiazules lenguas de fuego del film seguían su lento y trabajoso ascenso.

Tres, cuatro nuevos pasos.

Me hice con dos rollos más y, al tiempo que barría el madero con el inflamado Tri-X, vigilando a los roedores y procurándome un mínimo de visibilidad, fui jalando y preparando un segundo film.

... Seis, siete pasos más.

Me detuve. Me faltaba el aire. Prendí la siguiente película y, cuando me disponía a cubrir el tramo final, el poste crujió bajo mis pies, cediendo e inclinándose. Fue casi instantáneo. La película escapó de entre mis dedos, hundiéndose en la ciénaga con un tramo del travesaño. Instintivamente, al percibir el desplome del madero, me aferré al poste superior.

«¡Jesús!»

No pude articular una sola palabra más. El terror anudó mi garganta. Colgado y balanceándome bregué por izarme hacia el salvador travesaño. Otro siniestro crujido me descompuso. Temeroso de que se quebrara, opté por avanzar, valiéndome de las manos y del impulso del cuerpo en el vacío. El siguiente poste vertical no se hallaba muy lejos. Si lograba alcanzarlo, suponiendo que los restantes maderos horizontales no hubieran sufrido la misma suerte que el anterior, podría asentar de nuevo mis pies y recuperar el pulso. Gimiendo, resoplando y rezando para que el húmedo poste no se viniera abajo, fui palmeando sobre la madera, con los dedos crispados y pringosos de moho.

«¡Dios mío, ayúdame!»

En uno de los vaivenes, los pies tropezaron con el ansiado poste.

«¡Ahí está!... ¡Un poco más!»

Las fuerzas flaqueaban. Tenía que llegar. Contuve el aliento y, apretando las mandíbulas, gané un nuevo palmo. Pero inesperadamente los dedos pisaron una nervuda y fría pata. Creí morir. Despegué la mano derecha y, en una reacción animal, adelantándome a un posible ataque, tensé los músculos, izándome a pulso hasta tocar la base inferior del madero con el cráneo. No sé de dónde saqué las fuerzas y el coraje. Y entre convulsiones, aullando de rabia y pánico, golpeé la oscuridad con el puño cerrado. Una de las descargas alcanzó de lleno a la rata, arrojándola al vacío. Tuve el tiempo justo de agarrarme al travesaño, que osciló peligrosamente al aflojar la tensión.

El negro bulto cayó como un plomo, yendo a estrellarse contra mi bota izquierda. Y, ágil y precisa, hundió las uñas en el material, manteniendo el equilibrio sobre el empeine.

«¡Oh, no!»

Lancé un alarido, pateando las tinieblas. Pero la rata, tan grande como mi pie, resistió las embestidas. Si aquella bestia trepaba por el pantalón no tendría más remedio que soltarme del poste...

Un hielo acerado subió por mi columna vertebral. Podía sentir las uñas perforando la bota. Y noté cómo la pierna izquierda, agotada, perdía fuerzas. La mente se negó a pensar. En segundos me había transformado en un loco salvaje e irracional, dominado por el pavor. Me convulsioné, escupí y pateé a la rata con la bota derecha, inundando el túnel con una catarata de gritos y maldiciones. Medio aplastado, el animal cedió, cayendo finalmente a las aguas. Y presa de una inenarrable desesperación «volé» casi hasta el madero vertical. Y a gatas, ajeno a toda precaución, gimiendo y aullando, me deslicé por el travesaño horizontal sin el menor sentido de la orientación y del punto al que me dirigía.

Segundos después chocaba violentamente contra otro de los postes. Sólo recuerdo que, conmocionado, perdí el equilibrio. Y la temida imagen de la ciénaga me acompañó en la caída.

Puede parecer pueril. El caso es que siempre he creído en la proximidad del «ángel de la guarda». Y en aquella ocasión, con más razón.

Fue el frío lo que me despabiló. Al recuperarme del topetazo me encontré boca abajo, con el rostro semihundido en el barro. Intenté incorporarme, pero la correa de la bolsa y un agudo dolor en la frente me retuvieron en la misma postura.

«¿Qué había sucedido? ¿Dónde estaba?»

Moví las piernas y me asusté. Parte del cuerpo se hallaba sumergido en la charca.

«¡Oh, Dios!»

Ahora lo entendía. Rememoré la escena de la rata, la enloquecida carrera sobre el travesaño y el golpe final. La Providencia, al quite, había permitido que cayera al borde de la ciénaga, junto a los escalones de basalto.

Me arrastré fuera del agua y, a trompicones, pasé al otro lado de la cerca. Estaba empapado, sucio de lodo y, lo que era peor, abatido. Caminé como un autómata, remontando la pendiente del subterráneo y no me detuve hasta que, en el fondo del pozo, la tibia luz del día me bañó de pies a cabeza. Me deshice del equipo, contemplando las ropas con desolación. El dolor seguía latiendo en mi cabeza, aunque no era lo que más me preocupaba. Me recosté contra la pared y cerré los ojos, dejando que el sol templara los nervios. Poco faltó para que rompiera a llorar. Todo había sido en vano. Había arriesgado la vida... por nada. Allí, en aquel infierno, sólo había descubierto —una vez más— mi enorme torpeza y una ilimitada capacidad de miedo... El enigma, el mayor y el Destino acababan de burlarse de mí. Descorazonado, sin ánimos para revisar siquiera las cámaras fotográficas, inicié una cansina ascensión por aquellos malditos e imborrables 150 peldaños. Jamás volvería a Hazor. Jamás...

Pero la intensa jornada no estaba terminada.

En las ruinas reinaba la paz. Una calma que yo había perdido. Bebí ansioso de la fresca brisa que bajaba del Hermón y, al pie de los carteles que anunciaban el túnel, levanté los ojos hacia el celeste de los cielos, agradeciendo que, después de todo, el buen Dios y sus «intermediarios» hubieran sido misericordiosos.

La plegaria no duró mucho. Los dígitos del reloj —marcando las 13.30 horas— me recordaron que debía regresar. Había perdido la noción y la medida del tiempo. A lo lejos, en el vértice del triángulo arqueológico, un grupo de colegiales, alborozados y parlanchines, visitaba la ciudadela. Me estremecí ante la posibilidad de que los niños penetraran en la galería y cometieran la travesura de saltar la valla de madera. E irremediablemente, a la vista de los muchachos, mis pensamientos volaron junto a mis hijos.

El Mercedes se hallaba cerrado y solitario. Solimán, aburrido quizá por las cuatro horas y media de espera, había desaparecido. Más sereno, aproveché para poner en orden mis cosas. Me descalcé, examinando la bota izquierda. El material, en efecto, aparecía perforado en diferentes puntos. Me negué a recordar. Traté de escurrir la mitad inferior de los pantalones, pero, sin desprenderme de ellos, era casi imposible. El resto del equipo, excepción hecha del cuaderno «de campo», no parecía haber sufrido en demasía. Deposité el calzado y los calcetines en el techo del vehículo y, reclinando la espalda en uno de los muros, fui a sentarme en el caldeado suelo de Hazor. El hematoma en la frente empezaba a hacerse ostensible. Me contemplé de abajo arriba y el viejo sentimiento de frustración vino a mezclarse con el asco. Apestaba.

Sin proponérmelo, encarado al sol, caí en la tentación de analizar cuanto llevaba recorrido e investigado. El enigma continuaba virgen, distante y sellado. No había ganado un solo paso. Al contrario. Todo estaba consumado. Perdido. No me sentía con ganas de proseguir ¿Para qué? Hazor era un fracaso. Aquéllos, sinceramente, fueron los minutos más decepcionantes de toda mi aventura en Israel.

Estaba decidido. Retornaría a Jerusalén y, sin más demoras, tomaría el primer vuelo a España. Me daba por vencido. Pero el Destino, evidentemente, tenía otros planes.

—¡Hombre de Dios! ¿Dónde se había metido?

La gruesa voz del guía, a mis espaldas, me arrancó providencial, aunque sólo temporalmente, de la oscuridad de tales ideas.

Al volverme, Solimán frunció el entrecejo.

—¿Qué le ha pasado?

Me incorporé, tratando en vano de disimular mi lamentable aspecto. Boquiabierto, me miró de hito en hito. Y mudo por la sorpresa, señaló mis pies desnudos, interrogándome con la mirada. Me encogí de hombros y, sin demasiado entusiasmo ni detalles, insinué que había sufrido un estúpido accidente en el fondo de la galería.

La cetrina tez del nazareno se distendió, dando paso a una sonrisa de complicidad. Sus negros ojillos chispearon. No comprendí. Y haciéndome un gesto con la mano, me invitó a regresar al automóvil. Me calcé en silencio y, una vez en el interior del Mercedes, el perspicaz árabe me tendió unas mandarinas. Las devoré.

Solimán esperó unos segundos. Me observó sin el menor pudor y, cuando lo estimó conveniente, me preguntó en tono conciliador:

—¿Qué busca usted realmente...?

Mi esquiva mirada y el embarazoso silencio me delataron.

—Quizá yo pueda ayudarle —terció con habilidad.

Sonreí para mis adentros. ¿Cómo podía hacerlo?

—Otros, antes que usted —presionó—, también lo han intentado.

Esta vez le miré de frente.

—¿Otros?... ¿Cuándo?

Había caído en la trampa. Solimán, satisfecho, se arrellanó en el asiento, respondiendo con otra interminable sonrisa.

—Pero ¿de qué me habla? —repliqué en un pésimo y tardío esfuerzo por rectificar.

Separó la mano izquierda del volante y, señalando las ruinas con el índice, sentenció:

—La leyenda habla de un tesoro oculto en las entrañas de Hazor.

Aquello era nuevo para mí. Le animé a continuar.

—En la época helenística, el fortín fue reconstruido, y su guarnición, testigo de la batalla de Jonatán contra Demetrio II. Pues bien, los supervivientes, al parecer, enterraron el botín en algún lugar de la meseta...

Con una sonora carcajada corté sus explicaciones. No pude evitarlo. Me excusé y, negando con la cabeza, le hice ver que desconocía el asunto y que, precisamente, no era un tesoro lo que perseguía. Al menos, un tesoro de aquella naturaleza...

—¿Entonces...?

Suspiré con desaliento. Le lancé una breve e inquisidora mirada y, tras unos segundos de reflexión, me dejé llevar. ¿Qué podía perder?

—Tiene razón, Solimán. Busco algo...

Atento, asintió con la cabeza.

—Busco algo que no he sabido descubrir. Algo que ha pertenecido o pertenece a Hazor... Algo que tiene alas...

El hombre enmudeció. Por un momento creí que me tomaba por un loco.

—¿Alas, dice usted?

Sin esperar respuesta, se enfrascó en nuevas meditaciones. El corazón me dio un vuelco. ¿Por qué guardaba silencio? ¿Es que había algo? Era increíble. En décimas de segundo, un chispazo de esperanza volvía a ponerme en tensión, arrinconando mi aún caliente fracaso.

Aguardé nervioso. Pero el árabe no pestañeó. Eché mano de la cartera y, antes de que abriera la boca, le mostré un billete de cien dólares.

—Si me ayuda a encontrarlo —le anuncié con vehemencia—, si me dice dónde hallar un ídolo, una pintura, una piedra..., no sé..., algo que presente unas alas, esto será para usted.

Giró la cabeza lentamente. Examinó el dinero con avidez y, saltando del coche, tartamudeó:

—¡No se mueva!... ¡Espere aquí!

Atónito, le vi correr y desaparecer en dirección al puesto de control. Abandoné el automóvil y poco faltó para que saliera tras él. ¿Le había ofendido? ¿Por qué aquella violenta reacción? Me eché a temblar. La espera se prolongaría durante una irritante e interminable hora. En ese tiempo tuve oportunidad de fraguar toda serie de hipótesis. Lo más curioso, sin embargo, es que mi aparente firme propósito de abandonar la empresa se hubiera disipado en un abrir y cerrar de ojos. Nunca he conseguido comprender mis locas contradicciones...

Solimán apareció al fin por la empinada rampa de acceso a las ruinas. Venía a la carrera. Sudoroso, jadeante y pletórico se introdujo en el Mercedes. Le imité y, sin mediar palabra, arrancó, dirigiéndose a la zona de salida. Le vi tan ensimismado que no tuve valor para interrogarle. Ardía en deseos de hacerlo, pero su mutismo me coartó.

Conducía de prisa. Nervioso. Cruzamos ante la garita de control como una exhalación, sepultando al guarda en una blanca nube de polvo. El chófer, impertérrito, desvió la mirada hacia el espejo retrovisor, esbozando una pícara sonrisa. Al volverme distinguí la airada figura del funcionario, agitando sus larguiruchos brazos entre la masa de polvo y tierra.

Minutos más tarde, Solimán abandonaba la carretera general, aparcando frente a un moderno y funcional edificio de una planta, alejado poco más de un kilómetro del tell.

—¿Y bien?

Por toda respuesta, el hermético guía alzó sus manos en dirección al edificio, exclamando:

—El museo de Hazor.

¡Santo cielo! Lo había olvidado. Esta vez fui yo quien corrí hacia las puertas de cristal, dejándole plantado. ¿Cómo no había caído mucho antes? Allí, con seguridad, me esperaba la solución al criptograma.

«Hazor es su nombre...»

Temblando de ansiedad irrumpí en el recinto. Al verme, el portero, un hombre entrado en canas, sonrió. Obviamente, estaba al tanto de los manejos de Solimán. Porque al hacer ademán de abonar el obligado ticket de entrada, señaló hacia el Mercedes, reforzando su ancha sonrisa y franqueándome el paso.

—Comprendo —le correspondí—. Gracias...

Lancé una atolondrada ojeada a mi alrededor. La planta baja, que hace las veces de vestíbulo y recepción, apenas contenía una docena de piezas y varias fotografías aéreas de las excavaciones.

—¡Calma! —me ordené con severidad—. ¡Mucha calma!

El examen tenía que ser minucioso. Merodeé en torno a las tinas y restos de cerámica, pero no advertí nada de particular.

«... y sus alas te llevarán al guía.»

Concentrado en la búsqueda necesité unos minutos para reparar en lo anómalo de aquella situación. El guía, incomprensiblemente, no se había movido del coche. Le observé a través de los ventanales. No parecía tener intención de salir del automóvil. Era muy extraño. ¿Es que todo su descubrimiento consistía en el traslado al museo? No, no era lógico. Podría haberse ahorrado las carreras, conduciéndome sencilla y directamente al lugar. Por otra parte, si sabía algo, ¿por qué tanto mutismo? ¿O es que no le interesaba la sustanciosa propina? Tentado estuve de reunirme con él e interrogarle. La verdad es que, con las prisas y la excitación del momento, no le había concedido la oportunidad de explicarse. Sin embargo —argumenté con cierto enfado— lo normal es que me hubiera seguido hasta el edificio.

La curiosidad se impuso y, olvidando el incidente, me dirigí a las escalinatas que conducen a la parte superior: al museo propiamente dicho. Poco después lamentaría este nuevo error.

La espaciosa y única sala se hallaba desierta. Inmóvil al pie de la escalera, con el pulso acelerado, quise abarcarlo todo en un segundo.

«¡Calma!», me repetí, mientras el sentido común forcejeaba con una devoradora curiosidad.

«... el número secreto de sus plumas es el número secreto del guía.»

Presentía que la clave del enigma estaba a mi alcance. Casi podía olfatearla... ¿O era mi ansiedad?

Aunque seguía careciendo de información respecto a la naturaleza del «mensajero Hazor», algo en mi interior me decía que, nada más verlo, lo reconocería. Así que, de puntillas, fui asomándome a las vitrinas. Cerámica rojiza de diferentes períodos, puntas de flecha... Nada de aquello contenía el mensaje que necesitaba.

Fui rodeando la estancia, desechando los innumerables cántaros, escudillas, telares, mesas de libaciones de basalto y las pesadas ruedas de molino, utilizadas en la antigüedad para prensar el grano.

Al llegar a un grupo de estatuas, igualmente basálticas, contuve la respiración. Examiné unos negros leones tumbados, esculpidos en pesados bloques prismáticos, todos ellos —como el resto del museo— extraídos en las excavaciones de Hazor. La forma de las melenas guardaba cierta semejanza con las de un cuerpo emplumado. Pero las figuras carecían de alas. Saltaba a la vista. Aquello no eran plumas. No obstante, obsesionado, me entretuve en contar las que adornaban una de las monumentales cabezas. El número —205— no me sirvió de mucho. Retrocedí un par de metros, buscando alguna secreta «lectura» en la disposición del conjunto. Tuve que rendirme. Mis ánimos, sin embargo, no decayeron. Tenía que ser paciente.

Consulté mis notas.

«MIRA, ENVÍO MI MENSAJERO
DELANTE DE TI, Marcos 1.2.»

A pesar de saberme el criptograma de memoria, a pesar de haberlo descompuesto y desguazado durante cientos de horas, lo intenté una vez más. La palabra «mira» —siempre desde el hipotético punto de vista del autor— podía encerrar un significado puramente literal: mirar o fijar deliberadamente la vista en un objeto. Claro que, según otra acepción del diccionario, también quería decir «reflexión en un asunto antes de tomar una resolución». Cualquiera de ellas era válida. ¿Insinuaba el mayor que debía concentrar mis cinco sentidos en «algo» denominado Hazor u oriundo de Hazor? ¿O, por el contrario, se trataba de una advertencia o una invitación a la meditación?

El instinto no titubeó, inclinándose por lo primero.

Hazor tenía que ser «algo». Y «algo» sólido, visible, susceptible de ser medido y contemplado.

«... y sus alas te llevarán al guía MARCOS 6.2.0.»

¿Alas? Ahí estaba el problema. Si aceptaba el término en su sentido natural, lo lógico era pensar en un ser alado. Pero ¿en cuál? ¿En un animal? ¿En un dios? ¿En un hombre o una mujer? ¿En un símbolo?

En cambio, si me ajustaba al segundo significado —«fila o hilera»—, el dilema se envenenaba. Las ruinas no guardaban una especial simetría, ni fui capaz de descubrir una sola hilera de piedras, columnas o senderos que apuntara o me «llevara» al «guía». Además, si el mayor hubiera concebido el vocablo «alas» como «filas», ¿qué pintaban las «plumas» en el resto del enigma?

Cerré el cuaderno «de campo» y, persuadido de que el «mensajero» era otra cosa —¿quién sabe si una pintura, una moneda o una estatuilla?—, reanudé las pesquisas.

No era menester demasiada agilidad mental para intuir que lo que se exhibe en el museo de Hazor es sólo una mínima parte de lo realmente descubierto y rescatado en el tell. En la documentación consultada en Jerusalén aparecía una legión de objetos que no figuraba en aquel modesto museo del norte de Galilea. Esta realidad fue mermando mi entusiasmo. A pesar de ello me enfrenté a cada uno de los utensilios y piezas, «diseccionándolos» milímetro a milímetro. Quizá donde más tiempo consumí fue frente a una tablilla rectangular, pétrea y milenaria en la que había sido practicada una serie de incisiones horizontales y verticales. Se trataba de un juego. Eso rezaba la leyenda. Una especie de «rayuela» rudimentaria, con un total de 21 cuadraditos en tres hileras: una central con 10, y dos laterales con 5 cada una. La fila de la derecha presentaba un sexto cuadrado, adosado a media altura. En cuatro de esos cuadraditos, el artífice había grabado sendas «X». Sumé, resté y multipliqué las «cruces» de aquel galimatías, hasta que, aburrido, me convencí de que tampoco guardaba una relación clara con el criptograma. En un primer tanteo, al descubrir que las series de cuadrados sumaban 21, me alarmé. Recordé el «ritual del cementerio de Arlington», pero ahí quedó la cosa. ¿Pura coincidencia?

Desestimé igualmente una gran caracola marina, seccionada en el vértice, perforada en dos o tres puntos, y que constituía un viejo instrumento musical: el conocido *shofar* de la Biblia.

Tampoco los delicados escarabajos sagrados de marfil y de hueso —repletos de inscripciones egipcias— aportaron luz a la investigación.

En cuanto a las estatuillas de bronce, armas, collares y demás abalorios, ni uno solo respondía a lo señalado en el enigma: ni alas, ni plumas, ni números secretos, ni la más remota pista o indicio.

Mi derrota era total.

Al descender al vestíbulo, la amargura y la decepción se vieron repentinamente eclipsadas. Solimán departía con el portero. Una oleada de indignación endureció mi rostro. Me sentí engañado. Y avancé hacia el guía, dispuesto a cantarle las cuarenta. El árabe, alertado por su compañero, dio media vuelta y, al descubrir mi irritación, fue perdiendo la sonrisa. Pero no me dejó hablar. Recuperó al momento su buen humor y, alzando las manos en señal de paz, tomó la delantera:

—No me diga nada. Usted, señor, sufre el problema de la juventud...

Le miré desconcertado.

—Usted, amigo, es demasiado impulsivo. Usted no ha encontrado lo que busca porque no confía en Solimán.

Y, tomándome por el brazo, me arrastró al exterior del museo.

—Venga conmigo —fue su único y seco comentario.

No rechisté. Abrió la portezuela del coche y me invitó a sentarme a su lado. Era asombroso. De la amargura, decepción y enfado había saltado —en cuestión de minutos— al desconcierto y a la expectativa. Aquel individuo sabía algo. Y yo, como un necio, había vuelto a malgastar un tiempo precioso. Acababa de aprender algo importante: a no abrir la boca y a escuchar.

Sin perder la sonrisa, echó mano de una negra y mugrienta cartera, extrayendo algo que, a primera vista, parecía una tarjeta postal. Los nervios me traicionaron. Extendí el brazo para tomarla, pero, divertido, negó con la cabeza, devolviéndola a su lugar. Acto seguido plantó su mano derecha a una cuarta de mi rostro, agitando sus dedos índice y pulgar. Estaba claro. Primero exigía el dinero. Le entregué los cien dólares USA y, siguiendo con aquel mudo pero elocuente «diálogo», le presenté la palma de mi mano derecha, reclamando la misteriosa tarjeta. Solimán congeló la sonrisa, repitiendo el internacional y conocido código que simboliza el dinero. Aquello era demasiado. Le recordé lo convenido. Intenté persuadirle de que, al menos, me mostrara primero lo que ocultaba en la cartera. El astuto árabe no mordió el anzuelo. Impasible a mis ruegos, sugerencias y argumentos, continuó silencioso, petrificado en su indomable sonrisa y sacudiendo los dedos, en una irreductible exigencia de nuevos dólares. Cedí, claro. Era el precio de mi improcedente desconfianza anterior. El guía no lo había olvidado y ahora, seguro de sí mismo, me tenía contra las cuerdas.

No es que sienta una especial debilidad por el dinero, pero al ver volar el segundo billete de cien dólares presentí que mi modesta economía acababa de sufrir un duro revés. «Bueno —me consolé—: aún me queda el recurso de las tarjetas de crédito...» Mi estancia en Israel podía ser larga y los gastos en estas investigaciones y peripecias son siempre cuantiosos. Pero mi confianza en la Divina Providencia —y, repito, en sus «intermediarios»— es casi suicida. Así que, como digo, accedí a sus propósitos.

—¡Buen chico! —clamó al fin Solimán.

Abrió de nuevo la cartera y, satisfecho, me ofreció lo que, en efecto, no era otra cosa que una reluciente y recién adquirida tarjeta postal de apenas 20 o 30 centavos de dólar.

Chasqueó el segundo billete y, desconfiado, lo levantó hacia el parabrisas, verificando su autenticidad. Me miró curioso y complacido, estudiando mis reacciones.

En la postal aparecían las dos caras de una antiquísima moneda: un *stater* de plata, acuñado probablemente en la ciudad fenicia de Tiro durante el período persa. Es decir, en la cuarta centuria antes de Cristo.

Mi pulso se aceleró, dando por bien empleados los doscientos dólares.

—¡Dios santo! —exclamé alborozado.

—¿Era lo que buscaba? —me interrogó feliz.

No supe y no pude responderle. La emoción me tenía preso. Aquello sí podía constituir una pista. Una valiosa pista...

Solimán esperaba que me deshiciera en preguntas. ¿Dónde, cómo, cuándo había localizado aquellas imágenes? Aunque en mi mente rondaban estas y otras cuestiones, me limité a devorar en silencio las caras de la vieja y deteriorada moneda. En especial, la situada a la izquierda de la postal. Y los minutos volaron. Al fin, cortés pero firme, mi acompañante interrumpiría mis divagaciones mentales. Atardecía y, con razón, me preguntó cuáles eran mis intenciones.

—Sí, claro —acerté a balbucir—. Un momento, por favor.

Retorné al museo y, postal en mano, rogué al funcionario que me mostrara la totalidad de las tarjetas, folletos y documentación a la venta. No había gran cosa. Amén de la que ya poseía —adquirida allí mismo por el árabe—, el resto del material no respondía a mis inquietudes. En consecuencia, aquél era el único «testimonio alado» existente en el tell de Hazor. Quería, necesitaba, un máximo de seguridad antes de reanudar las investigaciones.

Mientras salía al encuentro del Mercedes y de Solimán —seguramente a raíz del cansancio acumulado— tomé la decisión de zanjar nuestra visita a Hazor. Mi cuerpo y espíritu reclamaban un poco de sosiego y una interminable ducha. Después, en el silencio de mi habitación en el hotel, ya veríamos.

El guía recibió con satisfacción la orden de regresar a Nazaret. En realidad, poco o nada quedaba por preguntar respecto a la oportuna postal. Carecía de sentido que le pusiera al corriente de mi objetivo final. Así que, salvo algunos parcos, esporádicos e intrascendentes comentarios, me encerré en un mutismo total. Solimán, respetuoso, no insistiría en la historia del tesoro ni en las cábalas que, evidentemente, me traía entre manos.

Nos despedimos entrada la noche. El buen hombre, que parecía haberme tomado cariño, se deshizo en sabios consejos, ofreciéndome la hospitalidad de su hogar y haciéndome prometer que le llamaría y contrataría para futuras incursiones por Galilea.

El cansancio terminó rindiéndome. Las emociones, sustos y derroche de energías de aquella jornada pasaron factura y, al filo de la una de la madrugada, muy a pesar mío, tuve que interrumpir el análisis de la moneda. En sueños, como ocurre con frecuencia, mi mente siguió trabajando y buceando, a la búsqueda de una interpretación. Fue otra noche de pesadillas, en las que se entrecruzaron la lejana voz del mayor —dictándome el criptograma—, los angustiosos ataques de cientos de ratas y un gigantesco búho, planeando en silencio sobre las ruinas de Hazor.

Al alba desperté sobresaltado y con el cuerpo molido por las agujetas. Necesité tiempo para recordar dónde estaba. No era la primera vez que ocurría. En otras pesquisas —fruto de las tensiones o de la poderosa dinámica de las mismas—, al despertar en la oscuridad de una habitación, mi conciencia, confusa, reclama y consume unos segundos hasta ubicarse en el lugar exacto.

Coloqué la tarjeta postal junto al espejo y, mientras me afeitaba, hice balance de lo asimilado y descubierto en la tarde-noche anterior. La verdad es que no podía sentirme satisfecho. La cara de la moneda situada a la izquierda presentaba un búho, con el cuerpo casi de perfil y la cabeza directamente enfrentada al observador. Se trataba probablemente de un búho real o «gran duque», con una larga cola y los característicos penachos de plumas sobre sus respectivos pabellones auditivos. Por detrás de la rapaz nocturna se apreciaba una especie de báculo del que colgaba un apéndice triangular. Casi con seguridad: un espantamoscas.

La efigie de la derecha, bastante más deteriorada, parecía corresponder a una deidad mitológica: alguna suerte de tritón o dios de las aguas cabalgando a lomos de un caballo con cola de pez. El héroe, guerrero o divinidad se hallaba en actitud de disparar un arco. Por debajo del caballo-pez se apreciaba la superficie del agua y, en el extremo inferior de la moneda, un delfín, orientado en la misma dirección del grupo superior.

Lógicamente, desde el momento en que me enfrenté a la reproducción del *stater* de plata, mi atención se centró en el búho. Como ya mencioné, era el único indicio, relacionado con Hazor, que presentaba alas y plumas. Mejor dicho, una sola ala. La «estrígida», en escorzo, mostraba únicamente la de la derecha. Esta circunstancia me confundió. El enigma hablaba de «alas», en plural. Para colmo de males, esta única y solitaria ala se hallaba muy desgastada, formando un todo uniforme y monocolor, sin el menor rastro de plumas. A pesar de ello examiné el resto del cuerpo, que sí lucía un nítido y abundante plumaje. La suma final de las plumas —de las que el paso de los siglos había respetado— volvió a sorprenderme. Eran treinta y tres. Es decir, sumando ambos dígitos, «seis». De nuevo aquel enigmático «seis»...

Ahí terminaban los hallazgos. Pero no me daba por vencido. Sin la necesaria documentación y sin el imprescindible asesoramiento de los especialistas en numismática, en mitología persa, fenicia, egipcia y asiriobabilónica, era inútil sacar conclusiones. ¿Qué podían representar aquellos símbolos? Y, muy especialmente, ¿qué secreta interpretación guardaba la imagen del búho real y del espantamoscas egipcio? ¿O no era tal espantamoscas?

«... y sus alas te llevarán al guía.»

No debo ocultarlo. Esta frase del criptograma —tan precisa— me hizo desconfiar. ¿Y si no fuera el *stater* de Tiro el «mensajero» anunciado por el mayor? ¿De qué forma una sola ala podría conducirme al «guía»?

El caos ganaba fuerza y terreno por momentos. Tenía que reflexionar y actuar con sagacidad. Para empezar, además de reunir un máximo de información sobre la moneda, resultaba vital la localización de la misma. ¿Dónde había sido depositada? Convenía estudiarla y estudiar su entorno y asentamiento actual con todo rigor. Quién sabe si la ubicación o el propietario de la milenaria pieza podían arrojar más luz, incluso, que las escenas acuñadas en sus caras.

Por supuesto, ni en el tell de Hazor ni en Nazaret tenía muchas posibilidades de desenredar la nueva madeja. La mayor parte de los tesoros arqueológicos descubierta en suelo israelita se encuentran en los magníficos museos de

Jerusalén, Nueva York, París y Londres. Y la meseta de Hazor no constituye una excepción. Había que regresar a Jerusalén y empezar prácticamente de cero.

No lo dudé más. Esa misma mañana, navegando entre la esperanza y el desaliento, cancelé la cuenta, para acto seguido abandonar el hotel y la ciudad de Nazaret. Esta vez me decidí por el servicio de autobuses interurbanos. Mi economía no hubiera resistido el dispendio de un taxi o de un coche de alquiler.

Al mediodía de aquel martes empujaba la puerta giratoria del número 39 de la calle Keren Hayesod en Jerusalén. Como siempre, el vestíbulo del hotel Moriah era un bullicioso punto de encuentro de turistas de los más remotos confines. Y, una vez más, al sortear la pléyade de parlanchines y eufóricos alemanes, japoneses, italianos y norteamericanos, me sentí solo y extraño. ¡Qué ajenos eran mis objetivos a los de aquella humanidad!

David, el único recepcionista capaz de articular algunas frases en español, puso en mis manos varios mensajes, interesándose, curioso y solícito, por el golpe que aún presentaba sobre la frente. Agradecí el gesto, restando importancia al asunto. En cuanto a las llamadas telefónicas, todas procedían del Instituto de Relaciones Culturales. Las peripecias en Hazor habían borrado de mi mente las obligaciones contraídas con dicho organismo oficial judío. La situación me incomodó. Busqué una excusa que justificara mi silencio. No era fácil. ¿Qué podía argumentar? ¿Cómo explicar satisfactoriamente el hematoma de mi rostro? Aquel estricto y atosigante control empezaba a irritarme. Así que, haciendo caso omiso de los mencionados mensajes, me enfrasqué en la lectura de una de las guías turísticas de Jerusalén. Lo razonable era iniciar mis nuevas indagaciones por los más sobresalientes museos de la ciudad. Como segunda opción tenía a los expertos en numismática y, por último, a los diferentes departamentos de Arqueología y Antigüedades de la Universidad Hebrea y del Servicio de Conservación del Patrimonio Histórico del Gobierno de Israel. Lo arduo y laborioso de la tarea no me atemorizó. Estaba dispuesto a remover cielo y tierra con tal de encontrar el *stater*. Curiosamente, mi búsqueda finalizaría mucho antes de lo previsto...

No tengo muy claro por qué, entre tantos museos, fui a elegir el Rockefeller. Quizá por lo avanzado del día y su relativa proximidad al hotel donde me alojaba. En Jerusalén, la casi totalidad de estas instituciones cierra sus puertas entre las cinco y las seis de la tarde. Disponía por tanto de unas tres horas. Por otra parte, en la extensa relación de científicos con los que había empezado a entrevistarme figuraba uno —Joe Zías— del departamento de Antigüedades del referido museo Rockefeller, que seguramente podría orientarme. Todo esto, supongo, contribuyó a que, sin más demoras, marcara el 278624. La fortuna me respaldó. Zías se hallaba en el museo y me recibiría. Minutos más tarde un taxi me dejaba en el extremo de la calle Suleiman, frente a las murallas del vértice norte de la Ciudad Vieja. Permanecí unos segundos ensimismado y disfrutando del blanco azulado de aquellos muros. Era imperdonable. En el tiempo que llevaba en la Ciudad Santa no me había regalado un minuto de descanso.

Me encogí de hombros y, tras soportar un minucioso registro del equipo fotográfico, el vigilante del museo retuvo la bolsa. Las medidas de seguridad, tanto en el exterior como en el interior del palacete que sirve de sede al museo, estaban plenamente justificadas. Los tesoros allí depositados son excepcionales.

Zías me escuchó con curiosidad, examinando las figuras de la tarjeta postal. No pestañeó. Me observó detenidamente y, desconfiado, preguntó sin rodeos:

—¿Por qué le interesa una pieza tan antigua?

—Es una larga historia —improvisé—. Investigo sobre el mundo mágico e iniciático de las viejas civilizaciones semíticas, y ese búho, sin duda, es una pieza clave. Intento localizar la moneda y reunir un máximo de información en torno a su origen y posible significado.

El científico humedeció los labios con la punta de la lengua y, sin demasiado convencimiento, abandonó la abarrotada mesa del despacho, buscando en una de las estanterías. Ojeó el índice de un grueso libro y, tras localizar el capítulo deseado, lo abrió, retornando al sillón con idéntica parsimonia. Lancé una furtiva mirada sobre las páginas que retenían su atención. Entre las cuatro ilustraciones distinguí dos que reproducían monedas. Pero no me atreví a moverme. Mi corazón se aceleró.

Zías, imperturbable, continuó su atenta lectura, retrocediendo dos o tres hojas. La tensión empezaba a lastimarme. ¿Qué había encontrado?

Finalmente, volviendo al punto de partida, me tendió el pesado libro, invitándome a que comprobara. Se trataba de un tomo sobre mitología general, de F. Guirand, abierto por las páginas 106 y 107. En dicho capítulo se hacía una exhaustiva descripción de los dioses y héroes mitológicos fenicios. Y en la citada página 106, en efecto, podían verse dos grabados en blanco y negro con antiquísimas monedas de Arvad, Biblos y Tiro. Una de las piezas —en la ilustración ubicada en la esquina superior izquierda— me dejó atónito. Me precipité sobre el texto del pie de la fotografía. Su lectura me desmoronó. Decía así: «Monedas de Arvad (arriba) y de Tiro (abajo), con temas mitológicos. París, Biblioteca Nacional (Gabinete de Monedas).»

Levanté la vista decepcionado.

—¡Dios santo! —balbuceé—. ¡Está depositada en París!

El arqueólogo no pudo contener una burlona sonrisa.

Todas mis esperanzas naufragaron. La moneda se hallaba a seis mil millas de Jerusalén...

—Sí —puntualizó el judío—, ésa sí...

Le miré sin comprender. Y Zías, apuntando con el dedo índice izquierdo hacia el grabado en cuestión, me sugirió que prestara mayor atención a lo que tenía ante mí.

Caí sobre ambas caras de la moneda inferior, la de Tiro, y, efectivamente, al revisarla por segunda vez, comprendí que estaba en un error. Aunque los motivos eran gemelos a los acuñados en la de Hazor, tanto el búho como el jinete y su hipocampo gozaban de un mayor realce y algunas ligerísimas variantes. En la de París, la cabeza del «gran duque» y el espantamoscas, por ejemplo, presentaban una inclinación más acusada hacia la izquierda que la reflejada en la moneda del tell. No había duda. Eran diferentes. Sin embargo, la tregua duraría poco. El científico no supo resolver la siguiente y más importante cuestión. Consultó los catálogos del museo y, ante mi desesperación, negó con la cabeza. La pieza encontrada en las ruinas de Hazor no se hallaba en las vitrinas ni en los depósitos del Rockefeller.

—¿Ha probado usted en el museo de Israel?

—Lo tengo previsto —repliqué resignado.

Zías tampoco supo darme razón sobre el significado de las figuras. Para él, como buen profesional de la ciencia, el búho, el espantamoscas o el no menos enigmático caballero cabalgando sobre un caballo marino, eran simples alegorías mitológicas. Nada más. Mi insistencia fue inútil. La posible simbología esotérica del *stater* quedaba relegada al mundo de la fantasía y de los «locos» como un servidor.

A pesar del desplante agradecí su valiosa ayuda. Y el israelita, conmovido quizá por mi terquedad a la hora de seguir buscando la moneda de Hazor, me recomendó que acudiera a Michal Dayagi-Mendels, conservador y responsable de los períodos persa y judío del aludido museo de Israel. Con certeza, uno de los museos de mayor relieve del mundo. Un lugar que jamás olvidaré...

Dios, o sus «intermediarios», escriben recto con renglones torcidos. Sabia máxima. Este torpe aprendiz de casi todo estaba a punto de experimentarlo una vez más.

Rachel, la servicial funcionaria del Instituto de Relaciones Culturales, volvió a telefonear. Sabía de mi regreso a Jerusalén y no tuve más remedio que enfrentarme a la cruda realidad. La jornada se extinguía y, a pesar de mis buenos propósitos, la siguiente fase de las investigaciones —en el museo de Israel— tuvo que ser pospuesta. La conversación telefónica con la hebrea sólo contribuyó a embrollar aún más mi posición. Necesitaba libertad de movimientos y, ante el desconcierto de la rígida y disciplinada Rachel, le anuncié mi intención de congelar las entrevistas hasta nuevo aviso. El único pretexto verosímil que me vino a la mente fue el de la gran marcha a pie, desde Nazaret a Belén. Deseaba emprender el proyecto cuanto antes y, en consecuencia, las reuniones pasarían a un segundo plano. Como en encuentros precedentes, trató de disuadirme, alegando que una caminata de tales proporciones exigía una preparación e infraestructura más sólidas y minuciosas. No cedí un solo milímetro. Mejor dicho, en lo único que me mostré conforme fue en cambiar impresiones con el doctor Liba, director del instituto, y en aceptar una carta oficial de dicho organismo que, de alguna manera, respaldara mi aventura e hiciera las veces de «salvoconducto». Y a primera hora del día siguiente cruzaba el portal número 6 de la calle Sokolov, recibiendo el utilísimo documento, en hebreo, de manos del propio Moshe Liba. Un documento en el que se detallaban mis objetivos y se recababa la ayuda y colaboración de las autoridades militares de las zonas por las que tenía previsto transitar. El escrito —yo entonces no podía imaginarlo siquiera— resultaría providencial en determinados momentos de la severa e inolvidable marcha de cuatro días por la margen derecha del río Jordán. Pero ésta es otra historia que poco o nada tiene que ver con el enigma del mayor y que quizá algún día me anime a contar.

A partir de aquella radiante mañana del miércoles, el bus número 9 se convertiría en un elemento familiar para mí. Fueron unas jornadas plenas de emoción, en las que, salvo contadas ocasiones, el citado autocar representó mi único nexo de unión con la calle y con las gentes de Jerusalén. Al tomarlo por primera vez en la avenida George V, frente al hotel Plaza, mis pensamientos continuaban volcados en el *stater* y en sus refractarias figuras. La del búho real, sobre todo, me tenía obsesionado. ¿Por qué sus plumas sumaban «seis»? ¿Podía ser la ansiada pista? Como refería, los caminos de la Providencia son imprevisibles. Aquella misma noche, de regreso al hotel, me reiría de mí mismo. Pero sigamos el hilo de los curiosos sucesos que se avecinaban.

Yo había visitado el museo de Israel en mi anterior estancia en el país. Los museos, lo reconozco, son una vieja debilidad. Al descender al suroeste de la ciudad, el espacioso complejo se abrió ante mí como un nuevo reto. ¿Por dónde empezar? El museo reúne un total de veintisiete instalaciones, con un apretado núcleo de salas dedicado a las más heterogéneas disciplinas: arte, prehistoria, arqueología judía y asiática, etnografía, biblioteca y un largo etcétera.

Era elemental. Quizá Dayagi, el *curator* o conservador de los períodos judío y persa, pudiera alisar mi labor. Como primera medida resultaba obligado ponerle en antecedentes y localizar la moneda. Pero, como digo, el Destino tenía otros planes. Michal no se hallaba en su despacho. Y nadie supo informarme sobre su posible vuelta al museo. Mostré la tarjeta postal a una de las empleadas del servicio de información y relaciones públicas, pero, tan ignorante como yo sobre el particular, me aconsejó que consultara en la biblioteca del centro. La sugerencia me disgustó. Aquello significaba —casi con seguridad— una nueva e irreparable pérdida de tiempo y de energías. También cabía la posibilidad de lanzarse a una ciega búsqueda del *stater* por entre las decenas de salas y los cientos de vitrinas. Es curioso. Lo razonable hubiera sido obedecer los sensatos consejos de mi informante y del sentido común, acudiendo a los bibliotecarios o a otros arqueólogos y especialistas en antigüedades. Inexplicablemente, desoyendo los argumentos de mi conciencia, elegí lo más difícil... y atractivo: emprender la búsqueda por mis propios medios. Esta peligrosa y supongo que genética tendencia mía me ha costado serios reveses. Pero encajé el desafío. La operación podía ser un rotundo fracaso. Lo sabía. Sin embargo, este método —como todo lo imprevisto y misterioso— ejerce sobre mí una influencia dominadora. No he hallado jamás nada más excitante que la aventura de lo desconocido. Y con un entusiasmo desbordante descendí las escaleras que conducen a los sótanos del pabellón de arqueología. No puedo explicarlo con claridad, pero «algo» parecía llamarme desde las entrañas del museo. ¡Bendita intuición! ¿O no fue la intuición la que guió mis pasos? Nunca lo sabré...

Consulté el reloj. Las diez horas. El museo cerraba las puertas a las diecisiete. Disponía, por tanto, de un generoso margen, más que sobrado, para explorar las repletas salas correspondientes a las nueve o diez centurias anteriores a Cristo.

«Hazor es su nombre...»

Las imágenes de la moneda y el tell de Hazor eran mis únicas pistas. Lenta y reposadamente abrí la investigación, con los cinco sentidos puestos en cualquier pieza, mapa, escultura o referencia que llevara por nombre Hazor o Tiro.

«... y sus alas te llevarán al guía.»

Las doce horas. Las estériles pesquisas empezaban a barrenar mi ánimo. ¿Y si aquel despliegue resultaba tan baldío como los anteriores? ¿Qué seguridad tenía de que la moneda de plata había sido contemplada y «utilizada» por el mayor?

Paso a paso revisé una legión de restos correspondientes a los períodos del Bronce, remontándome, incluso, a centurias tan fuera de lugar como las diecisiete y dieciocho antes de Cristo.

Dejé atrás los vestigios hallados en los estratos del primer período del Hierro y, a eso de las trece horas, los acontecimientos se precipitaron. Al pisar la sala 309 de las de arqueología, el correspondiente cuadro resumen del segundo período israelita del Hierro (1000 a 586 a. de J.C.) activó mis alertas. El *stater*, según los arqueólogos, había sido acuñado hacia el cuatrocientos antes de nuestra era. Estaba, pues, muy cerca del posible objetivo.

Fiel a la táctica de explorar cada sala empezando siempre por la derecha de la puerta de acceso, fui paseando frente a la primera pared, revisando unas diminutas estatuillas de terracota y una valiosa colección de sellos y monedas. Doblé la esquina y, al iniciar el rastreo de la segunda pared, un nombre y una pequeña cabeza de arcilla me fulminaron. ¡Hazor!

Me precipité sobre la pieza. El rótulo explicativo hablaba de Astarté, diosa de la fertilidad, encontrada en las ruinas del tell, de la octava centuria antes de Cristo. «Claro —me dije a mí mismo—, esta finísima escultura de greda fue extraída por Yadin en la excavación del IV estrato.» ¡Atención! Sin darme cuenta había penetrado en una sala en la que Hazor podía ocupar un lugar prominente. No me equivocaba. En el suelo, junto a la mutilada representación de Astarté, se exhibía un ciclópeo dintel de piedra, utilizado en una de las puertas de la ciudad-fortaleza. Temblé de emoción. Mis sentidos se abrieron a la par, listos para captar cualquier detalle. Retrocedí junto a la cabeza de la diosa, subyugado por sus ojos y, en especial, ante la casi imperceptible y burlona sonrisa de sus breves y delicados labios. No sé explicarlo. En realidad, ni yo mismo lo entiendo. Mi vista y mi corazón quedaron atrapados en la dulce y al mismo tiempo burlesca expresión del rojizo rostro. Tuve la clara sensación de que, a pesar del vacío de sus ojos, la divinidad me transmitía algo. «Esto es ridículo», concluí al término de la intensa observación. Y girando sobre los talones, lancé una mirada a la estancia. La enigmática sonrisa de Astarte —ahora a mi espalda— siguió viva en la memoria.

«Un momento...»

Aquella intuición —lo sé— no fue cosa de mi torpe entendimiento. Y la «fuerza» que me acompaña me impulsó a girar la cabeza, al encuentro de los ojos de la diosa.

«Un momento...»

Fui a colocarme a la izquierda del pedestal que sostenía la figura, tratando de seguir la dirección apuntada por tan fascinantes ojos. No había duda. Astarte «miraba» al centro geométrico de la sala cuadrangular. La lógica se reveló de nuevo.

«¡Estás chiflado!», me reproché al punto.

Muy posible. Pero también era cierto que muchas de estas «locuras» me han brindado estimulantes sorpresas...

Un familiar relampagueo en las entrañas me puso sobre aviso. Ya no podía retroceder. La curiosidad había echado a volar. Me encaré nuevamente con Astarte y, esta vez, la sutil sonrisa se acentuó en mi imaginación. ¿O no fue cosa de mi imaginación?

Di media vuelta y, sin atreverme a mover un músculo, espié el pedestal que se levantaba a cuatro o cinco metros. ¿Qué contenía? ¿Por qué su simple contemplación alteraba mi pulso? La situación era ridícula. A fin de cuentas, tarde o temprano habría llegado hasta él... ¿No estaría exagerando? ¿Por qué prestar tanta atención a una oscura sonrisa y a unos ojos de barro?

Siempre me ha encantado disfrutar de situaciones límite. Estados que pueden desembocar, o no, en sorpresas o en logros altamente provechosos. Así que, midiendo cada paso, fui acercándome al negro pedestal —probablemente metálico— sobre el que descansaba una urna cúbica. A su derecha, desde mi posición, a un nivel inferior al del arca de cristal, un pie igualmente de metal se abría en un atril.

A mitad de camino me detuve. Estaba seguro, pero quería cerciorarme. Giré y busqué los ojos de la diosa. En efecto, sostenían la trayectoria que conducía a la columna. Una punzante mezcla de ansiedad y zozobra me retuvo unos segundos. Mi vista relampagueó por la cara del pedestal, sin descubrir el obligado rótulo explicativo. Seguramente se hallaba en el interior de la urna. La tensión se desencadenó y, de un salto, me arrojé sobre el arca. El instinto me gritaba que allí, entre las paredes de vidrio, tenía que estar lo que perseguía: la milenaria moneda de Hazor, con el búho real.

Fue un mazazo. Mi orgullo, fantasía y locas esperanzas se volatilizaron. No pude despegarme de la urna. En su interior no aparecía el apreciado *stater*. Tan sólo tres objetos, en hueso o marfil, pertenecientes a un ajuar femenino. La decepción me hirió tan profundamente que ni siquiera reparé en las reducidas etiquetas mecanografiadas que aclaraban la naturaleza y origen de los utensilios a la vista. Estaba hipnotizado por el desencanto, con las manos aferradas a las aristas de aquella maldita urna de 45 centímetros de lado. Y allí mismo maldije a la diosa y, obviamente, mi necia precipitación.

Me revolví con rabia y, clavando los ojos en los de Astarte, me interrogué a mí mismo. ¿Cómo podía ser tan ingenuo y estúpido a un tiempo? No tenía solución...

En esos momentos, mientras fulminaba la pétrea y burlona sonrisa de la divinidad desenterrada en Hazor, el subconsciente, de manera subliminal, resucitó la imagen de una de las piezas depositada en la urna.

«¿Qué era lo que acababa de contemplar a mis espaldas?»

Pestañeé nervioso. Y la máscara de arcilla, como sucediera poco antes, pareció confirmar mis sospechas, ensanchando su mueca desde la pared y haciéndome vacilar.

«¡No es posible!»

Me incliné hacia la vitrina. Comprobé que lo que descansaba en su interior no era un mal lance de mi desenfrenada imaginación y, a renglón seguido, devoré el rótulo que yacía al pie del objeto.

Una sacudida me hizo retroceder. Demudado, presa del susto, sólo acerté a escapar de allí, refugiándome en uno de los ángulos de la sala.

«¿Qué clase de juego era aquél?»

«... y sus alas te llevarán al guía.»

El criptograma se encendió en mi cerebro.

«¡Era absurdo! ¡Todo lo era...!»

«Mira, envío mi mensajero delante de ti...»

La cabeza de la diosa. La enigmática sonrisa. Sus ojos vacíos. Y ahora... «aquello».

«¡Dios!»

Sabía que estaba prohibido fumar. Pero encendí un pitillo, dejando que el recio y obediente humo suavizara los nervios. Lo aplasté con la segunda y relajante bocanada, retornando decidido hasta la urna.

«¡Increíble!»

Completé una vuelta en torno a la caja de cristal, observándola desde distintos ángulos.

«... el número secreto de sus plumas.»

Todo parecía encajar. ¿O era mi alegría la que, atropellada y falsamente, estaba concibiendo un nuevo fantasma?

Me supliqué serenidad. Abrí el cuaderno «de campo» y, casi sin pulso, copié la leyenda, en inglés, que escoltaba mi descubrimiento. Decía textualmente: «DECORATED BONE HANDLE. Hazor, 9th. century B.C.E. Probably part of a mirror or sceptre, the hadle shows a winged figure grasping the open volutes of a "tree of life" in relief.»

Traducido venía a decir que aquella pieza —un mango de hueso decorado— procedía de Hazor. Su antigüedad, a juicio de los arqueólogos, se remontaba a la novena centuria antes de Cristo. El rótulo añadía que, probablemente, se trataba de una parte de un espejo o cetro en la que aparecía, en relieve, una figura alada asiendo las volutas abiertas de un «árbol de la vida».

¡Una figura alada! ¡Y originaria de Hazor! ¡Un ser con alas, infinitamente más atractivo que el búho!

Pegué la nariz al cristal, absorto y maravillado. El delicado relieve —trabajado sobre un cilindro de hueso de unos 20 centímetros de altura por otros 6 o 7 de diámetro— representaba, en efecto, una especie de ángel con cuatro grandes alas extendidas. Dos nacían de sus espaldas y las restantes, dirigidas hacia tierra, de la cintura. Presentaba el típico perfil egipciobabilónico, con los brazos ligeramente despegados del cuerpo. El derecho extendido hacia adelante y el izquierdo hacia atrás. Las manos, como rezaba la leyenda, agarraban sendas ramas (?) de un achaparrado arbusto. Aquella criatura híbrida llenaba la casi totalidad de la superficie del mango. En cuanto al «árbol de la vida», había sido labrado en la cara opuesta.

Las dos piezas que acompañaban al «ángel» —así lo bauticé desde el primer momento— no llamaron mi atención. Una consistía en una cuchara de marfil, utilizada seguramente en cosmética, con el mango labrado a base de palmas invertidas. Un pequeño espejo rectangular situado en el piso de la urna permitía ver su cara inferior. La otra —también desenterrada en las ruinas de Hazor— era una parte de una copa o recipiente cilíndrico, confeccionado igualmente en marfil.

Pero si el hallazgo del mango de hueso con el «ángel» fue vital, la observación del dibujo exhibido en el atril contiguo a la urna lo fue mucho más. Los responsables del museo, con un acertado y providencial criterio, habían trasladado al papel el desarrollo íntegro y exacto —minuciosamente exacto diría yo— del altorrelieve labrado en el mencionado cilindro. Allí, las características y detalles del «árbol de la vida» y del personaje aparecían con total nitidez.

Me arrodillé frente al esquema y, durante largo rato, permanecí ensimismado y saboreando lo que, a primera vista, parecía una importante clave. Desgraciadamente, a intervalos, el recuerdo del *stater* de plata venía a enturbiar los pensamientos. ¿Cuál de los dos tenía que ver con el criptograma? ¿Y si no fuera ninguno? En el museo quedaba mucho por mirar... Las circunstancias exigían una especial frialdad. Convenía analizar y desmenuzar ambas pistas, siempre a la luz del texto del mayor.

> Mira, envío mi mensajero
> delante de ti, MARCOS 1.2.
> Hazor es su nombre
> y sus alas te llevarán
> al guía MARCOS 6.2.0.
> El número secreto de sus plumas

es el número secreto del guía,
el que ha de preparar tu camino, Marcos 1.2.

Un primer *flash* me hizo saltar de alegría. ¿Cómo no lo había intuido antes? La palabra «mensajero» también podía ser interpretada o traducida como «ángel». En sentido literal, ése es su genuino significado. Aquella criatura —con cuatro alas y aferrada al bíblico «árbol de la vida»— tenía que simbolizar al famoso ángel guardián del Paraíso: el querubín cuya misión era custodiar el árbol de la inmortalidad. Tanto si el mango de hueso había sido obra de judíos como de persas, ambos conocían y eran depositarios de la misma tradición.

«Mira, envío mi mensajero —¿mi ángel?— delante de ti.»

¿Estaba, por tanto, ante el «mensajero» citado en el criptograma?

En cuanto a la tercera frase —«Hazor es su nombre»—, quizá el juego de palabras del mayor estaba insinuando que el ángel o mensajero llevaba dicho nombre.

La cuarta y quinta frases se resistieron. Si aquél, realmente, era el mensajero alado, ¿cómo o de qué forma sus alas podían llevarme al guía?

Impaciente, salté a la sexta y séptima referencias: las plumas y el número secreto. Al sumarlas, el resultado me confundió. Incrédulo, repetí la maniobra.

«¡No puede ser! Quizá la réplica del atril sea defectuosa.»

En el fondo, conociendo la eficacia de los judíos, sabía que tal posibilidad era una quimera. Pero, por seguridad, fui a reunirme con el original y, con una franciscana paciencia, conté las plumas esculpidas en el cilindro. No había error. Y la certeza de que me hallaba ante el «Hazor» del enigma conquistó terreno en mi corazón.

No podía desperdiciar un minuto. La imposibilidad de fotografiar la pieza y el dibujo —las cámaras estaban prohibidas en el museo— me obligó a recurrir a una fórmula intermedia: copiar el desarrollo. Tiempo habría de localizar la documentación correspondiente y actuar en consecuencia.

Perfilada mi rústica «obra de arte» y ansioso por encerrarme a estudiarla, a punto estuve de tomar el camino de salida.

Fue menester una carga extra de disciplina. El magnetismo del «ángel» de la sala 309 tiraba de mí hacia el hotel. Sin embargo, como digo, un innato sentido de la responsabilidad me amarró al lugar. Había que revisar el resto de las dependencias. Al menos, apurar aquellas que guardasen relación con las excavaciones y hallazgos del tell de Galilea.

Poco antes del cierre del museo —rendido y excitado— di por rematada la exploración. Paradójicamente, la infructuosa búsqueda me tranquilizó. Ninguna de las salas albergaba el menor rastro de cerámica, escultura, pintura o enseres con representaciones o símbolos alados de Hazor. En cuanto a la moneda acuñada en Tiro, ni rastro (1).

(1) Nunca me agradó dejar cabos sueltos en mis investigaciones. De ahí que, dada la imposibilidad material de recabar información sobre dicha moneda en los días que siguieron al descubrimiento del «ángel», a mi regreso en España hice algunas pesquisas. En una atenta carta, el profesor Yaakov Meshorer, conservador de numismática del museo de Israel, me aclaró que de este tipo de *stater* existen a miles, repartidos en diferentes colecciones. En los fondos del museo de Israel se guarda un centenar de monedas similares, aunque todas proceden de las cercanías de Haifa; ninguna de Hazor. Evidentemente, jamás hubiera encontrado la moneda desenterrada en el tell de Galilea en las instalaciones del mencionado museo de Israel, en Jerusalén. Para Yaakov, el búho constituye una derivación o copia de las monedas atenienses de aquel período (350-333 a. de J.C.). Los restantes elementos adicionales son bien conocidos como símbolos reales de Egipto, cuya influencia en la cultura de Tiro fue muy notable.

Por su parte, otro prestigioso investigador y estudioso del antiguo Egipto —Esteban Llagostera Cuenca— acudió, como siempre, en mi auxilio, proporcionándome una valiosa información al respecto. Al parecer, el *stater* de Hazor —de 13,37 gramos de peso y 24 milímetros de diámetro— presenta en su anverso la figura de Melkart o Melgrat, dios de los fenicios, que los griegos identificaron con Hércules (el Hércules fenicio) y que en Israel fue conocido como Baal. (Sus templos, como reza la Biblia en *Reyes I* y *II*, fueron destruidos.) Este dios, en efecto, cabalga un hipocampo o caballo marino, teniendo bajo él olas y delfines. En el reverso, la moneda muestra el búho real con los atributos faraónicos: el *kheka* y el *nekheka*, es decir, el báculo y el látigo: poder y justicia o castigo.

El búho, en general, representa diversas atribuciones o atributos: la sabiduría, la timidez, la soledad, el pájaro del demonio, el emblema de Atenas, a la diosa Minerva o Atenea, las brujas y, en las mitologías alemana y escandinava, el espíritu de las selvas o bosques.

En cuanto al antiguo Egipto, su simbología era igualmente amplia: muerte, frío, noche, pasividad, el reino del Sol muerto, el Sol bajo el horizonte cuando atraviesa las tinieblas, etc. Su símbolo jeroglífico es la letra M.

En mi opinión, ninguna de estas posibles «pistas» hubiera conducido a la resolución del enigma. *(N. del a.)*

Y con un prudencial optimismo lo dispuse todo para el «asalto» a la enigmática figura del «ángel de Hazor». ¿Había llegado el gran momento?

«El número secreto de sus plumas
es el número secreto del guía...»

Estas sentencias —sexta y séptima respectivamente— fueron mi principal obsesión en aquella larga noche del miércoles. Admitiendo que el mayor —que podía haber visitado el museo de Israel exactamente igual que yo— hubiera puesto sus ojos en tan bella y simbólica imagen, convirtiéndola en el eje de su enigma, ¿qué reservada información había enterrado bajo el concepto de «número secreto de sus plumas»?

Cada una de las alas superiores presentaba 12 plumas. Ello hacía un total de 24. O sea: 2 + 4 = «6». Curioso.

Las inferiores, en cambio, arrojaban un resultado diferente. La dibujada junto a la pierna derecha disponía de 10 plumas. En la cuarta sólo se distinguían 8. Lo desconcertante es que la suma última —la de las plumas de las cuatro alas— también daba el mismo dígito: 42. Es decir, 4 + 2 = «6». Este número —el endiablado «seis»— aparecía invariablemente, tanto si llevaba a cabo las sumas individuales en las alas superiores o inferiores como en la mencionada adición final. (12 + 12 = 24 = 2 + 4 = 6, que sumado a 10 + 8 = 9 era igual a 6 + 9 = 15 = 1 + 5 = «6».)

Durante horas, aquel aparente juego me catapultó a un universo de especulaciones, maniobrando con las alas y los números en todas direcciones, por activa y por pasiva, hasta el agotamiento. La postrera y provisional conclusión fue la misma que había divisado en los primeros análisis, en la sala 309 del museo de Israel: quizá el número secreto de las plumas de aquella criatura fuera el «seis». (Idéntico al que arrojaban los peldaños que conducían a los túneles de las ruinas de Hazor.)

Si estaba en lo cierto, «el número secreto del guía» tenía que ser, obviamente, el mismo.

Había, además, otro pequeño-gran detalle que —dado el peculiar estilo del mayor— fortaleció mi seguridad. La frase alusiva al críptico número secreto de las plumas hacía, justa y «causalmente», la número seis en el enigma. ¿No era mucha coincidencia?

Sin embargo, lo más importante —crucial a mi modo de ver— continuaba oscuro y lejano.

«... y sus alas te llevarán
al guía MARCOS 6.2.0.»

Aceptando, insisto, que aquél fuera el ansiado «Hazor», ¿cómo interpretar el sentido de ambas frases? ¿Qué debía entender? Las palabras «te llevarán» sólo podían esconder un significado puramente simbólico. El cilindro de hueso se hallaba enclaustrado en una urna. Eso era obvio. No hacía falta una especial inteligencia para deducir que las alas en cuestión eran quizá un medio, una fórmula o una desnuda orientación para acceder al no menos confuso guía. Así me lo planteé. Lo sabía por experiencia: aunque aparentemente complicado, el «lenguaje» de los criptogramas del oficial norteamericano resultaba siempre mucho más directo y elemental de lo que yo mismo me empeñaba en imaginar. «Te llevarán», en suma, podía ser asociado a «te conducirán» o «te guiarán».

Desafortunadamente, la modesta copia que yo dibujara en mi cuaderno «de campo» no me permitió mayores alardes. Estaba claro. Había que inspeccionar las alas in situ. Quizá la posición u orientación de las mismas en el cilindro escondiese «algo» que no había advertido. Estos razonamientos —elementales por otra parte— ganaron lo suyo cuando, en uno de los infinitos paseos a lo largo y ancho de la habitación, me vino a la memoria otra de las claves del criptograma: la formada por la primera palabra de cada una de las frases. «Mira delante de Hazor y a Él. Es él.» Leyendo entre líneas, el enigma era un continuo sobresalto. La caja de las sorpresas —y de los truenos— había sido destapada.

Suele ocurrirme con frecuencia. Aquellos que hayan sabido de mis peripecias y desventuras por el mundo están al tanto de los bruscos giros que, con más asiduidad de lo recomendado, experimento y experimentan las investigaciones en las que me veo envuelto. Pero así es la vida.

A la mañana siguiente, con todo a punto para la exploración sobre el terreno, cambié de pensamientos. Retrasaría esta fase del trabajo en beneficio de un más redondo conocimiento bibliográfico del origen, naturaleza y simbología del «ángel de Hazor». Había, además, otra poderosa razón. Sobre mi conciencia —suponiendo, claro, que aún quede algo de ella— seguía pesando la densa relación de libros y documentos inéditos que hablaban del tell de Galilea. No me sentiría en paz conmigo mismo hasta su total revisión. Este desprecio de lo que muchos llaman intuición calmaría mi espíritu, sí, pero me haría perder un tiempo precioso.

Dicho y hecho. En las jornadas siguientes —desoyendo como un necio Ulises las continuas «llamadas» de la sala 309—, mi tiempo e inteligencia fueron inmolados en la biblioteca del museo de Israel. La batalla con los ficheros, catálogos y volúmenes fue tan agotadora como inútil. Y al mediodía del viernes, a un paso de la rendición y seguramente a causa del nerviosismo, tuve el feliz gesto de mostrar a las pacientes bibliotecarias el dibujo que había copiado en el cuaderno «de campo». Al ver el «ángel», la más joven me guiñó un ojo, exclamando:

—¿Y por qué no lo dijo antes?

A los pocos minutos, complacida y sonriente, ponía en mis manos un libro de tapas ocres. Se trataba de una obra de Yigael Yadin —*Hazor*— editada en Nueva York en 1975.

Impaciente, revoloteé sobre sus doscientas ochenta páginas, todas ellas cuajadas de imágenes y gráficos relacionados con las excavaciones del célebre profesor judío. De repente, una fotografía en blanco y negro —a toda plana— me dejó clavado en la página 156. Abrí el cuaderno de notas y, antes de proceder, di gracias al cielo.

«¡Al fin!»

Pero el estallido de euforia iría apagándose lenta e inexorablemente, conforme fui apurando el texto que acompañaba las ilustraciones.

En la mencionada lámina se mostraban tres excelentes tomas del cilindro que había descubierto en el museo. La de la izquierda presentaba la cara más aplanada del hueso, con el «árbol o arbusto de la vida». Las dos restantes correspondían a la superficie convexa, con el altorrelieve del «ángel». En la página contigua, reforzando el texto en inglés, Yadin reproducía un dibujo de 4 × 6 centímetros, idéntico al que se exhibía en el atril de la sala 309. Al pie de la gran fotografía de la izquierda podía leerse el siguiente texto: «El espejo de la vecina de la señora Makhbiram.»

En la página precedente reconocí también —en esta oportunidad en color— la cuchara de marfil, igualmente depositada en la urna y que, según el texto, había sido propiedad de la tal señora Makhbiram, en la ciudad-fortaleza de Hazor.

Como es fácil suponer, no quedó una sílaba de aquellas setenta y una líneas de texto —incluyendo los diecinueve versos de un poema del profeta Amós acerca de un terremoto que asoló la región— que no fuera escudriñada. Sin embargo, como decía, las aclaraciones de los arqueólogos en torno al «ángel» resultaron poco menos que nulas. Las únicas novedades —si es que se las puede denominar así— fueron que la pieza había sido desenterrada en el estrato VI de Hazor (el «6» parecía indeleblemente fundido a toda la historia), siendo propiedad de una anónima vecina de la pudiente señora Makhbiram. Estos enseres fueron sepultados en el año 763 a. de J.C., a causa del referido terremoto. Por descontado, la figura del querubín-guardián del jardín del Edén ponía de manifiesto una notoria influencia de las civilizaciones fenicias y cananeas en los israelitas asentados en el norte del país. En cierto modo, aquel símbolo —si es que en verdad constituía la auténtica pista del enigma— encajaba a las mil maravillas en la hipotética voluntad del mayor de resguardar su «tesoro». ¿Qué mejor «guardián» del propio criptograma que el mítico ángel del Paraíso?

Hubo también otro sutil factor que, francamente, me dio qué pensar. En opinión de los expertos, la cabeza de mujer que adorna la cuchara de cosmética podía ser la efigie de Astarté, la diosa de la fertilidad. Sé que el argumento resulta endeble, pero durante un tiempo no pude disociar la enigmática sonrisa de la divinidad que había hallado en la pared de la sala 309 de esta otra réplica, tallada en un extremo de la cuchara de marfil y que, casualmente, acompañaba en la urna al cilindro de hueso. Pero esto, lógicamente, sólo pertenecía al reino de las sospechas o, como mucho, al de las íntimas creencias que, al fin y a la postre, no servían para materializar lo que tanto ansiaba. La verdad, fría e inalterable, es que los textos científicos no aportaban indicio alguno sobre el «ángel» ni sobre sus alas. La consulta sirvió también para precisar las dimensiones exactas del cilindro de hueso: 18 centímetros de altura por 5,5 de diámetro. Gracias a Dios, ahí concluiría mi penosa y dilatada incursión a las bibliotecas de Israel. Y con idéntica amabilidad, las bibliotecarias accedieron a fotocopiar algunas de las páginas del libro de Yadin. Un volumen que, de haberlo hojeado a tiempo, me habría ahorrado más de una calamidad. Pero el cielo —no me cansaré de insistir en ello— escribe derecho con renglones torcidos. Lo malo es que un servidor parece gozar de una especial habilidad para, encima, «retorcer lo torcido»...

El declive de aquel viernes me forzó a olvidar la sala 309, al menos hasta las diez horas del día siguiente. La jornada, sin embargo, no se iría de vacío.

Digo yo que no tiene otra explicación. Desde el instante en que empecé a trabajar sobre el desarrollo del «ángel», descubriendo que quizá el número secreto de sus plumas era el «6», una idea venía germinando en los recovecos de mi subconsciente.

A primera hora de la tarde, mientras contemplaba el sinuoso resbalar de la lluvia en los cristales del bus 9, decidí probar fortuna. Aunque la operación era de lo más inocua e inocente, tomé precauciones. Mi súbito interés por aquellos documentos podía inquietar a los, de momento, tranquilos servicios de Información judíos. Rehusé utilizar el teléfono del hotel y, desde una cabina pública, marqué el 282936. Instantes después, uno de mis amigos franciscanos del convento de la Flagelación, en la Ciudad Vieja, me proporcionaba la información necesaria.

El tiempo apremiaba. Y, casi a la carrera, me planté en la dirección exacta: la confluencia de las calles Jaffa y Shlomzion Hamalka. En dicha esquina —tal y como me había especificado el buen monje—, frente por frente a un comercio de flores, en el segundo piso, encontraría lo que buscaba. Tuve suerte. Aunque la oficina estaba a punto de cerrar, uno de los funcionarios, de origen sefardí, se mostró encantado de poder servirme y, de paso, de refrescar su arcaico castellano.

La verdad es que no tenía muy claro cuál de aquellos mapas militares de Israel podía ser el idóneo. Así que, curándome en salud, arramblé con media docena, seleccionando diferentes áreas del norte, centro y sur del territorio. Hasta ahí todo fue de perlas. Pero un funesto presagio me conmovió de pies a cabeza cuando, al abonar las cartas topográficas, el empleado del Gobierno reclamó mi pasaporte, tomando buena nota de mi filiación. El imprevisto contratiempo —insalvable por otro lado— traería cola...

Los mapas —a escala 1:100 000— eran minuciosos. Perfectos. Y entusiasmado por la adquisición y, en especial, ante la atractiva idea de poder verificar la hipótesis acerca de las alas, apresuré la marcha, enclaustrándome de nuevo en el hotel.

«... y sus alas te llevarán...»

Busqué una guía de carreteras entre mis papeles. Al desplegarla, los dedos temblaron. No sé explicarlo. Yo sabía que algo estaba a punto de suceder.

Elegí la ciudad de Jerusalén como centro del «ensayo». Allí, después de todo, se encuentra el museo de Israel y el «ángel». A continuación dibujé dos líneas rectas sobre el mapa. Una vertical o eje de ordenadas, siguiendo la dirección norte-sur, y la segunda, horizontal o eje de abscisas, de este a oeste. La Ciudad Santa, repito, ocupaba la intersección de dichos ejes.

Examiné de nuevo la fotocopia del libro de Yadin, reafirmándome en lo que ya sabía: si tomaba la silueta de la criatura alada como imaginario eje vertical, cada una de las alas venía a ocupar un cuadrante.

El viejo presentimiento tomaba cuerpo...

Pues bien, de acuerdo con este planteamiento, las plumas más largas, correspondientes a cada una de las alas, podían ser asociadas a otras tantas direcciones o rumbos. Las dos superiores marcarían así el noreste y noroeste, respectivamente, y las inferiores, el sureste y suroeste, también respectivamente.

Aquello parecía válido. Si las alas —como aseguraba el enigma— debían conducir al guía, era lógico suponer que ocultasen alguna información. Quién sabe si la posición de una ciudad, de un pueblo, de un monumento o de un accidente geográfico. Para despejar el dilema sólo intuí un camino: trabajar con las plumas.

Las alas que nacían en la espalda del querubín —como ya fue dicho— sumaban 24 de estas plumas (12 en cada una). El paso siguiente era elemental. ¿Qué sucedía si transformaba los números en grados? Ello desembocaba en cuatro rumbos muy precisos: 012, 098, 190 y 282 grados, respectivamente, tomando como base, insisto, el número de plumas de cada ala (12, 8, 10 y 12) y estos mismos dígitos como la magnitud angular a considerar, partiendo de los ejes-base de cada uno de los cuadrantes. Al carecer de un transportador o de una regla graduada, tuve que ingeniármelas a base de paciencia. Dividí cada cuadrante en diez ángulos más o menos iguales, emprendiendo entonces una meticulosa revisión de los 40 rumbos. En un primer momento, el abigarrado haz de rectas me desmoralizó. Cada línea «pisaba» decenas de poblados, montañas y ciudades israelitas. ¿Estaría allí la respuesta?

Tenía que empezar por alguna parte. Así que me decidí por lo más cuerdo: el rumbo 010°. Es decir, la primera de las divisiones. La mecánica de exploración fue igualmente simple: partiendo del centro de los ejes —Jerusalén—, fui siguiendo la línea que había dibujado a lápiz sobre el mapa, primero en dirección norte y, acto seguido, hacia el sur. La lectura de aquel rumbo no me dijo nada. La mayoría de las poblaciones —árabes o judías— resultó impermeable. No hallé una sola relación con Hazor o con el «ángel». Salté a la segunda dirección —020°— y, al cruzar el mar de Galilea, el nombre de Hazor me atrapó. Las ruinas del tell, rigurosamente registradas en el mapa, quedaban entre ambos rumbos, muy cercanas a los 010°. Aquella aparente casualidad me dejó un tanto perplejo. Pero, sin prestarle mayor atención, continué el paciente rastreo.

Dos horas más tarde, con el bloc garrapateado por un sinfín de inútiles anotaciones, me di por vencido. Había fallado de nuevo. Los cuarenta rumbos sólo eran una maraña de vanas ilusiones. No me fue posible descubrir la más remota conexión entre los cientos de enclaves que coincidían con el paso de las líneas.

Desmoralizado, me tumbé en la cama, negándome a pensar.

Pero el Destino acostumbra a no darme tregua. A los pocos minutos, trepando por encima del desencanto y de la melancolía, esa misteriosa «fuerza» que jamás me abandona removió mi memoria, sacando a la luz el ya olvidado lance de la posición de la ciudad-fortaleza de Hazor entre los rumbos 010 y 020 grados. Visualicé en mi imaginación la airosa figura del «ángel» e, instantáneamente, reparé en un detalle que, a fuerza de tenerlo a la vista, había escapado de mis pensamientos.

«¡Demonios!»

Como impulsado por un resorte me senté en la cama, sorprendido ante mis propias especulaciones.

«¡Doce plumas! Pero no —rectifiqué sin poder olvidar el rosario de desaciertos—. Seguro que no coincide. Eso sería un milagro.»

La semilla de la duda estaba sembrada.

«Además —remaché para mis adentros—, para comprobarlo necesitaría un transportador...»

Fue inútil. Aquel forcejeo conmigo mismo estaba sentenciado desde el principio.

«¿Y dónde localizo un maldito transportador?»

Consulté la hora. Las cuatro y media. El dichoso sábado judío estaba al caer. Caminé hacia la ventana, dando fe del raudo oscurecimiento de Jerusalén.

«Sí, quizá aún pueda...»

Escapé del hotel como una exhalación, urgiendo al taxista para que me condujera a la puerta de Jaffa, en las murallas de la Ciudad Vieja. Tanto los árabes como los cristianos aprovechan el masivo cierre de los comercios y establecimientos judíos en el *sabbath*, ofreciendo los suyos a la miríada de extranjeros que acierta a circular por sus respectivos barrios.

Con la precipitación no reconocí mi error hasta que, en pleno corazón de la *Old City*, comprendí que había equivocado la puerta de entrada a la tortuosa y negra ciudadela.

Por la de Damasco, algo más al norte, el acceso al sector cristiano habría sido directo. Pero no eran momentos para lamentaciones. Lo importante era encontrar una librería, una papelería o cualquier bazar donde adquirir el instrumental necesario para mis indagaciones.

Sin rumbo fijo fui penetrando en las animadas y pestilentes callejuelas, preguntando a los recelosos musulmanes.

—*Book-shop?*

Los escasos árabes que terminaban por entender mi propósito de visitar una librería me arrastraron invariablemente a su propio negocio, o al de un pariente o amigo, metiéndome por los ojos los típicos y tópicos libros sobre Tierra Santa, embarullados siempre entre una constelación de *souvenirs*. La fuga de algunos de aquellos cuchitriles fue laboriosa. Y desplomada ya la noche, rendido por el incesante trotar de pasadizo en pasadizo y de bazar en bazar, renuncié a mi empeño, descubriendo con desolación que —para colmo de males y desventuras— me hallaba irremisiblemente perdido en lo más profundo del nada recomendable barrio árabe. Los que conozcan este negro laberinto —en especial si lo han atravesado durante la noche— comprenderán la angustia que empezó a filtrarse en mi ya resentido ánimo. Ignoraba cuál de las puertas de la muralla —Jaffa, Nueva, Damasco o Herodes— podía estar más a mano. En cuanto a las parcas indicaciones de los cada vez más escasos transeúntes, sólo contribuyeron a marearme, hundiéndome en callejones fétidos y tenebrosos, poblados de gatos y sombras furtivas. Si algún malnacido se percataba de mi problema, mi suerte y los dólares que portaba quedarían listos para sentencia...

A eso de las nueve de la noche, al ingresar en una de las callejas, tan exiguamente iluminada como las precedentes, me concedí un respiro. Tenía que zanjar aquella estúpida e irritante situación.

«Si al menos tuviera la fortuna de encarrilar mis pasos al convento de la Flagelación...»

Le pegué fuego a uno de los últimos Ducados y, sin más, como en otras ocasiones límite, levanté los ojos hacia el borrascoso cielo, suplicando ayuda. El lector incrédulo puede imputar lo que aconteció después —y está en su perfecto derecho— a una mera casualidad. Lo comprendo y respeto. Yo, afortunadamente, hace muchos años que no creo en la casualidad. Por eso, cuando apenas transcurridos treinta segundos, vi aparecer por el extremo de la calle las inconfundibles siluetas de dos monjes, no pude reprimir una generosa sonrisa. Una sonrisa —dirigida a los cielos— que sólo mi corazón entendió.

Los solícitos franciscanos, aunque no llevaban el camino de la Flagelación, se desvivieron por ayudarme, orientándome hacia la vía Dolorosa. Desde allí, el resto fue sencillo. El prior del celebrado convento —padre Justo Artazar Ocerinjaureguin—, paisano y amigo, me puso en manos de otro ilustre fraile —el sabio Frederic Manss—, que resolvió mi papeleta.

Y a las once de esa noche del viernes —transportador en ristre— me dispuse a comprobar lo que, poco antes, yo mismo había casi desestimado.

—Si resulta —me sorprendí a mí mismo hablando solo—, no tendré más remedio que creer en los milagros...

Deslicé el humilde semicírculo de plástico azulón sobre el mapa del territorio israelí, ayudándome en la medición con el canto de un libro.

—¡Santo cielo!

Repetí la operación y el rumbo 012 encajó matemáticamente. No había duda ni error posibles. Con relación al meridiano de Jerusalén, las ruinas de Hazor se hallaban a 012 grados.

—¡Fantástico!

Acaricié el dibujo del «ángel» y, todavía incrédulo, me pregunté una y otra vez cómo era posible. ¡La suma de las plumas del ala ubicada en el primer cuadrante coincidía con el rumbo de Hazor! Un rumbo exacto. Sin la menor desviación. Directo.

Y mi espíritu, al fin, se sintió reconfortado.

«... y sus alas te llevarán
al guía MARCOS 6.2.0.»

El criptograma, en parte, cobraba cierta lógica. Algunas de las frases empezaban a ponerse en pie. Creo que en aquellos momentos de júbilo —como obligada consecuencia de lo anterior— las tres enrevesadas menciones al evangelista Marcos aparecieron ante mí, por primera vez, como lo que quizá eran en realidad: un semijuego del mayor, astutamente dispuesto para confundir. Días más tarde comprendería que tal deducción era correcta... a medias.

El resto de la noche, hasta el clarear del nuevo día, lo dediqué a una más profunda revisión del rumbo que, naciendo en Jerusalén, pasaba por Hazor (012° N 12° E), así como a los indescifrables dígitos «6.2.0». Mi excitación era tal que el sueño y el cansancio debieron huir, espantados.

«Ran..., el monte Bet El, Mizrat Sharkiye..., la montaña denominada Shiloh... Karyut... Talpit... Salim..., el monte Ein Faria... Mu'eir... Gazit... Sharona... Migdal... Amiad y Hazor.»

Ninguno de aquellos pueblos y cimas sobre los que «volaba» el referido rumbo me infundió confianza. «Las alas deberían llevarme al guía.» Pero ¿a qué lugar? ¿Quizá a lo alto de alguno de los tres picos mencionados? ¿Encontraría allí al misterioso guía? ¿O no se trataba de un ser humano?

No puedo negarlo. A pesar del pequeño-gran triunfo que había supuesto el hallazgo del rumbo 012°, el enigma presentaba tanta niebla que fueron necesarias dosis especiales de calma y resignación para no enviar el asunto al mismísimo infierno. La posibilidad de tener que ascender a las montañas de Bet El, Shiloh y Ein Faria, sinceramente, me desmoralizó.

Investigué también el rumbo opuesto al de Hazor —192°—, pero los frutos no fueron mejores. La entrañable ciudad de Bethlehem (el Belén de los cristianos) rozaba casi la imaginaria línea. Según el transportador, el lugar del nacimiento de Jesús se asienta en una dirección de 190°. Es decir, dos menos que el que yo exploraba. En esos instantes no caí en la cuenta de otro curioso «detalle»...

El susodicho rumbo, en fin, se perdía en el desierto del Néguev, «sobrevolando» el pico de Zior y la ciudad de Amasa, muy al sur.

Cansado de lucubrar alrededor de los poblados y montañas que coincidían con el 012-192°, cambié de táctica. Entonces, la magia de los números se apoderó de mí. Y el nerviosismo se disparó nuevamente. Por pura inercia me entretuve en averiguar los kilómetros existentes entre Jerusalén y Hazor, siempre en línea recta y siguiendo el mencionado rumbo Norte 12° Este. La cifra —142,5 kilómetros— tampoco me pareció significativa... Pero, al sumar los dígitos, el resultado me intrigó. Arrojaba un número muy familiar: 12. ¿Otra coincidencia? El sentido común no replicó. Allí había «algo» oculto y embriagante.

Y en mitad de una selva de cálculos, las indagaciones fueron a topar con otro singular hecho. La longitud de Hazor —35° 31' E—, una vez sumados estos dígitos, también daba 12. En cuanto a la latitud —33° 00' N—, para mayor suspense, sumaba «6». O todo era fruto del azar —el disfraz favorito de Dios— o el mayor intentaba reafirmar el importante asunto del número secreto: el temido «6». No supe a qué atenerme. La confusión y el optimismo se hermanaron sin compasión.

Recapitulé por enésima vez. El ala superior derecha (en realidad, la situada a la izquierda del «ángel»), con sus 12 plumas, apuntaba a Hazor. (Rumbo 012°.) La distancia entre el lugar donde se exhibe el «ángel» y el punto donde fue desenterrado también sumaba 12. Otro tanto sucedía con los dígitos de la longitud de las ruinas (12). La latitud, en cambio, presentaba un «6». Llegué a dudar, incluso, del número secreto. ¿Y si fuera el 12? Lo extraño es que, fundiendo estas cifras —grados, kilómetros, longitud y latitud—, el resultado era «6». Mis neuronas flaquearon. ¡El total de plumas del «ángel» —42— coincidía con la suma anterior!

Era difícil de creer que «aquello» fuera pura y simple casualidad. Tenía que obedecer a una metódica y concienzuda preparación. Y la querida imagen del mayor se materializó en mi memoria, con su inconfundible pícara sonrisa. Él, seguramente, había disfrutado lo suyo elaborando el criptograma e imaginando mis penurias. No se lo reprocho. Yo, a mi manera, peor que bien, también trabajaba con un inagotable espíritu deportivo. Y estaba dispuesto a llegar hasta donde fuera menester.

La extrema precisión de estos cálculos y medidas —en lo referente al ala del primer cuadrante— me hizo comprender que, quizá, las pesquisas desplegadas sobre el rumbo opuesto a Hazor no eran correctas. En mi torpeza, olvidaba que debía ajustarme siempre a lo sugerido o marcado por el «mensajero» que tenía delante. En este caso, la dirección o rumbo que se desprendía del número de plumas del ala del tercer cuadrante era 190° (180 + 10). En mi obcecación, al prolongar el rumbo 012 hacia el suroeste (tercer cuadrante), estaba errando en dos grados. Pues bien, dado que no había mucho que perder, tracé la línea correspondiente, con la nueva magnitud —190°—, enfrascándome en la revisión del rumbo que dictaba la referida ala inferior izquierda. El primer punto que llamó mi atención fue Belén. Como ya señalé, se encuentra al suroeste de Jerusalén, justamente en los 190°. El resto de la proyección se perdía igualmente en las arenas del Néguev, sin apenas referencias dignas de mención.

«¿Belén?»

«... y sus alas te llevarán al guía MARCOS 6.2.0.»

¿Qué pintaba la ciudad de David en aquel embrollo? Marcos, el evangelista, no habla de Belén. Su evangelio arranca con la predicación de Juan el Bautista. No captaba la posible relación con Hazor o con la frase del criptograma. A pesar de ello, saltaba a la vista que, entre los nombres localizados en ambos rumbos —012 y 190—, los de Belén y Hazor se erigían notablemente sobre los demás. Eran, en definitiva, los que reclamaban la atención desde el primer momento.

Dejándome aconsejar por el instinto repetí el baile de números, tomando el nuevo rumbo y la ciudad de Bethlehem como referencias. Las sorpresas no se hicieron de rogar. La distancia de Jerusalén a Belén —7,5 km— volvía a sumar 12. Y los 142,5 km que separan Hazor de la Ciudad Santa, añadidos a estos 7,5 km, arrojaron ante mis narices el pegajoso «6» (142,5 + 7,5 = 150 = 1 + 5 = 6).

«¡Santo cielo! Aquello era demasiado.»

Probé asimismo con la longitud y latitud de Belén. El número último —121 = 4— no parecía relacionado con el racimo de «12» y «6» precedente. (Los amantes de la Kábala, en cambio, sí sabrán saborearlo.)

La verdad es que, para una noche, fue más que suficiente. Los números cantaban. Aquella desconcertante sintonía Belén-Hazor —de la mano de los rumbos y de los dígitos— sólo podía encerrar un significado. Pero debía asegurarme. Intuía que mis pasos eran acertados. Sin embargo, necesitaba nuevas pruebas. Era vital un exhaustivo «reconocimiento» del «ángel», in situ. Si la intuición no me traicionaba, quizá en el interior de la urna del museo de Israel pudiera detectar algún indicio o información complementarios. El mayor, hombre concienzudo donde los haya, tenía que haberlo previsto.

Lo que no fui capaz de prever —¿cómo imaginarlo siquiera?— es que esa misma mañana del sábado, 29, «alguien» a quien había olvidado me forzaría a suspender las investigaciones, empujándome, en cuestión de horas, a otra aventura sin par.

Medio dormido por tan precario descanso, y absorto en mil cavilaciones, necesité unas dos horas para descubrir que estaba siendo «controlado». A decir verdad, fueron «ellos», no yo, quienes desvelaron su «juego»... Pero antes, en mitad de la sala 309 de las de arqueología del museo de Israel, tendría lugar otro descubrimiento, bastante más venturoso.

A las diez horas y pocos minutos, apenas abiertas las dependencias, digamos que tomé posesión de la solitaria sala en la que se exhibe el mango de hueso de Hazor. No voy a ocultarlo. Después de lo averiguado la última noche, mi encuentro con el «ángel» fue especialmente emotivo. La figurilla se había convertido en algo querido y familiar. Un motivo —otro más— que me unía, aunque sólo fuera espiritualmente, al fallecido y añorado mayor norteamericano. (Algún día me atreveré a narrar lo que jamás he revelado sobre este hombre singular. Los lectores que hayan podido seguir mis investigaciones en estos quince años y que conozcan algunos de mis veintidós libros publicados, no se extrañarán si les digo que, por múltiples razones, a veces no doy a la luz pública ni el 10 por ciento de lo que realmente llega a mi poder. Pero todo se andará.)

Después de un saludo mental —curiosamente, en mi «locura», termino siempre por dialogar con las cosas, y el altorrelieve del querubín no fue una excepción— lo dispuse todo para el «chequeo» definitivo: brújula, mapas militares, cinta métrica y el cuaderno de «campo».

Desconecté el seguro de la aguja magnética y fui a depositarla sobre el cristal de la urna. Justamente, en la vertical del «ángel». Agotada la natural oscilación inicial, la brújula se inmovilizó, marcando el norte magnético. Inspiré hondo antes de verificar la posición de la criatura alada.

«Norte...»

Inseguro, repetí la comprobación.

«¡Jesús!»

Un cosquilleo inconfundible me sacó de este mundo. Pero, pragmático y tozudo hasta decir basta, quise demostrarme que no soñaba. Recuperé la brújula y, adelantándome hasta uno de los ventanales, busqué alguna referencia conocida. A lo lejos se distinguía parte de la airosa Knesset, el parlamento israelí. Desplegué un plano de Jerusalén, situando ambos —mapa y brújula— sobre el alféizar de la ventana. La aguja, fiel y obediente a su naturaleza, fue a marcar el rumbo lógico: el norte. Satisfecho, rodeé el dibujo de la Knesset con un círculo rojo. Grave error que no tardaría en lamentar...

La brújula de aceite funcionaba a la perfección. Su dictamen, por tanto, era fiable.

La devolví al punto que me interesaba —en la vertical del cilindro—, procediendo a una tercera lectura de las mediciones.

«Norte..., noreste.»

A pesar de tenerlo a la vista me costó trabajo creerlo. La figura del guardián del «árbol de la vida» se hallaba —y se halla— orientada al noreste. Es decir, en la dirección de Hazor. La brújula, además, ciega e imparcial, fijaba un rumbo harto conocido y significativo: ¡012°!

No supe qué hacer ni qué pensar. ¿Cómo era posible? Por un lado, en el desarrollo del «ángel», el ala ubicada en el primer cuadrante había revelado la dirección de las ruinas y el conocido rumbo 012°. Y ahora, «sobre el terreno», el mismísimo altorrelieve lo ratificaba. Era para enloquecer.

La idea de que el mayor hubiera manipulado el cilindro, colocándolo en su posición actual, me pareció descabellada. La urna de cristal, atornillada al pedestal metálico, era inviolable. Todo aquello emitía un halo mágico...

El penúltimo sobresalto llegó a continuación, al explorar las direcciones de las cuatro alas y del «arbusto sagrado». Al hallarse la pieza encarada al noreste, tanto el «árbol de la vida» como el ala de diez plumas —la opuesta a la que apuntaba hacia Hazor— señalaban otro importante rumbo: sureste. En otras palabras, el de la ciudad de Belén. La confirmación fue definitiva. La mencionada ala de diez plumas, como ya expliqué, había sido la llave para trazar el rumbo 190°. Todo encajaba. Las incógnitas parecían despejarse.

Anoté minuciosamente estos últimos hallazgos y, rendido a la evidencia, utilizando la urna como improvisado pupitre, escribí:

«MIRA, ENVÍO MI MENSAJERO
DELANTE DE TI, MARCOS 1.2.»

(El mayor advierte de la existencia-presencia de un «ángel» o «mensajero»..., delante de mí: criatura híbrida depositada en el museo de Israel, sala 309. Correcto.)

Nota: el mayor aprovecha la frase del evangelista (Marcos 1.2). Si leo de corrido los versículos 1, 2 y 8 del criptograma, coincide con lo manifestado por Marcos en su primer capítulo: «Mira, envío mi mensajero delante de ti, el que ha de preparar tu camino.» Tiene sentido. El «ángel» y sus claves son el medio para avanzar. Aunque también por separado parece viable: ¿será el «guía» quien deba disponer mi camino?

«HAZOR ES SU NOMBRE.»

(El del mensajero-ángel: Hazor. No distingo otra explicación. De allí es oriundo. Hazor, por tanto, es su gracia.)

«Y SUS ALAS TE LLEVARÁN
AL GUÍA MARCOS 6.2.0.»

(Las alas parecen «guiar» o «conducir» a dos lugares prácticamente opuestos: Belén y el tell de Hazor. Eso creo, al menos...)

Nota: «Marcos 6.2.0», ¡incomprensible! ¿Cómo debe entenderse esta quinta frase del enigma: ¿guía Marcos?, ¿guía. Marcos 620?, ¿guía Marcos 6.2.0? ¡Ojo!, puede no ser un hombre. ¿Quizá un determinado documento o dirección? Hasta ahora, exploración negativa.

«EL NÚMERO SECRETO DE SUS PLUMAS

(Conviene barajar las cifras más significativas: «42», «12» y «6». Me inclino por la última, aunque la suma total también remite al «6».)

Nota: estoy lejos de imaginar el significado de «número secreto del guía». Ni idea...

Frase vertical:

«MIRA

DELANTE DE

HAZOR

Y

A

ÉL.

ES

ÉL.»

(Nada que objetar. Estoy seguro que el querubín de Hazor es la clave. Es él.)

No tuve opción de redondear aquella suerte de balance-memoria de lo conquistado hasta esos momentos. Alguien, con delicadeza, tocó mi hombro derecho. Me sobresalté. Al volverme, tres individuos me sonrieron al unísono. Ni siquiera los había sentido acercarse. El más bajo, de mediana edad y revólver al cinto, pidió disculpas por la interrupción. Se identificó como vigilante del museo, rogándome que atendiera a los que le acompañaban. Se trataba de dos jóvenes, correctamente vestidos y de modales impecables. Sin dejar de sonreír, uno de ellos echó mano al bolsillo posterior del pantalón, mostrándome una diminuta cartera de plástico marrón. La abrió y me dejó leer: «Agaf Hamodiín.»

Instintivamente levanté la guardia. El Agaf es el servicio de Inteligencia del ejército judío. Junto con el célebre Mossad (Mossad Lemodiín vetafkidim Meiujadim o Instituto de Información y Operaciones Especiales), la máquina más perfecta del espionaje mundial.

Traté en vano de pensar. ¿Qué demonios sucedía?

—No se alarme —intervino el de la credencial adivinando mi inquietud—, me llamo Tzipori. Mi compañero Ivri y yo deseamos hacerle unas preguntas...

—Pero, ¿cómo saben...?

El que decía llamarse Tzipori guardó la cartera y, perforándome con sus ojos azules, zanjó la estúpida pregunta.

—Nuestra obligación es saber, señor Benítez. Sabemos que es usted vasco, periodista y que, entre otras cosas, ha adquirido cierta cartografía militar...

—No comprendo.

Con un calculado ademán de su mano derecha, el israelí animó a su compañero a que refrescara mi memoria. Como un autómata, Ivri fue enumerando los mapas que, en efecto, yo había comprado el día anterior:

—Sheet nueve: Jericó. Cuatro: Teverya. Seis: Bet She'an. Sheet dos...

—Entiendo —respiré aliviado. E intenté aclarar el malentendido. Pero los judíos abortaron mis deseos con otras preguntas.

—Díganos: ¿por qué los ha comprado? ¿Y por qué las *sheets* trece y catorce?

Hice un esfuerzo, pero, la verdad, no recordé a qué parte del territorio correspondían estas láminas o *sheets*. Mi sincera ingenuidad los confundió.

—¿Trece y catorce?... ¿A qué zona pertenecen?

—¡Al Néguev! —aclararon con gravedad.

En segundos creí descubrir el motivo de tanta preocupación. Estúpidamente me había metido en una ratonera. Aquellos planos del sur de Israel contienen dos enclaves de especial interés estratégico-militar: una base aérea y el controvertido silo atómico de Rifidim (1). Según mis noticias, en la primera de estas instalaciones —tal y como había comentado con el entonces embajador judío en Madrid— debía hallarse aún uno de los motores del avión de pasajeros de Iberia, siniestrado en el monte Oíz, en las proximidades de Bilbao, en el País Vasco. Por supuesto, como ya especifiqué en su momento, no tenía la menor intención de aventurarme en semejantes parajes. Pero una cosa eran mis íntimos propósitos y otra, muy distinta, las suspicacias del Agaf. Estaba pisando un terreno resbaladizo.

—Es muy sencillo —me defendí, endulzando las palabras—. Tengo intención de reconstruir el histórico viaje de María y José desde Nazaret a Belén de Judá, y esos mapas resultan insustituibles. El doctor Liba, del Instituto de Re-

(1)   Para más información, véase *Caballo de Troya 2*, Masada. (*N. del a.*)

laciones Culturales, el consulado español en Jerusalén y el propio Samuel Hadas, el embajador de ustedes en mi país, están al corriente.

—También lo sabemos —contraatacaron con terquedad—. Y usted no ignora que el desierto del Néguev queda muy lejos de la ruta que pretende reconstruir...

Estaba atrapado. Gracias a Dios, la impaciencia de Tzipori evitó males mayores.

—¿Cuándo piensa emprender esa marcha?

—Si no hay inconvenientes, mañana mismo. Quizá el lunes...

La fulminante improvisación vino a relajar las duras miradas de los agentes de la Inteligencia militar, llenándome de incertidumbre. Acababa de hipotecar mi tiempo y las inmediatas y, sin duda, cruciales investigaciones. Pero los patinazos no terminaron ahí.

—Está bien.

Tzipori me tendió la mano y, al despedirse, soltó algo que, al parecer, le quemaba la lengua:

—No sabíamos que le interesase tanto la arqueología... en especial, esta sala.

Comprendí la indirecta. Muy posiblemente —mejor dicho, con seguridad— los servicios de Información israelíes venían controlando cada una de mis acciones y movimientos. La prueba es que me habían «encontrado».

Debí morderme la lengua. Pero, en mi afán por aparentar transparencia, les mostré el cuaderno «de campo», metiendo nuevamente la pata.

—Se trata del «ángel de Hazor» —les expliqué, al tiempo que Tzipori, astuto y vigilante, me arrebataba el bloc, curioseándolo todo—. Un tesoro del siglo noveno antes de Cristo que puede servirme para la elaboración de un futuro libro...

Ignoro si los agentes leían español. El caso es que, sin el menor pudor, fueron repasando las hojas y planos, intercambiando rápidos comentarios en hebreo. De pronto, Ivri, al desplegar el manoseado mapa de Jerusalén sobre el que había trabajado con la brújula, reclamó la atención de su amigo, señalándole un punto. Yo, como un perfecto tonto, seguí mi perorata en torno a las excelencias del tell de Hazor. Noté, eso sí, cómo Tzipori apretaba las mandíbulas, chequeando la totalidad del mapa. Algo sucedía.

Al fin, metiéndome el plano por los ojos, preguntó sin miramientos:

—¿Y esto?

Correspondí con idéntica sequedad, apartando con firmeza la mano que sujetaba el mapa. Sin inmutarme bajé la vista, examinando el lugar por el que se interesaban.

¡Maldita sea! Era el dibujito trazado por M. Gabrieli, autor del referido mapa, representando la Knesset. Mecánica e inconscientemente lo había encerrado en un círculo rojo, al verificar la fiabilidad de la aguja magnética.

Les dije la verdad, mostrándoles incluso la brújula. Dudo que aceptaran tan peregrina salida. La siguiente pregunta confirmaría mis sospechas:

—Muy bien. Pero ¿por qué la Knesset ha sido marcada en rojo y las restantes direcciones y lugares en azul?

Sagaces y desconfiados, no se les escapaba una. Imaginé lo peor. Aquellos tipos —o la legión de agentes camuflados en Israel— podían estar al tanto de mis contactos con los árabes y, dada mi condición de vasco, asociarlos a otra terrorífica actividad que, naturalmente, detesto. ¿Cómo explicarles que todo aquello era una cadena de desafortunadas coincidencias?

—¿Piensan que soy un terrorista? —estallé.

Los judíos me devolvieron el cuaderno de «campo» y, parapetándose en una irritante suficiencia, Tzipori dio por cancelada la entrevista con una frase que no olvidaré:

—Si usted lo fuera, amigo, ya estaría muerto...

No hubo más comentarios, consejos ni aclaraciones. Tal como habían llegado, así desaparecieron. A partir de entonces, mi estancia en Israel se convertiría en un sinvivir.

Atemorizado ante el cariz de los acontecimientos, no lo dudé. Cumpliría mi promesa. Las pesquisas alrededor del enigma podían esperar. Tampoco era cuestión de contrariar a los peligrosos servicios de Inteligencia. Y esa misma tarde preparé la gran marcha. Siguiendo las prudentes recomendaciones del doctor Liba —dada la alta conflictividad y teórica peligrosidad de uno de los tramos del viaje: la franja fronteriza entre Israel y Jordania—, telefoneé a varios de mis colegas y corresponsales de prensa en Jerusalén y Tel Aviv, con el fin de anunciarles mi objetivo. De esta forma, si la noticia saltaba a los medios de comunicación judíos, mi aventura podría verse respaldada; en especial, de cara a los puestos de control militar que jalonan la margen derecha del río Jordán. No tuve mucha suerte. La noticia, que yo sepa, jamás se publicó en Jerusalén. No me desanimé. Lo intentaría a «tumba abierta». Después de todo, así resultaba más excitante. Al alba, un autocar me trasladó a Nazaret. Y a eso de las nueve y media, con una flagelante mochila roja a la espalda y el espíritu encendido ante semejante reto, inicié la andadura. Tras una lacónica plegaria ataqué el descenso hacia las llanuras de Jezreel, rumbo a Bet She'an, la antigua Scythópolis, final de la primera caminata. Mi plan contemplaba cuatro etapas —de algo más de 40 km cada una—, descendiendo en paralelo al Jordán, con un segundo descanso al pie del monte Sartaba. La tercera jornada, en pleno desierto de Judá, concluiría en el oasis de Jericó y, desde allí, por último, remontando las duras pendientes que caen desde la Ciudad Santa, cubrir, en esa cuarta y postrera etapa, la distancia que separa Jerusalén de Belén. En total, unos 170 km.

Pero, como ya señalé, no es éste el momento ni el lugar para dar fe de tan memorable y accidentada «excursión». Modestamente, eso sí, creo haber contribuido a demostrar que la ruta más lógica para un viaje como el que emprendieron María y José, no es la de Samaria —por el centro de Israel—, sino la del río Jordán. Un español, en fin, y me enorgullezco de ello, ha sido el primer «loco» en reconstruir el decisivo peregrinar de los padres terrenales de Jesús, desde la Galilea a la ciudad de David.

Volvamos, pues, a lo que importa: el criptograma y las peripecias en las que —¡cómo no!— me vi envuelto hasta el final.

El miércoles, 3 de diciembre de 1986, amparado por la luz neutra del crepúsculo, avistaba —al fin— la ciudad de Belén. Con un caminar inseguro y recortado —más propio de un anciano que de un hombre de cuarenta años, lógica consecuencia del fuerte castigo, de los malparados pies y de aquel indomable dolor en la columna— fui a culminar la odisea ante los blancos muros de la iglesia de la Natividad.

Quizá fuera una casualidad (?). La cuestión es que, al cerrar la marcha en la explanada pavimentada y recostarme sin resuello contra el pedestal sobre el que se levanta la estrella de cinco puntas, el volteo de una de las campanas del sagrado recinto llenó mi rendido corazón. Levanté la mirada hacia el púrpura provisional de los cielos y agradecí la oportuna «señal» y la benevolencia del Gran Padre, que me había permitido llegar hasta allí. Durante un tiempo, ajeno a todo, lloré en silencio, quemando así los miedos, angustias y soledades de aquellos días. El frío y el mudo tintineo azul de las primeras estrellas secaron mis lágrimas y la plácida melancolía que me inundaba.

Regresé al punto a Jerusalén. En el hotel no había novedades. Los servicios de Inteligencia —apostaría la vida—, estaban al tanto de mis andanzas, pero supieron guardar las distancias. A partir de esos momentos, sin embargo, debería extremar los cuidados. Al menos durante unas horas, no sería yo quien rompiera la tregua. Mi único deseo era disfrutar de un interminable baño y de un indefinido descanso. El cielo y los hombres respetaron mi voluntad, pero, a eso de las nueve de la mañana del día siguiente, el teléfono —diabólico y pertinaz— me sacaría de un sueño reparador de catorce horas.

Al incorporarme en el lecho, un fortísimo y generalizado dolor muscular me mantuvo inmóvil. Imposible alcanzar el auricular. Al quinto o sexto repiqueteo, dejó de sonar.

—¡No puedo moverme!

Las inevitables agujetas —nada grave a decir verdad—, pasaron factura. Esperé una hora y, ante el riesgo de perderme en un nuevo sueño, apreté los puños, emprendiendo una lenta y más que cómica huida de la cama. Varias pastillas de glucosa, una ducha y una severa aplicación de linimento aliviaron momentáneamente tan comprometido y deplorable estado.

Me preocupaba no haber atendido al teléfono. ¿Quién podía ser? Presentí detrás el silencioso planear de los servicios secretos y, en previsión de males mayores, decidí averiguarlo. Marqué el 528658 y, al momento, mi buen amigo Elías Zaldívar, corresponsal de la Agencia Efe —con quien había mantenido contacto en la primera etapa de la marcha a pie—, satisfizo mis dudas, negando ser el autor de la llamada. Ni siquiera sabía de mi retorno a Jerusalén. Se alegró de oírme, prometiéndome enviar a España una reseña de mi pequeña hazaña.

No tuve que darle vueltas al asunto. Nada más colgar, Rachel me localizaba, declarándose responsable de la fallida llamada. Aquello me dio qué pensar. En realidad, no sé por qué me sorprendía. Así y con todo, continué sopesando la sospechosa puntualidad de la funcionaria del Gobierno judío. Resultaba demasiado casual que marcara el teléfono de mi hotel, justo a las pocas horas de mi retorno.

Al confirmar la culminación de mi aventura por tierras del Jordán mostró cierta incredulidad y —directa, como siempre— pasó a recordarme las reuniones pendientes. Una de ellas, concertada en el museo de la Medicina Antigua de Israel, me vendría como anillo al dedo. Hoy, sinceramente, me arrepiento de la locura cometida.

Cedí, como era lógico y natural. Acudiría sumiso a cuantas entrevistas fuera menester. De esta forma, la casi totalidad de mis movimientos quedaban «controlados». Ni que decir tiene que, a pesar de estas ataduras oficiales, mi plan seguía en pie. Ya me las ingeniaría para romper el cerco y reanudar las investigaciones en torno al criptograma. Para empezar, hasta las cuatro de la tarde, hora prevista para la primera de las reuniones en la Universidad Hebrea, disponía de un margen que no estaba dispuesto a malgastar. Durante las ocho horas que caminé en solitario a lo largo de cada uno de aquellos cuatro días, tuve todo el tiempo del mundo para reflexionar sobre el enigma. Las frases cuarta y quinta —«... y sus alas te llevarán al guía MARCOS 6.2.0»— ocuparon buena parte de esas dilatadas meditaciones. La palabra «guía» podía ser interpretada de muy distintas formas: como una persona que conduce a otra o le enseña el camino; como un guía turístico, tan abundantes en Israel; como un maestro o guía espiritual; como un poste o pilar que sirve de indicación; como un libro o tratado de preceptos o, en fin, entre otras traducciones, incluso como el sarmiento o vara que se deja en las cepas y en los árboles al podarlos. Teniendo en consideración que las alas del «ángel» parecían conducir a Hazor o a Belén, lo obligado era buscar en dichos extremos. El tell de Galilea, influido por los recuerdos de mi desastrosa visita y también por lo retirado de la ciudad-fortaleza, fue relegado a un segundo plano. Belén me atraía mucho más. Establecida, pues, la decisión de explorar en la ciudad de David, el siguiente paso no resultaba tan cómodo. ¿Cómo y dónde atacar? No sé si lo correcto —pero sí lo más asequible— fue aparcar las interpretaciones engorrosas del término «guía», limitando el campo de acción a una de las facetas más fácil de comprobar: la de guía turístico. Sé que iba a ciegas y que lo de «conductor turístico» sonaba de lo más prosaico. Pero, como digo, por algún sitio tenía que empezar. En mi fantasía —lamentable error— seguía viva la imagen de un «guía» igualmente fantástico, oculto por los velos del misterio y quizá inasequible. Una vez más olvidaba la peculiar sencillez y el estilo directo del mayor.

Era imposible captar lo cerca que me hallaba de la definitiva resolución del jeroglífico y de los inquietantes sucesos que la acompañarían. Los teléfonos del Ministerio de Turismo de Israel —240141 y 4661516— comunicaban insistentemente. Así que, a pesar de los dolores, adopté la única fórmula viable para despejar aquella primera incógnita. Tres cuartos de hora más tarde, tras invocar los nombres de dos de mis contactos en el citado Ministerio —los señores Hod y Kotzer—, uno de los funcionarios me presentaba a la responsable de los *staff guide*, dependientes —en su mayoría— de los cientos de agencias de turismo radicadas en el país.

—Si no he comprendido mal —repuso la hebrea con exquisita amabilidad—, usted desea consultar las listas de los guías oficiales de turismo de Hazor y Belén...

Asentí impaciente.

—¿A qué guías se refiere, exactamente?

—No comprendo.

Con excelente precisión matizó su pregunta, aclarando que los guías autorizados a trabajar en la ciudad de David pasaban de quinientos.

La cifra me desalentó. De improviso, el anaranjado parpadeo de una de las líneas del teléfono interrumpió la conversación. La mujer escuchó atentamente durante uno o dos interminables minutos, alternando sus concisos monosílabos con varias y esquivas miradas hacia mi persona. No le concedí mayor importancia. Sin embargo, al reanudar el diálogo, percibí un notable cambio en el tono de su voz. La cordialidad inicial, aunque presente en todo momento, descendió de nivel. Fue algo instintivo. En el despacho empezó a respirarse un tufillo de mutua desconfianza. Aquella llamada, sin duda, tenía mucho que ver con mis viejos amigos del Agaf...

—El asunto cambia —prosiguió, recuperando el hilo de la explicación— si usted se refiere a los que residen de forma habitual en Belén o en el tell de Hazor y, al mismo tiempo, desarrollan su actividad en dichas zonas.

Sus ojos destellaron con una mal contenida curiosidad. Y aguardó mi respuesta. La verdad es que no disponía de muchas opciones. Si era menester, quemaría las cejas sobre la extensa lista, a la búsqueda del más nimio de los indicios. Pero bueno sería acometer la empresa por lo más cómodo. Así que me decidí por lo último. En buena lógica, los guías legalmente autorizados, que habitan en Belén o Hazor, no podían ser muy numerosos. Y confié en mi buena estrella.

Mientras la hebrea revolvía en su mesa, a la captura de la referida relación, me asaltó una incómoda duda: ¿y si no fuera un guía oficial? Es un secreto a voces que, en Israel, los que viven como guías ocasionales o clandestinos —muy especialmente los árabes— son legión. Yo solo me complicaba la existencia...

—Aquí está —intervino la israelita, eclipsando mi repentina incertidumbre—. Veamos.

Repasó los folios plastificados de una gruesa agenda negra y, localizados los guías de Belén y Hazor, alzó la vista, rogándome que me sentara. Agradecí la atención. Mis piernas palpitaban de dolor.

Recorrió con el dedo índice izquierdo una columna de

nombres, direcciones y teléfonos y, saltando a la siguiente página, murmuró casi para sí:

—Tal y como suponía, en Hazor no reside ningún guía. Los más próximos (que se ocupen de las visitas al tell) viven en Teverya, Nazaret y, por supuesto, aquí, en Jerusalén.

Recibí la información con alivio. Aquello simplificaba la búsqueda. Y sin previo aviso se descolgó con dos preguntas que esperaba desde el principio:

—Por cierto, ¿por qué le interesan esas personas? ¿Ha pensado en alguna en particular?

En tan críticos momentos no advertí las segundas intenciones de mi interlocutora. Luego, al hilvanarlo todo, comprendí.

Como pude y Dios me dio a entender, aclaré que deseaba visitar la zona y que, en consecuencia, precisaba los servicios de un guía serio y competente.

—Respecto a la persona en concreto —disimulé con frialdad—, no tengo preferencias.

—Comprendo...

Una densa pausa me hizo presagiar nuevas complicaciones.

—En fin, no hay mucho donde escoger —concluyó con fingido desaliento—. Véalo y decida usted mismo.

A veces sucede. Aunque los dedos se me hacían huéspedes, en esos instantes, impaciente por atrapar la lista, no reparé en la hábil maniobra. ¿O será que veía infiltrados y espías por doquier? Fue después, al tomar un taxi y comprobar que me seguían, cuando caí en la cuenta. Lo lógico hubiera sido que ella misma se brindara a recomendarme a cualquiera de los guías. Pero no. Astuta y premeditadamente me dejó hacer. Y yo, como un ganso, mordí el cebo.

Invoqué a todos los santos. Pero los escasos gramos de serenidad que aún conservaba se me fueron por los dedos, justo al recibir la agenda. El escandaloso tembleque del cuaderno de direcciones no pasó inadvertido para mi observadora. Segura de sí misma continuó escrutando mis reacciones. Tropecé un par de veces con su inquisidora mirada, pero bajé los ojos, impotente. Más inquieto y ofuscado por el ingobernable temblor que por la lista que se abría sobre mis rodillas, no me centré en ella hasta la segunda o tercera lecturas. Finalmente, una vez enganchado en la relación de guías autorizados que residen habitualmente en Belén, los nervios se calmaron, dando paso a otra no menos furiosa emoción.

En la página izquierda, bajo el brillo saltarín del plástico, aparecía una serie de nombres y apellidos, precedidos por sendos números de cinco dígitos que, francamente, no supe interpretar. A continuación, los respectivos domicilios, teléfonos, apartados de Correos, nacionalidad y raza, la fecha de inicio de su actividad como guía y la o las agencias turísticas con las que venían trabajando.

La hebrea, desde su silencio, pareció sorprendida ante mi rápida recuperación. Abrí el cuaderno «de campo» y, dispuesto a desafiarla, fui copiando la lista. Por razones obvias, me veo obligado a omitir parte de la información allí reunida.

Lo primero que llamó mi atención fue el hecho de que la mayoría fuera árabe. En el fondo resultaba de lo más natural, ya que buena parte de la población belenita lo es. Terminadas las minuciosas anotaciones, pasé a cotejarlas con el original. Al alcanzar la mitad de la relación el corazón me alertó. Retrocedí estupefacto, releyendo las filiaciones precedentes. Por último, ansioso, descendí hasta el último de los guías consignados.

La funcionaria captó mi excitación. Y, sin poder sofocar la curiosidad, rompió el mutismo:

—¿Qué le sucede? ¿Ha encontrado a su hombre?

—Bueno..., no sé —titubeé, haciendo un esfuerzo por acallar el júbilo que, como un tornado, casi me levantaba del asiento—. Así, de pronto...

Insatisfecha con la evasiva, presionó sin piedad.

—¿Le suena alguno? ¿Quiere llamarle desde aquí?

Se apresuró a recuperar una acogedora sonrisa, descolgando y ofreciéndome el auricular del teléfono. Esta vez, la Providencia selló mi peligrosa espontaneidad. Además, tampoco estaba seguro. Convenía sopesar aquellos datos, lejos de posibles maledicencias oficiales...

—No, gracias —corté sin tapujos—. En vista de la general y notable antigüedad en el servicio —añadí con una teatralidad que todavía me maravilla—: todos parecen buenos candidatos. Lo pensaré...

Sin concederle tregua le devolví la «milagrosa» agenda,

interesándome por los enigmáticos números que encabezaban cada una de las filiaciones.

La mujer acentuó su sonrisa, pagándome con la misma moneda:

—Eso no es de su incumbencia... Digamos que se trata de un código secreto y cifrado, de uso exclusivo del Gobierno.

—¡Un número secreto!

Mi exclamación, el torrente de alegría y la mal disimulada sorpresa que provocó en mí la parca pero reveladora insinuación, agotaron su paciencia y, supongo, su capacidad de entendimiento. El desliz de la funcionaria ponía punto final a la visita a la sede del turismo judío.

Estreché su mano con fuerza. El aparente gesto de amistad y gratitud la desconcertó del todo, correspondiendo con una imprecisa sonrisa.

Segundos después, eufórico, abandonaba el lugar, apretando contra mi pecho la valiosa información. Caminé tres o cuatro metros por el largo corredor y, asaltado por la curiosidad, giré sobre los talones, retrocediendo. La vieja táctica daría sus frutos. Violando las más elementales normas de educación empujé la puerta de cristal del despacho que me había acogido, asomando medio cuerpo. Mi inesperada aparición pilló desprevenida a la funcionaria, justo cuando, teléfono en mano —y en hebreo— ponía sobre aviso de mi partida a Dios sabe quién. Eso fue lo que deduje de su visible nerviosismo. Poco más tarde, el taxista que me conduciría al hotel, al traducir las tres frases que alcancé a oír y anotar, confirmaría mis sospechas.

Más o menos, éstas fueron las palabras que, como digo, pude retener: «Ha-ish sheljá iachá ka-rega... Beseder... Eeséh ma she-ujal.» Que, vertidas al español, no ofrecían demasiadas dudas: «Su hombre acaba de salir... Está bien. Haré lo que pueda.»

Al reconocerme interrumpió la conversación telefónica, pegando el auricular al pecho.

—¡Disculpe! —me excusé sin soltar el pomo de la puerta—. Olvidé preguntar la tarifa oficial por jornada...

—Eso, señor, lo fija la agencia —vomitó airada desde el fondo del escritorio.

—¡Ah, claro! Perdone.

La tela de araña de los servicios de Información seguía cubriéndome, invisible y certera. Pero —insensato de mí— el peligroso juego, lejos de atemorizarme, desencadenó la adrenalina, excitándome. No había nada de qué avergonzarse. Así que, con una temeraria inconsciencia, me propuse despistarlos. (Ahora rememoro con pavor ese viejo y sabio adagio popular que testifica que «la ignorancia es osada».)

No fue difícil advertir la presencia en el vestíbulo de aquel individuo rechoncho, de poblado mostacho y paraguas al brazo. A pesar de esconder su cara de luna tras un ejemplar del *Jerusalem Post*, nuestras miradas coincidieron. Los sucesos vividos en el despacho hablaban por sí solos. Aquél podía ser el hombre que acababa de telefonear. Pronto lo sabría.

El número 24 de la calle King George, sede de la Oficina de Turismo, no se encuentra muy lejos del Moriah Jerusalem Hotel. Podría haber cubierto el trayecto a pie. Pero, debido a los dolores musculares y a la morbosa curiosidad de comprobar si me seguían, elegí lo más cómodo y seguro.

A las puertas del edificio, parcialmente encaramado en la acera y con dos ocupantes en su interior, se hallaba estacionado un Mercedes gris, 300-D. La populosa avenida no es, precisamente, un lugar donde se pueda aparcar de semejante guisa. Aquello me hizo desconfiar. Y mientras aguardaba el paso de un taxi memoricé la matrícula: «699-518», placa amarilla.

Al acceder al primer taxi libre que acertó a pasar, dudé. ¿Me dirigía al hotel o daba un rodeo por las calles adyacentes? Si el Mercedes —como sospechaba— pertenecía a la Inteligencia judía, no tardaría en averiguarlo. Por otra parte, solicitar del conductor que despistara al potente automóvil se me antojó arriesgado. Lo prudente era retornar al Moriah. Intencionadamente, me senté al lado del chófer, espiando las maniobras de los hipotéticos agentes por el espejo retrovisor. En efecto, nada más arrancar, el gordinflón del periódico se coló de rondón en el Mercedes, que fue a posicionarse —camuflado en el flujo de coches— a poco más de cincuenta metros por detrás de nuestro turismo.

Quince minutos después, frente a las puertas amarillas del hotel, simulé un inexistente regateo con el taxista. Me explico. Para un observador exterior, mis gesticulaciones y braceos —*shekels* en mano— podían ser interpretados como un rutinario «forcejeo crematístico», tan común entre los turistas avisados y los profesionales del taxi en Israel. En realidad, la conversación discurría por derroteros muy distintos. La excusa de la traducción al inglés de las palabras hebreas que había cazado al vuelo en el despacho de la funcionaria me vino al pelo para demorar la salida del taxi, disponiendo así de un tiempo precioso en el que poder observar las evoluciones del Mercedes. El chófer agradeció la propina y la posibilidad de quebrar la monotonía de la mañana, prestándome, como digo, un estimable servicio. En ese lapsus, a caballo entre el retrovisor y las prolijas explicaciones de mi oportuno traductor, comprobé con un malvado regocijo cómo mis perseguidores frenaban la marcha. Dudaron dos o tres segundos y, convencidos de que me disponía a ingresar en el hotel, giraron a su izquierda, enfilando la rampa de acceso al aparcamiento subterráneo del Moriah. Ése, en el fondo, fue un error. Si mis intenciones hubieran sido otras podría haberlos despistado, bien alejándome de la zona en el mismo taxi o sirviéndome de cualquiera de los autobuses que tienen sus paradas frente al edificio del hotel, a ambos lados de la calzada. Pero, de momento, mi objetivo no era ése.

Ardía en deseos de sentarme tranquila y sosegadamente y proceder a un exhaustivo análisis de lo que había descubierto en el Ministerio de Turismo.

Recogí la llave de la habitación y, cuando estaba a punto de entrar en uno de los elevadores, lo pensé mejor. Aquella situación me divertía. Faltaban dos horas para mi cita en la Universidad Hebrea y, esperando sacar algún provecho, me acomodé en un ángulo del vestíbulo, de forma que pudiera observar y ser observado sin dificultad. A los cinco minutos, como imaginaba, el «cara de luna» y un segundo individuo empujaban la puerta giratoria. Me incliné hacia el cuaderno «de campo», aparentemente ajeno a cuanto me rodeaba. La llegada de una de las camareras me recordó que estaba prácticamente en ayunas, regalándole a la escena una mayor naturalidad. De reojo, mientras pedía un vaso de leche y una porción de pastel de queso, fui siguiendo las evoluciones de mis contumaces «amigos». Los vi intercambiar algunas frases, mirarme de soslayo y, finalmente, avanzar hacia la recepción, solicitando la presencia de uno de los empleados. La distancia —alrededor de veinte metros— y el hecho de que los sospechosos me dieran la espalda, anularon cualquier intento de comprensión de la escena, aunque, en los cinco o diez minutos que duró el «cónclave», lo imaginé todo o casi todo. Lo único que acerté a captar fue cómo el compañero del gordinflón rebuscaba en los bolsillos posteriores de su raído pantalón vaquero, echando mano de algo —quizá un pequeño bloc de notas— en el que llevó a cabo unas menguadas anotaciones. Acto seguido, con idéntica discreción, tras comprobar cómo devoraba mi frugal almuerzo, abandonaron el hotel.

A decir verdad, la desaparición de los supuestos agentes no me sirvió de consuelo. Seguro que tramaban algo. Tentado estuve de asomarme al exterior. Pero comprendí que lo más inteligente era seguirles el juego, haciéndoles creer que ignoraba su presencia. Esto me proporcionaba una cierta ventaja.

«... y sus alas te llevarán
al guía MARCOS 6.2.0.
El número secreto de sus plumas
es el número secreto del guía...»

Aquello sí era importante. El Destino, cansado quizá de tanto laberinto, acababa de echarme una inestimable mano. En la relación de guías autorizados por el Ministerio de Turismo de Israel, con residencia habitual en Belén, figuraban doce nombres. (¡También era «casualidad» que fueran precisamente «12»!) De éstos, cuatro —Toufite, Abraham, Mike y Elías— desempeñan su labor en la propia ciudad de David. El resto —Emin, Raimundo, José, Michel y otros tres Elías— conducen a los turistas y peregrinos a lo largo y ancho de Tierra Santa. Con total premeditación, sólo he mencionado once de los doce profesionales que recogía la lista. El último, que aparecía mediada la citada relación oficial, fue el causante de mi ya referido júbilo. En la sucinta referencia —de la que silencio algunos datos por razones de seguridad— pude leer y copiar lo siguiente:

«00006. Marcos Gabriyeh. Domicilio... Apartado postal 620. Belén. (Carece de teléfono.) Árabe cristiano. Ejerce desde 1965. Habla hebreo, árabe, inglés, español, francés, italiano y portugués. Trabaja para la Agencia... Dirección... P.O.B... Teléfonos... Cable... Télex... Jerusalén.»

Como habrá intuido el lector, en estas telegráficas líneas destellaban algunos datos reveladores que colmaron mi excitación. Para empezar, aquél era el único guía de Belén que respondía al nombre de Marcos. En cuanto a los tres dígitos del apartado de Correos, ¿qué podía suponer? ¡620! La misma cifra que acompañaba a la inicialmente supuesta cita bíblica: MARCOS 6.2.0.

«... y sus alas te llevarán
al guía MARCOS 6.2.0.»

El rompecabezas encajaba. Las alas del «ángel» de Hazor estaban «llevándome» a un guía, de nombre MARCOS, cuyo número secreto oficial —00006— coincidía o sumaba lo mismo que el de las plumas del querubín: «6».

Estudié el criptograma, sin dar crédito a lo que ahora, después de tantos esfuerzos y quebraderos de cabeza, resplandecía ante mí como lo más cristalino del mundo. Y recordé estremecido la carta de Munich.

Si todo aquello era algo más que un espejismo, mis viejas e inseguras deducciones habían acertado de plano. El mayor, jugando a desorientar, supo extraer la justa utilidad del nombre y de los textos del evangelista, incrustando un segundo «Marcos» en el punto exacto. Y como ocurriera en el primero de los «mensajes», el que me llevó a Washington, las sucesivas claves fueron arropadas por lo que podría definir como «piezas complementarias», con un papel de apoyo o ratificación de lo esencial.

En suma, aceptando que mis pasos y lucubraciones estuvieran acertados, el enigma parecía llegar a su fin. Pero, a pesar de lo sólido de las apariencias, mi corazón no terminaba de asimilarlo y, lo que era más importante, de encajar que hubiera triunfado. Supongo que es mi forma de ser.

Naturalmente, seguí contemplando la posibilidad de que el dichoso «guía» fuera una cosa o persona diferente. El sentido común, sin embargo, se rebelaba.

Todo encajaba. Y me dejé arrastrar por los sueños. «Quizá el mayor —no sé cuándo— conoció a un hombre llamado Marcos. Quizá fue su amigo y quizá le confió "algo" que prepararía mi camino... ¿Por qué no?»

Prescindí de tales pensamientos y, sujetando en corto la imaginación, anoté lo que entendía como de inmediato y obligado cumplimiento:

«Localización y entrevista con el tal Marcos, de Belén.»

Desconocía lo que me aguardaba y, por tanto, calculé los riesgos, estimando que dicha cita debería producirse al margen de testigos; en especial, fuera de la órbita de la Inteligencia militar israelí. En aquellos esperanzadores momentos, a la vista del abanico de datos y sucesos que se abría ante mí, me felicité por el silencio guardado en el despacho de la funcionaria de turismo. No podía olvidar —y los servicios secretos mucho menos— que la región de Belén constituye uno de los focos más virulentos del terrorismo en Israel, habiéndose convertido en una «cantera» de la que brotan infinidad de palestinos, dispuestos a pelear por sus legítimos derechos. De haber pronunciado el nombre de Marcos, o cualquier otro, mis dificultades con el Agaf habrían sido notables. En definitiva, entre otras, ésta podía ser una de las razones del espionaje judío para mantenerme controlado.

Era del todo necesario organizarse concienzuda y meticulosamente. Y empecé a maquinar un plan.

La meteorología empeoró. El frío y la lluvia se ensañaron con Jerusalén y, no de buena gana, me dispuse a tomar el bus 4A, que debería trasladarme a la Universidad Hebrea, en el monte Scopus, al norte de la ciudad. El compromiso me irritó. Pero, resignado, comprendí que no convenía dar un solo paso en falso.

Durante los paseos bajo la marquesina escruté los alrededores del hotel, a un tiro de piedra de la parada. En especial, la boca del aparcamiento subterráneo y la puerta giratoria del vestíbulo. Del Mercedes y de sus ocupantes, ni rastro. Parecía como si se los hubiese tragado la tierra.

Una pareja de judíos ortodoxos, con sus funerarias levitas, los inconfundibles tirabuzones desmayados a ambos lados de sus pálidos rostros y los sombreros de terciopelo negro protegidos del agua con sendas fundas de plástico, se unieron a mi espera. Después, con idéntica desconfianza, vi llegar a una espigada y atractiva mujer de rasgados ojos azabaches. Y, curioso, sostuve su inquietante mirada. No sabía a qué atenerme. Cualquiera de aquellos ateridos semblantes podía ocultar un astuto agente secreto.

«¿Por qué me obsesiono? —me reproché al punto—. Mi visita a Scopus está "bendecida". Quizá hayan desistido, por el momento...»

Sin embargo decidí salir de dudas, en la medida de mis posibilidades. El autobús frenó puntual y las puertas hidráulicas resoplaron, franqueándonos el acceso. Los judíos, sin la menor consideración, tomaron la delantera. La señorita, más prudente, quedó rezagada. Y, como digo, puse en marcha la primera de las pruebas.

Inmóvil sobre los peldaños que conducían al chófer y cobrador toqué el hombro del que me precedía, preguntándole —en inglés— si aquél era el bus de la universidad. Sabía que estos fanáticos de la religión —vecinos quizá del barrio de Mea Shearim— llevan su radicalismo al extremo, incluso, de no dialogar en otra lengua que no sea la hebrea. De haber sido un miembro de la Inteligencia militar, lo más probable es que se hubiera dignado corresponder a la inocente cuestión de aquel extranjero. No fue así. Giró la cabeza. Me inspeccionó de pies a cabeza y, con el más absoluto de los desprecios, prosiguió su conversación con el segundo *hassidim*, ignorándome.

«Perfecto», repliqué en mi fuero interno, encajando el revelador desplante.

Ya sólo faltaba la mujer. Lo normal, en el supuesto de que fuera lo que sospechaba, es que portara una arma. Había que descubrirlo. Le cedí el paso gentilmente y, una vez en el pasillo del autocar, me situé a su espalda. La brusca arrancada fue la excusa idónea para asirme a su cintura con ambas manos. El incidente —tan común en estas circunstancias— no pareció disgustarle demasiado. Con su grácil brazo izquierdo levantado hacia una de las barras de seguridad, resistió el tirón. Solté mi presa y, aprovechando el cabeceo del vehículo, provocado por la entrada de la segunda velocidad, recurrí de nuevo al cuerpo de la señorita. Esta vez la tomé por debajo de las axilas, resbalando mis manos —sin el menor pudor— por los tersos costados. Recompuestas estabilidad y figura, me excusé, aliviándola de la firme presión de mis manos. La joven, impasible, sonrió con picardía, guiñándome un ojo. Mi sonrojo llegó hasta los pies...

Los temores eran infundados. La hermosa hebrea no iba armada.

A la hora convenida, Daniel Schwartz, profesor de Historia del Pueblo de Israel, me recibía en uno de los despachos del edificio Truman. Por espacio de una hora, en presencia de Pessy Druker, miembro también del profesorado de la citada Universidad Hebrea, el joven científico satisfizo mi curiosidad, hablándome de sus investigaciones en torno a Poncio Pilato. Dicho sea de paso, algunas de las audaces teorías de Schwartz coincidían con lo expuesto en el diario del mayor norteamericano acerca de este discutido gobernador romano.

Aunque presté toda mi atención a la entrevista, la verdad es que mi corazón se hallaba lejos. Para ser exacto, en Belén. Mi plan inicial no fijaba la búsqueda del enigmático Marcos hasta el día siguiente. Sin embargo, conforme avanzó la tarde, le di la vuelta a los pensamientos. Actuaría de inmediato. Ni los nervios ni la curiosidad hubieran perdonado que me cruzara de brazos.

Dicho y hecho. Al filo de las seis, de regreso al Moriah, activé la recién bautizada Operación Marcos. Busqué al recepcionista que había dialogado con los propietarios del Mercedes, interesándome por algo que conocía sobradamente: la zona comercial más próxima. Plano en mano me recomendó el triángulo formado por las céntricas calles de Jaffa, Ben Yehuda y George V. En efecto, todo un paraíso para el comprador.

No había prisa. Así que, desafiando la lluvia, emprendí un despreocupado paseo, Keren Hayesod arriba. El tránsito peatonal, muy escaso, jugó a mi favor. No estaba seguro pero, como medida preventiva, llevé a cabo una pausa frente a un establecimiento de música que se alza en la misma acera del hotel, a cosa de cien metros. En el silencio de la calle se propagó un precipitado taconeo. Alguien se acercaba. No me moví, aparentemente absorto en los discos que se exhibían en el escaparate. El reflejo de un hombre grueso, de baja estatura, se presentó en el cristal que se levantaba a dos palmos de mi nariz. Dobló la cabeza hacia el lugar donde me encontraba y, automáticamente, aflojó el paso.

«¡El "cara de luna"!»

Indeciso, pasó el paraguas de mano, continuando su camino. Esperé diez o quince segundos y reemprendí la marcha. Tenía gracia. De perseguido me había convertido en perseguidor.

El aturdido agente, ante lo penoso de la situación, sólo acertó a volver el rostro en un par de oportunidades, comprometiendo aún más su labor. Mi objetivo se hallaba todavía a medio kilómetro y, disfrutando como un niño, le dejé seguir. Inteligentemente, cambió de acera y, con toda naturalidad, se detuvo en una de las paradas de autobús. Al llegar a su altura, el «cara de luna» varió de táctica. A partir de entonces, el seguimiento se registraría a una prudencial distancia, y siempre en paralelo, desde la banda opuesta a la que yo utilizaba.

Mi estrategia —elemental— consistía en ganar la concurrida confluencia de las referidas calles de Ben Yehuda y George V. Una vez allí, con unos gramos de suerte, trataría de darle esquinazo. Sin embargo, al rebasar el hotel Plaza —mediada ya la avenida de George V—, tuve una idea mejor y más arriesgada.

Tal y como suponía, el gordinflón, que no perdía ojo, quedó desconcertado. Casi con seguridad, la información recibida del recepcionista le hizo confiar en mi propósito de visitar tiendas y efectuar algunas compras. Por eso, al descubrir cómo me detenía bajo la marquesina del bus número 9, su desolación debió de ser notable. A pesar de todo, tengo que reconocer que la fortuna estaba de su lado. Si en aquellos precisos instantes hubiera llegado un autocar, la burla habría sido redonda. Muy a pesar mío, el primero de los vehículos de transporte público que asomó por la avenida lo haría con el suficiente retraso como para permitirle cruzar la calle y mezclarse entre el reducido grupo de personas que nos cobijábamos en la marquesina.

Al ingresar en el bus, mi contrariedad fue en aumento. «Y ahora, ¿qué?» El «cara de luna», impertérrito, pasó a mi lado, acomodándose en uno de los asientos del fondo, muy cerca de la puerta de salida. Yo permanecí de pie, frente por frente a la portezuela de doble hoja situada en el centro geométrico del vehículo y que era accionada en cada una de las paradas. Tenía que actuar. Pero ¿cómo?

El número de pasajeros se incrementó en las dos siguientes paradas. Aquello podía beneficiarme. De soslayo, parapetándome entre los viajeros, procuré vigilar al individuo. Naturalmente, él hizo otro tanto.

No disponía de muchas alternativas. Era menester jugárselo a una carta, aunque aquello me delatara. Nervioso, aguardé la siguiente parada. Al divisar el inminente cruce con la vía de Hillel, alguien pulsó el timbre, previniendo al conductor. El bus se detuvo y, al abrirse la puerta, descendí sin prisas. Fue cuestión de segundos. La sorpresa ralentizó la reacción del agente, quien, a duras penas, terminó por bajar. Era lo que yo esperaba. Su sentido profesional hizo que, nada más poner los pies en el suelo, me diera la espalda, en un elemental gesto de disimulo. Aquél fue su error. Antes de que alcanzara a comprender, salté como un gato sobre el descansillo de la puerta central, justo en el momento en que un bronco rugido tiraba del bus. La doble hoja me aprisionó, pero, segundos después, lograba rechazar el sistema hidráulico, liberándome. El «cara de luna», desarmado, no se movió. Ni siquiera hizo un mal gesto. Los que también quedaron atónitos fueron los pasajeros más próximos, que no terminaban de entender mi extraño comportamiento. La mayoría, quiero suponer, lo atribuyó a un error a la hora de identificar la parada.

Un kilómetro más adelante abandonaba definitivamente el salvador bus, perdiéndome en la noche. Esta vez había ganado. Pero ¿y la siguiente? La pequeña peripecia, aunque me había regalado la libertad de acción, podía provocar consecuencias imprevisibles. Ahora, «ellos» sabían que yo también lo «sabía»... Mal asunto.

De todas formas, pasase lo que pasase, no tenía intención de desperdiciar mi temporal ventaja. Tomé un taxi y, cuarenta minutos después, descendía frente a la basílica de la Natividad, en Belén. Me aposté en una de las puertas del templo, dispuesto a comprobar si el familiar Mercedes, o cualquier otro vehículo sospechoso, hacían acto de presencia en la explanada. A la media hora, convencido de que no era así, requerí los servicios de un taxista belenita, que me condujo con precisión al domicilio que obraba en mi poder y que, según la Oficina de Turismo de Israel, pertenecía al guía y supuesto amigo del mayor: Marcos Gabriyeh.

La suerte estaba echada. Ahora, frente a aquella casa de una planta, el mar de dudas que me golpeaba se encrespó. ¿Había elegido el buen camino?

Por más que lo procure, no encuentro palabras para describir el fuego y el vacío que, en forma de nudo gordiano, se enroscaron en mi vientre al traspasar el umbral del portón. Puede que nadie lo crea: la justa verdad es que mi mente se vino abajo. Me quedé en blanco. ¿Por dónde empezaba? Si, realmente, aquél era el sujeto que perseguía con tanto encono, ¿qué frases tenía que dirigirle? ¿Cómo me presentaba? Considerando —que quizá sea mucho considerar— que guardara «algo» para mí, ¿cómo persuadirle para que me lo entregara?

Temblando como la llama de una vela, pulsé el timbre. Cinco, diez, quince segundos... Silencio. Alarmado, insistí con bríos. ¿Y si no estuviera en Belén? Dada su condición de guía oficial, todo era posible.

... Veinte, treinta segundos. Llamé por tercera vez. Tampoco hubo respuesta. La casa parecía desierta.

«¡Maldita sea!»

De la incertidumbre y el pasmo pasé a una rabia sorda. Aquello no era justo.

Fue inútil. Nadie respondió a la media docena de timbrazos. Decepcionado, di media vuelta, parándome en mitad de la solitaria calle. El momento, negro como boca de lobo, se abatió sobre mí. Incapaz de reflexionar y decidir, las esperanzas, al igual que la mansa lluvia, se derramaron por el reluciente asfalto.

Pero mi buena «estrella» —aunque no pudiera verla— seguía en lo alto. De improviso, una voz me reclamó desde una ventana contigua a la casa del desaparecido Marcos. Era una mujer. Lamentablemente sólo hablaba árabe. Por lógica comprendí que había oído mis llamadas. Pronuncié el nombre de Marcos lo más despacio posible, vocalizando como un párvulo y señalando hacia el domicilio de aquél. La señora replicó en su lengua, indicándome, a su vez, el fondo de la calle. Tras unos minutos de estéril diálogo se retiró de la ventana, rogándome por señas que esperase. Al poco retornaba en compañía de un muchacho con el que sí pude hacerme entender. Amable y bien dispuesto se prestó a acompañarme hasta el local donde, al parecer, se hallaba su vecino y amigo. «Marcos —según el joven árabe— estaba trabajando en la puesta a punto de un restaurante.»

Después de un presuroso callejeo nos adentramos en un desahogado salón en obras. A la parca luz de algunas bombillas enroscadas a las columnas, confundidos en una atmósfera de yeso fresco y madera recién aserrada, cuatro individuos trajinaban tablones y martillos. Uno de ellos, encorvado hacia un caldero de cemento, canturreaba una doliente melodía árabe.

Cerré los puños, comido por la emoción. ¿Cuál de aquellos afanosos obreros era el depositario de lo que tanto ansiaba?

Tras identificar a nuestro hombre, mi acompañante sorteó a los operarios más próximos, saludándolos con sendas y amistosas palmadas en las espaldas. Le vi llegar hasta el que removía la masa e, inclinándose, le susurró algo al oído. Ambos se incorporaron, observándome desde la penumbra. La irregular iluminación le preservó de mi desatada curiosidad. Pero me quedé quieto, tal y como me había sugerido el improvisado guía.

Digo yo que el tronar de mi corazón tuvo que ser escuchado en un amplio radio. Pero nadie alteró su faena.

Concluido el breve diálogo, el que hacía de albañil arrojó la paleta en el mortero y, restregando las manos en los flancos del pantalón, avanzó hacia mí.

No pude remediarlo. Me eché a temblar. ¿Había llegado el gran momento? ¿Qué podía decirle? ¿Cómo atacar tan peregina historia?

Un foco amarillento, compasivo ante mi desazón, borró al fin la negrura de la silueta que se acercaba, mostrándome al hombre. Parecía instalado en esa edad indefinida que sólo florece a partir de los cincuenta. Como buen árabe, conservaba una ensortijada y generosa mata de pelo negro, algo cenicienta y descuidada. Un vientre campanudo hinchaba una camisa caqui, salpicada aquí y allá por lamparones de cal, robando altura y prestancia a su escaso metro y sesenta centímetros. Un rostro terso, más ancho que alto, formaba un todo con el fornido cuello. Y en mitad de la bronceada piel, unos ojillos recogidos, en perpetuo ir y venir pero, a la par, sonrientes y confiados, como en todo hombre de bien.

Presumo de pocas virtudes. Sólo, y arriesgando mucho, de destapar a las gentes con un par de atentas miradas. Pues bien, este pequeño don —fruto del oficio— me hizo confiar. Espontáneamente me tendió una vigorosa mano, y yo, torpemente, sólo acerté a corresponder, estrechándola con fuerza. Creo no equivocarme cuando digo que, en general, un sincero e intenso gesto de esta índole abre muchas puertas; sobre todo las de la amistad. Aquel apretón de manos, a pesar del mutuo desconocimiento, se prolongó más de lo normal. Tanto el guía como yo —lo sé— sintonizamos.

—Usted dirá...

La voz recia de Marcos, sin un ápice de reserva, me animó. Sonreí. Y el buen hombre, expectante, hizo otro tanto.

—Verá... —arranqué finalmente, sin saber muy bien qué rumbo tomar—, desearía conversar con usted.

—¿Conmigo?

—No se alarme —atajé—. Se trata de un asunto privado que requiere un poco de calma. Nada grave.

Me maravilló que no profundizara o que —cargado de razón— no tanteara mi insólita visita con algunas preguntas de rigor.

—¿Puede esperar un minuto?

Asentí, creo, con un vago movimiento de cabeza. La tensión me tenía embarullado.

Se despidió de la compañía y, marcando la salida con ambas manos, nos invitó a precederle.

—Iremos a mi casa —puntualizó.

El joven árabe y yo obedecimos en silencio. A los pocos minutos, señalando a sus espaldas y con una franqueza que jalonaría todo el encuentro, abrió su corazón, lamentándose de la crisis por la que atravesaba el sector turístico en aquellos momentos. La falta de trabajo les había impulsado —a él y a otros guías de Belén— a pluriemplearse en la aventura del restaurante. Me gustó el detalle y la confianza. Marcos era un hombre sin doblez. Abierto, incluso, con los que no conocía. El gesto me animó. Camino del domicilio tomé la firme decisión de entrarle sin tapujos ni medias verdades.

El muchacho que me había hecho tan providencial servicio nos dejó solos. Un par de minutos después —casi sin poder creerlo— me vi sentado frente al guía belenita, en su austero y solitario hogar.

A pesar de mis buenos propósitos, el asunto se resistió. Me sentía desplazado, impotente y hasta ridículo. ¿Cómo explicarle quién era y por qué estaba allí?

Penetrante y sagaz como un halcón, Marcos adivinó el revoltijo de nervios que enroscaba mis manos. Se levantó y, cordial y entregado, me ofreció un té.

No podría jurarlo. Sin embargo, a través del vaporoso humo de la infusión, creí intuir en su mirada el porqué de mi visita. Yo mismo me censuré. Eso era imposible. No obstante, aquella «luz» y el silencio de sus ojos siguieron inquietándome. En definitiva, me tendieron un salvador puente.

Le hablé de mí. De mi trabajo y del histórico día en que conocí al mayor. No hubo interrupciones. Dejó que me explayara. Su imperturbable atención, distendida sólo por alguna que otra sonrisa de complicidad, me convenció de que no hablaba en vano. De no haber sido el hombre que buscaba, ¿qué sentido tenía tan paciente y generosa escucha? Al detallarle, por ejemplo, mis venturas y desventuras en la resolución del criptograma, lo razonable por su parte habría sido cortar tan prolijas y extrañas explicaciones. Al contrario. Mis enredos en Washington le cautivaron.

Apuré el reconfortante té y, sin mediar palabra, me sirvió una segunda taza, invitándome, con su respetuoso mutismo, a que prosiguiera. Lo hice sin orden ni concierto y con una exaltación progresiva que, por supuesto, no escapó a su inteligencia.

Hubo un par de detalles, eso sí, que oscurecieron su mirada, traicionándole. El primero fue la alusión a la muerte del ex oficial de la Fuerza Aérea norteamericana. El segundo, la sorda batalla con la Inteligencia militar judía. Poco faltó para que, ante tan elocuente hundimiento, obviara el resto de la historia, pasando a la cuestión que me consumía. Pero, no deseando forzar los acontecimientos, rematé la narración. El último movimiento consistió en mostrarle el cuaderno «de campo», con el texto del segundo enigma y los dibujos del «ángel de Hazor». Tomó, en efecto, el bloc, repasando el criptograma con brevedad. Acto seguido, en tono grave, me rogó que le mostrara el pasaporte. La inesperada petición me pilló a contrapié.

—Tranquilo —terció, suavizando sus palabras—. Se trata de una mera comprobación.

Mi desconcierto siguió vivo. ¿Me había equivocado de persona? ¿Era el tal Marcos otro esbirro de los servicios de Información? La explicación del guía puso punto final a mi inquietud.

—Compréndalo —sonrió satisfecho, devolviéndome el documento—. Debo estar seguro...

—Entonces, usted...

Mi estallido de alegría le conmovió. Pero no dijo nada. Abandonó su asiento y, dirigiéndose a la ventana, meditó unos instantes. Al volverse, su pregunta —esquivando el *lead* de la cuestión— enfrió mi expectación.

—¿Cree posible que le hayan seguido hasta aquí?

Negué con firmeza.

—Y otro asunto que me intranquiliza. ¿Conocen «ellos» mi identidad?

Negué de nuevo, poniéndole en antecedentes de mi

silencio en la Oficina de Turismo y de cómo había dado con su persona. Marcos sabía de la astucia de los servicios de Inteligencia de Israel y las aclaraciones no apagaron su desasosiego. Sin embargo, al menos por el momento, dejó de lado el espinoso asunto. Su faz recobró la primitiva luminosidad y, tendiéndome ambas manos, resumió lo único que ansiaba oír en aquel momento:

—Hace años que espero esta visita...

Aunque la intuición había abierto mi alma desde tiempo atrás, la garganta quedó anudada por la emoción. Fui incapaz de responder. Tomé sus manos y, sencillamente, las estreché, transmitiéndole así los meses de pesadilla, desaliento y esperanza. Las miradas hablaron por sí solas. A partir de ese imborrable momento fue él quien tomó la iniciativa, sacándome de dudas. Había conocido al mayor a lo largo del año 1973, a orillas del mar Muerto, y en circunstancias especiales, en las que no entró. Al parecer, se hicieron muy amigos. Fue meses después, en 1974, cuando el mayor norteamericano le encomendó la custodia de «algo» que sólo podría ser entregado al hombre o mujer que acreditara haber resuelto y despejado el criptograma que obraba en mi poder. La última «clave» del enigma era él mismo. Desde que «aquello» llegara a su poder, a pesar de sus intentos por conectar con el mayor, no había vuelto a tener noticias suyas. Ignoraba que hubiera fallecido y, por supuesto, que existiera un primer mensaje.

Leal y prudente donde los haya, Marcos aseguró que jamás desprecintó el «legado» de nuestro común amigo. Le creí.

Y ardiendo en deseos de hacerme con el misterioso «legado» le supliqué que me lo mostrara. Sonrió con benevolencia, disculpando mi fogosidad. Al punto, sin rodeos, me hizo comprender que aquella justa entrega debía consumarse en el momento y lugar adecuados. Acepté las razonables precisiones. El Agaf, con seguridad, podía estar al acecho. Si me presentaba esa noche en el hotel con el preciado «cargamento» —ésas fueron sus palabras—, mis sacrificios, los suyos y los del mayor corrían el riesgo de ser inmolados, en beneficio de los servicios de Inteligencia. Merecía la pena esperar.

—Éste es mi plan —simplificó, exponiendo la idea que acababa de concebir y que, así, de bote y voleo, me hizo soltar una carcajada, si no recordaba mal, la primera de este infeliz en toda su estancia en la Tierra Prometida. Accedí ilusionado. «Aquello» resultaba excitante y, sobre todo, eficaz. Me sometí a su voluntad y no volví a interrogarle ni a presionar acerca de «lo que le había encomendado el mayor». Un «legado» cuya naturaleza presentía.

La tertulia —sembrada de confidencias— se prolongaría hasta altas horas de la madrugada. Fue así como entramos en el mutuo conocimiento de hechos y circunstancias, íntimamente ligados al mayor, que, amén de enriquecernos, multiplicaron —si cabe— nuestra sincera estima hacia aquel hombre singular.

Pasadas las cuatro horas, un segundo taxista belenita orillaba su turismo en el cruce de las calles Smolenskin y Keren Hayesod, a trescientos metros del Moriah Jerusalem. Por seguridad despedí al chófer y amigo de Marcos en un lugar lo suficientemente retirado del hotel como para conjurar cualquier tropiezo o «malsana curiosidad»...

Caminé decidido. La zona, iluminada y dormida, parecía en paz. En los aledaños del Moriah no se distinguía un solo vehículo. Crucé frente a la rampa del aparcamiento subterráneo y, de pronto, sentí miedo. Me detuve. Inspeccioné la oscura y solitaria boca del parking, sin divisar al guarda. ¿Qué hacía? ¿Entraba por el sótano? Desde allí, con la ayuda de los ascensores, el acceso a la habitación era menos comprometido. Finalmente, renuncié. Mi corazón no hubiera resistido otro «susto». Además, ¿qué importaba que me vieran entrar por el vestíbulo? A estas alturas del «negocio» todo estaba consumado..., para bien o para mal.

Encogido y receloso empujé despacio la puerta giratoria. En el vestíbulo, a media luz, no respiraba una alma. Miento: a la izquierda, en uno de los butacones, roncaba un vigilante. Salvé de puntillas los siete u ocho metros que me separaban de los elevadores y, escurridizo como una serpiente, me quité de en medio. Ninguno de los recepcionistas —posiblemente tan arrobados como el agente de seguridad— detectó el retorno de aquel trasnochador. Pero los sobresaltos —en el fondo soy un ingenuo— seguirían llegando...

Y, feliz, me dispuse a descansar. Me planté ante la puerta de la habitación y, de pronto, medio mundo se vino abajo: había olvidado la llave en conserjería.

—¡Ésta sí que es buena!...

No supe si reír o llorar. El nuevo registro de las ropas fue tan inútil como el primero. ¡Increíble! En segundos, la euforia se transformó en cólera. Los que me conocen saben que ya sólo me indigno conmigo mismo. Pues bien, ésa fue una buena ocasión para ejercitar una de mis actividades predilectas: maldecir mi sombra y mi proverbial despiste.

Pujé por hallar un remedio. Todo menos bajar y delatar mi presencia. También era posible que no ocurriera nada, pero ¿y si ocurría?

El análisis de la situación ofreció dos únicas alternativas. Una: ingeniármelas para forzar la puerta. Dos: acomodarse en el pasillo y resistir hasta el alba. La última no fue de mi agrado. Así que, malhumorado, hice inventario de cuanto llevaba encima. El recuento no me estimuló: la cartera, el pasaporte, tabaco, un encendedor, el «cuentapasos», una batería de rotuladores —a los que soy tan aficionado— y el cuaderno «de campo», con tres o cuatro hojas sueltas, repletas de nombres y direcciones y prendidas a la masa del bloc mediante sendos clips labiados de acero inoxidable.

—¡Escaso arsenal! —me lamenté—. Si al menos el mechero hubiera sido de gasolina...

Como ya había «practicado» en otras locas peripecias, bastaba con inyectar el combustible en el ojo de la cerradura y prenderle fuego. En general, dependiendo, claro está, del tipo de engranaje, el pequeño incendio-explosión terminaba por descomponer el mecanismo. Éste no era el caso. Sólo cabía una solución: los «clips». Desbaraté uno de ellos, y con el alambre resultante, confeccioné una ganzúa. Fue absurdo que mirase a uno y otro lado del solitario corredor. ¿Quién podía estar observando a tan intempestiva hora?

La rústica «llave» hurgó en los entresijos del pomo, a la búsqueda del pestillo. A la tercera o cuarta acometida, un musical clic vino a recompensarme, franqueando el paso.

El Destino, aunque uno ya no sabe qué pensar, lo tenía todo calculado. Incluso, que yo no recogiera la llave de mi habitación, dando a entender que había pasado la noche fuera.

Lo suponía. A primerísima hora de la mañana del viernes, cuando me disponía a salir, sonó el teléfono. Imaginé el origen de la llamada y, haciendo caso omiso, escapé de la habitación, abriendo así la operación planeada por Marcos.

De momento creí oportuno seguir ocultando mi presencia en el hotel. Así que, con el fin de soslayar engorrosos encuentros, me dirigí directamente al aparcamiento subterráneo. Allí me aguardaba otra sorpresa. Conforme ganaba la salida, uno de los vehículos —aparcado a escasa distancia de la barrera de control— reclamó mi interés. Al poco, alerta, fui a ocultarme al amparo de una de las columnas. No cabía duda. ¡Era el Mercedes 300-D! Escudriñé temeroso su interior. Nadie lo ocupaba. Tampoco en los alrededores había rastro de los agentes. Era obvio que la ubicación del vehículo en el sótano —tan estratégicamente dispuesto para una fulminante partida— no era casual. En la calle, frente a las puertas del hotel o en sus proximidades, habría llamado mi atención de inmediato. Por otra parte, si se hallaba vacío, ¿dónde ubicar a sus pasajeros? «No muy lejos», calculé.

Si «ellos» estaban al tanto de mi prolongada ausencia, lo lógico era suponer que, en tales momentos, merodeasen por el vestíbulo. La llave continuaba en conserjería...

¿Qué camino debía tomar? Por supuesto rechacé la idea de presentarme en el vestíbulo. ¿Y si vigilaban el exterior? No había elección. Correría el riesgo. Salí del escondite y aposté por la rampa del subterráneo.

El empleado del peaje —derrotado por el largo turno de noche que ahora expiraba— me lanzó una rutinaria y cansina mirada. Le saludé con un escueto movimiento de cabeza y, de repente, mi vista tropezó con algo que —quién sabe— quizá pudiera servir. Le hice una señal para que abriera el cristal de la garita y, una vez frente al aburrido y somnoliento personaje, sonreí, señalándole una gorra azul que colgaba del respaldo de la silla.

—¿Está en venta?

La pregunta le dejó perplejo. Y antes de que abriera la boca le mostré cinco billetes de diez dólares.

—Perdone —arremetí—, es que soy coleccionista...

El individuo debió de tomarme por un adinerado y chiflado turista. Y sin encomendarse a Dios ni al diablo atrapó el dinero, entregándome la polvorienta y descolorida prenda. Incrédulo, contó los papeles. Para cuando quiso articular palabra yo me alejaba del parking con la gorra calada hasta las cejas. (A mi regreso a España, al comentar la anécdota con la persona que más quiero, ésta, inteligentemente, me hizo ver que una gorra no es el medio más discreto para pasar inadvertido. Le di la razón. En ese caso fue la Providencia quien permitió que saliera indemne del trance.) Sea como fuere, lo bueno y provechoso es que, a la hora pactada, me reunía con una de las relaciones públicas de la Universidad Hebrea —Gina S.—, de acuerdo con lo prometido al Instituto de Relaciones Culturales. Tal y como le detallé a Marcos, convenía seguir dando una de cal y otra de arena... La joven judía me introdujo en la Academia Rubin de Música, ayudándome a localizar una peregrina serie de libros sobre instrumentos bíblicos musicales. Satisfecha mi curiosidad, le rogué que me acompañara al Moriah. Y a las once horas, tomándola por el brazo, irrumpimos en el hotel. El trasiego de turistas no me permitió explorar el vestíbulo con precisión. Si la Inteligencia militar se hallaba en el lugar, nunca lo supe. Recibí la llave y, sin soltar a Gina, la convencí para que subiera. No recuerdo bien la excusa, pero creo que le hablé de un libro hebreo, escrito por el gran especialista en el mar de Tiberíades, Mendel Nun, que yo había comprado días antes y sobre el que precisaba cierta información. La noble y complaciente mujer se brindó encantada. Pero antes de tomar el ascensor, rizando el rizo, solté su brazo y, regresando hasta el mostrador de conserjería, me interesé por la fórmula más rápida para hacer llegar a la habitación una botella de champaña y dos copas. El comentario, en un tono de voz más elevado de lo habitual, surtió efecto. Varios de los recepcionistas, al oírme, fijaron sus miradas, alternativamente, en mi acompañante y en un servidor. Las sonrisitas que dejé a mi espalda fueron la guinda de la estratagema.

Una vez en la habitación me liberé de la chaqueta e, invitándola a tomar asiento, puse en sus manos el referido volumen de Nun: *Sea of Kinnereth*. Pedí que lo hojeara, aclarándole que necesitaba una traducción de la bibliografía. La verdad es que ni siquiera sabía si el libro aportaba relación bibliográfica alguna. Gina, creo que algo decepcionada, puso manos a la obra, al tiempo que cruzaba sus piernas provocativamente. No sé qué pudo pensar. Quizá que le había tocado en suerte un tímido o un excéntrico. En parte acertó. Simulé que buscaba algo. Me hice con la documentación, las tarjetas de crédito y algunos dólares y, con el manido pretexto de bajar a comprar cigarrillos, desaparecí de su atónita mirada.

El resto fue menos angustioso. Repetí el descenso hasta el sótano, alejándome del hotel por la boca del aparcamiento. El Mercedes continuaba en el mismo lugar. Eran las once y veinte. Quince minutos más tarde —con algún que otro remordimiento de conciencia, todo hay que decirlo— embarcaba en el bus 22, en la puerta de Jaffa, con destino a Belén.

En aquellos once o doce kilómetros de viaje —como justo castigo a mi perversidad— otra duda se desató en mi corazón: ¿y si la relaciones públicas husmeaba en mis papeles? El recuerdo del cuaderno «de campo» sobre el escritorio de la habitación me descompuso.

A las doce y media, con algo de retraso, irrumpía en la basílica de la Natividad. Marcos y un franciscano amigo suyo, cuya identidad debe quedar oculta, me aguardaban en un pequeño recibidor. Solicité perdón y una tregua. Necesitaba oxígeno.

El buen guía me recibió con la mejor de sus sonrisas. Preguntó si todo había ido bien y, sin más preámbulos, señaló una de las sillas.

—No hay tiempo que perder —ordenó.

Obedecí. Y tomando las ropas que descansaban sobre el asiento, las levanté a la altura de la cara, sin poder reprimir una risa nerviosa. El fraile, disculpando mi torpeza, se apresuró a ayudarme. Eché de menos un espejo.

—Perfecto —sentenciaron al unísono.

—¿Seguro que resultará?

Marcos me miró fijamente, tratando de infundirme ánimos.

—¡Resultará! Ahora conviene esperar —dudó—, al menos una hora...

Resignado, agradecí su paciencia y dedicación. En esos momentos, embebido en la contemplación del hábito franciscano que me cubría y que formaba parte del plan, no presté atención a lo que, desde el principio, ocupando buena parte de la mesa del recibidor, presidía la estancia. Fue el árabe cristiano quien me arrastró hasta una maleta de color marrón oscuro. Una vez frente a ella abrió la palma de mi mano derecha y, radiante, dejó caer una llave. Tardé en comprender.

—Promesa cumplida —balbuceó con un hilo de voz—. Que Dios (el de todos) te bendiga...

Le miré de hito en hito.

—Entonces..., esto...

Mis palabras, atropellándose unas a otras, le hicieron sonreír. Asintió con la cabeza, cerrando mis dedos en torno a la fría y diminuta llave plateada.

—Esto es...

Aquellas dos palabras. No podía creerlo.

Acaricié la piel. Un candado, casi de juguete, cerraba la maleta.

Miré a Marcos. Mis ojos, más elocuentes que las escasas frases que acerté a construir, le gritaron «Gracias».

Hice ademán de abrirla. Contundente, el guía me detuvo.

—Por favor —rogó con firmeza—. Han sido muchos años de fidelidad a nuestro común amigo... Prefiero ignorar el contenido.

Fui yo quien, en esta ocasión, asintió en silencio. Mi admiración no tuvo límites.

Ante el mudo franciscano, Marcos me obligó a tomar asiento y, dando un giro de 180 grados a su tono, lanzó algo que me dejó perplejo y que, con el paso del tiempo, terminé por aceptar.

—Y ahora, escúchame bien. Por tu propia seguridad, y por la mía, ¡yo no sé na-da! ¡Na-da!

Su mirada, encendida, remarcó el énfasis de la palabra «nada».

—Nunca conocí al mayor. Nunca me dio na-da. Nunca te entregué na-da. Sé que lo entenderás. Si alguien me pregunta, me encogeré de hombros. No puedo negar que te conozco. Pero sólo serás un periodista en busca de emociones e historias fantásticas. ¿Comprendido?

La dureza de las aseveraciones se reflejó en mi rostro. Y mi amigo, peleando consigo mismo, me dio la espalda, yendo a sentarse al otro extremo de la cámara.

Minutos más tarde, envueltos en una silenciosa y embarazosa espera, consultó su reloj, indicando que debíamos actuar. Cruzamos el sector cristiano de la basílica, accediendo al exterior por la fachada opuesta a la explanada. Desde allí, por un tortuoso laberinto de callejuelas sin aceras, el guía y el auténtico franciscano me escoltaron hasta una oficina de viajes. Marcos y yo habíamos convenido que mi partida de Israel debía ser fulminante. No era saludable tentar a la fortuna. Cerrado el vuelo para el domingo, poco antes de las dos de la tarde me acomodaba en uno de los transportes públicos con destino a Jerusalén. La aparente frialdad de aquella despedida me sumió en una dolorosa melancolía. ¿Volvería a verle? A pesar de las apariencias, siempre seré un sentimental... Y hablando de «apariencias» al descender en la Central Bus Station, en los límites de Yafo, la proximidad de un reducido grupo de franciscanos me hizo palidecer. Afortunadamente no se percataron de la presencia de aquel falso «hermano» de orden, alejándose en uno de los *sherouts*, o taxis colectivos. Recuperado el resuello ajusté el ceñidor, recomponiendo los arrugados pliegues del hábito. Hacia las tres de la tarde, aquel «monje», inquieto y feliz, se colaba en el parking del Moriah, ante la displicente mirada del vigilante. Lo primero que reclamó mi atención fue el Mercedes. Mejor dicho, su ausencia. La desaparición del vehículo me inquietó. Sujeté la pesada maleta con fuerza, jurándome que, a partir de esos instantes, no cometería una sola locura más. Ni yo mismo me lo creí...

Gina, harta o enfurecida por mi espantada, había volado. Nunca volví a verla. Y dudo que tenga valor para concertar un segundo encuentro.

Le di dos vueltas a la cerradura y, nervioso, deposité la maleta sobre la cama, dedicando un tiempo indefinido al chequeo de la habitación y de mis enseres. Todo seguía en su lugar, intacto y sin viso de haber sido curioseado. Más sereno, me deshice del sayal. La maleta —como un ser vivo— había empezado a «hablar», magnetizándome.

Fue todo un ritual. Aunque herrumbroso, el candado se abrió con docilidad. Jugueteé con él entre los dedos...

Y, suave, ceremoniosamente, procedí a abrir la misteriosa maleta.

El inesperado repiqueteo del teléfono hizo brincar mi corazón, propinándome un susto de muerte. Dudé. Pero, acogiéndome a los todavía calientes y sinceros deseos de no enredar más la cosa, terminé por descolgar. Era Rachel. Como siempre se mostró encantadora. Posiblemente desconocía mis andanzas. Y con una contagiosa excitación me anunció que, venciendo las reticencias de los expertos en medicina antigua de Israel, éstos habían claudicado, aceptando una cita para la mañana siguiente. Tuve que trastear en la memoria. La tensión y sinsabores de las últimas horas habían bloqueado mi cerebro, perdiendo la noción de aquella otra actividad «paralela».

—Claro..., sí..., por descontado... Mil gracias... ¿A qué hora?... *OK*... Tomo nota... Muy bien..., allí estaré..., sí, museo de la Medicina Antigua...

El asunto, automáticamente archivado y relegado, resucitaría horas más tarde cuando, empeñado en un necio y delicado plan de «distracción» de la Inteligencia militar, tuve la nefasta idea de adoptarlo como «señuelo». ¡En mala hora!

Lo sabía. La intuición no me defraudó. Al examinar el interior de la maleta, seis gruesos paquetes aparecieron ante mí. Eran sumamente pesados. Tomé uno, acariciando la basta tela de estopa que, cosida por uno de los laterales, lo envolvía y cerraba herméticamente.

«¡Dios mío!»

Lo deposité sobre la colcha, rescatando el resto. Prácticamente no advertí diferencias sustanciales. Medían y pesaban por un igual. Y todos, como el primero, se hallaban cubiertos por una arpillera, tipo saco, amarillenta y primorosamente zurcida con un azulado y resistente nilón. Fui alineándolos sobre la cama y, durante cinco o diez minutos —el tiempo perdió su flecha y medida—, permanecí embelesado, dejando libres recuerdos y sensaciones. Lo confieso: fue una íntima concesión; como el preludio de un juego amoroso...

«¡Dios mío! ¡Gracias! ¡Gracias..., gracias!»

¡Cuán dispares sentimientos pueden acosar a un tiempo! Gratitud, ansiedad, miedo...

Lo sabía. Sin abrirlo, yo conocía la naturaleza del legado del mayor. ¿O fue mi febril deseo el que obró el milagro?

Al fin, saboreando cada movimiento, elegí uno de los paquetes. Rasgué la costura y, con la delicadeza con que se desnuda a un bebé, retiré la estopa.

«¡Bendito seas!»

Una etiqueta adhesiva sobresalió al punto sobre una espesa funda de plástico negro. A mano, en rojo, podía leerse un número: «2.» Incomprensiblemente olvidé este primer paquete, descosiendo el resto. La estructura que los envolvía era idéntica: una resistente e impermeable capa —que resultó doble— de material plástico, refractaria a la luz. Cada envoltorio presentaba también un número: del 1 al 6.

Me decanté por el primero. (Era muy capaz de empezar por el último.) Con las endebles tijerillas del neceser perforé una de las esquinas y rasgué el plástico.

«¡Bendito, bendito seas!»

En una reacción difícil de catalogar salté de la cama, abandonando el paquete. Me situé frente al ventanal y, levantando las manos hasta tocar el cristal, indagué en el borrascoso cielo de Jerusalén, llegando, incluso, a abolir las nubes. Mi espíritu e inteligencia viajaron mucho más allá, hasta reunirse con el hombre que había sido capaz de descubrirme a un Jesús de Nazaret «nuevo», «humano», «inconmensurable» y «divino». Y unas silenciosas y apacibles lágrimas corrieron por las mejillas.

Aquel envoltorio contenía un apretado mazo de folios, impresos, con una lacónica y única frase por encabezamiento:

«Diario de...» (con el nombre del mayor.)

Y borracho de alegría desvelé los restantes paquetes.

«¡Dios santo!»

Contenían mucho más de lo que esperaba. Fui incapaz de contarlos. Eran varios miles de folios. Se hallaban minuciosamente clasificados, amarrando la narración —eso deduje en una apresurada y saltarina lectura— a una rígida secuencia cronológica de los sucesos vividos por los protagonistas de la Operación Caballo de Troya. Una operación —en buena hora— que había desafiado todos los límites imaginables.

Bien entrada la noche, muy a pesar mío, tuve que suspender el increíble relato del mayor. De pronto, la árida realidad se precipitó sobre mí. Una cuestión —anestesiada por el fragor de la lectura— despertó en mi interior, retorciéndose como una víbora: ¿Y si el legado caía en manos judías?

Me estremecí. Aquella fascinante historia, así como la identidad de los pilotos norteamericanos que la hicieron posible, podían interesar —¡y de qué forma!— a los servicios secretos de Israel, tan compenetrados con la Agencia Central de Inteligencia norteamericana (CIA).

Durante largo rato paseé arriba y abajo de la habitación, luchando por resolver el problema. Era obvio que, en cualquier registro, aquellos papeles atraerían el interés de los militares o de los servicios de Información israelíes. Había que encontrar una fórmula, un camino, algo que actuara de pantalla, desviando su atención.

Y con evidente desatino, apoyándome en la cita del museo de la Medicina Antigua de Israel, fui gestando un plan «de ataque y defensa», tan desabrido como gravemente peligroso.

Esa misma noche, antes de caer rendido, después de una exhaustiva revisión de la impedimenta, llegué a la conclusión de que sólo había un medio para disfrazar —en la medida de lo posible— aquel ingente material escrito. Su ejecución quedó pospuesta para la siguiente jornada.

La calle Straus, sede del museo de la Medicina Antigua de Israel, desemboca en la vía Hanevi'im, a cosa de veinte o treinta minutos —a pie— del Moriah. La mañana, tibia y azul, invitaba a pasear. Así que, cargado de ilusiones y proyectos, tras un sólido desayuno, me encaminé al lugar de la reunión. En el hotel, la sombra del *sabbath* había relajado el frenético ir y venir de los turistas. Por más que curioseé no tuve suerte. El «cara de luna» y su «amigo», el del cabello hirsuto como un césped recién cortado, no se hallaban en el vestíbulo. Al menos no supe localizarlos. Naturalmente, después del incidente del autobús, cabía la posibilidad de que hubieran sido relevados. Aquélla, por el momento, no constituía mi mayor preocupación. Los pensamientos —conforme avanzaba hacia el número 10 de la mencionada calle Straus— navegaban en otra dirección. Tenía que lograrlo. Era menester «desviar» el punto de mira de la Inteligencia judía de tal forma que, en caso de registro, su objetivo fuera «algo» muy ajeno a los miles de folios que formaban «mi» tesoro. Quizá en aquel museo encontrase lo que necesitaba.

En el cruce con Jaffa, la fortuna siguió sonriéndome. Una papelería regentada por árabes me suministraría los botes de cola y pegamento que precisaba. Y a las 9.30 horas, con una puntualidad impropia de mí, hacía sonar el timbre de la puerta del museo, en los bajos del inmueble.

Las diligentes gestiones de Rachel resultaron inmejorables. El doctor Samuel S. Kottek, especialista en medicina antigua, y el director me recibieron con los brazos abiertos. Ahora, sinceramente, me duele haber traicionado su generosidad.

Durante más de una hora trabajamos en los puntos que me interesaban (?), recopilando una sobrada relación de volúmenes y expertos en los más variopintos diagnósticos, dolencias y fármacos de la antigua Canaán. Pero no era aquello lo que me urgía. Desde el momento de las presentaciones le había echado el ojo a una de las salas del reducido y, en cierto modo, destartalado museo, en la que, en media docena de vitrinas, se exhibía toda suerte de artilugios, cachivaches e instrumental médico-mágico-quirúrgico de muy distintas épocas y culturas.

Mi cerebro, con una frialdad enfermiza, continuó trabajando. Finalmente se presentó la ocasión. Kottek me invitó a pasar a la modesta sala que, como digo, constituía la zona noble del museo, dejándome en las eficientes manos —sibilinas, añadiría, a juzgar por lo que ocurriría poco después— de la anciana responsable de las piezas. Una servicial y encantadora mujer, cuyo nombre no recuerdo, que se desviviría por mostrarme lo más granado de la exposición. Ése fue su involuntario error. Samuel se excusó y regresó al despacho donde habíamos conversado. Por espacio de casi una hora mi anfitriona fue acompañándome —vitrina a vitrina— hasta cerrar el repaso. No habían transcurrido ni quince minutos desde el arranque de dicha visita cuando, al asomarme a una de las mesas ubicadas en la esquina derecha de la sala, una batería de amuletos de bronce, plata y marfil me puso en guardia.

«Esto podría servir...», medité en mi inconsciencia.

La hebrea, complaciente, levantó la cubierta de vidrio, tomando algunas de las antiquísimas reliquias cananeas. Las examiné con fruición, demostrando un exagerado interés por sus orígenes y fundamentos. Ante el ardor de mis palabras, la guardiana —deseosa de redondear mi visita— se separó un instante de mi lado. Las manos comenzaron a sudarme.

«Sí, esto es...»

La maquinación echó a andar, incontenible. Pero, cuando estaba a punto de materializar la maniobra, la señora reclamó mi atención. De algún armario había rescatado una pequeña caja de cartón blanco que, con devoción, fue a depositar sobre otra de las vitrinas centrales. Desistí por el momento.

Contrariado y hecho un manojo de nervios me reuní con ella. La caja contenía docena y media de cartuchos de unos seis o siete centímetros de longitud, numerados a mano. Consultó una lista mecanografiada y pegada a la cara interna de la tapa del recipiente, eligiendo —estimo que intencionadamente— uno de los más antiguos y valiosos: el 15. Retiró el papel que lo envolvía, poniendo en mis pecadoras manos un estrecho pergamino de casi medio metro de longitud, plagado de caracteres y símbolos hebreos.

—Tiene dos mil años —sentenció orgullosa—. Creemos que se trata de un amuleto.

La belleza del blanco tesoro me cegó. Y, sobre la marcha cambié de «objetivo». Aquello resultaba más excitante y atractivo. Incluso más fácil de ocultar.

Ante mi insaciable curiosidad, la anciana —incapaz de traducir el hebreo arcaico— se disculpó, saliendo de la sala. Fueron unos segundos dramáticos. ¿Qué hacía? ¿Me apoderaba del pergamino? Pero ¿cómo sustraerlo sin que lo notaran?

Kottek acudió encantado. Sus explicaciones —amuleto en mano— no resultaron muy explícitas. Tomé cuantas notas pude, sin saber muy bien de qué me hablaba. Toda mi inteligencia —una vez tomada la reprobable decisión— se hallaba polarizada en un sentido. Pronto me arrepentiría...

Por supuesto, era imposible atrapar el pergamino mientras Samuel o la guardiana permanecieran junto a mí. Esperé. El encuentro con los cartuchos concluyó y, sin prisas, continuamos la inspección. La caja, con los rollos a la vista, quedó temporalmente olvidada sobre la vitrina. En tres oportunidades, mientras dibujaba algunas de las piezas en el cuaderno «de campo», la hebrea tuvo que prescindir de mi «gratísima compañía», reclamada por el teléfono y por el propio Kottek. En las dos primeras ocasiones, a causa del pavor que me invadía o de lo precipitado de sus retornos, mis movimientos fueron nulos. Pero en la tercera y última salida de la anciana, muy cerca de la caja y temblando como un junco, introduje la mano entre los cartuchos y me apoderé del 15. Sin pulso, me alejé de la vitrina, pegando la nariz al cristal de un mueble contiguo. Imposible fingir que tomaba apuntes. El rotulador resbaló entre los húmedos dedos, acelerando mi taquicardia. Sin embargo, con una sangre fría asombrosa, soporté el regreso de la mujer y sus postreras explicaciones. La visita había terminado. Con la mente nublada, con una única obsesión —escapar del museo—, agradecí las atenciones de todos y estreché sus manos. A punto de desvanecerme llegué a tocar la manilla de la puerta de salida. Samuel, atentísimo, me invitó a volver cuando lo deseara. Balbuceé algo —no sé muy bien qué—, y, aterrorizado, me dispuse a salir. En ese crucial momento, el director salió precipitadamente de su despacho, dirigiendo a Kottek unas frases en hebreo. Y éste, asintiendo, me retuvo por el brazo, abortando mi «fuga». Creí morir de vergüenza.

—Un momento —tradujo el médico con una sonrisa de satisfacción—. El director desea pedirle un favor...

La palidez de mi rostro, digo yo, debía de ser tal que el galeno, mientras me conducía de nuevo al museo, preguntó con extrañeza:

—¿Se encuentra bien?

—A la perfección...

Aquélla fue una mentira de tamaño natural.

Kottek y el responsable del museo me situaron en una de las esquinas de la sala, abriendo ante mí un grueso volumen con las hojas en blanco.

—Nos sentiríamos muy honrados —aclaró el director— si estampara su firma en el libro de oro de la casa...

«¡Dios mío!»

Aquel entrañable gesto colmó la medida de mi propio deshonor. Hice lo que me pedían y, al retirarme, una esquiva mirada a la guardiana, removiendo los cartuchos y comprobando la lista de los pergaminos, heló la escasa sangre que aún circulaba por mis venas. Astuta y desconfiada como un lince había empezado a pasar revista al insustituible tesoro arqueológico. Estaba perdido.

A las once y treinta de aquella nefasta mañana ponía los pies en la calle, huyendo como una rata. Mis pensamientos, lacerados por un instantáneo arrepentimiento, no daban abasto. «¿Qué nueva locura había perpetrado? ¿Cómo podía ser tan miserable y, lo que era peor, tan insensato y estúpido?»

Casi con seguridad no tardarían en comprobar que faltaba uno de los pergaminos. «¡Dios mío!» La angustia me acorraló. En el tiempo que necesité para alejarme tres o cuatro manzanas, un tétrico filme de muy posibles y más que justas represalias desfiló por mi mente. El desliz podía costarme caro.

Me detuve en mitad de la avenida George V. Dudé. ¿Deshacía lo andado y devolvía el rollo a sus legítimos propietarios? No me atreví. La vergüenza fue superior. «Además —me consolé en el colmo de la necedad—, quizá no hayan advertido su desaparición. Quizá —suponiendo que lo detecten— no sepan qué pensar.»

Por encima de aquellas pueriles lucubraciones, algo se

impuso: había que restituir el documento. Una cosa era «jugar» a espías y otra, muy diferente, el hurto de una pieza que, para más *inri*, no aportaba nada nuevo a lo ya conquistado. Ciertamente, el asunto se me había ido de las manos. Sólo espero que mis anfitriones sepan perdonar algún día a este desdichado. En el pecado iba ya la penitencia. A partir de aquellos momentos, la desazón, los remordimientos y el terror me torturarían sin piedad.

Pero el mal estaba hecho. Ahora necesitaba actuar con diligencia y sensatez. Posiblemente —eso dependía de la Providencia— mi propósito de distraer la atención de los servicios de Inteligencia, en el supuesto de ser asociado a la mencionada desaparición del pergamino, estaba más que garantizado. En las próximas horas quedaría claro.

Y en un arranque, en previsión de que la rapidez de acción de los hombres del museo de la Medicina Antigua fuera tan vertiginosa como cabía esperar, me oculté en un portal, pasando el cartucho al interior del zapato izquierdo. Ahora, en frío, sólo puedo sonreír ante tamaña ingenuidad. De haber sido interceptado, los hábiles judíos jamás me hubieran registrado en mitad de la calle. Disponen de otros «medios» —infinitamente más eficaces— para salirse con la suya.

A marchas forzadas busqué una fórmula que me permitiera reparar el daño y salvar el pellejo. Algo muy típico en mí...

Y creo que di con ella.

Al margen de la desesperación que me invadía, el retorno al hotel no se vio empañado por incidente alguno. Huidizo, temeroso de que alguien, en cualquier momento, pudiera darme el alto, corrí a refugiarme en la habitación, maldiciendo mi estampa.

Necesitado de un inmediato consuelo puse en marcha la primera de las tres fases de la maniobra que había ideado para la devolución del amuleto. Ante lo desproporcionado del «golpe» desistí de mi propósito inicial de desviar el interés del Agaf hacia un objetivo secundario. Si me detenían con el pergamino no sólo peligraba mi integridad física. En ese más que verosímil supuesto, los documentos del mayor correrían quizá la misma fortuna que el cartucho...

Había que modificar la táctica. Para empezar resultaba imprescindible deshacerse del «cuerpo del delito». Pensé en depositarlo, anónimamente, en el Instituto de Relaciones Culturales. En buena lógica, si Kottek y la guardiana me relacionaban con el hurto, el asunto sería trasvasado a las personas que habían gestionado mi cita en el museo. También era factible que dieran cuenta a la policía. En principio —seguí consolándome— no existían pruebas de que fuera el autor de la sustracción. ¿Quién sabe? Quizá se había extraviado... El argumento, infantil hasta más no poder, no me convenció. De lo que no cabía duda era de que, en caso de cacheo, la presencia del pergamino podía suponer la cárcel, la expulsión del país o algo peor.

Tenía que devolverlo, procurando confundir a sus legítimos propietarios. En otras palabras, sin que pudieran demostrar mi paternidad en tan agrio lance.

Un agudo dolor de estómago vino a sumarse a los temblores cuando —una vez elegida la fórmula menos mala de restitución— me aventuré en la planta comercial del hotel, a la búsqueda de los necesarios sellos de Correos. El pequeño estanco-librería se hallaba cerrado. Un rótulo informaba del horario de apertura. Faltaba media hora. Fueron unos minutos espesos, con la espada de Damocles de la megafonía sobre mi encogido ánimo, temiendo que, a cada anuncio, la justicia cayera sobre mí. La Providencia tuvo compasión. Y a las 12.30, satisfecha la compra, escapé por el aparcamiento, a la caza de un buzón. A las 12.45, previamente desenrollado, plegado por su mitad, arropado entre dos hojas en blanco e introducido en un sobre con el membrete del hotel («Moriah Jerusalem — 39 Keren Hayesod Street. Jerusalem 94188 Israel»), el pergamino caía en el fondo de un solitario y granate buzón de Correos, con destino a mi domicilio, en España.

Relativamente aliviado busqué de nuevo el amparo de mi habitación, pendiente del teléfono y de las consecuencias que —si el Altísimo no remediaba— podían derivarse de semejante desvarío.

Misteriosamente, no se registró una sola llamada. Y,

destruido, me precipité en un sueño convulsivo. Fue lo mejor que pudo sucederme.

Al despertar, convencido de que no debía rendirme por lo que ya era irreparable, me afané en la labor de «camuflar» el diario del mayor. De acuerdo con lo planeado, una veintena de gruesos y estirados libros —adquiridos días antes— serviría como «vehículo». Desgajé las páginas, y, con más voluntad que acierto, encolé los folios a las pastas de los malogrados volúmenes, repartiéndolos equitativamente.

A la hora de la cena, los falsos textos sobre *La tierra de la Biblia*, *Los secretos de los mares de la Biblia*, *¡Jerusalén!*, *El atlas de la Biblia*, *La tierra de Galilea* y *Animales bíblicos*, entre otros, disimulados entre libros auténticos, fueron a descansar al fondo de la maleta marrón, listos para el viaje final.

Ya sólo restaba esperar...

No sé si alcancé a descansar una o dos horas. Fue una noche sin principio ni fin, saturada de presagios, rezumante de temores. Rayando el alba dispuse el equipaje. El vuelo, desde Tel Aviv, tenía previsto el despegue para las 18 horas. El Destino, irónico y contradictorio, me regalaba un tiempo que no deseaba.

Siguiendo el programa diseñado por Marcos, mientras aplicaba nuevos y severos masajes a las doloridas fibras musculares, repasé los obligados e inminentes «movimientos». Todo, por desgracia, se veía trastornado a raíz del lamentable asunto del museo. Ya sólo podía confiar en la suerte y, desde luego, en la posibilidad de que las pesquisas y decisiones de los dueños del pergamino resultaran «causalmente» frenadas, aunque sólo fuera por unas horas. El silencio de los medios oficiales me tenía inquieto...

Como de costumbre, el comedor del Moriah se hallaba repleto de turistas. Aquél era otro factor clave. Aunque lo sospechaba, tenía que asegurarme: ¿quién o quiénes se encargaban ahora de mi «custodia»? Entre tanto anglosajón, latino y oriental, descubrir a los posibles agentes de la

Inteligencia militar hebrea fue un cometido condenado al fracaso. Cualquiera de aquellos comensales —con los que crucé más de una mirada— podía ser el hombre. Prudentemente busqué la compañía de unos foráneos. No podía concederme la licencia de desayunar en solitario. Cuanto más tiempo permaneciera arropado por extraños, más sólida era la probabilidad de escapar indemne de las garras de mis invisibles controladores.

Al pie del *self-service* —con notable acierto— fui a escoger a una pareja de risueños japoneses. Yo sabía que las diferentes ramas de los servicios secretos judíos difícilmente enrolaban en sus *staffs* a individuos que no sean de su propia raza. Esta sagrada norma me llevó a confiar en los nipones. Y mire usted por dónde, los ceremoniosos Tatsuhiro Kataoka y Yutaka Matsukawa resultaron ser colegas. El primero, como editor de libros de arte, de la firma Kodansha, Ltd. El segundo, como fotógrafo de la misma editorial, con sede en Bunkyo-Ku (Tokio). Así, al menos, figura en las tarjetas que intercambiamos.

La ocasión —ni que pintada— fue exprimida como un limón. Tatsuhiro conocía España. En realidad, todo su bagaje «cultural» sobre mi país quedaba reducido a la obra de Picasso, Dalí y al barrio «chino» de Barcelona. Para mí fue más que suficiente, logrando lo que necesitaba: estirar el refrigerio durante una hora y, entre risas y chanzas, brindarme como «guía turístico». Los cándidos y providenciales amigos aceptaron de mil amores. De esta forma, tan simple como inesperada, vi cubierta la totalidad de aquella luminosa mañana.

Hacia las tres de la tarde —agradecidos y emocionados como niños por el fastuoso periplo por la Ciudad Vieja— nos despedimos «hasta otra».

No había tiempo que perder. Haciendo acopio de fuerzas y de la escasa serenidad que aún conservaba, requerí los servicios de uno de los recepcionistas, explicándole que deseaba dormir esa noche en la ciudad de Tiberíades y que, si fuera posible, telefoneara al Golán, confirmando la reserva. Ante mi insistencia, el judío llevó a cabo la diligencia en aquellos mismos momentos. No hubo problemas. El hotel, en el que me había alojado en 1985, disponía de plazas libres. El plan fue rematado con una segunda consulta: ¿a cuánto podía ascender la tarifa de un taxi hasta dicha población?

Dispuesto el cebo me encaminé a los ascensores. Faltaba, sin embargo, la operación más «delicada». ¿Cómo confundir a los hipotéticos y desconfiados miembros del Agaf? Si deambulaban por el hotel no tardarían en ser puntualmente informados de mis supuestos propósitos de viajar a orillas del mar de Galilea. En ese caso podían suceder dos cosas: que me siguieran o que confiaran la misión a otros agentes, en Tiberíades. El peligro radicaba en lo primero. Sólo tenía una opción. Era arriesgada, pero francamente, a estas alturas, todo me daba igual.

15.30 horas.

Apuré el tiempo al máximo. Si «aquello» daba fruto disponía de escasos minutos para recoger el equipaje, abonar la factura y embarcar.

15.35.

Me santigüé. Oculté dos cascos de cerveza bajo la saharíana y, a toda velocidad, me precipité hacia los elevadores, pulsando la planta del parking. Mi «objetivo» seguía en el mismo lugar, solitario y envuelto en las sombras del subterráneo. De columna en columna, evitando las miradas del guarda del peaje, fui aproximándome al Mercedes.

15.40 horas.

Encorvado, y con el corazón en la boca, me aposté al fin en el flanco derecho del turismo. Era menester esperar la entrada o salida de algún otro vehículo. Preparé las botellas vacías y, situándome frente a la rueda delantera derecha, asomé la nariz por encima del motor. La chapa, caliente, reveló que había sido utilizado poco antes. Seguramente habían inspeccionado nuestro recorrido turístico. Razón de más para sospechar que mi inminente «viaje» podía ser igualmente «supervisado».

15.45.

El rugido de un automóvil en la boca del aparcamiento cortó la espera. Era el momento de actuar. Estrellé las botellas contra el pavimento, haciendo coincidir el estallido con el ronroneo del coche que se precipitaba por la rampa. Lancé una última ojeada al vigilante y, con los dedos convertidos en serpientes, agrupé los afilados vidrios al pie de las dos ruedas ya mencionadas. Acto seguido procedí al desinflado de las gomas, amortiguando el silbido con el pañuelo.

15.50 horas.

Retorné a la habitación, cargando el equipaje. Dos minutos después, simulando una tranquilidad inexistente, liquidaba la abultada cuenta, empujando la puerta giratoria del Moriah. Había que trabajar con rapidez, aparentando la mayor calma posible. Difícil trago. Sobre todo, imaginando a los agentes camino del subterráneo...

Con total premeditación regateé durante varios segundos con el primero de los taxistas apostados en el hotel. El precio a Tiberíades era justo y razonable. Sin embargo, rechacé la oferta y pasé al segundo árabe. Esta vez me detuve frente a la ventanilla del conductor, justo para rogarle que abriera el portaequipajes. Cargados los bultos, con los nervios desatados, le di una escueta orden:

—¡A Tel Aviv!

A las 16 horas, el taxi partía veloz y, lo que era más importante, sin «escolta» alguna. La «travesura» con el Mercedes, aprendida de algunos amigos de los servicios españoles de Inteligencia, me daba una cierta ventaja. Si los burlados agentes acertaban a interrogar al primero de los taxistas, sólo obtendrían la confirmación de mi falso desplazamiento a Tiberíades. Teniendo en cuenta que el tiempo estimado desde Jerusalén al lago podía cifrarse en hora u hora y media, el beneficio resultante —a mi favor, claro— era prometedor. Pero no podía confiarme. Si detectaban mi presencia en el aeropuerto Ben Gurión, todo habría sido en vano.

El anuncio de una propina hizo volar al voluntarioso taxista. Cuarenta minutos más tarde, desquiciado, hacía un alto en la larga fila de pasajeros que, como yo, pretendía volar a Barcelona. El miedo, lejos de esfumarse, se multiplicó. Cada rostro, cada individuo que se aproximaba o alejaba, se convirtieron en una amenaza. Pero el cupo de mis errores no estaba colmado. Inconscientemente —producto de la tensión— olvidé presentar el equipaje a los funcionarios de seguridad. La azafata me lo recordó al depositarlo en la cinta transportadora. En efecto, la maleta, la mochila y las bolsas no presentaban la obligada y pequeña etiqueta que acredita el visto bueno de la policía. Me eché a temblar.

Una joven funcionaria se responsabilizó de mi impedimenta, exigiéndome la documentación. Teóricamente no tenía nada que ocultar. Pero la inquisitiva mirada de la muchacha me intimidó.

—¿Periodista? —preguntó con desconfianza.

Asentí sin voz.

—¿Y por qué ha venido a Israel?

Le expliqué como pude, haciendo mención de mis investigaciones como escritor. Impasible, siguió ojeando el pasaporte, obligándome a responder a una interminable sucesión de cuestiones:

—¿Le han acompañado durante su estancia?... ¿Quién?... ¿En coche o en bus?... ¿Le han entregado algo?... ¿En qué hoteles se alojó?... Por favor, las facturas... ¿Todos sus amigos en Israel son judíos?... ¿Qué escribe?... ¿Por qué lleva usted una mochila?...

Agotado, después de mostrar mil y un papeles, la hebrea solicitó la presencia de otro oficial de seguridad. No aparecía la factura del hotel Nazaret.

—Así que, según usted —repitió con calma el recién llegado—, ha trabajado y pernoctado en Nazaret... Y no encuentra la factura.

Malhumorado abrí mi inseparable cuaderno «de campo», buscando los nombres y teléfonos de los franciscanos amigos de la basílica de la Anunciación. Se los mostré y, receloso, tomó nota del número.

—Muy bien. Aguarde aquí.

Mientras su compañero se perdía en la barahúnda del aeropuerto, dispuesto a telefonear a los padres Uriarte y Rafael, verificando así mis afirmaciones, la funcionaria se ensañó con el equipaje. A pesar de haber abierto la maleta marrón en primer término, lo insólito de una mochila roja en el equipaje de un periodista inclinó la balanza de la fortuna. Convencida de la transparencia del cargamento introdujo la mano entre los libros, palpando los rincones de la maleta.

—¿Y esto?

La pregunta me dejó sin habla. Extrajo uno de los volúmenes y, de improviso, recordando algo, espetó:

—Esa mochila no le pega...

Sonreí sin ganas, explicándole que —para determinadas correrías y excursiones— resultaba más práctico.

Gracias al cielo la conversación quedó en suspenso. El oficial se presentó ante nosotros y, lacónico, ordenó:

—Está bien. Adelante.

La llamada a Nazaret varió el curso de la ingrata situación. Me apresuré a cerrar la maleta de los documentos y, aturrullado, sepulté el manojo de recibos y facturas en los diferentes compartimentos de la mochila. Al verla correr por la cinta transportadora respiré hondo. Y sin más demoras volé —más que caminar— hacia el control de pasaportes. Aquel atolondramiento al guardar los papeles estuvo a punto de costarme un último disgusto. Pero antes —Dios es misericordioso—, a las puertas del área internacional, me aguardaba una grata sorpresa.

—¡Marcos!

El guía, sonriente, dejó que le abrazara. Apenas cruzamos cuatro palabras. Me obsequió un pequeño paquete y, con los ojos húmedos, señalando la maleta que había custodiado tantos años, me deseó suerte, azuzándome para que cruzara el control.

Un minuto después, al presentar el pasaporte, el mundo se vino abajo. La señorita policía hojeó el documento. Me miró de frente y, con tres palabras, me aniquiló:

—Falta la visa.

Era lo que menos podía imaginar. Recogí el pasaporte y, estupefacto, repetí la operación de la funcionaria. En efecto: la obligada visa turística no aparecía entre las hojas. Evidentemente fue cumplimentada al entrar en el país. Es más: sin aquel trámite y el sellado de la «carta» no hubiera accedido al territorio. La visa, de eso estaba seguro, tal y como tengo por costumbre en todos mis viajes, había sido meticulosamente guardada entre las páginas del pasaporte. ¿Cómo era posible? Sin el documento, las autoridades judías podían retenerme. Me vi perdido. Inspeccioné hasta el último rincón de las ropas. Inútil empeño. Entonces comprendí. La volandera hojilla con caracteres verdes tenía que haberse traspapelado entre las facturas, quedando sepultada en Dios sabe qué lugar de la mochila.

Años atrás, en pleno aeropuerto de México D. F., sufrí un percance similar. Gracias a la persona que me acompañaba, tras revolver la maleta, la tragedia se solventó felizmente. Ahora las circunstancias eran radicalmente distintas. Si perdía el avión, mi suerte estaba sentenciada.

Opté por decirle la verdad. La funcionaria escuchó indiferente. Clamé a los cielos y —¿cómo no?— el «milagro» se produjo.

La hebrea repasó el pasaporte por segunda vez. Y yo, impaciente, aguardé la pregunta clave. Conocía el truco. Todo dependía del archivo policial y de mi respuesta. Me explicaré. Como extranjero no judío, la única posibilidad de salvar el control dependía de mis antecedentes y del grado de simpatía que fuera capaz de demostrar hacia el Estado de Israel. Este último y sencillo gesto —la policía de fronteras de determinados países lo domina a la perfección— debería reflejarse, como digo, en mis próximas palabras.

La responsable levantó la vista del pasaporte, tecleando sobre la terminal de un ordenador, oculto bajo el mostrador. La operación, elemental, consistía en averiguar mi fecha de entrada en Israel y mi currículum policial. Si el monitor —como así fue— respondía con un «NO EXISTE», frase clave que me liberara de toda sospecha, el desenlace final dependería de esa decisiva respuesta.

Y la máquina —el primer sorprendido fui yo— apostó por mi «inocencia».

—¿Cuándo entró en Israel?

—El 19 de noviembre pasado —repliqué sin titubeos.

Y la oficial, con mirada severa, lanzó la esperada pregunta:

—Muy bien. ¿Desea que le selle el pasaporte?

—¡En-can-ta-do!

Si mis intenciones hubieran albergado un mínimo de odio o recelo hacia el pueblo judío, lo natural habría sido rechazar la propuesta. En algunos países árabes, por ejemplo, un pasaporte con el sello de Israel significa desconfianza, penosos interrogatorios e, incluso, la negativa a ingresar en la nación.

El énfasis y entusiasmo que volqué en la palabra «encantado» fueron determinantes. La funcionaria sonrió y, estampando el sello de salida, me franqueó el paso.

Pero el Destino, siempre tortuoso, no parecía dispuesto a concederme un segundo de tregua. El vuelo de Iberia 889, anunciado para las 18 horas, fue demorado.

Sé que resulta absurdo —más o menos como practicar la política del avestruz—, pero, desquiciado y enfermo de miedo, fui a esconderme en los lavabos, permaneciendo allí hasta que, al fin, la megafonía alertó a los pasajeros con destino a Barcelona.

Y a las 19 horas, 11 minutos y 51 segundos —casi como un indulto—, el reactor despegó las ruedas de la llamada Tierra Santa, buscando las estrellas, cómplices de mi angustia.

Y en secreto y en silencio di gracias a la «fuerza» que siempre me acompaña, celebrando la fuga con dos largos tragos del *sabra* —el «espíritu de Israel»— que el buen Marcos había puesto en mis poco recomendables manos. Jamás un licor fue tan bien recibido... por un hombre tan destruido.

ESPAÑA

En lo más íntimo lo sabía y esperaba. El incidente en el museo de la Medicina Antigua de Israel, a pesar de mi escapada, continuaba coleando y salpicando. La Inteligencia judía nunca olvida. De ahí que las semanas siguientes a mi vuelta a España no fueran todo lo apacibles y descansadas que hubiera necesitado.

La carta —con el pergamino— llegó a mi poder a los ocho días de haber sido depositada en el buzón de Jerusalén. Constituyó un enorme alivio que, sin embargo, se vio empañado por una significativa y alarmante llamada telefónica.

En la mañana de aquel lunes, 15 de diciembre de 1986, pocos minutos después de recibir el amuleto, el primer secretario de la embajada israelí en Madrid se ponía en contacto con este aterrorizado periodista. Fue una conversación tan exigua como angustiosa en la que apenas acerté a construir una frase coherente. Hábil y prudente, después de varios lisonjeros circunloquios, fue derecho al grano:

—¿Le entregaron un amuleto muy antiguo en el museo de la Medicina de Jerusalén?

No recuerdo bien la respuesta, pero, por supuesto, no se ajustó a la verdad. La advertencia —sutil y generosa, pero advertencia al fin y al cabo— fue como un tiro de gracia. De cara a los israelitas me hallaba marcado para siempre.

Fotocopié el texto hebreo del pergamino y, de acuerdo con lo pactado conmigo mismo, me apresuré a ejecutar la segunda de las fases de la ya referida maniobra de restitución del documento. Lo introduje en un nuevo sobre y éste, a su vez, en otro que, urgente y certificado, partió esa misma tarde del lunes hacia la República Federal de Alemania. Dos entrañables amigas, cuya identidad no puedo desvelar, se encargarían de la tercera y última operación: el fulminante envío del «cuerpo del delito» a sus legítimos propietarios, en la calle Straus de Jerusalén. La misiva aterrizó en Alemania en los días próximos a la Navidad. Y mi escueta petición fue cumplimentada fiel y diligentemente. A las pocas horas, el anónimo lacrado sobre con el pergamino partía de Munich, rumbo a Israel. Mis adorables amigas no hicieron preguntas, limitándose a telefonear a mi domicilio, confirmando —en clave— que la misteriosa carta volaba ya hacia su destino final.

Por seguridad, dado que mi teléfono no ofrece demasiadas garantías, yo había transmitido a las germanas una especie de santo y seña que, una vez culminada la maniobra, deberían anunciarme lisa y escuetamente. Y así fue, gracias a Dios.

El mismo 25 de diciembre, al anochecer, con la oportunísima excusa de felicitarnos las Pascuas, Jenny me habló así desde la Alemania Occidental:

—Tía Margarita está mejor...

Salté de alegría.

—¿Estás segura?

—Sí —remachó, rotunda—, tía Margarita se encuentra mejor. Mucho mejor.

La aventura —eso espero y deseo— acabaría con dos atentas y significativas cartas de Samuel S. Kottek, el médico que me acompañó en la visita al citado museo, de tan triste recuerdo. La primera, con fecha 7 de diciembre. La última, escrita el 5 de enero de 1987. Ambas son incluidas en el presente trabajo. Ambas hablan por sí solas.

Caballo de Troya 3

Advertencia preliminar

Es curioso. Llevo varios días peleando conmigo mismo, batallando por un imposible. Sinceramente, me gustaría resumir en un par de líneas esos miles de folios que constituyen el nuevo legado del mayor. Está claro que debo sujetar mi ansiedad y dejar que las cosas discurran como han sido escritas y dispuestas por esa «mano» invisible que, a veces, llamamos Destino. Lamentablemente estamos limitados. Y la palabra, en este caso, paradójicamente, constituye la mayor de mis limitaciones. Haré lo que pueda.

A punto de iniciar la traducción de esta voluminosa parte del legado del fallecido piloto de la USAF quiero aventurarme en un par de reflexiones. Entiendo que es justo adelantar y confesar que la lectura de tales «diarios» me ha impresionado profundamente. Y no sólo por la extensión y lujo de detalles. Creo que lo más importante y asombroso es la montaña de información en torno a la vida de Jesús de Nazaret. Juan, el Evangelista, en sus postreros versículos (21, 25), escribía con sobrada razón que «otras muchas cosas hizo Jesús». Cierto. Y me atrevería a añadir que tantas y tan decisivas que, en faltando una sola, nuestro conocimiento y perspectiva de su obra resultan mermados. Trágicamente mermados. Ahora lo sé. Es vital —imprescindible, diría yo— conocer la infancia y la juventud del Hijo del Hombre para aproximarse a su Verdad. Es esencial el acceso a los años que precedieron a su llamada «vida pública» para, cuando menos, intuir sus propósitos y, así, hacer encajar las piezas de su compleja, agitada y siempre fascinante etapa de predicación. Sólo así, con esa maravillosa información entre nuestras manos, podremos evaluar con cierta equidad el irrepetible paso de este Hijo de Dios sobre la Tierra.

También lo sé. Muchas personas, tras la lectura de los anteriores *Caballos de Troya*, me formulan la misma pregunta: «Pero ¿es verdad? ¿Todo esto es creíble?» Y me veo obligado a repetir lo único que sé: que esos documentos existen y que —aunque algunos se empeñen en lo contrario— yo no gozo de tanta imaginación. ¿O sí? Si así fuera, si disfrutara de semejante imaginación, el lector tendría que reconocer que soy un serio aspirante al Premio Nobel de Literatura... Pero no he venido al mundo para recibir premios. Sea como fuere, desde aquí desafío a quien lo desee a construir una «vida de Jesús» tan cuajada de lógica, audacia y belleza. No es tan sencillo «inventar» discursos de Jesús de Nazaret —pláticas inéditas y, lo que es más interesante, repletas de sabiduría— o esos treinta y dos años que los creyentes definen como «vida oculta». «Inventarlos», claro, con datos, nombres, sucesos y circunstancias que encajen. En *Caballo de Troya* —lo sé— aletea algo «mágico», ajeno a mí mismo. Yo he sido un simple instrumento. En suma, y no me canso de insistir en ello, es el corazón del lector el que debe «sentir» si estas narraciones acerca de Jesús son o no creíbles. Que cada cual, por tanto, en lo más íntimo de su ser juzgue y decida, de acuerdo con los dictámenes de su intuición. Ésa jamás se equivoca...

Dicho esto, la más elemental de las prudencias me empuja a prevenir al lector. Al menos, a los pusilánimes y anclados en los viejos e inamovibles puertos del conservadurismo. A juzgar por los cientos de cartas y comunicaciones recibidas a raíz de la publicación de los anteriores *Caballos* (1 y 2), sé que una notable mayoría no se ha sentido herida o desconcertada por la lectura de esta inédita «vida de Jesús». Al contrario. Como en mi caso, este «nuevo», «más humano» e infinitamente «más cercano» Jesús de Nazaret ha hecho el milagro de cautivar los corazones, apaciguando ansiedades, colmando lagunas y, sobre todo, confirmando sospechas e intuiciones. Este Jesús —más nuestro— nos ha hecho pensar, que no es poco.

A otros, en cambio, el torrente de revelaciones sobre su persona, vida y mensaje los ha irritado o sumido en unas tinieblas nada aconsejables. Por supuesto, no era ésa mi intención. Pues bien, a éstos —cuyos principios y esquemas religiosos no pueden ya evolucionar— van dirigidas mis presentes y respetuosas palabras de advertencia. Como sucediera con los textos publicados en *Caballo de Troya 2*, entiendo que mi deber ahora es alertarlos. La naturaleza de los hechos, ideas y situaciones que me dispongo a narrar podría lastimar a los inseguros o a los que, porque así está escrito, no pueden ni deben avanzar en la apasionante aventura de la búsqueda personal. Cada cual, naturalmente, tiene «su» Verdad y «su» razón. En consecuencia —como medida preventiva—, sugiero que NO SIGAN ADELANTE. Si su ánimo no está preparado para enfrentarse a otras verdades, por favor, NO LEA los siguientes *Caballo de Troya*. Si, a pesar de todo, decide continuar, no pierda de vista que la Verdad, como el más valioso de los diamantes, tiene mil caras.

Quizá, en el fondo, todos tengamos razón.

Y antes de proceder a lo que en verdad importa y es motivo del presente trabajo —los «diarios» sobre la vida de Jesús—, dado el considerable volumen de los «legados» es casi seguro que dicha información deba ser dosificada. Sé que el siempre paciente lector lo comprenderá. Pero dejemos que sea el Destino quien fije las normas...

El diario
(TERCERA PARTE)

«Otoño de 1978. Estoy perdiendo el sentido del tiempo. Presiento el final. Ya nada me preocupa. Sólo terminar. La vida y el aliento se escapan. Pronto me reuniré con mi "hermano", supongo. Pero antes, ¡oh Dios misericordioso!, dame fuerzas para concluir lo empezado.

»Hoy, mientras continúo la revisión de todo lo escrito sobre nuestras experiencias y exploraciones en la Palestina de Jesús de Nazaret —bendita sea su memoria—, sigo sin conocer al hombre o mujer que deberá custodiar y difundir cuanto llevamos escrito y que, ése es nuestro objetivo, pretende reflejar, torpe y pobremente, lo sé, la maravillosa "luz" del Maestro. Ni siquiera tengo la certeza de que estas memorias lleguen a ser leídas. No obstante, tal y como aprendí de Él, debo confiar en la mano amorosa del Padre. Él tiene un plan para cada uno de nosotros. Él, por tanto, sabrá cómo y cuándo hacer llegar cuanto aquí se narra a quienes, en verdad, están sedientos de su palabra.

»Y antes de sumergirme de nuevo en nuestra apasionante aventura en las altas tierras de la Galilea, solicito la benevolencia y comprensión de cuantos acierten a leer estos diarios. Seguramente, un consumado escritor lo habría hecho con más acierto y brillantez. Creemos, asimismo, tanto Eliseo como yo, que estamos en deuda con ese todavía anónimo destinatario de cuanto hemos escrito (1). El brusco final que precede a lo que ahora me ocupa no

(1) Evidentemente, en el otoño de 1978, mi amigo, el mayor norteamericano, no conocía la identidad de la persona que descubriría el legado. Los diarios fueron corregidos y puestos a punto entre 1976 y 1979. La labor fue terminada el 7 de abril de 1979 y mi primer encuentro con el anciano piloto no se produciría hasta un año después (abril

171

ha sido gratuito. Ni debe ser interpretado como el capricho de un hombre senil o decadente. Lo que nos tocó vivir y presenciar en Palestina, a partir de aquel inolvidable domingo, 16 de abril del año 30 de nuestra era, resulta tan espectacular y decisivo que, honradamente, he creído necesario adoptar un máximo de precauciones. Ese criptograma, que en cierta medida cierra la primera fase del segundo "salto" de la Operación Caballo de Troya, sólo pretende salvaguardar nuestro "tesoro". Y ha sido concebido de tal forma que, al igual que en el primero de los enigmas, sólo una persona sedienta de conocimientos y dispuesta a arrostrar toda suerte de riesgos y sacrificios esté capacitada para resolverlo y, finalmente, respetando su contenido, darle el tratamiento justo. Estoy seguro que ese anónimo personaje sólo puede ser un entusiasta de Jesús de Nazaret. En ello confío.»

17 DE ABRIL, LUNES
(AÑO 30)

«Ahora, id todos a Galilea. Allí os apareceré muy pronto.»

Así, con esta orden, concluyó la aparición número diez del Resucitado. Era el domingo, 16 de abril del año 30 de lo que hoy interpretamos como «nuestra era».

Y el Maestro, volviéndose hacia mí, me sonrió. Caminó despacio hacia la penumbra, desapareciendo frente al muro por el que le habíamos visto surgir. Simplemente, se esfumó. Y yo, como una estatua, tan confuso y atónito como el resto, no supe qué hacer ni qué decir. Como médico y como simple e incrédulo mortal, aquel «hombre» —no tengo más remedio que refugiarme en los únicos y limitados conceptos que están a mi alcance—, muerto 219 horas antes, era el mayor desafío científico de la Historia. Su «presencia» —aparentemente tan física y tangible como la nuestra— rebasaba toda posibilidad de comprensión racio-

_____

de 1980). Para entonces —estoy convencido—, el legado, dividido en dos partes, había sido depositado en Estados Unidos e Israel, respectivamente. _(N. de J. J. Benítez.)_

nal. Lo reconozco humildemente: aquélla era la segunda vez que le veía y oía y, aun así, me costaba aceptarlo. Más tarde, cuando la calma descendió sobre el hogar de la familia Marcos, caí en la cuenta de algo que, a primera vista, parecía una contradicción. Desde mucho antes de consumar aquel segundo «salto» en el tiempo, mi afán por volver a ver al Maestro había sido continuo. Le echaba de menos. Necesitaba sentirle. Oírle. Contemplarle. Era una sensación indomable. Sin querer, a pesar del rígido código moral de la Operación Caballo de Troya, las palabras, la mirada y el halo mágico de aquel Ser me tenían trastornado. Sin proponérmelo, insisto, me había convertido en un silencioso seguidor de su obra y de su persona. Pues bien, aquella tarde, al reconocerle, el estupor pudo con la alegría. Inexplicablemente, mi corazón no vibró de júbilo ante el fugaz reencuentro. Durante los escasos cinco minutos que el Galileo permaneció en el cenáculo, quien esto escribe no recuerda el menor espigonazo de íntima satisfacción que, en buena lógica, debería de haber experimentado. Quizá, como digo, fuera el susto. O quién sabe si el impecable entrenamiento a que habíamos sido sometidos. El caso es que, analizando los hechos, este paradójico comportamiento me sumió durante algún tiempo en una dolorosa zozobra. Pero vayamos a los acontecimientos, tal y como tuve ocasión de vivirlos y contemplarlos.

Como iba diciendo, las últimas frases del Galileo —ordenando a sus íntimos que partieran hacia el norte— marcarían el resto de aquel agitado domingo. Según mi cuenta particular, ésta había sido la aparición número diez. Las nueve primeras tuvieron lugar en Jerusalén, Betania y en el camino que conduce a la aldea de Ammaus. Todas ellas, como ya relaté, a lo largo del anterior domingo, 9 de abril. Semanas después me vería obligado a rectificar este cómputo. Jesús de Nazaret también se presentó a otras gentes y en lugares insospechados. Tales sucesos —¡cómo no!— serían igualmente ignorados por los mal llamados «escritores sagrados».

Es posible que los cronómetros del módulo no marcasen más allá de las 18 horas y 5 minutos cuando, en mitad de un sobrecogedor silencio, el rabí desapareció de nuestra vista. El pasmo de los presentes —¿o debería calificarlos de «ausentes»?— se mantuvo cinco o diez segundos más. Y, de pronto, la cámara enloqueció. No tengo muy claro cómo se desarrollaron los hechos. Fue como un trueno o como una caldera que estalla. Juan, Simón Pedro y los gemelos fueron los primeros en «volver en sí». Saltaron sobre la mesa y, aullando, cantando y vociferando como energúmenos, se abrazaron, arrastrando al resto a una especie de histeria colectiva. Las copas, platos y la inacabada cena se desparramaron por la «U» y el entarimado, salpicando a los enloquecidos galileos. Nadie hizo un mal gesto. En realidad, aquellas reacciones fueron tan lógicas como necesarias. La tensión, dudas, miedos e incertidumbres fueron inmolados en el fuego de una incontenible alegría. Tentado estuve de unirme al griterío. Pero me contuve, disfrutando de aquel caos, tan saludable como justificado. Bartolomé y Felipe, demudados, miraban sin ver, víctimas de una risa nerviosa. Simón, el Zelote, repuesto temporalmente de su profundo abatimiento, palmeaba también al compás de los que brincaban sobre la maltrecha mesa. Sus ojos, muy abiertos, iban y venían, posándose en sus compañeros, en un afán —así lo creo— de corroborar cuanto había presenciado.

Tomás, sentado en el mismo diván, era uno de los más afectados por la aparición. Parecía ausente. Con los codos clavados en los muslos ocultaba el rostro entre sus manos, gimiendo y llorando amargamente. Mateo Leví, solícito, pasó su brazo sobre los hombros del tímido y desolado «mellizo», en un intento por consolarle.

En cuanto a Andrés, tan desconcertado como Tomás, necesitó un tiempo para reaccionar. Sus recientes burlas, improperios y reproches a cuantos habían creído en la resurrección debían pesar en su alma como una piedra de molino. Y, al fin, pálido, se incorporó. Subió a lo alto de la «U» y, dulcemente, apartó al delirante Juan Zebedeo, situándose frente a su hermano. Pedro, al verle, cesó en sus manifestaciones y saltos de júbilo. Se observaron mutuamente y, sin mediar palabra, el ex jefe del grupo se precipitó hacia Simón, abrazándole. Los aplausos y vítores arreciaron.

En mitad del tumulto, Santiago de Zebedeo, como siempre, fue el hombre práctico, frío y calculador. Aunque su mirada, tan radiante como las de los demás, le traicionase, fue el único que conservó un mínimo de lógica y de sentido común. Movido por estos sentimientos, y por una curiosidad quizá tan acusada como la mía, tomó una de las lucernas, avanzando hacia el muro. Sigilosamente me uní a él. Aproximó la lamparilla de aceite al piso de madera por el que había caminado Jesús, examinando el recorrido del Resucitado. Al llegar a la pared, cubierta en aquel punto por un largo y delicado tapiz de lino de En-Gedi, el «hijo del trueno» —ajeno al tumulto del cenáculo— elevó la candelilla, centrando la atención en la zona por la que se había volatilizado el Galileo. Paseó la amarillenta y frágil llama a una cuarta de los finos hilos púrpura y carmesí, comprobando que el tejido no presentaba la menor señal de deterioro.

Seguí sus movimientos. Tanto él como yo sabíamos que al otro lado del tapiz sólo había un grueso muro de piedra calcárea. A pesar de todo, desconfiado, presionó la tela a diferentes alturas. Finalmente, descargando su maltrecho escepticismo en un profundo e interminable suspiro, giró su anguloso rostro, dedicándome una mirada plena de satisfacción. Le sonreí. Ni Santiago ni yo podíamos entenderlo. Pero así era. El Maestro se había desmaterializado frente a la pared o, quién sabe, quizá había sido capaz de atravesarla. Me propuse no pensar en ello. Y el Zebedeo, decidido, avanzó hacia la puerta de doble hoja, desatrancándola con un seco y contundente puntapié. Minutos más tarde, alertados por el discípulo, la familia y servidumbre de Marcos irrumpía en tropel en la sala, uniéndose a la barahúnda. Los gritos, preguntas, cánticos, palmas y risas se prolongaron durante más de media hora. Poco a poco, Elías, Simón Pedro y Santiago lograron apaciguar los ánimos, haciendo ver a sus compañeros que el tiempo apremiaba. Si deseaban ejecutar la orden del Maestro, y partir lo antes posible hacia Galilea, era menester poner manos a la obra. El viaje hacia el mar de Tiberíades era largo y los preparativos se habían visto interrumpidos una y otra vez.

Hacia las ocho, la casi totalidad de los íntimos de Jesús habían descendido al espacioso patio a cielo abierto. Y allí, en torno al fuego, mientras Felipe, el intendente, se afanaba con los gemelos en la puesta a punto de la impedimenta, el resto —recompuesto el talante— dedicó buena parte de las dos primeras vigilias (la de la noche y medianoche) a examinar su situación. A pesar de la euforia, eran conscientes de su delicada posición frente a la casta sacerdotal que había perseguido y crucificado al rabí. Andrés, prudente y receloso, recordó las preocupantes noticias traídas una semana antes por José de Arimatea. Las medidas promulgadas por Caifás, el sumo sacerdote, y sus secuaces en la noche del domingo anterior continuaban en vigor. «Aquellos que se atrevieran a proclamar la vuelta a la vida de Jesús de Nazaret serían expulsados de las sinagogas.» La segunda de estas medidas —que según los confidentes del anciano sanedrita no pudo ser sometida a votación— especificaba que «todo aquel que declarase haber visto o hablado con el Resucitado podría ser condenado a muerte».

A pesar de la fuerza moral que, evidentemente, les había inyectado la presencia del Maestro, aquellos galileos, sabedores del odio y del poder de la clase dirigente judía, se enzarzaron en una nueva y agria polémica. Pedro, fogoso e irreflexivo como siempre, llevó su mano izquierda a la empuñadura de la espada, arengándolos para que sepultaran los viejos temores y se lanzaran a las calles, anunciando la buena nueva. La mayoría rechazó la peligrosa y prematura sugerencia de Simón. Ciertamente, aquellos siete días de silencio y total ocultamiento por parte de los discípulos habían calmado el furor de los sanedritas. Es más, el ininterrumpido fluir de noticias que llegaba hasta la mansión de los Marcos apuntaba hacia un absoluto y definitivo «aplastamiento del grupo evangélico». Ésta, al parecer, era la creencia de Caifás y su gente. En cuanto a los rumores de la «absurda y fantástica resurrección del Galileo», los saduceos y escribas —una vez dictadas las ya mencionadas normas— los estimaron y definieron como «los últimos coletazos de un movimiento agonizante». El paso del tiempo y la intoxicación de la sobornada guardia del templo harían el resto. Ésta era la situación en Jerusalén, al filo del amanecer de aquel lunes, 17 de abril.

Como cabía suponer, los encendidos discursos de Simón, aunque atrayentes, fueron desestimados. Santiago, Mateo Leví y su hermano Andrés le interrumpieron una y otra vez y, con el silencioso respaldo del resto, trataron de convencerle de lo arriesgado de semejante empresa. De momento, si en verdad estimaban las palabras de Jesús, lo único que importaba era cumplir su orden. Curiosamente, y creo que debo referirme a ello antes de proseguir, a partir de aquella noche del domingo, 16 de abril, la figura de Simón Pedro experimentó un notable auge. El Maestro —a pesar de lo que sugieren algunos evangelistas— jamás le otorgó la jefatura y dirección del «cuerpo apostólico». Ni hubo votación o maniobra alguna por parte de los íntimos para su designación como cabeza visible de los nuevos evangelizadores. En realidad, los hechos se encadenaron por sí mismos. Y con el paso de los días, el inquebrantable entusiasmo de Pedro y su innegable capacidad oratoria hicieron el resto. Los discípulos, de forma tácita, aceptaron al volcánico galileo como el hombre idóneo para representarlos y dirigir los discursos. Éstas, y no otras, fueron las auténticas razones que le llevarían al puesto de todos conocido.

Simón Pedro se resignó y, una hora antes de la «vigilia del canto del gallo» (hacia las 04 de la madrugada), el grupo, temeroso de ser descubierto por los espías del Sanedrín, adoptó la resolución —por unanimidad— de abandonar la Ciudad Santa antes del alba. Confundidos en la oscuridad de la noche, su partida de Jerusalén podría resultar menos comprometida.

María Marcos, con su proverbial diligencia, aparentemente ajena a las discusiones y polémicas de los discípulos, no había guardado un momento de descanso. Durante toda la noche la vi entrar y salir del patio, cambiando impresiones con Felipe y, siempre discreta y silenciosa, adelantando la obligada molienda del grano. En esta oportunidad, la servidumbre no utilizó el pequeño mortero de piedra, tan común en las casas judías. A eso de la medianoche, dos de los sirvientes depositaron en el patio un pesado artilugio, consistente en dos grandes discos de basalto. El inferior, de unos noventa centímetros de diámetro por veinte de altura, presentaba la cara superior sensiblemente convexa. En el centro emergía un sólido pivote de hierro de otros treinta o treinta y cinco centímetros de longitud. A verlos aparecer, intrigado, abandoné por unos instantes el acogedor fuego, observando sus diestras maniobras. Uno de ellos extendió un paño de tela sobre el enladrillado del piso y, acto seguido, no sin esfuerzo, tomaron la mencionada muela, situándola en el centro de la negra arpillera. A continuación repitieron la operación, encajando la segunda rueda de basalto en el eje de la primera muela. La superior, de algo más de medio metro de diámetro, había sido labrada de tal forma que la superficie inferior, notablemente cóncava, se acoplase a la perfección con la que descansaba sobre el pavimento. El orificio que perforaba este disco superior, en el que entraba el pivote de hierro, semejaba un embudo. Comprendí que se trataba de un «molino» casero, con una mayor capacidad de trituración y, por tanto, muy útil en determinadas circunstancias. Y aquélla, sin duda, era una situación de emergencia. Encajadas «las dos muelas» —éste era, al parecer, el nombre del aparejo—, uno de los sirvientes echó mano de una vasija de piedra rojiza repleta de trigo, iniciando la molienda propiamente dicha. Con la izquierda hizo presa en un mango de madera, empotrado verticalmente en el filo de la rueda superior, haciéndola girar con fuerza. Al mismo tiempo, con la mano derecha, fue vaciando los puñados de grano sobre el embudo central. Durante algunos minutos permanecí absorto y maravillado ante el primitivo e ingenioso sistema. El áspero bramido del basalto, girando lenta e inexorablemente, se adueñó del lugar, obligando a los discípulos a elevar el tono de sus voces. Transcurrida una media hora, el segundo sirviente se arrodilló frente al molino, relevando al primero. La monótona y cansina trituración concluiría pasadas las dos de la madrugada. Los sudorosos criados desmontaron las muelas y María, asistida por el joven Juan Marcos, fue depositando el fruto de la molienda sobre un cedazo, trenzado a base de cerdas, en cuyo aro de madera había sido suspendido un mugriento saco de hule, capaz para media *efa* (1), aproximadamente; es decir, alrededor de 22 kilos. Cuando la harina hubo llenado la mitad del saco, el benjamín procedió a su cierre, abandonándolo en manos del intendente. A partir de esos momentos, con el sobrante de

(1)   Entre las medidas de capacidad (para áridos y líquidos), el *kor* era una de las más frecuentes en el peso de granos. Equivalía a unos 364-450 kilos, dividido, a su vez, en diez *efas* y *bats*. La *efa* representaba 72 *log*. Este último, una de las unidades más pequeñas, podía estimarse en unos 600 gramos. *(N. del m.)*

la molienda, la señora de la casa centró su atención en el amasado y en la cocción de las apetitosas tortas circulares que había tenido oportunidad de degustar en otras ocasiones. Prudentemente, conocedora de su secundario papel entre los hombres, aguardó a que éstos fijaran el momento de la partida. Eran, como dije, las cuatro de la madrugada. Entonces intercambió una señal con Elías, su marido, y, de inmediato, la servidumbre comenzó el reparto de las doradas tortas de trigo y de sendos cuencos de arcilla, con una hirviente ración de leche de cabra. Encantado, el servicial Juan Marcos se ocupó de mi desayuno. Abrió el crujiente pan e, imitando al resto de los comensales, lo roció de aceite. Un espeso y dorado aceite de oliva que impregnó la masa, haciéndola, si cabe, más gustosa y digerible.

La colación terminaría pronto. Felipe, en el centro del corro que formaban los galileos, batió palmas, reclamando la atención de los presentes. Hasta esos momentos no había tenido oportunidad de asistir a los preparativos y prolegómenos de uno de aquellos frecuentes viajes del grupo. Cada cual, evidentemente, conocía su cometido. El intendente señaló los bultos y petates que se alineaban al pie de uno de los muros y, con un lacónico «Vamos allá», los animó a ponerse en movimiento. La escena que contemplé a continuación me dejó gratamente sorprendido. A excepción de Felipe y de Judas y Santiago de Alfeo, el resto, en silencio, fue a situarse en hilera, frente al responsable de la intendencia y de los referidos gemelos. Éstos, bajo la atenta mirada de Felipe, desanudaron dos sacos de cuero y extrajeron de cada uno de ellos un par de sandalias con suelas planas, de madera o hierba prensada, y un calabacín seco, respectivamente. Este último aparecía provisto de una larga, negra y desgastada cuerda. En el interior de cada una de las rústicas «cantimploras» podía escucharse el seco golpeteo de un guijarro. Resultaba desconcertante. A pesar de su continuo e intenso contacto con el rabí de Galilea y de haber sido partícipes de sus abiertas y liberales enseñanzas, aquellos judíos seguían aferrados a muchas de las ancestrales y asfixiantes normas religiosas de la comunidad. Ésta era una de ellas. En una posterior conexión con la «cuna», «Santa Claus», nuestro ordenador central, me pondría en antecedentes del origen de semejante costumbre. Según el capítulo XVII, 6, del *Sabbath* (1), los caminantes y peregrinos debían proveerse de una de estas calabazas secas y ahuecadas, introduciendo en su interior una piedra que, amén de hacerlas más pesadas, les permitieran sacar agua de los pozos, sin necesidad de recurrir a los servicios de hombre y mujer «impuros».

Cada hombre amarró su par de sandalias de repuesto al ceñidor, colgando el calabacín en bandolera. Terminado el reparto, Felipe reclamó la presencia de Simón, el Zelote, y de Santiago de Zebedeo. Ambos se encargarían de la pesada lona que, enrollada alrededor de tres largos y rugosos palos de conífera, hacía las veces de tienda de campaña. (En la dramática madrugada del jueves al viernes —como quizá recuerde quien haya seguido estas memorias—, el audaz David Zebedeo, jefe de los «correos», tuvo la precaución de desmantelar el campamento existente en la finca de Getsemaní, trasladando parte de los enseres al domicilio de Elías Marcos. También la bolsa, con los dineros del grupo, fue puesta por David en manos del nuevo y provisional administrador: Mateo, el «publicano».)

Durante la primera etapa del viaje —eso deduje de las palabras del intendente—, los gemelos cargarían el odre destinado al agua y el saco de los víveres. El pellejo en cuestión, viejo y embreado hasta la saciedad, tenía una capacidad de 10 *bats* o jarras. (Unos 30 o 40 litros.) La curtida y ennegrecida piel de cabra había sido dotada de un par de correas de cuero, cosidas a los laterales, que facilitaban su manipulación, haciendo más llevadero el transporte. Nadie protestó. Todos dieron por hecho que, en la segunda jornada, la impedimenta pasaría a nuevas manos. En verdad, aquellos hombres disfrutaban de una rigurosa y eficaz organización. Una organización que yo ignoraba casi por completo. Sabía, por ejemplo, que Judas Iscariote había sido el responsable de la tesorería. Y que Felipe corría con la oscura y, a veces, ingrata labor del abastecimiento y de la intendencia en general. También supe del papel de Andrés, hasta

(1)   La Misná, en su Orden Segundo, dedicado a las «Fiestas», dice así: «En cuanto a la piedra que está en el cubo o calabaza ahuecada, si se llena éste y aquélla (la piedra) no cae, se llena con ella dentro; si no, no se llena con ella. Con un sarmiento al que se le ha atado un cubo, se puede llenar» (XVII, 6).

esos momentos jefe indiscutible del grupo. Pero ¿qué sabía del resto? Cada uno tenía encomendada una misión. Pude intuirlo poco a poco. Era lo más lógico. De lo contrario, aquellos años de estrecha cooperación con el Maestro habrían naufragado. Lástima que los evangelistas no hicieran mención de estas labores específicas, decisivas en la buena marcha de la llamada «vida pública» del Maestro. ¿Qué sabía, por ejemplo, de Mateo Leví? ¿Cuál había sido su tarea? ¿Por qué Juan, su hermano Santiago y Pedro habían permanecido «más cerca» que los demás de la persona de Jesús? ¿Es que el rabí hacía distinciones? No, por supuesto... ¿Y qué decir de los gemelos? En cuanto a Simón, el Zelote, Bartolomé y Tomás, mi desconocimiento acerca de sus tareas era igualmente total. A lo largo de esa madrugada creí descubrir la misión del «mellizo». En pleno trajín, poco antes de la partida, le vi cambiar impresiones con Felipe. Hablaban del itinerario a seguir. Tomás, sin titubeos, como si hubiera hecho aquella ruta en numerosas oportunidades, le adelantó el «plan de viaje». La jornada de aquel lunes los llevaría a Jericó. Eso representaba unos 183 estadios. (Aproximadamente, 34 kilómetros.) El martes lo dedicarían a la etapa más dura: Jericó-monte Gilboa, siguiendo la margen derecha del río Jordán. Por último, el miércoles, 19, Gilboa-Bet Saida, en el extremo nordeste del mar de Tiberíades, pasando por las ciudades de Tarichea —muy cerca de la segunda desembocadura del Jordán—, Hippos y Kursi, ambas en la costa este del lago. En total, alrededor de 130 kilómetros. (En palabras de Tomás, algo más de 85 millas romanas. Debo recordar que, en Palestina, desde la conquista helena, los judíos habían terminado por aceptar diferentes unidades de medida. El «estadio», sin ir más lejos, era una de ellas. Equivalía a 600 pies o 185 metros. Por su parte, los romanos, entre otras, habían introducido la «milla» (1 478 metros). En nuestras múltiples peripecias por aquellas tierras del año 30, y en los acontecimientos que alcanzamos a vivir desde el año 25, tanto mi hermano como yo tuvimos múltiples ocasiones de tropezar con los famosos «hitos miliares» del Imperio. Pero ésta es otra historia...)

El intendente aceptó el programa de Tomás. Y, como decía, empecé a sospechar que el papel del «mellizo» era justamente éste: el de «guía» o responsable de los itinerarios. Tenía que encontrar tiempo para dialogar con los once y conocer a fondo sus trabajos, sus pensamientos, inquietudes y, sobre todo, la situación de sus respectivas familias. Algo en lo que apenas reparan los textos sagrados y que, desde mi modesto parecer, también encierra su importancia. ¿Tiempo digo? Pero ¿cuándo? La primera fase de nuestra misión llegaba a su fin. Esa misma mañana deberíamos activar el módulo y trasladarnos al norte.

Judas de Alfeo, uno de los gemelos, responsable del odre, lo cargó sobre sus espaldas, procurando que el estrecho y puntiagudo cuello apuntara a tierra. No hacía falta preguntar por qué. De esta guisa, en caso de necesidad, el desagüe del precioso líquido podía efectuarse sin necesidad de descargar el «depósito». Bastaba con que el caminante se inclinara y soltara el tapón de madera para proveerse de la necesaria ración. De acuerdo con otra costumbre romana, el agua del pellejo había sido «cortada» a base de vinagre. Para ser exacto, con una suerte de vino fermentado que daba a la bebida un toque tan satisfactorio como refrescante y que los legionarios romanos y etíopes llamaban «posca». En más de una ocasión, cuando el vino escaseaba, los nómadas y judíos lo reemplazaban por un áspero jugo de palma, igualmente fermentado.

Las vituallas, gentilmente suministradas por la señora de la casa, consistían en legumbres —habas y lentejas—, grano tostado, algunos pellizcos de comino y hierbabuena (ideales para aderezar las comidas), una jarra de miel blanca y un más que generoso surtido de pasas de Corinto, dátiles e higos secos y prensados, formando una especie de «pan» negro y brillante. Todo ello, con la mencionada carga de flor de harina, constituía una aceptable dieta, suficiente para tres o cuatro días.

Algunos hombres, siguiendo otra costumbre, anudaron los respectivos *sudarium* alrededor de las cabezas. Al verlos con los pañolones sobre las frentes, una querida imagen apareció en mi memoria. Emocionado, recordé mi primer encuentro con Jesús, en la hacienda de Lázaro. El Maestro lucía también sobre las sienes una de aquellas bandas de tela, tan útiles para contener el sudor en las largas caminatas. ¡Dios mío!, ¿cuándo volvería a verle? El Destino tenía la palabra.

La casi totalidad del grupo, a excepción de Tomás y Mateo Leví, recogió y enrolló los túnicas a la cintura, «apretándose los riñones». La sabia expresión de Lucas (XII, 35) estaba plenamente justificada. De esta forma, las holgadas prendas de lana o lino no entorpecían el paso del caminante. Me situé al lado de Juan y, discretamente, le pregunté por qué Mateo y el «mellizo» no disponían sus *chaluk* como el resto. El Zebedeo sonrió maliciosamente. Las razones de uno y otro no podían ser más opuestas. La de Leví me pareció lógica. En su faja descansaba el dinero de todos. En caso de necesidad, el acceso a la bolsa debía ser rápido y sin entorpecimientos.

—En cuanto a Tomás —susurró Juan, haciendo un gesto en dirección a María Marcos—, lo hará en seguida...

Comprendí la velada alusión. La aversión del galileo por las mujeres llegaba a estos extremos. Lo que no sabía entonces era la causa de tal misoginia o aborrecimiento del sexo femenino.

Y a eso de las 04 horas y 30 minutos, el parlanchín y desenfadado Felipe procedió a la última revista. La idea del próximo retorno a sus hogares les había devuelto parte del perdido buen humor. Al encararse con Santiago Alfeo, el intendente refunfuñó. Golpeó cariñosamente la vacía vaina de madera que emergía por debajo de la *hagorah,* o ancha faja, que hacía las veces de ceñidor, interrogando al despistado gemelo. El dócil pescador hizo ademán de soltar el saco de los víveres, con el fin de recuperar el olvidado *gladius.* Pero el voluntarioso Juan Marcos se adelantó, precipitándose hacia el piso superior. No me cansaré de insistir en ello. Aunque parezca un contrasentido, en esos momentos, la casi totalidad de los íntimos portaba bajo los ropones sendas espadas. Unas espadas que jamás abandonaban. Desconozco si eran duchos en su manejo —probablemente no demasiado—, pero a fe mía que, al verles armados, uno experimentaba una desapacible sensación. ¡Qué confundidos están los cristianos y creyentes respecto a esos hombres!

Ultimada la inspección, los galileos —de acuerdo a su costumbre y arraigada fe religiosa— entonaron el *Oye, Israel.* El cántico se elevó recio y compacto hacia las últimas estrellas de Jerusalén. En sus corazones, la derrotada esperanza en el reino brotaba de nuevo, pujante e incontenible. La familia Marcos se unió a la plegaria y yo, respetuosamente, como pagano, me retiré a uno de los ángulos del patio. Mi propósito era unirme a la expedición hasta la cercana Betania o sus inmediaciones. Desde allí emprendería el ascenso a la cumbre del Olivete y me reuniría con mi hermano. El hecho de abandonar la Ciudad Santa en compañía me tranquilizó.

La despedida fue parca en palabras. Elías, su esposa, el benjamín de la casa y los sirvientes correspondieron a los entrañables besos, y, sin más, los once fueron desfilando hacia el portón de salida. Intencionadamente me quedé rezagado. Mi gratitud hacia los anfitriones era tan sincera como ilimitada.

—Y tú, Jasón, ¿también nos dejas?

El tono de Elías, apagado y entristecido, me hizo titubear. No sabía qué decir. Asentí con la cabeza y, cuando me disponía a abrazarlos, Juan Marcos, acurrucado hasta esos momentos entre los brazos de su madre, estalló en un amargo llanto. Entre hipos, suplicó a sus padres que le autorizaran a unirse a los «amigos de Jesús». Como pudo, aferrado a María, les recordó que él también deseaba ver al Maestro. Elías y yo nos miramos enternecidos. La madre acarició los cabellos del niño en un vano intento por persuadirle. El muchacho arreció en sus lágrimas y lamentos, pataleando con furia. Fue inútil. El dueño de la casa, impaciente, zanjó la escena con un imperativo «*Banim!*» (¡Niño!). Y marcando con el dedo la dirección de sus aposentos, le obligó a retirarse.

Una vez más, por puro compromiso, prometí regresar a Jerusalén en cuanto me fuera posible. Elías se resignó, admitiendo que «la mano de Dios, bendito sea su nombre, me había llevado hasta su hogar y que, a pesar de mis negocios en Galilea, ese mismo poder divino me devolvería a la Ciudad Santa». No se equivocó. Lamentablemente, sus días estaban contados y ya no volvería a verle.

En el umbral de la puerta me recomendó que no dejara de visitar a un viejo amigo suyo —un tal Muraschu—, judío helenizado y honrado *monopolei*, asentado en la ciudad de Teverya (Tiberíades). Los comerciantes griegos llamaban así a los mayoristas que comerciaban con trigo, aceite, salazones de pescado y conservas de frutas secas, entre otras actividades (1). El *monopolei* en cuestión —según Elías—, hombre bien relacionado en la Galilea, podría aconsejarme en mis transacciones de vino y maderas, abriéndome numerosas puertas. Memoricé el nombre y, tras besarnos en ambas mejillas, me adentré en la oscuridad de las calles de Jerusalén. El grupo de los once me había sacado cierta ventaja y esto me inquietó. Tenía que alcanzarlo. A aquellas horas —las 05 de la madrugada—, el tránsito en solitario por los andurriales del barrio bajo y por los caminos que confluían en la ciudad no era muy recomendable. En esta ocasión, mis temores no fueron infundados.

A zancadas, con la dudosa ayuda de las mortecinas lámparas de aceite que parpadeaban en los cruces de aquel dédalo de calles y rampas escalonadas, fui orientándome hacia el extremo sureste de la ciudad, en busca de la puerta de la Fuente. Las únicas señales de vida en el barrio bajo las constituían las inquietantes ratas, deslizándose negras y veloces de una pared a otra o trepando sobre las basuras e inmundicias, alertadas y desconfiadas al paso de aquel humano. El rítmico ronroneo de la molienda fue ganando en extensión e intensidad, coincidiendo, aquí y allá, con la aparición de nuevas candelas en el interior de patios y casuchas. Agradecí el abrigo del manto. La madrugada se presentaba fresca.

Eliseo respondió preocupado. Hacía horas que no restablecía la conexión auditiva. Confirmé mi posición e intenciones, añadiendo que, con un poco de suerte, arribaría a la «base madre» treinta o cuarenta minutos después del orto solar, fijado en aquel 17 de abril para las 05 horas y 40 minutos. Mi hermano se mostró conforme. Todo estaba dispuesto para el despegue de la «cuna».

—... Tal y como preveíamos —añadió de pasada—, el

(1) En Mateo (XXV, 9), Jesús, al hablar de las vírgenes necias y prudentes, hace alusión, muy probablemente, a los *monopolei*. Tanto en Israel como en el resto del Imperio, estos mayoristas gozaban de una situación económica privilegiada. En sus *diplostoon* depositaban toda clase de mercancías, ejerciendo un especial control del tráfico de grano. En Roma, por ejemplo, estos judíos se asentaron cerca del río Tíber, lugar obligado para el atraque de los barcos de trigo. *(N. del m.)*

frente borrascoso detectado por el oeste en la mañana de ayer, domingo, ha penetrado en la línea Jaffa-Sidón y amenaza con cubrir el país.

Eliseo procedió a la lectura de los datos meteorológicos. El láser del ceilómetro no ofrecía dudas: los Cb (cumulonimbus), espesos y verticales, viajando a poco más de 6 000 pies (unos 2 000 metros), podían acarrearnos dificultades en el vuelo hacia el mar de Galilea. Según el banco de datos de «Santa Claus», estos vientos del Mediterráneo, tan frecuentes y beneficiosos en Palestina entre los meses de marzo a mayo, eran imprevisibles. En ocasiones, dependiendo de múltiples factores, tomaban dirección sur: hacia los montes de Judá. Otras, escalaban las alturas del actual Líbano, saturándose de humedad en las cumbres nevadas del Hermón y, descendiendo en forma tormentosa, barrían el norte de Israel. Esta última posibilidad podía representar graves riesgos para nuestra misión. El módulo no había sido diseñado para soportar las fuertes turbulencias que, en general, acompañan a los Cb: intensos vientos, granizo, fenómenos eléctricos y engelamiento.

—En una hora —simplificó Eliseo con su habitual pragmatismo—, el *rawin* verificará la dirección y fuerza dominantes de los vientos. Esperaremos. Cambio y cierro.

Me pareció excelente. Los cumulonimbus —mejor dicho, nuestro teórico encuentro con ellos— sólo eran una lejana contingencia. La vida me ha enseñado a ocuparme de las cosas, una a una y en el momento justo. Y en aquellos instantes mi único objetivo era dar alcance a los galileos.

Respiré aliviado. El noble pórtico herodiano que rodeaba la «taza» del Enviado, también conocida entonces como piscina de Siloé, fue una buena referencia. Desde allí al arco de la puerta de la Fuente, en la muralla meridional, apenas si restaban cien o ciento cincuenta pasos.

Pero, al doblar la esquina sur de la cisterna, algo frenó mi marcha. A una treintena de metros, difuminados en el claroscuro de la vigilia de la mañana, distinguí el flamear de unos mantos. Eran cinco hombres. Descendían rápidos por la pendiente escalonada que moría a las puertas de la ciudad. En una primera ojeada los confundí con los íntimos de Jesús. Pero no. Los andares eran distintos. Además, las túnicas, o *chaluks*, no aparecían recogidos en la cintura. Lo intempestivo de la hora y el hecho de que llevaran idéntica dirección a la nuestra me hizo desconfiar.

Se detuvieron bajo el portalón. Y allí, de entre los mendigos, lisiados y vagabundos que dormitaban al amparo de los grandes sillares, se destacó un individuo. Parlamentaron brevemente y a continuación reanudaron el paso. El sexto hombre se unió al grupo y, con grandes prisas, se alejaron de la muralla en dirección al viaducto que salvaba la torrentera del Cedrón. El impecable puente —a cuarenta metros sobre el valle— marcaba el nacimiento de uno de los senderos que llevaba a la aldea de Betania, al este de Jerusalén.

Quizá fue el instinto. El caso es que, al verlos tomar aquella ruta, experimenté un cierto desosiego. Guardé las distancias, maldiciendo mi mala estrella. Aquella media docena de judíos ocupaba la casi totalidad de la calzada, obstaculizando mi avance. Para adelantarlos —dado el vigoroso ritmo que imprimían a su paso— habría tenido que hacerlo a la carrera. Francamente, no me pareció muy sensato. Así que, resignado, me orillé, manteniéndome a la expectativa. Como digo, aquel grupo tenía «algo» especial. «Algo» que no encajaba. No portaban bultos, ni tampoco los típicos y casi obligados bastones de peregrino. Sus prisas, además, no resultaban normales. De vez en cuando agitaban los brazos —como si discutieran—, señalando, ora en dirección a los cerros de Moab, en el este, ora al fondo del camino.

Nos cruzamos con una pareja de *felah*, o campesinos, arropados en gruesos capotes de lana, que arreaban uno de aquellos altos y gallardos asnos «mascate», de pelo blanco grisáceo y largas orejas, cargado hasta los topes de legumbres y cimbreantes gavillas de sarmientos. Al aproximarse al pelotón, el *felah* que marchaba en cabeza reaccionó de manera peculiar. Sujetó la bestia, inmovilizándola, al tiempo que, sumiso y respetuoso, inclinaba la cabeza al paso de los judíos. Aquel gesto me dejó perplejo. Los individuos prosiguieron, casi sin reparar en los campesinos. Pero, de pronto, uno de ellos dio media vuelta y, volviendo sobre sus pasos, preguntó algo al que sujetaba las riendas. La claridad del nuevo día empezaba a despuntar sobre los lejanos cerros del desierto de Judá. Fue entonces cuando, entre los rojos pliegues del ropón del que había retrocedido, descubrí algo que puso de manifiesto la identidad de los que me precedían. Sujeta al ceñidor y colgando en el costado derecho aparecía una de las temidas porras claveteadas, de uso común entre los policías betusianos del Templo. Con seguridad debían de hallarse apostados en las inmediaciones de la casa de Elías Marcos, pendientes de los movimientos de los «desarrapados galileos», como calificaban a los íntimos del Maestro. En el fondo era lógico. La casta sacerdotal no descansaría hasta aniquilar el blasfemo e incómodo movimiento que había encabezado el rabí. Aquellos discípulos eran todavía una amenaza, y lo más probable es que Caifás hubiera impartido severas órdenes a los levitas y confidentes. Pero ¿cuáles eran sus intenciones? ¿Se trataba de simples espías, encargados de vigilar e informar?

Cubiertos los tres o cuatro primeros estadios —de los quince (2 775 metros) que nos separaban de Betania—, el camino alcanzó su cota máxima (680 metros), girando a la izquierda, en dirección nordeste. Desde aquel punto, bordeando siempre la falda sur del monte de las Aceitunas, se precipitaba suavemente hacia Betfagé, en una recta de casi medio kilómetro. Al conquistar el repecho me detuve. A mi espalda retumbó el doble tañido de bronce de las trompetas del Templo, anunciando la salida del sol. Los levitas no tardarían en abrir la puerta de doble hoja, también llamaba de Nicanor, autorizando así la entrada en el atrio de los Gentiles. Al fondo del sendero, a cosa de trescientos metros, apareció ante mí el apretado grupo de los galileos. Caminaban raudos. Al parecer no se habían percatado de la proximidad de los esbirros. Éstos, al distinguir su objetivo, aceleraron la marcha. Un lejano y solitario toque de trompeta, recordando la primera oración del día, sirvió de detonante. Los betusianos, enardecidos, echaron mano de sus mazas, emprendiendo una veloz carrera hacia los once. Quedé paralizado. El griterío de los fanáticos llegó hasta el grupo de cabeza. Y los discípulos, tan atónitos como yo, se revolvieron, contemplando la carga. ¿Qué podía hacer? Obviamente, mucho. Hubiera sido suficiente con activar el sistema ultrasónico de la «vara de Moisés» para dejar inconsciente a la mayoría. Y ciego de ira salí tras ellos, dispuesto a inutilizarlos. A mitad de camino cesé en mi alocada carrera. Estaba a punto de violar la más sagrada de las normas de la operación. No, ése no era mi papel. A pesar de mis sentimientos y natural simpatía hacia los galileos debía mantenerme al margen. Y así fue. Mis amigos, en un alarde de serenidad, arrojaron los bultos a tierra, formando una cerrada piña. Simón, el Zelote, Santiago de Zebedeo y Pedro se situaron en primera fila y, con una sangre fría que aún me conmueve, dejaron que se aproximaran. Los seis hombres del sumo sacerdote, confiados ante la aparente pasividad de sus contrincantes, arreciaron en sus imprecaciones, levantando los bastones por encima de las cabezas. Los últimos metros fueron dramáticos. Los betusianos, imparables, se disponían a descargar las porras cuando, súbitamente, a un grito de Simón, los once desenvainaron las espadas, que destellaron afiladas y amenazantes. La fulminante y sincronizada reacción del grupo, con los *gladius* apuntando a los pechos de los esbirros, fue decisiva. Éstos, desconcertados, quedaron clavados al polvo del camino. El Zelote y los suyos aprovecharon aquel instante de duda y, como un solo hombre, paso a paso, avanzaron hacia los acobardados judíos. Lo que aconteció en esos críticos momentos no aparece muy claro en mi memoria. Torpe de mí, pendiente del inminente choque, no reparé en lo improcedente de mi posición, a espaldas y escasos metros del pelotón que enarbolaba las mazas. Recuerdo, eso sí, un potente y furioso grito de Pedro, mentando a la madre de un tal Ben Bebay. Este esbirro, al parecer, era el jefe de aquel puñado de betusianos y muy famoso en Jerusalén por su triste misión entre los sacerdotes del Templo. (Según consta en el *Yoma* 23.ª, tenía que azotar a los que intentaban hacer trampas en el sorteo de las funciones cultuales.) Y en cuestión de segundos, aquel tropel se deshizo de los bastones, huyendo precipitadamente. En el tumulto, varios de los esbirros, espantados, fueron a topar con quien esto escribe, derribándome y pisoteándome. Cuando intenté rehacer mi maltrecha humanidad, el filo de una espada sobre mi garganta me hizo desistir. Quebrantado, y medio ciego por la polvareda, fui incapaz de reaccionar. Sentí en mi cuello el frío hierro del *gladius* y, por un momento, desprotegido en aquel punto por la «piel de serpiente», creí llegada mi hora.

—¡Jasón!... ¡Maldita sea...!

La presión del arma cesó y, a duras penas, restregando la tierra del rostro, luché por incorporarme. Alguien acudió en mi auxilio. Cuando, al fin, comprendí lo ocurrido,

Simón, el Zelote, blandiendo su espada, me recordó que había estado a un paso de la muerte y que, en lo sucesivo, me mostrara más cauteloso. Tomé buena nota. Aquella desafortunada situación no debía repetirse.

El grupo, sin embargo, alejado el peligro, se alegró de haberme recuperado. Y ufanos y desenvueltos cargaron de nuevo los bártulos y reemprendieron el camino. Si he descrito este incidente no ha sido sólo por ser fiel a lo que me tocó vivir. Entiendo que la actitud de los llamados «embajadores del reino» —prestos a desenfundar sus armas y repeler el ataque— resulta de suma importancia para comprender mejor sus ideas e impulsos. A pesar de las enseñanzas y de la posible resurrección de Jesús, los íntimos necesitarían de un prolongado proceso de cambio y maduración para llegar a ser los dóciles y pacíficos apóstoles que, años más tarde, no dudarían incluso en sacrificar sus vidas en beneficio de la evangelización de los hombres. Creo sinceramente que, en estos dos mil años, los cristianos han sublimado la imagen individual y colectiva del cuerpo apostólico, elevándola a una categoría que no corresponde a la realidad. En aquel tiempo, como acabo de relatar, el comportamiento de los galileos discurría por unos cauces mucho más lógicos y humanos de lo que hoy enseñan y pretenden las iglesias. Pero tiempo habrá de seguir aportando pruebas.

Los contratiempos no habían concluido. A un tiro de piedra de la blanca Betania surgió el segundo problema de la mañana. La hacienda de Marta y María era un obligado alto en el camino. Los Zebedeo deseaban abrazar a Salomé, su madre, y, al mismo tiempo, recibir en el grupo a María, la madre del Maestro, escoltándola hasta Bet Saida. Pero, inesperadamente, de entre las higueras y sicomoros que sombreaban la ruta, un conocido personaje saltó al centro del sendero, obligándonos a suspender la marcha. Perplejos, los once se miraron unos a otros, sin saber qué hacer. Y el benjamín de los Marcos, jadeante por la carrera practicada desde Jerusalén y churretoso por el reciente llanto, esbozó una no muy confiada sonrisa.

—Quiero ver al rabí...

La excusa no le sirvió de mucho. Andrés intercambió algunas palabras con el resto y, convencidos de que aquélla era una nueva travesura del muchacho, adoptaron la posición más sensata. El ex jefe de los galileos se arrodilló frente a él y, acariciando los sudorosos cabellos, intentó persuadirle, haciéndole ver que a su ídolo no le hubiera entusiasmado semejante fuga. Juan Marcos, impaciente, desvió la mirada, buscando apoyo en los silenciosos discípulos. Nadie cedió. Y el asunto quedó liquidado. El adolescente bajó la cabeza y, pateando con rabia, salió como un meteoro en dirección a la ciudad.

Antes de que se pusieran nuevamente en movimiento, aproveché la circunstancia para resolver mi incómoda situación. Algunos se extrañaron ante lo inesperado de mi despedida. A pesar de mi condición de gentil, la mayoría sentía un sincero aprecio por aquel larguirucho y aparentemente bravo comerciante griego, que no les había abandonado en tan difíciles momentos. Juan y Andrés presionaron para que siguiera con ellos hasta la Galilea. La excusa de mis negocios en Jerusalén no fue muy convincente. Sin embargo, habituados a mi contradictorio comportamiento, no insistieron. Les adelanté que «determinadas transacciones comerciales» me conducirían en breve a las ciudades de Tiberíades y Cafarnaum y que ésa sería una inmejorable oportunidad para reanudar nuestra amistad y seguir abonando mi leal admiración hacia el Jesús —remaché— «que estaba cambiando mis esquemas». Supongo que me creyeron. Instantes después partíamos en direcciones opuestas. Ellos hacia Betania y yo, cargado de remordimientos, al encuentro del módulo.

Esperé a que desaparecieran en el entramado de la aldea. No había tiempo que perder. Abandoné la solitaria vía principal y, como en ocasiones precedentes, inicié la ascensión del monte de los Olivos por la estrecha senda que serpenteaba hacia la cima. El encendido grana de aquel amanecer presagiaba un día radiante, al menos en aquellas latitudes. Me sentí reconfortado. La operación marchaba. Y lo inminente de la nueva singladura, rumbo al norte, me llenó de fuerza. A mi paso, bandadas de pardas alondras remontaron el vuelo, planeando inquietas sobre las hileras de olivos y acebuches. Todo parecía tranquilo. Por supuesto me equivoqué en mis apreciaciones. El Destino, imprevisible, nos reservaba otra sorpresa. «Algo» que ni Eliseo ni yo podíamos imaginar y que, a corto plazo, nos colocaría en una delicada situación. Sucedió a escasa distancia de la cumbre. Al detenerme para enjugar el sudor y establecer la conexión previa a mi ingreso en la «cuna», un crujido me sobresaltó. Me volví intrigado. El bosquecillo de olivos por el que atravesaba en aquellos momentos seguía solitario, brillando al tibio sol de la mañana e incomodado a ratos por el raudo vuelo de las madrugadoras golondrinas. Quizá me había precipitado. La ladera oriental, hasta donde alcanzaba mi vista, se hallaba desierta. Presioné mi oído derecho y, sin más, anuncié al módulo mi posición e inmediata aproximación al «punto de contacto». Reanudé el avance, dejando la senda a mi izquierda y adentrándome en la mancha de monte bajo que ascendía hacia el norte. El pedregoso calvero sobre el que se asentaba la nave no distaba más de 300 o 400 pies. Pero no pude evitarlo. Fue superior a mí. Conforme sorteaba los abrojos y retamas, aquella sensación se hizo densa e incómoda.

Era similar a la percibida en la mañana del martes cuando, en plena labor de restitución de los lienzos mortuorios, muy cerca del bosque de algarrobos, creí notar la proximidad de alguien.

—No puede ser. Quién y por qué tendrían que espiarme.

El razonamiento no me tranquilizó. Y, girando sobre los talones, lancé una segunda ojeada a mi alrededor. El corazón aceleró. A un centenar de metros, en la linde de los olivos que acababa de cruzar, medio distinguí una silueta humana, desdibujada entre los atormentados brazos de un árbol. Me estremecí. Abrí la conexión auditiva y, acelerando el paso, advertí a Eliseo de la inesperada «compañía».

—Recibido. Activo cinturón de infrarrojos hasta trescientos pies. Continúa a la escucha. Cambio.

Busqué las «crótalos» y, nervioso, las ajusté a los ojos, dispuesto a localizar el módulo e ingresar en él sin demora. Al contacto con las lentes especiales (1), los colores del

(1)   Estas «lentillas», como ya expliqué en su momento, permitían una visión infrarroja por encima de los 700 nanómetros. Los especialistas de Caballo de Troya incorporaron en las mismas una serie de bandas periféricas dotadas de cientos de microceldillas que no eran otra cosa que otros tantos filtros «Wratten 89 B», que sólo dejaban pasar la mencionada radiación infrarroja. El peso específico logrado fue de 1,19. Su fuerza flexional (ppi), 10 000-15 000, y su dureza Rockwell, de M85-

paisaje cambiaron drásticamente. El verdor de la maleza y del olivar se transformó en un rojo sangre, mientras el cielo intensificaba su celeste y la piedra caliza se tornaba gris pardo. Al punto, en el centro del calvero, a unos doscientos pies, se levantó ante mí la mole de la nave, pulsante y sanguinolenta. La membrana exterior, sometida a una elevada temperatura, blanqueaba una ancha faja, mientras el área de motores —ahora fría— se perdía en un suave y difuminado verde violeta.

Mi hermano no tardó en confirmar mis sospechas. Como es sabido, cualquier cuerpo cuya temperatura sea superior al cero absoluto (–273 grados centígrados) emite energía infrarroja, o IR. Esta emisión de rayos infrarrojos, invisibles al ojo humano, está ocasionada por las oscilaciones atómicas en el interior de las moléculas y, por tanto, estrechamente ligada a la temperatura corporal. Al entrar en el radio de acción del primer cinturón de seguridad del módulo, el intruso era detectado al momento (1).

—¡Roger! ¡Atención, Jasón! Afirmativo. *Target* en pantalla (2)...

La verificación me hizo temblar. ¿Quién podía ser? ¿Qué pretendía?

—Se mueve en rumbo ciento sesenta... Muy despacio. Lo tienes a tus «cinco» (3). Distancia al módulo: doscientos diez pies y avanzando. ¿Me recibes? Cambio.

—Te escucho «cinco por cinco» —repliqué entre jadeos—. Entendí a mis «cinco». Cambio.

—Roger. A tus «cinco». ¿Distingues la «cuna»? Cambio.

M105. Las sales monoiónicas permitían una aceptable circulación de las lágrimas y de la oxigenación de la córnea, aunque su uso no debía ser abusivo. *(N. del m.)*

(1) Los dispositivos termográficos, conectados al ordenador central y a uno de los radares primarios, estaban en condiciones de «percibir» variaciones de temperaturas de hasta dos décimas de grado (Farenheit). En un *target* estático, «Santa Claus» era capaz de diferenciar las posibles dolencias de un individuo e incluso las oscilaciones de temperatura de nariz y labios en las respectivas inhalaciones y exhalaciones del aire. *(N. del m.)*

(2) *Target*, en argot aeronáutico, un objeto localizado en radar. *(N. del m.)*

(3) En lenguaje aeronáutico, en la posición que señala la aguja de un reloj a las 17 horas. *(N. del m.)*

—Afirmativo. En un minuto estoy contigo.

—*OK*. En el momento que ingreses en la nave liberaré el escudo gravitatorio. Cambio.

Esta segunda defensa, como creo haber especificado, consistía en una poderosa emisión de ondas gravitatorias que, partiendo de la membrana ubicada en el fuselaje, se proyectaba a 30 pies, envolviendo la nave. En caso de emergencia, esta semiesfera invisible actuaba como un muro de contención. Cualquier individuo que intentara traspasar dicho umbral se encontraría con algo similar a un «viento huracanado», imposible de franquear.

Con un resoplido, la escalerilla hidráulica descendió hasta tocar las lajas de piedra.

—¡Vamos, Jasón! Un poco más. La pantalla te «ve» a treinta pies.

Pero, ante la sorpresa de Eliseo, en lugar de introducirme en la «cuna», giré sobre mí mismo, deteniéndome en el límite de seguridad del escudo gravitatorio.

—¿Qué sucede? ¡Jasón!

No sé muy bien por qué lo hice. Quizá por curiosidad. El caso es que, de espaldas a la nave, busqué al intruso.

—¡Jasón!...

La voz de Eliseo, entre suplicante e imperativa, me hizo dudar. Aquel individuo, al comprobar cómo detenía mis pasos, abandonó su huidiza actitud, aventurándose en el calvero a cuerpo descubierto. Y despacio, sin dejar de observarme, fue ganando terreno.

—¡Responde!... ¡Jasón!... ¿Qué demonios sucede?

—Un momento —repliqué a media voz—. Creo que debemos identificarle. ¿Va armado? Cambio.

—Negativo. El barrido **IR** no detecta objeto metálico alguno.

Aquello me tranquilizó relativamente. En previsión de cualquier contingencia deslicé la mano derecha hacia el extremo superior de la «vara de Moisés», dispuesto a activar los ultrasonidos ante el menor indicio de agresión. Estas ondas —en una frecuencia que oscilaba entre los 16 000 y los 10^{10} herzios— podían ser proyectadas y dirigidas sobre el cráneo del personaje que se aproximaba y provocarle una pasajera alteración del aparato «vestibular». En décimas de segundo, el oído interno del sujeto sufría la invasión de dichos ultrasonidos, «bloqueando» el conducto semicircular membranoso, con la consiguiente y transitoria pérdida de la posición de la cabeza y del cuerpo en el espacio (1). Nada grave, a decir verdad, pero lo suficientemente drástico y eficaz como para inmovilizar al presunto agresor durante algunos minutos.

A poco más de 100 pies (unos 33 metros) del lugar donde me hallaba, el individuo se detuvo. Las «crótalos» no me permitían identificarle con nitidez. Su rostro, en la distancia, presentaba una tonalidad rojiza que escamoteaba sus facciones. La túnica, originalmente blanca, aparecía azulada y las piernas y manos, teñidas de un intenso verde naranja. Consecuencia del esfuerzo, su temperatura corporal había aumentado en zonas muy concretas. Así, por ejemplo, el cuello, axilas y sienes ofrecían un blanco mate en la visión infrarroja.

De pronto, algo en lo que no había reparado hasta esos momentos me hizo pasar del recelo al estupor. Casi hubiera preferido enfrentarme a una fiera o a uno de los fanáticos betusianos antes que apurar semejante prueba... Y el corazón, intuyendo una penosa situación, avivó la frecuencia. Aquella criatura apenas si levantaba metro y medio del suelo. Quizá menos. ¡Era un niño! Un presentimiento me descompuso. Retiré una de las «lentillas» y, en efecto, al normalizar la visión en el ojo derecho, la estampa menuda de un Juan Marcos inmóvil, y tan desconcertado como yo, apareció ante mí, pulverizando mis esquemas. Me sentí atrapado. Aquella situación, de una especial gravedad, no había sido contemplada por los especialistas de Caballo de Troya. ¿Qué debía hacer?

Sabía de la inteligencia y tozudez del muchacho. Insinuarle u ordenarle que diera media vuelta y se alejara habría resultado tan inútil como contraproducente. No disponía de muchas opciones. Por supuesto, no dudé de sus buenos propósitos. Quizá aquel inoportuno seguimiento obedecía tan sólo a otra de sus diabluras infantiles o a la

(1) El mencionado aparato «vestibular» resulta vital en la percepción de sensaciones y facilita una permanente información sobre la posición en el espacio del cuerpo y cabeza humanos. Unida a las impresiones visuales y táctiles da a conocer al sujeto las variaciones de situación que experimenta el cuerpo, desencadenando las correspondientes y automáticas reacciones que tienden al mantenimiento del equilibrio, en colaboración con la contracción sinérgica de los músculos antagonistas. (N. del m.)

necesidad de consuelo. Rechacé la idea de que estuviera al corriente de mis entradas y salidas de la nave. Eso era imposible. Su comportamiento hacia mí hubiera sido radicalmente distinto. Además, los sistemas de localización del módulo le habrían descubierto.

Bregué por hallar una solución. Pero ¿cuál? ¿Qué podía explicarle?

Consumidos aquellos segundos de mutua y tensa observación, el benjamín reaccionó. Levantó su brazo izquierdo en señal de saludo y, dispuesto a reunirse con su viejo amigo, continuó el avance. Impotente, me dejé llevar por el instinto. Alcé el cayado y, profiriendo un potente grito, le conminé para que se detuviera. El brusco gesto, la gravedad de mi semblante y el imperativo tono de voz surtieron efecto. El niño, sin comprender, obedeció. Asustado, examinó su entorno, tratando de localizar algún invisible peligro. Al no conseguirlo levantó la vista hacia mí, encogiéndose de hombros. Evidentemente no comprendía mi extraño comportamiento, ni yo estaba dispuesto a entrar en detalles. Presioné mi oído derecho y, resuelto a zanjar la cuestión, transmití a Eliseo la orden de encendido del motor principal, alertándole para un despegue de emergencia. Mi hermano, eficaz como de costumbre, no formuló preguntas. Era consciente de que «algo» grave y singular me ocurría y, segundos después de cerrar la conexión auditiva, el afilado silbido de los silenciadores del J 85 irrumpió en el calvero, multiplicando el desconcierto de Juan Marcos. Aterrado, retrocedió algunos pasos, moviendo la cabeza en todas direcciones, en un frenético intento por ubicar e identificar el agudo y, para él, misterioso sonido que, incontenible, se adueñó de la cima, provocando la estampida de pájaros e insectos. Hábil, y oportunamente, Eliseo cubrió mi retirada, estrenando otra de las medidas de seguridad incorporada a la «cuna». De pronto, de las cuatro aristas superiores de la nave brotaron sendos chorros de «humo» (1). Un

(1) En el techo y cuatro aristas superiores de la «cuna», los especialistas de Caballo de Troya habían dispuesto un doble sistema de camuflaje de emergencia. Ambos consistían en una rápida y masiva producción de niebla, humo, bruma o vapor —según las necesidades—, que podían fabricarse mediante la utilización de nieve carbónica o de un no menos sencillo Fogmaker 1963, de M. Richardson. *(N. del m.)*

«humo» blanco y espeso que, aparentemente nacido de la nada (no olvidemos que el apantallamiento IR hacía invisible el módulo), fue derramándose lento y compacto hacia las amarillentas rocas, transformándose en segundos en una mágica y gigantesca «nube» cúbica. Y sucedió lo inevitable. El niño, desencajado, tomando la niebla por una visión celeste, cayó en tierra, ocultando el rostro contra el polvo. Fue una situación especialmente dolorosa. Hubiera deseado tranquilizarle y aclarar el error. Pero, impotente, permanecí mudo. El «mal» estaba hecho. Quizá más adelante, suponiendo que volviéramos a vernos, tuviera la ocasión de deshacer el equívoco, restando importancia a lo que acababa de oír y contemplar. No en vano, entre mis «atribuciones», figuraba la de «mago» y «augur»...

Y, aprovechando su confusión, di media vuelta, penetrando en la providencial cortina de humo e incorporándome a la nave.

Aturdido, con una amarga sensación en lo más hondo de mi alma, me desprendí de la *chlamys* y, sin perder un segundo, fui a ocupar mi lugar frente al panel de mandos. Eliseo, pendiente de los instrumentos y del monitor en el que seguía presente el eco del joven Juan Marcos, hizo ademán de activar el cinturón gravitatorio. Pero, dada la inmovilidad del muchacho, sugerí que prescindiéramos del segundo escudo. En principio, el silbido del motor y el espeso camuflaje que nos envolvía resultaban más que suficientes.

Y a las 08 horas y 16 minutos —casi una hora antes de lo previsto— la nave despegó de la cumbre del monte de las Aceitunas.

El plan de vuelo, minuciosamente estudiado, fue readaptado por mi hermano en los últimos y críticos momentos, anulando el programa inicial del computador central en lo que al instante del despegue se refiere. Éste, dadas las circunstancias, fue enteramente manual, estableciendo el enlace automático con «Santa Claus» a partir del estacionario.

—Ascendiendo... ¡Roger!... (1).

(1) *Roger,* expresión que equivale a «conforme», «sí», «de acuerdo». *(N. del m.)*

197

Mientras Eliseo atendía a la maniobra de elevación, revisé y di lectura al panel de instrumentos.

—Temperatura de toberas en *OK*... Reglaje de la plataforma de inercia sin variación... Ligera vibración... Indicaciones de velocidad...

—*OK*... Dame caudalímetro.

—Quemando según lo estimado... Leo 5,2 kilos por segundo...

—Roger, Jasón... Ascendiendo a 30 por segundo... 400 pies y subiendo...

—*OK*... A 400 para estacionario.

—¿Combustible?

—A 13 segundos del despegue leo 67,6 kilos...

—Entendí 67,6...

—Afirmativo... Estamos a 97,6 por ciento.

—... 500... 550... ¿Tiempo para estacionario?

—A 600 pies, seis segundos y siete décimas.

—Preparados cohetes auxiliares...

—Roger... 700 pies y subiendo a 01 por segundo.

Los sistemas —dóciles y precisos— elevaron la «cuna» hasta el nivel de estacionario.

—¡800 pies! Frenando..., no tengo «banderas» (1).

—¿Combustible y tiempo?

—Leo 138,3 kilos. Estamos a 97,2 por ciento. Tiempo de ascensión a nivel ocho: 26 segundos, 6 décimas.

—Entendí 26.

—Afirmativo.

—Roger. Paso a automático. —Eliseo tecleó sobre el terminal del ordenador central, restableciendo el programa director. A partir de esos instantes, nuestro eficiente «Santa Claus» se hizo cargo de la nueva singladura—. Amigo, es todo tuyo...

—*OK*. Rectificando a radial 075.

La nave giró hacia el nordeste, al encuentro con el punto J: Jericó. El plan de vuelo contemplaba las siguientes fases: una vez consumado el despegue y estabilizados en el nivel 8, la «cuna» se dirigiría al mencionado punto J, situado a 14 millas (23 kilómetros). Desde allí, con una ligera modificación del rumbo, deberíamos situarnos en la verti-

---

(1)   «Banderas», en el argot aeronáutico, aviso de fallo en el panel electrónico de alarmas (bandera de aviso de fallo o *failure flag*). *(N. del m.)*

cal del río Jordán (punto J2), a 5 millas (9 kilómetros) de J. En una tercera etapa, el módulo giraría a radial 330, cubriendo las 42 millas que separaban J2 de la ciudad helenizada de Scythópolis (punto S). En un cuarto movimiento, pasaríamos a rumbo 360, a la búsqueda del extremo sur del mar de Tiberíades, con un total de 15 millas (27 kilómetros). Por último, cruzando el lago de sur a noroeste (radial 320), descenderíamos en «base madre-2», al noroeste de Cafarnaum. En total, 90 millas (algo más de 166 kilómetros).

—... Procedo a lectura de WX (1).

—Roger. Alcanzando los 18 000 pies por minuto (400 km/h). «Santa Claus» estima reunión en punto J en 3 minutos y 4 segundos.

—*OK*... Tres minutos... WX ilimitada... Parece que estamos de suerte. Ni rastro de los Cb. Viento 350. Inapreciable a nivel 8. Temperatura: 10 grados.

Consulté los altímetros «gravitatorios» (2).

—... 3 200 pies.

Aunque el módulo conservaba su nivel de crucero (800 pies sobre la cota máxima del monte de los Olivos; es decir, 3 020 pies), el paulatino y acusado declive del terreno fue incrementando esta altitud inicial. De acuerdo con nuestros cálculos, en la vertical del oasis de Jericó (punto J), nuestra posición quedaría fijada en 3 770 pies (1 256 metros). (Conviene recordar que la milenaria ciudad de Jericó se encontraba a 250 metros por debajo del nivel del mar). Aquello nos proporcionaba un sobrado margen de seguridad.

—¡Atención! Punto J en radar... Tiempo estimado: 90 segundos.

Mi compañero permaneció atento a la inminente corrección de rumbo. Abajo, amarilleando al sol, el desierto de Judá se extendía romo y solitario, precipitándose en infinitas lomas hacia la hoya del Gor (3). La luz oblicua sombrea-

(1)   WX, condiciones meteorológicas. *(N. del m.)*

(2)   Sobre altímetros «gravitatorios», véase la amplia información en *Caballo de Troya 2. (N. de J. J. Benítez.)*

(3)   La tercera región natural en que se divide Palestina era conocida como el Gor. Se trata de una formidable zona de hundimiento —el *graben* para los arqueólogos— que alcanza su máxima depresión en el mar Muerto, a 400 metros por debajo del nivel del Mediterráneo. Las otras dos regiones naturales corresponden a la costa y a las «tierras altas», que cruzan el país de norte a sur. *(N. del m.)*

ba decenas de torrenteras y gargantas, que se abrían paso hacia la profunda depresión del mar Muerto con un yerto caudal de guijarros rojizos. La feroz luminosidad de aquel baldío paraje —todavía ocre y ceniciento— no tardaría en despertar. El sol ascendía majestuoso sobre los violáceos cerros de Moab, al sureste, transformando los 67 kilómetros del lago «salado» en una fulgurante lámina de estaño, engastada, casi acorralada, entre rocas peladas y desafiantes.

—50 segundos. Nivel 35 (tres mil quinientos pies) y aumentando.

A las 08 horas, 19 minutos, 30 segundos y 6 décimas, «Santa Claus» modificó la posición del anillo cardan y el J85, suave, casi imperceptiblemente, giró un grado, proyectando la «cuna» hacia el radial 076. (El módulo había sido programado para utilizar dos sistemas de navegación y dirección: la inercial y la denominada de orientación óptica. El primer tipo, fundamentado en una plataforma orientable situada en una posición constante, cualesquiera que fueran los virajes de la nave, merced a tres giroscopios. Tanto las estrellas como el horizonte podían servir como referencias. Tres dispositivos sensibles a la aceleración medían todos los cambios de posición. Estos parámetros eran transferidos al computador central, que, tras compararlos con los correspondientes a los de la trayectoria de vuelo programada, efectuaba las oportunas correcciones. Cualquier desviación desencadenaba un impulso eléctrico que disparaba los propulsores de control, con objeto de modificar el rumbo. Como sucedió en el despegue de emergencia en la cima del Olivete, nosotros podíamos desconectar el sistema director automático, maniobrando manualmente.)

—Roger. Luz de contacto. ¿Verificación de radial?

—*OK.* Derivando a 076. Adelante... Oscilación nula.

—¿Tiempo a J2?

—63 segundos.

—*OK.* Dame combustible.

—Estamos a un 93,2 por ciento.

—¡Fantástico!

La exclamación de Eliseo estaba plenamente justificada. De pronto, la veintena de kilómetros de marga y caliza sedienta y resquebrajada del desierto de Judá se había transformado en un vasto vergel. ¡El oasis de Jericó! Arborescente. Cerrado en mil tonalidades de verdes. Manchado aquí y allá por bosquecillos de tamariscos, moteados por miles de flores rojas y blancas. Toda una lujuriosa flora, bien regada por manantiales límpidos que emergían entre álamos, rosales, cimbreantes murallas de papiros y, dominando aquella increíble e inmensa bendición, la «reina» del oasis: la palmera. La famosa *phoinikon* que ya cantaran Tácito, Josefo y Plinio *el Viejo*. Mi hermano y yo permanecimos mudos. ¡Qué indescriptible belleza! El radar, con su frialdad, fue más elocuente que nuestras pobres palabras: sólo el palmeral ocupaba una extensión de 12 kilómetros y 950 metros de longitud por otros 3 kilómetros y 700 metros de anchura. Y entre las gráciles y esbeltas palmas, un universo de chozas, cultivos de regadío, árboles frutales y los cotizados arbustos de bálsamo. En el horizonte, zigzagueando entre la verde espesura, las aguas marrones y plácidas del río bíblico por excelencia: el Jordán. Al verlo discurrir entre meandros erizados de cañaverales y de alisos de madera blanca, una intensa emoción se sobrepuso por un momento a la rígida disciplina de vuelo. Allí, en alguna parte de aquellas terrosas aguas, Juan había bautizado a Jesús de Nazaret. Y súbitamente recordé la promesa hecha a Eliseo. Como ya narré en páginas precedentes, en la jornada del viernes, 14 de abril de este año 30, después de verificar el «mal» que nos aqueja y de conocer el exiguo plazo de vida de que disponíamos, mi compañero propuso una descabellada y tentadora sugerencia: ¿por qué no desafiar al Destino? ¿Por qué no forzar la operación y «acompañar» al Maestro a lo largo de toda su «vida pública»? Aquella noche prometí reflexionar sobre el particular y darle una justa y cumplida respuesta antes del despegue hacia la Galilea. Pero las circunstancias que rodearon nuestra partida de la cumbre del monte de los Olivos nos hicieron olvidar el asunto. Olvidarlo temporalmente, claro está. Si la mía era excelente, la memoria de Eliseo era, incluso, mejor. Otra memoria «panorámica»... E inexplicablemente, aunque mi decisión había sido ya tomada, me mantuve en silencio.

—Ahí la tienes —exclamó Eliseo, marcando hacia tierra con su dedo índice izquierdo—. A tus «nueve»...

—¡Jericó! Una de las ciudades más antiguas del mundo...

A poco más de once kilómetros al oeste del Jordán, la milenaria ciudadela —con sus casi diez mil años de existencia— despertaba al nuevo día, bañada en cal, tortuosa, con sus casas cúbicas apiñadas en el interior de una muralla de 50 pies de altura, ocre y grana ante el sol naciente. Ocupaba una planicie ovalada de casi diez estadios de diámetro mayor, serena y magistralmente asentada entre cerros escalonados, que, como describía Estrabón, semejaban las gradas de un ciclópeo anfiteatro. Al suroeste, un profundo *wadi*, la célebre torrentera de Qelt, igualmente frondoso y escoltado por negros y vigilantes cipreses (quizá de la misma especie que los empleados por Salomón para cubrir el piso del Templo), constituía el camino natural hacia Jerusalén. A ambos lados del citado *wadi*, a un kilómetro escaso de las puertas de la ciudad, se levantaba un deslumbrante edificio, con terrazas enlosadas, fuentes, jardines y un complejo laberinto de altas columnatas blancas y rojas. Sin duda se trataba del lujoso palacio de invierno de Herodes *el Grande*, con sus salas de baños (1), sus *caldarium* (habitaciones «calientes»), *tepidaria* (estancias «templadas»), salones de recepciones, caballerizas y una piscina de aguas verdosas de casi 30 metros de longitud.

La observación, necesariamente exigua y apresurada, no nos permitió captar demasiados detalles. A unos 250 metros al oeste de esta doble y airosa mole de mármol blanco se erguía otro palacete, sensiblemente menor, que, según nuestras informaciones, podía constituir la vieja residencia hasmonea. Y en la «boca» del *wadi*, empinada sobre un cerro, la torre-fortaleza de Cypros, construida por Herodes, el «criado edomita», en honor a su madre y como baluarte para proteger la ruta hacia Jerusalén. A diferencia de lo que sucede en pleno siglo XX, en aquel tiempo (año 30) el oasis había conquistado buena parte de las estribaciones del desierto de Judá. La ciudad del valle inferior del Jordán, a mil metros por debajo de las colinas que rodean Jerusalén, podía sentirse orgullosa. El verde y próspero «océano» vegetal sobre el que se asentaba atraía a cientos

---

(1)   En uno de estos baños se supone fue asesinado Aristóbulo, cuñado de Herodes. Se trataba de una considerable piscina doble, dividida en dos por un muro sobre el que reposaban los bañistas. *(N. del m.)*

de comerciantes y ricos propietarios de la Judea que, al igual que el rey Herodes, se mostraban orgullosos de poseer una finca de recreo en el suave e inalterable clima del oasis.

—... Prevenidos —anunció Eliseo, atento a las lecturas del computador—. Punto J2 en pantalla.

Sobre la vertical del río Jordán —en el cruce con el *wadi* Nimri—, «Santa Claus» modificó el radial, pasando a 330.

—Roger. Verifica *pegeons* (1).

—Roger... Deriva correcta. Volando en rumbo previsto: noroeste y manteniendo nivel 37.

—¿Tiempo estimado a punto S?

—Leo 11 minutos y 6 segundos.

—*OK.* Repite *pegeons...*

—42 y 330. —Nos encontrábamos a 42 millas del punto S.

—¿Cómo vamos de WX?

Revisé el «ceilómetro». Los datos no me gustaron.

—El frente tormentoso (línea de turbonada) sigue avanzando. Leo base media por debajo de 2 500 pies. El láser barre un amplio frente, al norte, con lóbulos frontales a 72 millas... (2).

—Entendí 72...

—*OK.* Justo en la costa norte del lago. Viento en base de los Cb... 360 y 25 (3).

Observé a Eliseo de soslayo. Ambos sabíamos lo que podía representar el encuentro sobre el mar de Tiberíades con aquellas nubes de desarrollo vertical y con vientos de 50 kilómetros. Pero, sin más comentarios, obviamos el inquietante problema. Aún restaban bastantes minutos para la temida reunión con el murallón de cumulonimbus.

—... Roger, Jasón. Tomaremos decisión en punto S.

La idea me pareció de lo más prudente. El módulo —permanentemente apantallado por la radiación IR— se deslizaba veloz, a 18 000 pies por minuto, en un teórico so-

(1) Proporcionar *pegeons*: en el lenguaje aeronáutico, dar distancia y rumbo. *(N. del m.)*

(2) El «ceilómetro-láser» había detectado la base media de los cumulonimbus (Cb) a 2 400 pies de altura, con un techo de 36 000 pies. En aquellos momentos, la línea de turbonada se hallaba a 72 millas. *(N. del m.)*

(3) El viento en la base de los cumulonimbus soplaba desde el norte (radial 360), con una fuerza de 25 nudos (alrededor de 50 km/h). *(N. del m.)*

brevuelo del Jordán. En realidad, la cinta ocre del río —sepultada las más de las veces por una selva impenetrable que desafiaba al desierto desde ambas márgenes— era una simple referencia posicional. Digamos que una vía natural, cómoda y directa, que debería conducirnos al objetivo final: el Kennereth o mar de la Galilea. Desde un primer momento nos llamó la atención la salvaje fecundidad de los bosques y de la cúpula vegetal que crecía al amparo y a expensas del Jordán. Hoy, en «nuestro tiempo», no queda ni rastro de semejante «jungla» que, por supuesto, no debía de ser muy recomendable para los peregrinos y caravanas. De hecho, el polvoriento camino que, partiendo de Jericó, ascendía paralelo al río, hacia las poblaciones de Archélaüs, en la Samaria, y Scythópolis, en la Decápolis, raramente se aproximaba a la mencionada selva. Su distancia al Jordán oscilaba entre una y seis millas. Aunque el programa de Caballo de Troya había establecido una serie de obligadas filmaciones y tomas fotográficas infrarrojas, a partir del radial 320, en el límite sur del lago, mi hermano se mostró conforme cuando, señalándole a la espesura situada a 3 700 pies (1 233 metros), insinué que quizá resultase interesante aprovechar la ocasión y efectuar un «barrido» fotográfico de algunos de los tramos del río. Los films Kodak «aerochrome infrared 2443» (base estar) e «infrared 3443» (base estar fina) de 70 milímetros captaron una prodigiosa flora y fauna que, dos mil años más tarde, sólo perduran en la memoria de los textos bíblicos. Un follaje verde, sano, exuberante —casi me atrevería a decir que «amazónico»—, aparecía en colores magenta, púrpura oscuro, rojo pardo y amarillo. Las acacias y azufaifos se contaron por miles, descubriendo bosques compactos de bananeros silvestres —ejemplares insólitos y prácticamente ignorados—, carrizos «de escoba», pujantes manzanos de Sodoma y millones de juncos «olorosos», tan cotizados en la preparación del óleo santo. Estas técnicas infrarrojas desvelaron igualmente la presencia en la cerrada jungla del Jordán de felinos y bestias, a los que aluden determinados escritos bíblicos y que, en pleno siglo XX, se nos antojan fantásticos o anacrónicos. Pues bien, Pedro, en su epístola (I, V. 8), al evo-

204

car el rugido del león, no escribía en parábola. Realmente, hace dos mil años, aquella selva tropical era un territorio dominado por leones, leopardos, linces, zorros, cocodrilos y hasta hipopótamos. (Seguramente, el *behemoth* y el leviatán que menciona la Biblia.)

A los cinco minutos de esta tercera etapa del vuelo, en mitad de la «espina dorsal» que forman las «tierras altas», a poco más de 24 kilómetros hacia el oeste, aparecieron ante nosotros las cimas de Garizim y Ebal, en plena Samaria. Verdiazuladas por la distancia y en duro contraste con el amarillo rojizo del desierto. Y hacia el este, la no menos sedienta región de la Perea —el Abasim o «montes de enfrente»—, donde la altiplanicie aparece rota por mesetas abruptas y brumosas, cruzadas por caravanas que van o vienen de Damasco. Pero nuestras observaciones se verían bruscamente interrumpidas.

Fue la primera señal de lo que nos aguardaba. Sobrevolábamos la desembocadura del Yabboq en el Jordán, a las «tres» de nuestra posición. Recuerdo que me disponía a comentar con Eliseo la célebre historia de Jacob, peleando en uno de los vados de dicho afluente con el misterioso «ángel» que le cambiaría el nombre por el de «Israel», cuando, en la cabina del módulo, campanilleó una de las alarmas. «Santa Claus», a través de los sensores exteriores, detectó un brusco aumento de la velocidad del viento.

—Roger. 12 alarma. Dame *pegeons*.

Mi hermano apagó la luz naranja del «panel panic», esperando mi informe.

—El ceilómetro y los *sferic* (1) señalan vientos de 15 nudos a nivel 37... Rumbo norte. No hay duda: el frente se nos echa encima.

—Dame potencia.

—Quemando a 4 por segundo.

—*OK*. ¿Tiempo estimado a punto S?

—Leo 6 minutos y 6 segundos.

(1) La «cuna» había sido dotada de varios radiogoniómetros, en apoyo de otros tantos *sferic* o localizadores de los parásitos producidos en el campo electromagnético. Aunque no aclaran la naturaleza de la perturbación, su gran alcance resulta de extrema utilidad. *(N. del m.)*

—Roger. Sincronizando a 5 kilos. Creo que será suficiente.

La «cuna» experimentó una pequeña sacudida. Eliseo no se equivocaba. El aumento de potencia —a cinco kilos por segundo— equilibró de momento la velocidad. Pero ¿qué sucedería al aproximarnos al filo del lago? El ordenador central parecía «leer» mis pensamientos. Cuando me disponía a activar el radar meteorológico, el TGT ALRT (1) provocó una segunda alerta acústica y luminosa. En pantalla, a 65 millas, apareció una gran mancha verde, amarilla y roja. Esta última en especial —de nivel 3— representaba una seria perturbación meteorológica. Presioné el FRZ, reteniendo la imagen del frente, solicitando a «Santa Claus» un máximo de información. Abierta 120 grados, la antena no tardó en explorar la tormenta. Y a través de otro de los pulsadores —el CYC—, las células tormentosas más activas comenzaron a destellar en rojo. Nos miramos en silencio.

—Roger —murmuró mi compañero, esperando lo peor—. ¿Qué dice «Santa Claus»?

Resumí los parámetros.

—Zona crítica a 65 millas. El radar no capta tipo de turbulencia...

Ni falta que hacía. Aquella inoportuna línea de turbonada podía albergar de todo: desde granizo a fuerte aparato eléctrico.

—... Rawin y ceilómetro confirman lecturas anteriores: corriente en chorro subtropical e isotacas... ¡Mal negocio! Al parecer, presenta una anchura de 300 kilómetros. Fuerza del viento en el centro: oscilando de 80 a 150 nudos. En tropopausa, fuerte cizalladura vertical (2).

(1) TGT ALRT: uno de los cuatro pulsadores, ubicado en el ángulo superior izquierdo de la pantalla del radar meteorológico. Activa un circuito que avisa automáticamente al piloto cuando cualquier área de nivel 3 aparece en un sector de 7 1/2° a cada lado del eje longitudinal de la nave y a distancias comprendidas entre 60 y 150 NM. *(N. del m.)*

(2) La «corriente en chorro» o *jet stream*, según G. Rossby, es una fuerte y estrecha corriente concentrada a lo largo de un eje casi horizontal en la alta troposfera o en la estratosfera, caracterizada por fuerte cizalladura horizontal y vertical del viento, presentando uno o más máximos en la velocidad. La OMM (Organización Meteorológica Mundial) añade: «Normalmente, una corriente en chorro discurre a lo largo de varios miles de kilómetros, en una anchura de cientos de kilómetros y con un espesor de varios kilómetros.» *(N. de J. J. Benítez.)*

—¿Nivel?

—Leo 400 (40 000 pies).

—Entendí 400.

—Afirmativo. Cizalladura horizontal a la izquierda del eje y superior a la de la derecha del chorro... Techo de los Cb en 360 (36 000 pies). Sin variación.

—¿Algún cambio en el nivel de la base?

—Negativo. Manteniéndose en 2 200 pies.

Eliseo esperó la última lectura. Sin duda, crucial a la hora de tomar decisiones.

—... Vientos de componente norte en la base. Fuerza 25.

Palidecimos a un tiempo.

—Repite...

—360°/25.

Durante algunos segundos, cada cual se hundió en sus pensamientos. Imagino que en una común interrogante: ¿cómo sortear aquella peligrosa mole? Las nubes de desarrollo vertical barrían el centro del mar de Tiberíades, con vientos —en su base— de cincuenta kilómetros a la hora. Si manteníamos el mismo nivel de vuelo (3 700 pies), penetraríamos de lleno en la línea de turbonada. Llegado el caso, podíamos descender de nivel, incrementando así el margen de seguridad. A pesar de ello, «piratear» la tormenta por su zona inferior no eliminaba los riesgos.

—... Roger. A 6 segundos para punto S.

—*OK.* Dame combustible.

—Desde J2 leo 3 030 kilos. Estamos a un 73,2 por ciento.

—Resistencia parásita en *OK.* Viento 360° y aumentando a 17 nudos.

—Dame indicador de velocidad.

—Mantenida en 18 000...

—Este maldito viento...

La «cuna» seguía vibrando y cabeceando. Aquel «cajón» volante, con sus escasas —por no decir nulas— formas aerodinámicas, no había sido concebido para afrontar turbulencias como las que presumíamos. Examinamos la posibilidad de rodear los Cb, pero —demoledor— el radar meteorológico nos hizo desistir: en cada uno de sus 14 barridos por minuto, la «muralla» se reflejaba en una área de 60° a cada lado del eje longitudinal de la nave. El combustible y tiempo necesarios para intentar la aproximación a la «base madre-2», por el este o por el oeste, resultaban prohibitivos. En cuanto a sobrevolar la formación nubosa, elevándonos a 36 000 pies, ni siquiera fue contemplada. A razón de 5,2 kilos por segundo, la «cuna» hubiera precisado más de 62 toneladas de propelente para remontar el techo de los Cb. (Nuestra carga total disponible, en el momento del despegue en la meseta de Masada, era de 16 400 kilos.) Sólo quedaban un par de alternativas: aterrizar y dejar pasar el nublado o arriesgarse, sorteándolo por debajo.

Absortos en el instrumental, apenas si reparamos en la blanca y cuadriculada ciudad de Scythópolis, a 6 kilómetros al oeste del Jordán. «Santa Claus» modificó el rumbo, pasando a radial 360. El tiempo estimado al punto L (al filo sur del lago) era de 3 minutos y 15 segundos.

—¡Agárrate! Esto empieza a complicarse.

A las 08 horas y 34 minutos —a 40 segundos para la reunión con el punto L—, las oscilaciones de la «cuna» aumentaron. El viento, racheado y cambiante, hacía saltar y modificar de continuo los parámetros del computador central, en un esfuerzo por equilibrar la potencia del J 85. Si la nave entraba en pérdida, nuestra situación y la de toda la operación podían verse seriamente comprometidas.

—Roger. Modificación a 320. ¡Atento, Jasón! Un último esfuerzo. «Base madre-2» a 12,5 millas.

«Santa Claus» orientó el motor principal hacia el noroeste. Y la nave acusó aquellos 40 grados. El viento golpeó fuerte por estribor, haciendo sonar, por primera vez, los avisos de pérdida.

—¡Alt! (Altitud)... ¡Alt a 35! ¡Maldita sea! Descendiendo a 20 por segundo. ¡Corrección! ¡Corrección!... *Stall!*

El sistema automático reaccionó puntual, elevando la potencia a 5,2 kilos por segundo.

—Reduciendo inclinación... 40 grados... 30... ¡Bien! Dame DGI (indicador de giroscopio direccional).

—Estabilizado.

—W/D... ¡Jasón, dame W/D! (dirección del viento).

—Continúa en 360°. Fuerza 17.

La nave redujo el cabeceo.

—Combustible.

—En punto L 756 kilos. Estamos a un 68,7 por ciento.

—*OK.* Manteniendo a nivel 35 (3 500 pies).

Sin darnos cuenta habíamos penetrado en el espacio aéreo del mar de Tiberíades. El radar meteorológico seguía destellando en rojo. Aquellos malditos Cb alcanzaban una profundidad aproximada de 35 kilómetros.

—A cinco millas para zona crítica.

Los cumulonimbus estaban a la vista. Observados desde abajo se presentaban negros y altos como montañas, con la típica forma de yunque en su zona superior. Sobrevolaban el lago, extendiéndose a muchas millas hacia el este y el oeste. En el interior de la masa nubosa, amenazantes, culebreaban, de nube a nube, esporádicas descargas eléctricas.

—¿Recibes intensidad de turbulencia?

—Roger. Muy fuerte en el borde delantero y aumentando de abajo arriba. «Santa Claus» estima nivel de cero grados a 4 500 pies (1).

—¿Gradiente de potencial eléctrico?

—Superior a un millón de voltios por metro. Campo electromagnético en los Cb entre 50 y 500.

—Preparado cinturón antiabrasión (2).

(1)   En general, la intensidad de los cumulonimbus depende de la distancia entre la base de los mismos (en este caso situada a 2 200 pies) y el nivel de cero grados (4 500 pies): niveles de condensación y congelación. Cuanto más dilatada es esta distancia, más activos son los Cb. En nuestra situación, aquellos 2300 pies representaban un peligro muy a considerar. *(N. del m.)*

(2)   El llamado cinturón antiabrasión consistía en un especial dispositivo, creado por los ingenieros del Proyecto Swivel y que, aunque había sido concebido para otro tipo de navegación (la espacial), fue igualmente introducido en la «cuna». Algún día, Dios lo quiera, esta «barrera protectora» resultará de suma utilidad en los viajes intergalácticos. Como es bien sabido, una nave espacial crea a su alrededor un campo gravitatorio que, aunque no excesivamente intenso, se ve incrementado en determinadas regiones del espacio. El polvo cósmico y partículas de diferente naturaleza chocan irremisiblemente contra la estructura del vehículo, provocando, a la larga, una abrasión y un desgaste peligrosos. Pues bien, el cinturón antiabrasión evita dicho problema. La capa superficial de la membrana exterior (a la que ya me he referido en otro momento) fue provista de una finísima subcapa, integrada por partículas coloidales de platino y emulsionadas en un medio de elevado coeficiente. En la periferia de la nave se instalaron igualmente células «ionizadas» que desempeñan una doble tarea. En primer lugar, evalúan los gradientes electrostáticos en el entorno inmediato al vehículo. En el caso, por ejemplo, de una gran nebulosa de polvo cósmico, con partícu-

OK... CP (punto crítico) a tres millas. Viento en 360° y aumentando a 20.

Bajo la «cuna», las aguas del lago, plomizas y encrespadas, rompían con fuerza, blanqueando la costa occidental. Eliseo, precavido, se hizo con el control manual, dispuesto a desconectar el sistema director.

---

las sólidas de metano, níquel-hierro, silicio o amoníaco, que rodee la nave, estas partículas pueden ser de naturaleza neutra (sin carga eléctrica) o ionizada (en positivo o negativo). En el primer supuesto —neutras—, dichas partículas se orientarán hacia la nave, debido al gradiente gravitatorio, favorable a este flujo. Previamente, el ordenador central registra y analiza la densidad espacial de estas partículas, su espectro gravimétrico (es decir, la distribución estadística en función de sus masas y morfologías), su composición química y su carga electrostática media (nula en este caso), así como su función cinemática respecto a los núcleos galácticos emisores de referencia. Analizados estos parámetros, la respuesta del sistema antiabrasión es fulminante. Las células generadoras de iones emiten electrones, impulsados por una elevada energía, que se proyectan en trayectorias paraboloides hacia el exterior. Al mismo tiempo, la membrana de platino coloidal se carga de un potencial electrostático que puede alcanzar valores de 180 000 a 900 600 voltios (potencial negativo). Cualquier partícula que se dirija a la membrana exterior capta uno o varios electrones, procedentes del flujo emitido por la nave. La partícula queda ionizada. Como el gradiente de potencial eléctrico es muy elevado en el entorno del vehículo, la repulsión eléctrica compensa, tanto la energía cinética de aquélla como la fuerza de atracción gravitatoria, no estableciendo contacto con la superficie exterior de la referida nave. En el caso de que el polvo cósmico estuviera previamente ionizado, la submembrana de platino se ioniza con carga idéntica a la del elemento agresor. (Es preciso tener en cuenta que la subcapa de platino coloidal está protegida por otro estrato superior del mismo material cerámico que la capa superficial de la membrana.) Un efecto secundario de transferencia de cargas entre la superficie libre de la membrana y la subcapa de platino coloidal origina una emisión fotónica de la corteza cerámica, dentro del espectro visible, en ondas de longitudes en vacío de 596,9 milimicras y 602,34 o 612,68 milimicras. Esta electroluminiscencia no está provocada por el impacto de electrones sobre la masa, sino por el campo eléctrico generado por ellos, a su paso por la masa cerámica translúcida. Un observador exterior apreciaría una intensa luminosidad, cuyos matices dependen de la longitud de onda emitida, oscilando entre el verde amarillento y el carmín. El control del potencial electrostático en cada unidad superficial de la corteza o membrana exterior está proyectado de tal forma que la distribución de cargas (densidad superficial electrostática) pueda variar de un entorno al otro hasta el punto de que, en una área, la densidad apenas alcance unas décimas de microcolumbio, pese a que esté circulando por zo-

—... ¡Ahí viene!... ¡Altímetros, altímetros!

—35...

—Temperatura de toberas...

—Sin variación... ¡Que Dios nos asista!

La nave penetró en el gran lóbulo frontal de los Cb. Una fuerte sacudida estremeció la estructura, al tiempo que la lluvia, racheada e intensa, nos dejaba a ciegas. La turbulencia hizo saltar los altímetros «gravitatorios», provocando bruscos giros en la plataforma giroscópica.

—¡Inclinación!... ¡30 grados! ¡Rectifica!

—¡Aumenta potencia!... ¡Nivel a 30! ¡Pérdida! ¡Pérdida!...

—¡Desconexión!

Mi hermano, multiplicándose, invalidó el sistema automático, tirando con fuerza de la palanca. Las ALT (barras de órdenes que suministran la guía vertical) seguían enloquecidas.

—¡Aumenta potencia!

—¡Toberas al límite!... ¡Quemando a 7 por segundo! ¡Ya levanta! ¡Vamos, vamos!...

La «cuna» recuperó en 15 grados su perdida horizontalidad. Pero la fuerza del viento, ora vertical, ora horizontal, seguía alterando la altitud, desplazando el rumbo.

—¡Así, así!... ¡Manténlo en 30!

Pero las alertas siguieron saltando. Esta vez fueron los anemómetros periféricos.

—¡Dios!... ¡Cizalladura vertical!... ¡40 nudos! ¡Nivel! ¡Nivel!

—¡Pérdida!... *Stall!*...

---

nas de potencial eléctrico muy elevado. La función potencial no es, pues, constante para áreas de la misma curvatura o alabeo. En suma: no es armónico en la periferia de la nave. Varias son las razones por las que se hace uso de esta flexibilidad en la distribución de carga eléctrica. Primero: porque la densidad de partículas agresoras no es la misma en toda la periferia. Además, como éstas van orientadas en una dirección (caso típico del «viento» de partículas cósmicas), obviamente, no todas incidirán con la misma energía cinética sobre la nave. La abrasión sería más intensa que en otras áreas, en una zona definida que habrá que proteger con un potencial más intenso. Por último, en esta somera descripción, conviene recordar que, en un instante dado, puede suceder que el elevado potencial de una zona perturbe cualquier medición o análisis de un transductor de funciones, en cuyo caso la red de computadoras anula la carga superficial extorsionadora. *(N. del m.)*

Habíamos entrado en el radio de acción de un fortísimo viento vertical que se precipitaba desde los Cb hacia el suelo, con un temido efecto de «manguera» sobre la nave. Y la «cuna», entre sacudidas, se desplomó como un cubo.

—Stall!...

—¡3 000!... ¡2 800!... ¡2 500!... ¡Luces, luces!... ¡Descendiendo!... ¡Peligro! ¡Oh, Dios!... ¡Luces de sobrecarga en estructura!... ¡2 200 pies!

Eliseo tiró de la palanca, forzando el ángulo de giro del J 85. Pero el balanceo continuó, sensiblemente acentuado por los golpes de agua que arrastraba la cizalladura.

—¡Corrección alabeo!...

—¡Lo intento! ¡60 grados!... ¡55!... ¡Vamos, vamos!...

—¡Nivel 20!... ¡Alerta! ¡Luces de baja en presión de aceite! ¡Manténlo! ¡Manténlo!

—¡Jasón, reduce ángulo de alabeo! ¡Conecta auxiliares!

Los pequeños motores, bajo el control de «Santa Claus», entraron en acción, estabilizando el módulo.

—¡Roger!... ¡Ahora lo tengo!... ¡Dame sección de cizalladura!

—Una milla... SODAR localiza disipación a 350 pies (1).

—Roger. No tenemos elección. ¡Ahí vamos! ¡Activa cinturón antiabrasión!

La membrana exterior abrió el «escudo», creando un poderoso flujo de electrones en torno a la nave. Y un remolino grana amarillento envolvió la «cuna». Agua y viento chocaron contra la invisible «pared», manteniéndose a poco más de un metro del fuselaje. Esto alivió las fuertes tensiones que venía soportando la estructura y el J 85 redujo su potencia.

(1) Los sensores exteriores, incluyendo el SODAR (radar acústico), establecieron la sección de la cizalladura en una milla (casi dos kilómetros). Basándose en el efecto Doppler, analizaron el retorno de una señal acústica emitida por una de las antenas especiales y capaz de alcanzar, en vertical, hasta los 6 000 pies. De esta forma se logra una aceptable medición del viento: su fuerza, dirección, turbulencia y estructuras térmicas. El análisis del deslizamiento en frecuencia del eco en retorno y en intensidad permite una precisión de 0,5 millas/hora y de 5 grados en dirección. En este caso, el chorro vertical descendía hasta 350 pies del suelo, abriéndose horizontalmente sobre las aguas del lago. (N. del m.)

Mi hermano, tan pálido como quien esto escribe, sin perder de vista el variómetro, inclinó el módulo, a la búsqueda del nivel de disipación de la cizalladura.

—Quemando a 5,2... Dame nivel.

—1 800 pies... 1 600... 35 grados.

—*Pegeons*.

—330... ¡Corrección 10 grados!

—*OK*. ¡Abajo a 23 por segundo!... Rumbo 320. ¡Estabilizado!

—Sigue descendiendo. 1 200 pies... 1 000 pies... ¡Parece que afloja! ¿Viento?

—En 360° y a 10.

—Nivel 800 pies... ¡Un poco más!... 700 pies... Abajo a 15. ¡Frenando! Abajo a 10... ¡Nivel!

—600 pies... Viento a 8. ¡Zona de disipación! ¡Ahora!

Eliseo estabilizó el módulo en velocidad horizontal. La cizalladura había perdido su fuerza.

—¡Fuera antiabrasión!

—Roger...

La luminiscencia grana desapareció y la lluvia, más tenue, envolvió de nuevo la «cuna». Abajo, a 200 metros, el lago se agitaba al paso de los Cb. Por un instante reflexioné sobre lo ocurrido. Nuestra temeridad podía habernos costado muy cara. Sin el escudo de electrones, quizá la nave habría entrado en un *stall* de alta velocidad, precipitándose sobre el mar de Tiberíades. Ahí hubiera concluido la Operación Caballo de Troya. Por supuesto, ni mi hermano ni yo hicimos comentario alguno. En esos momentos, lo único que importaba era ganar la costa norte y descender. La tormenta, ahora por encima del módulo, corría veloz hacia el sur. La navegación se hizo más suave, pero no podíamos confiarnos.

—Verifica derrota.

—En 320. Tiempo estimado a «base madre-2»..., leo 45 segundos.

Eliseo recuperó el programa director.

—Línea de costa en radar. Verifica coordenadas.

—Roger. «Base madre-2» en 32°52′7 (latitud norte) y 35°30′2 (longitud este).

—*OK*. Elevando a 33 grados... 25 segundos... Nivel estabilizado en 900 pies. Reduciendo a 15 pies por segundo. Reduciendo a 9...

Caballo de Troya había previsto el nuevo «punto de contacto» en un suave promontorio que se alza al noroeste del mar de Tiberíades y cuya cota máxima coincide prácticamente con el nivel del Mediterráneo. Las referencias evangélicas identifican dicha colina con el célebre monte de «las bienaventuranzas». En opinión de los geólogos era más que probable que el perfil orográfico del mencionado promontorio no hubiera experimentado cambios sensibles en aquellos dos mil años. Sin embargo, dada la lógica dificultad para verificarlo, los directores de la operación habían depositado en nuestras manos la decisión final respecto a la zona de descenso. Resumiendo: antes de proceder al aterrizaje era necesario un cuidadoso reconocimiento del terreno.

—Roger. «Base madre-2» colimada. ¿Qué dice «Santa Claus»?

El módulo sobrevoló tierra firme y los sistemas de rastreo, en conjugación con un modificado CLC-3D, presentaron en el monitor algunas de las más destacadas características de la colina:

—Cota máxima a 600 pies sobre el nivel del lago. Rampa sur de 1 600 pies, en declive de 40 grados. Sólida formación de caliza cenomania con abundante flujo basáltico en laderas oeste y sureste y una serie de oquedades perfectamente delimitadas (sin duda, de origen artificial) en el subsuelo de la cara este.

Las radiaciones IR no detectaron presencia humana alguna en todo el promontorio. Ni que decir tiene que aquellas «cuevas» o «galerías» nos intrigaron sobremanera.

—El radar señala una doble formación rocosa, plana, en la ladera sur. Cota 100. Distancia al lago: 400 pies. Configuración calcárea. Leo 30 y 9 pies de diámetro, respectivamente. La primera puede servir. Ligera inclinación de la laja hacia el oeste; 10 grados.

—*OK*. Comprendido. Listo.

—Altitud 900. Vamos allá. 21 abajo... 35 grados... 600 pies... Abajo a 19...

La «cuna» inició el descenso, a la búsqueda de una de las blancas y pétreas «manchas».

—Roger... 300 pies y 3,5 abajo... ¡Adelante! Abajo en un minuto. ¿Viento?

—Leo 5 nudos y manteniendo dirección: 360 grados.

—Roger. 1,5 abajo... 19 adelante. ¡Atento! 11 adelante... ¡Luces altitud! 3,5 abajo... 200 pies... ¡Ya es nuestra!... 4,5 abajo... 160 pies y abajo la mitad... ¡Adelante!, ¡ya!... 40 pies..., abajo 2,5... 4 adelante, derivando a la derecha. ¡Eso es! ¡Luz de contacto! ¡Luz de contacto!... ¡Dios santo: gracias!

La nave tocó la laja con brusquedad. Y «Santa Claus», automáticamente, corrigió los 10 grados de desnivel, equilibrando las secciones telescópicas del tren de aterrizaje.

Eliseo desconectó los circuitos, procediendo a la ventilación del oxidante.

—Listo cinturón infrarrojo a 150 pies.

—Roger. Anclados en «base madre-2». ¿Algún *target* en pantalla?

Mi hermano comprobó los sucesivos barridos.

—Negativo. Parece que todo anda tranquilo ahí fuera.

—¿Banderas?

—Negativo. Todo de primera clase... Hiciste un buen trabajo.

Eliseo sonrió burlonamente. Y, señalando mi insólita indumentaria de piloto, replicó:

—Para ser un comerciante en vinos y maderas de Tesalónica tampoco has estado mal del todo...

La broma relajó el cargado y tenso clima de la cabina. Lo peor, en principio, había pasado. Los cronómetros marcaban las 09 horas, 47 minutos, 57 segundos y 6 décimas. Eso significaba que habíamos invertido 10 minutos más de lo previsto en el plan de vuelo. Una vez más, me equivoqué. A pesar de haber capeado el temporal, nuestra situación no era tan óptima como presumíamos. Al chequear los sistemas, una de las rutinarias comprobaciones nos dejó perplejos. El combustible quemado en las últimas veintisiete millas y media (del punto S a «base madre-2») era muy superior a lo fijado por los especialistas de la operación. En lugar de los 1 492 kilos previstos, el módulo —como consecuencia de las fuertes aceleraciones— había consumido 2 992 kilos.

Acudimos al computador central. Los cálculos eran correctos. «Santa Claus» jamás se equivocaba. Estábamos a un 59,6 por ciento de combustible. Sin perder los nervios, repetimos y verificamos los cómputos una y otra vez. El problema surgía siempre en la última derrota. Sólo en aquellas 12,5 millas finales, la «cuna» se había bebido el 9,1 por ciento de los 16 400 kilos iniciales.

Visiblemente desalentado, mi hermano giró la cabeza, contemplando la lluvia que garabateaba en la escotilla de babor. Comprendí su desazón. No era el viaje de retorno a la meseta de Masada lo que le intranquilizaba. La reserva de combustible —exigua, por supuesto— nos permitía emprender el vuelo y alcanzar nuestro objetivo. (En realidad disponíamos de 9 774,4 kilos, más un 3 por ciento en la reserva de emergencia, equivalente a 492 kilos.) Contando con buen tiempo y con una navegación sin excesivos deterioros, estas 10 toneladas resultaban suficientes.

Con el fin de ahorrar tiempo y combustible sería preciso modificar las derrotas. Y durante algunos minutos, aparentemente ajeno a la profunda y silenciosa frustración de mi compañero, me ocupé del trazado y programación de los posibles rumbos, desde nuestro actual «punto de contacto» a la «piscina» de Masada. «Santa Claus» no tardó en presentar un plan de vuelo minuciosamente ajustado a las necesidades: desde el noroeste del lago al punto L y de allí, olvidando el punto S, derechos como un tiro al J2. En la confluencia del Jordán con el *wadi* Nimrin, la «cuna» debería pasar a radial 190, sobrevolando la zona oeste del mar Muerto. En total, 109,2 millas, con un tiempo estimado de 30 minutos y 4 segundos, a una velocidad de crucero de 18 000 pies por minuto. Esta singladura —a un promedio de 4 kilos por segundo— representaba un gasto de 7 216 kilos. En otras palabras, deducido el viaje de regreso a Masada, nuestras disponibilidades ascendían a la nada confortable cifra de 2 558,4 kilos de combustible. A pesar de ello, intenté levantar el ánimo de Eliseo.

—No todo está perdido —sentencié, invitándole a examinar el programa.

Mi hermano accedió sin demasiado entusiasmo.

—Olvidas algo —intervino al cabo de un par de minutos—. La operación prevé el trazado de los mapas digitalizados del lago. Sabes que, sin esas películas, el «ojo de Curtiss» quedaría fuera de servicio...

Negué con la cabeza. El ordenador central sí había tenido en cuenta esta parte del programa. Como ya referí,

Caballo de Troya estimó conveniente que, en el sobrevuelo del mar de Tiberíades, las cámaras de a bordo filmaran diferentes áreas del lago. Esta información, previamente codificada, resultaba de vital importancia para el buen funcionamiento de otro de los fantásticos dispositivos de que habíamos sido dotados y que los ingenieros habían bautizado con el familiar sobrenombre de «ojo de Curtiss», en honor del director del proyecto. (Más adelante, si las fuerzas no me fallan, hablaré de este curioso —casi mágico— «compañero» de expedición, que tan excelentes servicios prestó a estos aventureros.)

Pero la tormenta había imposibilitado la ejecución de dichas tomas. Era menester esperar y, con buena visibilidad, elevarse de nuevo sobre la zona, procediendo entonces al estudio y registro del perfil del terreno. Esto representaba un consumo adicional de combustible. Y Eliseo, defraudado, dejó constancia de ello. Sin embargo, como decía, a la hora de confeccionar el plan de vuelo, «Santa Claus» no había perdido de vista esta contingencia. En el supuesto de que la nave circunvalara el perímetro total del lago (52 kilómetros), el combustible necesario para dicho sobrevuelo ascendía a casi dos toneladas. (Teniendo en cuenta las sobrecargas del despegue y posterior aterrizaje, así como el consumo medio durante los 7 minutos y 8 segundos previstos para el desarrollo de la operación, el gasto total —siempre según el computador— sumaba 1 988,6 kilos.) Es decir, si acatábamos los planes de la operación, el descenso final sobre Masada podía culminarse con un justísimo superávit: 569,8 kilos de combustible, amén de la reserva de emergencia. Y aunque tal estrechez no nos hacía muy felices, la realidad se impuso. Estábamos donde estábamos y, una vez verificados los parámetros, de nada servía lamentarse. El Destino tenía la última palabra. Además, tanto Eliseo como yo conocíamos a la perfección los detalles de la llamada «fase tigre». Caballo de Troya había contemplado también la remota pero verosímil posibilidad de que, a causa de una avería o accidente irreparables, la «cuna» y sus ocupantes quedaran descolgados del primigenio punto de lanzamiento y, por tanto, incapaces de retornar a Masada por el sistema previamente establecido. En ese grave compromiso, las órdenes eran tajantes e inviolables: «regresar» a nuestro tiempo, procediendo a la inmediata destrucción del módulo. Desde cualquiera de los lugares en que se produjera esa desintegración de la «cuna», nuestro acceso a Masada no tendría por qué ser especialmente conflictivo. Pero intuyo que estoy apartándome de nuevo de lo que en verdad importa. Eliseo continuó en silencio. Los planes y estimaciones eran tranquilizadores. Sin embargo, aquel mutismo encerraba algo más profundo e íntimo. Y yo conocía su significado.

—Te repito que no todo está perdido...

Me miró sin comprender. Sonreí maliciosamente y, adoptando un aire relajado, me adelanté a sus pensamientos.

—Sabes bien a lo que me refiero.

Y una chispa de esperanza iluminó sus ojos.

—Entonces...

Mi sonrisa se abrió definitivamente, disipando sus dudas.

—Sé que podemos hacerlo —añadí, simulando una seguridad que para mí hubiera deseado. Mi atormentada existencia fue siempre así: llena de contradicciones—. Si aún te sientes con fuerzas, ¡adelante! ¡Acompañemos al Maestro!

—Pero...

No le dejé terminar.

—¿Creías que había olvidado mi promesa? Medité tu idea y estoy conforme: correremos el riesgo. Merece la pena. Sólo veo una dificultad...

—¿Sólo una?

Me enfrenté al monitor y, tecleando sobre el terminal del computador central, mostré algo que ya conocía: el 59,6 por ciento de combustible.

—Ésta es nuestra dificultad...

—Entiendo.

Eliseo, prudentemente, me dejó concluir.

—... Aunque cabe una solución: inmovilizar la nave, pase lo que pase. Sólo así podríamos conjugar la nueva exploración y el retorno.

Mi hermano empezaba a adivinar mis intenciones.

—¿Estás sugiriendo que, durante esos tres o cuatro años de seguimiento del rabí de Galilea, la «cuna» permanezca inactiva?

—No exactamente. Los sistemas y dispositivos electrónicos, lo sabes, son necesarios para culminar ésta y la «futura» tercera exploración. En cambio, podemos prescindir de los servicios de la pila atómica (1) y, sobre todo, del vuelo de la nave. Reemplazaremos la alimentación de la SNAP 27 mediante la batería de placas solares.

(Como medida precautoria, Caballo de Troya había incluido en este segundo «salto» un total de doce espejos metálicos, susceptibles de ser montados en el exterior de la «cuna», aprovechando así la radiación solar. Estos espejos, de vidrio con revestimiento de plata, tenían 29,3 centímetros de diámetro, pudiendo generar hasta 500 W. Al dorso llevaban adheridas sendas películas de cobre, con la posibilidad de ser fijados a un estribo del hierro, en disposición azimutal biaxial. El sistema, ideado por el profesor israelí Tabor, permitía que toda la radiación reflejada incidiese en un solo punto. Ello era posible merced a la fórmula especular asimétrica y al desplazamiento del eje de giro horizontal en el centro de la curvatura de la imagen. Aunque la capacidad de reflexión del vidrio con revestimiento de plata era alta —un 88 por ciento—, los especialistas nos abastecieron también de otras planchas de repuesto, a base de acero dulce plateado y metal electroplateado, con índices de reflexión del 91 y 96 por ciento, respectivamente.)

El plan, aunque viable desde un punto de vista estrictamente técnico, exigía una larga y concienzuda maduración. Eran muchos los parámetros a considerar: ¿a qué momento exacto de la vida de Jesús de Nazaret deberíamos dirigirnos? Los inicios de su actividad pública no aparecen claros en los textos evangélicos. Era preciso confirmarlos con un máximo de rigor. Y ésa, indudablemente, debía ser otra de las misiones en la ya inminente exploración en la Galilea. (Tan sólo Lucas es explícito a la hora de citar la fecha en que Juan, el Bautista, dio comienzo a su actividad como predicador: «en el año decimoquinto del reinado de Tiberio César...») (2). La manipulación de los ejes de los

(1) La SNAP 27, ubicada en la popa de la «cuna», era capaz de transformar la energía calorífica del plutonio radiactivo en corriente eléctrica (50 W), con una vida útil de diez años. Esta «pila», especialmente blindada, era el «corazón» del módulo. Todos los circuitos e instrumentos, en mayor o menor grado, dependían de ella. *(N. del m.)*

(2) Las dudas sobre esta fecha son considerables. ¿Cabe la posibilidad de empezar a contar ese año 15 como el 765 o 12 después de Cristo, cuando Tiberio fue asociado al Gobierno de su predecesor,

swivels requería una precisión absoluta. Castigar nuestras alteradas colonias neuronales con sucesivas y fallidas inversiones de masa de las partículas subatómicas hubiera constituido un riesgo inútil y peligroso (1). Pero éste no era el único problema a contemplar en la atractiva «tercera exploración». Una expedición tan compleja y prolongada, con la servidumbre de un módulo forzosamente inmovilizado en tierra, exigía la búsqueda de un refugio seguro e inaccesible a los humanos de aquel tiempo. Una «base madre», en definitiva, en la que ocultar la «cuna» y desde la que poder partir con tranquilidad a las diferentes misiones. Ese lugar no podía ser otro que alguno de los abruptos picachos que se asomaban al lago. La escasez de combustible así lo aconsejaba. Por otra parte, según los textos evangélicos, la Galilea había sido una de las regiones más intensamente frecuentada por Jesús de Nazaret durante su vida pública. Era presumible, por tanto, que buena parte del seguimiento se desarrollara en aquellas latitudes.

Por espacio de una hora nos vimos arrastrados a una viva, electrizante y esperanzada discusión en la que cada uno, paradójicamente, trató de convencer al otro de la bondad y de los incontables atractivos de la futura misión.

¡Hipócrita! ¡Todo estaba minuciosamente planeado!

La suerte estaba echada: retrocederíamos en el tiempo, desplegando la que, sin duda, podía constituir nuestra más ambiciosa e histórica exploración. Estábamos convencidos de que el sacrificio redundaría en un más extenso y aquilatado conocimiento de lo acaecido en la mencionada vida pública del Maestro. Y aquel ideal —ahora lo veo con emoción y perplejidad— me mantuvo firme en los momentos de peligro y desaliento. Y me entregué a la ardua labor de programar y planificar lo que sería el tercer «salto» a la Palestina del siglo I. Eliseo quedó responsabilizado de todo lo concerniente a la «infraestructura»: equipos, mantenimiento de la nave, protección personal, supervivencia, etc.

Augusto? Si así fuera, la predicación de Juan habría que fijarla en el otoño del año 26 o quizá del 27 de nuestra era. Demasiado impreciso, en suma. *(N. del m.)*

(1) Amplia información sobre el grave problema que aquejaba a los pilotos, en *Caballo de Troya 2. (N. de J. J. Benítez.)*

Esencialmente, mi tarea consistiría en la recopilación de datos: fecha del inicio de la predicación de Jesús, itinerarios de sus viajes, estancias, seguidores, etc. Estas informaciones, suministradas al computador central, servirían para la elaboración de un minucioso plan de trabajo. Fue entonces cuando empezamos a intuir el porqué de aquella repetitiva pregunta entre los discípulos y familiares de Jesús: «¿Dónde nos hemos visto antes?»

Y la hipótesis –a qué negarlo– me llenó de ansiedad.

10 horas

Notablemente reconfortado, mi hermano recuperó su habitual y eficaz frialdad. E intentó disuadirme. La revisión del módulo podía esperar. Los chubascos e intensos vientos azotaban la colina sin cesar. Pero, impaciente por reconocer el terreno y la estructura de la nave, hice caso omiso de sus consejos, pulsando el mecanismo de descenso de la escalerilla hidráulica. Y me lancé al exterior.

Eliseo llevaba razón. Durante los primeros momentos me vi forzado a permanecer bajo la panza de la «cuna», zarandeado por rachas de 15 a 20 nudos que arrastraban tierra, masas de vegetación y un auténtico diluvio. El silbido del viento entre las «patas» era tal que la conexión auditiva se vio seriamente entorpecida.

—... ¿Me recibes? Jasón... Cambio.

—En precario. La tempestad es muy fuerte. Estoy directamente bajo tus pies... No distingo gran cosa. Cambio.

—Roger. Abandona...

—Espera un segundo.

Inspeccioné la masa pétrea. Parecía sólida, aunque muy erosionada. Provisto de las «crótalos» fui desplazándome de un punto de sustentación a otro, verificando la inclinación y naturaleza de la laja. En efecto, presentaba unos 10 grados de desnivel hacia el oeste. Me embocé en el ropón y, como pude, batallando con la tormenta, circunvalé el módulo, inspeccionando las paredes.

—¡Atención! No percibo daños en la estructura... La máquina no ha resquebrajado la roca. Hay todavía una fuerte radiación en el J 85. Cambio.

—Recibido. Déjalo ya...

—Un minuto. ¿Tienes *target* en pantalla?

—Negativo.

La pregunta fue una estupidez ¿Quién podía aventurarse en aquel promontorio con semejante tormenta? Sujeto al tren de aterrizaje me deshice de las lentes IR, intentando captar un máximo de detalles de la colina y sus aledaños. No fue fácil. La base de las nubes había descendido considerablemente —quizá por debajo de los 1 800 pies (unos 600 metros)— y espesos jirones del Cb se precipitaban a tierra en forma de negras cortinas de agua.

A unos 600 pies del «punto de contacto», la superficie del lago, encabritada, era una plomiza y confusa masa de lluvia y oleaje. Hacia el este, a orillas del turbulento mar y a unos dos kilómetros, se destacaba el núcleo urbano más próximo a nuestra posición: un estirado racimo de casas de piedras oscuras y relucientes por el pertinaz aguacero. Si los cálculos no fallaban, aquello tenía que ser Cafarnaum. A pesar de la precaria visibilidad quedé sorprendido ante el rosario de pequeñas y grandes aldeas que jalonaban el litoral. La costa oeste, en especial, era la más densamente poblada. Esta circunstancia me intranquilizó. ¿Habíamos elegido el lugar idóneo para el asentamiento del módulo? Resultaba vital y urgente que procediéramos a una exhaustiva exploración del promontorio. Si el «punto de contacto» se hallaba en una zona de paso, los quebraderos de cabeza podían ser continuos y altamente desagradables. Pensé en desplazarme hasta la cota máxima. Desde allí, la localización de los senderos habría sido más rápida. Imposible. La furiosa tempestad hacía inviable cualquier intento de reconocimiento. En principio, el entorno de la «cuna» no presentaba señal alguna de caminos o veredas. El terreno parecía improductivo. Sin embargo, había que cerciorarse. A unos cien pasos, en dirección este-sureste, se perfilaba una formación de gruesas y redondeadas rocas basálticas. Si no recordaba mal, aquél era el punto en el que habían sido detectadas las extrañas galerías o construcciones subterráneas, aparentemente artificiales. El sentido común se impuso y, con las ropas empapadas, opté por ingresar en la nave, a la espera de una mejoría del tiempo.

El resto de aquel lunes transcurrió sin mayores incidencias. Descansamos por turnos, pendientes a cada momento de los sensores infrarrojos y de la evolución de la meteorología. Buena parte de mi tiempo fue consumida en la revisión del programa establecido por Caballo de Troya y que debería inaugurar a partir de la jornada del miércoles, 19. Si todo discurría con normalidad, el grupo de los galileos se presentaría en el lago hacia el atardecer de dicho miércoles o, como muy tarde, en la mañana del día siguiente. Por razones obvias, mi presencia en Bet Saida o Cafarnaum no era aconsejable hasta el anochecer del 19. Incluso, a ser posible, una vez confirmada la llegada de los íntimos del Resucitado. (Por muy veloz que hubiera sido mi sistema de transporte desde Jerusalén, lo lógico es que necesitase del orden de dos jornadas para cubrir la accidentada ruta que cruza Samaria. No había otra alternativa. Sólo cabía esperar.)

18 DE ABRIL, MARTES

De madrugada, el viento cesó. El frente nuboso se alejó hacia el sur y, como suele ocurrir en estos casos, la mejoría fue espectacular.

05 horas y 40 minutos.

El sol despuntó veloz —casi impaciente—, caldeando la línea uniforme de las alturas que emergen al pie de la costa oriental del lago. Y una luz rasante y tornasolada lo bañó todo, descubriéndonos un espectáculo difícil de intuir. Atónitos, permanecimos como hipnotizados. Flavio Josefo se había quedado corto en su descripción de la pujante Galilea. En cualquier dirección, lomas, valles y planicies aparecían cubiertos de un manto vegetal sin principio ni fin, donde los bosques de encinas y terebintos, frondosos y ramificados, se contaban por decenas. Interminables campos de trigo y de cebada se perdían hasta el horizonte, dorando y verdeando faldas y llanuras. Y allí mismo, en la suave colina que nos servía de asentamiento, una hierba alta y húmeda alfombraba los declives, en dura competencia con regueros de rojas anémonas, lirios, margaritas de pétalos blancos y amarillos y cardos de un metro de alzada, cargados de unas flores violetas que se derramaban desde la cima del promontorio a las rocas basálticas —ahora amarillentas— de la ladera este. La occidental, más pedregosa, se hallaba igualmente estampada de gladiolos y *karkom* de un amarillo luminoso. Hacia el norte, hasta la cumbre, la vegetación era similar, con apretados corros de monte bajo, entre los que sobresalían arrayanes, ortigas y acantos. ¡Dios mío!, ¿cómo describir semejante vergel?

«Santa Claus» procesó las últimas lecturas de los sensores exteriores, ofreciéndonos un «emagrama de Stüve» francamente optimista: los niveles de condensación habían descendido, la visibilidad era ilimitada, la calma —entre 1 000 y 900 mb— casi total y la presión en continuo ascenso. La jornada parecía perfecta y, eufóricos, pusimos manos a la obra. El primer y obligado movimiento consistía en un meticuloso rastreo de los alrededores. El cinturón infrarrojo seguía inalterable. Y provisto de mi inseparable «vara de Moisés» me deslicé hacia la laja de piedra.

Durante varios minutos, presa de los colores y de la fragancia que exhalaba la tierra mojada, no supe qué rumbo tomar. Llené los pulmones con aquel aire fresco y perfumado y, dejando que sandalias, piernas y túnica se impregnaran de rocío, me dirigí hacia el norte: a lo más alto de la colina. Una vez allí, a unos 400 metros del «punto de contacto», me esforcé en localizar y retener en la memoria los caminos más próximos al promontorio. Al sur, casi en paralelo con el litoral, discurría una ancha vereda que, sin duda, unía la población de la izquierda (el supuesto Cafarnaum) con los núcleos situados en la costa occidental del mar de Tiberíades. A lo lejos, entre masas boscosas, esta senda se perdía en dirección este, posiblemente al encuentro de la ribera oriental del lago. Del mencionado y teórico Cafarnaum arrancaba otro camino, más angosto que el anterior, que, sorteando trigales y altos enebros, corría en zigzag hacia la falda este de «nuestra» colina. A cosa de kilómetro y medio del pueblo, el referido sendero se dividía en dos. El ramal situado a mi izquierda continuaba por la base de la loma y, doblándose en un par de cerradas curvas, terminaba por ascender hasta la cumbre donde me encontraba. Examiné los alrededores pero no hallé nada que justificara la presencia de dicha senda en la cima de la colina. Por fortuna, el promontorio era una zona inculta, con abundantes nódulos basálticos —de hasta tres y cuatro metros de diámetro—, esparcidos por la cumbre y laderas oriental y occidental. Quizá esta circunstancia hacía poco rentable el cultivo de aquella tierra. Pero lo que más me intrigó fue el segundo ramal. Trepaba por la misma cara este del promontorio, muriendo en la formación rocosa que se levantaba a un centenar de pasos de la «cuna». Justamente, como ya mencioné, en el lugar de las galerías subterráneas. Aquél, dada su proximidad a la nave, se presentaba como el punto más «conflictivo». Había que esclarecer su naturaleza y el porqué de tan enigmático ramal.

El sol se despegó de las colinas y las sosegadas aguas del lago palpitaron, jaspeadas de plata, verde jade y azul zafiro, con manchas ocres y herrumbrosas al pie de los acantilados, consecuencia de la reciente tormenta. En la lejanía, chillonas bandadas de aves saltaban desde los cerros, precipitándose como nubes blancas sobre el pequeño mar. La vida recobraba su ritmo. A buena marcha, bogando con soltura, aprovechando aquel radiante amanecer, decenas de pequeñas y oscuras embarcaciones irrumpieron de pronto en el lago, procedentes del este y del oeste, a la búsqueda de los bancos de peces que, con precisión matemática, iban marcando los pájaros en sus «picados». Y la cinta blanca de las poblaciones, rodeando el Kennereth, apareció en todo su esplendor. Aquel lugar, evidentemente, se hallaba mucho más poblado de lo que habíamos supuesto.

Al norte, las nieves perpetuas del Hermón espejeaban desafiantes. Con el tiempo, aquellos rudos y sabios pescadores del mar de Tiberíades me enseñarían a vigilar al coloso, infalible anunciador de vientos y tempestades.

Definitivamente, nuestro asentamiento parecía seguro. Excepción hecha del núcleo situado al este, el resto de las poblaciones se hallaba tan alejado que no debía inquietarnos. La segunda aldea más cercana —a cuatro o cinco kilómetros hacia el norte— despuntaba sobre un cerro, diminuta y encalada e igualmente acorralada por bosques y campos de cultivo. Quizá fuera la no menos célebre Corozaïn o Korazim, maldita por Jesús, según los pocos fiables evangelistas....

Transmití al módulo las tranquilizadoras nuevas, anunciando a Eliseo mi intención de descender hasta las rocas de la ladera oriental. La bifurcación del camino, con el ramal que se extinguía en el «baluarte» de basalto, constituía un enigma.

La extensa mancha violeta que cubría aquella parte del promontorio, uniendo la plataforma rocosa sobre la que descansaba la «cuna» con la mencionada formación basáltica, me sirvió de guía y referencia. Quizá deba anotarlo ahora. Esta bellísima alfombra de flores violáceas, distinguible en la distancia, resultó de gran utilidad para quien esto escribe, sirviéndole de orientación en las futuras y sucesivas incursiones fuera del módulo. Pero sigamos. A un centenar de pasos de la «cuna», en efecto, la falda oriental aparecía sembrada de unas enormes y esféricas moles de basalto negro que, indefectiblemente, se habían desprendido de la cumbre, rodando quién sabe cuándo hasta su actual asentamiento. Intrigado, trepé a lo más alto. Y al coronar el murallón empecé a comprender. El senderillo de tierra rojiza desembocaba en una mediana explanada circular, resguardada por aquella especie de circo rocoso. Bajo las piedras orientadas al norte, alguien había vaciado el terreno, labrando una tosca fachada de casi cuatro metros de altura a la que se accedía por unos escalones de naturaleza igualmente calcárea. Me apresuré a descender y, aproximándome a los peldaños, descubrí una pesada piedra circular que, evidentemente, sellaba la entrada a algún tipo de cámara o cueva. Esto explicaba en parte los misteriosos perfiles subterráneos detectados desde el aire. La muela, de casi un metro de diámetro, permanecía encajada en un canalillo de 30 centímetros, ligeramente inclinado hacia el oeste. Una cuña de madera bajo la piedra actuaba como freno. Hubiera sido suficiente un pequeño esfuerzo para retirarla y liberar la roca, que habría rodado sin trabas hasta el extremo de la fachada. Evité la tentación. El retorno de dicha piedra a su lugar habría exigido la colaboración de, al menos, tres o cuatro hombres. De momento no podía arriesgarme a dejar al descubierto el acceso a las intrigantes galerías. Tanto si estábamos ante una tumba, como si se trataba de cualquiera otra construcción, lo razonable era no llamar la atención de los posibles usuarios o propietarios. La población se hallaba relativamente cercana y toda precaución era poca.

Mientras regresaba a la nave medité sobre el particular. Si en verdad nos encontrábamos al lado de un cementerio o de una cripta familiar o colectiva, nuestra ubicación en la colina podía considerarse óptima. Salvo en los sepelios propiamente dichos, los judíos no eran muy propensos a frecuentar tales lugares; ni siquiera sus alrededores. En este caso, las estrictas normas religiosas sobre impureza por contaminación de cadáveres constituían un excelente y providencial aliado. Pero ¿y si no se trataba de una tumba? La única forma de salir de dudas era desplazar la roca circular, penetrando en el interior. Para semejante aventura, sin embargo, precisaba de la ayuda de mi hermano.

A las 07 horas, concluida aquella primera gira de inspección, retorné al «punto de contacto», dando cuenta a mi compañero de cuanto había observado. Al referir el descubrimiento del posible cementerio se mostró tan inquieto como yo. Y, de mutuo acuerdo, decidimos explorar el circo basáltico en cuanto fuera posible.

Una hora después, ultimados los preparativos para el siguiente e inaplazable objetivo, la «cuna» se elevó hasta el nivel de estacionario (800 pies), iniciando así la operación de barrido televisual del lago y de las tierras próximas al litoral, hasta una distancia de cinco kilómetros. Estas imágenes, junto al perfil topográfico levantado por los altímetros «gravitatorios», eran vitales para el sistema de guía del «ojo de Curtiss». Partiendo del lugar de asentamiento del módulo, los especialistas de Caballo de Troya habían «parcelado» las costas del mar de Tiberíades en un total de 13 secciones, de cuatro kilómetros de longitud por otros cinco de profundidad, respectivamente. Cada una de ellas fue identificada con la palabra clave «Galilea» y el número correspondiente. Aunque las fuentes evangélicas no eran muy precisas, todos los indicios apuntaban a las áreas «Galilea-1» y «Galilea-2», en la zona norte del lago, como los posibles escenarios de las apariciones de Jesús de Nazaret en la mencionada región.

Y el módulo, siguiendo el programa director, se dirigió hacia el nordeste. En los campos y veredas se apreciaba ya una cierta actividad. Campesinos, bueyes, carretas y pequeños rebaños de cabras entraban o salían del núcleo urbano que, a priori, asociamos con Cafarnaum. Esta población —quizá debería calificarla de ciudad— corría paralela a la línea de la costa, con una extensión aproximada de 1 800 pies (600 metros), por otros 900 de anchura (alrededor de

300 metros). Formaba una media luna, materialmente encajonada entre el mar y una serie de suaves cerros, que descendía en cascada desde el norte. Un pequeño río —que identificamos en nuestras cartas como el Korazim— desembocaba en el extremo oriental de la población. La ancha senda que bordeaba el lago y que yo había localizado desde lo alto de la colina no era la misma que continuaba hacia el este. A las afueras de la localidad torcía hacia el norte y, casi paralela al Korazim, se perdía entre lomas y bosques, pasando muy cerca de la blanca y empinada aldea que habíamos identificado con ese mismo nombre: Korazim o Corazaïn. Días más tarde averiguaría que se trataba de una importante arteria romana —la vía Maris— que, pasando por Magdala, rodeaba las costas occidental y norte del mar de Tiberíades, dirigiéndose al Mediterráneo, hacia Tiro.

A pesar de lo vertiginoso de nuestro vuelo, uno de los aspectos que nos llamó la atención del siempre supuesto Cafarnaum fue su puerto. Como tendríamos oportunidad de comprobar a lo largo de aquel «circuito», el Kennereth carecía entonces de ensenadas que hicieran el papel de puertos naturales. Esta seria deficiencia había sido salvada mediante la construcción de terraplenes —generalmente formados por bloques de basalto— que hacían las veces de rompeolas. En el caso de Cafarnaum, este dique (cuyo corte vertical se asemejaba a un trapecio) alcanzaba una longitud respetable: 2 100 pies (700 metros). Se hallaba adosado a la línea de la costa y de él nacía una decena de atraques —perfectamente perpendiculares a dicho terraplén—, rectangulares y en forma de punta de flecha, con dimensiones que oscilaban entre 10 y 15 metros. A sus costados se alineaba un centenar de pequeñas y medianas embarcaciones. Quedamos maravillados...

Creo que debo insistir en ello. Desde el aire, la frondosidad de aquella parte de la Galilea se presentó en toda su magnitud. Lo que hoy, en pleno siglo XX, puede contemplar el nativo o el visitante que se asoma al lago, es una triste y empobrecida reliquia. Los bosques de cipreses, encinas *velani*, «de agallas», algarrobos, alfóncigos, acebuches, palmeras y plátanos orientales, entre otras especies, se disputaban las orillas de los ríos, las barrancas, las lenguas de tierra y las laderas de los promontorios. Y entre semejante espesura, todo un laberinto de parcelas y campos de cultivo, sólo comparables, en cierto modo, al espléndido oasis de Jericó. Aquél iba a ser nuestro «teatro de operaciones». Y, sinceramente, me sentí reconfortado.

La segunda «parcela» —«Galilea-2»— comprendía la desembocadura del Jordán y una amplia vega de casi 12 kilómetros cuadrados, surcada por cuatro ríos principales y una compleja trama de afluentes y torrenteras. Las recientes lluvias habían multiplicado el caudal que penetraba marrón y violento en el ángulo nororiental del lago. Estos ríos (conocidos hoy como Najal Mesusim, Najal Yehudiyeh, Najal Daliot y Najal Shemafnún) descendían desde los riscos basálticos situados al este (en la actualidad denominados alturas de Golán), a una altitud de 800 a 1 000 metros, recorriendo distancias que oscilaban entre 20 y 30 kilómetros. Esta inclinación proporcionaba a sus aguas una estimable fuerza, arrastrando toneladas de piedras y tierra que terminaban por detenerse en la vega, transformando el lugar en un bellísimo mosaico de lagunas de todos los tamaños, muchas de ellas comunicadas entre sí. Los materiales menos densos —guijarros, arcilla y granos de basalto— eran conducidos hasta el lago, configurando en la desembocadura un amplio delta que —según las fotografías infrarrojas (1)— se prolongaba bajo las aguas. En el examen posterior de las filmaciones comprobamos que aquel fértil y paradisíaco rincón del mar de Tiberíades se hallaba cruzado por quince arroyos que se fundían a corta distancia de la costa, formando dos estanques cuya anchura superaba incluso la del Jordán. (La más grande de estas lagunas recibía en su seno el caudal de siete arroyos: cinco procedentes del Najal Mesusim y dos del

(1)   En los estudios hidrológicos, la fotografía infrarroja resulta de gran utilidad, pudiendo delinear las marcas longitudinales ocasionadas por las mareas en las costas y los sedimentos terrosos en tonalidades verdosas. Es de gran importancia obtener rendiciones de color modificado, a fin de registrar plantas marinas y algas flotantes en aguas turbias. Interpretando estas reflectancias conocidas y otras que pueden determinarse experimentalmente, es posible localizar fuentes de contaminación. En las imágenes IR, el agua clara aparece negra y la cubierta de algas, en rojo. Las capas con bajo nivel de oxígeno ofrecen un tono lechoso. *(N. del m.)*

Yehudiyeh. Al comparar estos datos con los suministrados a los especialistas de Caballo de Troya por el Kennereth Limnological Laboratory y por el investigador israelí Mendel Nun, una de las máximas autoridades en el estudio del mar de Tiberíades, llegamos a la conclusión de que aquella área norte no había cambiado, en lo sustancial, durante los dos últimos milenios. No sucedería lo mismo con otras zonas del Kennereth.) En cuanto al segundo estanque, fue identificado como el actual Nahar Al-Magarsa, conocido por el nombre de Masudiya. Bajo la espesa vegetación que semiocultaba estas lagunas —algunas de hasta tres metros de profundidad—, las tomas IR detectaron una variada colonia de aves acuáticas, así como zonas pantanosas en las que proliferaban reptiles, tortugas y nutrias. Todo un paraíso en el que, por elemental prudencia, no deberíamos entrar. A kilómetro y medio de la margen izquierda del Jordán, al oeste de las desembocaduras de dos ríos menores (quizá el Zaji y el Masudiya) y en mitad de la exuberante vega, descubrimos otro núcleo humano, de apenas 300 metros de longitud, con pequeñas casas cúbicas, tan negras como las del supuesto Cafarnaum. Sinceramente, no supimos qué pensar. ¿Se trataba de Bet Saida? La «casa de los pescadores» —traducción de Bet Saida— era otro de mis objetivos. Allí, de acuerdo con las citas de los evangelistas, se habían registrado algunos de los prodigios del rabí. Lamentablemente, ni los arqueólogos ni los estudiosos cristianos se han puesto de acuerdo sobre la verdadera ubicación de la villa o poblado en el que habían nacido Andrés, Simón Pedro y Felipe. Nuestra confusión fue completa al verificar que, sobre una colina situada a unos tres kilómetros al norte —muy cerca del cauce del Jordán— se erguía otro asentamiento, notablemente superior al existente en la costa, en el que brillaban al sol una serie de blancas y airosas construcciones, entre las que destacaba una especie de palacio fortificado. Quizá esta última ciudad, edificada sobre un promontorio de 30 metros de altitud y de paredes escarpadas, era la mítica Bet Saida Julias, mencionada por Yosef ben Matatiahu (más conocido por Flavio Josefo) en su *Guerra de los judíos* (3, 10, 7). En dicho libro, el general e historiador judío romanizado asegura que, antes de desembocar en el lago, el Jordán pasa junto a la ciudad de Julias. Pero, en ese caso, ¿cómo interpretar el nombre de Bet Saida o «casa del pescador»? Si se trataba de un pueblo habitado por pescadores lo más lógico es que se hallara a orillas del mar de Galilea y no a tres kilómetros tierra adentro y en lo alto de una loma. La solución, elemental, llegaría horas después, al recorrer el puerto de Cafarnaum.

Este segundo núcleo costero disponía también de un pequeño puerto, formado por un espigón que arrancaba perpendicular a la línea del litoral, adentrándose 200 metros en el lago y girando después, en ángulo recto, en dirección noroeste.

A unos cinco kilómetros del Jordán —en un paraje denominado hoy Jirbert A-Diqa— nacía otra interesante construcción: una acequia de dos metros de anchura cuyos muros habían sido excavados en la roca viva, conduciendo el agua a través de la vega, en una extensión de 16 kilómetros. A lo largo de esta importante obra se alineaban numerosas granjas y molinos.

En las cinco secciones siguientes —hasta el extremo sur del lago— contabilizamos ocho núcleos humanos de cierta relevancia —la mayoría junto a las aguas— y una infinidad de pequeñas concentraciones de chozas y alquerías, diseminadas por los cerros. Obviamente carecíamos de una información fidedigna y la definitiva identificación de los mismos no llegaría hasta la tercera y cuarta exploraciones. A unos 8 kilómetros de la desembocadura del Jordán, casi en el «ecuador» del lago, un río de mediana entidad se precipitaba entre bosques y barrancas, dividiendo aquel sector oriental de la costa en dos grandes mitades. El trazado del río era muy similar al que aparecía en nuestros mapas, proporcionados por el Servicio Cartográfico del Ejército Israelí. Probablemente se trataba del Samak. Esto nos ayudó a identificar, aunque sólo fuera provisionalmente, algunas de las poblaciones. Así, de norte a sur, creímos localizar las milenarias «ciudades» de Kefar Aqbiya, Kursi (también conocida como Gerasa), Ein Gafra, Susita o Hipos (una de las más pobladas), En Gev y Kefar-Zemaj, entre otras.

En total, a lo largo del litoral este, contando el de la supuesta Bet Saida, sumamos siete puertos.

Al sur de la sección «Galilea-2», relativamente cerca de

la zona pantanosa del ángulo nordeste, se asentaba el primero y más septentrional de estos ocho núcleos: una recogida concentración de casitas de terrados ocres y que, según «Santa Claus», podía ser el origen de un pueblecito árabe, desaparecido en 1967, que recibía el nombre de Duqat o Duqa (1). Aquel villorrio, como la mayoría, parecía vivir de la pesca y de la agricultura. Disponía de un embarcadero de 100 metros de longitud, rematado por un arco que se dirigía hacia el norte. El radar estableció la anchura del terraplén, en su base, en cinco metros. La ensenada, con una profundidad de cuatro metros, daba refugio a media docena de embarcaciones de mayor eslora que las que pululaban por el lago. Era muy posible que se tratase de barcos más pesados, destinados quizá al transporte de mercancías.

Desde el supuesto Kefar Aqbiya, el mar ganaba terreno, formando una discreta bahía de 2 kilómetros de longitud. Pues bien, en el centro del suave entrante, sobre una pequeña colina natural de 20 metros de altura, Eliseo y yo descubrimos una curiosa construcción: algo parecido a una torre-fortaleza circular, con un segundo muro —también circular— en su interior. El diámetro de la muralla exterior era de 68 metros. El de la interior alcanzaba los 50. La considerable obra, con muros de 3,5 metros de espesor y entre 2 y 3 metros de altura, nos intrigó sobremanera. Pero el banco de datos del módulo no disponía de una información clara al respecto. Parece ser que había sido construida en tiempos del Primer Templo y con fines puramente defensivos, como un eslabón más en la cadena de fortificaciones judías que vigilaba los caminos del este. (Además del estrecho y polvoriento sendero que descendía desde el norte, circunvalando el litoral, aquella región del Kennereth se veía favorecida por una espléndida calzada

(1) Según los datos del computador central, el pueblo de Duqat fue conocido en la antigüedad como Kefar-Aqbiya, del período del Segundo Templo, aunque la cerámica encontrada en la zona hace pensar a los expertos que pudo ser fundado mucho antes. Se trataba, por tanto, de una de las poblaciones más antiguas del mar de Tiberíades. En el siglo vi d. de J.C., un judío vecino del lugar visitó los baños de Hamat Gader, haciendo un donativo para la construcción de una sinagoga. Como señal de agradecimiento, en el mosaico del suelo de la sala aparece el nombre de «Kiros (señor) Patrik, de Kefar Aqbiya». (N. del m.)

romana que, procedente de Scythópolis, en el sur, sorteaba montes y vaguadas, pasando junto a varias de las ciudades [¿Hipos y Gerasa?] y al pie mismo de la torre-fortaleza circular (1), perdiéndose en dirección nordeste.)

En la sección «Galilea-4», a cosa de 12 kilómetros del Jordán, junto a la desembocadura del probable río Samak, arrancaba una auténtica ciudad: la más extensa y hermosa de aquella franja del Kennereth. A ambas márgenes del río se abría un fértil valle de tres kilómetros de longitud por otros cuatro de anchura, intensamente cultivado. La ciudad, asentada al sur del cauce, ocupaba casi la mitad del valle, con una nutrida representación de edificios grecorromanos, entre los que sobresalía una colosal columnata circular, dos anfiteatros y un hipódromo. La puntual referencia del Samak nos hizo sospechar que estábamos ante la evangélica Kursi o Gerasa. (En alguno de los montículos que cerraban el valle podía haber tenido lugar el famoso incidente de la piara de cerdos que, según los evangelios, se arrojó al mar como consecuencia de la «curación» del endemoniado por el rabí de Nazaret. Éste era otro de los incontables y atractivos motivos que justificaban nuestro futuro «salto» a la «vida pública» del Maestro. ¿En verdad había sucedido tal y como nos lo cuentan los supuestos escritores sagrados? Pero demos tiempo al tiempo.)

«Santa Claus» nos puso en alerta. Kursi, según sus informaciones, albergaba entonces una notable guarnición romana, dependiente de las legiones estacionadas en Siria. El dato, en previsión de futuros encuentros con los legionarios, fue tenido muy en cuenta.

El puerto de Gerasa, en consonancia con la ciudad, era también uno de los más grandes y mejor dotados de la costa oriental. Un terraplén, que hacía las veces de rompeolas, partía el litoral, curvándose en forma de arco y con una longitud de 150 metros. En su zona norte se interrumpía, formando una estrecha bocana. En tierra, un muelle de 100 metros y 25 de anchura, completaba el recinto portuario.

(1) Esta calzada romana discurría entonces a un nivel superior al de la carretera que bordea el lago en la actualidad. Mojones y tramos de la misma pueden contemplarse hoy en los alrededores del *kibbutz* de Ein-Guev, así como en los campos que rodean las ruinas de la milenaria Kursi. *(N. del m.)*

El gran terraplén había sido confeccionado a base de gruesas moles de basalto de hasta un metro de espesor, sólidamente reforzado en sus flancos. Al norte del embarcadero detectamos también una «piscina» rectangular de 3 por 5 metros, pulcramente blanqueada en su interior y repleta de peces vivos. Estábamos ante una insólita y eficaz «piscifactoría»... La «piscina» no se nutría del agua del lago, sino a través de una acequia que partía del río Samak. (Las sorpresas en el tema de las construcciones hidráulicas fueron constantes.)

Los sondeos del radar pusieron de manifiesto la presencia, frente a la desembocadura del río, de un extenso banco de piedras que, a todas luces, hacía de aquel lugar una de las áreas más ricas en pesca. Estas deducciones se verían plenamente confirmadas en la última expedición. De hecho, el término *samak*, en las lenguas ugarítica, árabe y aramea, significa «pez» y «peces».

A corta distancia de Kursi, siempre hacia el sur, al pie de un montículo de 44 metros de altitud, las tomas infrarrojas y los sensores exteriores detectaron un manantial de aguas sulfurosas, brotando a 30 grados Celsius. Este tipo de fuentes termales —en especial en la orilla occidental— resultó algo común y sabiamente aprovechado por los naturales del Kennereth. A medio kilómetro de este promontorio, otra fuente similar irrumpía en las aguas del lago, provocando una permanente y blanca «nube» de azufre en suspensión.

Ya en la sección 5, junto a minúsculas aldeas portuarias que no supimos identificar, sobrevolamos el segundo puerto importante de la costa este. La verdad es que las dimensiones y configuración de los muelles no se correspondía con la treintena escasa de pequeñas construcciones que conformaban el villorrio situado al pie de los rompeolas. Esta aldea, a su vez, se hallaba comunicada con una población mucho más densa, encaramada a 350 metros sobre el nivel del lago, en una meseta aislada y separada del mar por un par de kilómetros. La calzada romana ascendía hasta lo alto de la ciudad, ramificándose después en otra vía secundaria, más estrecha, que concluía en el citado puerto. Éste, como venía diciendo, presentaba unas características únicas. El rompeolas principal tenía una longitud de 120 metros, con una anchura, en su base, de 5 a 7 metros.

Partía perpendicular a la costa y, a los 15 metros, cambiaba de dirección, discurriendo paralelo al litoral, con rumbo sur. Este segundo tramo alcanzaba una longitud de 85 metros. Súbitamente, el terraplén variaba de orientación, enfilando hacia el oeste. Esta curiosa Z invertida, maltratada sin duda por los vientos del sur, había sido «cerrada» por un segundo rompeolas de 40 metros, que arrancaba en perpendicular desde la costa. Lo que más nos intrigó fue aquel muelle de 20 metros de longitud que se aventuraba hacia el oeste, en aguas relativamente profundas (entre 4 y 5 metros). Quizá sirviera para el atraque y operaciones de carga y descarga, sin necesidad de penetrar en el puerto. (Durante el cuarto «salto», Eliseo despejó esta incógnita así como el porqué de aquella área portuaria, tan desproporcionada. Puedo adelantar que el villorrio de pescadores y la ciudad de la meseta [Hipos o Susita] eran en realidad una misma población. Había sido fundada a mediados del siglo III a. de J.C. como un floreciente emporio helenístico. Tras caer en manos de Pompeyo, y adherirse al pacto que vinculaba a las ciudades de la Decápolis, fue reconstruida, creciendo y transformándose en la segunda entidad urbana de la costa oriental del mar de Tiberíades.)

Al entrar en la «parcela» 7, la nave fue girando, enfilando el radial 260. Aquel recorrido sobre el extremo meridional del lago fue especialmente confuso. En los mapas de Caballo de Troya se apuntaba la existencia de, al menos, tres o cuatro ciudades de cierto realce: Bet-Yeraj, Senabris, Tarichea y Kinnereth o Kennereth. A la hora de la verdad, las cosas no fueron tan simples como habían previsto y dibujado los expertos. El sur del lago era un «todo» urbano.

Seguramente estas poblaciones estaban allí, pero tan entrelazadas que, desde nuestros 800 pies de altitud, resultaba imposible precisar dónde empezaba una y en qué lugar terminaba otra. Cientos de casas, edificios públicos, torres, graneros, villas rústicas y chozas se desparramaban en una planicie de casi cuatro kilómetros. De semejante «metrópoli», si se me permite la expresión, partían varias rutas caravaneras. Una hacia Scythópolis, en el sur. Otra subía por el este del lago y una tercera remontaba el litoral occidental. A este nudo de comunicaciones había que añadir una intrincada tela de araña de veredas y caminos secundarios que sorteaban y delimitaban un sinfín de parcelas de regadío, bosquecillos de frutales y la masa verdeazulada de la «jungla» que abovedaba la segunda desembocadura del Jordán. El progreso de aquellos núcleos humanos debía de ser espléndido, a juzgar, por ejemplo, por uno de los graneros situado a un kilómetro de la orilla sur del Kennereth: de construcción circular, disponía de diez torres de 8 a 9 metros de diámetro cada una.

Al contrario de lo observado en el resto del lago, este rincón carecía de puertos artificiales. Las escasas embarcaciones se alineaban en la desembocadura del río y en una laguna de 200 metros de longitud por 50 de ancho, emplazada al sur de la referida segunda desembocadura. El brazo de tierra que separaba dicha laguna del lago —de 2 a 6 metros de espesor— parecía enteramente natural. Probablemente se había formado por el arrastre de sedimentos y el continuo embate de las olas. Los lugareños se limitaron a estrechar la boca de la ensenada, en la zona sur, con un breve terraplén de cuatro metros.

En aquellos momentos no nos percatamos de otro interesante fenómeno. Al estudiar y contrastar las imágenes y los datos recogidos en el «circuito aéreo», comprobamos que, en aquel tiempo, la segunda desembocadura del Jordán no discurría por los derroteros que hoy conocemos. El antiguo cauce se hallaba a kilómetro y medio más al norte. (En el siglo XX, entre la *moshava* de Kinnereth y el tell de Bet-Yeraj) (1). «Santa Claus» esclarecería en parte el asunto. Al parecer, aunque arqueólogos, geólogos y demás expertos no están muy de acuerdo, las causas de esta variación en el curso del río habría que buscarlas en un intenso seísmo, registrado poco después de la época bizantina; es decir, hace unos mil años (2).

Otra de las obras a destacar en aquel tramo surocciden-

(1)   Los curiosos y visitantes pueden identificar hoy el palmeral allí existente (el «jardín de Raquel»), plantado en memoria de la citada poetisa. *(N. del m.)*

(2)   El primer dato histórico sobre este cambio en el cauce del Jordán se remonta al año 1106, cuando un peregrino ruso —un tal Daniel— observó «cómo del Kinnereth partían dos brazos de agua que, a medio kilómetro de la orilla, se unían a un río llamado Jordán». De hecho, hasta 1950, los restos de un puente romano levantado sobre el viejo cauce estuvieron a la vista. *(N. del m.)*

tal del mar de Tiberíades, que ponía de manifiesto el grado de prosperidad y desarrollo «técnico» de la Galilea de Jesús, era una «tubería» de 20 kilómetros de longitud que, partiendo del río Yavneel, al sur, se dirigía al norte, cruzando las poblaciones meridionales del lago y la ciudad fortificada de Hamat, para morir en la espléndida y luminosa Tiberíades. Esta singular obra de ingeniería, construida al cielo abierto, descansaba sobre decenas de pequeños puentes, avanzando penosamente al pie de las colinas y ramificándose en multitud de acequias y canalillos que abastecían de agua a los asentamientos humanos, a los molinos harineros y a la agricultura. (Más adelante tuvimos conocimiento de que esta vital conducción de aguas se debió al esfuerzo mancomunado de Tiberíades, Bet-Yeraj y Senabris.)

A cinco kilómetros y medio al norte de la primitiva segunda desembocadura del Jordán, la «cuna» sobrevoló Hamat, una de las tres ciudades fortificadas del territorio de la tribu de Neftalí (1). También aquí fueron detectadas fuentes termales. En realidad, de no haber sido por la muralla que la envolvía, Hamat habría pasado ante nuestros ojos como una prolongación de Tiberíades ubicada a continuación.

¿Cómo describir la «perla» del lago? Tiberíades, sin lugar a dudas, era entonces la capital del Kennereth. Desde la puerta norte de la muralla de Hamat se estiraba blanca e impecable a lo largo de una estrecha franja de litoral de apenas 500 metros, con una extensión de una milla. Un monte de 190 metros de altitud cubría su flanco oeste. En la falda, Herodes Antipas había levantado un espeso muro de 45 pies de altura que, zigzagueando, servía de protección a la novísima ciudad (2). En la cumbre del promonto-

(1) Según Josué (19, 35), estas tres ciudades fortificadas eran Hamat, Raqat y Kinnereth. Antes incluso de la conquista de la tierra de Israel, Hamat y su entorno eran famosos por sus fuentes de agua caliente, por su clima tibio y por sus paradisíacos paisajes. Un papiro del siglo XII a. de J.C. (Anastasio I) califica esta zona de Hamat como «lugar de paseos». Realmente, la belleza y placidez de aquel litoral sólo podían compararse con la no menos célebre vega de Ginosar, en la costa norte. (N. del m.)

(2) Al parecer, Tiberíades fue fundada hacia el año 20 de nuestra era por Herodes Antipas, uno de los hijos de Herodes *el Grande*. Su nombre se debe a un gesto de indudable adulación de Antipas hacia el emperador Tiberio. La verdad es que, a pesar de haber sido edificada

rio se erguía la más poderosa de las fortalezas de aquella región de la Galilea: un castillo de sillares negros y esbeltas paredes de caliza que centelleaban al sol y que, como pudimos comprobar en su momento, constituía el palacio de invierno del detestable hijo de Herodes *el Grande*.

Esta cadena de colinas, que protegía Tiberíades de los racheados vientos del oeste, se hallaba horadada por numerosas cuevas. En una de ellas, abierta hacia poniente y a no mucha distancia de la cara occidental del castillo, los sensores detectaron una fuerte corriente de aire caliente, así como altos índices de vapor de agua. Sospechamos que la gruta en cuestión debía estar conectada con alguno de los numerosos manantiales de aguas termales que desembocaban también a orillas de la ciudad.

Tiberíades era un modelo de construcción típicamente heleno. Una vía principal se abría paso de norte a sur, con dos puertas monumentales en sus extremos. El resto, trazado a escuadra, giraba en torno a dicha arteria, con calles, plazas y jardines meticulosamente diseñados, cuajados de edificios que rivalizaban en mármoles, columnatas y fuentes públicas. (Cuando el Destino quiso que mi hermano entrara en Tiberíades, la magnificencia del lugar le sobrecogió. Sólo el número de sinagogas era entonces de trece y su mercado, teatros y el edificio del Consejo Ciudadano superaban todo lo imaginable.)

El puerto nos decepcionó. Aún siendo espacioso, no se hallaba equiparado al rango de la ciudad. Aparecía, además, a medio terminar. Tres rompeolas de 100, 200 y 80 metros, respectivamente, formaban con el muelle costero un «rectángulo», abierto por el norte y, eso sí, hábilmente protegido de los temibles vientos del este (el *sharqiya*) y del sureño y tempestuoso *qibela*.

A unas dos millas y media al norte de Tiberíades, siguiendo la costa occidental, localizamos las ruinas de una pequeña población —posiblemente la antiquísima Raqat (1)—,

_____

en las proximidades de un cementerio —circunstancia que indignó a los judíos—, en el año 30, este hecho había sido prácticamente olvidado por las gentes de la Galilea. En sus calles convivía toda suerte de gentiles y hebreos, que no parecían muy preocupados por el «repugnante sacrilegio» de Herodes. *(N. del m.)*

(1)   Raqat, otra de las poblaciones amuralladas del lago, se remon-

esparcidas en terrazas en la falda este del hoy denominado tell de Aqlatiya. A sus pies moría un modesto río, cruzado por las cenicientas y erosionadas planchas de piedra de una de las ramificaciones de la vía Maris. En el pequeño delta brotaban otras cuatro fuentes termales. Las tomas IR contabilizaron hasta siete corrientes submarinas con temperaturas de 30 °C que se perdían mar adentro, a 12 metros de profundidad. En la base del tell fueron captadas imágenes de dos albercas circulares de 8 y 12 metros de diámetro, respectivamente, con muros enormes, de algo más de 5 metros de altura. El agua almacenada en las mismas debía servir para el riego de las tierras colindantes, así como para el de buena parte del valle que se prolongaba, a expensas del río, hasta el desfiladero del Hittim, en el oeste. (Esta angosta garganta, también conocida como los «cuernos de Hittim o Hattim», se halla en el camino de Nazaret al lago y, como detallaré en su momento, resultó de gran utilidad para nuestros propósitos de ocultación del módulo.)

El último tramo de este periplo —parte de la parcela 12 y la «Galilea-13»— fue sencillamente espectacular. A nuestros pies se abrió el mítico «jardín de Guinosar»: un valle de casi 7 kilómetros cuadrados donde no fue posible descubrir un solo palmo de tierra sin cultivar. Era un auténtico vergel, colmado de nogales, palmeras, olivos, higueras y cientos de medianos y pequeños huertos, abundantemente regados por tres ríos que descendían de la cordillera noroccidental (los llamados «montes de Galilea»), situada a cosa de 6 kilómetros de la costa del Kennereth. Esta vega, cantada por Josefo (1), era el orgullo de todo el mar de Tibe-

---

taba al tercer milenio, siendo contemporánea de Bet-Yeraj. Su existencia se prolongó hasta fines del período del Primer Templo. Los árabes llaman hoy al valle de Raqat y a sus fuentes con el nombre de Fuliya, aunque el lugar es conocido también como «jardín de los rusos», por el convento levantado en la zona por la iglesia rusa moscovita a finales del siglo XIX. *(N. del m.)*

(1)   En su obra *Guerras de los judíos* (3, 10, 8), Flavio Josefo hace la siguiente descripción del valle de Guinosar: «A lo largo del mar se extiende una tierra llamada Guinosar, maravillosa por su disposición y belleza. Y la tierra de esta zona es fértil y, por tanto, no carece de vegetación, pues sus habitantes sembraron en ella toda clase de plantaciones. Porque el clima es agradable y bueno para las diferentes plantas.

ríades. Estrecho en sus extremos, el valle iba ensanchándose, hasta alcanzar una anchura máxima de kilómetro y medio. El «jardín» aparecía prácticamente dividido en dos por una colina pedregosa cuya falda oriental resbalaba con dulzura hasta la costa. Sobre dicha ladera contemplamos por primera vez una ciudad de 3 000 pies de longitud. Una ciudad menos ampulosa que su vecina Tiberíades, de calles empedradas y casas de una planta que descendían hasta un puerto, muy similar al de Cafarnaum, en el que hombres, lanchas y reatas de caballerías se mezclaban en frenética actividad. Aquella población, en la que Eliseo pasaría horas entrañables, era Migdal o Magdala: la ciudad de la Magdalena. A su alrededor, entre la espesura, espejeaban acequias, canales y albercas de todas las dimensiones. Dos, en especial, nos desconcertaron por sus dimensiones y ubicación. La primera, en la ladera sur de la colina, tenía 27 metros de diámetro. La segunda, en mitad de la población, había sido construida sobre una torre circular de 6 metros de altura. La abundancia de agua en Migdal y en el resto de la vega quedó explicada, no sólo por el caudal de los ríos, sino, sobre todo, por los ricos manantiales subterráneos que afloraban por doquier. Uno de estos veneros (hoy conocido por el nombre de Ein-Nun) proporcionaba del orden de dos millones de metros cúbicos de agua al año. La mayor parte de este caudal desaparecía en el lago en forma de arroyo. Y fue allí, en la desembocadura del torrente, donde los sistemas de a bordo descubrieron algo que nos alarmó: las aguas contenían un gas noble —el radón— y un índice de radiactividad superior al tolerado por el organismo humano. Las investigaciones posteriores, in situ, confirmarían que una parte de la población de Migdal y de cuantos bebían habitualmente de dicha fuente se hallaban aquejados —en mayor o menor medida— de una dolencia bien conocida en el siglo xx (1).

Aquí hay innumerables nogales, que son los que más buscan el frío de entre todos los árboles, y junto a ellos se alzan palmeras, que absorben el calor del sol, y cerca de éstas crecen higueras y olivos, para los que es bueno un clima intermedio, pues puede decir el que habla que la naturaleza combinó sus fuerzas para reunir aquí todas las diferentes especies, que compiten unas con otras...» *(N. del m.)*

(1) Según las informaciones en poder de Caballo de Troya, la peli-

A 500 metros al norte del puerto de Migdal se destacaba el último de los asentamientos humanos en aquella zona de la costa. Presentaba un pequeño embarcadero y sus dimensiones eran notablemente inferiores a las de la industriosa villa de la Magdalena. Según el computador central, dada su ubicación —muy próxima al picacho denominado Kinnereth—, podía tratarse de una casi olvidada aldea bíblica, de nombre Guinosar, mencionada por Marcos, el evangelista, en su capítulo 6, versículo 53: «... y pasaron (Jesús y sus discípulos) y llegaron a la tierra de Guinosar y se acercaron a la costa. Y todavía estaban saliendo del barco cuando los lugareños lo reconocieron.»

Dos kilómetros más arriba, cerrando el valle, divisamos al fin las escarpadas y rojizas paredes del referido Kinnereth, con sus 87 metros de altitud. Al otro lado, a media milla, se hallaba el «punto de contacto»: la «base madre-2».

Muy próximo al Kinnereth sobrevolamos el no menos «evangélico» rincón de Tabja (en griego, Heptapegón: lugar de las «siete fuentes»), que la tradición cristiana asocia a la pesca «milagrosa». (Una tradición, dicho sea de paso, igualmente equivocada. La famosa «pesca», como pude constatar, ni fue «milagrosa», ni sucedió en aquella minúscula bahía, tan apreciada por los pescadores galileos.) En realidad, más que una aldea, el paraje, con su media docena de chozas, parecía un reducto «industrial», con tres fuentes importantes e incontables manantiales que surtían de agua a un complejo «aparato» hidráulico, integrado por molinos y una espesa red de canales. Uno de los veneros, localizado en el fondo de una piscina octogonal de 20 metros de diámetro y 8 de profundidad, nos dejó atónitos. Su caudal oscilaba entonces entre los 1 500 y 3 000 metros cúbicos a la hora. En aquellos momentos no comprendimos la utilidad de tales aguas, de naturaleza sulfurosa y aflorando a 27 grados Celsius. La cala, de una gran riqueza piscícola, había sido habilitada mediante dos muelles de 50 y 35 metros. El primero en forma de arco. El segundo, perpendi-

---

grosidad de estas aguas obligó al Gobierno de Israel (años cincuenta) a prohibir su consumo, poniendo en marcha un plan de aprovechamiento de sus propiedades medicinales. Al parecer, transcurridos unos días, el gas termina por desvanecerse, desapareciendo los altos índices de radiactividad. *(N. del m.)*

cular a la costa. Y a las 08 horas, 7 minutos y 8 segundos, después de un vuelo casi perfecto, la «cuna» se posaba por segunda vez sobre la laja de piedra de la ladera sur del hasta esos momentos supuesto monte de «las Bienaventuranzas». Como es de suponer, aunque el control durante el periplo de circunvalación del lago fue continuo, nuestra primera preocupación —casi obsesión— al tomar tierra estuvo centrada en las reservas de combustible. El gasto, tal y como fijara «Santa Claus», no sobrepasó las dos toneladas: 1 988,6 kilos. Esto reducía el volumen total a un 47,5 por ciento. A partir de ese instante, si en verdad deseábamos volver a Masada, la ignición del J 85 debería quedar sellada o, como mucho, limitada a una o dos operaciones de escasísima duración. El traslado de la nave a un lugar seguro constituiría una de estas maniobras.

De acuerdo con lo programado, aquel martes, hasta bien entrada la noche, lo destinamos a la puesta a punto de las imágenes, perfiles topográficos y mapas que deberían servir de «guía» y «sustentación» al «ojo de Curtiss». El laborioso trabajo —vital para la obtención de un máximo de datos en las apariciones que se avecinaban— nos deparó algunas sorpresas, muy sugestivas desde el punto de vista científico. Por ejemplo: aunque la forma de pera invertida y sus dimensiones (1) no han variado, aparentemente,

(1) El mar de Tiberíades, de Galilea o Kennereth, como se le denomina comúnmente, alcanza 21 kilómetros de norte a sur. Su anchura máxima corresponde a la línea Migdal-Kursi, con 12 kilómetros. Esto representa una superficie de 170 kilómetros cuadrados. Geológicamente, el lago es muy «joven»: 15 300 años antes de la era cristiana. La depresión sobre la que se asienta es parte de una cuenca mucho más antigua —formada por los ríos Jordán y Aravá— que, a su vez, pertenece a la gran fractura sirioafricana. De todas las fallas continentales, la del Jordán es la más profunda. Hacia el pleistoceno —hace un millón o millón y medio de años—, una de estas fracturas telúricas determinó la forma actual del Kennereth. Durante el plioceno, el océano había irrumpido a través del valle de Yizreel y de Bet-Shean, alcanzando la cuenca del Jordán. Y así continuó hasta que los cambios geológicos y climáticos aislaron este mar interior. Este postrero mar pleistocénico existió en la referida cuenca del Jordán entre los años 75000 y 17000 antes de nuestra era. Se extendía desde el Kennereth, al norte, hasta Hatzevá, al sur del mar Muerto. Sus aguas eran saladas, con un nivel que rebasaba en 30 metros el del lago que hoy conocemos. En su fondo se daba un material blando, denominado «arcilla de lengua». (De ahí

los análisis revelaron que, hace dos mil años, el lago era ligeramente más estrecho. La línea de la costa pasaba por lugares hoy sumergidos. (La casi totalidad de los puertos descritos se halla en la actualidad oculta bajo las aguas. Afortunadamente, merced a las modernas técnicas de arqueología y exploración submarinas, estos restos están siendo ubicados (1). Dios quiera que, en un futuro, cuanto aquí se narra pueda ser ratificado por esta moderna disciplina científica.) Esto significa que, en tiempo de Jesús, el nivel del mar de Tiberíades era sensiblemente más bajo: unos dos metros respecto a lo que hoy podemos contemplar.

También fue posible constatar otro interesante fenóme-

---

también otro de los nombres: mar de la Lengua.) Después del pleistoceno, hacia el año 20000 a. de J.C., Israel sufrió un importante cambio climático. El clima húmedo se hizo más seco y las abundantes lluvias decrecieron. De esta forma, el gran mar de la Lengua empezó un proceso de desecación que, con el tiempo, terminaría por convertirlo en lo que hoy conocemos como mar Muerto, al sur, y mar de Tiberíades, al norte. Este último heredó sus principales orillas del mencionado mar precedente: al oeste y este, las líneas de la gran fractura; al norte, la barrera de basalto, y la orilla sur, la más joven. Ésta se originó como consecuencia de los sedimentos que arrastraba el río Yarmuk, elevándose entre 8 y 10 metros sobre el nivel del lago. Mucho antes de que el Kennereth o mar de Galilea adoptase su foma definitiva, el Jordán vertía ya sus aguas dulces en el mar de la Lengua. Y lentamente fue abriéndose paso, hasta alcanzar la costa norte del mar Muerto. Desde muy antiguo, estos parajes ejercieron un poderoso influjo sobre todas las culturas. A orillas del lago se han encontrado restos de las más variadas épocas prehistóricas. A excepción de los descubiertos en África, uno de los asentamientos humanos más antiguos del planeta fue localizado precisamente en Batar Abudiya, a 3 kilómetros al sur del mar de Galilea, junto al *kibbutz* de Bet-Zerah. Estos hombres primitivos —los primeros en poblar Tierra Santa— llegaron a Israel hace tres o cuatro millones de años, procedentes del continente africano, siguiendo la citada fractura sirioafricana. Se asentaron a orillas del mar dulce, alimentándose de la abundante caza y de una rudimentaria agricultura. Estas tribus asistieron a las últimas fases de la depresión del Jordán. Prueba de ello es que los restos de sus utensilios y comidas han aparecido en un estrato que se halla inclinado en 60 grados. *(N. del m.)*

(1)   Ya en 1869, el escocés McGregor llevó a cabo las primeras exploraciones del lago, aunque la marea de invierno le impidió encontrar restos de importancia. Años más tarde, hacia 1970, la Asociación para la Investigación Arqueológica Submarina de Israel, a través de Abner Raban y J. Shapiro, tuvo la fortuna de localizar los puertos de Kursi, Migdal y Tabja. *(N. del m.)*

Descubierto el puerto de Cafarnaúm

Diario "YA" 3-XII-86

Jerusalén/Efe

El antiguo puerto de Cafarnaúm, donde según el Evangelio Jesucristo encontró a Pedro y Andrés, fue descubierto por el arqueólogo israelí Mendel Num. El puerto, en el mar de Galilea y próximo a la ciudad de Tiberíades, tiene un muelle de piedra de 700 metros de largo, con 20 ó 30 escolleras en las que podían anclar «hasta doscientas barcas hace dos mil años», dijo Mendel Num.

El arqueólogo israelí explicó que su hallazgo fue posible porque en los últimos tiempos el nivel del mar de Galilea ha descendido por la escasez de lluvias.

Fue en Cafarnaúm donde Jesucristo, «andando junto al mar de Galilea, encontró a los hermanos pescadores Simón (Pedro) y Andrés» según relata el Evangelio de San Mateo en el capítulo 4, versículos 18 y 19, y los convirtió en discípulos.

Arqueólogos cristianos han realizado búsquedas en la zona desde hace 20 años, pero hasta ahora sólo habían encontrado vestigios de la época bizantina.

Num, que lleva 50 años investigando el mar de Galilea, es ayudado en sus trabajos por el historiador Arie Goren, judío oriundo de Chile.

Noticia difundida al mundo el 3 de diciembre de 1986. En efecto, los restos de algunos de los puertos de las ciudades que visitó Jesús —actualmente ocultos bajo las aguas del mar de Tiberíades— están siendo localizados por la moderna arqueología submarina.

no: el Kennereth se «mueve» hacia el sur. Ello se debe a un doble proceso. Por un lado, el continuo batir de las olas está minando y haciendo retroceder la costa meridional, a razón de 10 centímetros por año (1). En el extremo opues-

(1) Según los especialistas israelíes, entre los años 1940 y 1970, este ritmo de destrucción de la costa sur del lago alcanzó su máxima expresión, consecuencia de los siguientes factores: la construcción de la presa de Degania (en 1932) y del Canal Nacional (en 1963). Estas obras provocaron un aumento en los niveles del lago. Al mismo tiempo, el desarrollo de una agricultura intensiva en el valle del Jordán hizo que el volumen de las aguas que llegaba a la citada costa meridional se multiplicara, incrementando la erosión. De hecho, el litoral sur retrocedió a un ritmo de 30-40 centímetros por año. Como consecuencia de todo ello, la ribera sur ha quedado sumergida. Testigos mudos de este lamentable proceso son los árboles bananeros y las viñas que terminarían por desplomarse sobre las aguas, dejando al descubierto algunas secciones

to, a su vez, se da un fenómeno contrario: las aportaciones de sedimentos del Jordán ensanchan el delta, haciendo avanzar la línea nororiental de la costa.

El perfil submarino del lago nos interesaba especialmente. Un exacto conocimiento de su configuración podía proporcionarnos elementos de juicio para, en un futuro, evaluar en su justa medida algunos de los «prodigios» protagonizados por el rabí y a los que aluden los textos evangélicos. Personalmente, la famosa tempestad que —según las Escrituras— fue calmada por Jesús y la pesca «milagrosa» habían despertado mi curiosidad. ¿Ocurrieron estos hechos tal y como son narrados por los evangelistas? Por ello, como digo, era importante conocer su estructura, corrientes, vientos y demás factores meteorológicos, físicos, geográficos y bioecológicos, propios del Kennereth. Comprobamos, por ejemplo, que su fondo era asimétrico. La costa oriental descendía bruscamente. Allí, entre Ein-Guev y Kursi, registramos la máxima profundidad: «–253» metros bajo el nivel del Mediterráneo. (La altura media del nivel del lago era entonces de 212 metros bajo el nivel del citado mar Mediterráneo. Hoy, el Kennereth oscila alrededor de los 210 metros, aunque en muchos mapas modernos, por error, figura la cifra de 212. Esto hace del mar de Tiberíades el lago de agua dulce más bajo del mundo.) Estos 253 metros representaban una «fosa» de 41 metros. El litoral oeste, en cambio, a excepción del área de la ciudad de Tiberíades, caía en forma más suave. El resto de la cuenca arrojó una profundidad media de 25 metros, con un volumen aproximado de agua de 4 300 millones de metros cúbicos.

Las imágenes infrarrojas explicarían el porqué de las extensas franjas marrones que coloreaban la superficie del lago en aquellos momentos y que, en un primer análisis, interpretamos como arrastres terrosos procedentes del Jordán y de los restantes ríos. Estábamos ante una masiva colonización de algas, del tipo *peridinium* (1). Obviamente,

de los canales que los irrigaban. Los buceadores han comprobado igualmente cómo las columnas de hormigón que fueron plantadas en la zona como defensas antitanques por el ejército judío se hallan en la actualidad en el fondo del Kennereth. *(N. del m.)*

(1) La *peridinium* es una alga esférica protozoaria, del grupo de las «brillantes» (pirofita). A partir del mes de enero se reproduce masi-

tal y como preveía Caballo de Troya, los estudios del Kennereth deberían ser culminados desde tierra. Eliseo sería el responsable de buena parte de estas comprobaciones científicas, que abarcaban capítulos tan ambiciosos como el seguimiento de los ciclos del nitrógeno y del fósforo, de la cadena alimenticia del lago, informes sobre sus diferentes capas, fitoplacton, transparencia, oxigenación y niveles de sus aguas, principales corrientes y vientos, salinidad, evaporización, naturaleza de los manantiales sulfurosos, fauna y, en general, todo lo que concierne a la moderna ciencia «limnológica» (estudio de los lagos). Este banco de información, amén de enriquecernos y de enriquecer al proyecto, fue de una inestimable ayuda en las correrías y aventuras en las que nos vimos envueltos a partir de entonces. Pero debo proseguir... Siento cómo las fuerzas me abandonan y es mucho lo que resta por contar...

Como creo haber explicado, una de las reglas de la operación prohibía la presencia de los expedicionarios en momentos, digamos, de cierta intimidad entre Jesús y sus discípulos. Así había ocurrido, por ejemplo, en el transcurso de la llamada «última cena». En este caso, la situación fue compensada con informaciones indirectas y mediante la ocultación de un micrófono de especial sensibilidad en el farol que alumbraba la mesa del cenáculo. Sin embargo, a la vista del grave riesgo que suponía el abandono —aunque sólo fuera temporalmente— de estos dispositivos electrónicos en un marco histórico improcedente, los directores de Caballo de Troya convinieron en reemplazar tales sistemas por otro, infinitamente más seguro y eficaz. Y el general Curtiss, con su proverbial habilidad, consiguió del AFOSI (Oficina de Investigaciones Espaciales de la Fuerza Aérea

---

vamente y, entre febrero y abril, «conquista» anchas zonas del lago. Nuestros sistemas detectaron en aquellas fechas una población de 3 300 unidades por centímetro cúbico. Con la luz matutina, este tipo de alga asciende hasta la superficie, coloreándola de un marrón intenso. A primeras horas de la tarde, recibida la imprescindible radiación solar, se sumerge de nuevo, concentrándose entre 5 y 7 metros de profundidad. Los pescadores del lago conocían muy bien este proceso y la circunstancia de que una de las especies piscícolas —la «tilapia»— se alimentase precisamente de esta clase de alga. Cada amanecer se introducían en los bancos de *peridinium*, obteniendo así importantes capturas. *(N. del m.)*

Norteamericana) un prototipo casi «mágico» que, en justa correspondencia, fue bautizado por los hombres del proyecto como el «ojo de Curtiss». La «cuna» fue dotada de seis de estas maravillas de la ingeniería electrónica: unas esferas de acero de 2,19 centímetros de diámetro, totalmente blindadas, susceptibles de ser lanzadas desde el módulo y, convenientemente apantalladas en la banda del espectro IR, teledirigidas a distancias no superiores a los 10 kilómetros, pudiendo inmovilizarse, incluso, a una altitud de 1 000 metros. Estos equipos —que harían hoy las delicias de los servicios de espionaje del mundo— nos permitirían «registrar» escenas y conversaciones que, en condiciones normales, hubieran sido de difícil acceso (1). En

(1) Aunque el «ojo de Curtiss» entra de lleno en el ámbito del secreto militar, no hallándome autorizado a desvelar las claves de sus microsistemas, entiendo que no violo ninguna norma si únicamente me limito a transcribir aquellas funciones que estuvieron directamente relacionadas con nuestro trabajo. En síntesis, estas esferas habían sido provistas de sendas cámaras fotográficas electrostáticas, con una propulsión magnetodinámica que, como decía, les permitía elevarse a una determinada altura, pudiendo captar imágenes fotogramétricas y toda suerte de sonidos. En su interior había sido dispuesto un micrófono diferencial, integrado por 734 células de resonancia, sensibilizadas cada una en una gama muy restringida de frecuencias acústicas. El campo de audición se extendía desde los 16 ciclos por segundo hasta 19 500. Los niveles compensados —con respuesta prácticamente plana— disfrutan de un umbral inferior a los 6 decibelios. (Es preciso añadir que las células registradoras de frecuencias infrasónicas, debido a sus «microdimensiones», no trabajaban con resonancia propia.) El nivel de corte superior era de 118 decibelios. Otro de los dispositivos alojado en el «ojo de Curtiss» consistía en un detector de helio líquido (puntual), capaz de registrar frecuencias electromagnéticas que se extienden desde la gama centimétrica hasta la banda *betta*. El equipo de registro discrimina frecuencias, amplitud y fase, controlando simultáneamente el tiempo en que se verificó la detección. También dispone de un emisor de banda múltiple, generador de ondas gravitatorias, que resultaba de gran utilidad en las comunicaciones con los órganos de control situados en la «cuna», así como de un retransmisor para la información captada por los diferentes equipos. El «ojo» podía inmovilizarse en el aire, gracias a un equipo, igualmente miniaturizado, de nivel gravitatorio, que le permite hacer «estacionario» a diferentes altitudes mediante el registro del campo gravitatorio y el correspondiente dispositivo propulsor. (La medición del campo se verifica con un acelerómetro que evalúa la constante g en cada punto, controlando el comportamiento de caída libre de una molécula de SCN_2Hg (tiocianato de mercurio). El delicado ingenio

dos de las inminentes apariciones del Resucitado a sus «íntimos» tendríamos ocasión de comprobar el grado de eficacia del «ojo de Curtiss». De no haber sido por él, algunos de los sucesos acaecidos a orillas del lago habrían quedado mutilados o lamentablemente deformados.

Se daba, además, otra circunstancia que, por sí misma, justificaba la utilización de estos minúsculos, casi «humanos», dispositivos. En el caso, por ejemplo, de las apariciones de Jesús en el lago, ninguna de las citas evangélicas refleja con exactitud en qué punto de la costa o de tierra adentro se registraron. Todas las sospechas apuntaban hacia las áreas de Bet Saida o Cafarnaum y hacia la colina de las Bienaventuranzas. Pero esto no era suficiente ni

---

podía desplazarse de acuerdo con dos sistemas de control. En algunos casos, un transceptor de campo gravitatorio en alta frecuencia emitía impulsos codificados de control que eran automáticamente corregidos cuando el «ojo» se hallaba en las inmediaciones de un obstáculo. El operador, desde tierra, podía observar en una pantalla todo el campo visual detectado por la esfera. Este procedimiento era complementado mediante la «carga» de una secuencia de imágenes y perfiles topográficos del terreno que se deseaba «espiar». De ahí la importancia del «circuito» aéreo sobre las trece parcelas en que había sido dividido el litoral del lago. Este barrido televisual servía de «guía» al «ojo de Curtiss». La sucesión de imágenes llevaba fijada la trayectoria, que a su vez era memorizada en una célula de titanio cristalizado, químicamente puro. En el interior del «ojo», una «microcámara», cuyo filme fue sustituido por una pantalla que traduce la recepción de fotones en impulsos eléctricos, recoge las sucesivas imágenes de los lugares sobre los que vuela la esfera. (La sensibilidad de dicha pantalla se extiende hasta una frecuencia de $7 \cdot 10^{12}$ ciclos por segundo [espectro infrarrojo], con lo que es posible su orientación, incluso, en plena oscuridad.) Tales imágenes son «superpuestas» a las registradas en la memoria y que, insisto, fueron previamente tomadas por el módulo en el referido vuelo alrededor del mar de Tiberíades. Este equipo óptico explora ambas imágenes y, cuando las primeras no coinciden con las memorizadas, unos impulsos de control corrigen la trayectoria de los equipos propulsores y de dirección. De este modo, el «ojo de Curtiss» puede orientar sus propios movimientos, sin necesidad de una manipulación exterior de naturaleza teledirigida. En nuestro caso, el control desde la «cuna» fue prácticamente continuo. Lamentablemente, en la actualidad, una parte de este prodigioso sistema ha terminado por filtrarse a otros círculos militares que, aunque de forma incompleta, han empezado a desarrollar los que se designan como sistema de guía TERCOM (Terrain Contour Mapping) y sistema SMAC (Scene Matching Area Correlation), tristemente usados para la guía de misiles *(N. del m.)*

riguroso. De ahí que, llegado el momento, en el supuesto de que no me hallara presente, uno de estos «ojos», previamente programado, podía ser catapultado hasta el lugar, registrando imágenes y sonidos.

Y la jornada fue extinguiéndose. Y Eliseo y quien esto escribe aguardamos impacientes el nuevo día. Los planes de la operación, una vez más, iban a ser modificados sobre la marcha.

19 DE ABRIL, MIÉRCOLES

Mi hermano de expedición, previsor y meticuloso, me previno. Las reservas alimenticias y de agua se agotaban. Estas cosas, de aparente escasa importancia, jugaban también su papel. Y en ocasiones, como se verá, nos forzaron a bruscos cambios en los planes. En este caso, la alteración del programa resultaría providencial. Los víveres, como ya expliqué, habían sido programados para un total de doce días. Reduciendo la dieta podíamos resistir hasta el mediodía del viernes, 21. Pero tampoco era cuestión de agobiarnos con servidumbres de esta índole. Nuestras fuerzas e inteligencias debían estar prestas y al servicio de menesteres menos prosaicos. Así que, de mutuo acuerdo, convenimos en romper lo programado por Caballo de Troya. Ese mismo miércoles, 19 de abril, descendería a la cercana población en busca de alimentos. Pero antes, aprovechando la serena y soleada mañana, intentaríamos solventar otro asunto.

La colina continuaba desierta. Ello nos animó a poner en marcha nuestra primera salida conjunta del módulo. La temperatura en el exterior —11 °C a las 07 horas—, con certeras posibilidades de ir aumentando hasta 21 o 22 hacia el mediodía, y un 49,5 por ciento de humedad relativa, eran signos que anunciaban un día templado, muy adecuado a nuestros propósitos.

Y Eliseo, sin reprimir la emoción, cambió su habitual mono de trabajo por una vestimenta propia de la época, sustancialmente similar a la mía: un faldellín o falda corta marrón oscura y una túnica negra, de lino, con dos franjas rojas y paralelas en el centro, que se prolongaban por delante y por detrás, al estilo de las confeccionadas en En Gedi, en la costa occidental del mar Muerto. El cíngulo o ceñidor, trabajado en cuero y de 10 centímetros de anchura, era diferente al mío. Consistía en una utilísima pieza hueca, idéntica a las halladas en las ruinas de Masada, que permitía guardar dinero y pequeños enseres. Una fíbula de bronce, simulando un arco, hacía de cierre.

El calzado para esta fugaz escapada de la nave tampoco fue muy diferente al usado habitualmente por quien esto escribe: sandalias con suela de esparto, trenzado en las montañas turcas de Ankara, pulcramente perforadas por sendas parejas de tiras de cuero de vaca, debidamente empecinadas, que se enrollaban a la canilla de la pierna.

Prescindimos de las *chlamys*. La agradable climatología y lo engorroso de tales mantos —todo hay que decirlo— no hacían necesario ni aconsejable su uso.

Y una vez modificado el alcance de los sensores de radiación infrarroja —prolongando su radio de acción hasta los 300 pies—, mi compañero cargó una bolsa de hule con el instrumental que, según nuestros cálculos, podíamos necesitar en la inminente exploración. Y lenta y parsimoniosamente, como si en ello le fuera la vida, descendió hacia la laja de piedra. Le seguí con curiosidad. Aquél, en efecto, era su primer contacto directo con la Palestina de Jesús. Un Jesús de Nazaret a quien no había tenido la fortuna de contemplar cara a cara. Yo lo sabía. Conocía bien sus inquietudes y su acariciado sueño y allí mismo, bajo la «cuna», supliqué a los cielos para que esa oportunidad no se malograra. Ninguno de los dos imaginábamos entonces lo cerca que estábamos de tan crucial y decisivo encuentro...

Al igual que sucediera conmigo en la segunda salida, Eliseo, durante unos instantes, permaneció mudo. La belleza de la verdeante y perfumada colina no era para menos. Paseó la vista a su alrededor y, dejándose arrastrar por uno de sus impulsos, clavó la rodilla derecha en tierra, arrancando un húmedo manojo de hierbas y flores. Lo llevó hasta los labios y, entornando los ojos, lo besó. ¡Hipócrita! ¡Todo puro teatro!... Después, sonriéndome, pareció excusarse por aquel gesto que, quizá, yo podía interpretar como algo pueril. No fueron ésos mis pensamientos...

Al punto, nada más separarnos de la invisible «cuna», la «cabeza de cerilla» alojada en mi oído derecho comenzó a pulsar. Era la señal previamente establecida. «Santa Claus», según lo programado, había iniciado la emisión de una serie de impulsos electromagnéticos de 0,0001385 segundos cada uno, perfectamente audible a través de la conexión auditiva. El dispositivo no era otra cosa que un reajuste del escudo protector IR. En el supuesto de que alguien penetrara en el círculo infrarrojo de 300 pies de radio, los sensores, tras captar la presencia del intruso, traducían la señal a impulsos eléctricos y, automáticamente, el computador central la reemitía en forma de mensajes de corta duración. Aunque nos encontráramos a 15 000 pies de la nave, «Santa Claus» podía «interpretar» y reconvertir la alerta IR, transmitiéndola hasta nuestra posición. Este sistema, de gran fiabilidad, nos autorizaba a abandonar el módulo, sin que por ello dejáramos de registrar la proximidad de hombres o animales en la mencionada zona de seguridad de la máquina. En el caso que nos ocupa, estos impulsos electromagnéticos fueron provocados por nosotros mismos, situados en pleno campo de acción de los sensores de radiación infrarroja. Al alcanzar las inmediaciones del circo basáltico y escapar así del escudo IR, los «pitidos» cesaron.

Trepamos a lo alto de las rocas y, tras cerciorarnos de la soledad del entorno, nos dispusimos a desvelar el misterio que guardaba la piedra circular.

Con un par de secos taconazos, la cuña cedió. Y la pesada muela, sin apenas ayuda, se deslizó por gravedad hacia la izquierda, rugiendo en su roce con la pared de caliza. Una negra boca rectangular, de unos 90 centímetros de altura, apareció ante nosotros. Nos miramos con inquietud. ¿Debíamos proseguir? La tenebrosa oscuridad me hizo dudar. ¿Hasta qué punto era necesario arriesgarse en una aventura como aquélla, al margen de nuestra verdadera misión? Pero Eliseo, adivinando mis pensamientos, arrojó el saco al interior y, sin más contemplaciones, gateando, se introdujo en la galería. Le seguí con el corazón acelerado. Y ya en el angosto túnel, empezamos a percibir un olor acre y desabrido que nos puso en la pista de lo que en verdad encerraba la cueva. Mis sospechas eran fundadas. Y, seguros de la total ausencia de testigos, nos decidimos a utilizar una potente linterna de 33 000 lúmenes, a batería, con una autonomía de casi dos horas (1). (En otras circunstancias, obviamente, este foco ni siquiera habría salido de la nave.) El pasadizo, de unos 2 metros de profundidad, desembocaba en una antecámara rectangular, igualmente excavada en la roca, cuyo techo —a casi 3 metros de altura— nos permitió erguirnos. El suelo de la sala, ligeramente más bajo que el del pasadizo de entrada, se hallaba rodeado de anaqueles de piedra. En el centro geométrico de cada uno de los muros se abrían sendos arcos —a manera de puertas y de 1,80 metros de altura— que conducían a otras tantas cámaras, todas cuadradas, de 8 metros de lado. En aquellos cubículos, a pesar del carácter hidrófilo de la caverna, que «absorbía» buena parte de los gases, el tufo a sulfídrico y amoníaco era tan denso y nauseabundo que, por comodidad, echamos mano de las máscaras, prudentemente incluidas en el petate. (Como médico sabía que, al cabo de unos minutos, la pituitaria terminaría por saturarse y la membrana nasal dejaría de percibir la molesta y abrumadora fetidez. Pero respeté los lógicos deseos de mi hermano.) En efecto, nos hallábamos en una cripta funeraria de grandes proporciones que, con toda probabilidad, guardaba los restos mortales de alguna adinerada familia de Cafarnaum, o quizá de todo un colectivo. Al pie de las paredes, sobre los anaqueles, se abrían los *kokim* o nichos (en algunos muros contamos hasta nueve), sellados por otras tantas piedras circulares. Al retirar las muelas aparecieron unas celdas de 2 metros de largo por 80 centímetros de alto y 55 de anchura. En su interior reposaban unos curiosos sarcófagos rectangulares de madera —casi todos de ciprés y sicomoro—, fabricados a base de tablones unidos por bisagras y clavijas. Dispusimos el vestuario de protección —dos pares de guantes para cada uno, gafas, gorros y sendos mandiles que nos cubrían desde el cuello hasta los pies— y, procurando no descomponer los deterio-

---

(1) La magnífica lámpara, de cristal de cuarzo, disponía de cinco acumuladores de cadmio-níquel estancos, con una capacidad de 6 amperios-hora por acumulador. *(N. del m.)*

rados cajones, tiramos de ellos hasta situarlos en el centro de la sala. Al destaparlos fuimos encontrando un sistema de enterramiento —muy común en el siglo I antes de Cristo— que consistía en la superposición, en un mismo ataúd, de dos y hasta tres individuos, separados por colchones de cuero. (Generalmente, un adulto y un niño o dos adultos y un infante.) Junto a los restos se alineaban cazuelas y recipientes de barro y, en cinco de ellos, ocupados por mujeres, sandalias y una moneda acuñada en la época de Herodes. La mayoría se hallaba en estado óseo. Sólo unos pocos habían pasado a la situación de desintegración pulverulenta. Varios de los niños aparecían momificados y desecados. Tres de los enterramientos, en cambio, mucho más recientes, se hallaban en la segunda y tercera fases de putrefacción —períodos enfisematosos y colicuativos—, con los cadáveres hinchados, repletos de ampollas, materialmente asaltados por las escuadras o cuadrillas cadavéricas y con las redes venosas presentando la típica imagen en retículo marmóreo: rojas, verdes y ramificadas desde la base del cuello hasta las ingles. Muy probablemente habían sido sepultados en el transcurso de los últimos dos o tres meses.

La incisión en los vasos reveló que estaban llenos de burbujas de gas y de sangre, en pleno proceso de hemólisis (1).

Pero no era aquello lo que en realidad buscábamos. Y una vez concluidos los análisis e investigaciones en las cámaras funerarias, sellados de nuevo los nichos, nos en-

(1) La hemólisis consiste en la desintegración o disolución de los corpúsculos sanguíneos, especialmente de los hematíes, con liberación de hemoglobina por la acción de lisinas específicas o hemolisinas de bacterias, sueros hipotónicos, etc. En el caso de descomposición de un cadáver, los gérmenes del tipo anaeróbico formador de gas crecen desde el intestino hacia los tejidos del flanco adyacente y, a través del sistema, porta hacia las principales venas sistémicas, disgregando la sangre y tiñendo los tejidos, primero en rojo, después en verde, dado que la hemólisis va seguida en su evolución por la formación de SH_2 y de sulfometahemoglobina verde. Pequeñas burbujas pasan a través de los tejidos y forman vesículas en la piel. Los caracteres aumentan hasta que todo el cuerpo queda abotargado, y los tejidos, saturados de líquido, eventualmente se licuefican y desintegran. Aunque la mayor parte de este proceso se debe a organismos intestinales anaeróbicos, se acelera a causa de bacterias ambientales y se obstaculiza cuando existe inmersión en agua o enterramiento. *(N. del m.)*

caminamos a la planta inferior de la cripta. En el pavimento del cubículo practicado frente al túnel de entrada, unos peldaños permitían el acceso a una segunda sala, de casi 30 metros de fondo, repleta de nichos y arcosolios. Allí, en repisas igualmente excavadas en la roca viva, descansaba nuestro principal objetivo: una treintena de osarios rectangulares, tallados en piezas únicas de piedra caliza, con tapas separadas. Casi todos presentaban los nombres, origen de la familia y datos personales de la vida de cada uno de los enterrados, grabados en hebreo y griego. Estas inscripciones nos ayudarían a establecer los parentescos y a verificar otros datos antropológicos. Cada osario —de 50 centímetros de alto por 70 de largo y 25 de ancho— contenía los huesos desarticulados de uno o varios individuos, trasladados a las arquetas de piedra después del primer enterramiento y de la descomposición de la carne. Otros, más reducidos, guardaban la osamenta de niños. En el centro de la cámara, en un ancho pozo de 2 metros de diámetro, se apilaba un caótico montón de huesos humanos, mezclados con vasijas de barro, la mayoría rota e inservible.

Una oportunidad como aquella quizá no se repitiera. Por razones fáciles de comprender, un estudio antropológico de los judíos vivos de aquel tiempo resultaba casi inviable. De ahí que, al detectar las galerías subterráneas y sospechar su naturaleza, tanto Eliseo como yo estimamos que, al margen de la misión propiamente dicha, no debíamos menospreciar la ocasión de estudiar los restos humanos allí depositados y que, sin duda, revelarían datos de gran interés científico. E, ilusionados con el proyecto, nos embarcamos en un febril análisis osteológico. (En días sucesivos, mi compañero se encargaría de concluir las mediciones, aventurándose en solitario en la cripta. Lamentablemente, esta temeridad nos reportaría un susto de muerte y una lección que no olvidaríamos.)

En total logramos examinar los restos de 197 individuos, pertenecientes a tres generaciones de la familia de un tal Yejoeser ben Eleazar y su esposa Slonsion. El apellido Goliat aparecía grabado en la mayor parte de los osarios. Pues bien, las conclusiones más destacadas de este estudio —extensibles en buena medida a la generalidad de la población de la Galilea— fueron las siguientes:

El 50 por ciento de los individuos había fallecido antes de los dieciocho años. (Dentro de este grupo, la cifra más alta de mortalidad correspondía a los primeros cinco años de vida.) Ello reflejaba algo que, en el fondo, ya sabíamos: el índice de mortalidad infantil era muy considerable.

También fue observada una alta incidencia de anomalías en el sistema óseo (1), con un fuerte predominio de la artri-

(1)   Las principales anomalías consistían en sutura metópica patente en uno de cada quince cráneos; huesecillos en la sutura lamboide, en dos; reducción unilateral del canal condilar en uno de los cráneos y ausencia del mismo en un segundo cráneo; tori auditivi en 4 de 57; fusión congénita del axis y la tercera vértebra cervical en 2 de 27; formación incompleta del arco nérveo en uno de 29 atlas y 1 de 27 axis; formación de doble arco en 2 de 20 atlas; diversos grados de fusión de la última vértebra lumbar con el sacro en 4 de 12 casos; un caso de espina bífida y dos de pelvis con aplasia congénita del acetábulo. En el referido y extendido problema de la artritis fueron observados todos los grados: desde la erosión y corrosión de las superficies articulares, hasta la formación osteófita. En ciertos casos, la osificación de ligamentos intervertebrales resultó, al parecer, de la fusión de dos o más vértebras de la región torácica. También aparecieron compresiones laterales de las vértebras torácicas, ocasionando cuerpos vertebrales en forma de cuña. (La «quifosis» sería hacia el lado derecho.) Los cambios artríticos en otras uniones de la columna vertebral eran frecuentes en la región de los hombros. Los casos más graves aparecieron en los huesos que presentaban fracturas que habían sanado, pudiendo estar asociados a los consecuentes cambios de postura. En total hallamos evidencias de cuatro fracturas antiguas: una en la clavícula, otra en el metatarso y, las restantes, en el cúbito y en el peroné. Todas sanaron con poca o ninguna deformidad, aunque la del peroné, con una proliferación excesiva del hueso, sugería una infección benigna. Estos patrones fueron considerados como una condición degenerativa de la columna y de las articulaciones, muy difundida y relacionada con la edad.

Varios de los cúbitos y radios aparecían también atrofiados y, otros, inflamados y curvados. En uno de los húmeros, la epífisis estaba poco desarrollada. Lo asocié con una deformidad del cuello y de la región tuberosa del deltoides. La verdad es que todos, hasta cierto punto, indicaban cierto grado de parálisis de los músculos de la extremidad superior. Sospechamos que varias de las anomalías congénitas podían estar emparentadas con cambios patológicos en el sistema neuromuscular. La aplasia del acetábulo produce una señalada cojera, ya que no se forma articulación en la cadera. En cuanto al grado del daño en el sistema nervioso del individuo que había sufrido de espina bífida fue, lógicamente, difícil de evaluar, ya que no disponíamos de los huesos asociados. (Estimamos que dicha condición estaba vinculada a diversos índices de parálisis, pudiendo ocasionar uno de los casos de atrofia de

tis, en especial entre los hombres y mujeres de mayor edad, muy extendida en las regiones cervical y lumbar de la columna.

En cuanto a la dentición, el cuadro final fue igualmente calamitoso. Encontramos caries en un 37 por ciento de los maxilares. (En general eran interpróximas en caninos y molares.) También descubrimos abscesos alveolares en un 28,5 por ciento de los maxilares y en un 30,2 por ciento de las mandíbulas: la mayoría en las regiones molar, de caninos e incisivos. El desgaste era mayor en los especímenes más antiguos. (Muy señalado en los molares y premolares.) La reabsorción alveolar denotaba una grave enfermedad periodontal, causa, sin duda, de la frecuente pérdida antemortem de dientes. Según nuestras observaciones, los primeros en caer eran los molares. (Detectamos también dos caninos inferiores de raíz doble; un cráneo con ausencia congénita de caninos maxilares y un canino deciduo y un incisivo con las raíces y coronas fusionadas.) Las condiciones dentales de la población eran, por tanto, lamentables. (A los problemas degenerativos de naturaleza congénita, avitaminosis, etc., había que añadir el excesivo consumo de pan —elemental en la dieta de los hebreos— que conducía con seguridad a la enfermedad periodontal y a un notable desgaste de las piezas.)

Los cráneos de aquellos galileos resultaron, en el caso de los varones, claramente mesocéfalos (1), mientras que los de las hembras —relativamente más anchos— aparecieron como braquicéfalos (2). La proliferación de cráneos

---

la parte superior del brazo.) A veces, también el sistema nervioso se ve afectado por otra de las anomalías congénitas que observamos —fusión de las cervicales—, situación registrada en el llamado síndrome de Klippel-Feil. (*N. del m.*)

(1) Mesocéfalo: cráneos medios, más o menos redondeados y de dimensiones parecidas. (*N. del m.*)

(2) Braquicéfalo: cráneo más corto. La media entre las mujeres fue un 77,7 por ciento. Las caras en uno y otro sexo eran más cortas, con un índice nasal mesorrino. En el capítulo de las mediciones poscraneales se computó la distribución de frecuencia de las medidas para determinar si existía una distribución bimodal, que pudiera ayudar al esclarecimiento del sexo de forma individual. El fémur aportó la evidencia más clara de dimorfismo. La longitud oblicua, la anchura bicondial y el diámetro de la cabeza del fémur resultaron especialmente útiles en este sentido.

masculinos mesocéfalos, con una media de 81,5 en aquellas latitudes, nos obligaría a rectificar el criterio sostenido hasta entonces respecto del cráneo de Jesús de Nazaret, igualmente mesocéfalo y que, fiándonos de los estudios de Von Luschan y Renan, habíamos estimado como «poco frecuente» entre los judíos de la Galilea.

Según los compases de arco, reglas y calibres utilizados, la estatura media de aquellos especímenes —ratificada en observaciones posteriores y directas— oscilaba alrededor de 1,66 metros en los hombres y de 1,48 en las mujeres. En consecuencia, con su 1,81, Jesús de Nazaret también fue en esto una excepción. A título de anécdota diré que, al clasificar los huesos de la cripta, descubrimos dos osamentas extremadamente altas y robustas. Una arrojaba una talla de 1,88 metros y la segunda 1,77. Dadas sus notables diferencias con el resto, estos individuos —varones— no fueron incluidos en el análisis métrico general en el que, por cierto, «Santa Claus» desempeñó un decisivo papel (1).

En uno de los cráneos, los huesos frontales eran muy densos y las rugosidades supraorbitales, masivas. Una gran mandíbula con hueso denso que encontramos por separado, probablemente correspondía a este cráneo. Un meticuloso examen osteológico mostró una nueva formación ordenada del hueso. En otro de los cráneos descubrimos una lesión erosiva en la región frontal. Teníamos conocimiento de que este tipo de lesión había sido detectada también en ejemplares de Egipto y Nubia. Probablemente representaba la reabsorción del hueso, como consecuencia de una irritación crónica de una úlcera del tejido blando que lo recubría.

Se observó asimismo *criba orbitalis* en la mayoría de los cráneos de los niños, con osteoporosis en los huesos parietales y occipitales. Posiblemente se debía a una deficiencia de hierro y proteínas o quizá a una infección de la madre. Esta hipótesis se vio apoyada por los hallazgos de cráneos de adultos con una fuerte diploe y *stenae hyperplastica*, condiciones que se registran como consecuencia de la destrucción de eritrocitos por malaria. *(N. del m.)*

(1)   En los análisis osteológicos se utilizaron las medidas de Martin-Saller. La edad y el sexo fueron determinados usando, entre otros, el criterio de Krogman. Con el fin de establecer afinidades raciales, los hallazgos fueron comparados por «Santa Claus» con los de Arensberg (para los restos del período romano-bizantino de Jerusalén y En Gedi) y con los de Haas y Nathan (para los restos de Acre). Los fémures eran platiméricos y las tibias, por el contrario, mesocnémicas, con señales de agarrotamiento. Esta circunstancia pudo estar provocada por una continua flexión de las piernas, debido quizá a lo accidentado del terreno en aquella región del país. *(N. del m.)*

Tres horas después de haber penetrado en el complejo funerario, con la segunda batería medio agotada, impacientes por respirar aire puro e intranquilos ante lo dilatado de la estancia fuera del módulo, dimos por finalizada la primera sesión de trabajo a la que, como queda dicho, seguirían otras no menos apasionantes jornadas.

Lo que no resultó tan fascinante fue el obligado cierre del panteón. A pesar de nuestros esfuerzos, la pesada muela —con sus 400 o 500 kilos— apenas se movió. El canalillo en rampa sobre el que debía rodar fue un obstáculo insalvable para estos sudorosos y desesperados expedicionarios. Lo intentamos una y otra vez, volcándonos materialmente sobre la roca y empujando hasta que las manos nos sangraron. Imposible. Extenuados, no supimos qué hacer. Pero Eliseo, confiado y optimista, enfocó el percance por su lado bueno: después de todo, aquello facilitaba el acceso y las futuras investigaciones. El razonamiento no me tranquilizó. Si los lugareños descubrían —como así fue— que la cripta había sido violada, los estudios e, incluso, el punto de asentamiento de la nave podían correr graves riesgos. La intuición no me engañaría...

Hora sexta. (Aproximadamente, las doce.)

Como habíamos convenido, me dispuse a bajar a la todavía supuesta ciudad de Jesús: Cafarnaum. Inspeccioné mi atuendo y la bolsa de hule, cambiando de calzado. El programa ordenaba que, a partir del aterrizaje a orillas del lago, las habituales sandalias de esparto debían ser reemplazadas por las «electrónicas». Para la caminata que estaba a punto de iniciar y para las que me aguardaban en días sucesivos, aquel invento resultaba tan útil como imprescindible. El material y las formas eran básicamente idénticos. Sólo las suelas —parcialmente ahuecadas— las hacían diferentes. En su interior habían sido dispuestos dos sistemas miniaturizados: un microtransmisor y un contador de pasos. El primero, vital para mi localización en las pantallas de la «cuna». (Cuando, por necesidades de la exploración, me viera forzado a desplazarme a distancias superiores a los 15 000 pies del módulo, este dispositivo sustituía, en parte, la escasa o nula fluidez de la conexión auditiva.

Una señal emitida por dicho microtransmisor era entonces captada y amplificada en el extremo superior de la «vara de Moisés» y reenviada hasta las antenas de la nave mediante un potente láser. De esta forma, Eliseo y yo permaneceríamos medianamente comunicados. De hecho, en determinadas misiones, el sistema fue utilizado como una clave para marcar el inicio o el remate de operaciones y maniobras específicas.)

El segundo equipamiento electrónico contaba con un microcontador de pasos, un cronómetro digital, un sensormedidor del gasto energético en cada desplazamiento y una célula programada para elevar la temperatura del calzado en caso de extrema inclemencia (1).

En principio, mi presencia en el referido núcleo humano debía ser lo más breve y cauta posible. Lo justo para adquirir una razonable cantidad de víveres que aliviara nuestra penosa situación. Más adelante, una vez que los discípulos del Resucitado arribaran a la zona, mis idas y venidas quedarían menos limitadas. Éstos eran los planes. Pero, ya se sabe, el hombre propone...

Y a eso de las 12 horas, como venía diciendo, con las «crótalos», 40 sequel y algo más de 80 sesterios en la bolsa de hule impermeabilizado, abandoné la «base-madre», pletórico de fuerzas y —por qué negarlo— con un sutil cosquilleo en las entrañas. Aquél iba a ser el escenario de mis próximas aventuras y, lo que era más importante, de mis posibles reencuentros con el añorado rabí de Galilea.

Tomé la dirección del circo basáltico y, tras salvar las grandes rocas negruzcas, me deslicé por la verdeante ladera oriental, siguiendo la estrecha pista de tierra rojiza que moría en la explanada de la cripta. El camino aparecía solitario. Aquello me tranquilizó. La condición de extranjero y gentil no me favorecía. Si alguien me descubría descendiendo por aquella vereda, quizá se formulase más de una

(1) El sensor del micromarcapasos fue ubicado en la entresuela: en la zona correspondiente a los dedos. Los datos registrados por la sandalia eran almacenados en un minúsculo disco magnético, alojado a la altura del talón. Posteriormente podía ser «leído» y decodificado por el computador central. En cuanto a la célula térmica, se hallaba programada para regular la temperatura de los pies entre 5 y 7 °C por encima de la media ambiental. *(N. del m.)*

pregunta. ¿Qué pintaba un pagano en las inmediaciones de un lugar tan sagrado como un cementerio judío? Comprendí que, mientras la roca circular no fuera devuelta a su primitiva posición, debería evitar aquella ruta. Pero, por suerte, los campos colindantes, en plena maduración, aparecían desiertos.

Al ganar la bifurcación respiré aliviado. La distancia recorrida desde el «punto de contacto» hasta la división del sendero ascendía a 600 metros. Desde allí, por una pendiente más suave, el camino conducía directamente al extremo occidental de la población, sorteando —a derecha e izquierda— numerosos y dorados trigales. No pude remediarlo. Y empujado por la curiosidad me detuve junto a uno de los campos, examinando las cargadas espigas. La cosecha se presentaba espléndida, con treinta y hasta cincuenta granos por planta. Unos granos duros, descortezados y ricos en gluten —típicos del llamado trigo duro, muy frecuente en la Palestina de Jesús—, que producían una excelente harina. Más allá, en otras parcelas, curvada también por el peso del fruto, se distinguía una segunda especie de trigo: la escanda, de inferior calidad, cuyos granos descascarillados no admitían la trilla.

El polvoriento sendero desembocaba en la gran arteria que bordeaba parte de la costa oeste del lago y que habíamos tenido ocasión de contemplar desde el aire y desde el lugar de asentamiento del módulo. Si mis cálculos no fallaban, la distancia recorrida entre el circo de basalto y la confluencia del camino con la calzada podía estimarse en algo más de una milla. Al final de esta senda principal, a unos 300 o 400 metros hacia el este, se divisaban los negros muros de la ciudad en la que debía adentrarme. Sentí un escalofrío. A pesar del entrenamiento y de las muchas horas vividas en Jerusalén, Betania y los alrededores de la Ciudad Santa, tuve una incómoda sensación. Fue como si empezara de cero. Como si aquella nueva fase de la exploración ocultara emociones y peligros con los que no habíamos contado. Espanté estos presagios y, por espacio de algunos minutos, tras comunicar a Eliseo mi posición, me entretuve en el examen de la calzada. Porque, en efecto, de eso se trataba: de una de las robustas y magníficas vías, de diseño y construcción enteramente romanos, de 4,5 metros de anchura, elevada sobre el terreno circundante en unos 80 centímetros y perfectamente enlosada con grandes y erosionadas placas de basalto, cuadradas y rectangulares, cuyas junturas habían sido invadidas y coloreadas por verdes regueros de hierba y maleza. A la derecha del bordillo y de las numerosas cantoneras que cerraban el camino (en este caso, mirando hacia la población), corría un estrecho pasillo, pavimentado a base de pequeños guijarros negros, de menor dureza que las losas de la calzada e ideado sin duda para el paso de hombres y animales. El *summum dorsum* o calzada aparecía ligeramente abombada, facilitando así el desagüe. Una vez más quedé maravillado. A pesar de lo accidentado e ingrato del terreno, los excepcionales constructores romanos habían dado muestra de su pericia y buen hacer (1).

(1)   Aquella calzada —la famosa vía Maris—, como la mayoría de las trazadas por los romanos, obedecía a unos patrones que fueron descritos en una de las obras de Estacio (las *Silvas*, IV, 3 v. 40-55), en la que se relata la construcción de la vía Domitiana (año 95 d. J.C.), que, partiendo de Roma, se adentraba en las arenas y salinas de la costa. «El primer trabajo —dice Estacio— fue trazar los surcos, abrir la red de pistas y, mediante una profunda roturación, excavar a fondo el terreno. El siguiente trabajo consistió en rellenar los huecos de las zanjas y disponer un fundamento para la parte inferior del revestimiento, con el fin de evitar que el suelo se hundiese, que la base no estuviese bien asegurada y el lecho vacilara bajo el enlosado.

»Después venía la tarea de cerrar el camino mediante bordillos dispuestos a ambos lados y mediante cantoneras. ¡Cuántos equipos trabajando a la vez! Unos talaban el arbolado y desbrozaban los montes, otros alisaban con el hierro las piezas de piedra y las vigas de madera. Éstos unían las piedras y acababan la contextura de la obra con polvo de cal y toba desmenuzada. Aquéllos desecaban los manantiales y desviaban los riachuelos.» Entre los surcos que habían delimitado la anchura de la calzada se hacía necesario excavar una zanja, cuya profundidad llegara hasta la roca o, al menos, hasta una capa lo bastante sólida como para soportar el peso de la vía. Se procedía mediante la construcción de tramos sucesivos —así continúa describiéndolo Jeannine Siat en su estudio sobre *El Imperio: sus caminos*— que iban uniéndose entre sí. Después se rellenaba la zanja. Los materiales de relleno se disponían en capas sucesivas, siendo la base de piedra, grava apisonada y de arena. Una cubierta de losas daba el acabado al *summum dorsum*. A ambos lados había un bordillo o *umbo*, formado por losas dispuestas verticalmente en posición de paramento y cerradas por la parte exterior mediante pequeños contrafuertes o, a veces, por una acera. Unos calces de piedra, en forma de ángulo o *gomphi*, aparecen

En cuclillas y ensimismado en el examen de la calzada no reparé en la silenciosa aproximación de aquel individuo hasta que, prácticamente, lo tuve a mi espalda. Me sobresalté. El anciano —un sencillo agricultor, a juzgar por su tosco *chaluk* de lana y por el almocafre o pequeña azada para trasplantar que colgaba de su ceñidor— sonrió, deseándome paz y salud. Me observó intrigado y, antes de que pudiera corresponder, preguntó si había perdido algo. Me incorporé y, señalando el polvoriento calzado, balbuceé una excusa: sólo intentaba poner en orden las cintas de las sandalias, maltrechas por la caminata. En contra de lo que esperaba, el hebreo, al detectar mi acento extranjero, no manifestó contrariedad alguna. A diferencia de muchos de los habitantes de Jerusalén, aquel galileo —como la mayoría de los que tuve oportunidad de tratar— hizo honor a la afamada liberalidad de que disfrutaba la región. Una liberalidad agriamente criticada por los ortodoxos y por las castas sacerdotales de la Judea. Y de una forma natural, sin proponérmelo, me vi caminando junto al campesino en dirección a la aldea. El tal Jonás poseía un pequeño huerto en las inmediaciones de la zona de Tabja, muy cerca de los manantiales, y, en honor a la verdad, me brindaría una inestimable ayuda en aquellos primeros tanteos. Tímidamente le interrogué por el nombre de la villa que teníamos a la vista y mi providencial «amigo», atónito, replicó con sobrada razón si la pregunta formaba parte de algún juego o adivinanza o si, por el contrario, trataba de mofarme de su buena voluntad. Apacigüé como pude su lógica extrañeza, asegurando que no era ésa mi intención y suplicando con vehemencia que disculpara la torpeza de aquel cansado peregrino. Fue así, encajando el más que justificado reproche del anciano, como supe que, tal y como sospechábamos, aquélla era la célebre Kefar Nahum (aldea de Nahum), como verdaderamente se conocía a Cafarnaum en los tiempos de Jesús (1). Al parecer, el título de Nahum

distanciados en la calzada, uniendo así el bordillo con el enlosado, que queda fijo. *(N. del m.)*

(1)   El nombre de Cafarnaum se ha visto sometido a una larga y antigua polémica. Orígenes, por ejemplo, interpretó Kefar Nahum como la «aldea de la consolación», a causa del significado etimológico de la raíz hebrea *nhm* (consolación). San Jerónimo, en cambio, la tra-

se remontaba al siglo II antes de Cristo —fecha de su fundación— y le había sido dado en honor a un destacado personaje (Nahum).

A lo largo de todo el flanco oeste de la población —entre la calzada y las casas— se alineaban decenas de pequeños huertos, meticulosamente cercados por muros de piedra negra de un metro o metro y medio de altura sobre los que se destacaban higueras, altos nogales, almendros, granados y tupidos sicomoros, amén de otros frutales que no llegué a identificar. Varios senderillos partían de la arteria principal, perdiéndose entre los muretes de basalto del rico y floreciente cinturón agrícola que cercaba Nahum por aquel extremo y que empezó a darme una idea más precisa de la prosperidad del lugar.

Al llegar a cincuenta metros de la triple y colosal puerta de la ciudad, ubicada al norte, dudé. Bajo los arcos, entre harapientos mendigos y lisiados, distinguí una patrulla romana, con sus características túnicas rojas bajo las cotas de mallas y sus cascos de bronce estañado destelleando al sol. Pensé en despedirme allí mismo de Jonás y tomar una de las veredas que sorteaba los huertos, esquivando así a los soldados. Pero me contuve. No tenía nada que ocultar y la compañía del vecino de Nahum —como llamaré a partir de ahora a Cafarnaum— me favorecía. E, inesperadamente, siguiendo otro impulso, detuve la marcha, proponiéndole algo. Dibujé la más convincente de las sonrisas y, mostrándole un par de sequel, pregunté si aceptaba conducir a aquel torpe y desamparado gentil hasta el hogar de los Zebedeo. Aquélla era mi única referencia, medianamente válida, que podía justificar mi presencia en la villa. Jonás se

---

dujo como «ciudad hermosa» (de la raíz hebrea *n'm*, hermosura). El nombre de Kefar Nahum, sin embargo, siempre se da como una sola palabra en los idiomas no semíticos, eliminando la *h* gutural. En los evangelios griegos aparece en dos modalidades: Capharnaum y Capernaum. La primera, adoptada por Flavio Josefo, está más en consonancia con la pronunciación hebrea. Se supone la más correcta, mientras la segunda se considera entre los especialistas como un término ideomático del distrito de Antioquía. Hasta bastante después de su destrucción, el lugar fue conocido por el antiguo nombre semita de Kefar Nahum. En 1333, el escritor judío Ishak Chelo escribía: «... de Arbel fuimos a Kefar Nahum, que es la Kefar Nahum mencionada en los escritos de nuestros sabios.» *(N. del m.)*

resistió. Conocía de antiguo a la familia de los «constructores de barcos» —como la definió— y, precisamente en honor a esa vieja amistad, rechazó la generosa paga, ofreciéndose gentil y hospitalario a ponerme en contacto, no con la casa de los Zebedeo, sino con el astillero. Al parecer, el hogar de Juan y Santiago se hallaba al otro lado del lago: en un lugar que el labrador denominó «Saidan».

—¿Saidan?

Reemprendimos la marcha y Jonás, complacido ante la posibilidad de mostrar su superioridad sobre aquel desconcertante griego —aunque sólo fuera en el conocimiento de la zona y de sus topónimos—, me explicó que así llamaban a Bet Saida.

El comportamiento del campesino —gesticulante, familiar y derrochando aclaraciones— no despertó sospechas entre la media docena de mercenarios romanos que, aburridos e indolentes, nos vio pasar bajo los sillares de basalto de la triple arcada.

—¿Te refieres a Bet Saida Julias?

Jonás no salía de su asombro. Mi ignorancia parecía no tener límites. Pero, sin perder el buen humor, me hizo ver que «una cosa era Saidan o Bet Saida —en realidad, un barrio pesquero de Nahum— y otra muy distinta Bet Saida Julias, construida por Filipo muy cerca del Jordán y a poco más de 16 estadios (unos 3 kilómetros) de Saidan».

Empezaba a comprender. Saidan era el nombre popular y abreviado de Bet Saida, que poco o nada tenía que ver con Bet Saida Julias.

De buenas a primeras, sin tiempo para acondicionar los esquemas mentales, me encontré frente a una ancha calle de 6 metros de anchura y 300 de longitud, que dividía a Nahum de norte a sur. Era la arteria principal, jalonada a derecha e izquierda por decenas de columnas de 3 metros de altura sobre las que se elevaban edificios de una, dos y hasta tres plantas, todos ellos, como la columnata, construidos a base de piedra negra volcánica.

Sinceramente, quedé desconcertado. Aquello no guardaba semejanza alguna con la paupérrima idea que tienen los cristianos de «nuestro tiempo» de la «ciudad de Jesús». Aquello, dentro de las lógicas limitaciones, era todo un sólido, floreciente y cuidado asentamiento humano, palpitante y en continua agitación, donde los gritos de los aguadores, el monótono reclamo de los vendedores y artesanos instalados bajo los pórticos, el choque de los cascos de las caballerías sobre el húmedo y ennegrecido adoquinado y el presuroso ir y venir de gentes de toda condición y origen se confundían y tapaban mutuamente, convirtiendo la calzada en un torbellino de olores, gestos y luces.

Jonás debió de intuir mi perplejidad. Y, tomándome del brazo, me invitó a proseguir, anunciándome que el taller de los Zebedeo se hallaba al otro extremo de la población, junto al río que bajaba de Korazín.

En verdad, Nahum hacía honor a su condición de villa fronteriza, entre la tetrarquía de Herodes Antipas y los dominios de su medio hermano Filipo. Allí, en pleno cruce de rutas caravaneras, en total armonía con los autóctonos del lugar, traficaban y descansaban extranjeros de Idumea, de Tiro, de la Decápolis, de la Transjordania, de Sidón, griegos, comerciantes en trigo del lejano Egipto, pescadores de todos los puntos del Kennereth, nómadas beduinos y, por supuesto, hebreos, israelitas y judíos de todo el país y de más allá del Mediterráneo.

A uno y otro lado de la calle principal se abrían numerosas vías y callejuelas secundarias, igualmente saturadas de pequeños comercios en los que una cacharrería multicolor, informes pilas de telas, canastos de frutas y hortalizas, sastres con una gruesa aguja de hueso pinchada en la tela, alfareros de manos y pies húmedos, perfumistas, zapateros y una interminable cadena de gremios invadían el pavimento, dificultando el ya comprometido y abigarrado tránsito de hombres y bestias.

En aquella primera y atropellada observación pude comprobar que la casi totalidad de las viviendas había sido edificada a base de pequeñas y medianas piedras basálticas —en forma de discos—, con los intersticios rellenos de barro y guijarros. Sólo las columnas y los dinteles y jambas de algunas de las puertas lucían sillares labrados. A excepción de los edificios que se asomaban a la arteria principal, el resto parecía carecer de cimientos. Alcanzaban una altura máxima de tres metros, con escaleras exteriores que, obviamente, conducían a los terrados. Con el paso de los días, las sucesivas incursiones me proporcionarían una idea más ajustada de la configuración de Nahum, diseñada según el patrón helénico-romano de *cardo maximus* y *decumani*; es decir, con una vía básica —de norte a sur—, interceptada en ángulo recto por otras calles menores. En dicho entramado urbano, con gran sorpresa por mi parte, descubriría interesantes construcciones: baños públicos, posadas, prostíbulos, un teatro al aire libre, plazas, una esbelta sinagoga —creo recordar que el único edificio trabajado a base de piedra blanca calcárea—, centros «comerciales» al estilo de los descubiertos en las ruinas de Pompeya y cinco «ínsulas». (Estos bloques de viviendas, origen de los actuales «apartamentos», se alquilaban por plantas o habitaciones individuales a toda suerte de viajeros, comerciantes o turistas.)

Bajo los pórticos de la arteria por la que caminábamos abundaban las tiendas de alimentos cocidos y de bebidas. Éstas, en especial, eran las más concurridas. Enormes portalones con letreros como «Natanael: el cosechero», «Heber vende lo mejor» o «Aquí, vino de Hebrón», daban acceso a estancias precariamente iluminadas por lucernas de aceite que colgaban de los muros. En torno a largos mostradores de piedra, con campanudas tinajas de barro empotradas en los mismos, una confusa mezcolanza de caravaneros, campesinos y cargadores del puerto bebía, discutía a grandes gritos o saciaba el apetito. Allí se servía vino negro, recio y caliente, cerveza de palma y frituras preparadas a las puertas del establecimiento o en pequeños patios interiores, ahumando y apestando a la parroquia con el inconfundible tufo del aceite hirviendo y de la grasa de pescado. En mitad de la calle, consumidos por nubes de moscas, jumentos y mulas amarrados a unos bordillos agujereados y cargados con las más variadas mercancías aguardaban a sus sedientos dueños.

No pude negarme. Jonás, ignorando mis pretendidas prisas, me arrastró al interior de uno de aquellos antros, abriéndose paso sin demasiados miramientos entre la animada concurrencia. Nadie protestó. Y el tabernero, un obeso y sudoroso sirio de nombre Nabú, obedeciendo los requerimientos del impulsivo anciano, plantó sobre el mármol del mostrador sendas jarras de arcilla, colmadas de un líquido espumoso. El campesino no tardó en inmiscuirse en la conversación general que, por lo que acerté a captar, giraba en torno a las nuevas «burritas» de la posada de un tal Jacob, «el cojo». Las «burritas» no eran otra cosa que una «espléndida remesa de prostitutas fenicias», recién llegada a Nahum.

Con cierta prevención —dadas las dudosas condiciones higiénicas de la taberna— mojé los labios en aquel licor. Resultó una especie de *schechar*: una cerveza ligera y caliente, destilada a base de cebada y mijo.

Algo apartado del grupo esperé a que mi acompañante vaciara su jarra y su verborrea. A espaldas de Nabú, colgados de la pared de piedra y como único adorno del establecimiento, aparecían dos gruesos remos cruzados. En una de las palas, grabada a fuego, se leía: «¡Ay del país que pierde a su líder! ¡Ay del barco que no tiene capitán!» La otra, también en griego, presentaba el siguiente acertijo: «¿Por qué tres cosas se alborota la tierra, y la cuarta no puede sufrir? Por el siervo cuando reinare. Por el necio cuando se hartare de pan. Por la aborrecida cuando se casare y por la sierva cuando heredare.»

Muchas de las tabernas de Nahum, como iría descubriendo, gustaban de aquellos proverbios y de otras alegorías e hipérboles, entresacados las más de las veces de los discursos del filósofo hebreo Filipo de Alejandría, de gran prestigio e influencia en el judaísmo de aquel tiempo, cuyo método, incluso, fue seguido por Pablo de Tarso en su epístola a los Gálatas (4, 21-31). Y de pronto irrumpí en la tertulia, preguntando si aquellas frases habían sido dichas por Jesús. Yo sabía que una de ellas, la segunda, pertenecía al libro de los Proverbios. Pero quise pulsar la opinión de los allí reunidos sobre la figura del Maestro. Fue como un mazazo. Al oír el nombre del rabí, los parroquianos enmudecieron, atravesándome con miradas nada tranquilizadoras.

—Jesús... —añadí vacilante y sin entender la razón de tan súbita y hosca reacción—, el Resucitado. Creo que vivió aquí...

El tabernero tomó la iniciativa y, en tono burlón, resumió el parecer general:

—¿Es que ese loco ha resucitado?

Una sonora y colectiva carcajada refrendó las incrédulas y despectivas palabras de Nabú.

Jonás, perspicaz y conciliador, terció en la embarazosa

situación, haciendo ver a los presentes que sólo era un recién llegado y, como tal, desconocedor de las maldiciones vertidas por el «constructor de barcos» contra Nahum y sus honrados habitantes. El litigio fue olvidado y cada cual volvió a lo suyo. El incidente me serviría de lección. Buena parte de la población despreciaba al Maestro y, lo que era más importante en aquellos momentos, ignoraba que hubiera resucitado. Las noticias de su vuelta a la vida no habían llegado aún al lago. En lo sucesivo debería tener más cuidado con mis preguntas y afirmaciones.

El resto del «paseo» por la calle principal de Nahum discurriría sin mayores incidencias. Casi al final, con las azules aguas del lago a la vista y deseoso de corresponder de alguna forma a la desinteresada ayuda de mi amigo, me detuve frente a uno de los «bazares», repleto de piezas de alfarería, ánforas, vasijas de cristal, alfombras, telas multicolores, vestidos y hasta collares para perros. Jonás, paciente y, en cierto modo, orgulloso por mis continuos elogios de la ciudad, me dejó hacer. Los trabajos de alfarería eran realmente espléndidos. Había vasos importados desde el valle del Po, en Italia; copas de fina terracota roja, con las «firmas» del artesano y de su operario: Naevius y Primus, respectivamente; cuencos de Megara; braseros de barro con bases para los enseres de cocina; urnas del período herodiano e innumerables recipientes en forma de tetera con pico, denominados *guttus*, utilizados para el llenado de las lámparas de aceite. Al final me decidí por un hermoso plato para pescado, con una depresión circular en el centro, que servía para escurrir el aceite. El precio —medio sequel de plata— me pareció desorbitado. Pero, a decir verdad, todo en aquella ciudad de comerciantes y gentes de paso —a excepción de los productos agrícolas, el pescado y la artesanía del vidrio— era prohibitivo. Nahum se veía en la necesidad de importar la mayor parte de las materias primas, así como la carne y otros productos de primera necesidad, y esto, lógicamente, había encarecido la vida, situándola incluso a un nivel superior al de Jerusalén.

Jonás, incrédulo, perdió el habla. Le costaba asimilar que un desconocido, así, espontánea y generosamente, pusiera en sus manos un regalo tan valioso. La «mudez», sin embargo, duraría poco. Hasta que, finalmente, logré desembarazarme de él, sus promesas de «eterna amistad», su adulación y sus ofertas de hospitalidad fueron un penoso martilleo en mis oídos. A pesar de ello tomé buena nota de las encendidas palabras, asegurándole que, quizá más adelante, necesitase de sus servicios. La experiencia me había enseñado a tener muy presente aquel tipo de amistades, tan útiles a lo largo de la exploración.

La Providencia estaba en todo. Al cruzar la última calle transversal a la gran calzada, una bocanada de calor brotó de una de las puertas. Me asomé intrigado. Ante mí apareció uno de los numerosos talleres de fundido y soplado de vidrio de Nahum. Aquella manzana de edificios de una sola planta, prácticamente pegada al puerto, era el barrio de los afamados artesanos y fabricantes de enseres de vidrio y cristal. Alrededor de un patio a cielo abierto se levantaban varios cobertizos, con tejados de caña, en los que trabajaban seis hombres, todos ellos en taparrabo y con los cabellos cubiertos por turbantes. Al fondo, frente a la entrada, formando cuerpo con el muro de basalto y rodeado de altas pilas de troncos, se distinguía un horno de piedra de un metro de altura, permanentemente avivado por uno de los operarios más viejos. A su lado, con el torso brillante por el sofocante calor, otro de los artesanos machacaba con un mazo una polvorienta y lechosa mezcla que iba trasvasando desde pequeños sacos de arpillera a la concavidad circular practicada en la parte superior de una maciza y negruzca mole pétrea que le servía de mesa.

Al vernos, el individuo que atizaba el fuego se apresuró a recibirnos, mostrando con orgullo la variadísima colección de vasijas, frascos para ungüentos y recipientes de toda índole que descansaban en el adoquinado de los pabellones, sobre extensas y amarillas esteras de hoja de palma. Le advertí que, de momento, sólo me movía la curiosidad y, como buen fenicio, lejos de mostrarse contrariado, se brindó locuaz y calculador a responder y satisfacer cuantas preguntas o dudas tuviera a bien formularle. Azemilkos, el propietario del taller, no supo aclararme los orígenes de aquella industria en Nahum. Él la había heredado de su padre y éste, a su vez, del suyo. Algunos de los más viejos artesanos —eso sí lo recordaba— se habían asentado en la villa muchos años atrás, procedentes de Egipto, de donde trajeron las técnicas del fundido, soplado y preparación de las mezclas. Éstas, por lo que pude deducir, se llevaban a cabo a base de arena, polvo, sosa y cal. Una vez mezclados y triturados estos materiales —cuyas proporciones formaban parte del «secreto profesional» del fenicio— eran sometidos a elevadas temperaturas —«hasta alcanzar el color del sol en el horizonte» (posiblemente alrededor de los 1 500 °C)—, obteniendo así una masa fluida y de una aceptable homogeneización. Acto seguido, la rojiza pasta era trasvasada a unos calderos de metal, dejando que reposara. Las impurezas y partículas no disueltas subían a la superficie, formando lo que Azemilkos denominó la «hez del vidrio». Por último, al disminuir la temperatura, la masa adquiría la viscosidad necesaria para que los «especialistas» pudieran trabajarla. Para ello —siguiendo la técnica del soplado—, «enganchaban» una porción de pasta en el extremo de un tubo de hierro, inyectando aire en el interior del vidrio. Esta operación, naturalmente, se ejecutaba «a pulmón». Quedé maravillado ante la destreza del «jefe». En cuestión de segundos, tomando aire en cortas y rápidas inspiraciones, logró hinchar una de las ampollas, convirtiéndola, con varios y diestros tajos, en una prometedora y hermosa vasija.

Por puro formulismo prometí volver y adquirir algunas piezas. No podía sospechar entonces que mi visita al taller de Azemilkos se produciría al día siguiente y por razones totalmente ajenas al puro placer de comprar. Pero sigamos con el desarrollo de aquella jornada, tan rica en sorpresas e imprevistos.

La arteria principal de Nahum desembocaba perpendicularmente al puerto, dividiéndolo prácticamente en dos. Al pisar el negro y encharcado enlosado del muelle (de unos 15 metros de anchura), la inicial sensación de agobio y confusión se multiplicó. Si el centro urbano era un hervidero de gentes y animales, aquel espigón —de unos 700 metros de longitud— no le iba a la zaga. Decenas de cargadores semidesnudos, sudorosos y encorvados bajo el peso de abultados fardos y tinajas, iban y venían desde los diez o quince atraques, soltando las cargas al pie de las caballerías o de pesadas carretas de dos y cuatro ruedas, tiradas por bueyes rojizos y de gran alzada. Otros, siempre bajo la atenta mirada y los látigos de cuero de los capataces, hacían el camino contrario, depositando las mercancías en los terraplenes perpendiculares al espigón o descendiendo tambaleantes por los húmedos y resbaladizos peldaños practicados en las paredes laterales de dichos terraplenes, abandonando ánforas, toneles o cajas en el fondo de las embarcaciones. Un viento del oeste, de cierta intensidad, empezó a soplar sobre el lago, levantando pequeñas olas que hacían cabecear las lanchas. No llegué a contarlas, pero seguramente sumaban más de cincuenta. La mayoría, entre diez y quince metros de eslora, parecía destinada al transporte de pasajeros y de carga. Las había de colores vivos —rojas, azules y blancas— o sencillamente empecinadas, con unas proas afiladas y un calado escaso. Ánforas de todos los calibres, pellejos de cabra, sacos, jaulas con palomas y hasta corderos eran rescatados o almacenados en las bodegas por aquella tropa de escuálidos y dóciles porteadores, en su mayoría esclavos y *am-ha-arez*: la escoria del pueblo. (Aunque la palabra significaba «el pueblo de la tierra», con el paso del tiempo, el término *am-ha-arez* había adquirido un tinte peyorativo, permanentemente alimentado por el odio y las insidias de los rabíes y de las castas sacerdotales. Hillel, por ejemplo, aseguraba que los *am-ha-arez* no tenían conciencia, no alcanzando la categoría de hombres. Otros, como el rabí Jonatán, pretendían que se les abriera en canal, sentenciando que «ningún judío debía casarse con la hija de un *am-ha-arez*» (1). La repulsión hacia estos desgraciados era tal que el rabí Eleazar enseñaba «que era lícito descuartizarlos en sábado».) Toda la Galilea —y muy especialmente Kefar Nahum— era considerada como el principal reducto de los *am-ha-arez* y, en consecuencia, continua y sistemáticamente vilipendiada. El mismo nombre —Galilea— significaba «el círculo de los gentiles».

(1) Los judíos ortodoxos terminaron por dar este calificativo a todos los grupos humanos que, según ellos, habían usurpado las tierras de Israel, en especial, a partir del exilio a Babilonia. Durante esta deportación, muchas de las tierras de Palestina fueron ocupadas por pueblos de origen pagano e impuro: samaritanos, filisteos, arameos, etc. A su regreso, los judíos no les perdonaron esta usurpación, y el odio y desprecio hacia los *am-ha-arez* llegaron al extremo de ser definidos en el Talmud (Berakhoth, XLVII, b) como «aquellos que no comen su pan en estado de pureza ritual». *(N. del m.)*

En la lejanía, aprovechando el repentino viento, algunas embarcaciones habían desplegado unas velas cuadradas, de colores chillones, rojos y negros en su mayoría. Una vez cargada o descargada, cada lancha, en perfecto orden, era removida del atraque, dejando paso a la siguiente. Uno o dos marineros, a proa y popa, manipulaban sendos remos, maniobrando la embarcación con gran destreza.

El tráfico de mercancías era agotador. Allí recalaban cargamentos procedentes de todos los puertos del litoral: desde carnes y tocino salados de la pagana Kursi hasta barriles de pescado en salmuera de Tarichea, pasando por pichones de Migdal, frutas y verduras de las vegas de Guinnosar y de la Betijá, cordelería de Arbel, ganado de Hipos y toda suerte de productos manufacturados del sur, de la Perea y de la Decápolis, transportados hasta el lago en continuas e interminables caravanas de camellos, mulas y jumentos. De la misma forma, pero a la inversa, ricas sedas de la India, maderas del Líbano, especias de todo el Oriente, cosmética, artesanía de Roma y hasta la nieve del Hermón entraban en el Kennereth por el floreciente puerto de Nahum, siguiendo las rutas del norte y del este, en una frenética y pacífica invasión de hombres, lenguas y costumbres.

Aquél, sin dudarlo, había sido el cotidiano escenario de muchos de los momentos de la vida del Maestro. Y envuelto en semejante maremágnum, conforme Jonás me conducía hacia el extremo oriental del muelle, no pude ni quise espantar de mi corazón la posible imagen de un Jesús descalzo y semidesnudo, como aquellos fenicios, sirios y galileos, afanado en el duro trajín del acarreo de bultos o luchando por elevar la pisoteada dignidad de los *am-ha-arez*. Un amargo sentimiento —mezcla de rabia y piedad— se fue adueñando de mi voluntad. Aquellos hombres —ancianos, adultos e, incluso, niños— eran tratados sin piedad. Los látigos, puntapiés y maldiciones caían sobre ellos al menor titubeo o intento de recobrar el aliento. Muchos, con el lóbulo de la oreja derecha perforado, eran menos que los *am-ha-arez*. Formaban el escalón más bajo de la sociedad: el de la esclavitud. En palabras de Varrón, «una especie de herramienta que podía hablar». Aunque gozaban de fama de perezosos, disolutos y ladrones, la verdad es que el trato y las condiciones de trabajo en las que se desenvolvían tampoco eran el marco idóneo para pretender lo contrario. Quizá el sentir general de aquellas gentes hacia los esclavos pueda resumirse en las frases del siracida: «El forraje, el palo y la carga, para el asno; el pan, la corrección y el trabajo, para el siervo. Haz trabajar a tu siervo y tendrás descanso; dale mano suelta y buscará la libertad. Como el yugo y las coyundas hacen doblar el cuello, así al siervo malévolo el azote y la tortura; hazle trabajar y no le dejes ocioso.» Después, la Historia, con un eufemismo más que reprobable, trataría de disimular esta angustiosa realidad, cambiando incluso el término «esclavo» por el de «sirviente» o «criado»... Pero la cruda verdad era aquélla.

En mitad del puerto, a lo largo de dos de los terraplenes triangulares, las operaciones de carga y descarga se veían aliviadas por otros tantos e ingeniosos artefactos —a manera de grúas—, a los que me aproximé con curiosidad. Los responsables del tráfico comercial habían excavado sendos canalillos paralelos en la superficie de roca basáltica de cada uno de los muelles. Unas plataformas de madera de dos metros de anchura, provistas de ruedas, circulaban por las rústicas «guías», cubriendo así los quince metros de longitud de cada terraplén. Sobre las planchas habían sido claveteados unos trípodes —también en madera—, de 1,50 metros de altura, que servían de punto de apoyo a sendas «plumas» de metal, en cuyos extremos oscilaban unas herrumbrosas y chirriantes carruchas de hierro de 30 o 40 centímetros de diámetro. Por este procedimiento, bajo la supervisión de los capataces o de los propietarios de las embarcaciones, varios esclavos o *am-ha-arez* jalaban o arriaban los bultos más pesados hasta depositarlos en el suelo del atraque o en el fondo de las barcas. Casi siempre se trataba de animales —bueyes, terneras o caballos— o de abultadas redes de cuerda repletas de tinajas, barriles y ollas. Muchas de aquellas mercancías —tanto si llegaban por tierra como por el Kennereth— pasaban directamente a los almacenes de piedra, que en número de quince o veinte se levantaban frente al muelle, cerrando así el flanco sur de la ciudad. En el interior se oía un anárquico martilleo. Eran los encargados de acondicionar y asegurar los embalajes. Las piezas más frágiles —cerámica, vidrio y ánforas con vino, aceite o *garum* procedente de las costas de España e Italia— pasaban a cajones de las más variadas dimensiones, meticulosamente enterradas en arena o protegidas y separadas entre sí por hierba y paja seca. Los operarios, con abanicos de clavos entre los labios, iban cerrando los arcones, apilándolos junto a los muros de piedra. De vez en cuando, cuadrillas de porteadores entraban en los pabellones, retirando las cajas o acumulando nuevos fardos entre los ya existentes. En algunos de aquellos depósitos habían sido dispuestas pilas de piedra, enlucidas con mortero, que contenían grandes cantidades de sal —originaria de las salinas del mar Muerto— y de nieve. Esta última, por lo que pude observar en este segundo y en el tercer «salto», llegaba a Nahum, Migdal, Tiberíades y otras poblaciones del lago, a lomos de mulos que descendían a diario desde las cumbres del Hermón, siguiendo las márgenes del alto Jordán. Lo costoso del transporte —las reatas más rápidas empleaban entre ocho y diez horas hasta Kefar Nahum— y lo preciado y perecedero del producto lo habían convertido en un artículo de lujo, asequible tan sólo a las familias adineradas o a los pícaros del lugar, en especial a los taberneros, que, a cambio de generosos pellejos de vino, lograban arrancar de las pilas alguna que otra palada. Para su mejor conservación, la nieve era transportada y almacenada sobre capas de helechos frescos. Pero aquellos salones servían también de cobijo a muchos de los esclavos y *am-ha-arez* empleados en el puerto. Al anochecer, concluidas las faenas, se los podía ver dormitando sobre las redes o sentados entre las mercancías, míseramente iluminados por candiles de aceite y devorando un pan moreno al que, con suerte, acompañaba un puñado de habas crudas o algún que otro pescado.

Durante la jornada de trabajo, al socaire de estos almacenes, hortelanos y pequeños comerciantes extendían sus productos sobre el enlosado, cantando las excelencias de sus respectivos jardines y huertos. Mujeres de ojos escrutadores, embozadas en ropones de colores claros, buhoneros parlanchines y campesinos de piel tostada levantaban de las esteras los manojos de verduras, ajos, cebollas, frutas, plantas aromáticas y medicinales, piezas finas de *bysus*, alfombras, cofrecillos para alhajas y cestas de higos o frutos secos, en una rabiosa —a veces desesperada— pugna por atraer la mirada de los transeúntes.

Aquello me recordó el motivo de mi descenso a Nahum. Consulté con Jonás y éste, con un mohín de desconfianza hacia la calidad y los precios de cuanto allí se ofertaba, me recomendó que, si no era absolutamente necesario, esperase al mercado del día siguiente. Entonces podría disponer de un surtido más abundante y económico. Pero los planes de la operación preveían un jueves enteramente volcado en el seguimiento de los íntimos de Jesús. Así que, venciendo la resistencia del anciano, me entregué a la adquisición de víveres: verduras, algunos kilos de lentejas y garbanzos, habas, cebollas, puerros, ajos, varios saquetes de dátiles de Jericó (los dulces «adelfidos» y los no menos afamados «cariotes», de jugo lechoso y alto poder nutritivo), miel blanca, huevas de pescado encurtidas, sal, nueces, huevos, aceitunas, harina, aceite y algunos pellizcos de comino, eneldo y arveja. De momento renuncié al pescado y a la carne salados. Las nubes de moscas que los envolvían no hacían muy recomendable su consumo. En cuanto al abastecimiento de agua, sencillamente, tuve que prescindir. La canasta con las provisiones era ya lo suficientemente pesada como para, encima, cargar con un odre de 30 o 40 litros. Quizá al día siguiente pudiéramos resolver el problema. Después de todo, los manantiales que brotaban en Tabja se hallaban a media milla de la «cuna».

Al principio, entretenido en el pago de las viandas, no reparé en aquellos aullidos. Pero, al tiempo que los quejidos se hacían más agudos, el parloteo de los hortelanos y vendedores se cortó en seco y todas las miradas se volvieron hacia el centro del muelle. Los esclavos y porteadores más próximos aflojaron el paso, mientras varios de los capataces, entre aspavientos y maldiciones, se precipitaban hacia uno de los *am-ha-arez,* caído en el suelo. A su lado se esparcían los restos de una tinaja de arcilla que había contenido tilapias descabezadas en salazón. Uno de los vigilantes, ciego de ira, descargaba su látigo sobre el infeliz. Con la llegada de los restantes capataces, las patadas, insultos y latigazos intensificaron los gemidos y lamentos de aquel pobre diablo que, acurrucado y retorciéndose entre los añicos y la salmuera, se protegía la cabeza con los brazos, implorando piedad. El repentino silencio en el muelle duraría poco. Transcurridos los primeros segundos de sorpresa, las cuadrillas de porteadores —azuzadas por los juramentos y golpes de los jefes de muelle— recobraron el habitual ritmo de trabajo, esquivando el círculo de energúmenos que se ensañaba con el que había tenido la mala fortuna de caer. Miré a mi alrededor y, estupefacto, comprobé cómo el resto de los trabajadores, comerciantes, aguadores y carpinteros de los almacenes reanudaba sus faenas, impasibles ante la paliza y la desgracia de aquel individuo. La escena, al parecer, era harto frecuente. Interrogué a Jonás con la mirada, pero éste, encogiéndose de hombros, me dio a entender que no había nada que hacer. Aquellos capataces, brutales y sanguinarios, hubieran arremetido contra cualquiera que osara interceder en favor del caído. Titubeé. El código de Caballo de Troya me impedía intervenir. Una vez más, a pesar de mis deseos e impulsos, debía recordar que mi papel era el de mero observador. Nada más. Pero, indignado ante lo desproporcionado e injusto del castigo, opté por probar. Quizá violé una de las normas de la operación. No lo sé, ni lo sabré jamás. Tampoco importa demasiado. Y con paso decidido, antes de que el anciano pudiera retenerme, salvé los escasos metros que me separaban de los capataces, sujetando al vuelo uno de los látigos. Mi fulminante reacción los dejó perplejos. Me situé en el centro del círculo y, esbozando una hipócrita sonrisa, señalé hacia la carga derramada sobre el pavimento, interesándome por el precio de la misma. Los desencajados sirios, con la respiración entrecortada por el esfuerzo, permanecieron mudos y desconcertados. Eché mano a la bolsa de hule y, mostrándoles un puñado de monedas, repetí la pregunta. El brillo de los sequel resultó milagroso. Los látigos regresaron a los cintos y el que parecía responsable de la tinaja, incrédulo y desconfiado, me interrogó a su vez, interesándose por la identidad de aquel inconsciente griego que había tenido el descaro de interrumpirlos. Sin perder la sonrisa me proclamé amigo del gobernador romano. Al oír el nombre de Poncio, dos de aquellos truhanes se retiraron y mi interlocutor, palideciendo, cambió de tono y de táctica, tartamudeando. Aproveché su flaqueza de ánimo y, antes de que llegara a arrepentirse, tomé su mano, entregándole dos sequel. (El pago, a la vista del deterioro del pescado, me pareció más que razonable. Una jornada laboral, de sol a sol, recibía entonces una paga equivalente a un denario. El sequel, a su vez, solía cambiarse por cuatro denarios.)

Los ojillos del miserable capataz chispearon codiciosos. Ambos sabíamos que aquellos ocho denarios eran todo un regalo. Y dando media vuelta se encaminó hacia uno de los almacenes, seguido por otro de los jefes de muelle. El *am-ha-arez* continuaba en el suelo, con la piel abierta y ensangrentada por las correas de cuero, sollozando y sin atreverse a despegar los brazos que cubrían su cabeza.

«¡Dios mío!»

Al arrodillarme comprobé con desolación que se trataba de un niño. Quizá tuviera doce o trece años. El cuerpo, esquelético, con la espalda llagada por el cotidiano roce de los fardos, temblaba y se agitaba, presa del miedo y del dolor. Aparté sus manos y, dulcemente, como creo que jamás he hablado a ser humano alguno, procuré consolarle. El muchacho me miró confuso. Sonreí y, tomándole entre mis brazos, le conduje hasta el tenderete del hortelano que me había servido las provisiones. Jonás, estupefacto y maravillado, cumplió mis órdenes sin rechistar. Me proporcionó aceite y vino y, delicada y cariñosamente, fui limpiando las heridas, sin dejar de sonreírle. A muy pocos metros de donde me encontraba, a las puertas del almacén por el que les había visto desaparecer, el sirio y su compinche manipulaban una pequeña balanza de mano, con doble escala, en la que, una y otra vez, procedieron al pesaje de las monedas que les había ofertado. Satisfechos, tras lanzar una despreciativa mirada al joven cargador, se perdieron entre las hileras de porteadores, haciendo chasquear los látigos contra las losas del muelle. La noticia del incidente debió de propagarse a la velocidad del viento porque, a los pocos minutos, una legión de mendigos y desarrapados se presentó en el lugar, manteniéndose a la expectativa y a corta distancia de las tilapias. Mi acompañante me sugirió que recogiera la carga cuanto antes. Por supuesto, no tenía el menor interés en conservar aquel pescado. Así que, sin más, los autoricé a que dispusieran de él a su antojo. La escena que presencié a continuación me estremeció. Entre golpes, alaridos, imprecaciones y reproches, aquella turba de hambrientos y desesperados se abalanzó sobre el cargamento, disputándose hasta los trozos de barro de la tinaja. Aturdido e impotente ante tanta miseria y crueldad, acaricié los cabellos del niño y, por esta vez, obedecí las recomendaciones de Jonás, alejándonos hacia el extremo oriental del puerto. En aquel punto moría la zona portuaria propiamente dicha, dando paso a otra de las florecientes industrias de Nahum: los astilleros. A ambos lados de la desembocadura del río Korazín, ocupando unos trescientos metros de costa, se sucedía una serie de varaderos en los que se construían y reparaban toda clase de embarcaciones. Precedido por el campesino descendí los peldaños de piedra que conducían desde el nivel superior del muelle a la rampa que conformaba el primero y más próximo de los astilleros: el de la familia de los Zebedeo. El solar, de regulares dimensiones (unos 50 metros de longitud por otros 30 de profundidad), se hallaba cubierto por una capa de guijarros blancos y negros que crujieron a nuestro paso. Entre el agua y el cobertizo de madera y techumbre de ramas que se erguía al fondo de la suave pendiente, tres carpinteros, con las túnicas recogidas en la cintura y grandes bolsas de clavos colgadas en bandolera, martilleaban alrededor de una consumida barca de carga. En la parte baja del varadero, a cuatro o cinco pasos de la orilla, descansaban otras cuatro lanchas —una de ellas de apenas seis metros de eslora—, tan destartaladas como la anterior. Al rozarlas, mi corazón se agitó. Quizá me encontraba junto a algunas de las barcas habitualmente utilizadas por los discípulos e íntimos del Maestro en sus faenas de pesca.

Jonás saludó a los operarios, interesándose por el «jefe». No supieron darnos muchas explicaciones. Al parecer llevaba dos días sin presentarse en el astillero, aquejado de no sé qué mal. Uno de los galileos señaló hacia el cobertizo, aconsejándonos que, si deseábamos mayor información, le preguntásemos al «maestro»; una especie de *naggar* o «carpintero de ribera», mezcla de ebanista, carpintero de banco, herrero y reparador de barcos. Así lo hicimos y, al penetrar en el chamizo que servía de almacén, entre baterías de gubias, cinceles, sierras, cuchillas, compases de bronce, curiosos taladros de arco, cepillos y hojas de hacha de todos los tamaños, descubrimos a un anciano, sentado sobre el piso de guijarros y enfrascado en el pulido de una, para mí, extraña piedra calcárea con forma de pirámide truncada de casi medio metro de altura. Se protegía los ojos con unas curiosísimas «gafas» de madera —muy similar a las que portan los lapones—, con una fina ranura en el centro. Como lo hubiera hecho cualquier soldador del siglo XX, nada más vernos retiró las «gafas», situándolas sobre la base de la cabeza, saludándonos con un «la paz sea con vosotros». Me identifiqué como amigo de los hijos de Zebedeo, exponiéndole mi deseo de entrevistarme con el jefe del astillero. El buen hombre, después de sacudir el polvo que blanqueaba su mandil de cuero, torció el gesto, confirmando las palabras del operario. Un terrible dolor le tenía postrado en cama y, a pesar de los esfuerzos y ungüentos de los sanadores de Saidan y Nahum, su salud había ido empeorando en los últimos días. La única posibilidad de verle —añadió— era visitándole en su casa de Bet Saida, aunque, dado su grave quebranto, dudaba que me recibiera.

Antes de abandonarle, dominado por la curiosidad, me interesé por la función de la piedra sobre la que trabajaba. En el centro de la pirámide aparecía un orificio de 8 o 9 centímetros de diámetro que la atravesaba de parte a parte y que, sinceramente, no supe relacionar con nada de lo que conocía. El «maestro» me miró de arriba abajo y, antes de ajustarse las «gafas», replicó con desgana y algo molesto por lo aparentemente absurdo de la cuestión:

—¡Qué va a ser!... ¡Un ancla!

Entregado de nuevo al cincelado de la roca no advirtió mi perplejidad. A partir de entonces, en mis frecuentes caminatas desde el módulo a la costa de Saidan, tendría numerosas ocasiones de comprobar cómo los pescadores y marineros del lago se servían de piedras de todos los tamaños, convenientemente perforadas, para inmovilizar sus embarcaciones e, incluso, determinado tipo de redes. (Las anclas de hierro no eran conocidas aún en el Kennereth.)

No lo pensé dos veces. Tras comprobar la posición del sol me despedí del servicial campesino y, siguiendo la margen derecha del menguado Korazín, puse rumbo al norte, al encuentro del sendero que corría hacia la esquina oriental del lago. La corazonada resultaría providencial. Anuncié a Eliseo un cambio en los planes y, pasando por alto el incidente con los capataces, prometí retornar al módulo en un plazo máximo de cinco horas: justo al ponerse el sol. La intuición me dictaba que debía entrar en Saidan antes que los íntimos del Señor. ¿Por qué? Obviamente no podía saberlo. La respuesta aparecería en el caserón de los Zebedeo.

Como ocurría en el sector oeste, aquel flanco de Nahum se hallaba primorosamente cultivado. Me deshice del intrincado laberinto de huertos amurallados y, a los pocos minutos, caminaba decidido por la calzada romana. A corta distancia, a la derecha de la vía Maris y pegada al puente que salvaba el riachuelo, se levantaba una casa de una planta, de muros tan negros como los de la ciudad. Dos corpulentas higueras silvestres sombreaban la fachada norte. Al principio no le presté excesiva atención. Pero, conforme fui aproximándome, la presencia en la puerta de dos mercenarios romanos y de un tercer individuo me hizo recelar. El calor y la cesta empezaban a pesar en mi ánimo y, con la excusa de tomar un respiro, abandoné la calzada, adentrándome en el pequeño jardín que rodeaba la vivienda. Los soldados, recostados en la pared de piedra y medio adormilados, ni me miraron.

Sin proponérmelo acababa de cumplir con uno de los obligados requisitos establecidos para cuantos iban o venían del territorio de Filipo al de su hermano, el tetrarca Antipas. Deposité la canasta en el suelo y, cuando me disponía a interrogarlos sobre la distancia que mediaba de Nahum a Saidan, el que yo imaginaba dueño de la casa —un griego tocado con el típico gorro de fieltro y una chapa de latón en la túnica— levantó la vara que sostenía en la mano derecha, interrogándome en un pésimo arameo galalaico acerca del contenido de la cesta. Empecé a comprender.

—Víveres —repliqué en griego.

El individuo dio un paso al frente y, como lo más natural del mundo, se inclinó, metiendo las manos entre los alimentos. Guardé silencio. Como digo, sin darme cuenta, me había plantado frente al edificio que hacía las veces de aduana.

—Está bien —concluyó el publicano sin demasiado entusiasmo—. Con un as será suficiente.

Aboné la tasa y, felicitándome por lo acertado y oportuno de mi iniciativa, crucé el puente, tomando el sendero de tierra que nacía en los contrafuertes de la calzada. Ésta, nada más saltar sobre las marrones aguas del Korazín, giraba bruscamente hacia el norte, escalando cerros y difuminándose entre los campos de olivos y las terrazas de cereales. Consciente de la importancia de aquel camino, procuré fijar en mi memoria un máximo de detalles que, en caso de necesidad —al menos durante las primeras exploraciones—, me sirvieran como puntos de referencia. A partir del río, en un trayecto de kilómetro y medio, la senda se hallaba prácticamente despejada, con algunas formaciones rocosas a la izquierda y las ondulantes aguas del lago a cien o doscientos pasos a la derecha. A continuación se deslizaba hacia el fondo de un *wadi* reseco e improductivo, de laderas manchadas por arbustos de alcaparro, cardos, retamas y anabasis. Aquél era el punto más alejado de la costa: casi medio kilómetro. Desde allí hasta el Jordán, con algunas muy breves curvas, la vereda atravesaba un sombrío y espeso bosque de tamariscos y gruesos álamos del Éufrates. En total, según mis cálculos, desde la aduana hasta las espesas y terrosas aguas del río bíblico, contabilicé alrededor de tres kilómetros y medio. Aquello significaba casi el límite para la conexión auditiva. Y así se lo hice saber a mi hermano. En lo sucesivo, según lo previsto, las comunicaciones con la «cuna» deberían efectuarse a través del microtransmisor alojado en la sandalia «electrónica». Por razones técnicas, estas señales —catapultadas desde la «vara de Moisés»— carecían de retorno. Eliseo, en suma, podía recibir mis mensajes, pero se hallaba incapacitado para responder. De mutuo acuerdo, dado lo excepcional de esta incursión, decidimos no utilizar el láser, salvo en situación de extrema emergencia.

Un sólido puente, con la tradicional silueta de espalda de asno y tres grandes arcadas descansando sobre gruesos pilones y envigados, ayudaba a salvar las aguas del alto Jordán, que en aquel punto y con sus 80 metros de anchura, pasaban raudas, silenciosas y cargadas de troncos y maleza. (Al no poder construir grandes bóvedas rebajadas, los ingenieros romanos —autores también de aquel puente— habían colocado el suelo central a gran altura, economizando así pilares y arcos y defendiendo la estructura de posibles crecidas.) Al otro lado del río, enfrentados a derecha e izquierda del camino, se erguían sendos mojones de un metro de altura, marcando y advirtiendo al caminante de su ingreso en los dominios de Filipo.

El paisaje y la vegetación cambiaron radicalmente. El intrincado bosque de álamos continuaba aguas arriba del Jordán, rumoroso y oscilante ante el empuje del viento. A cincuenta pasos del puente, sin embargo, los lugareños le habían puesto coto, talando la masa forestal y aprovechando la gran planicie pantanosa que se extendía hasta los lejanos cerros orientales, convirtiendo aquellos 12 kilómetros cuadrados en un rompecabezas de minifundios, acequias, bosquecillos de frutales, alquerías de tejados de paja, molinos y pequeñas piscinas, todo ello cruzado por un laberinto de senderillos que, naturalmente, evité a toda costa. Al filo del bosque, la senda principal se dividía en dos: el ramal de la izquierda culebreaba hacia el noreste, lamiendo los árboles y perdiéndose en la vega. Aquel brazo del camino, bastante mejor cuidado que el de la derecha, conducía con toda probabilidad a la ciudad que resaltaba blanca y airosa —a cosa de 2 o 3 kilómetros—, encaramada en una colina y que, según las recientes informaciones, ostentaba la capitalidad de la Betijá: Bet Saida Julias, en honor de la hija de Augusto.

El segundo ramal, por el que obviamente me decidí, seguía casi paralelo al Jordán, esquivando un mosaico de lagunas no muy profundas, de aguas verdosas y poco recomendables, erizadas de cañas, juncos de mar, adelfas, papiros, énulas viscosas y un espinoso entramado de *bathah* o arbustos enanos que no supe identificar. Espléndidas mariposas zigzagueaban entre los tulipanes de fuego, abriéndose como orquídeas sobre las flores rosadas de las adelfas, las anémonas multicolores, las espontáneas varas de las azucenas o los verdioscuros y perfumados matorrales de menta. Empujados por el viento del oeste, bandadas de inquietos martines pescadores de pecho blanco y espalda azul verdosa revoloteaban y planeaban sobre el pantano, devolviéndose los ruidosos trinos. Mientras cruzaba aquellos quinientos metros imaginé cómo podía ser aquel lugar durante el tórrido verano del Kennereth. Lo insalubre de la zona, con sus colonias de mosquitos, podía significar un peligro latente para el que deberíamos prepararnos.

A un paso de la desembocadura del Jordán, la senda se doblaba hacia el sureste, dejando atrás los pantanos y avanzando recta por un terreno llano y despejado, prácticamente en paralelo a la línea de la costa. A mi izquierda surgieron de nuevo los huertos y cultivos de hortalizas y legumbres, entre los que menudeaban los garbanzos y bancales de habas. Junto a las chozas empecé a distinguir las siluetas de los campesinos, encorvados sobre la tierra, acarreando cubos o estáticos y vigilantes bajo los corros de alfóncigos, almendros y sicomoros.

Con los dedos entumecidos por el lastre de las provisiones, opté por hacer una pausa. A la derecha del camino, a un tiro de piedra de donde me hallaba, se veía y escuchaba el rítmico y sordo redoble de las aguas, precipitándose en pequeñas olas sobre una playa rocosa. Un intenso y agradable olor a algas me reconfortó, recordándome los lejanos años de juventud en el oeste de los Estados Unidos. Pero mi objetivo estaba a la vista. A media milla, pegada a la costa, semioculta por un bosquecillo de afilados sauces y tamariscos del Jordán y ligeramente aupada sobre la vega, Saidan se perfilaba negra y recogida, con algunas endebles columnas de humo blanco rompiendo el azul del cielo. Frente a la pequeña ciudad —quizá debería calificarla de mediana aldea—, inmóvil en la senda de tierra, experimenté una indefinible sensación. ¿Ansiedad? ¿Alegría y tensa emoción? ¿Miedo? Fue como una premonición. Como si «algo» me anunciara que aquellos brillantes y oscuros muros que se derramaban hasta el lago iban a ser testigos de sucesos y momentos inolvidables...

Reanudé la marcha, pero, a los pocos minutos, volví a detenerme. Una ancha franja de la costa aparecía invadida por centenares de pequeñas tortugas de corazas verdiamarillentas, inmóviles al sol o renqueando perezosas entre los guijarros y cantos rodados. Eran quelonios de los pantanos, excelentes nadadores, parecidos a sus hermanos de tierra, aunque algo más ligeros. Desde aquel instante, tanto en mi memoria como en el banco de datos de «Santa Claus», el lugar quedaría registrado bajo la denominación de «playa de las tortugas».

Mientras contemplaba a los simpáticos inquilinos de aquella zona del Kennereth, el viento cesó. Y lo hizo tan brusca y repentinamente como había entrado. Poco a poco iría acostumbrándome a este fenómeno, tan frecuente en el lago durante los meses de la primavera y verano. Nuestras observaciones posteriores confirmarían la enorme trascendencia de dicho viento del oeste que, puntual, día tras día, soplaba desde el mediodía hasta las primeras horas de la tarde, levantando unas olas de regular tamaño, vitales, como digo, para la vega de Saidan. Sistemáticamente, durante siglos, aquel oleaje venía arrancando del fondo las caracolas, conchas y granos de basalto negro que arrastran los ríos, formando en la orilla un ancho talud que actuaba como muro de protección de dicha vega. Esto explicaba, en parte, la formación de las lagunas y pantanos que acababa de atravesar, cuyo nivel se hallaba ligeramente más alto que el del Kennereth.

A un par de centenares de metros de los sauces que abovedaban el camino me detuve. Allí encontré los primeros vestigios de la principal fuente de riqueza de la villa: la pesca. Entre algunas lanchas varadas, largos paños de redes descansaban sobre el pedregoso terreno. Sentados al socaire de las embarcaciones, unos individuos con las cabezas cubiertas por turbantes y sombreros de paja se afanaban silenciosos en el remiendo de las mallas. Convencido de que me habían visto mucho antes que yo a ellos, decidí probar fortuna. Abandoné la senda y, sin prisas, me dirigí al más próximo. El pescador, como la casi totalidad de los vecinos de Saidan, sólo hablaba arameo. Al preguntarle por el hogar de los Zebedeo, sin dejar de manipular una ancha aguja de madera de doble punta, levantó los ojos y, tras unos segundos de atenta e inquisidora observación de mi atuendo y de la canasta que había depositado sobre los guijarros, respondió con un lacónico «en la playa, frente a la quinta piedra». Y bajando el rostro, sencillamente, me ignoró. Su habilidad en el cosido del arte era asombrosa. El dedo grueso de su pie izquierdo mantenía la red enganchada y tensa, mientras, con la siniestra, iba remendando los desgarros, anudándolos con un recio hilo de algodón entintado.

En lugar de continuar por la costa, a la búsqueda de la

misteriosa «quinta piedra», retorné al camino. Debía ultimar las mediciones iniciadas en la «base-madre». A unos cien metros de la aldea, coincidiendo con los primeros sauces y tamariscos, el terreno se empinaba, formando una pendiente de unos 30 grados de desnivel. Como me parece haber mencionado, Saidan se hallaba edificada en una meseta natural —a 30 o 35 metros sobre el lago—, a buen recaudo de las frecuentes avenidas del Zají y la red de torrenteras que surcaban la vega. A las puertas de la villa consulté el micromarcapasos y el cronómetro digital. La distancia recorrida desde el puente sobre el río Korazín hasta el Jordán se aproximaba a los 4 000 metros. En cuanto a la última etapa —desde los mojones divisorios del territorio al punto donde me encontraba—, los registros arrojaban otros 1 500 metros. Esto hacía un total de 5,5 kilómetros, contando a partir de las afueras de Nahum. El tiempo invertido ascendía a 90 minutos. Quizá, sin la engorrosa cesta de las provisiones y a un paso más vivo, aquella hora y media podía verse sensiblemente rebajada. El cómputo final, desde la «cuna» a la población pesquera de los Zebedeo, quedó fijado en poco más de 7 kilómetros. Sumando otros tantos para el regreso, el tiempo mínimo necesario a consumir en cada una de las incursiones a Saidan debería oscilar en torno a las cuatro horas. (Estos cálculos, como se verá más adelante, fueron de suma importancia a la hora de programar las exploraciones a lo largo de aquella franja costera.)

Y a las 15.30 horas, algo inquieto por el escaso margen de tiempo disponible para mi primera visita al jefe de los Zebedeo, irrumpí en las embarradas calles de la aldea que había visto nacer y crecer a hombres tan singulares y privilegiados como Felipe, el intendente, Juan y Santiago y los también hermanos Andrés y Simón.

¿Qué me reservaba el Destino en aquella recoleta y apacible localidad? A no mucho tardar, entre otras «sorpresas», un sensacional hallazgo, íntimamente vinculado a la llamada «vida oculta» de Jesús. «Algo» que, al parecer, los evangelistas nunca supieron y cuyo depositario era el hombre a quien estaba a punto de conocer.

Tenía que actuar con diligencia. A las 17 horas, como muy tarde, debería emprender el viaje de vuelta a la nave.

Si Nahum, con sus nueve o diez mil habitantes, se presentaba como un núcleo vibrante, en continua agitación, Bet Saida o Saidan, por el contrario, resultó un lugar silencioso, familiar, donde la vida discurría monótona y plácidamente. Fue un rincón de gratos recuerdos, en el que la codicia, la brutalidad y las insidias que imperaban en la vecina Kefar Nahum apenas si fueron detectadas por quien esto escribe.

El camino que me había llevado hasta allí cruzaba Saidan de parte a parte, constituyendo la única vía principal. Algo así como la «calle mayor» del pueblo. Al norte y sur de dicha senda se apelotonaba un anárquico entramado de casas de piedra volcánica, sin el menor orden urbanístico, abierto por una endemoniada «tela de araña» de callejones y patios que, a pesar de mis esfuerzos, jamás llegué a conocer en su totalidad. El sistema y los materiales empleados en la construcción de las casas —la mayoría de una sola planta— eran idénticos a los de Nahum: bloques de basalto negro, tan abundantes en la región, formando hiladas muy poco ortodoxas, niveladas y rellenadas a base de tierra y guijarros. Y los tejados, ligeros y frágiles en la casi totalidad de las viviendas, habían sido dispuestos en declive, a base de vigas de madera y una rudimentaria mezcla de tierra batida y paja, que, tras la época de lluvias, debía ser recompuesta y apisonada. Siguiendo el mismo patrón que en Kefar Nahum, salvo alguna que otra excepción, las habitaciones, cuadras, depósitos de forrajes y almacenes en general se apretaban unos contra otros en torno siempre a un patio central, a cielo abierto, con una puerta única y común para las familias que compartían estas elementales «unidades vecinales».

Impulsado por la curiosidad atravesé la aldea de un extremo a otro. Esquivas y tímidas, algunas mujeres espiaron el paso de aquel extranjero desde la penumbra de las ventanas abiertas en los muros de piedra. De vez en cuando, correteados por niños descalzos, de cabezas rapadas y mejillas churretosas, grupos de patos, gallinas y gansos aleteaban inquietos y escandalosos, levantando el barro del camino o precipitándose en el interior de los patios. Algunos de los muchachos, sentados en mitad de la calzada, jugaban con barcos de madera, lanzando y recogiendo sobre la tierra retazos de redes que, en su fantasía, ora venían repletas, ora exhaustas. Imitaban el rítmico vocerío de los remeros o el ulular del viento y el fragor de supuestas tempestades. Sonreí para mis adentros. En el fondo y en la forma, los juegos infantiles apenas si han cambiado con el paso de los siglos.

Saidan, al menos por su «calle» principal, podía cruzarse en poco más de doscientos pasos. En el extremo oriental, el camino se precipitaba por una pendiente tan acusada como la del flanco opuesto, aunque mucho más corta. Un río —el Zají— estrecho, quebrado y amurallado en sus márgenes por altas cañas «cardadoras» y *eleph ha-elah*, separaba al núcleo urbano del puerto pesquero. Tal y como fue detectado desde el aire, un terraplén de 200 metros de longitud partía perpendicular a la costa, girando en ángulo recto hacia el noroeste del lago. Algunas decenas de embarcaciones se alineaban en su interior, fondeadas en el centro del abrigado puerto o amarradas a los gruesos bloques de basalto del muelle principal. Un puentecillo de piedra, sin parapetos, hacía brincar el sendero hacia el puñado de casas y chozas que se levantaban junto a la dársena. Desde allí, el camino se perdía en dirección sur. A corta distancia del desarmado y viejo puente, al filo mismo de la margen izquierda del Zají, un grupo de mujeres lavaba entre risas y parloteos, secando la ropa sobre retamas y romeros. En la base de un peñasco próximo brotaba un manantial cuyas aguas eran recogidas en un estanque semicircular. De esta alberca de piedra partía un simple y angosto acueducto que, saltando el río, regaba los cultivos situados al norte y oeste de la población. Aquel lugar —la fuente pública de Saidan— era uno de los puntos de reunión, de chismorreo y de transmisión de noticias entre los vecinos de la aldea. Un auténtico «mentidero» oficial donde, a cualquier hora del día, uno podía codearse con matronas, pescadores u operarios de los secaderos de pescado que acudían a llenar sus cántaros y odres. Todo un «centro social» en el que nada ni nadie pasaba inadvertido.

Rodeando la meseta por aquel sector oriental me presenté de nuevo en la playa. Muchas de las casas orientadas al lago disponían en aquella zona de empinados escalones que permitían el acceso directo a la franja de litoral situada a 30 o 35 metros por debajo del nivel de las mismas. La lengua de tierra existente entre la orilla y los escalones, de apenas 60 metros de anchura, se hallaba repleta de lanchas varadas y de redes apiladas o extendidas sobre los guijarros y una «arena» formada por un espeso granulado basáltico de fuertes tonalidades negras, rojas y blancas. Desde allí, en la desembocadura del Zají, en una extensión de medio kilómetro, pescadores aislados o en pequeñas cuadrillas remendaban las redes o trabajaban dentro y fuera de las barcas, repasando aparejos y entablados o preparándose para inminentes faenas en el Kennereth. Muy cerca del agua, sólidamente enterradas, emergían unas pesadas piedras, de formas prismáticas, de 20 a 30 centímetros de anchura y entre 40 y 50 de altura, con unas perforaciones —a manera de «ojal»— en la parte superior y por las que eran introducidos los cabos y sogas de atraque de las lanchas que flotaban en la orilla. Se hallaban estratégicamente alineadas a todo lo largo del litoral y, por pura deducción, imaginé que una de ellas —la quinta empezando por el extremo opuesto— debía ser la situada frente a la casa de los Zebedeo. No me equivoqué. Varios de los pescadores, mucho más cordiales que el primero de los remendadores consultado, me situaron frente a las escalinatas de piedra que, en mitad de la playa, ascendían hacia el hogar de los «hijos del trueno». Allí, cómo no, me aguardaba una doble y comprometida situación.

Fue un error. Un involuntario error que, en otras circunstancias, podría haberme costado caro. Pero la bondad y tolerancia de aquella familia no conocía límites. La cuestión es que, ansioso por entablar contacto con el padre de los Zebedeo, no me percaté de que había irrumpido en el caserón por una puerta privada, de exclusivo uso de los dueños e íntimos del lugar. Al empujar la recia hoja de madera me encontré en un corral rectangular en el que picoteaba una numerosa prole de gallinas. A la derecha, a la sombra de un cobertizo, se agitó inquieto un pequeño rebaño de cabras de largas orejas colgantes y carneros de enormes colas del género de los «barbarines», conocidos popularmente como «de cinco cuartos» por lo abultado de dichos apéndices (el quinto cuarto). La presencia de tales animales, oriundos de Libia, me dio una idea de la prosperidad de la casa.

Crucé el suelo de tierra apisonada y, al salvar una segunda puerta practicada en el muro de piedra del aprisco, me hallé frente a un espacioso patio a cielo abierto que guardaba una cierta forma de L. A diferencia del corral, el pavimento de este segundo recinto aparecía adoquinado y escrupulosamente limpio. A su alrededor se apiñaban seis casas de una planta, de diferentes alturas, con estrechas escaleras adosadas a los muros de basalto negro que permitían el acceso a los tejados. Varias mujeres y niños trasteaban entre lebrillos, fogones, utensilios de cocina y muelas de amasar. Mi súbita entrada los dejó perplejos. Una de las galileas cuchicheó al oído de la más anciana y ésta, abandonando un brasero sobre el que chisporroteaba una humeante y apetitosa fritada de pescado, desapareció a la carrera por una de las oscuras estancias. Entonces, como digo, no comprendí el porqué de tan esquivo comportamiento. Mi aspecto, después de todo, aunque algo vencido por el viaje, no era incorrecto. Los saludé, deseándoles paz, pero no obtuve respuesta. Una de las niñas, de cuatro o cinco años, rompió a llorar, refugiándose entre los pliegues de la túnica de su madre. Alarmado, e indeciso, no supe qué decir. Di un par de pasos con la intención de preguntar por el cabeza de familia pero, temerosas, retrocedieron. La embarazosa situación no duró mucho. Gracias al cielo, a los pocos segundos, por una de las puertas aparecieron dos hombres y la anciana que, evidentemente, se había apresurado a advertirlos de la sospechosa presencia de aquel larguirucho y entrometido extraño.

Mi corazón se agitó. Aquellos galileos eran Juan y Santiago, hijos del Zebedeo. ¿Cómo era posible? Su llegada a la costa norte del lago estaba prevista para la noche de aquel miércoles o, como ya expliqué, en la mañana del día siguiente. La sorpresa fue mutua. Al reconocerme, Juan tranquilizó a sus parientes y, con los brazos abiertos, salió a mi encuentro, abrazándome. La entrañable acogida distendió los ánimos y las hebreas, curiosas, sin quitarme ojo de encima, volvieron a sus quehaceres. Santiago, distante como siempre, se limitó a esperar a la puerta de la casa. Su anguloso rostro aparecía más grave y ojeroso que de costumbre. Me devolvió el saludo y, frío y directo, preguntó cómo me las había ingeniado para alcanzar el *yam* con tanta diligencia. (La palabra *yam* era la designación más corriente del Kennereth o mar de Tiberíades entre los pescadores y habitantes de las orillas del lago.) Me sentí atrapado. Pero, cuando me disponía a improvisar una excusa, Juan terció en el comprometido asunto.

—No tenías por qué molestarte...

Y tomando la cesta de las provisiones la levantó sonriente y feliz, mostrándola a los presentes. Los niños, alborozados, se precipitaron sobre la canasta, intentando averiguar su contenido. Pero Juan, en tono severo, los contuvo. No tuve valor para deshacer el malentendido y, resignado, esbocé una sonrisa de circunstancias. La iniciativa del impulsivo Juan me había salvado de las inquisidoras preguntas de su hermano, al menos de momento. A cambio, nuestras reservas alimenticias «volaron».

Santiago regresó al interior de la estancia y, aprovechando su ausencia, me interesé por el resto del grupo. La explicación, en el fondo, era muy simple. Él y su hermano se habían adelantado. Los demás llegarían a Saidan al anochecer. Atendiendo los deseos de los gemelos, cuya familia residía muy cerca de Kursi (Gerasa), los íntimos de Jesús habían hecho un alto en el camino. Con gran excitación, Juan resumió el peregrinaje de los once por el Jordán durante aquellas casi tres jornadas, aludiendo a las numerosas paradas que se vieron obligados a efectuar, con el fin de satisfacer las preguntas de las gentes en torno a las noticias sobre la pretendida resurrección del Maestro. Pedro, en especial, fue el más ardiente, vaciándose en discursos que conmovieron a las sencillas poblaciones de la ribera del bajo Jordán. Eran, como ya anuncié, los primeros signos de lo que, meses más tarde, terminaría por fraguar en una «jefatura», tácitamente aceptada por el flamante «colegio apostólico».

Satisfecha mi curiosidad le expliqué que los negocios —como ya anunciara al grupo en el camino de Betania— me habían arrastrado hasta la costa norte del *yam* y que, una vez culminados, si mi presencia no era causa de incomodidad, tenía el propósito de acompañarlos, tomándome así unos días de descanso. Juan se mostró encantado, rogándome que supiera comprender y perdonar la desolación que en aquellos instantes se cernía sobre su familia. El estado de salud de su padre no era bueno y esto los tenía preocupados. Le recordé mi condición de médico y, sin meditarlo suficientemente, le animé a que me permitiera examinarle. Dicho y hecho. A renglón seguido me condujo a la casa en la que, poco antes, había visto desaparecer a su hermano. La vivienda, como el resto de las que formaban parte del patio familiar, carecía de puerta. En el umbral se alineaban varios pares de sandalias. Un tanto contrariado me descalcé. La verdad es que no me agradaba perder de vista las delicadas zapatillas «electrónicas». Pero, el no hacerlo, hubiera significado una descortesía para con mis anfitriones. La vivienda, de unos 7 metros de lado, se hallaba dividida en dos por un tabique que, al igual que los suelos y el resto de los muros, había sido revocado con yeso. Una lámpara de aceite colgaba de la techumbre de la primera de las estancias, esparciendo una luz amarillenta e insuficiente. Junto a la puerta de entrada, sujetas a la pared por sendos aros de metal, descansaban dos ventrudas vasijas de arcilla roja, con las bocas cerradas con ramas aromáticas que protegían y daban un refrescante sabor al agua que almacenaban. A la izquierda, en el muro del fondo, varias alacenas guardaban todo tipo de cacharros de cocina: coladores, cucharas, tenedores, cazos, cribas, filtros, vasijas, planchas para colocar sobre el fuego, cuchillos, platos de madera y un rudimentario fuelle confeccionado con piel de cabra. En el suelo, sobre esteras de hoja de palma, se almacenaban cestas con legumbres, jarras de bronce y un taburete de madera. En la estancia contigua, tan sencilla como la anterior, la luminosidad era algo mayor. En el muro orientado al este, un ventanuco con las contraventanas abiertas dejaba pasar la luz del atardecer, soleando tímidamente un piso igualmente alfombrado. En una estantería colgada del tabique medianero, cuidadosamente enrollados, se distinguían los coloreados edredones que servían para dormir. El escaso mobiliario lo completaban una cómoda, pintada de vivos colores, y dos lámparas herodianas de aceite que reposaban, una sobre el mencionado mueble y la otra en el suelo, en la cabecera del jergón sobre el que yacía un anciano. A los pies del colchón de paja, Santiago, de rodillas, contemplaba atento y en silencio a un hombre de túnica blanca y poblada barba negra que, en cuclillas, rebuscaba en una caja de madera. El instinto me puso sobre aviso. Inmóvil en el umbral, dejé que Juan se aproximara al lecho. Aquella situación podía resultar comprometida. La insignia prendida en el pecho del individuo vestido de blanco, una *haruta*, con una rama de palmera, significaba que me hallaba frente a un médico o sanador —posiblemente un *rofé*—, llamado por la familia. Debía actuar con discreción, sin lastimar la dignidad del pensativo «galeno». En realidad, de acuerdo con nuestro código, si la dolencia era grave, debería abstenerme de intervenir.

Juan se inclinó sobre su padre y, tomando sus manos entre las suyas, me hizo un gesto, indicándome que me acercara. Le hice ver que, dada la presencia del médico, quizá mis servicios no fueran necesarios. Pero, haciendo caso omiso de mis consejos, insistió para que le examinase.

(En aquellos delicados momentos no alcancé a explicar el porqué de la intensa mirada del sanador. Y, torpe de mí, lo atribuí a la curiosidad. Algún «tiempo después» –¿o debería referirme a un «tiempo antes»?– comprendería que Assi me había «reconocido». Como médico, mis gestos y forma de actuar no pasaron desapercibidos para el esenio. Pero, prudentemente, guardó silencio. Dios le bendiga por no haberme descubierto.)

Assi, el *rofé*, antiguo amigo de los Zebedeo y, lo que era más interesante, de Jesús de Nazaret y del grupo, salió de su mutismo y, con una conciliadora sonrisa, me señaló al paciente, animándome a que interviniera. El más joven de los Zebedeo no me presentó como comerciante o simple curioso y seguidor de la doctrina del rabí, sino como «sincero amigo del Maestro». Lleno de satisfacción fui a situarme a la cabecera del jefe de la casa: un anciano de una edad que podía rondar los sesenta años, extremadamente delgado, aunque de complexión fuerte y fibrosa musculatura, fruto, sin duda, de los muchos y duros años como pescador y constructor de barcos. Tenía el cabello blanco y un rostro endurecido y bronceado por el sol y los vientos del lago, ligeramente punteado por una barba cana de tres o cuatro días. Me observó sin reservas desde el fondo de unos ojos claros y, confiado, me dejó hacer. El pulso se hallaba algo alterado. No demasiado. En cuanto a la temperatura, tampoco me pareció irregular. Con suma delicadeza, a media voz, rogué al Zebedeo que me indicara cómo había aparecido el mal. Cerró los ojos y, llevándose las manos a la cabeza, murmuró que «primero había sido aquel intenso zumbido, como si una nube de insectos revoloteara en su interior. Después llegaron los dolores, la pérdida de audición y los mareos». En un gesto de dolor apretó las orejas con sus enormes y encallecidas manos. Levanté la vista hacia Assi, interesándome por su diagnóstico. El sanador, que pertenecía a la secta de los esenios (1) y que había desplegado una intensa actividad como médico durante años, y especialmente en la «vida pública» de Jesús, atendiendo a los muchos enfermos que acudían regularmente hasta Kefar Nahum con la esperanza de ser curados por el rabí de Galilea, movió la cabeza negativamente y, con toda franqueza, me expuso sus dudas. Desde que fuera reclamado por el Zebedeo —de esto hacía ya cuatro jornadas—, la casi totalidad de sus observaciones había resultado negativa. La memoria, el estado general de conciencia del paciente,

(1) Según los manuscritos descubiertos en Qumran, al noroeste del mar Muerto, y los escritos de Flavio Josefo, Filón y Plinio *el Viejo*, los esenios, *eseos* o *essenoi*, como los denominan estos autores indistintamente, formaban una de las tres grandes sectas judías de entonces. Los fariseos y saduceos conformaban las otras dos. Aunque su origen no ha sido esclarecido totalmente, parece ser que florecieron a partir del siglo II antes de Cristo, extinguiéndose al final de la primera centuria de nuestra era. Posiblemente surgieron como consecuencia del agitado período que siguió a la revolución Hasmonea. Según Josefo y Filón, su número osciló alrededor de los cuatro mil, esparcidos por la Judea y Galilea. Vivieron en comunidades rurales, evitando las ciudades y siguiendo «una forma de vida que ya fue enseñada a los griegos por Pitágoras» (*Antigüedades judías*, XV, 371). Ciertamente, estos curiosos hombres tuvieron mucho en común con los «pitagóricos»: se organizaban en «comunas», compartían la tierra y las propiedades y practicaban virtudes como la abstinencia, la modestia, la autodisciplina, la discreción y una estricta pureza espiritual y corporal. Eran excelentes sanadores y dominaban las virtudes curativas de infinidad de plantas y raíces. Vestían siempre de blanco y, gracias a mi amistad con Assi, tuve oportunidad de profundizar en el conocimiento de su filosofía y de sus fascinantes costumbres. Unas costumbres que, por supuesto, fueron conocidas por el Hijo del Hombre. *(N. del m.)*

posibles temblores, expresión del rostro, color de la piel, cara y ojos, así como la respiración, olor del cuerpo e inspección diaria de la orina y excrementos eran normales. Los exámenes funcionales de Assi —no en vano había recibido adiestramiento en las excelentes escuelas de medicina de Alejandría y en el *per-ankh* o Casa de la Vida de Assi—, con movimientos y giros de cabeza y extensiones y flexiones de piernas (ante posibles luxaciones cervicales o traumas de naturaleza lumbar), se me antojaron oportunísimos y certeros. El problema, sin embargo, era mucho más simple.

—... En un principio —prosiguió Assi midiendo cada una de sus palabras— llegué a pensar en una fuerte migraña, ocasionada por un mal viento (1).

Y mostrándome la colección de pócimas e infusiones que guardaba en su caja, añadió:

—Pero las aplicaciones locales de coriandro, semillas de pino, tomillo, hígado de asno y ganso, natrón, tamarisco y espinas quemadas de peces han sido infructuosas.

El voluntarioso «auxiliador» —Assi rechazó una y otra vez mi calificativo de *rofé*, afirmando que sólo el Bendito (Dios) tenía la potestad de sanar— probó, incluso, con uno de los ritos de transferencia del mal, muy común en el antiguo Egipto y recomendado para la «hemicránea» o dolor en un lado de la cabeza. Durante cuatro días había frotado la cabeza del paciente Zebedeo con la de un pescado, intentando —con escaso éxito, claro está— «que los vasos temporales restituyeran el aire al enfermo».

Sin embargo, a pesar de estas y otras supersticiones que

(1) En aquel tiempo, tanto en las culturas egipcia, mesopotámica, griega y hebrea, la inmensa mayoría de las enfermedades era atribuida a la acción de espíritus o agentes maléficos, a la posesión demoniaca y al castigo de las divinidades. Sólo una parte de las dolencias solía tener un origen natural. El viento, por ejemplo, según el papiro de *Edwin Smith* (1 550 años a. J.C.), era considerado como portador de enfermedades (posiblemente relacionado con los *miásmata*) y como soplo, pneuma y «viento de los dioses». También la bilis, determinadas combinaciones de alimentos, la flema y el *whdw* (un factor que podía originarse de la putrefacción intestinal), entre otros, eran causas de múltiples quebrantos. Para muchos de estos pueblos, las enfermedades penetraban en los cuerpos por los orificios naturales, aun cuando tuvieran un origen divino o demoniaco. Una vez dentro se extendían a través de sus plexos. *(N. del m.)*

tuve oportunidad de presenciar, el «auxiliador» —fruto de su dilatada experiencia— no estuvo desencaminado en el diagnóstico final. El zumbido, los fortísimos dolores de oídos y la pérdida de audición —sentenció con pleno convencimiento— podían ser síntomas de una otorrea o de una otitis. (Ambos males eran perfectamente conocidos desde muy antiguo.) Para Assi, como para el resto de los médicos de hace dos mil años, cada uno de los oídos recibía dos vasos, que llegaban por encima de los hombros. A través de ellos entraba la vida o la muerte. La primera, por el oído derecho y la segunda, por el izquierdo. (Una concepción derivada del poder que entonces se asignaba a la palabra hablada.) Pues bien, según Assi, la causa de aquella posible sordera del Zebedeo había que buscarla en el desarreglo de los dos vasos que terminaban en la raíz de los ojos o en las sienes.

—En este caso —concluyó— lo más indicado sería una aplicación a base de sales minerales, hojas de legumbres o una oreja de asno en un ungüento base.

Desconcertado, no me atreví a replicar.

—... Claro que, quizá, resultase más eficaz un emplasto de estiércol o cola de escorpión... Tú, Jasón, ¿qué opinas?

¿Qué podía decir? Simulé que reflexionaba y, evitando un enfrentamiento directo, traté de ganar tiempo. Solicité de Juan una de las lucernas de aceite e, incorporando el torso del anciano, aproximé la candela a su oído derecho. Assi y los hermanos se apresuraron a ayudarme. A pesar de la precaria iluminación no tardé en constatar el posible origen del mal. Repetí la exploración en el oído izquierdo, llegando a la misma conclusión: las sensaciones acústicas percibidas por el Zebedeo y los posteriores dolores obedecían a lo que en medicina llamamos «acúfenos» o «acusmas». Aunque esta perturbación aparece con frecuencia en la mayor parte de las enfermedades del oído, en ocasiones se debe a la natural acumulación en el conducto auditivo externo de cerumen (una secreción cérea de las glándulas sebáceas de dicho conducto que, en ocasiones, se espesa, formando un tapón). Ésta era la causa principal del trastorno. Un trastorno que, detectado a tiempo, no tenía por qué ofrecer excesivas complicaciones.

Lo benigno y, en cierto modo, intrascendente del caso

me autorizaba a intervenir, sin que por ello quebrara las normas de Caballo de Troya. En resumen, se trataba de lograr un progresivo reblandecimiento del cerumen, procediendo después a su extracción. Para ello, al menos durante los próximos tres o cuatro días, debería suministrarle algún medicamento o pócima que actuara como disolvente de la masa de cera. El problema era cómo hacerlo sin despertar suspicacias y, además, de inmediato. La doliente postración del Zebedeo así lo requería. Sin demasiadas alternativas, eché mano de la improvisación. Invocando una inexistente receta del *Libro de las sentencias*, de Jesús ben Sirac, escrito ciento cincuenta años antes de Cristo, tranquilicé la conciencia médica del esenio, provocando la lógica admiración de Juan y Santiago. De momento había que trabajar con los únicos elementos a mano. Más adelante, de vuelta a la nave, la preparación de los ungüentos sería menos heterodoxa y precipitada. Siguiendo mis instrucciones, Assi preparó un analgésico, a base de hojas de melisa (cuyo contenido en aceite esencial con citral, citronelal, geraniol, linalol y tanino resultaba muy recomendable) y unos gramos de *samê de-Sinta*, un potente anestésico. Con idéntica diligencia, Juan calentó en mi presencia unos centímetros cúbicos de aceite puro de oliva y, cuando estimé que la temperatura había alcanzado los 20 o 25 °C, vertí unas gotas en cada uno de los oídos del paciente. Aquél fue el único momento en el que el «auxiliador» torció el gesto, reprobando en silencio mi actitud. Pero, discreto y respetuoso para con los métodos de aquel médico extranjero, no dijo nada. En «posteriores encuentros», una vez ganada su confianza, me confesaría el porqué de aquel mudo reproche. Tal y como relata Josefo, los esenios consideraban el aceite como impuro y «cualquiera que accidentalmente entrara en contacto con él manchaba su persona». Ésta era una de las razones que los obligaba a mantener la piel seca y a vestir siempre de blanco (*Antigüedades judías*, II, 8, 3, 123). Esta interesante secta —de la que también deberé hablar— se hallaba abiertamente enfrentada con las interpretaciones religiosas y los hábitos de las castas sacerdotales judías. El Talmud, por ejemplo, establecía la unción como una necesidad. «Tomar un baño y no ungirse —rezaba el *Shabbat*, 41 a— es como poner agua en un jarro.»

El fuerte analgésico no tardaría en surtir efecto. Así que, de mutuo acuerdo, Assi y yo recomendamos a los hijos del Zebedeo que le permitieran reposar, administrándole dos nuevas dosis de aceite caliente durante la primera vigilia de la noche y al alba. La tercera correría de mi cuenta en esa misma mañana del jueves. Santiago, algo más reconfortado por mis palabras de aliento, que restaron gravedad al lance, se opuso a que me marchara. Juan, en uno de sus infantiles arranques, ante mi firme negativa a pernoctar en Saidan, se precipitó hacia la puerta, apoderándose de mis sandalias y huyendo con la loable y sana intención de que, forzado por tal circunstancia, declinara en mis pretensiones de partir hacia Nahum. Me asusté. Aunque resultaba improbable que llegara a descubrir los ocultos microsistemas electrónicos, sí cabía la posibilidad y el grave riesgo de que —en uno de aquellos arrebatos— las destruyera o, simplemente, las escondiera, perjudicando así los planes de la operación. Assi y Santiago rieron la ocurrencia, anunciándome divertidos «que ahora sí estaba perdido». Salí tras él, justo a tiempo para ver cómo cruzaba la puerta de acceso al corral. Juan no se detuvo y, de un salto, se lanzó escaleras abajo, en dirección a la playa. En mitad de los empinados peldaños frenó e, indeciso, como si buscara un escondrijo para el calzado, echó una rápida mirada a las barcas varadas entre las redes. Le grité para que cesara en aquel incómodo juego, pero, levantando las sandalias por encima de su cabeza, me desafió a que le diera alcance. Ágil como un gato renunció a los últimos escalones, saltando limpiamente sobre la costa. Maldiciendo mi mala estrella corrí tras el alocado Zebedeo, hiriéndome los pies contra los guijarros. La persecución, en la que naturalmente yo llevaba la peor parte, se prolongó, playa arriba, hasta casi un kilómetro de Saidan. Agotado, cuando estaba a punto de claudicar, Juan se paró en seco. Le vi soltar las sandalias y, de espaldas, comenzó a retroceder con pasos inseguros y vacilantes. Frente a él se abría la gran colonia de tortugas de los pantanos. Me extrañó que no siguiera adelante. Aquellos quelonios eran tan torpes como inofensivos. Al darle alcance, demudado, incapaz de articular palabra, señaló hacia la negruzca grava de la costa. Confundida entre los cantos rodados se deslizaba una serpiente de un metro de longitud. Esta vez fui yo quien soltó una carcajada. Y, aproximándome al ofidio, lo atrapé por la base de la cabeza, levantándolo y mostrándoselo al descompuesto Zebedeo. Aquel asustado animal, único en la fauna de Palestina, era una pobre serpiente de agua, incapaz de hacer daño y cuya dieta básica eran los peces del lago. (En los actuales mosaicos de la iglesia de Tabja aparece un flamenco luchando con uno de estos apacibles reptiles del Kennereth.) Juan, con los ojos desencajados, suplicó que le perdonase y que «me deshiciera de aquel demonio». Era inconcebible. A pesar de sus muchos años de intensa amistad con Jesús de Nazaret, aquellos rudos pescadores seguían aferrados a toda suerte de supersticiones y maleficios. Claro que también era posible que aquel terror hacia las serpientes constituyera una «ofidiofobia»: un miedo patológico a estos ofidios, cuyas causas sólo pueden desvelarse mediante un profundo análisis psicológico del individuo. Para algunos autores, la «zoofobia» en general —o miedo patológico a los animales— podría considerarse como un oculto rechazo a tener hijos. Curiosamente, Juan moriría sin descendencia...

Incapaz de sostener tan desagradable situación me apresuré a soltarlo cerca del agua. El reptil, como imaginaba, se sumergió al momento, desapareciendo en el *yam*. Y el discípulo, bañado en un sudor frío, se dejó caer sobre la playa, exhausto y tembloroso. Recogí mi calzado y, olvidando la travesura, traté de reanimarle, secando su frente. Durante breves segundos me observó en silencio. De pronto, sus inquietos ojos negros se clavaron en los míos, preguntándome a quemarropa:

—¿Quién eres en realidad? No te conozco y, sin embargo, te conozco. Yo te he visto antes...

Una lámina de fuego se propagó por mi vientre y, adivinando una secreta intención tras las palabras de mi amigo, esquivé la delicada cuestión con una forzada sonrisa de perplejidad, añadiendo algo que él ya conocía:

—Lo sabes bien: un torpe griego que, al fin, ha encontrado la Verdad.

No aceptó mi explicación. Y con audacia continuó el acoso:

—... ¿Por qué el Maestro, nada más verte en la casa de

Lázaro, te recibió como a un viejo y querido amigo? ¿Por qué tu interés por Él? ¿De dónde vienes? ¿Por qué desafiaste a los odiosos romanos, permaneciendo al lado del rabí mientras los demás huían? ¿Cómo puedes saber cuándo y dónde...?

No le permití continuar. Sellé sus labios con mi mano derecha y, negando con la cabeza, intenté descabalgarle de tan peligrosos pensamientos. Creo que fue inútil. Juan sabía o intuía algo. Su última pregunta fue toda una confirmación y el anuncio de que, por primera vez, me hallaba en un serio compromiso.

—... ¿Por qué desapareciste en una nube blanca?

Al oír el asunto de la niebla quedé desarmado.

—¿Cómo sabes eso?

En su candidez, el discípulo confesó el único posible origen de su correcta información: Juan Marcos. Para mi infortunio, el benjamín de la familia Marcos, una vez repuesto de la escena del monte de los Olivos, corrió al encuentro del grupo, uniéndose a la expedición a Bet Saida. En el camino, ante la incredulidad general, dio pelos y señales de la extraña niebla surgida a mis espaldas y de cómo «Jasón había entrado en ella, esfumándose como un ángel del Señor».

—... Por supuesto —remachó el Zebedeo—, ninguno de mis compañeros dio crédito a sus «fantasías»..., excepto yo.

—Así que Juan Marcos viaja con vosotros...

Juan asintió triunfante, dando por hecho que me tenía atrapado.

—Muy bien —concluí rotundo—. Mañana te demostraré que estás equivocado.

Y sin darle ocasión de replicar me alejé hacia el camino, emprendiendo el viaje de retorno a la «cuna». La jornada del jueves, 20 de abril, prometía ser tan «animada» como la que estaba a punto de concluir.

Bien mirado, la carrera en pos de Juan Zebedeo también tuvo su lado bueno. Me permitió abandonar Saidan más rápidamente de lo calculado y, por añadidura, situarme al corriente de la presencia, entre los íntimos, del pequeño Juan Marcos. No tenía muy claro cómo, pero debía actuar. Era menester que pusiera en marcha una estratagema lo suficientemente clara y redonda como para disipar los recelos y las insinuaciones que acababa de oír. En el fondo, aquella inesperada situación nos serviría de lección. Caballo de Troya había subestimado a los supuestamente «primitivos» e «incultos» hombres del siglo I. Algo se me ocurriría.

Poco antes de las 18 horas, sin el menor tropiezo, avisté el puente sobre el río Korazín. Eliseo se alegró al oír mi voz. Los cálculos eran correctos. Sin carga, y a buen paso, el camino de Saidan a Kefar Nahum podía cubrirse en poco más de una hora, reduciendo la primera caminata en unos veinte minutos.

Aboné el obligado «peaje» (dos leptas, equivalentes a un cuarto de as; es decir, pura calderilla) al funcionario de la aduana, y siguiendo la calzada, rodeé la ciudad por su cara norte hasta alcanzar el camino que ascendía hacia la colina sobre la que se asentaba el módulo. Restaban unos minutos para el ocaso y, después de prevenir a mi hermano, opté por seguir unos pasos más —hasta el extremo sur del promontorio—, evitando así la senda que había utilizado en la bajada y que, como dije, se bifurcaba a una milla de Nahum. No era prudente que me vieran tomar el caminillo del cementerio. A unos cien metros del lugar donde había coincidido con Jonás, el todavía supuesto monte de las Bienaventuranzas quedaba seccionado en su ladera sur por la vía Maris. Aquél era uno de los pasos más angostos de la costa norte. A la izquierda de la calzada, el terreno se precipitaba materialmente sobre las aguas, formando un inclinado talud de 20 o 30 metros. El precipicio me serviría de referencia en los sucesivos retornos a la «base-madre». Desde allí, falda arriba, la nave se hallaba a 600 pies. La ruta, a partir de aquel punto, se alejaba un poco del litoral, dibujando un amplio arco que bordeaba las chozas y el «complejo hidráulico» de Tabja. En aquel momento reparé en un acueducto de unos dos metros de alzada, semicamuflado por la vegetación, que arrancaba de la zona de los molinos, en «las siete fuentes», perdiéndose entre el roqueo de la costa, en dirección a Nahum. A la mañana siguiente comprobaría que se trataba de una de las más importantes conducciones de agua potable que abastecía a la «ciudad de Jesús». Disponía aún de un cierto margen de luz y, pensando en paliar la fallida adquisición de víveres, creí oportuno acercarme al poblado que tenía a la vista. Con toda seguridad, los vecinos de Tabja podrían suministrarme agua y algunas provisiones. Eliseo no lo creyó oportuno, pero, en contra de su voluntad, salvé los 300 metros que me separaban de las chozas. De nuevo me vi gratamente sorprendido. El aprovechamiento industrial de Nahum era perfecto. Si los astilleros, la fabricación de vidrio, la artesanía y el comercio se centralizaban en la ciudad propiamente dicha, allí, entre huertos, frutales y un airoso palmeral, palpitaban los rumorosos manantiales que daban vida a los molinos de agua y a las fraguas. Los primeros, en su mayoría, eran harineros, aunque también los había para el aserrado de la madera, la trituración de la aceituna y de la uva e, incluso, para la molienda de la pimienta y el corte de piedra. Cada jornada, cuadrillas de operarios y «especialistas» de las vecinas localidades de Guinosar, Nahum y Migdal se desplazaban hasta el bello rincón, poniendo en marcha las curiosas «maquinarias», ideadas y construidas por los romanos y que son citadas por Vitruvius. Entre esta industriosa red de albercas, canales y acueductos se levantaban también los tradicionales molinos de grano (1), movidos a mano o con el concurso de animales. Pero lo que verdaderamente llamó mi atención fueron los «hidráulicos» (2): toda una obra de ingeniería que poco o nada ten-

(1)   Los más numerosos se hallaban confeccionados a base de dos «conos» de basalto —de 1 metro de diámetro en las respectivas bases—, unidos por los vértices. En este punto de unión se situaba un casquillo y la piedra superior quedaba suspendida mediante una espiga de hierro, tocando el «cono» inferior, de forma que pudiera triturar el grano. Éste entraba por la boca superior del molino. Ajustando la espiga se obtenían moliendas de diferente granulación: fina, media o gruesa. En la mencionada confluencia de los «conos», una palanca de madera o de metal permitía el giro del molino, bien por tracción humana o animal. A medida que era triturada, la harina escapaba por la base del «cono» inferior, cayendo a un canal de piedra especialmente dispuesto para ello. Los molinos movidos por mulas o asnos —incluso por cabras—, como el que acabo de describir, fueron perdiendo vigencia, siendo sustituidos paulatinamente por los «hidráulicos». En caso de guerra, por ejemplo, la requisa de caballerías terminaba por inutilizarlos, sumiendo a las poblaciones en el hambre. *(N. del m.)*

(2)   La casi totalidad de estos molinos hidráulicos era dispuesta en

dría que envidiar a los que han usado ingleses y norteamericanos hasta los años cuarenta y cincuenta del siglo xx.

Los lugareños, serviciales y acostumbrados al trato con toda suerte de forasteros, respondieron al punto a mi solicitud, llenando un áspero pellejo de cabra, de unos 40 litros de capacidad, con el agua de una de las fuentes que manaba muy cerca de la gran piscina octogonal de 20 metros de diámetro que habíamos detectado desde el aire. El capítulo de los víveres, en cambio, quedó en blanco. Nakdimon, el funcionario judío responsable del suministro de las aguas a Nahum y a la industria de los molinos, que acudió encantado y complaciente en mi auxilio, me aconsejó, al igual que Jonás, que visitara el mercado del día siguiente, en Kefar Nahum. Mi corta estancia en Tabja, siempre guiado por Nakdimon, resultó fructífera en sumo grado. Al tiempo que recorría las instalaciones, el funcionario me puso en antecedentes de algunos detalles que ignoraba por completo. Sin disimular su disgusto, el capataz-jefe del barrio de las «siete fuentes» se lamentó de la «nacionalización» de las aguas por los romanos. Desde que el Imperio, en efecto, había colonizado Palestina, la riqueza hidráulica había pasado a manos de Roma. El césar era el legítimo propietario, que delegaba, en cada provincia, en una tupida burocracia de funcionarios. Las tarifas por el consumo de agua iban directamente a las arcas de Tiberio. El control para evitar el fraude se llevaba a cabo con extremo rigor. De cada acueducto —así lo especificaba la legislación romana— arrancaba un número determinado de cañerías.

---

los acueductos, canales o albercas, de forma que las corrientes fueran más fáciles de controlar. Una rueda de madera dentada, o provista de cangilones, era empujada por dicha corriente, transmitiendo la fuerza necesaria al resto de la maquinaria. Ésta, en líneas generales, constaba de una pila circular de piedra con una columna central a la que se fijaban dos palancas que controlaban la piedra de moler. Estas muelas se hallaban una frente a otra, a cada lado de la columna. Por su parte interior eran planas y convexas por el exterior, encajando así en las paredes del recipiente. Se ataban de forma que no tocasen la pila, dejando un espacio para verter el grano o la aceituna. Las piedras eran movidas gracias a una palanca, de lado a lado, situada sobre la zona superior de la pila. (Hasta cierto punto se desplazaban sobre su propio eje, como consecuencia de la presión del cereal, dando lugar a un doble movimiento.) *(N. del m.)*

Para insertar una nueva era precisa una solicitud especial al Gobierno. Cuando éste concedía la licencia, el inspector de zona asignaba al usuario un *calix* o llave de paso de unas muy concretas dimensiones, en consonancia con el volumen de agua solicitado. Esta pieza regulaba el caudal de forma inexorable. Si el consumidor era un industrial, el *calix* recibido era de mayor sección, pero siempre de acuerdo con lo marcado en la correspondiente licencia. Más allá de estas llaves de paso, la cañería era de propiedad privada y cada cual debía correr con los gastos de instalación y mantenimiento. (De hecho existía una ley que obligaba a que las dimensiones del *calix* se mantuvieran en cada conducción hasta una distancia de 50 pies de la citada llave de paso.) Estaba terminantemente prohibido obtener agua de otro lugar que no fuera el depósito del acueducto, así como ramificar las cañerías. Como ocurre en el siglo XX con los servicios telefónico o de suministro eléctrico, en aquella época, el derecho al agua tenía carácter personal. De esta forma, cuando un inquilino abandonaba una casa o un molino, los «ingenieros» e «inspectores» cerraban el *calix*. Sin embargo, a diferencia de lo que hoy conocemos, el Imperio romano autorizaba la venta de las licencias. Los nuevos propietarios o arrendatarios, antes de tomar posesión de la vivienda o de la «industria», debían asegurarse, por tanto, de que dicha licencia no pasara a manos de terceras personas. El elevado coste del suministro de agua forzaba a multitud de familias a prescindir de estos servicios, abasteciéndose en las fuentes o manantiales públicos. Jesús, al menos durante su vida en Nazaret, no tuvo la oportunidad de disfrutar de este cómodo y costoso sistema de «agua corriente a domicilio». Sólo los más pudientes, como digo, podían permitirse semejante lujo.

Y hacia las 19 horas, ya oscurecido, con el pesado odre de agua a mis espaldas, el Destino, misericordioso, quiso que este imprudente expedicionario regresara con bien a nuestro querido «hogar», en la ladera sur del promontorio que dominaba el lago de Tiberíades.

Eliseo, enterado de mis primeras andanzas y correrías por la costa del *yam*, convino conmigo en que la Providencia nos asistía. A pesar de la «pérdida» de los víveres y de la arriesgada intromisión en el asunto del joven porteador del muelle de Nahum, el cambio en los planes había merecido la pena. No obstante, con su habitual sensatez recordó que no convenía abusar de la fortuna y que hiciera un esfuerzo por ajustarme a lo programado por la operación. Mi incursión a Tabja y el transporte del agua hasta la «cuna» podían haber esperado.

Aquella noche, mientras preparaba un disolvente para el cerumen del Zebedeo, mi amigo —una vez analizado y hervido el cargamento de agua— fue a situarse frente a los paneles de control del módulo, cayendo en un férreo mutismo. Yo le había puesto en antecedentes de mi breve conversación con Juan y ambos, naturalmente, coincidimos en la necesidad de hallar una sólida y urgente solución que pusiera fin a las habladurías propaladas por el benjamín de la familia Marcos. No era fácil. Pero Eliseo, tras una larga reflexión, encontraría remedio a mi comprometida situación.

Por fortuna, la «farmacia» de la nave era excelente. Tras un repaso al banco de datos de «Santa Claus», me decidí por una composición a base de óleum o aceite de terebinto (1), en una proporción de 1,5 por cada 10 centímetros cúbicos, y una serie de complementos «no irritantes», como el clorbutol (500 mg), la benzocaína (300 mg) y el benzofenol (también a razón de 100 mg por cada 10 cc). Un volumen de diez centímetros cúbicos sería suficiente para dos o tres dosis diarias, a inyectar en los oídos del Zebedeo durante un par de jornadas. Con ello se lograría un paulatino reblandecimiento de la masa cérea que —todavía no sabía cómo— me permitiría la extracción de los dolorosos tapones.

Dispuesta la pócima en una ampolleta de barro, me entregué a la revisión del programa del jueves. A partir de la llegada de los once a Saidan, los acontecimientos podían precipitarse en cualquier momento. Nuestro principal objetivo en el lago consistía en intentar «observar» las pre-

(1)   De la corteza del terebinto, sangrándolo, se obtiene la trementina de Quío, conocida en aquel tiempo por los «sanadores» griegos, egipcios y babilónicos con los nombres de *terebinthos* y *terebinthina*. Esta oleorresina contiene un 14 por ciento de esencia, formada básicamente por «a-pineno». El resto son resinas, con pequeñas cantidades de ácido benzoico. *(N. del m.)*

tendidas apariciones de Jesús. En este sentido, los evangelios de los cristianos no son muy explícitos. Como ya comenté, sólo el texto de Juan hace una difusa alusión a la presencia del Maestro a orillas del *yam*, sin especificar ni el día ni el lugar exactos. «A orillas del mar de Tiberíades» —como reza parte del versículo 1 del capítulo 21— no suponía una gran ayuda. «A orillas del mar» podía querer decir frente a las costas de Nahum, de Saidan o de cualquier otro punto del gran arco que forma el litoral norte, con sus casi 14 kilómetros, contando desde Migdal a Saidan. La única forma de «estar presente» en dicho suceso obligaba a permanecer junto a los discípulos, sin perderlos de vista ni un minuto. En cuanto a la segunda posible aparición en la Galilea —apuntada por el evangelio de Mateo (28, 16-20)—, tampoco era un derroche de información. ¿A qué monte se refería el evangelista? El citado litoral está sembrado de colinas... Según lo que llevaba visto y oído, las palabras de Mateo no eran muy acertadas. «Por su parte —dice el escritor sagrado en los referidos versículos—, los once discípulos marcharon a Galilea (hasta aquí, correcto), al monte que Jesús les había indicado...» (El Hijo del Hombre no les señaló monte alguno durante sus apariciones en Jerusalén. Tan sólo que marcharan a la Galilea, donde volverían a verle.)

Por último, el bueno de Saulo o Pablo, en su primera carta a los Corintios (15, 5-8), hace una afirmación —no contenida en los evangelios— que tampoco supimos cómo interpretar: «... después se apareció a más de quinientos hermanos a la vez...» ¿Dónde y cuándo se registró dicha aparición multitudinaria? Las cosas, como veremos, resultarían mucho más complejas, apasionantes... y distintas. Pero sigamos por orden.

Al fin, Eliseo, saliendo de su mutismo, se volvió hacia mí y, con una maliciosa sonrisa, preguntó:

—¿Qué tal se te dan los juegos de manos?

Y astuto y eficiente pasó a detallarme su idea. Una idea que podía sacarme del atolladero al que las circunstancias y Juan Marcos me habían arrastrado.

20 DE ABRIL, JUEVES

Nervioso ante los acontecimientos que se avecinaban, apenas si pude descansar. El cinturón de seguridad IR, en automático, no advirtió presencia humana alguna en los alrededores de la nave, excepción hecha de un par de bandadas de aves que, casi al rayar el nuevo día, tuvieron la inoportuna ocurrencia de revolotear y posarse muy cerca de la pequeña laja de piedra, contigua a nuestro asentamiento.

Como la precedente, la jornada de aquel jueves, desde el punto de vista meteorológico, se presentaba radiante. Teniendo en cuenta que los íntimos de Jesús —si el anuncio de Juan Zebedeo no experimentaba alteración— podían haber entrado en Saidan al anochecer del miércoles, lo más conveniente a nuestros planes era aguardar hasta el mediodía o primeras horas de la tarde para hacer acto de presencia en el hogar de los Zebedeo. Después de tan larga y agotadora marcha por el Jordán, lo más probable es que los discípulos durmieran hasta bien entrada la mañana. A partir de mi ingreso en Saidan, como dije, debería mostrarme especialmente cauto y atento. Disponíamos, en consecuencia, de unas seis horas para rematar otras dos operaciones, no por prosaicas menos importantes. La primera, a cargo de mi hermano, consistía en la puesta a punto de las elementales piezas que —con un poco de suerte— deberían ayudarme a desmoronar el equívoco de la niebla y de mi nada recomendable condición de «ángel del Señor». Este simple «instrumental» (un par de esferitas de corcho de cinco centímetros cada una y un hilo de seda) debía ser complementado con la adquisición en Nahum de una barra de vidrio de regular tamaño, absolutamente común y corriente. Ninguno de aquellos materiales —perfectamente conocidos por los habitantes del lago— violaba las normas del código de Caballo de Troya.

El segundo cometido, vital para nuestra subsistencia y, en especial, para la de Eliseo, me obligaba a descender a la mencionada Kefar Nahum y, en uno o dos viajes, llenar la exhausta despensa de la «cuna». Cabía la posibilidad de que, una vez en Saidan, mi ausencia del módulo se prolongara durante varios días. Así que, aprovechando el frescor del amanecer, inauguré la que sería definitiva y cotidiana vía de descenso y ascenso desde el módulo a las poblaciones del lago. Ladera abajo fui a reunirme con la calzada en el «paso del precipicio» y, desde allí, en cuestión de 20 a 30 minutos, terminé por situarme a las puertas de la ciudad. Con el fin de no perder tiempo repetí el itinerario del día anterior. El ronroneo de la molienda del grano se hallaba en pleno apogeo, así como el ir y venir de los comerciantes y artesanos, ocupados en la apertura de sus industrias y bazares o en el atizado de los fogones sobre los que se doraban redondas tortas de harina o borboteaban negros calderos con humeantes y apetitosos guisados de carnero, gruesos rabos de oveja o elementales potajes de cereales y sémola de cebada. En mi camino hacia el taller de Azemilkos observé un mayor número de caballerías y camellos que en la jornada precedente, perfectamente alineados y sujetos a los bordillos agujereados de la calle principal y de las adyacentes. También aquello obedecía a una razón específica: la celebración del mercado semanal. Todo un acontecimiento económico-social.

El viejo jefe del taller de soplado me recibió con una exagerada reverencia, gratamente sorprendido por la prontitud de mi regreso. En un rápido repaso a la exposición comprendí que la compra de la pequeña barra de vidrio no resultaba un trámite tan trivial como habíamos creído. Obviamente, no tenían utilidad alguna y, en consecuencia, no se fabricaban. La única solución consistía en adquirir un jarrón de doble asa y, una vez en la «cuna», aserrarlas. De cara al «experimento» que me proponía ejecutar, la forma de la pieza de vidrio era lo de menos.

El siguiente objetivo —las provisiones— me llevó de nuevo al muelle. El tráfico de mercancías y el ajetreo de los cargadores y capataces no tenían nada que envidiar al del miércoles. Alguien me señaló el extremo oeste del puerto como el lugar donde, tradicionalmente, se asentaba el mercado. En efecto, al final del espigón, en el límite de Nahum, descubrí una plazoleta de unos 50 metros de diámetro, enlosada con lajas negras —idénticas a las utilizadas para el pavimentado de la vía Maris— y presidida en su zona más occidental por un muro de unos 3 metros de altura y otros 10 de longitud del que emergían seis gruesos caños de hierro. Por detrás se perfilaba el acueducto que arrancaba de los depósitos de Tabja y que traía el agua potable a la ciudad. El líquido, que brotaba incesante y cantarín por cuatro de las seis tuberías, quedaba remansado en una pileta rectangular, pasando de ésta a un largo y estrecho abrevadero, construido a la derecha de la múltiple fuente y en el que se apretaban, sedientos, asnos, mulas, camellos, bueyes y ovejas. Aquélla, como la que había observado a las afueras de Saidan, era la fuente pública de Nahum, siempre asediada por mujeres con cántaros apoyados en las caderas o en milagroso equilibrio sobre las cabezas. Una legión de niños chapoteaba en la pileta, jugando con trozos de madera o corcho o dando de beber a escandalosos y ariscos patos que, con toda razón, se resistían a participar en aquel caos. Las protestas e imprecaciones de los vendedores, salpicados o entorpecidos por la chiquillería y por las gruesas y agresivas matronas, eran continuas y, en cierto modo, formaban parte de ritual que envolvía tales «centros de reunión».

A todo lo largo del perímetro de la plaza, comerciantes y buhoneros llegados de los cuatro puntos cardinales exhibían sus productos y habilidades, en un enloquecido, permanente y atronador griterío, en el que nadie se quedaba atrás. Una patrulla romana apostada en el límite del muelle con la explanada seguía atenta las evoluciones de los regateos, irremediablemente adobados con aspavientos, golpes de pecho y juramentos que, en general, no pasaban de ahí. El fluir de galileos de largas barbas y bigotes rasurados, con sus cestas de la compra en la mano izquierda, atentos a las «novedades» llegadas de Tiro, de la Decápolis, de la Idumea o de la mismísima Ciudad Santa, fue incrementándose con el despertar de la luminosa mañana. Como en Jerusalén, en Nahum eran los hombres los encargados de efectuar las compras; en especial, todo lo concerniente a los víveres y artículos de primera necesidad. En una mezcolanza de arameo, griego, egipcio y otras lenguas caldeas y mesopotámicas, mercaderes de ropa, de calzado, barberos, alfareros, perfumistas, adivinos, sanadores, traficantes de ganado, pescaderos y hortelanos, entre otros gremios, obligaban a los curiosos a examinar, oler, degustar y palpar sus productos, polemizando y pujando para que el posible comprador no pasara de largo. Sobre alfombras y esteras de paja, los objetos importados de Roma, de la Galia, de las islas del Mediterráneo o de las remotas Ursa e India, gozaban de una especial predilección por parte de los vecinos de Nahum y de las aldeas y poblaciones próximas. Allí podía comprarse de todo. Lo más inverosímil, lujoso o pintoresco: desde un banco (un *subselium*) finamente labrado en madera de roble por los carpinteros del Tíber, hasta una especie de «caja fuerte» (un *glosso-komon*) en la que guardar el dinero o documentos, pasando por *sagum* o capas cortas, abiertas lateralmente, sin mangas, muy de moda entre la élite del Imperio. Allí encontré *tabulas* o bandejas para el servicio de mesa; *mappas* o manteles de seda y encajes de Palmira y Séforis; ropa interior para señora (unas túnicas cortas o *kolbur*, transparentes); calcetines de lana; sombreros y sandalias de Laodicea; velos blancos, de luto, para las viudas; flautas y arpas de Tebas o Creta; instrumental médico; sombrillas de colores para defenderse del sol en las gradas de los anfiteatros; preservativos egipcios, confeccionados con vejigas de antílope y gato convenientemente conservados en frascos de aceite; cestería beduina y mil modelos de enseres de barro y vidrio de Samos y Egipto, respectivamente. Aquel refinamiento me dejó atónito. El hombre del siglo XX, en su soberbia, cree haber alcanzado el límite de la comodidad y de la perfección cuando, en realidad, todo, o casi todo, está inventado.

En mitad del tumulto, un boquiabierto corro de niños, adultos y mujeres rodeaba a los «barberos-médicos-dentistas», asistiendo atónitos y morbosos a los rasurados, extracciones de muelas o al teñido de los cabellos. Fenicios, griegos, galileos y egipcios sentaban a sus clientes en pequeños taburetes o en mugrientos toneles, ablandando las barbas con agua caliente y, a falta de jabón, con espesos y negruzcos «purés» oleaginosos, deslizando sobre cuellos y mejillas unas largas navajas de hierro, de filos perdidos y mellados en su continuo ir y venir por los caminos del país. El tinte del pelo —en negro y rubio para los hombres y dorado para las mujeres— se practicaba, como digo, a la luz pública, sin el menor asomo de pudor y cuidando que las tintas cubrieran y ocultaran hasta la última de las canas. Pero el trabajo preferido de los curiosos —el más escalofriante y patético— era el arrancado de dientes y muelas. Concluido un rasurado o el entintado de una cabellera, el barbero acomodaba al temeroso paciente y, tras oír su problema, procedía a examinar la dentadura. A su lado, si disfrutaba de una cierta posición económica, uno o dos aprendices —generalmente esclavos— preparaban los ungüentos, anestésicos y el instrumental médico del «hombre de los dientes», como se los conocía popularmente. Aquellos «sanadores» disponían, en general, de un arsenal de cirugía relativamente aceptable: sondas, lancetas y escarpelos de diferentes modelos, cuchillos de hojas rectas o curvadas, agujas para el cosido de heridas, elevadores para el alzado de cráneos hundidos, hasta seis clases de fórceps (lisos o rematados por dientes y con protección o sin ella), catéteres, tijeras de cirujano (algunas, incluso, para cortar la sección enferma de la campanilla), espátulas para el examen de gargantas y hasta un trinquete para dilatación.

Si las encías presentaban úlceras (junto con las caries eran las afecciones más comunes), el «odontólogo» o sus ayudantes le aplicaban un emplasto a base de resinas de terebinto, leche de vaca, dátiles, algarrobas secas y otras plantas que no supe distinguir. O bien frotaban la mezcla en las zonas lesionadas u obligaban a su masticación. Cuando el deterioro de la pieza —siempre a juicio del barbero— recomendaba su extracción, el infeliz era amarrado con las manos a la espalda, de forma que sus convulsiones no entorpecieran la labor del «maestro». Como en los prolegómenos de una ejecución, la concurrencia guardaba un significativo silencio, pendiente de las maniobras y trapicheos del «verdugo» y de sus ayudantes. Uno de aquellos egipcios en particular, huesudo en extremo, gozaba de una habilidad y fuerza en sus dedos como jamás he visto. Mientras uno de los aprendices separaba la mandíbula, el «dentista» introducía un paño de tela en la boca del enfermo (generalmente un hombre o mujer de avanzada edad) y, asentándose con firmeza en el pavimento, hacía presa con el índice y pulgar en el diente, arrancándolo con un seco tirón. Como si de un número circense se tratara, el egipcio mostraba al público el lienzo con la pieza ensangrentada (de una o dos raíces), recibiendo entonces el aplauso y el beneplácito general. En el frecuente supuesto de que la extracción se viera acompañada de hemorragia, el sanador taponaba la cavidad con una pócima de senecio que, con suerte, actuaba como hemostático. Frenado el flujo de sangre, el paciente se aclaraba la boca con vinagre, abandonando el lugar con una bolsita de tela apretada entre los dientes. Al interrogar a uno de los «secretarios» sobre el contenido de dicha bolsa, un escalofrío me recorrió la espalda: grasa, miel, aceite de microbálano y excrementos de mosca...

Descompuesto, me retiré hacia los tenderetes de los hortelanos y tenderos, llenando dos grandes cestas con idénticas provisiones a las elegidas en la mañana precedente, a las que añadí unos quesos de Bitinia, espárragos, mostaza de Egipto, el fruto favorito de Jesús —pasas de Corinto— y mi pequeña-gran debilidad: las nueces. El regateo —cómo no— resultó correoso. Cada dos palabras, el campesino de Guinosar que me tocó en suerte levantaba sus brazos, jurando «por su cabeza», «por los cielos», «por Jerusalén», «por sus hijos» o «por la leche que le dio su madre», que aquellas habas, ajos o lentejas habían sido regados con su sangre y que bien merecían los «cuatro miserables denarios que me pedía a cambio». Hacia las 10 horas, con la cabeza como un tambor, lograba zafarme al fin de semejante manicomio, emprendiendo el camino de regreso al módulo. Una hora más tarde, con las dos esferas de corcho, una de las asas de vidrio de la jarra, el hilo de seda y la ampolleta de barro con el disolvente en la bolsa de hule, me despedía de Eliseo, dispuesto a enfrentarme a la que, sin duda, iba a ser la primera gran aventura de nuestra estancia en la Galilea. (Con el fin de redondear mi «representación teatral», mi hermano, después de meditarlo largamente, optó por incluir en mi liviana impedimenta un zurrón de arpillera en el que fue camuflado un reducido termo-congelador, programado para sostener una temperatura constante. En este caso, menos 80 °C. En el interior habían sido depositadas seis minúsculas barras de dióxido de carbono, esenciales para el «juego» que debería practicar.) Y tras completar la protección personal, cubriendo incluso los dedos de las manos con la «piel de serpiente», salté al exterior (1).

De acuerdo con lo planeado por los especialistas de Caballo de Troya, si las apariciones del Maestro tenían lugar más allá de los límites establecidos para la conexión auditiva, mi compañero debería ser alertado de inmediato a través del láser, activando y dirigiendo a la zona en cuestión uno de los «ojos de Curtiss». Ninguno de los dos sospechábamos entonces que la primera de estas prodigiosas «presencias» de Jesús a orillas del *yam* se registraría antes de 24 horas...

La marcha a Saidan, en esta ocasión, resultó más entretenida. Hasta el puente sobre el Jordán tuve oportunidad de cruzarme con varias caravanas que bajaban por la ruta de Sidón, con destino a los puertos y núcleos comerciales de Nahum, Migdal y Tiberíades. Desde la línea fronteriza situada en el puente, en cambio, mi camino fue prácticamente en solitario. Poco antes de rebasar los mojones divisorios del territorio de Filipo, aquel viento del oeste se precipitó de nuevo sobre el lago, cimbreando las copas de los álamos y arrancando interminables susurros a las hojas verdiblancas.

Poco después de la hora sexta —esta vez por el portalón principal que se abría al pie del sendero que atravesaba la aldea— me presentaba en el gran patio del caserón de los Zebedeo. Los once, sentados en torno a un brasero cuadrangular en el que borboteaba un caldero de leche, conversaban animadamente. Por espacio de unos segundos me quedé quieto, con la «vara de Moisés» firmemente plantada sobre el adoquinado del piso. La vista de los íntimos me llenó de emoción. Un humo blanco, empujado por el viento de poniente, huía del fondo del hogar, difuminando los

(1) Quien haya leído el presente texto, así como los restantes *Caballos de Troya*, antes de 1998, comprobará que el diario del mayor presenta en la actualidad algunas ligeras modificaciones (Éste es el caso del CO_2 o dióxido de carbono.) Pues bien, ello obedece a las instrucciones del mayor, que fija dichas modificaciones, una vez transcurridos diez años desde la publicación de estos documentos. Sólo al final de la obra estaré autorizado a revelar el porqué de estas pequeñas y, aparentemente, intrascendentes modificaciones. *(N. del a.)*

cuerpos de los discípulos situados a mi derecha. Evidentemente no se habían percatado de mi llegada. Pero, de pronto, se hizo el silencio. Los que se sentaban frente a mí alertaron al resto y los cuatro o cinco que me daban la espalda giraron las cabezas, clavando las miradas en el recién llegado. Y «algo» extraño planeó sobre aquellos corazones, endureciendo los semblantes. Fueron unas miradas muy significativas: mezcla de miedo, curiosidad y recelo. En aquel instante supe que las revelaciones hechas por Juan Marcos —aunque no lo confesaran— habían sembrado las dudas en el crédulo y supersticioso grupo. Tenía que actuar. La misión podía peligrar si no borraba, de raíz, la falsa idea de un «Jasón ángel», poco menos que «emparentado» con la Divinidad.

La tensa escena alcanzó su punto álgido cuando, de improviso, por la puerta que conducía al hogar de Zebedeo padre, apareció el benjamín. Portaba una vasija de barro, con pescado fresco, y, al descubrir mi presencia, sus ojos se abrieron espantados. Retrocedió pálido y tambaleante, como si tuviera ante sí a un fantasma, dejando caer el lebrillo, que se pulverizó con gran estruendo. Juan, desconcertado, se incorporó, encaminándose hacia el muchacho. Pero, antes de que llegara a su altura, Juan Marcos saltó por encima de los cascotes y tilapias, refugiándose en el corral. El Zebedeo dudó. Y, cambiando de dirección, salió a mi encuentro, rogándome que disculpara el frío e injusto recibimiento. El incidente quedó temporalmente olvidado y, tras un parco saludo general, los galileos reanudaron su conversación que, por supuesto, giraba alrededor de los extraordinarios sucesos vividos en Jerusalén. Rechacé la amable invitación para compartir el desayuno colectivo, manifestando mi deseo de visitar al enfermo. Juan accedió agradecido, mostrándome el camino. Me incliné para desatar las sandalias y, al proceder con las tiras de cuero de la pierna izquierda, el Zebedeo, retirando suavemente mis dedos de los nudos, me sugirió que empezase por la sandalia derecha. Le miré extrañado.

—Trae mala suerte —aclaró sin más explicaciones.

Acepté la sugerencia. Poco a poco iría familiarizándome con aquellas pequeñas supersticiones y manías que, naturalmente, estaba dispuesto a respetar.

En la alcoba del jefe de los Zebedeo me aguardaba una muy grata sorpresa: María, la madre de Jesús, se hallaba a la cabecera, en compañía de Salomé, la esposa del anciano, y de algunas de las mujeres de la casa. Los hijos del «patrón» habían cumplido fielmente mis prescripciones médicas y el paciente, aunque derrotado aún por los lacerantes dolores, presentaba un aspecto más relajado. Al verme en el umbral, Salomé y la Señora abandonaron las compresas de agua fría que administraban sobre la frente del enfermo y, con vivas muestras de alegría, me besaron en las mejillas, deseándome paz. Aquel gesto me reconfortó, devolviéndome la seguridad. La mujer del Zebedeo agradeció mis desvelos para con su marido, reprendiéndome después por el innecesario regalo de los víveres.

Me arrodillé en silencio junto al jergón y, sin prestar demasiada atención a las cariñosas palabras de Salomé, tomé las manos del Zebedeo, verificando el pulso. El buen hombre sonrió. Supliqué a Juan que me ayudara a incorporarle y, echando mano de la ampolleta de arcilla, vertí unas cuantas gotas del preparado en cada uno de sus oídos. A continuación, depositando el pequeño recipiente en las manos del discípulo, le informé sobre su contenido, modo y frecuencia con que debía administrarlo hasta nueva orden. Si todo discurría con normalidad, quizá el sábado o el primer día de la semana (el domingo) pudiera proceder a la disolución definitiva del cerumen. Tras un menguado parlamento con las mujeres, Juan y quien esto escribe regresamos al patio. Juan Marcos ayudaba a los gemelos de Alfeo en el asado de unas hermosas tilapias. El resto, con un excelente buen humor, daba cuenta del tardío desayuno, mojando unas crujientes tortas de harina en un plato hondo de barro lleno de aceite. Había llegado el momento de poner en práctica la idea de Eliseo. El benjamín, más sereno, dejó que me acercara. En señal de amistad le mostré el amuleto que me regalara en Jerusalén y que todavía colgaba de mi cuello y, en tono conciliador, le pedí que me escuchara. Los íntimos, que a pesar de su charla no me quitaban ojo de encima, bajaron el tono de voz, más pendientes de mis palabras que de las suyas. Midiendo las explicaciones, y de forma que todos pudieran oírlo, le recordé que, además de hombre de negocios y sanador, Dios me había concedido el privilegio de estudiar y practicar la muy noble profesión de «augur» y «mago». Al igual que los demás, el muchacho siguió mis aclaraciones con la duda reflejada en sus ojos.

—... Y para que veas que no miento, ahora mismo, si lo deseas —añadí sin perder la sonrisa—, estoy dispuesto a mostrarte algunos de mis «poderes»...

Juan Marcos, indeciso, desvió la limpia y profunda mirada hacia los discípulos. Felipe, el más permeable a las bromas y a la diversión, se erigió en espontáneo portavoz del resto, aceptando sin disimular su curiosidad.

Dispuesto a aprovechar el quizá irrepetible momento y la excelente disposición de los galileos, pedí a Juan que situara sobre el brasero un balde con agua. Por su parte, el benjamín, con idéntica celeridad, salió hacia el corral, a la búsqueda de un sencillo palitroque. Entretanto, ante la inquieta mirada del resto, procedí en un más que teatral silencio al amarrado de cada una de las esferas de corcho a otras tantas porciones (de unos 50 cm de longitud) del hilo de seda. Juan Marcos retornó al punto, entregándome un tosco palo de un metro. Lo partí en dos y, amarrando los improvisados péndulos a cada una de las maderas, me dirigí a los gemelos. Les rogué que se adelantaran hasta el centro del círculo formado por los expectantes galileos y, tras entregarles los palitroques, les recomendé que procuraran sostener las esferas en el aire, en total inmovilidad y protegiéndolas del viento con sus propios cuerpos. Felipe, nervioso, rompió a reír. Ordené silencio y, tomando el asa de vidrio, la froté enérgicamente con el filo de mi túnica. Levanté los brazos hacia el cielo y, pronunciando unas absurdas e ininteligibles palabras —con el único fin de «caldear» el ambiente—, me incliné hacia la esferita que sostenía Judas Alfeo. El efecto deseado no tardó en producirse. Al acercar la barra de vidrio a la bola de corcho, ésta, «obediente», se movió, aproximándose a la punta del asa. Un murmullo de admiración brotó de todas las gargantas. Y el gemelo, asustado, soltó el palo, escapando hacia la parrilla en la que se asaban las tilapias. La reacción de Judas provocó la hilaridad general. Repetí el sencillo experimento con el péndulo de su hermano Santiago y la esfera, nuevamente, como empujada por una mano invisible, se desplazó hasta tocar el vidrio. Observé a Juan Marcos y a Juan

Zebedeo. Ambos, con la boca abierta y los ojos fijos en las oscilaciones del péndulo, parecían hipnotizados. (La experiencia, sobradamente conocida por los colegiales del siglo XX, se basaba en el natural proceso de electrización por frotamiento. Un elemental péndulo «electrostático» hacía el resto. Vidrio y corcho, electrizados con cargas opuestas, se atraen durante un espacio de tiempo. Después, cuando las cargas resultan del mismo signo, se repelen.) Solicité de Juan Marcos que recogiera el péndulo de Judas. Como era de esperar, a los pocos minutos, al aproximar de nuevo el vidrio electrizado al corcho, la esfera se movió en sentido contrario. El jovencito, maravillado, no salía de su asombro. Cuando estimé que mis «poderes» como «mago» habían quedado claros, guardé las piezas y disimuladamente tomé las barritas de nieve carbónica, ocultándolas entre mis dedos. Afortunadamente, la «piel de serpiente» me protegió. (Como es sabido, el dióxido de carbono en estado sólido sólo puede mantenerse a una temperatura de menos 78 °C. Sin la debida protección, los dedos hubieran sufrido importantes quemaduras.) El agua del caldero había empezado a bullir. Paseé la vista sobre el grupo y, con idéntica teatralidad, extendí los brazos hacia la boca del humeante balde, invocando a los dioses del Olimpo. Al levantar el rostro hacia el azul celeste del cielo, la casi totalidad de los galileos, intrigada, me imitó. En ese instante, con total premeditación, dejé caer el hielo prensado en el agua. Las cápsulas de CO_2 (de 1 cm de diámetro y 50 mm de longitud) reaccionaron sin tardanza. Arrecié en mis invocaciones y conjuros y, como por arte de magia (nunca mejor dicho), una «niebla» blanca y densa —idéntica a la provocada por mi hermano en la cima del Olivete— comenzó a borbotear y a derramarse por las paredes del caldero. Algunos de los discípulos, ante el amenazador avance del «humo», retrocedieron entre lamentos, víctimas de un supersticioso pánico. Y el benjamín, abrazándose a mi cintura, suplicó para que cesara en tales demostraciones. La «niebla» fue disipándose. Recuperada la calma, Juan Zebedeo, con los ojos bajos, se disculpó públicamente, admitiendo que, en contra de lo que siempre había predicado el Maestro, había caído en el error de juzgarme. Un murmullo de aprobación ratificó las palabras del discípulo y, quien esto escribe, imitando el gesto de amistad favorito de Jesús, colocó sus manos sobre los hombros del apesadumbrado Juan, agradeciendo su nobleza de corazón. Nunca más se volvería a hablar de mi posible origen o naturaleza «angélica». El experimento resultó redondo.

Finalizado el desayuno, Simón, exultante y pletórico, polarizó de nuevo la atención general, arengando a sus compañeros para que, al igual que habían hecho en el viaje de Jerusalén al lago, salieran a los caminos a predicar la buena nueva y la inminente «llegada del reino». Su hermano Andrés, Tomás, *el Mellizo* y Mateo Leví —más cautos— desestimaron las sugerencias del fogoso Pedro, recordándole que, de momento, las órdenes del rabí eran otras: permanecer en la Galilea hasta que volviera a presentarse ante ellos. Las opiniones se hallaban divididas. Juan, Felipe y Bartolomé apoyaban incondicionalmente los deseos de Simón. Santiago se unió al parecer de Andrés y los gemelos, como de costumbre, se mantuvieron al margen, más atentos a las faenas domésticas que al problema de fondo. En cuanto al Zelote, mudo y cabizbajo, no hubo manera de arrancarle una sola palabra. El aguerrido patriota, a pesar de las evidencias, había caído en una nueva y profunda depresión. Nadie logró consolarle o infundirle un mínimo de aliento. Era inútil. La vergonzosa muerte de su líder y la desintegración del grupo y de sus viejos ideales de liberación política pesaban más que la propia resurrección y que las —para él— nebulosas promesas de Jesús acerca de un «lejano e incomprensible reino espiritual». A primeras horas de la tarde, ante el disgusto y el reproche de la mayoría, Simón el Zelote recogió sus cosas y, casi sin mediar palabra, con el rostro endurecido por la desesperanza, partió hacia su hogar, en la vecina Nahum. Aquella deserción —así fue calificada por Pedro— vino a trastocar los planes del grupo. Por espacio de una hora se enzarzó en otra de sus agrias y poco caritativas discusiones, tachando al Zelote de «indigno y poco fiable embajador del reino». Sólo Juan y Mateo protestaron. Pero Simón Pedro, que empezaba a despuntar como líder, acalló sus reproches, llegando a insinuar algo que me dejó perplejo: «era el propio Maestro, desde los cielos, quien alejaba al patriota de los auténticos elegidos, como el pescador honrado separa la pesca pura de la impura». (Mil veces me he preguntado por qué los evangelistas —Juan y Leví se hallaban presentes— ocultaron estas duras reacciones del «colegio apostólico», mostrando, a cambio, en la mayoría de las ocasiones, la falsa imagen de unos hombres tolerantes, generosos y fieles guardianes de las enseñanzas del Hijo de Dios.)

Hacia las 15.30 horas, agotada la polémica, Pedro se puso en pie. Escudriñó el cielo y, en uno de sus típicos y bruscos giros de carácter, adoptando un tono amistoso y conciliador, propuso salir a «echar un rato». El grupo, deseoso de olvidar las recientes y amargas acusaciones, aceptó en bloque. ¿«Echar un rato»? La expresión resultó incomprensible para mí. Como si se tratase de algo rutinario y sobradamente conocido de todos, los diez se movilizaron al unísono. Felipe, el intendente, y los gemelos llenaron de agua un par de cántaros, recogiendo y guardando los restos del desayuno en dos saquetes de harpillera. Los Zebedeo y Pedro, por su parte, mientras los demás se alejaban hacia el corral, penetraron en la estancia situada a la derecha del portalón de entrada. Y yo, sin saber qué partido tomar, permanecí en el centro del patio, absolutamente confuso. Juan fue el primero en salir. Cargaba un par de cubos, repletos de tilapias y barbos, sumergidos en un aceitoso y putrefacto caldo. Me miró y, levantando levemente la cabeza, señaló la puerta del corral, preguntando:

—¿Vienes?

Sin esperar respuesta, dando por hecho que aceptaba, cruzó ante mí, en dirección al mencionado corral. Su hermano y Simón aparecieron inmediatamente. Entre los dos sostenían una voluminosa espuerta, cuyo contenido quedaba oculto por un manojo de duelas amarradas y empapadas en resina. No pude resistir la tentación y, tímidamente, los interrogué sobre sus intenciones. Santiago sonrió con benevolencia. Pedro, molesto ante mi torpeza, masculló algo irreproducible, añadiendo casi para sí:

—¡Qué va a ser!... ¡No todos somos ricos comerciantes, como tú!

Dolido por el desaire de Simón necesité unos segundos para reaccionar. Al poco, renegando de mi ingenuidad, corrí tras ellos. Al asomarme a los escalones que conducían a la playa intuí el verdadero significado de «ir a echar un rato». Los discípulos, junto a las redes y a las embarcaciones, habían empezado a desnudarse. Estaba claro: se disponían a pescar. Durante unos instantes, inmóvil sobre el último tramo de las empinadas escaleras, dudé. Todas las alertas mentales entraron en acción. Si los escritos de Juan, el evangelista, no estaban equivocados, la primera de las apariciones de Jesús en el lago debería producirse «después de una noche de estéril pesca». ¿Estaba asistiendo a los prolegómenos de dicho acontecimiento? Un cosquilleo estremecedor —señal inequívoca de que «algo» muy especial se cernía sobre el lugar— me recorrió el vientre. A partir de entonces debería mantenerme con los ojos bien abiertos...

Al principio mis escasos conocimientos sobre navegación y pesca en general fueron un problema. Me vi obligado a formular infinidad de cuestiones, muchas de ellas tan elementales que hubieran despertado la risa de los mismísimos hijos de los pescadores y marineros del *yam*. Por fortuna, no todos los discípulos eran tan secos como Pedro. Y a ellos recurrí una y otra vez.

La mayoría de los íntimos, como iba diciendo, se despojó de las vestiduras y del calzado, que quedaron amontonados en la orilla, permaneciendo en *saq* o taparrabo o, como mucho, con la túnica recogida y enrollada a la cintura.

En perfecta coordinación, los *sais* o jefes de cuadrilla —Pedro por un lado y Santiago Zebedeo por otro— fueron impartiendo las órdenes oportunas. (Innecesarias, a mi modo de ver, ya que cada cual parecía saber muy bien su cometido.) Así, una vez repartidas las provisiones y el agua en las dos embarcaciones que flotaban a corta distancia de la orilla, Juan y Andrés se hicieron cargo de los cubos con el putrefacto pescado y, tras volcarlos en la arena, tomaron sendas piedras, iniciando una sistemática trituración de los peces. La pestilente y sanguinolenta carnaza era mezclada con arena húmeda, formando unas bolas que terminaban en el fondo de los cubos. Al mismo tiempo –bajo la atenta mirada de Santiago– Felipe, Tomás, Mateo Leví y Natanael (Bartolomé) se distribuyeron a uno y otro lado de una larga red que yacía extendida sobre la costa. Y con suma celeridad y precisión comenzaron a plegarla. Por las explicaciones del Zebedeo y por lo que deduje poco después, al verlos maniobrar, aquel aparejo —de unos 150 metros de longitud— actuaba como una red de arrastre. Recibía el nombre de *jerem* y tenía la forma de un rectángulo, trenzado a base de fuertes hilos de lino embreado, más ancho en su zona central (entre 5 y 6 m) que en los extremos (alrededor de 2,5 m). Las bandas más largas se hallaban cosidas a sendas cuerdas. Una (que en el agua quedaba en la superficie) aparecía provista de decenas de corchos y maderas. La otra presentaba un número parecido de piedras y plomos agujereados que, obviamente, servían de lastre. Dos varas de madera en los extremos de la red favorecían la verticalidad de la misma, una vez sumergida en el *yam*. De cada una de las puntas de las varas partían sendos cabos que confluían en un grueso nudo del que arrancaban otras tantas cuerdas, de unos 70 a 100 metros de longitud, respectivamente.

Pedro, entre tanto, embarcado en la lancha más grande, manipulaba los remos. De vez en cuando lo veía avanzar hacia proa y, con las manos a manera de visera, parecía buscar algo en el horizonte. El viento había cesado y la superficie del lago, azul y dormida, sólo era importunada por lejanos y esporádicos chapoteos de las aves que planeaban o caían en picado, atrapando su almuerzo.

Doblado y reducido a la mínima expresión, el *jerem* fue transportado a la popa de la lancha y uno de los largos cabos, meticulosamente enrollado por Simón Pedro en el fondo del barco. La segunda cuerda quedó en la costa, al cuidado de Felipe. Andrés y Juan, con las «bolas» de arena y pescado macerado, se adentraron decididos en las aguas, depositando los cubos en la proa de la embarcación. Santiago se apresuró a seguirlos y Tomás, el quinto tripulante, dirigiéndose a la piedra de amarre, soltó el cabo, esperando a que sus compañeros subieran a bordo. De improviso, señalando hacia mí, Juan intercambió unas frases con los *sais*. Pedro se encogió de hombros y el más joven de los Zebedeo, retornando a la orilla, me invitó a acompañarlos. Fue una oportunidad que, naturalmente, no desaproveché. El sol corría aún a 45 grados del poniente y, en consecuencia, no era previsible que ocurriera nada «anormal». Tentado estuve de anudar las sandalias al ceñidor. Pero, consciente de que aquel gesto de desconfianza

podría molestar a los más suspicaces, opté por depositar-
las, al igual que la «vara» y el zurrón, junto al montón de
ropas y zapatillas. No me agradaba perder de vista el delicado instrumental, pero ¿qué otra cosa podía hacer? Y,
emocionado, me introduje en el *yam*. A pesar de la protección de la «piel de serpiente», cubriéndome hasta los tobi-
llos, percibí el frescor de las aguas. Era la primera vez que
entraba en contacto directo con el mar de Tiberíades. Y no
sería la última...

La lancha se hallaba fondeada en un metro de agua.
Salté al interior y, nervioso, les agradecí su gentileza. Nadie
se dio por aludido. Pedro, encaramado sobre el *jerem*, ordenó que me sentara a proa. Obedecí con total sumisión. Era
curioso: una vez embarcados, aquellos hombres —y muy
especialmente Simón Pedro— cambiaban por completo de
actitud. Se volvían adustos. Hablaban lo imprescindible y,
sobre todo, utilizaban un lenguaje mímico, comunicándo-
se así de lancha a lancha. *El Mellizo* fue liando el cabo de
amarre. Caminó despacio hacia la barca y, una vez junto a
la popa, empujó la embarcación. Acto seguido, ágil como
un gato, trepó por el amasijo formado por el *jerem*, yendo
a ocupar su sitio junto a Juan. En el centro habían sido dispuestas dos tablas, a manera de bancos. Andrés y Santiago,
más corpulentos, ocuparon el más cercano a proa. Simón,
arrodillado sobre la red, animó a los remeros para que
bogaran. Cuatro remos negros y mugrientos fueron introducidos por los estrobos. Una vez sujetos a los toletes, lenta, silenciosa y coordinadamente, las dos parejas hicieron
avanzar la embarcación. Ésta —de unos 8×2 m—, construida con *tirzah* (un pino «piñonero» duro y resinoso, muy
abundante en los contornos del lago), no descollaba ni por
su calado ni por un exceso de celo en su mantenimiento.
Parecía abandonada o en desuso desde hacía meses. El
entablillado, muy desigual, presentaba zonas abiertas y
astilladas, con preocupantes pérdidas de las cuerdas de
algodón que impermeabilizaban las junturas. La sentina,
permanentemente inundada, era una catástrofe. Entre las
cuadernas se amontonaban líos de cuerdas, varias lámparas de aceite, vacías y desconchadas, un cucharón (utilizado quizá en las comidas), un «vertedor» para achicar el
agua (con una curiosa forma de plancha o de zapato, todo

él en madera, cerrado por su parte posterior, con un mango en la zona superior y la «boca» a la medida de las cuadernas), trapos viejos y empapados, un cántaro de arcilla y un saco de hule que colgaba del tolete de estribor. A proa y popa descansaban dos piedras negras, planas, perforadas en sus extremos, que hacían las veces de anclas. Al principio no reparé en ello. Pero, conforme nos adentrábamos en el *yam*, me llamó la atención un diminuto mascarón, claveteado a la proa. Representaba la figura de una mujer-pez, con las manos sobre la cabeza y coloreada en un granate chillón. Más tarde, los galileos me explicarían que se trataba de la diosa Atargatis, adorada en Ascalón y en la costa fenicia, cuya presencia en la embarcación garantizaba una segura protección contra los vientos del este —súbitos y traidores— y la posibilidad de una excelente pesca. (Una de estas estatuillas sería descubierta por el investigador McLister en las excavaciones arqueológicas del tell Zakaria, en Eretz Israel.)

Luego lo supe. Aquella primera fase de la operación de pesca era una de las más delicadas. Se necesitaban unos remeros experimentados, capaces de impulsar la lancha con un mínimo de ruido. Nadie hablaba. La embarcación fue alejándose, perpendicular a la costa, siempre unida a tierra por el largo cabo amarrado a uno de los extremos de la red. Desde la orilla, el resto del grupo seguía inmóvil y expectante las maniobras de la tripulación. A cosa de 40 o 50 metros del litoral, Pedro, permanentemente atento a la superficie del lago, levantó la mano izquierda. Los remeros dejaron de bogar y las miradas buscaron el punto que atraía la atención del guía. El silencio, apenas roto por el leve chorrear de las palas y los lejanos chillidos de las gaviotas, me impresionó. Yo también escudriñé la superficie del *yam*, pero francamente no vi nada especial o extraordinario. Diez segundos después, con un seco palmetazo en la borda de babor, Pedro ordenó un giro. Muy despacio, Andrés y Juan, sentados en dicha banda, hundieron las palas en el agua mientras sus compañeros de estribor hacían lo propio, bogando con firmeza. Rematada la ciaboga, la lancha se situó paralela a la costa y los cuatro prosiguieron el lento y silencioso avance. Así continuamos durante un trecho, con la única compañía del lastimero crujido de los estrobos y alguna que otra desacompasada respiración. Al alcanzar el lugar deseado, el *sais* levantó la mano por segunda vez. Y los remeros repitieron el alzado de las palas. La embarcación quedó a la deriva, mecida suavemente. Simón se puso en pie, con los ojos clavados en la superficie que se extendía entre nosotros y la orilla. A juzgar por lo que nos habíamos distanciado, aquella zona del lago no debía ser muy profunda: quizá oscilara alrededor de los cinco o seis metros. Pasaron unos minutos tensos e interminables. Nadie se movió. Quien esto escribe, acurrucado en el fondo de la barca, no se atrevía ni a respirar. De vez en cuando, empujada por el dulce balanceo, el agua de la sentina mojaba mis pies.

Y, de pronto, como un trueno, al tiempo que señalaba hacia estribor, Simón Pedro vomitó una maldición. A 15 o 20 metros del costado derecho de la lancha —hacia el interior del lago—, las aguas comenzaron a «hervir» y a espumear. El banco de peces que venía siguiendo el *sais* se había desplazado, burlando así a los galileos. Entre el borboteo de la superficie vi saltar algunos ejemplares, cuyos vientres destellearon como la plata a la luz de sol.

—¡Hijos de mil rameras!...

Las imprecaciones por parte del guía se sucedieron una tras otra. Jamás pude imaginar a un futuro «cabeza» de la iglesia católica tan desarmado y fuera de sí.

La primera operación —lo que los galileos del *yam* denominaban «situar la barca»— había fracasado. Atemorizado ante el pésimo genio de Simón llegué a lamentar el haber aceptado la invitación. Si cometía el más pequeño de los fallos, la carga de mal humor de aquel energúmeno me habría destrozado. Sin embargo, a ninguno de los remeros pareció molestarle la sarta de juramentos y palabras mal sonantes que escupía el hombre que, pocas horas antes, los había animado a salir a los caminos y predicar la paz y la fraternidad.

El espumeante banco de tilapias terminó por sumergirse y, como si nada hubiera ocurrido, la tripulación se concentró en un nuevo, silencioso y paciente rastreo de la zona, navegando siempre a una distancia máxima de 50 a 70 metros del litoral. Transcurrida una media hora, algunos esporádicos y solitarios saltos de peces entre la lancha y la orilla alertó al *sais*. Simón Pedro levantó el brazo, haciendo una señal a los de tierra, y la barca, briosamente impulsada por los remeros, comenzó a navegar con fuerza, sosteniendo un rumbo paralelo a la costa. Con los múscu- los tensos, perfectamente sincronizados, los cuatro galileos, animándose con pequeños gritos, se inclinaban hacia popa, tumbándose a continuación hacia proa, hasta que las espaldas llegaban casi a alinearse con las respectivas bor- das. El jefe de la cuadrilla, inclinado sobre popa, fue sol- tando el *jerem*. Con gran destreza, las enormes y callosas manos de Pedro fueron arriando la red, al tiempo que, entre gritos e insultos, apremiaba a los remeros para que aceleraran el ritmo. A popa fue quedando un reguero de corchos y maderas, agitado por el bronco cabeceo de la barca. Los hombres situados en tierra comenzaron a jalar del cabo y la red empezó a curvarse. Cuando el aparejo estuvo prácticamente en el agua, el *sais*, volviendo la cabe- za hacia sus compañeros, ordenó una nueva ciaboga. Y la lancha cambió de rumbo, enfilando la orilla. Pedro, con los pies sólidamente asentados en el fondo de la embarcación, desplegó todas sus fuerzas —que no eran pocas—, soste- niendo y arrastrando el segundo cabo. A 4 o 5 metros de la orilla, como impulsados por un resorte, los remeros salta- ron al agua y, olvidando la lancha, se hicieron con la soga, tirando con ahínco hacia la arena. Deseoso de colaborar en algo los imité, jalando con ellos. Durante veinte o treinta minutos, las dos columnas de hombres se esforzaron sin interrupción, tirando de los cabos lenta pero firmemente. Y el *jerem*, formando una media luna, fue aproximándose a la costa. A unos veinte pasos del agua, cada jalador deposita- ba en tierra la porción de cuerda que le había correspondi- do, regresando sin prisas a la orilla. Allí, provisto de un corto cabo —una especie de estrobo—, con una piedra anudada en un extremo, enroscaba el canto en la maroma principal, tirando con el auxilio del referido estrobo. El aparejo —que podría identificarse hoy con el chinchorro— actuaba como una red «barredera». Los plomos y piedras la mantenían pe- gada al fondo, barriendo el *yam* como un muro vertical. Una pesca, dicho sea de paso, bastante destructiva, que termina- ba con todas las especies y huevas depositadas en el fango.

Cuando las varas de madera flotaban a unos pasos de la

costa, dos de los jaladores se precipitaron sobre los extremos del *jerem*, mientras el resto multiplicaba su esfuerzo, procurando que ambas hileras se aproximaran hasta llegar a unos 10 metros la una de la otra. Y la red, poco a poco, fue entrando en la costa. Los gritos de apoyo entre los jaladores fueron en aumento y así continuaron hasta que el *zut* o copo apareció a la vista. Bastó una simple ojeada desde tierra para que, con un escaso margen de error, los pescadores supieran del éxito o del fracaso de la faena. En este caso, la súbita interrupción del griterío y la furiosa patada propinada por Simón Pedro a la superficie del agua constituyeron unas señales que no dejaban lugar a dudas. El *jerem*, en efecto, llegaba vacío. El fondo de la red fue arrastrado hasta la arena y, entre maldiciones, los guías procedieron a su apertura y examen.

—¡Basura!

El calificativo de Simón fue el mejor resumen: el copo tan sólo encerraba fango, piedras, un amasijo de algas verdosas (del tipo de las *Botricocum*) y otras, bastante más nocivas (la *Nostoc*), cuya materia gelatinosa obstruía los «ojos» de la red, perjudicando y retrasando el trabajo de los esforzados galileos; algunas caracolas (la *Melania tuberculata*); una miríada de minúsculos cangrejos del grupo de los *Cladocera* y media docena de pequeñas y regulares tilapias, «tan estúpidas —según *el Mellizo*— como los pescadores que habían manejado la *dugit*» (la lancha).

La inoportuna expresión de Tomás desató la ira del *sais* que había conducido la embarcación y el fallido lance y, ante mi perplejidad, Pedro y *el Mellizo* se enzarzaron en una violentísima disputa. Tomás acusó a Simón de «viejo, inepto y ciego». Y Pedro, que no se quedaba atrás, la emprendió con el estrabismo del pobre Tomás, culpándole —como gafe— de tan desafortunada pesca. Algunos de los hombres mediaron en la ácida discusión, intentando apaciguar los ánimos. En el tercer «salto» tendríamos ocasión de comprobar cómo aquellos choques eran el pan nuestro de cada día entre las cuadrillas, llegando incluso a las manos. Una imagen tan real como lamentable, de la que tampoco se hacen eco los evangelistas...

Como por encanto, diluida la bronca, cada cual volvió a lo suyo. El *jerem* fue desbrozado de algas y, una vez liado, depositado nuevamente a popa. Maravillado, asistí a la más natural y absoluta de las reconciliaciones entre el *sais* y Tomás. Ambos, con el resto de los remeros, embarcaron como si nada hubiera ocurrido, reiniciando el rastreo y la «ubicación de la barca». En esta oportunidad, a pesar de las reiteradas llamadas de Juan para que me uniera a la tripulación, elegí permanecer en tierra.

El «barrido» se repitió dos veces más, con una sola diferencia: de vez en cuando, Simón Pedro metía las manos en los cubos, lanzando al agua las «bolas» de arena y pescado machacado. Deduje que se trataba de una fórmula para atraer a los peces. Pero la fortuna, a pesar de la carnaza y del continuo ir y venir de la barca, no estaba de cara. Ante la desolación general, el *jerem* sólo les proporcionó «basura».

Hacia las seis, con el sol vencido, los tenaces galileos enrollaron los cabos y, malhumorados, procedieron al lavado y extensión del arte sobre la costa. Allí quedaría hasta una nueva oportunidad. Se vistieron y, tras encender un fuego, se regalaron un respiro. Las «cerillas» utilizadas por los gemelos me causaron especial sorpresa. En el *yam*, entre los pescadores, estas pequeñas «cargas» de azufre eran de uso común y, por supuesto, más rápidas y efectivas que el hierro y el pedernal. No se trataba, obviamente, de una cerilla, tal y como hoy la conocemos, sino de unas pequeñas astillas de 8 o 10 centímetros de longitud, totalmente «bañadas» en azufre. Las «cargas» eran colocadas junto al pedernal y la chispa hacía el resto. Felipe descabezó y vació las entrañas de algunas de las tilapias, asándolas con la ayuda de un simple palo. «Entretenida el hambre» y dolidos en su amor propio, los hombres reemprendieron la faena. Esta vez participaron los diez, distribuyéndose en dos cuadrillas. Una, en la lancha capitaneada por Pedro. La segunda, al mando de Santiago Zebedeo, en una embarcación algo menor: de unos 6 metros de eslora. Cambiaron los aparejos, cargando en el barco de Simón una red que los nativos llamaban *ambatan* (*māṣōd* o *meṣūdāh)* y un *jerem* o chinchorro de 100 metros en la del Zebedeo. El primero (*gill-net* en inglés), de origen babilónico, constaba de tres mallas. El «panzudo», como se le conocía familiarmente, era utilizado en aguas profundas y sólo durante la noche, con el fin de que los hilos de lino y algodón pasaran inadvertidos a los peces. La red central se hallaba cosida a las cuerdas o relingas que portaban los corchos y plomos, respectivamente. Las mallas exteriores —de 1,5 metros de altura cada una— presentaban unos «ojos» notablemente más grandes que los de la red central (unos 200 milímetros). La longitud total del aparejo no rebasaba los 32 o 35 metros. Al contrario de lo que ocurría con el *jerem*, el *ambatan* no tenía por qué tocar el fondo del lago. Se lanzaba también desde la popa o por cualquiera de las bandas, formando en el agua una especie de U. En general, los pescadores elegían zonas próximas a la costa, asustando al pescado de mil formas: golpeando el agua con los remos, con las manos o con ramas, haciendo arder bencina en la superficie, con la ayuda de perros especialmente adiestrados o, desde la costa, arrastrando cadenas. Los peces, asustados, huían del lugar donde fondeaban o navegaban las embarcaciones, precipitándose hacia la triple red. Atravesaban la primera malla, chocando de inmediato con la segunda —mucho más tupida—, que era arrastrada hacia la tercera. Al retroceder, el banco quedaba preso en el gran «saco». La red experimentaba entonces un «estremecimiento», que hacía rechinar los dientes de los habitantes de la costa. Los corchos se hundían y las cuadrillas se apresuraban a levantar el *ambatan*, vaciando el botín en el fondo de las lanchas. En una noche, el «panzudo» podía ser lanzado y recogido de diez a veinte veces, con un promedio de capturas que oscilaba entre los 50 y 100 kilos.

El *yam* no tardó en teñirse de rojo. En las poblaciones costeras fueron encendiéndose las primeras lucernas y nuestros amigos, rumbo a la desembocadura del Jordán, se difuminaron en las sombras del anochecer. De no haber sido por las antorchas amarradas a proa y popa de cada una de las barcas, ni Juan Marcos ni yo hubiéramos sido capaces de localizarlos en la oscura noche que se avecinaba. Una noche y un amanecer difíciles de olvidar.

Fueron unos minutos deliciosos. En paz. Durante largo rato, ni el benjamín ni yo intercambiamos una sola palabra. Sencillamente, disfrutamos del momento. Los últimos remendadores terminaron de colgar las redes sobre altas estacas y, sin prisas, desaparecieron hacia las amarillentas luces que parpadeaban en los patios y ventanucos de la aldea. Rezagadas tropas de gaviotas aleteaban con urgencia hacia el oeste, a la búsqueda de los acantilados de Tiberíades. Y el crepúsculo, sin rodeos ni preámbulos, pasó del malva a un azul taciturno. Fue una señal. En plena luna nueva, el firmamento se precipitó sobre el lago, cargado de estrellas y constelaciones. Jamás logré acostumbrarme a la serena majestad de aquellos cielos. Unos cielos que, precisamente con su blanca quietud, parecían presagiar «algo»...

El *yam* se cubrió de antorchas. Decenas de embarcaciones se concentraron frente a las ricas pesquerías de las costas de Kursi, Tabja y del litoral donde nos encontrábamos. Calculo que hacia las ocho u ocho y media de la noche, las inicialmente solitarias lanchas de Simón y Santiago quedaron confundidas entre las luces de otras barcas, procedentes en su mayoría del muelle de Saidan.

Inspiré profundamente, disfrutando del intenso perfume de algas que arrastraba la suave brisa de poniente. Y ante la vigilante mirada de Juan Marcos alcé los ojos hacia el mudo tintineo de las estrellas. Espontáneamente, como un juego, fui nombrándolas. Y a cada una, movido por la paz del lugar y —¿por qué ocultarlo?— por una ingobernable melancolía, le dediqué un improvisado recuerdo: «Sirio: mi ángel guardián... Carina: hoy al sur, recordándome mi tiempo... Orión: quizá mi verdadera "patria"...»

Curioso y ávido de conocimientos, el adolescente se unió a tan extraña plegaria, rogándome que le ayudara a identificar las estrellas. Pasé mi brazo sobre sus hombros y, como si de un hijo se tratara (el hijo que nunca tuve), fui marcando las más brillantes: la constelación de Leo, al este, con Regulus en mitad de la eclíptica. Al norte, Draco, la Ursa Mayor y la estrella clave de los navegantes: la Polar, muy cercana al polo norte celeste. Por debajo de Sirio, al sur, el Can Mayor. Y rozando las colinas del extremo meridional del Kennereth, el racimo destelleante de Vela.

—Y tú, Jasón —preguntó en su candidez—, ¿qué dices que son esos luceros?

Aproveché su excelente disposición y, dulce y sigilosamente, le conduje al «terreno» que me interesaba.

—El Maestro lo dijo...

Al mencionar al rabí sus ojos se clavaron en las ondulantes llamas. Me pareció percibir una sombra de tristeza.

—... En mi reino —proseguí con la vista fija en la inmensa mancha que blanqueaba el oriente del cielo— hay otras moradas.

El muchacho reconoció las palabras de Jesús y, perplejo ante aquella «nueva» interpretación, replicó con una segunda pregunta:

—Entonces, ¿ahí arriba también hay hombres, lagos y gaviotas?

Asentí sin poder reprimir un brote de ternura.

—¿Y el Maestro —continuó con vivas muestras de sorpresa— es el jefe de esos mundos?

—Algo así...

Guardó silencio, distraído por el súbito, negro y geométrico vuelo de unos madrugadores murciélagos.

—Ahora comprendo —murmuró con rabia—. Esos hombres de las estrellas deben ser mejores que nosotros. Si no, ¿por qué se ha ido?

Entendí que se refería al rabí.

—¿De verdad piensas que ha partido hacia esas moradas?

Tomó una rama y, azotando las rojizas lenguas de la hoguera, se encogió de hombros, añadiendo:

—¿Dónde si no...? Estaba muerto y ahora vive. Pero no está aquí, con nosotros.

Presioné, empujándole hacia mi objetivo:

—¿Tú deseas verle?

Dejó de juguetear con el fuego y, vibrando de pies a cabeza, se adelantó a mis pensamientos:

—Tú eres un mago. ¿Puedes hacerlo?

—No, hijo. Yo sólo consulto los astros y, como mucho, vaticino.

—Y qué dicen las estrellas —se precipitó Juan Marcos—. ¿Se presentará pronto?

Me hice de rogar, alegando que no convenía abusar de semejante «don». Finalmente accedí, poniendo en marcha mi pequeño e inocente plan. Yo sabía que en aquellas noches de abril —entre las 22 y las 03 horas— la Tierra atravesaba un núcleo de asteroides y que infinidad de «estrellas fugaces» (las Virgínidas) se precipitaba en las altas capas de la atmósfera, incendiándose. Aquello podía servir a mis propósitos. Me levanté y, con solemnidad, comencé a caminar alrededor del fuego. Atento y medroso me siguió con la vista. A la tercera o cuarta vuelta me detuve. Eché la cabeza atrás y así permanecí un rato, con la mirada fija en la Vía Láctea. Cuando estimé que la pantomima había tensado los nervios de mi amigo retorné a su lado y, dirigiendo mi dedo índice derecho hacia la estrella Hydra, pronostiqué:

—Esta noche, justamente ahí y durante la primera vigilia, verás caer muchas estrellas. No te alarmes...

Hice una estudiada pausa.

—Pero ¿veremos al Maestro?

—La respuesta a tu cuestión, hijo, tiene un precio...

Atónito, enmudeció. Palpó los pliegues de su túnica y, desolado, me hizo ver que no disponía de una sola lepta.

—No —me apresuré a intervenir—, no busco dinero...

Y antes de que pudiera malinterpretar mis palabras añadí con suavidad:

—Sabes bien de mi simpatía por Jesús. Estuve cerca de él en las últimas horas de su vida...

Sin terminar de comprender fue asintiendo con rápidos movimientos de cabeza.

—... Pues bien, deseo conocer a fondo sus enseñanzas. Todo cuanto hizo o dijo. Gracias a vuestra generosidad y paciencia, mi corazón se está llenando de su mensaje. Hay un punto, sin embargo, que aún permanece oscuro para mí. Sólo tú puedes saciar mis dudas.

—¿Yo? Ésos —me interrumpió señalando las antorchas que oscilaban al noroeste del lago— lo saben todo sobre el Maestro.

Negué con firmeza.

—Ésos jamás supieron qué sucedió en los montes de Jerusalén durante la jornada del cuarto día de la segunda semana de este mes de abril.

Refresqué su memoria. Aquel miércoles, 5, víspera del prendimiento de Jesús en la falda del Olivete, Juan Marcos acompañó al rabí desde primeras horas de la mañana al anochecer. Nadie logró sonsacarle dónde había estado ni qué sucedió durante la enigmática excursión. Era un día en «blanco» en las pesquisas de Caballo de Troya.

—Ése es mi precio —sentencié con una frialdad que pronto se transformaría en remordimiento. Aquello, en el fondo y en la forma, era un chantaje. Pero mi impetuoso deseo de averiguarlo todo sobre el Maestro acalló mi conciencia—. ¿Aceptas el trato?

La respuesta fue una dura mirada de reproche.

—Se lo prometí...

Traté de persuadirle, asegurando que mis labios quedarían sellados, llevándome el secreto a Tesalónica.

—Bueno —balbuceó—, después de todo, Él está muerto... No creo que ya importe demasiado...

Y tras hacerme jurar por mi vida que jamás lo revelaría a ser humano alguno me explicó que, en realidad, en aquella jornada de descanso en los montes que rodean la Ciudad Santa no pasó nada espectacular o prodigioso.

—... Paseamos sin rumbo fijo y yo aproveché la ocasión para confesarle mi tristeza y desilusión por no haber podido acompañarle en aquellos años de predicación. El Maestro —prosiguió Juan Marcos, entusiasmándose con los recuerdos— me recomendó que no me desalentase por los sucesos que estaban a punto de producirse. Y me profetizó algo.

Sus ojos brillaron de felicidad.

—Dijo que llegaría a vivir lo suficiente como para ser un «poderoso mensajero del reino».

—¿De qué te habló?

—Sobre todo de su niñez en Nazaret. Sus padres eran más pobres que los míos.

El muchacho desvió la conversación, centrándose en el punto que, lógicamente, iluminaba e iluminaría para siempre su corazón.

—... Cuando le pregunté cómo llegar a ser un «poderoso mensajero del reino», el rabí manifestó lo siguiente: «Sé que serás fiel al evangelio del reino porque conozco tu fe y amor, enraizados en ti gracias a tus padres. Eres el fruto de un hogar en el que el amor está presente, aunque, por fortuna para ti, tus progenitores no han exaltado en exceso tu propia importancia. Su amor no ha distorsionado tu corazón. Disfrutas del amor paterno, que asegura una laudable confianza en uno mismo, fomentando los normales sentimientos de seguridad. También has sido afortunado porque, además del afecto que se profesan mutuamente, tus padres han sabido actuar con inteligencia y sabiduría. Ha sido esa sabiduría la que los ha llevado a ser inflexibles con tus caprichos y debilidades, respetando a un tiempo tu personalidad y tus propias experiencias. Tú, con tu amigo Amos, me buscasteis en el Jordán. Ambos deseabais venir conmigo. Al regresar a Jerusalén, tus padres consintieron. Los de Amos se negaron. Aman tanto a su hijo que le negaron la bendita experiencia que tú estás viviendo. Escapándose de casa, Amos pudo haberse unido a nosotros. Pero esa actuación hubiera herido el amor y sacrificado la lealtad. Los padres sabios, como los tuyos, procuran que sus hijos no se vean forzados a herir ese amor o ahogar la lealtad, permitiéndoles, cuando llegan a tu edad, que desarrollen su independencia y que, gradualmente, vayan saboreando su libertad. No existe nada más desprendido y justo que el verdadero amor. El amor, Juan Marcos, es la suprema realidad, cuando es otorgado con sabiduría. Pero los padres mortales, lamentablemente, lo convierten en un rasgo peligroso y egoísta. Cuando te cases y tengas tus propios hijos, asegúrate de que tu amor esté siempre aconsejado por la sabiduría y guiado por la inteligencia.

»Tu joven amigo Amos cree en este evangelio del reino tanto como tú, pero no puedo confiar plenamente en él. No estoy seguro de lo que hará en los años venideros. Su infancia no ha sido la adecuada. Él es igual a uno de mis discípulos, que tampoco tuvo una educación basada en el amor y la sabiduría. Tú, en cambio, serás un hombre digno de confianza porque tus primeros ocho años transcurrieron en un hogar normal y bien regulado. Posees un fuerte y bien tejido carácter porque creciste en una casa en la que prevalece el amor y reina la cordura. Tal educación conduce a un tipo de lealtad que me inclina a creer que terminarás lo que has empezado.»

¿A qué discípulo se refería Jesús? Sin poder evitarlo recordé al desafortunado Judas. ¿O se trataba de otro? En el fondo, mis indagaciones sobre el carácter y las familias de los llamados «íntimos» estaban por empezar. Juan Marcos no supo aclarármelo. El resto de aquel miércoles —según el benjamín— fue de lo más apacible. El rabí de Galilea siguió hablándole de la vida familiar, explicándole algo que los psicólogos conocen bien: «La vida futura de un niño será fácil o difícil, feliz o infeliz, de acuerdo con lo que le haya

tocado vivir en su hogar a lo largo de esos cruciales primeros años de su existencia.» Aunque no he tenido hijos, intuyo que el Maestro llevaba razón y que sus apreciaciones son
tan válidas entonces como ahora. En «nuestro mundo», a
pesar de sus comodidades y de la mayor información de los
padres en general, los hogares dejan mucho que desear.
Salvo excepciones, el amor se agosta bajo el peso del egoísmo, de las prisas y de una civilización (?) que no puede, no
sabe o no desea evaluar la belleza y la trascendencia de los
niños. Ciertamente, las familias disfrutan hoy de una libertad como jamás la hubo. Esa libertad, sin embargo, no obedece ni está generada por el amor. No la motiva la lealtad
ni la dirige la inteligente disciplina de la sabiduría.

«Mientras los padres sigan enseñando a rezar el "padrenuestro" —aseguró Jesús a su joven acompañante—, sobre
ellos caerá la tremenda responsabilidad de ordenar sus
hogares de forma que esa palabra (padre) encierre y signi-
fique un auténtico valor en las mentes y en los corazones
de sus hijos.»

De pronto, Juan Marcos enmudeció. Una verdosa estela
rasgó el firmamento. Detrás, una segunda «virgínida», más
voluminosa, irrumpió por encima de la brillante Spica,
descendiendo vertiginosa entre la negrura. La espectacular
lluvia de meteoros se prolongaría durante casi cinco horas.
Y el muchacho, perplejo primero y atemorizado después
ante la precisión de «mi vaticinio», terminó por agarrarse
a mi brazo, temblando ante la posibilidad de que «alguno
de aquellos demonios se abatiera sobre nosotros». Traté de
convencerle de que no existía peligro alguno y de que «tales
demonios» sólo eran piedras incendiadas.

—¿Piedras que arden?

Comprendí que, lejos de enmendar su error, mis explicaciones sólo contribuían a multiplicar su confusión. Sin
darme cuenta estaba a punto de infringir una de las normas de la operación. Nuestro código prohibía el suministro
o la más leve insinuación acerca de materias e informaciones que no correspondieran al marco cronológico en el que
se desenvolvían los exploradores. Y la realidad de los meteoros y meteoritos fue sistemáticamente negada por los
hombres de ciencia hasta bien entrado el siglo XVIII.

Allí murió el caudal informativo en torno a la jornada

del miércoles, 5 de abril. Juan Marcos, bien por miedo, bien por puro agotamiento, se negó a proseguir. Y, rendido, recostó su cabeza en mi regazo, cayendo en un profundo sueño. Fue lo mejor. ¿Qué hubiera podido decirle respecto a la próxima aparición del Hijo del Hombre? Aun sospechando que Jesús cumpliera su promesa, presentándose en el *yam*, era imposible predecir el día, la hora y el lugar. Para colmo, el anteriormente citado texto de Juan, el evangelista asegura que el Maestro «se manifestó cuando estaban juntos Simón Pedro, Tomás, llamado *el Mellizo*, Natanael, de Caná de Galilea, los de Zebedeo y otros dos de sus discípulos» (21, 2). Esto hacía un total de siete hombres, y allí, en aquellos momentos, pescaban diez. Algo no encajaba. ¿Quiénes eran esos dos anónimos testigos? ¿Había que esperar a que Pedro invitara a pescar a tan sólo seis de sus compañeros? Tal y como estaban las cosas, eso no parecía probable ni lógico. La intuición me decía que no: que la madrugada en cuestión tenía que ser aquélla... Y habituado a las imprecisiones y errores de los evangelistas, aposté por el próximo amanecer. Sin embargo —justo es que lo reconozca—, conforme avanzaba la noche, mis dudas se hicieron insostenibles. Las lanchas continuaban navegando por el noreste del lago. «Si la pesca no fuera fructífera —me repetía una y otra vez—, lo natural es que Santiago y Simón Pedro hubieran ordenado el regreso a la playa. ¿O no?» El evangelista era muy claro en este sentido: «... pero aquella noche no pescaron nada.» ¿Significaba la larga permanencia en el *yam* que los discípulos estaban obteniendo un buen botín? En caso afirmativo, mi intuición habría errado... Sólo había una forma de despejar la incógnita: serenar los nervios y esperar el alba. Pero antes sería testigo de otro desconcertante «fenómeno», inconcebible desde un punto de vista racional y científico.

21 DE ABRIL, VIERNES

Ocurrió un par de horas antes del amanecer. El cansancio empezaba a humillarme. Necesitado de un rato de sueño arropé a Juan Marcos con mi ropón, recostándome junto a las agonizantes brasas. La leña se había agotado, pero me sentí incapaz de rastrear la costa, a la búsqueda de una nueva carga. Lo incómodo del terreno, erizado de guijarros, me obligó a cambiar varias veces de postura, en un más que problemático intento de conciliar el sueño. Cuando, al fin, logré un cierto reposo, «aquello» —me siento incapaz de definirlo— empezó a moverse. Me encontraba tumbado de espaldas, encarado a la majestuosa cúpula celeste, cuando, como digo, «algo» se deslizó en lo alto, en mitad de la extensa constelación de Hydra. En un primer momento lo atribuí a mi propio agotamiento. Quizá estaba siendo víctima de una alucinación visual. Cerré los ojos, pero, al abrirlos, la «luz» seguía allí, desplazándose con lentitud hacia la eclíptica. ¿Una «virgínida» rezagada? Evidentemente, no. Su «comportamiento» no guardaba relación con las fulgurantes y oblicuas trayectorias de los meteoros o meteoritos. Su luminosidad, además, no coincidía con las estelas verdiamarillentas de las estrellas fugaces que habíamos contemplado poco antes. «Esto» era blanco. Un punto de luz definido —sin cola— y de un brillo bastante similar al de la anaranjada estrella Alphard (2^m.2.), de la que, justamente, lo había visto partir. Fuera lo que fuese se movía a gran altura y con una cadenciosa oscilación lateral. Rememoré el «incidente» que mi hermano y yo presenciamos en la noche del jueves santo en el campamento de Getsemaní. Sentí un escalofrío. De pronto, la «luz» se detuvo en la constelación de Cáncer. Aquello me descompuso. Me incorporé y, tenso como el muelle de una ballesta, aguardé a que se desplazara nuevamente. Pero la «cosa» permaneció inmóvil, camuflada entre la miríada de estrellas. En realidad, de no haberla visto moverse poco antes, su presencia habría pasado inadvertida. ¿Qué estaba pasando? ¿Qué demonios era «aquello»? La sola idea de que, en pleno siglo I, «alguien» pudiera tripular una máquina repugnaba a mi espíritu científico. Sin embargo, muy a pesar mío y de mis esquemas mentales, lo registrado en los radares del módulo en la referida madrugada del jueves, 6 de abril, el no menos misterioso objeto circular que se interpuso entre el Sol y la Tierra en la mañana del viernes santo, provocando el «oscurecimiento evangélico», y ahora la «luz» que vagabundeaba sobre mi cabeza, parecían manejados inteligentemente. Diría más. Aun a riesgo de soliviantar a las mentes más ortodoxas, casi estoy convencido de que los tres fenómenos tenían mucho en común. Los dos primeros «coincidieron» con otros tantos sucesos, íntimamente vinculados a la persona de Jesús. ¿Y el tercero? ¿Debía considerarlo como un presagio? ¡Tonterías!

El sueño se disipó. Observé a Juan Marcos. Dormía profunda y apaciblemente. Con una creciente agitación me encaminé a la orilla. La playa continuaba desierta y negra, sin otro signo de vida que el rojo rescoldo de la hoguera. En esos instantes no los conté. Después, al analizar la increíble «escena» que estaba a punto de vivir, supe que las brasas se hallaban a 8 metros del *yam*. Una distancia insignificante que pude cubrir en escasos segundos. Me aposté en cuclillas a un paso del agua y, con ambas manos, me refresqué el rostro y el cuello. Estimé que lo mejor para desenredar mi ansiedad y el embarullado paquete de ideas que había desatado la enigmática «luz» era precisamente eso: despabilarme con un buen lavado. ¿Qué tiempo pude permanecer junto al lago? ¿Un minuto? Quizá menos. El caso es que, de repente, me pareció oír un ruido. Sí, fue como el crepitar de unas llamas. Al punto, una especie de corriente de aire frío sopló a mis espaldas. Los cabellos de la nuca se erizaron y, sin explicación aparente, experimenté una nítida sensación de miedo. Era como si alguien —persona o animal— me acechara. El corazón se desbocó al descubrir en la superficie del agua el reflejo de un fuego. La costa presentaba en aquel lugar una ligera pendiente y, en consecuencia, la ondulante imagen que había aparecido a mi izquierda sólo podía proceder de la zona del litoral donde me encontraba. Pensé en la «vara de Moisés». En caso de ser atacado no habría dispuesto de tiempo para recurrir a ella. Giré la cabeza muy despacio y la adrenalina me sacudió por segunda vez. Junto al benjamín, en el mismísimo punto donde —un minuto antes— se extinguían las ascuas, ahora danzaba un alto y vigoroso fuego. Petrificado, distinguí a alguien que manipulaba unas ramas, alimentando la hoguera. Se hallaba al otro lado de las llamas, en pie y de cara a quien esto escribe. La frecuencia cardiaca se estabilizó. Lo más probable es que se tratase de alguno de los vecinos de Saidan, atraído quizá por el fulgor de la candela. Pero ¿cómo no lo había oído llegar? En aquel nervioso tira y afloja conmigo mismo busqué otro argumento tranquilizador: seguramente, su aproximación había coincidido con mi alejamiento hacia la orilla. Así y con todo, ¿cómo explicar el súbito resurgir de las llamas? Era dudoso que, en tan corto período de tiempo —apenas un minuto—, hubieran ganado semejante altura y consistencia. Fueron segundos interminables. Espesos. Electrizados. Una idea brilló en mi mente. ¿O fue un deseo? La rechacé, acusándome de pueril y fantasioso.

El resplandor lo iluminaba con generosidad. Sin embargo no conseguí identificarle. El individuo —de una notable corpulencia— se inclinó hacia un montón de leña seca. Sólo él podía haberla acarreado hasta allí. Tomó un manojo y, poco a poco, fue arrojándola al fuego. Receloso, me decidí a avanzar. El hombre levantó la vista de las llamas y, por espacio de uno o dos segundos —no más—, me observó atentamente. Acto seguido, bajando de nuevo los ojos, quebró una de las ramas, esperando quizá que terminara de acercarme.

De nuevo las palabras me limitan. Son mi peor enemigo. Desearía abrir el alma y que cada cual pudiera ver y sentir como yo lo hice. A cuatro metros de la hoguera quedé clavado en la playa. Y todo mi ser se transformó en una atropellada ola de miedo, confusión, incredulidad e inenarrable alegría.

—¡Dios mío!

El pavor —no me avergüenza confesarlo— ganó la batalla en aquel confuso zigzagueo de sentimientos y emociones. Y dando media vuelta corrí espantado hacia ninguna parte. ¿De qué habían servido tantas horas de entrenamiento? ¡De nada! Yo era un enloquecido y pobre mortal, huyendo a ciegas y topando en la oscuridad con piedras, aparejos y embarcaciones varadas. Supongo que así hubiera continuado de no haber sido por aquella providencial red. ¿He dicho «providencial»?

En el violento choque derribé una de las estacas que la sostenían en el aire y, enredado en las mallas, rodé por la costa como la más necia de las capturas obtenidas en el *yam*. Pataleé y braceé con desesperación, pujando por escapar de la trampa. Inútil. Cuanto más me agitaba, más tupido se hacía el aparejo. La sangre se heló en mis venas: mi propio miedo me había inmovilizado. No tenía forma de liberarme. Y del pánico pasé a otro sentimiento más amargo: el del ridículo. Creo que jamás me sentí tan humillado. Frené mis acometidas, intentando pensar. «Si al menos dispusiera de un cuchillo...» Llegué a morder los hilos embreados de lino, en un furioso intento por abrir una brecha. Imposible. Luché entonces por incorporarme. Y en ello estaba cuando, entre las tinieblas, distinguí una antorcha. Se aproximaba. Caído y amordazado estuve a punto de gritar, solicitando ayuda. No fue necesario. El portador de la tea parecía conocer muy bien mi ubicación y la crítica y estúpida situación en que me hallaba. Al reconocerle, mi corazón galopó de nuevo. Esta vez, sin embargo, no fue el terror lo que me agitó. Fue la más profunda —la más intensa— de las alegrías. No me había equivocado. ¡Era Él! Pero ¿cómo podía ser? ¿Cuándo y de qué manera se presentó en la playa?

El Maestro me observó unos instantes. Después, en silencio, se inclinó sobre aquel burlado ser humano y, con sumo tacto, fue quemando las mallas. Libre de las ataduras, me apresuré a incorporarme. Fue una situación embarazosa. Violenta. Incapaz de articular palabra, me limité a contemplarle. A pesar de haberle visto en el cenáculo, no podía dar crédito a lo que tenía ante mí. No cabía duda: ¡era Él! Lucía su habitual manto color vino, fajándole el fornido tórax, con aquella túnica blanca, de amplias mangas. ¡Qué difícil y apasionante reto para la ciencia y qué absurda posición la mía! ¡Yo, un científico, acababa de ser liberado de una red por un «hombre» resucitado! Porque, evidentemente, se trataba de un ser vivo. Sostenía una antorcha, había abrasado parte de un aparejo de pesca y, en fin, allí estaba: ocupando un volumen en el espacio. ¿Cómo asimilar tamaña locura? Yo lo había visto morir. Había comprobado el *rigor mortis*. Había tocado su cadáver... ¿Cómo era posible?

Adivinando tan tormentosos pensamientos, el Hombre aproximó la tea a su pecho. Y la luz bañó su alta y serena faz, arrancando destellos de entre los lacios y acaramelados cabellos que reposaban sobre los anchos y poderosos hombros. Su nariz prominente, la fina y partida barba y, sobre todo, aquellos rasgados, intensos e infinitos ojos color miel, eran los de Jesús de Nazaret. La proximidad del fuego hirió sus pupilas. En un movimiento reflejo, las largas pestañas descendieron una y otra vez. Aquel parpadeo, absolutamente natural, no podía ser fruto de mi imaginación. Y el Hombre, con aquella dulce y acogedora sonrisa que tanto me impresionaba, habló al fin. Su voz grave, inconfundible, me estremeció.

—No te preocupes del cómo. En todo caso, mi querido y asustado Jasón, pregúntate por qué...

Y, girando sobre los talones, reemprendió el regreso hacia la hoguera. Aturdido, salí tras él, uniéndome a sus largas zancadas. En mi mente empezaban a agolparse mil y una preguntas. Pero, torpe, tímido y avergonzado por mi reciente huida, no fui capaz de agradecer su ayuda. Continué a su lado, caminando como un autómata e intentando poner en orden las ideas.

Al rodear una de las lanchas varadas, a pesar de la iluminación de la antorcha, volví a tropezar. Juro por lo más sagrado que no fue premeditado. E instintivamente me sujeté a su brazo derecho. Jesús se detuvo. Flexionó el antebrazo y tensó los músculos en una simple y pura reacción de ayuda, evitando así que me desplomara sobre los guijarros. Al aferrarme a Él pude percibir bajo la túnica la masa del bíceps braquial y del supinador largo, rígidos por el momentáneo esfuerzo. «Aquello», obviamente, no era un fantasma...

Juan Marcos continuaba dormido. Y el Resucitado, tras acariciar los revueltos cabellos del benjamín, fue a sentarse junto al fuego, de cara al lago. Yo, sin poder sacudirme aquella pastosa sensación de irrealidad, permanecí unos instantes de pie, contemplando como un bobo el haz de troncos y ramas de conífera que yacía a un metro de la palpitante hoguera. Finalmente, con un nudo en la garganta, obedecí a mi corazón y le imité, sentándome a su lado. Tenía la vista perdida en las lejanas luces del *yam*. Parecía esperar. Durante un tiempo —¿qué podían significar los minutos en aquella situación?— no me atreví a interrumpir sus pensamientos. Flexionó sus piernas. Las abrazó con los largos brazos y, descansando el mentón sobre las rodillas, suspiró profundamente. A renglón seguido, fijando la mirada en mí, exclamó:

—¡Gracias por vuestros sacrificios!

Atónito, le miré de hito en hito. Sonrió con una leve sombra de amargura y, comprendiendo mi perplejidad, añadió:

—Sabes bien a qué me refiero. Vuestra decisión de conocer la verdadera historia del Hijo del Hombre no es fruto del azar. Éstos —y su mano izquierda señaló hacia las embarcaciones del *yam*—, mis pequeñuelos de hoy, terminarán por alterar involuntariamente mi mensaje...

Estúpido de mí, en lugar de permitirle que ahondara en tales reflexiones, me decidí a intervenir, interrumpiéndole:

—Maestro, yo soy un científico. ¿Cómo puedo comprender y transmitir tu resurrección? Tú estabas muerto...

Jesús cedió benévolo a mis requerimientos. Levantó el rostro hacia las estrellas y, a media voz, comentó rotundo:

—Hay realidades que difícilmente podrán ser probadas por la ciencia o por las deducciones de la razón pura. Nadie puede concebir esas verdades mientras permanezca en el reino de la experiencia humana. Cuando hayáis acabado aquí abajo, cuando completéis vuestro recorrido de prueba en la carne, cuando el polvo que forma el tabernáculo mortal sea devuelto a la tierra de donde procede, entonces, sólo entonces, el Espíritu que os habita retornará al Dios que os lo ha regalado y tu pregunta quedará plenamente satisfecha.

—Entonces —insistí sin ocultar mi incredulidad—, ¿es cierto que la muerte es sólo un paso?

—Tan natural y obligado como la calma que sucede a la tempestad.

—Pero los hombres de ciencia no creen...

Esta vez fue Él quien se adelantó a mi exposición.

—La correa de hierro de la verdad, que vosotros calificáis de invariable, os mantiene ciegos en un círculo vicioso. Técnicamente se puede tener razón en los hechos y, sin embargo, estar eternamente equivocados en la Verdad.

Y, dibujando una inmensa sonrisa, añadió:

—... Yo soy la Verdad. Me has tocado y ahora me ves y escuchas mis palabras. ¿Por qué sigues dudando? El hecho de que no lo comprendas no significa que esa realidad superior sea una quimera o el fruto de unas mentes visionarias. Cuando llegue tu hora, mis ángeles resucitadores te despertarán en un mundo que ni siquiera puedes intuir...

—¿Tus ángeles resucitadores?

El Maestro apuntó hacia las estrellas. Creí comprender.

—Tú, querido amigo —comentó sin dejar de observar el brillante firmamento—, a tu manera, ya respondiste a esa cuestión: en mi reino hay muchas moradas... Y una de ellas es paso obligado para los mortales que proceden de los mundos evolucionarios del tiempo y del espacio.

—Y tú, ¿también has sido resucitado?

—No, hijo mío —su voz se llenó de ternura—. Acabo de decirte que yo soy la Vida. Mis ángeles, no a petición mía, sólo han dispuesto de mi envoltura carnal. Pero el poder de resucitar en el espíritu es un don que sólo debo al Padre. Algún día, cuando pases al otro lado, lo comprenderás.

—Disculpa mi torpeza.

El Maestro me envolvió en su cálida mirada, animándome a proseguir:

—Si no he entendido mal, ninguno de los seres humanos tiene el poder de autorresucitarse...

—Así es. Sin embargo podéis disfrutar de la esperanza de que nadie, nadie, puede perder ese derecho. Todos, como yo lo he hecho, despertaréis a una vida que sólo es el principio de una larga carrera hacia el Paraíso. Una continuada ascensión hacia el Padre Universal. Un «viaje»... sin retorno.

Las palabras de Jesús —rotundas— no dejaban el menor resquicio a la duda.

—¿Qué quieres decir con eso de que tus ángeles sólo han dispuesto de tu envoltura carnal?

—Te lo he dicho, pero, en tu perplejidad, no oyes mis palabras...

Lo reconozco. Su «presencia» me tenía trastornado. Mi limitada inteligencia no hacía otra cosa que dar vueltas en torno a la realidad física de aquel cuerpo, surgido de la «nada». Supongo que, en el fondo, era inevitable y lógico. No era tan sencillo sentarse junto a un «resucitado» y dialogar como si tal cosa...

—... ¡Yo soy la Vida! En verdad te digo que ninguna de mis criaturas puede devolverme lo que es mío y que sólo comparto con mi Padre. Mis discípulos, y la mayoría de los

341

hombres de los tiempos venideros, han asociado y asociarán la maravillosa realidad de la vuelta a la vida eterna y espiritual con la mera desaparición de mi cuerpo terrestre. Se equivocan. La desintegración de esa envoltura carnal ha sido un fenómeno posterior a mi verdadera resurrección. Un fenómeno necesario, fruto del poder de mis ángeles.

Con el paso del tiempo —rememorando estas frases del Maestro— creo haber llegado a intuir su significado. La desaparición del cadáver era del todo necesaria y conveniente. Por un lado, de no haber sido así, los judíos no se habrían planteado siquiera la posibilidad de un Jesús resucitado. Y, como dice Pablo, «nuestra fe sería vana». Por otro, los restos mortales del Hijo del Hombre habrían terminado por convertirse en un motivo de lógica veneración por parte de sus seguidores, con los riesgos de una casi idolatría, o enfermiza adoración, totalmente contrarios al mensaje del rabí.

—¿Desintegración? Todo el mundo piensa que la desaparición del cuerpo fue un milagro...

Durante unos instantes siguió con la mirada fija en la mágica danza de las llamas. Pensé incluso que no me había oído.

—A ti sí puedo decírtelo —susurró al fin—. Los milagros, tal y como los conciben muchos seres humanos, no existen. El poder de mi Padre es tan inmenso que no necesita alterar el orden de lo creado. El verdadero milagro es vuestra ciega creencia en los milagros.

—Sigo sin entender. Ese cadáver se esfumó...

Jesús sonrió, llenándome de confianza.

—¿Es que tus ángeles conocen una técnica...?

—Tú lo has dicho. Pero, al igual que ocurre con vuestro código moral, el de esas criaturas a mis órdenes tampoco debe ser violado. Sé que lo comprendes. No es el lugar ni el momento para hacerlo.

—Disculpa mi curiosidad. ¿Tiene esa «técnica» algo que ver con la manipulación del tiempo que nosotros mismos estamos utilizando?

La sonrisa se acentuó. Fue la mejor de las respuestas. Y con un cálido tono de reproche añadió:

—¿Cuándo comprenderéis que el tiempo es sólo la imagen en movimiento de la eternidad? ¿Cuánto más necesitaréis para considerar que el espacio es sólo la sombra fugitiva de las realidades del Paraíso? Os enorgullecéis de vuestros hallazgos y pensáis que la Verdad absoluta está a vuestro alcance. No comprendéis que sois como niños recién llegados a un orden inmensamente viejo e inconcebiblemente sabio.

—Y tú, Maestro, ¿qué lugar ocupas en ese «orden»?

—Soy un Hijo Creador.

Negué con la cabeza, dándole a entender que no podía seguirle.

—No pretendas atrapar lo que todavía es invisible a tus ojos de mortal. Te bastará la fe en la existencia del Padre. Muchas de mis criaturas, a pesar de haber traspasado la barrera de la muerte, tampoco están preparadas para enfrentarse, cara a cara, a la luz cegadora del Padre Universal.

Un torrente de preguntas empezaba a encharcar mi mente. ¿El Padre? ¿La muerte? ¿Aquellas otras criaturas?...

—¡Todo parece tan sencillo!... Hablas de la muerte sin miedo... Sin embargo, nosotros...

—Vosotros os empeñáis en apagar la «luz» que late en cada uno de los corazones y que fue depositada ahí, precisamente para vencer el miedo. Si los hombres oyeran la «voz interior», nadie temería ese paso. ¿Por qué crees que he vuelto?

No me dejó responder.

—... Es preciso que unos pocos me vean ahora para que otros muchos crean y aprendan a mirar hacia sí mismos. La muerte, hijo mío, es sólo una puerta. No temáis cruzarla.

—Algunos seres humanos —esbocé con dificultad— temen más la incógnita del «después» de la muerte que al hecho físico de la misma...

—Ésos —se apresuró a intervenir—, en el escandaloso tronar de sus dudas, silencian la íntima y sabia «voz» de sus conciencias. Dejad que sea ella quien os guíe. Todo, en la creación de mi Padre, está meticulosa y misericordiosamente dispuesto para vuestro bien. Nadie muere. Nada muere. Todo es un continuo progreso hacia el Paraíso. Y ni siquiera ése es el fin...

—Pero las religiones y algunas iglesias predican la salvación y la condenación...

Fue la única vez que su rostro se endureció.

—No midas a nuestro Padre Universal con la vara de los hombres. Ni confundas la religión de la autoridad con la del espíritu. Algún día, todos los mortales comprenderán que sólo la carrera de la experiencia y de la búsqueda personal es digna de la «chispa» divina que os alimenta a cada uno de vosotros. Hasta que las razas no evolucionen, el mundo asistirá a esas ceremonias religiosas, infantiles y supersticiosas, tan características de los pueblos primitivos. Hasta que la Humanidad no alcance un nivel superior, reconociendo así las realidades de la experiencia espiritual, muchos hombres y mujeres preferirán las religiones autoritarias, que sólo exigen el asentimiento intelectual. Estas religiones de la mente, apoyadas en la autoridad de las tradiciones religiosas, ofrecen un cómodo cobijo a las almas confusas o asaltadas por las dudas y la incertidumbre. El precio a pagar por esa falsa y siempre provisional seguridad es el fiel y pasivo asentimiento intelectual a «sus» verdades. Durante muchas generaciones, la Tierra acogerá a mortales tímidos, temerosos y vacilantes que preferirán este tipo de «pacto». Y yo te digo que, al unir sus destinos al de las religiones de la autoridad, pondrán en peligro la sagrada soberanía de sus personalidades, renunciando al derecho a participar en la más apasionante y vivificante de todas las experiencias humanas: la búsqueda personal de la Verdad y todo lo que ello significa...

—¿Y qué representa esa «búsqueda personal»?

Aquel increíble Hombre abrió los brazos y, mostrándome las luces del lago, la infinita belleza del firmamento y el crepitar del fuego, sentenció vibrante:

—¿Y tú, embarcado en esta apasionante aventura, me lo preguntas? ¿Qué me dices de la alegría y de las emociones que conllevan vuestros descubrimientos? ¿No ha merecido la pena?

Guardé silencio. Una vez más estaba en lo cierto.

—... Los descubrimientos intelectuales, amigo mío, constituyen siempre una «aventura» y un riesgo. Pero sólo los audaces, los que obedecen a su propio «yo», están capacitados para enfrentarse a ello. Sólo ésos, los auténticos «buscadores» de la Verdad, saben explorar con resolución y sin miedo las realidades de la experiencia religiosa personal. ¡Tú mismo y tu hermano estáis experimentando la suprema satisfacción del triunfo de la fe sobre las dudas intelectuales!

Ahora, con el beneficio del tiempo y de la perspectiva, aquella extrañeza mía me parece ridícula. Aferrado aún al duro lastre de lo material, la directa alusión a Eliseo —y a la familiar fórmula con que vengo definiéndolo: mi hermano— me dejó perplejo. El «poder» de aquel Ser, sencillamente, era absoluto.

—... Y estas victorias, único objetivo de la existencia humana, sólo conducen a un fin: la búsqueda personal de Dios. En verdad, en verdad te digo que todo hombre que se empeñe en esa suprema aventura encontrará a mi Padre, incluso en el desaliento de las dudas. La religión del espíritu significa lucha, conflicto, esfuerzo, amor, fidelidad y progreso. La dogmática, por el contrario, sólo exige de sus fieles una parte ínfima de ese esfuerzo. No olvides, Jasón, que la tradición es un sendero fácil y un refugio seguro para las almas tibias y temerosas, incapaces de afrontar las duras luchas del espíritu y de la incertidumbre. Los hombres de fe viajan siempre por los difíciles océanos, a la búsqueda de nuevos horizontes. Los sumisos se limitan a costear o fondean sus inquietudes al abrigo de puertos limitados, impropios de «navíos» que han sido hechos para audaces y lejanas singladuras.

—Esas palabras —repliqué sin poder contenerme—, en «mi tiempo», te llevarían de nuevo a la muerte...

—No olvides que mi paso por el mundo será motivo de división y enfrentamiento...

De nuevo le interrumpí:

—Dime: ¿qué debe hacer un hombre que desea encontrar la Verdad?

—¿Tú tampoco has comprendido mi mensaje?

Una ola de vergüenza me hizo bajar los ojos. Pero aquel Hombre, al punto, pasando su brazo izquierdo sobre mis hombros, me obligó a sostener su mirada. El contacto de aquella mano, aferrada con firmeza a mi hombro, fue como una sacudida eléctrica.

—Confiar en nuestro Padre. Sólo eso. Cada amanecer, cada momento de tu vida, ponte en sus manos. Lucha por la fraternidad entre los humanos. Lucha por la tolerancia y por la justicia. Lucha por los débiles. Él se encargará del resto.

—¡El Padre! —exclamé contagiado de su entusiasmo—. ¡Debe de ser un gran tipo!

Mi prosaica definición hizo reír al Hombre. Sus reacciones, como iría verificando, eran tan humanas y naturales como las de cualquier mortal. ¡Era para volverse loco! Y tomando un puñado de arena extendió la mano, mostrándome el negro granulado.

—¡Es tan inmenso —replicó lenta y pausadamente— que mide los mares en el hueco de su mano y los universos en la distancia de un palmo! Es Él quien está sentado en la órbita de la Tierra. Él quien extiende los cielos como un manto y los ordena para que sean habitados. Pero no te confundas: Dios es un mero símbolo verbal que designa todas las personalidades de la deidad...

Jesús tomó mi mano derecha y, trasvasando la arena a la palma, insistió en algo que ya había comentado:

—Nunca olvides que una parte de ese Dios, de nuestro Padre, entró en ti hace muchos años.

—¿Cuándo?

—Digamos, para simplificar, que en el momento en que tomaste tu primera decisión moral.

—Entonces, ¿yo soy Dios?

—Tú lo has dicho. Y a partir de hoy, búscate en lo más íntimo de tu mente.

La curiosidad me consumía. Y, dejándome llevar del más infantil de los impulsos, le solté a bocajarro:

—¿Cómo te llamas?

El Resucitado no eludió la cuestión. Él sabía que no estaba refiriéndome a su nombre en la Tierra. Me observó con picardía y, dirigiendo el dedo índice izquierdo hacia las estrellas, exclamó:

—En mi reino, mis criaturas me conocen por Micael.

—¿Y por qué no adoptaste ese mismo nombre en la Tierra?

El Maestro parecía disfrutar con aquellas pueriles preguntas. Sonrió de nuevo y la blanca y perfecta dentadura se iluminó con el resplandor de las llamas.

—Al principio, por expreso deseo mío, ni yo mismo fui consciente de quién era aquel joven de Nazaret. Así lo exigía mi experiencia entre los humanos evolucionarios del tiempo y del espacio. Sólo unos pocos, muy allegados a Micael, supieron de este secreto y lo guardaron celosamente.

No salía de mi asombro. ¡Era tanto lo que ignoraba sobre aquel Hombre!...

—... Mi nombre en la Tierra tenía que ser otro. ¿Satisfecho?

—Entonces tú, durante la infancia y juventud, nunca supiste...

Negó con la cabeza.

—¿Y cuándo...?

—Eso, querido Jasón —replicó divertido—, es algo que deberéis descubrir por vosotros mismos..., en su momento.

Ahora lo sé. Entonces no lo intuí siquiera. Jesús de Nazaret se refería a nuestra tercera y fascinante «aventura» en la que, en efecto, tendríamos la formidable oportunidad de conocer los «detalles» de tan decisivo «cambio» en la personalidad del Hijo del Hombre.

—¿Por qué hablas de «mi experiencia entre los humanos»?

—¿Y qué otra cosa puedo decir?

Insistí perplejo.

—¿Experiencia? ¿Sólo eso?

—Según tú —preguntó a su vez—, ¿cómo debería calificarla?

—De derroche —me vacié sin darle tiempo a replicar—. Un derroche, si me lo permites, innecesario y, a juzgar por los resultados próximos y «futuros», catastrófico.

—El Soberano Creador de este universo —intervino, olvidando por un momento su acogedora sonrisa— también hace la voluntad del Padre. Una vez satisfecha mi sed de conocimiento sobre los humanos, pude abandonar el mundo y recibir del Padre Universal el definitivo reconocimiento de mi soberanía. Pero, como te digo, no era ésa la voluntad del Padre.

Estas palabras me resultaron confusas. Enigmáticas. ¿Desde cuándo un Creador necesita convivir con sus criaturas? ¿Qué podía aprender en un mundo como éste? ¿A qué tipo de «experiencia» se refería? ¿Qué era aquello del «definitivo reconocimiento de su soberanía»?

—¿Quieres decir —le interrogué sin saber por dónde empezar— que el Padre ha podido desear para ti una muerte tan cruel y sanguinaria?

Se puso en pie. Tras los cerros de Kursi e Hipos empezaba a clarear. Las antorchas seguían oscilando en el lago.

Arrojó un haz de leña a la hoguera y, con un leve gesto de su cabeza, me invitó a caminar con él. Tomó la dirección de la desembocadura del Jordán y, despacio, nos alejamos del pequeño Juan Marcos. Durante algunos metros no dijo nada. Llegué a pensar que había olvidado mi pregunta. De pronto, con especial énfasis, habló así:

—Antes de mi encarnación en la Tierra, los hombres podían creer en un Dios colérico, sediento de justicia. Su ignorancia era perdonable. Ahora les he revelado a un Padre misericordioso que sólo conoce la palabra amor. ¿Crees entonces que un Padre puede desear esa muerte a su hijo? Su voluntad era que permaneciera en vuestro mundo hasta el final y que apurase la copa que todos los mortales, por su naturaleza, han bebido y beberán. Si he compartido la muerte ha sido para demostraros que la fe en Dios nunca es estéril. Sé que, a pesar de mis palabras, muchos deformarán el sentido de mi muerte en la cruz. Yo no he venido al mundo para saldar una supuesta vieja cuenta de los hombres para con Dios...

Me detuve. Y Jesús, adivinando mi sorpresa, añadió:

—Sé lo que estás pensando. Te equivocas y se equivocan quienes así lo creen. El Padre celestial no puede concebir jamás la grave injusticia de condenar a una alma por los errores de sus antepasados.

—Entonces, esas ideas sobre la redención por la cruz...

El Maestro posó sus manos sobre mis hombros, transmitiéndome su comprensión.

—La tendencia al vicio puede ser hereditaria. El pecado, en cambio, no se transmite de padres a hijos. El pecado es un acto consciente y deliberado de rebeldía contra la voluntad de nuestro Padre Universal y contra las leyes del Hijo. Toda idea de rescate o expiación, por tanto, es incompatible con el concepto de Dios. El amor infinito de nuestro Padre ocupa el primer puesto dentro de la naturaleza divina. En verdad te digo, Jasón, que el sentido de salvación por el sacrificio está arraigado en el egoísmo. Yo he predicado que la vida de servicio es el concepto más elevado de la fraternidad entre los creyentes. Y te diré más: la salvación es creer en la paternidad de Dios. La mayor preocupación de los fieles del reino no debería ser su deseo egoísta de salvación personal. Sólo la necesidad de amar a sus semejantes por encima de sí mismos. Los auténticos creyentes no se preocupan del posible y futuro castigo a sus errores. Se interesan tan sólo por el restablecimiento del contacto con Dios. Ciertamente, un padre puede castigar a sus hijos, pero lo hace por amor y con un fin y un sentido puramente disciplinarios.

—Luego, hay un castigo futuro...

—No como tú lo imaginas. Nuestro Padre es amor. Y el amor es contagioso y eternamente creador. ¿Crees que no existen otros medios mejores que el castigo para corregir los errores de las limitadas criaturas mortales? Antes de que yo viniera a este mundo (incluso aunque no lo hubiera hecho), todos los mortales del reino disponían ya de la salvación. Nuestro Padre, te lo repito, no es un monarca ofendido, severo e implacable, cuyo principal placer consiste en detectar y perseguir a las criaturas que obran en la oscuridad o en el pecado. La sola idea de un rescate o expiación colocaría a la salvación en un plano de irrealidad. Este concepto es puramente filosófico. La salvación humana es innegable y basada en dos únicos principios: Dios es nuestro Padre y, consecuentemente, todos los hombres son hermanos.

Me costaba aceptar tan hermosa utopía. Y sin disimular mi escepticismo pregunté:

—¿Cuándo ocurrirá eso? ¿Cuándo desaparecerán la maldad y la injusticia?

—Sólo hay un camino: el amor. El amor disuelve el pecado y las debilidades. ¡Ama a tus semejantes, Jasón! ¡Ámalos en la penuria y en la riqueza! ¡Ámalos aun cuando creas que están equivocados! ¡Ámalos, sencillamente!

Supongo que perdí la noción del tiempo. Escucharle era mucho más que aprender: era vivir, sentir y palpar una nueva realidad. Una realidad que yo ignoraba.

Y con las primeras claridades retornamos junto a la fogata. Juan Marcos había desaparecido.

No presté mayor atención a la repentina ausencia del benjamín. Tampoco Jesús hizo el menor comentario. El alba, naranja y veloz, oscureció las estrellas, despertando al Kennereth. Las aguas, primero grises, fueron verdeando y, casi al unísono, las embarcaciones apagaron sus luces. En la costa oeste, entre Hamat y Migdal, una compacta bruma ocultaba los acantilados, de los que empezaban a escapar blancos y alborotadores «averíos» de gaviotas. El *yam* recobraba su cotidiano ritmo, animado por las lejanas voces de los pescadores.

«Cuando ya amaneció, estaba Jesús en la orilla...»

La frase de Juan, el evangelista, me puso en extrema alerta. La «aparición oficial» a sus íntimos no tardaría en producirse. Pero el Resucitado, absolutamente tranquilo, no parecía prestar interés a las oscuras lanchas que se deslizaban a cosa de una milla, frente a la desembocadura del alto Jordán. Desde allí, al menos para mí, era imposible distinguir las embarcaciones de Pedro y Santiago.

El Maestro avivó el fuego y, por espacio de un par de minutos, permaneció en cuclillas, abstraído en el revoloteo de las flamas. La naciente luz de aquel viernes y la reverberación del fuego iluminaron una piel bronceada, exactamente igual a la que había lucido en vida. Pero ¿cómo hablar de «vida» o de «muerte»? Para alguien que ignorase los horribles sucesos acaecidos dos semanas atrás, y que contemplara al rabí en aquellos precisos instantes, hubiera sido difícil de aceptar que se trataba de un hombre muerto y sepultado. Mi mente, por enésima vez, se reveló. Sin embargo, a los pocos segundos tuve que rendirme a la evidencia. ¡Aquel cuerpo también daba sombra! Es más: en uno de los caracoleos de la fogata, una bocanada de humo le pilló por sorpresa (?). Instintivamente braceó, intentando disiparlo. Pero el humo, implacable, se coló en su garganta, provocando la tos. Jesús se irguió y, como la cosa más lógica y natural (?) del mundo, me apresuré a auxiliarle, palmeando repetidamente sobre las anchas espaldas. El Maestro se retiró de la hoguera y, tras guiñarme un ojo, caminó hacia la orilla. Ahora, sinceramente, ya no sé qué pensar. Si era capaz de leer mis dudas y pensamientos, ¿puedo atribuir este pequeño y significativo incidente a la mera casualidad o a su expreso deseo de disipar mis conjeturas?

Le vi descalzarse. Abandonó las sandalias sobre la arena y, como un niño, levantando los bajos de la túnica con la mano derecha, fue adentrándose en las aguas, chapoteando y jugando con la izquierda. Le seguí con la vista, entre atónito y emocionado. ¡Aquel «niño-grande», capaz de disfrutar con el simple roce del lago, era el Jesús de Nazaret que yo había conocido! Súbitamente, quizá al pisar en falso, comenzó a oscilar. Y su humanidad, tras desequilibrarse, fue a caer de costado, salpicando y removiendo las aguas. Corrí en su ayuda. Pero, al llegar a la orilla, el Maestro, sentado sobre el fondo y con el agua por el vientre, se volvió hacia mí y, entre sonoras carcajadas, con su habitual buen humor, me gritó feliz:

—¡Me estoy volviendo viejo!

Creí enloquecer. Su comportamiento —incluyendo la aparatosa caída— era tan natural que nadie, en su sano juicio, podría creer cuanto estaba presenciando. (A veces, cuando me despierto en mitad de la noche, muchas de aquellas escenas se agitan en mi memoria y tengo dificultades para discernir si, en realidad, se trata de un sueño...)

Disfrutando del momento, el Maestro permaneció unos minutos en el agua. Se refrescó el rostro y, echando la cabeza atrás, cerró los ojos, saboreando aquellos primeros y tibios rayos de sol. De repente reparé en sus sandalias. Me agaché y, tomando una de ellas, la examiné. Parecían las mismas de siempre, con una desgastada suela de hierba prensada y las tiras de cuero que servían para sujetarlas entre los dedos. Levanté la vista. Jesús continuaba con las manos apoyadas en el lecho del *yam*, recibiendo la cálida bendición de un nuevo día, que prometía ser tan caluroso como el precedente. Como un ladrón, aprovechando su momentáneo ensimismamiento, acerqué la sandalia a mi nariz, olfateándola. No había duda: la prenda guardaba el característico olor que desprende un pie, mezcla de sudor y de tierra. Un tanto avergonzado por mi insaciable desconfianza, la solté, regresando junto al fuego. Jesús, de pie, con la túnica de lino chorreando, dedicó unos segundos a otear el horizonte. Algunas de las lanchas, en efecto, habían puesto proa a Saidan. El gran momento se acercaba. Y prudentemente me retiré hacia las escaleras que conducían al hogar de los Zebedeo. Desde allí, en mitad de los peldaños, se dominaba la totalidad de la playa. Jesús regresó a la costa. Se calzó y, de pie junto a la hoguera, me dio la espalda, escudriñando el avance de las barcas. Aquella parte del litoral continuaba desierta. El Maestro, de vez en cuando, se separaba del fuego, dando pequeños paseos a lo largo del agua. Poco antes de las 06 horas, varias de las lanchas —las más adelantadas— cruzaron frente a la playa, bogando con fuerza hacia el embarcadero de la aldea. No reconocí a ninguno de los íntimos. Detrás, a unos cientos de metros, se divisaban otras dos barcas. Forcé la vista, intentando descubrir la silueta de Pedro. Imposible. De pronto recordé que no había alertado al módulo. Activé el microtransmisor y, de acuerdo con lo planeado, inicié la transmisión de señales —vía láser—, comunicando a Eliseo mi posición y lo inminente de la operación. Ajusté las «crótalos» y, pocos minutos después, respondiendo al código de impulsos electromagnéticos, la «cuna» catapultó uno de los «ojos de Curtiss», que voló rauda y convenientemente apantallado por la radiación IR, hasta inmovilizarse a poco más de 40 metros sobre el *yam* y a corta distancia de la fogata.

Resulta increíble. Pero, tal y como ocurrió, así debo registrarlo en este apresurado diario. Al hacer «estacionario» sobre las aguas, siguiendo las órdenes de mi hermano, la pequeña e invisible esfera comenzó la transmisión de imágenes y sonidos. Pues bien, en ese preciso instante, el Resucitado levantó la vista en dirección al «ojo de Curtiss». Tanto Eliseo como yo estamos convencidos de que su presencia fue captada por el Maestro. Durante algunos segundos le observé con preocupación. Fue entonces, al seguir sus movimientos con las lentes especiales, cuando noté «algo» que me dejó nuevamente confuso y que ya habíamos detectado en su última aparición, en el cenáculo. Un ser vivo —siempre que su temperatura corporal se halle por encima del cero absoluto— emite una radiación infrarroja, cuyas tonalidades varían según el grado de calor acumulado o desprendido de sus diferentes áreas. El «cuerpo» de Jesús, en cambio, apenas irradiaba calor. Debo decirlo. Era como si careciese de flujo sanguíneo. Es absurdo, lo sé. Además, yo había tocado su brazo y no percibí nada anormal. ¿Un cuerpo sin aparato circulatorio? Mi mente se negó a admitirlo. Pero la visión a través de las «crótalos» no mentía...

A las 06 horas y 30 minutos de aquel viernes, 21 de abril, las dos embarcaciones enfilaron la costa de Saidan.

¡Eran ellos! Jesús, atento a las maniobras de los remeros, se separó de la fogata. (El posterior visionado de las imágenes captadas por el «ojo de Curtiss» permitiría reconstruir las palabras y gestos que cruzaron entre sí, difíciles de percibir desde el lugar donde me encontraba.)

A poco más de cien metros de la orilla, la primera de las barcas —capitaneada por Simón Pedro— aflojó la boga. Algunos de los remeros repararon entonces en el hombre que parecía esperarlos cerca del fuego. Se produjo una breve discusión. Simón y Andrés porfiaron con sus compañeros, asegurando que quizá se trataba de alguno de los habituales compradores de pescado de Nahum o de Tarichea, que acudía a recibirlos. El *sais* masculló una de sus irreproducibles maldiciones. La pesca, evidentemente, había sido un perfecto fracaso. Tomás, quizá a causa de su defecto en la vista, apuntó la posibilidad de que fuera el joven Juan Marcos. La sugerencia fue rechazada entre burlas. En efecto, «aquel hombre era mucho más alto».

Curiosamente, nadie llegó a identificar al Maestro. Cuando la barca se hallaba a poco más de 50 metros, Jesús levantó el brazo izquierdo y, dirigiéndose a los pescadores, gritó.

—¡Muchachos!, ¿habéis pescado algo?

Simón Pedro, con gesto adusto, respondió con un seco y lacónico «No». Por un momento temí que la respuesta se viera acompañada por algunas de sus habituales malsonantes expresiones.

Juan Zebedeo se incorporó y, tomando una de las piedras planas, se dispuso a fondear la embarcación. Pero, diez o quince segundos después de aquel escueto intercambio verbal, el Resucitado se dirigió de nuevo a la tripulación. Y, señalando hacia la derecha de la barca, ordenó con potente voz:

—¡Lanzad la red a estribor..., y encontraréis peces!

El Zebedeo miró al *sais*. Y éste, girando la cabeza hacia el punto marcado por el desconocido, inspeccionó la superficie de las aguas. El resto de los remeros hizo otro tanto. En la zona indicada se apreciaba un intenso borboteo. En efecto, por estribor, la superficie del *yam* se agitaba ante la súbita aparición de un nutrido banco de peces. Pedro, olvidando al hombre de la playa, comenzó a vociferar y a gesticular, advirtiendo a los ocupantes de la segunda lancha la proximidad del pescado. Juan Zebedeo soltó el ancla e, incorporándose a la brega de los remeros, bogó con fuerza hacia el apetitoso botín. Jesús, entre tanto, continuó atento a las evoluciones de sus amigos.

A escasa distancia de la espumosa «mancha», con admirable precisión, las embarcaciones se abarloaron. Los remeros sentados a babor y estribor de cada una de las barcas retiraron sus palas, manteniendo emparejadas las respectivas amuras. Simón tomó el mando de ambas cuadrillas y, al unísono, matemáticamente, los cuatro remeros libres fueron impulsando las lanchas hacia el banco de peces. El *jerem* fue dispuesto «a caballo» entre ambas embarcaciones. A un grito del *sais*, cuando se hallaban a tres o cuatro metros de la «mancha», los que sujetaban las amuras soltaron sus respectivas presas, propinando sendos y fuertes empellones a la lancha contraria. Y, al punto, se abrieron, iniciando una maniobra de cerco. Nada más distanciarse una de otra, los hombres exentos de la boga arriaron la red, envolviendo a las saltarinas tilapias. Aquel sistema de pesca —denominado entre los galileos como *shavaq qosiv*— era en realidad una técnica bastante más compleja que la que estaba presenciando (una suerte de método «combinado») en la que, además del *jerem*, se acostumbraba a utilizar el *ambatan*. Para ello, lógicamente, se precisaba de un mínimo de tres o cuatro embarcaciones.

Veloces y precisas, las barcas arrojaron el *jerem*, trazando un círculo. Al abarloarse, ocho de los diez hombres, entre gritos de entusiasmo, se apresuraron a recoger el «arte», arrastrando la bolsa hacia las popas de las lanchas. Muchas de las inteligentes tilapias, presintiendo el peligro, saltaron por encima de los corchos, escapando. (De haber contado con una tercera y cuarta barcas, el *ambatan*, extendido alrededor de los corchos del *jerem*, habría evitado la fuga del pescado.) Aun así, a juzgar por los aspavientos y exclamaciones de júbilo de las tripulaciones, la captura resultó de lo más interesante. Es mi deber anotarlo aquí y ahora: no creo, en absoluto, que aquella pesca pueda ser calificada de «milagrosa». Cualquier mediano observador apostado en el litoral podría haber detectado el banco que espumeaba en la superficie del *yam*. Objetivamente hablando, Jesús se limitó a señalar una «mancha» de pescado que, desde las lanchas, quizá hubiera pasado inadvertida. Después —ya se sabe—, con el paso del tiempo, aquel hecho, totalmente fortuito, fue deformado y equiparado a la categoría de «pesca milagrosa». Basta repasar lo escrito por Juan —testigo presencial— para deducir que la pesca en cuestión jamás fue estimada como extraordinaria, en el sentido sobrenatural de la palabra. El suceso —a nivel de exegetas y estudiosos bíblicos— se vería notablemente «emborronado» a causa de otra pesca, más o menos similar, narrada por Lucas (5, 1-8) y situada por el evangelista mucho antes de la muerte de Jesús de Nazaret. Pero de esta segunda «pesca» me ocuparé a su debido tiempo (1).

El arrastre del copo resultó laborioso en extremo. Los *sais* se desgañitaron, saltando de proa a popa a cada momento, cubriendo huecos y jalando de los cabos y del aparejo hasta quedar bañados en sudor. Ni que decir tiene que Simón Pedro llevó la voz cantante durante toda la «pelea», mentando lo humano y lo divino cada vez que, por un mal movimiento, el *jerem* se detenía o resultaba arrastrado con más fuerza desde cualquiera de las popas, propiciando nuevas fugas de tilapias. A la media hora, exhaustos, los galileos echaron mano, al fin, al saco del *jerem*. Santiago y su cuadrilla, desde la lancha más pequeña, trataron de ayudar a sus compañeros a introducir el copo en la barca de Simón. Después de repetidos e ímprobos esfuerzos —en los que algunos de los pescadores estuvieron a punto de caer al lago—, Simón renunció a la maniobra de carga de la red.

(1) El mencionado pasaje de Lucas dice así: «Estaba él a la orilla del lago Genesaret y la gente se agolpaba sobre él para oír la palabra de Dios, cuando vio dos barcas que estaban a la orilla. Los pescadores habían bajado de ellas y lavaban las redes. Subiendo a una de las barcas, que era de Simón, le rogó que se alejara un poco de tierra; y, sentándose, enseñaba desde la barca a la muchedumbre. Cuando acabó de hablar, dijo a Simón: "Boga mar adentro, y echad vuestras redes para pescar." Simón le respondió: "Maestro, hemos estado bregando toda la noche y no hemos pescado nada; pero, en tu palabra, echaré las redes." Y, haciéndolo así, pescaron gran cantidad de peces, de modo que las redes amenazaban romperse. Hicieron señas a los compañeros de la otra barca para que vinieran en su ayuda. Vinieron, pues, y llenaron tanto las dos barcas que casi se hundían. Al verlo Simón Pedro, cayó a las rodillas de Jesús, diciendo: "Aléjate de mí, Señor, que soy un hombre pecador."» *(N. de J. J. Benítez.)*

Los remeros volvieron a sus puestos y, firmemente sostenido desde las respectivas popas, el *jerem* fue remolcado hacia la costa.

El Maestro, visiblemente complacido, dio media vuelta, retornando al lado de la fogata. Y, cruzando los brazos sobre el pecho, esperó. Santiago marcó el ritmo a los remeros y, despacio, se dispusieron a salvar los 50 o 60 metros que los separaban de la orilla. En esta ocasión, Juan Zebedeo no llegó a bogar. La razón fue muy simple. Al tiempo que sus compañeros se precipitaban hacia los bancos y tomaban las palas, el discípulo —mucho más intuitivo que el resto— se acercó a Simón, que sostenía uno de los extremos del *jerem*, espetándole al oído un rotundo y lacónico: «¡Es el Maestro!»

El *sais* volvió el rostro hacia la playa, buscando al desconocido. Pero el sol naciente le deslumbró, restando eficacia a su observación. Es posible que esta circunstancia tuviera mucho que ver con el extraño comportamiento de los galileos que, como decía anteriormente, no llegaron a identificar al Maestro desde el agua. Simón hizo una mueca de incredulidad, replicando que «le parecía muy raro que el rabí pudiera presentarse al aire libre». En eso, Pedro llevaba cierta razón. Hasta esos momentos —al menos que yo supiera—, Jesús siempre se había aparecido en lugares cerrados. El caso es que, tras unos momentos de vacilación, el impulsivo capitán cambió de parecer. Obligó a Juan a sostener el *jerem* y, ante el estupor del resto, se deshizo de la túnica que le cubría, zambulléndose de cabeza en el *yam*. Los tripulantes interpelaron al más joven de los Zebedeo. Pero Juan se limitó a encogerse de hombros. Entiendo que es mi deber —antes de proseguir con la narración de los hechos que me tocó vivir— el hacer una pequeña puntualización. Si uno consulta el mencionado evangelio de Juan observará que el último capítulo (21, 7) aporta un «detalle», opuesto totalmente a lo que acabo de referir. Dicho versículo asegura que «cuando Simón Pedro oyó "es el Señor", se puso el vestido —pues estaba desnudo— y se lanzó al mar». Tal afirmación —que dudo mucho pueda atribuirse a Juan— es errónea. Para empezar, en pleno mes de abril, las noches en el lago son todavía lo suficientemente frescas como para que el *dayyag* o pescador se lance desnudo a las faenas de pesca. Durante el día es distinto. Por otra parte, aun aceptando la improbable circunstancia de que el *sais* se hallara en *saq* o taparrabos —es decir, desnudo—, ningún buen nadador (y Pedro lo era) hubiera cometido la torpeza de «vestirse» y, a renglón seguido, arrojarse al agua. Todo lo contrario. ¿Cómo entender entonces la absurda aseveración del evangelista? Desde mi corto conocimiento sólo cabe una explicación: es muy probable que, en parte o en su totalidad, el citado capítulo 21 (el «Epílogo») sea un añadido al texto que sí fue obra de Juan. El hecho es bien conocido de los exegetas cristianos. Ya en 1947, el eminente Boismard (1) apuntaba que dicho capítulo 21 era una confusa mezcla de estilos, en el que se percibía la mano del discípulo y la de otros escritores. Algo así como si, basándose en nebulosos recuerdos, una pluma extraña hubiera intentado «redondear» el texto «joánnico». Boismard asegura que el estilo del «remendador» guarda una sospechosa semejanza con el de Lucas. Años atrás, en 1936, otro especialista —Vaganay— afirmaba también que, por ejemplo, el versículo 25 del «Epílogo» «no era del mismo molde del que le precede, pudiendo deberse a un añadido» (2). Poco después, estas conjeturas —que levantaron una gran polvareda entre los eruditos— se verían plenamente ratificadas por los hallazgos de la fotografía con rayos infrarrojos y ultravioleta. Al comprar el *Códice Sinaítico*, los ingleses fotografiaron la última página del evangelio de Juan, comprobando con sorpresa cómo, en su estado primitivo, el mencionado capítulo 21 terminaba con el versículo 24 y no con el 25. Una *coronis* remataba el texto original, con las palabras «Evangelio según san Juan». Como digo, el escriba de turno raspó estos datos, añadiendo —quién sabe por consejo de quién— el referido versículo número 25: «Hay además otras muchas cosas que hizo Jesús. Si se escribieran una por una, pienso que ni todo el mundo bastaría para contener los libros que se escribieran.» Dado que la caligrafía de este último versículo es la misma que la de los párrafos anteriores, los escrituristas se

(1)   Boismard, «Le chapitre XXI de saint Jean. Essai de critique littéraire», publicado en *Revue Biblique* (LIV, pp. 473-501). *(N. del m.)*

(2)   Vaganay, «La finale du quatrième évangile», publicado en la misma revista, *Revue Biblique* (XLV, pp. 512-528). *(N. del m.)*

inclinan a creer que el añadido se debió a la iniciativa del mismo calígrafo. Pero ¿por qué? ¿Lo descubrió en otro manuscrito? ¿Alguien se lo susurró? Posiblemente, nunca lo sabremos. Todo esto, en suma, ha llevado a los estudiosos de las diferentes iglesias —en especial a la católica— a una muy interesante conclusión: el capítulo 21 del evangelio de Juan pudo ser un añadido. Todo un precedente que arrastra a otra no menos inquietante cuestión: ¿cuántos otros añadidos, interpolaciones y falsas aseveraciones, atribuidas a Jesús de Nazaret, han sido «camuflados» en los llamados «evangelios canónicos»? Para mí, demasiados. Algunos, obviamente, de extrema gravedad. Sólo esto, insisto, podría explicar los «errores» de Juan en torno al intrascendente asunto de la ropa de Simón Pedro y al no tan insustancial suceso del «primado»...

Y el bueno del *sais* —cuya devoción por Jesús estaba fuera de toda sospecha— nadó hacia la costa, provocando la sonrisa del Maestro. Hay que reconocerlo. A pesar de sus temibles modales, el tosco galileo amaba a su Señor por encima de sus amigos y parientes. Pero, incomprensiblemente, al ganar la orilla, Simón se detuvo. Y, jadeando, permaneció inmóvil, mirando alternativamente al Resucitado y a la hoguera. Al principio no fui capaz de explicarme su extraño comportamiento. Lo atribuí al pasmo —quizá al miedo—, al hallarse cara a cara y a tan corta distancia de Jesús. Pero no. Al parecer —según me confesaría poco después—, la razón de tan súbita «paralización» fue otra. Al ver el fuego, el temperamental galileo no pudo evitar el recuerdo de sus negaciones en el patio del palacete de Anás. Y por espacio de algunos minutos se sintió nuevamente hundido y acobardado. Por fortuna para él, aquel mal pensamiento se esfumaría con el arribo de las lanchas. A las 07.30 horas, a un paso de la orilla, las tripulaciones arrojaron las piedras y saltaron al agua. Es curioso: ni uno solo se preocupó por la red. Los nueve, intrigados por el anormal comportamiento de Pedro, fueron aproximándose a la playa, deteniéndose a la altura del *sais*. Disfruté con el «espectáculo». Por espacio de varios minutos, nadie hizo ni dijo nada. La mayoría reconoció al punto al Resucitado. Y, tal y como sucediera conmigo mismo, los rostros pasaron de la sorpresa al miedo. Sólo el de Juan se iluminó. Algunos, incluso, retrocedieron. El silencio era plomizo. Significativo. El Maestro, con una mirada capaz de perforar el acero, fue escrutando a cada uno de sus hombres. Pero tampoco habló o hizo ademán alguno. En esos críticos momentos, Juan Marcos apareció en lo alto de las escaleras. Descendió hasta donde me encontraba. Me saludó y, con su acostumbrada candidez, preguntó qué «sucedía allí abajo». Mudo, esperé su reacción. Rápido de reflejos, no tardó en intuir que «algo» raro ocurría a nuestros pies. Se acomodó a mi lado y, ayudándose del dedo índice izquierdo, fue contando a los pescadores.

—¿Once?

Me miró desconcertado. Tuve que esforzarme para no sonreír. Reinició la cuenta —esta vez en voz alta— y, al obtener idéntico resultado, su faz se transfiguró. Se puso en pie y, dando un brinco, exclamó fuera de sí:

—¡Es el Maestro!

En un abrir y cerrar de ojos, a riesgo de sufrir una peligrosa caída, el benjamín «voló» materialmente sobre los últimos peldaños, corriendo como una liebre hacia la fogata. En su maravilloso aturdimiento tropezó con los cantos y cayó de bruces. No sé si llegó a tocar la arena. Medio se incorporó y, casi a gatas, fue a estrellarse contra las piernas del Resucitado. Se abrazó a ellas y, entre lágrimas, hipos y una risa nerviosa, repitió una y otra vez:

—¡Mi Señor y mi Maestro!

En el fondo era tragicómico. De nuevo, el «chico de los recados» les había ganado la partida. Los diez, atónitos, parecían estatuas de sal.

Y al fin, Jesús, tomando a Juan Marcos por los brazos, le obligó a alzarse. El benjamín, radiante, aplastó su rostro contra el pecho del Resucitado. Creo que fue la primera vez que experimenté envidia. Lo confieso: en más de una oportunidad me hubiera gustado imitar al hijo de los Marcos. Además: ¡qué excelente ocasión para estudiar la frecuencia cardiaca de aquel «cuerpo»!

El Maestro agitó cariñosamente los revueltos cabellos del muchacho y, en un tono distendido, comentó:

—Juan, estoy contento de volver a verte en Galilea, donde podremos tener una buena conversación. Quédate con nosotros a desayunar.

Y dirigiéndose a los petrificados discípulos ordenó:

—Traed vuestro pescado y preparad algunos para desayunar. Tenemos fuego y mucho pan.

¿Pan? Aquello era nuevo. En efecto, para mi desconcierto, junto a los restos del haz de leña, aparecían —meticulosamente apiladas— seis gruesas y redondas hogazas de pan blanco. ¿De dónde habían salido? Yo no recordaba haberlas visto durante nuestra conversación. Juan, en su evangelio, no hace alusión a la enigmática presencia del pan porque, muy posiblemente, no reparó en ello o, quizá, al desembarcar, supuso que alguien de su casa lo había trasladado hasta allí. Lo cierto es que ninguno de los habitantes del caserón de los Zebedeo —ni siquiera la Señora— llegó a ver al Maestro, excepción hecha, naturalmente, de Juan Marcos y de los íntimos. Aún hoy sigo preguntándome cómo demonios aparecieron tales panes en la playa. La única respuesta —tanto para la leña como para las hogazas— resulta tan increíble que prefiero olvidarla...

Los discípulos, animados por las palabras del Resucitado, lograron sacudirse el aturdimiento y, dirigiéndose la palabra en voz baja, volvieron sobre sus pasos, arrastrando la red hacia tierra firme. ¡Cuán distinta era la actitud de aquellos hombres en presencia de Jesús! Mientras permaneció con ellos no oí una sola maldición, ni una palabra más alta que la otra.

Pedro también reaccionó. Pero, en lugar de reunirse con sus compañeros, se encaminó al encuentro del rabí. Cayó de rodillas a sus pies y, abriendo los brazos, exclamó con aquel vozarrón que le caracterizaba, quebrado ahora por la emoción:

—¡Mi Señor... y mi Maestro!

Jesús no dijo nada. Mejor dicho, al sonreír y obligarle a incorporarse respondió con creces a la suplicante exclamación de su impulsivo y voluble amigo. Después, palmeando suave y entrañablemente las mojadas espaldas del *sais*, le invitó a que concluyera la faena. Simón acudió presto a la orilla, colaborando en el arrastre del *jerem*. Abierto el copo, decenas de tilapias y barbos se estremecieron, saltando y coleando, provocando la hilaridad, el buen humor y algún que otro juramento, más que contenido ante la presencia del Maestro. Santiago y Simón Pedro, como «jefes» de cuadrilla, procedieron a la clasificación —por especies y tamaños— de lo capturado. Amén de numerosos peces de reducidas dimensiones, el *jerem* ofreció a los galileos 135 tilapias y 18 barbos de un respetable peso. Todos ellos fueron meticulosamente alineados sobre la arena, haciendo así más fácil la contabilidad. No sé si la casualidad existe. Hace tiempo que lo dudo. El caso es que, al sumar los peces, tanto por especies como globalmente, el dígito final siempre era el mismo: 9. (153 = 1 + 5 + 3 = 9. 135 = 1 + 3 + 5 = 9. 18 = 1 + 8 = 9.) Aquella cifra (9 o 999) trajo a mi memoria las inquietantes vinculaciones del 9 con la vida de Jesús de Nazaret...

Los siluros —considerados «impuros» por la ley— fueron arrojados al *yam*. Algunas de las tilapias eran realmente espléndidas: alcanzaban los 40 centímetros de longitud y entre 1,5 y 2 kilos de peso, aproximadamente. Su preponderancia respecto a los barbos no tenía nada de singular. La mejor época para su pesca era justamente aquélla: del invierno a la primavera. Al enfriarse las aguas del lago, las tilapias se concentran en grandes bancos, buscando refugio y alimento en la costa nororiental. A partir de abril y mayo —con el progresivo calentamiento del *yam*—, estos bancos se desintegran y las tilapias, por parejas, se dirigen a las desembocaduras de los ríos de la referida costa oriental; en especial a la pequeña ensenada del Zají. Los pescadores, entonces, cambiaban su técnica, empleando otra clase de red: la *qela* (un aparejo individual de 6 a 8 metros de diámetro, conocido hoy como esparavel). Si la aparición de Jesús se hubiera registrado unas semanas más tarde, aquella voluminosa pesca no habría sido posible.

Juan Marcos, aferrado al brazo derecho del Maestro, disfrutó de lo lindo con la captura. Arrastró a Jesús a lo largo de las hileras de peces, regocijándose con los más espectaculares. Al llegar a la altura de una de las tilapias —una hembra, a juzgar por su color gris pardo—, el Resucitado se arrodilló junto al agonizante pez. La boca se abría y cerraba intermitentemente. Y tomándola entre las manos se la mostró al benjamín. La tilapia se defendió, coleando. El rabí, en silencio, situó la palma de su mano izquierda bajo la cavidad oral y, ante los asombrados ojos del muchacho, el pez escupió un puñado de minúsculas crías. (En este tipo de peces, tras la eclosión de los huevos, los pequeños permanecen en la boca de la madre hasta que son capaces de nadar y valerse por sí mismos. En caso de peligro son expulsados por la hembra, retornando a la cavidad oral materna una vez superada la alarma.) Y el Señor, enternecido, se aproximó al lago, depositando a la madre y a sus crías en el agua. Juan Marcos aplaudió el gesto de su ídolo.

Concluido el recuento y la clasificación, la mitad de las tilapias y de los barbos (la mayoría «de cabeza larga», o *Barbus longiceps*, y «de grandes escamas», o *Barbus canis*) fue a parar al fondo de la lancha de Pedro. El resto quedó almacenado en la embarcación del Zebedeo. Un par de horas más tarde, el pescado sería vendido en el muelle de Nahum. Tal y como establecían las ancestrales leyes de pesca en el Kennereth, el 40 por ciento del producto de la venta quedaría en poder de los dueños de las lanchas y de los aparejos: los Zebedeo y Andrés y Simón Pedro, respectivamente. El 60 por ciento restante era repartido entre los tripulantes. Además de lo ya mencionado, Santiago y Pedro —en su calidad de *sais* o «guías»— recibían otras dos partes cada uno. Los gemelos, como remendadores, una parte y media y, por último, los remeros y jaladores, una única parte.

Por expreso deseo del Resucitado, Juan Marcos eligió siete hermosas tilapias. Y, mientras los galileos procedían al lavado de las redes, el rabí se entregó a la preparación del fuego. Escogió una piedra basáltica de regular tamaño, con la superficie relativamente plana, y cargando con ella, fue a depositarla en el centro de la fogata. Las lenguas de fuego se retorcieron y Jesús, acusando el roce de las llamas, retiró los brazos. No puedo asegurarlo, pero juraría que llegó a quemarse. Felipe y los gemelos, al percatarse de las manipulaciones de su Maestro, acudieron prestos, con la sana intención de ocupar su lugar. Jesús no lo permitió. Y la aplastada hoguera empezó a lamer los costados de la piedra, caldeándola. A continuación, solicitando de Santiago uno de los largos cuchillos empotrados entre las cuadernas de la lancha más pequeña, el rabí se situó con los peces al borde del *yam*. Se arremangó y, hábilmente, fue descabezándolos y extrayendo las entrañas. Una vez lavados retornó junto al fuego, esperando a que la improvisada «parrilla» alcanzase la temperatura idónea. Minutos más tarde, las apetitosas tilapias se asaban sobre la negra roca, destilando una jugosa grasa y un excelente tufillo que, por supuesto, no pasó inadvertido a los hambrientos galileos. Los aparejos fueron extendidos sobre la playa y, frotándose las manos de satisfacción, rodearon al diligente «cocinero». Sirviéndose del estrecho cuchillo, el Maestro vigiló el asado de los peces, ora cambiándolos de posición, ora aplastándolos, con el fin de extraer un máximo de grasa. Disimuladamente, varios de los pescadores se adentraron en el lago, orinando al amparo de las lanchas.

Cuando el desayuno estuvo a punto, Jesús, con los ojos llorosos por el humo, indicó a sus amigos que se sentaran. Los gemelos, siguiendo su costumbre, se dispusieron a servir el pan y las tilapias.

—No —intervino el rabí—, vosotros también debéis sentaros. Juan Marcos lo hará.

Y el benjamín, gozoso, fue haciéndose con los pescados, distribuyéndolos entre los expectantes discípulos. Jesús partió el pan, entregándoselo a Juan Marcos. Y éste, a su vez, con el rostro risueño, lo pasó a los pescadores. Cuando todos se hallaban servidos, el Resucitado ordenó al muchacho que se acomodara en la arena y, tomando una ración de pan y pescado, la puso en sus manos. Acto seguido fue a sentarse junto a los gemelos, cerrando el círculo.

Durante cosa de dos o tres minutos, nadie habló. El hambre, creo yo, era más fuerte que la curiosidad. Como siempre, lentos de reflejos, la mayoría no cayó en la cuenta de un pequeño y aparentemente insustancial «detalle». Jesús, sentado a la turca, era el único que no comía. Sobre una de las abiertas hogazas quedaban aún varios trozos de tilapia. Sin embargo, el rabí no parecía dispuesto a acompañar a sus amigos en el desayuno. Aquello me intrigó. Al fin, Judas de Alfeo, uno de los gemelos, siempre pendiente de las pequeñas cosas del grupo, se alzó y, apoderándose de la ración sobrante, se la ofreció al Maestro. Los semblantes se endurecieron. Como digo, nadie había tenido la cortesía de servirle. El Resucitado, con ambas manos, acarició las espesas barbas de Judas, rechazando su parte. Sí, era muy extraño. ¿Por qué Jesús se negaba a ingerir alimentos? ¿Es que aquel enigmático «cuerpo» no estaba preparado para ello? Mis dudas se verían relativamente despejadas horas después...

El «incidente» espesó aún más el mutismo general. Con los ojos bajos, los íntimos se apresuraron a terminar el desayuno, rubricándolo con algún que otro sonoro eructo. Naturalmente, fue Jesús quien —una vez más— rompió el hielo, bromeando sobre el chapuzón de Simón Pedro y su poco estético vientre. Las risas afloraron de nuevo y, por espacio de una media hora, se entretuvieron en rememorar viejos recuerdos y experiencias, muchas de ellas vividas allí mismo, en el lago. Jesús reía con ganas, absolutamente feliz. En mitad de la conversación soltó su sandalia derecha y, como si tal cosa, procedió a sacudirla, retirando los gruesos granos de arena que, al parecer, le molestaban.

Hacia las 09 horas la conversación decayó. Y el Maestro, alzándose, hizo una señal a Juan Zebedeo y a Simón Pedro para que le acompañaran. La faz del Resucitado se tornó grave. El resto, acostumbrado a aquellos cambios de actitud del Maestro, permaneció sentado alrededor de la fogata.

Jesús, flanqueado por sus dos hombres, caminó despacio por la orilla del agua, en dirección a la desembocadura del Jordán. De pronto, pasando el brazo izquierdo sobre los hombros del Zebedeo, le preguntó:

—Juan, ¿me amas?

El discípulo, que evidentemente no esperaba semejante pregunta, se apresuró a replicar:

—¡Sí, Maestro!... ¡De todo corazón!

Y el Resucitado, ante la atónita mirada de los galileos, exclamó con vehemencia:

—Entonces, renuncia a tu intolerancia y aprende a amar a los hombres como yo te he amado. Consagra tu vida a demostrar que el amor es lo más grande del mundo. Es el amor de Dios quien conduce a los hombres a la salvación. El amor es la bondad espiritual y la esencia de la verdadera belleza.

Y volviéndose hacia el rudo Pedro, taladrándole con aquella mirada de halcón, formuló la misma cuestión.

—Pedro, ¿me amas?

El *sais*, con los ojos como lunas, se apresuró a satisfacer al kabalístico Maestro:

—¡Señor, sabes que te amo con toda mi alma!

—Si me amas —argumentó con un hilo de tristeza—, alimenta a mis corderos...

Imparable, como siempre, el pescador quiso replicar. Pero el Resucitado, sellando los labios del galileo con su mano izquierda, prosiguió:

—... No escatimes tu ministerio a los débiles, a los pobres ni a los jóvenes. Predica la buena nueva sin temor ni preferencias. No olvides que Dios no hace excepciones. Sirve a tus contemporáneos como yo te serví. Perdona a los hombres como yo te he perdonado. Deja que la experiencia te demuestre el valor de la meditación y el poder de la reflexión inteligente.

Creo no equivocarme si afirmo que, en aquellos instantes, Simón apenas entendió las recomendaciones del rabí. En especial, la última frase. Siguieron caminando en silencio. Pocos pasos más allá, el *sais* fue sorprendido por una segunda e idéntica pregunta:

—Pedro, ¿me amas realmente?

Desconcertado, con la boca abierta, Simón necesitó unos segundos para rehacerse. Al fin, en tono persuasivo, afirmó:

—Sí, Señor, sabes que te amo.

—Cuida bien de mis ovejas. —Parecía como si el Maestro no hubiera oído la respuesta—. Sé un buen pastor para mi rebaño. No traiciones la confianza que tengo en ti. No te dejes sorprender por el enemigo. Estáte siempre vigilante. ¡Vela y reza!

El confuso discípulo permaneció clavado en la arena. Y Jesús y el Zebedeo se distanciaron unos metros. Pero el Maestro se volvió hacia el pescador, planteándole por tercera vez el mismo dilema.

—Pedro, ¿me amas verdaderamente?

Simón bajó la cabeza, entristecido. No era muy difícil adivinar sus turbulentos pensamientos. Las negaciones en la casa de Anás, en Jerusalén, debieron de resucitar implacables en su atormentado corazón. Jesús aguardó. Y el *sais*, remontándose por encima de la tristeza, le gritó sin esconder su enojo:

—¡Conoces todas mis cosas, Señor!... ¡Por lo tanto, sabes que, en realidad, te quiero!

Y el Resucitado, autoritario, le ordenó:

—¡Alimenta mis ovejas!... ¡No abandones el rebaño! ¡Sirve de ejemplo e inspiración a todos tus compañeros pastores!... ¡Ama al rebaño como yo te he amado! ¡Conságrale toda tu felicidad, como yo lo hice contigo! ¡Y sígueme!... ¡Sígueme hasta el fin!

Estas consignas fueron acompañadas de bruscos y sucesivos movimientos afirmativos de cabeza por parte de Pedro. El rabí se disponía a reanudar el paseo cuando, en otro de sus irreflexivos arranques, Simón señaló hacia Juan, preguntando:

—Si te sigo, ¿qué hará éste?

Jesús le miró con benevolencia. El fogoso y elemental *sais* no había captado el sentido de sus palabras. Y con una paciencia infinita le aclaró:

—No te preocupes de lo que hagan tus hermanos. Si quiero que Juan permanezca aquí al marcharte tú, y hasta que yo vuelva, ¿en qué te concierne?

Avanzó unos pasos hasta situarse a medio metro del galileo y, colocando sus manos sobre los hombros de Pedro, repitió con firmeza:

—¡Tú asegúrate únicamente de seguirme!

Es paradójico. Las palabras del Resucitado, una vez más, serían pésimamente interpretadas. Casi todos creyeron que aquel «hasta que yo vuelva» garantizaba un seguro e inminente retorno del Maestro, que redondearía así la definitiva instauración del reino en la Tierra. Algunos, incluyendo a Pedro, calificaron el asunto de «profético», dando por hecho que Juan no moriría, en tanto en cuanto no se produjera el mencionado retorno de Jesús. Y digo que resulta paradójico porque, gracias a este malentendido, Simón el Zelote recuperaría los perdidos ánimos, reintegrándose al grupo pocas horas más tarde. Juan Zebedeo, en cambio, a tenor de lo escrito por él mismo en el versículo 23 de su último capítulo, sí captó la intención de su Maestro (1).

(1) El versículo en cuestión dice textualmente: «Corrió, pues, entre los hermanos la voz de que este discípulo (Juan) no moriría. Pero Jesús no había dicho a Pedro: "No morirá", sino: "Si quiero que se quede hasta que yo venga." Estas últimas palabras, como acabo de referir, no fueron exactamente como las transcribe el evangelista, aunque su sentido viene a ser el mismo. *(N. del m.)*

Jesús dio por concluido el breve paseo, rogando a los desconcertados Pedro y Juan que avisaran a sus respectivos hermanos para que se reunieran con él. Y así lo hicieron. Andrés y Santiago de Zebedeo abandonaron el círculo y el resto, quemado por la curiosidad, bombardeó a la primera pareja con toda suerte de preguntas. Juan no abrió la boca. Pedro, en cambio, adoptando un tono solemne, les hizo partícipes de la «profecía». El más joven de los Zebedeo se sonrojó e, incapaz de contener la encendida verborrea de Simón, se limitó a negar con la cabeza. Pero fue una negación tan fugaz que ninguno de los presentes la tomó en consideración. A partir de esos momentos, como bien dice el evangelista, las absurdas y falsas ideas sobre la «vuelta» del Maestro y la casi «inmortalidad» de Juan se propagarían como la pólvora. Muy astutamente, el *sais*, que aspiraba en lo más íntimo a encabezar el grupo apostólico, silenció la triple pregunta del rabí. Aquella insistencia de Jesús podría haber levantado habladurías y más de una incómoda suspicacia... Evidentemente, la actual imagen de Pedro, transmitida por sus discípulos y sucesores, dista mucho de la primitiva y auténtica realidad.

También Andrés y Santiago acompañaron al Señor por la orilla del lago. Transcurridos unos minutos de embarazoso silencio, Jesús le habló así al ex jefe de los íntimos:

—Andrés, ¿tienes confianza en mí?

El introvertido hermano de Simón se detuvo. Posiblemente, como Santiago, no esperaba una pregunta tan aparentemente fuera de lugar. Y con exquisita calma respondió:

—Sí, Maestro, tengo absoluta confianza en ti..., y lo sabes.

El Resucitado sonrió, complacido.

—Andrés, si tienes confianza en mí —replicó Jesús, poniendo el dedo en uno de los graves defectos del galileo—, ten más confianza en tus hermanos y, sobre todo, en Pedro...

Andrés, bajando la mirada, aceptó de buen grado la sutil reprimenda. Jesús sabía leer muy bien en los corazones de aquellos hombres.

—... Antaño —prosiguió en tono animoso— te encomendé su dirección. Ahora es preciso que les des confianza, en tanto que yo te dejo para ir hacia el Padre. Cuando tus hermanos se dispersen como consecuencia de las persecuciones, sé un sabio y previsor consejero para Santiago, mi hermano por la sangre, ya que tendrá que soportar una pesada carga, que su experiencia no le permite llevar. Después sigue teniendo confianza. ¡No te faltaré! Y al fin vendrás junto a mí.

Aquéllas, en mi humilde opinión, sí fueron palabras proféticas. La muerte de Santiago, el hermano carnal de Jesús, se produciría treinta y dos años más tarde y las sangrientas persecuciones de los cristianos por parte de Nerón, en el 64, tras el incendio de Roma.

Seguidamente, volviéndose hacia el frío y distante Santiago de Zebedeo, le formuló la misma pregunta:

—¿Tienes confianza en mí?

El pétreo rostro del *sais* no se inmutó. Pero su voz, reposada y segura, denunció el gran afecto que le profesaba.

—Sí, Maestro, de todo corazón...

—Santiago, si es cierto que tienes confianza en mí, deberías ser menos impaciente con tus hermanos...

El Zebedeo no pestañeó. El rabí tenía toda la razón. Pero, demasiado orgulloso para admitirlo, sostuvo desafiante la mirada del Resucitado.

—... Si de verdad deseas disfrutar de mi confianza, esto te ayudará a ser mejor para con la hermandad de los creyentes.

La irresistible luz de aquellos ojos venció finalmente la audacia del Zebedeo. E, inclinando la cabeza, asintió en silencio.

—... Aprende a pensar en las consecuencias de tus palabras y actos. Recuerda que la cosecha es obra de la siembra. Reza por la tranquilidad de espíritu y cultiva la paciencia. Con fe viva, estas gracias te sostendrán cuando llegue la hora de beber la copa del sacrificio. No temas nunca. Cuando hayas acabado en la Tierra vendrás a morar junto a mí.

Nueva y dramática «profecía»: «... cuando llegue la hora de beber la copa del sacrificio.» Santiago moriría catorce años después...

A diferencia de Simón Pedro, ni su hermano Andrés, ni Santiago —demasiado impresionados por las palabras de Jesús—, aceptaron compartir el contenido de la escueta charla con el Maestro. Sencillamente, cayeron en un mutismo impenetrable. A continuación fueron reclamados Tomás, el «mellizo», y Bartolomé. Y el Resucitado, pasando los brazos amistosamente por encima de sus hombros, se alejó de la fogata. ¡Qué entrañable estampa la de aquel «Hombre», caminando entre los rudos y modestos galileos como el más fiel de los camaradas!

—Tomás, ¿me sirves?

Educado y analítico, el discípulo, sin saber muy bien qué quería decir con tan singular cuestión, repuso con cierto miedo:

—Sí, Señor... Te sirvo ahora y siempre.

—Si quieres servirme —le anunció al tiempo que le estrechaba contra su costado derecho—, sirve a tus hermanos mortales como yo te he servido. No te canses de obrar en este sentido y persevera, puesto que has recibido la ordenación de Dios para este servicio de amor. Al terminar en la Tierra servirás conmigo en la gloria. Tomás, tienes que dejar de dudar. ¡Acrecienta tu fe y tu conocimiento de la Verdad! Si lo deseas, cree en Dios como un niño, pero no actúes infantilmente...

Y, deteniéndose, le alentó con vehemencia:

—¡Ten valor! ¡Sé fuerte en la fe y en el reino de Dios!

Tomás también guardó estas cosas en secreto.

Bartolomé (Natanael) escuchó la misma pregunta:

—¿Me sirves?

—Sí, Maestro, con una total entrega.

—Si me amas de todo corazón —prosiguió Jesús—, asegúrate de trabajar por el bienestar de mis hermanos terrestres. Une la amistad a tus consejos y añade el amor a la filosofía. Sirve a tus contemporáneos como yo serví. Sé fiel a los hombres, lo mismo que he velado por ti. No seas crítico y espera menos de algunos hombres. Así, tu decepción será menor. Al término de tu trabajo en la Tierra servirás arriba, conmigo.

Aquellos breves pero acertados consejos a cada uno de los discípulos me recordaron la despedida personal de la llamada «última cena». Ambas escenas serían silenciadas por los evangelistas. Cuando les tocó el turno a Mateo Leví y Felipe, el intendente, Simón Pedro, desarmado ante el férreo silencio general, fue apagándose como una candela. Y cada cual se aisló en sus reflexiones.

El bromista del grupo —Felipe— parecía haber perdido su habitual y encomiable sentido del humor. Fatigado y ojeroso por la pasada noche en el *yam*, me dio la sensación de que estaba a punto de dormirse.

—Felipe, ¿me obedeces?

—Sí, Señor, te obedeceré aun a costa de mi vida.

Sin poder evitarlo, bostezó ruidosamente. El Maestro, paciente ante el honesto aunque poco espiritual galileo, aguardó a que recuperara una cierta compostura. Después, señalando hacia el este, le dijo algo que marcaría su destino:

—Si quieres obedecerme, ve al país de los gentiles y proclama la buena nueva.

El intendente siguió la dirección apuntada por el dedo del Maestro. Sin embargo creo que no le comprendió del todo. ¿El país de los gentiles? ¿A qué nación se refería?

—... Los profetas han dicho que más vale obedecer que sacrificar. Por la fe, conociendo a Dios, eres un hijo del reino. Sólo hay una ley a observar: difundir la buena nueva. ¡Deja de temer a los hombres! ¡No te asuste predicar la buena nueva de la vida eterna a tus semejantes que languidecen en las tinieblas y que tienen sed de luz y de verdad!

Muerto de cansancio, Felipe oía sin escuchar. Pero, súbitamente, cuando le mencionó el tema «dinero», su atolondramiento se esfumó.

—... No te ocupes más del dinero —concluyó Jesús—, ni de las provisiones. Desde ahora, al igual que tus hermanos, eres libre para extender la buena nueva. Te precederé y acompañaré hasta el final.

Con una sonrisa de alivio, Felipe retornó junto al fuego.

Mateo Leví, el «ex recaudador» de impuestos, uno de los hombres más serios y cabales del grupo, aguardó su turno con evidente curiosidad.

—¿Tu corazón, Mateo, está en disposición de obedecerme?

—Sí, Señor —replicó el discípulo con serenidad—, estoy enteramente consagrado a seguir tu voluntad.

—Entonces, si quieres obedecerme —le ordenó el Resucitado—, ve a enseñar a todos los pueblos la buena nueva del reino. No proporcionarás a tus hermanos las cosas materiales de la vida. Sin embargo proclamarás la buena nueva de la salud y de la salvación espiritual. A partir de ahora no tendrás otro objetivo que ejecutar el mandamiento de predicar esta buena nueva del reino del Padre. Igual que yo he seguido en la Tierra la voluntad del Padre, tú cumplirás también tu misión divina...

Jesús puso especial énfasis en estas tres últimas palabras: «... tu misión divina.»

—... Acuérdate que judíos y gentiles son ambos tus hermanos. No tengas temor de ningún hombre cuando proclames las verdades salvadoras del reino de los cielos. Allí donde yo voy, tú vendrás pronto.

La última pareja con la que el Resucitado dialogó aquella mañana fue la formada por los dóciles e ingenuos gemelos.

—Jacobo y Judas —les preguntó conjuntamente—, ¿creéis en mí?

La respuesta fue fulminante:

—Sí, Maestro, creemos.

Jesús los contempló con ternura. No cabía duda: a pesar de su corta capacidad intelectual, los de Alfeo le idolatraban. Les sonrió y, contagiados de aquel inmenso afecto, se precipitaron sobre el rabí, abrazándole.

—Muy pronto os voy a dejar —manifestó con dulzura y como si temiera lastimarlos—. Ya veis que lo he hecho físicamente...

Su exquisito tacto no evitó que los hermanos, presintiendo su marcha, rompieran a llorar. Me estremecí. El Maestro intentó infundirles ánimo:

—Estaré poco tiempo en mi actual forma, antes de ir con el Padre...

¿Su actual forma? Aquello me interesó sobremanera. Pero el Resucitado eludió el interesante asunto:

—... Creéis en mí. Sois mis discípulos y siempre lo seréis. Seguid creyendo cuando haya partido y recordad siempre vuestra asociación conmigo. Incluso cuando regreséis a vuestro antiguo trabajo. No dejéis jamás que el cambio de labor influya en vuestra obediencia. Tened fe en Dios hasta el fin de vuestros días terrestres. No olvidéis que sois hijos de Dios por la fe y que todo trabajo honrado es sagrado para el reino. Nada de cuanto haga un hijo de Dios puede ser ordinario. Por lo tanto, haced ahora vuestro trabajo como si fuera para Dios. Cuando hayáis acabado en este mundo —Jesús levantó el rostro hacia el azul del cielo— tengo otros mejores, donde trabajaréis también para mí. En esta obra, en éste y otros mundos, trabajaré con vosotros y mi espíritu vivirá en vosotros.

También aquellas frases resultarían proféticas. Pero, lógicamente, yo no supe interpretarlas en aquel momento.

Y hacia las 10 horas, en compañía de los angustiados gemelos, Jesús de Nazaret retornó junto a sus pensativos hombres. Pidió dos voluntarios para ir en busca de Simón, el Zelote, con la súplica de que se uniera al grupo. Andrés y Pedro prometieron traerlo ese mismo día. Acto seguido, en pie, a un par de metros del círculo que formaban los galileos, de espaldas al lago, se despidió con las siguientes palabras:

—¡Adiós!... Hasta que vuelva a todos mañana, a la hora sexta, en la montaña de vuestra ordenación.

Ni los pescadores, ni nosotros, podríamos explicar satisfactoriamente lo que ocurrió a continuación. Las palabras están de más. Ni la tecnología, ni todo el saber del siglo XX podrían aclarar el cómo de semejante desaparición. Sencillamente, Jesús —o lo que fuera— dejó de «estar». ¿Se aniquiló? Ni idea. De repente, insisto, los galileos, el «ojo de Curtiss» y yo dejamos de verle. Se disolvió sin ruido, sin rastro, sin destellos y sin la implosión que, lógicamente, debería haber provocado. ¡Nada! Esa tarde, al reunirme con mi hermano y comentar las increíbles incidencias de la jornada, el asunto de la posible «desmaterialización» de la forma humana (?) del Resucitado, nos condujo a una larga, compleja y, al fin y a la postre, infructuosa discusión. Aun aceptando la difícil hipótesis de una aniquilación de la materia (porque aquel cuerpo estaba formado por átomos), ¿cómo admitir que dicha desintegración no hubiera provocado un holocausto termonuclear en la zona? (1). Si el cuerpo fue «liquidado», siguiendo un

(1)   Es presumible que se produjera una circunstancia favorable para que la materia del cuerpo del Maestro comenzase a vibrar vertiginosamente dentro de sus propios límites espaciales, y que la citada vibración alcanzase una velocidad próxima a la de la propagación de la luz. En tal circunstancia, la masa del cuerpo del Maestro perdería sus propiedades como «masa pesante», aunque adquiriría las correspondientes a una masa inercial de proporciones similares a la que podría haber alcanzado aquel cuerpo, trasladándose por el espacio a una velo-

hipotético proceso de fisión nuclear, el lago habría desaparecido del mapa... Por tanto, dicha desintegración no es sostenible desde este punto de vista. A partir de aquí sólo podemos especular, invadiendo el terreno de la ciencia-ficción. ¿Pudo «viajar» el cuerpo de Jesús a una velocidad próxima a la de la luz, sin necesidad de moverse ni de emitir energía radiante, mecánica o calorífica? Para empezar deberíamos preguntarnos qué entendemos por «viajar». Nosotros, sin ir más lejos, con la manipulación de los *swivel*, lo estábamos haciendo y de una forma «fantástica» para muchos. ¿Podríamos imaginar una hiperagitación, a nivel atómico, que, aumentando progresivamente de velocidad, llevase a cada una de las subpartículas del cuerpo del Hijo del Hombre a un proceso de oscilaciones vibratorias con velocidades similares a la de la luz? Es difícil, lo sé, pero no seré yo quien rechace tal posibilidad.

Siguiendo con esta «suposición» nos encontraríamos con que, en el momento de la conversión de la materia en luz, la masa, que iría aumentando hasta valer una vez y media su valor original, pasaría bruscamente a cero, al transformarse en energía lumínica. Pero, ¡ojo!, esta «energía lumínica» jamás podría ser como la del Sol. De ser así, todo a su alrededor habría quedado destruido (1). ¿Qué

___

cidad próxima a la de la luz (justo la velocidad a que hemos supuesto llegaron a vibrar sus moléculas). Los efectos cinéticos de esta masa inercial serían miles de veces superiores a los que podrían producirse, considerando la masa del cuerpo en su estado normal de vibración molecular (el estado que, en líneas generales, calificamos como «de reposo»). La elevadísima velocidad alcanzada en todas y cada una de las moléculas de aquel cuerpo, según las teorías de Fitzgerald, tendería a comprimir la materia hasta hacerla llegar a límites adimensionales, que la sustraerían de nuestro espacio, haciéndola, por tanto, invisible. En ese instante crítico, al desaparecer el cuerpo de Jesús, el volumen que éste ocupaba en el espacio quedaría *bruscamente* vacío. La aparición de este vacío originaría una formidable implosión, ya que el aire que rodeaba el cuerpo ocuparía rápidamente el vacío producido. El efecto es similar al estampido del trueno, que es producido por el propio aire que rodea al tubo de vacío producido por la trayectoria del rayo cuando, desde todas direcciones, afluye para llenarlo y restablecer el equilibrio atmosférico. *(N. del m.)*

(1) Si la energía hubiera sido similar a la del Sol, su equivalencia en vatios —en el supuesto de que hubiese sido liberada a lo largo de un segundo— habría sido de 81×10^{17} vatios; es decir, 8 100 millones de

clase de energía lumínica podía ser ésa? (Una energía, además, invisible al ojo humano. Como ya mencioné, nadie, en esta ocasión, fue capaz de percibir el menor destello, resplandor o fogonazo.) Sinceramente, no tenemos respuesta. Éste es uno de esos momentos en los que la Ciencia debe admitir con humildad que «no conoce, no sabe, no comprende..., pero sucedió».

Eliseo apuntó una segunda teoría. ¿Desapareció el «cuerpo» como consecuencia de una súbita y masiva emisión de rayos infrarrojos, ultravioleta o de cualquier otra naturaleza, por encima del espectro visible? Es aceptable como hipótesis de trabajo, aunque tan difícil de verificar como la de la posible radiación lumínica de origen desconocido. Caballo de Troya, después de todo, estaba utilizando la emisión IR para protegernos y camuflar el módulo o el «ojo de Curtiss». Sin embargo, del simple apantallamiento de una máquina a la «creación» de semejante fuente energética en el interior de un organismo vivo hay todo un abismo...

Lamenté no haber utilizado la «tele-termografía» ubicada en la «vara de Moisés». Quizá hubiera despejado la incógnita. Pero fue todo tan rápido e imprevisto...

Ni Eliseo ni yo éramos fáciles de derrotar. Si el Resucitado cumplía su promesa —siempre las cumplió—, a la mañana siguiente, a eso de las doce, podríamos disponer de una nueva e inmejorable ocasión para «chequear» el revolucionario «cuerpo». A todo esto, ¿cuál era la montaña designada para la segunda aparición en el lago? El término no se ajustaba a la realidad. En los alrededores del Kennereth no hay una sola «montaña». Todo lo más, cerros, colinas y picachos. Mateo, en su evangelio, habla de un «monte». Pero la pista es nebulosa: «Por su parte, los once discípulos

_____

gigavatios. (Un gigavatio son mil millones de vatios.) Si la masa del cuerpo de Jesús hubiera aumentado 1,5 su valor original, esta energía habría alcanzado la monstruosa cifra de 12 150 millones de gigavatios. Algo difícil de imaginar. Como simple ejemplo comparativo podemos decir que para alcanzar una potencia de 10^{10} vatios, serían necesarias 100 millones de bombillas de 100 vatios cada una. (Esta potencia es mayor que la suministrada hoy por todas las centrales eléctricas norteamericanas juntas.) Incluso los procesos de fusión nuclear se hallan por debajo de esa descomunal cifra de 12 150 millones de gigavatios. En la actualidad precisan de una potencia del orden de 10^{13} vatios... *(N. del m.)*

374

marcharon a Galilea, al monte que Jesús les había indicado. Y al verle le adoraron; algunos, sin embargo, dudaron...» (28, 16-20). ¿Y a qué se refería con lo de la «ordenación»? Por puro sentido común imaginamos que se trataba de algún suceso acaecido durante los años de predicación. Al interrogar a los galileos acerca de la ubicación de dicha montaña, todos señalaron al norte de Nahum. Los gemelos, más explícitos, marcaron —eso me pareció— la dirección del suave promontorio en el que se asentaba la «cuna». La coincidencia nos mantendría en vilo. Si los once se acercaban al «punto de contacto» no habría más remedio que despegar y descender en otro lugar.

Antes de proseguir con las peripecias que nos tocó vivir en la jornada del sábado, 22 de abril —una de ellas de amargo recuerdo—, me resisto a pasar por alto «algo» que también tiene su importancia y que, por enésima vez, pone de manifiesto la continua y grave manipulación de que han sido objeto las palabras y hechos que protagonizó el Hijo del Hombre. Me refiero a las conversaciones sostenidas por Jesús en la mencionada mañana de aquel viernes, en su primera «presencia» en el *yam*. El evangelio de Juan es el único que las menciona. Aunque, en honor a la verdad, debería escribir en singular. Ese último capítulo sólo transcribe «la» conversación con Pedro, añadiendo y omitiendo al antojo del autor.

¿A qué puede atribuirse esa censura? ¿Qué fue lo que movió a los evangelistas —en especial a Mateo y a Juan— a «olvidar» un suceso y unas palabras tan significativos?

Es evidente que Juan se autosilencia. E idéntica suerte corre el resto. ¿Por qué? Como ya mencioné, este pasaje le arrastra a uno al de las «despedidas» de la «última cena», igualmente ignoradas por los escritores sagrados. ¿Qué tienen en común? Salta a la vista: Jesús, siempre sincero, va sacando a la luz los principales defectos de cada uno de sus íntimos. Pues bien, si tenemos en cuenta que la definitiva redacción del evangelio de Juan pudo estar concluida en la última década del siglo I, cuando la primitiva iglesia empezaba a consolidarse como tal, la respuesta no parece disparatada: no interesaba depreciar la imagen colectiva e individual del pionero grupo apostólico que —se supone—, al estar en contacto con el Maestro, había asumido el carácter de «sagrado». Mucho menos, claro está, la del «cabeza» y «jefe» espiritual de la naciente comunidad: Simón Pedro. Éste sería ejecutado en el año 64. Transcribiendo únicamente —y con los oportunos retoques— la conversación de Jesús con Simón, su papel de líder resultaba notablemente fortalecido y justificado. Supongo que, involuntariamente, el autor o autores de ese capítulo 21, al «reconstruir» la triple pregunta del Maestro, cae en un fatal error. «Simón, hijo de Juan —reza el escrito—, ¿me amas más que éstos?» Cualquiera que conozca mínimamente la forma de ser y de comportarse de Jesús de Nazaret a lo largo de su vida terrena comprenderá que el Señor jamás —jamás— hacía distinciones entre los suyos. La pregunta, por tanto, parece maliciosamente manipulada y dispuesta con el fin de consolidar el denominado «primado» de Pedro. Éste, nada menos, constituye otro de los puntos de apoyo de muchos exegetas católicos que defienden la designación de Pedro —por parte del Resucitado— como su sucesor en la formación de la iglesia. Aunque espero poder dedicar más adelante algunas otras líneas al delicado problema de si el Resucitado quiso o no fundar una iglesia, tal y como la interpretan los fieles cristianos, deseo apuntar ahora un dato que se me antoja significativo en este sentido. De haber querido la formación de semejante institución —amén de haberla planificado y levantado Él mismo—, Jesús, con seguridad, no habría descargado su jefatura en un hombre de las características de Simón Pedro: irreflexivo, de carácter tornadizo y de una fogosidad altamente peligrosa. De hecho, durante los años de vida pública, el jefe del grupo había sido su hermano Andrés. En cuanto a Mateo, Santiago de Zebedeo, Bartolomé e, incluso, Juan, eran individuos mucho más preparados, reflexivos y carismáticos que el tosco *sais* de Bet Saida. Si Pedro llegó a ser lo que fue —no me cansaré de repetirlo—, no se debió a la expresa voluntad del Maestro, sino a las circunstancias y, como dije en su momento, a la tácita aceptación de sus compañeros. (No de todos, por cierto.)

También es posible que a todo lo expuesto se uniera el irreductible silencio de los discípulos que conversaron aquella mañana con el Resucitado. Probablemente, Juan y Mateo tuvieron problemas para sonsacar a sus compañeros. Esto, sin embargo, no justifica que ambos —testigos presenciales— hayan silenciado la realidad de los diálogos por parejas. Mateo Leví, en el último versículo de su evangelio, parece insinuar parte de lo que repitió Jesús durante dicha aparición: «... Y he aquí que yo estoy con vosotros todos los días hasta el fin del mundo.»

Por supuesto, no podemos olvidar una postrera posibilidad, ya mencionada por quien esto escribe. Si el «Epílogo» del evangelio de Juan —como así parece— es un añadido, obra de «extraños», el Zebedeo, en buena medida, quedaría exento de responsabilidad. En este caso, la intencionalidad del o de los autores de dicho capítulo 21 resulta mucho más sospechosa...

Pero sigamos con los acontecimientos.

Durante un buen rato, hasta que las brasas terminaron por consumirse, los diez y el joven Juan Marcos permanecieron en círculo, cabizbajos y silenciosos. Repito: nadie, a excepción del impetuoso Pedro, abrió su corazón al resto.

Mi señal al módulo —anunciando el final de la operación— fue casi innecesaria. Una vez desaparecido el Maestro, Eliseo procedió al inmediato retorno del «ojo de Curtiss». Y, lentamente descendí los peldaños, reincorporándome al melancólico y taciturno grupo. Al fin, a eso de las 10.30 horas, Andrés, alzándose, acabó con la situación. En esos momentos yo ignoraba lo hablado con el rabí, así como la orden de ir a la búsqueda de Simón, el Zelote. En consecuencia, me mantuve en un discreto segundo plano. Fue el benjamín de los Marcos quien me dio la noticia sobre la anunciada segunda aparición en la montaña de la ordenación. Y, como decía, al preguntar, algunos de los íntimos señalaron hacia el norte de Nahum. Minutos más tarde, salvo Juan Zebedeo, los gemelos y Juan Marcos, el resto embarcaba con una doble misión: proceder a la venta del pescado y localizar al Zelote. Acepté la invitación de Santiago y, embarcándome en la más pequeña de las barcas, crucé aquella zona del lago, rumbo al puerto de Nahum. Conforme nos alejábamos de Saidan, un pensamiento fue ganando terreno en mi corazón. Resultaba duro de aceptar, pero así estaban las cosas: una de las personas que más intensamente hubiera deseado ver y oír al Maestro —su madre— había permanecido al margen.

Las dos millas largas que separaban ambos puertos fueron cubiertas sin contratiempos. Atracamos en uno de los muelles verticales del flanco oeste de Nahum y, de inmediato, Andrés y Pedro saltaron a tierra, perdiéndose en el tumulto de la ciudad, a la «caza y captura» del desertor. El pescado fue descargado y Santiago de Zebedeo, como jefe y responsable, procedió a los obligados regateos y porfías, obteniendo al final por los setenta kilos de tilapias y barbos (unas dieciséis piezas fueron reservadas para el consumo de los discípulos y de sus familias) un total de ocho denarios. Refunfuñando por lo que calificó de «robo y miserable pérdida de tiempo», el *sais* guardó el producto de la venta, aprovechando la breve estancia en Nahum para «echar un vistazo» al negocio familiar: el astillero. Yo aproveché el momento y, tras despedirme de las tripulaciones con un «hasta pronto», me alejé hacia la plaza del mercado, con la intención de ingresar en la nave. No había tiempo que perder. Era mucho lo que convenía organizar, de cara a la anunciada segunda aparición de Jesús de Nazaret. Esta vez, si la fortuna nos acompañaba, toda nuestra «artillería pesada» estaría apuntando al enigmático y desquiciante «cuerpo» del Resucitado. Los puntos oscuros en aquella «forma carnal» eran un excitante desafío. Las anteriores lecturas del *squid*, de los sistemas ultrasónicos, teletermográficos, etcétera —verificadas tras la última «presencia» de Jesús en el cenáculo—, nos habían alertado y confundido. Aquel «cuerpo», desde el prisma de la más estricta de las interpretaciones médicas, era «inviable». Había, pues, que examinarlo hasta donde fuera posible.

Si la aparición se registraba en «nuestra» colina, todo el instrumental del módulo, amén del correspondiente «ojo de Curtiss» y de los dispositivos alojados en la «vara», serían destinados a un implacable y riguroso análisis de los tejidos y órganos externos e internos, torrente sanguíneo, funciones vitales, metabolismo, naturaleza del sistema nervioso y, por supuesto, a la exploración de uno de los capítulos más intrigantes: el cerebro. Los hallazgos nos desbordarían...

22 DE ABRIL, SÁBADO

Esta vez fue Eliseo —nervioso e impaciente— quien no pudo conciliar el sueño. Al despertar lo encontré con la nariz pegada a los paneles de mando, pendiente de los detectores de radiaciones infrarrojas y del radar. Los sensores exteriores anunciaron la presencia a 50 kilómetros, sobre el Mediterráneo, de un viento no muy fuerte (unos 20 km/h) que soplaba hacia el interior del país. Era el acostumbrado *maarabit* —una corriente estival, muy frecuente en el *yam* entre los meses de abril a octubre—, pero que, en aquel sábado, había madrugado considerablemente. En cuestión de horas penetraría en el lago por el «pasillo» que forman los valles de Bet-Netofa y Arbel. Eso significaría un estimable aumento de la temperatura —quizá entre 3 y 7 grados Celsius— y la consiguiente reducción de la humedad relativa (posiblemente entre un 20 y un 40 por ciento). La jornada, por tanto, se presentaba ventosa y sofocante, con una predicción que oscilaba entre los 25 y 30 grados Celsius.

—¿Estás seguro de que la montaña es ésta...?

Mi hermano sabía tanto como yo. Así que procuré tranquilizarle, haciéndole ver que todo era cuestión de paciencia. Llegada la hora sexta, si los once se encaminaban a cualquiera de los cerros colindantes, el lanzamiento del «ojo de Curtiss» supliría nuestra presencia. Esto, naturalmente, hubiera representado una contrariedad. Si la aparición se registraba lejos de la «cuna», el empleo del instrumental científico carecería de sentido.

—Pero —insistió mi compañero— ¿cómo puedes estar tan seguro de que se presentará?

Le sonreí. Aquella inquietud me resultaba familiar. Por supuesto, yo no podía estar seguro de nada. No obstante, mi confianza en aquel Hombre empezaba a ser suicida.

—Si Él lo ha dicho —sentencié con una seguridad que aún me sobrecoge—, así será.

Los minutos transcurrieron lentos. Eliseo optó por no hacer más preguntas. Sus cinco sentidos se hicieron uno sobre el cuadro y los monitores de control. Pero, a cada barrido del cinturón IR, el resultado fue el mismo: «presencia negativa».

A partir de las 09 horas, el espeso silencio en el interior del módulo se convirtió en un tormento. De vez en cuando nuestras miradas se cruzaban. Creo que ahora comprendo muy bien su angustia. Él no había tenido la maravillosa oportunidad de contemplar a Jesús de Nazaret cara a cara. Y aunque, como yo, no pertenecía ni simpatizaba con religión alguna, las múltiples vivencias y los prodigios que llevábamos observados le hacían desear ese encuentro. Supongo que nuestros pensamientos, en aquellos duros minutos de espera, fueron muy similares: «¿Dónde y cómo aparecería? ¿Llegaría caminando por alguno de los senderos? ¿Se presentaría de improviso, tal y como sucedió en la playa de Saidan? ¿Qué actitud debíamos adoptar? ¿Cómo iniciar los análisis?...»

09.15 horas.

Según nuestros cálculos faltaban tres para el momento decisivo. Eliseo, ansioso, dilató el radio de acción de las radiaciones infrarrojas hasta los cuatrocientos pies. La única respuesta, como siempre, corrió a cargo de los pájaros.

09.25.

Agobiado por la electrizante «atmósfera» de la cabina decidí descender a tierra. Eliseo ni me escuchó.

09.30.

En efecto, la temperatura ambiente empezaba a espesarse. Paseé alrededor de la nave, escudriñando el horizonte. La soledad en la falda sur del promontorio era total. Bandadas de pájaros revoloteaban cerca de las moles basálticas que cercaban la cripta, alegrando la tórrida mañana con sus trinos y planeos. El lago, intensamente azul, aparecía moteado, aquí y allá, por las lanchas que faenaban o que surcaban, cansinas y desdibujadas, las aguas de Nahum, Kursi y Tiberíades.

«De ser éste el "monte" designado por Jesús —me dije a mí mismo—, lo lógico y presumible es que los discípulos accedan por cualquiera de los dos ramales. Pero ¿por cuál...?»

Absorto en tales pensamientos —de vital importancia a la hora de mover o no el módulo—, necesité un par de minutos para reparar en «algo» que, súbitamente, inundó la colina. ¿Cómo lo definiría? Fue un silencio sonoro. De buenas a primeras dejé de oír los trinos de los pájaros. Levanté la vista hacia el circo rocoso. Aquéllos, efectivamente, habían desaparecido. Todo a mi alrededor —el zumbido de los insectos y el leve y multicolor aleteo de las flores— parecía muerto. O quizá debería decir dormido. Y una extraña sensación de ahogo, acompañada de un sudor frío, me invadió de repente. Y en eso, todo a mi alrededor se volvió de color azul: el campo, mis ropas... Fue cuestión de segundos. Quizá ni eso. Es tan difícil de explicar... pasos, sin proponérmelo, me situaron al norte de la «cuna». Y el ahogo desapareció de golpe, transformándose en un cuasi ataque de histeria. Las rodillas se agitaron y todo mi ser se convulsionó, cerrando mi garganta. Lo intenté, pero fui incapaz. No logré abrir la conexión auditiva. De nuevo, como ocurriera en la playa de Saidan, el miedo, los nervios y la sorpresa me fulminaron, convirtiéndome en otra persona. Y los escalofríos me barrieron. A tientas, olvidando las «crótalos», palpé las paredes de la nave, buscando la también invisible escalerilla de acceso. Aturdido, me golpeé con uno de los soportes y a punto estuve de caer en tierra. Cuando conseguí penetrar en el módulo me abalancé sobre los paneles de control. Eliseo, desconcertado, me vio manipular los registros IR. «Mi aspecto —confesaría cuando todo aquello terminó— era terrible: sudoroso, con los ojos desencajados y los dedos crispados como garfios...»

Tal y como suponía, el cinturón de seguridad —incluso proyectado a cuatrocientos metros— arrojó una lectura negativa. ¡Allí no había nadie! Pero entonces...

—¿Qué sucede?

La pregunta de mi compañero quedó en el aire. ¡No era posible! ¡Los sistemas de alerta y detección tendrían que haberse disparado!

«Chequeé» los circuitos por segunda vez. ¡Negativo! Y lentamente me dejé caer sobre el asiento de pilotaje. Mis nervios fueron templándose y el nudo en la garganta se disolvió.

—¡Maldita sea! ¿Se puede saber qué demonios te ocurre?

Debí de mirarle como un estúpido. Con la boca abierta señalé el exterior. Eliseo, intuyendo la razón de mi lamentable estado, saltó del sillón, pegando el rostro a una de las escotillas. Creo que jamás una exclamación fue tan adecuada:

—¡Jesucristo!

Eran las 09 horas y 40 minutos.

Mi hermano —gracias a los cielos— no fue tan torpe como quien esto escribe. En un alarde de sangre fría, con una serenidad que a mí, paradójicamente, me faltaba, permaneció unos segundos atento a lo que ocurría en la cima del promontorio. Después, girando sobre los talones comentó:

—¡Es Él!, ¿verdad?

No pude responder. Avanzó hacia mí y, zarandeándome, me forzó a recuperar el dominio de mí mismo.

—¡Calma, muchacho! —Y, sonriente y divertido, remachó—: ¡Soy yo quien debería orinarse en los pantalones!

Inspiré profundamente. Sacudí la cabeza como quien trata de espantar un mal sueño y, agradeciendo en silencio sus ánimos, me incorporé. Eliseo me invitó a que me asomara al exterior. No, no había sufrido una alucinación. El Maestro estaba allí, a unos cuatrocientos metros de la nave, en pie sobre la cima de la colina y directamente encarado hacia nuestra posición. Se hallaba inmóvil, con los brazos pegados al cuerpo y luciendo el mismo atuendo de la jornada anterior.

—¿Y bien...?

¡Era increíble! A pesar de la exquisita y concienzuda planificación desarrollada con vistas a ese momento, no supe qué hacer ni por dónde empezar. Faltaban más de dos horas para el mediodía. ¿A qué obedecía semejante «adelanto»? ¡Estúpido de mí! Sólo ahora lo comprendo...

—¿Y bien, Jasón?...

Eliseo esperaba órdenes. Pero, incapaz de ordenar la mente, sólo acerté a encogerme de hombros. «¿Cómo podía aparecer y desaparecer? —me repetía como un autómata—. ¿Cómo...?»

Mi hermano —siempre estaré en deuda con él— tomó la iniciativa. Orientó los instrumentos hacia el Resucitado y, dejando el cinturón IR en las «manos» de «Santa Claus», tiró de mí hacia la escalerilla hidráulica. De no haber sido por él hubiera olvidado hasta la «vara de Moisés»...

La fragante y luminosa ladera me tranquilizó. Intenté explicarle lo del extraño silencio y la luminosidad azul pero, en realidad, qué importaba ya. Además, todo había vuelto a la normalidad: los ruidos, el zumbar de los insectos, el gorjeo de las aves, el color de las cosas...

Con paso decidido, Eliseo enfiló el camino de la cumbre. Yo no salía de mi asombro. ¿Qué había sido de su timidez? Le seguí y, al situarme a su altura, le observé de soslayo. La mirada parecía magnetizada hacia el Hombre. Creí distinguir en su rostro —extremadamente pálido— una contenida mueca de desafío y desconfianza. Inmóvil, el Maestro nos contemplaba desde la cima. Yo notaba la fuerza de sus ojos.

A unos cincuenta pasos, Eliseo se detuvo. Su faz, a tan corta distancia del Resucitado, cambió bruscamente. La mandíbula se distendió. Exhaló el aire con violencia y, sin dejar de mirarle, exclamó sin voz:

—¡No puedo, Jasón!... ¡Tengo miedo!

En aquel loco baile de sentimientos y sensaciones comprendí que era mi turno. Los aparentemente sólidos ánimos de mi compatriota se habían venido abajo. Lo comprendí. Y una poderosa fuerza se instaló en mi ánimo, equilibrando la balanza.

—¡No puedo!...

En las sienes de Eliseo brotó un copioso sudor. Los labios, temblorosos, sólo acertaban a repetir aquel lastimero «No puedo». Le obligué a desviar sus ojos hacia mí y, señalando la cumbre, le grité, intentando contrarrestar su pánico:

—¡Merece la pena!... ¡Ese Hombre es lo más sublime que jamás hayas conocido!

Parpadeó indeciso. Y tomándole del brazo le arrastré hacia las altas hierbas que coronaban el promontorio. Según me confesaría más tarde, aquellos últimos metros los hizo como un robot, sin poder desclavar la mirada de la del Resucitado.

—Todo era muy confuso, Jasón. El miedo a lo desconocido me tenía trabado. Pero, al mismo tiempo, algo tiraba de mi ser (y no precisamente tú), deseoso de conocerle...

A media docena de pasos del Resucitado nos detuvimos. Nada había variado en su aspecto exterior. Los profundos ojos color miel estaban fijos en los de mi hermano. Le vimos dibujar una lenta y comprensiva sonrisa y, sin mediar palabra, avanzó hacia nosotros. Eliseo se estremeció. Pero, deslumbrado ante la majestuosa y serena lámina de aquel Hombre, no se movió. Y el Maestro, haciéndose con el filo de su manga izquierda, levantó la mano, enjugando el sudor que empañaba la frente y sienes de mi desconcertado amigo. La emoción y el agradecimiento corrieron por mis entrañas a la misma velocidad —supongo— que por las de Eliseo. Y, volviéndose hacia mí, comentó en un tono de cálido reproche:

—Sólo nuestro Padre, Jasón, es lo más sublime...

Y dando media vuelta fue a sentarse sobre la hierba, de cara a la lejana Nahum. Nos miramos. Eliseo, sin poder creer lo que acababa de oír. Quien esto escribe, permanentemente desconcertado ante el poder de aquel Ser. Y, llamándonos por nuestros verdaderos nombres, nos invitó a que nos sentáramos a su lado. Obedecí al punto. Mi hermano, en cambio, mudo y tembloroso, siguió en pie. Sus ojos estaban fijos en las matas de hierba recién aplastadas por el rabí. Y Jesús, repitiendo la invitación con ambas manos, abordó sus pensamientos:

—Los espíritus, si eso es lo que crees que soy, no aplastan la hierba. También tú... —aquí aparece el verdadero nombre de Eliseo— debes aprender a confiar. Sobre todo tú... Y en verdad os digo que llegará el día en que no dudaréis y, al igual que mis embajadores de hoy, también tú, Jasón (de otra manera y en otro tiempo), proclamarás la buena nueva del reino.

—¿Nosotros? ¿No dudaremos?

El Maestro, y no digamos yo, se alegró al oír la voz de mi compañero. Con cierto recelo terminó por acomodarse a mi izquierda. Jesús nos contempló como se hace con un par de niños ansiosos por aprender.

—¿Por qué creéis que estáis aquí?

La cuestión planteada por el Maestro parecía obvia. Su interpretación, sin embargo, no lo fue tanto.

—... Yo os digo que, en los universos de nuestro Padre, nada que concierna al dominio del espíritu queda esclavizado por el azar. Todo es obra del amor, de la sabiduría y de la misericordia.

—No te comprendemos, Señor.

—No tardaréis en hacerlo...

El Resucitado señaló con los ojos la posición de la «cuna». Después, mirándome intensamente, prosiguió:

—... Cuando seas devuelto al mundo y al momento de donde procedéis, una sola realidad brillará en tu corazón: enseña a tus semejantes, a todos, cuanto has visto, oído y experimentado a mi lado. Sé que, a vuestra manera, terminaréis por confiar en mí. Sé también que no teméis a los hombres, ni a lo que puedan representar, y que proclamaréis mi Verdad. Y otros muchos, gracias a vuestro esfuerzo y sacrificio, recibirán la luz de mi promesa.

¿Por qué hablaba en singular y en plural, alternativamente? Entonces, lógicamente no supe entenderlo.

Eliseo y yo volvimos a mirarnos, desarmados.

Al escucharle tuve la nítida sensación de que sabía lo de nuestro proyectado tercer «salto» en el tiempo. Pero entiendo que debo ser fiel a los acontecimientos y a mí mismo. En aquellos momentos, oyendo sus serenas y también proféticas palabras, caí de nuevo en la tentación de la duda. Lo sé. Estaba ante mí. Su cuerpo, bañado por el sol, proyectaba la natural y correspondiente sombra. Ocupaba un volumen en el espacio. Bajo su peso, las flores y la vegetación se habían quedado aplastadas. Lo sé: todo parecía normal. Sin embargo, no lo era. No podía serlo. Aquel «cuerpo», como en ocasiones precedentes, había surgido de la «nada». Y esto, científica y racionalmente, era poco menos que imposible. Mis pensamientos, atenazados por semejante incertidumbre, se negaban a prosperar. Tenía que hallar una explicación. ¿Cómo podía aparecer y desaparecer a voluntad y en centésimas de segundo? La física moderna —también lo sé— ha conseguido crear (?) materia a partir de la energía (1). Y aunque esas cantidades sean minúsculas, el camino es prometedor. ¿Significaba esto que «alguien», en alguna parte, seguía el mismo proceso a la hora de «formar» el cuerpo que teníamos delante? Me cuesta trabajo aceptarlo. La energía mínima necesaria para que surjan un par de elementales partículas es dos veces la masa en reposo de tales partículas, por la velocidad de la

(1)   Hoy, a nivel teórico y experimental, se sabe que, a partir de un «cuanto» de radiación electromagnética, es posible crear un par de partículas (un electrón y un positrón). Para que eso ocurra, el fotón tendría que pasar por las proximidades de un núcleo, de forma que se cumplan los requisitos de conservación de la energía y momento de ese sistema aislado. (N. del m.)

luz al cuadrado. (En otras palabras: 1.02 MeV o 10^6 electrón-voltios.) El gasto energético, en definitiva, tratándose no ya de un par de partículas, sino de todo un cuerpo, resultaría tan brutal que —insisto—, desde «nuestra» física, es inconcebible. Tenía que haber otra fórmula. Pero ¿cuál?

Jesús aguardó a que mis torturadas reflexiones llegaran al inevitable callejón sin salida en el que me encontraba. Me observó con atención y yo, cayendo en la cuenta, me sonrojé como un párvulo. Intenté excusarme. ¡Qué absurdo! ¿Por qué justificarse ante un Ser que «lee» los pensamientos y que, sobre todo, es capaz de una infinita comprensión?

Movió la cabeza, como si un servidor no tuviera arreglo. Acertó. Pero, condescendiente, alivió en parte mi testarudez:

—¿Por qué te atormentas?

Eliseo, que lógicamente no podía saber de las dudas que me asaltaban en aquellos instantes, me hizo una señal con la cabeza, pidiendo una aclaración. No me atreví ni a respirar.

—... Ten fe. Ya te lo dije: también las criaturas a mi servicio tienen un «código» —subrayó esta palabra— que, como vosotros, no pueden profanar. Recuerda mis palabras a Lázaro: «Hijo mío, lo que te ha sucedido, ocurrirá igual a todos aquellos que crean en el reino, pero resucitarán bajo una forma más gloriosa. ¡Yo soy la resurrección... y la VIDA! Esto que veis y que podéis tocar —Jesús extendió las palmas de sus manos— no es fruto de fantasías ni de milagros. ¡Miradlo bien! Es una de las formas que disfruta toda criatura mortal de los mundos del tiempo y del espacio, una vez vencido el sueño de la muerte...

Mi hermano hiló rápido y, con su envidiable espontaneidad, le interrumpió:

—¿Puedo...?

El Resucitado, como si esperase la pregunta, desvió su mano derecha —la más próxima a Eliseo—, invitándole a que comprobase. No sé si volví a ruborizarme. Yo hubiera sido incapaz de semejante audacia. Pero aquel ingeniero en telecomunicaciones y experto en computadoras era una caja de sorpresas. Se arrodilló frente al Maestro y, tomando la mano entre las suyas, presionó, palpó, acarició, olfateó sin el menor pudor y, ante la divertida expresión del Hombre, buscó el pulso. A los dos minutos, pálido como un muerto —quizá más muerto que vivo—, se enfrentó a la mirada del Resucitado. Le vi fruncir el entrecejo, como buscando una explicación. Lamentablemente, no la había. Mejor dicho, tenía que haberla, aunque no estaba al alcance de nuestras pobres y limitadas mentes. Una «explicación» que no lastimaba las leyes universales de la física y que, sin embargo, desconocíamos. Fue toda una lección de humildad para la engreída Ciencia que creíamos representar.

De pronto, sin palabras —¡qué necesidad había de ellas!—, mi compañero se inclinó, besando los nudillos de la mano que retenía y que acababa de explorar. Fue instantáneo. Y debo anotarlo, por lo que fue y por lo que representa. Los ojos de Jesús se humedecieron. ¡Dios santo! Aquel Ser era capaz de emocionarse. Ahora, esta deducción me parece ridícula y, sobre todo, equivocada. La emoción del Maestro se debía a otras «razones»...

—¿Satisfecho? ¡Amigo, no basta con hacer esto!

Eliseo, perplejo, se dejó caer sobre la hierba. Y por toda respuesta negó con la cabeza. Yo, ignorante y desconcertado, no supe a qué se refería...

—No os extrañéis —reanudó su exposición— si advertís que esta forma carnal poco o nada tiene que ver con lo que conocéis. Allí donde sois devueltos a la verdadera vida, las limitaciones que os acosan aquí abajo no tienen sentido. Allí sentiréis otra clase de hambre. Otra clase de sed. Otra clase de sentimientos y necesidades. Os lo repito: no os atormentéis. Ahora es muy difícil que el hombre mortal pueda alcanzar las estrellas. Debe bastaros saber que están ahí y que, en su momento, no sólo las estrellas formarán parte de vuestro conocimiento. La «carrera» hacia el Padre Universal es prodigiosamente reveladora. Nada quedará oculto. No olvidéis que vuestros conocimientos son finitos y que toda comprensión, por parte de las criaturas mortales, es relativa. Cualquier información, incluso la que procede de fuentes elevadas, sólo es relativamente completa, localmente exacta y personalmente verdadera. Sólo eso. Los hechos físicos pueden ser uniformes, pero la verdad es una realidad viva y flexible en la filosofía del universo. Las personas que evolucionan como vosotros lo estáis haciendo ahora sólo son parcialmente sabias y relativamente verídicas en sus mensajes. Sólo pueden tener certidumbre en los límites de su experiencia personal. Algo que puede parecer cierto en un lugar, puede ser relativamente verdadero en otro segmento de la creación. La verdad divina, la verdad final, es uniforme y universal. La historia de las criaturas espirituales, tal y como es contada por numerosas individualidades originarias de esferas diversas, puede cambiar a veces en los detalles. Esto obedece a la relatividad en la plenitud de sus conocimientos y de su experiencia personal, así como a la extensión y amplitud de esa experiencia...

—Me parece que te contradices, Señor...

La irrupción de Eliseo me dejó atónito.

—La vida y las vicisitudes de los seres humanos —argumentó con frialdad— se oponen a esa idea de la soberanía universal de Dios...

El Maestro aceptó el reto con deportividad.

—El plan de nuestro Padre es fruto del amor y, en consecuencia, perfecto. Y hasta tal punto es así que las criaturas evolutivas, como vosotros, se ven necesariamente asaltadas por toda suerte de contingencias, sólo en razón de su beneficio.

—¿Contingencias? —replicó mi hermano con amargura—. Yo emplearía un término más duro.

Y antes de que el rabí abriera nuevamente la boca, le espetó inmisericorde:

—¿Qué me dices de la desesperanza, de la mentira, de la injusticia o de la traición?...

¡Dios, cuánta hipocresía!

El Maestro alzó los brazos, rogando calma.

—Veamos: ¿la esperanza es deseable?

Asentimos al unísono.

—Pues bien, entonces es necesario que la existencia humana aparezca permanentemente enfrentada a la incertidumbre y a la inseguridad.

—¿Y qué nos dices de la mentira?

—Decidme: ¿es bueno el amor a la verdad?

No esperó nuestra respuesta. Era obvia.

—... En ese caso, es preciso que el hombre crezca en un mundo donde el error esté presente y la falsedad sea una cotidiana compañera.

—¿Qué puedes decir ante la decepción?

—Lo mismo: ¿es deseable la fuerza de carácter? Entonces, siendo así, la Humanidad debe ser educada en un ambiente que la obligue a atacar duras pruebas y a reaccionar cuando llegue la decepción.

Las respuestas, rotundas, no desanimaron al mordaz Eliseo. Él, en esos momentos, era un traidor y un consumado mentiroso, pero yo lo ignoraba...

—¿Y qué puedes alegar sobre el dolor? Tú lo has experimentado con creces. ¿Era necesario? ¿Es justo?

El rostro del Galileo se endureció fugazmente.

—Tú deseas la felicidad, ¿verdad?

—¡Más que nada en este mundo! —estalló mi hermano, recobrando el temple.

—Entonces —sentenció sin posibilidad de apelación— deberás vivir en un mundo en el que la alternativa del dolor y la probabilidad del sufrimiento sean posibilidades experienciales siempre presentes. Las tribulaciones son la mejor fuente de sabiduría para los mortales. En verdad, en verdad os digo que no se puede percibir la realidad espiritual si antes no se ha sentido por la experiencia. Y muchas de esas verdades sólo se intuyen y comprenden en mitad de la adversidad... En cuanto a mi propio sufrimiento, en nada se ha diferenciado del de muchos otros mortales. Cuando alguien yace por causa del dolor, yo, o mis ángeles, estamos allí...

—¿Para qué?

La aparente ingenuidad de Eliseo debió conmover al Maestro. Le sonrió y, alzando el rostro hacia el celeste del cielo, replicó:

—Aunque el enfermo no lo perciba con claridad, con el único fin de recordarle que, como yo hice, debe abandonarse en las manos del Padre. Os lo he dicho: nada en el reino de nuestro Padre es causa del azar. Ni siquiera un beso...

Eliseo, dándose por aludido, enrojeció. ¡Cuán intensa era mi ignorancia!

—¡El Padre! —esta vez tomé yo la iniciativa—. ¡Hablas tanto de Él!... Pero, de verdad, Maestro, ahora que no nos oye nadie, ¿qué es el Padre?

Jesús soltó una carcajada.

—¿De veras crees que no nos escucha nadie?

Como dos tontos, Eliseo y yo paseamos la vista a nuestro alrededor.

Sin perder aquella espléndida sonrisa, el Señor movió la cabeza, rindiéndose ante nuestro candor.

—Tú amabas al tuyo —apuntó con aquel especial brillo que irradiaba cuando se refería al Padre—. Eso te permite aproximarte un poco, sólo un poco, a la magnífica realidad de nues-tro ver-da-de-ro Pa-dre.

Intencionadamente fue separando las sílabas.

—El Padre Universal no es un ser humano, con largas barbas blancas, como a veces lo pintan sus criaturas. Pero el ejemplo es válido. Él es el Dios de toda la creación. La «causa-centro-primera» de todas las cosas y de todos los seres. Debéis pensar en Él como un creador. Después como un controlador. Por último, como un apoyo infinito. La verdad sobre el Padre Universal empezó a despuntar sobre la Humanidad cuando el profeta dijo: «Tú, Dios, estás solo y nadie hay a tu lado. Tú has creado los cielos y los cielos de los cielos con todos sus ejércitos. Tú los preservas y tú los controlas. Es por los Hijos de Dios que los universos han sido hechos. El Creador se cubre de luz como de un ropaje y extiende los cielos como un manto.» Todos los mundos iluminados reconocen y adoran al Padre Universal, el autor eterno y el sustento infinito de toda la creación. En innumerables universos, criaturas dotadas de voluntad han emprendido el largo, muy largo, viaje hacia el Paraíso y la lucha fascinante de la aventura eterna para alcanzar a Dios, el Padre. Las criaturas que conocen a Dios no tienen más que una ambición suprema, un único y ardiente deseo: el de parecerse en su propio mundo a lo que Él es en su perfección paradisíaca personalizada...

—¿Mundos iluminados, dices? —Eliseo, pendiente de la mínima, descendió a un plano más prosaico—. ¿Es que hay vida inteligente y organizada fuera de la Tierra?

Le vi dudar. Tomó un manojo de aquella fresca hierba y, arrancándolo de raíz, lo mostró, preguntando:

—Decidme: ¿qué es más importante: esto o vosotros?

Ninguno de los dos nos atrevimos a responder. Él lo hizo por nosotros:

—Ante nuestro Padre, vosotros, sin lugar a dudas. ¿Creéis entonces que el Padre puede permitir que la hierba sea más numerosa que su prole?

—No has respondido a mi pregunta, Señor: ¿qué es el Padre?

—Lo he hecho, Jasón...

Acarició los verdes y jugosos tallos, mordisqueando uno de ellos.

—... Pero os pondré un ejemplo. Hace miles de millones de «eones» (1) de tiempos, el primer Inteligente que alcanzó la conciencia de sí mismo entró en el no-tiempo, después de experimentar un proceso que también duró miles de millones de eternidades. En el mismo instante de la transición al no-tiempo supo que, con ello, iniciaba un largo camino de realización absoluta de sí mismo que igualmente se prolongaría miles de millones de «eones» de tiempos, en espera de que las humanidades en camino llegasen a formar parte de Él. Y aquel Ser pensó: «Yo seré vuestra meta, aunque me ignoréis. Yo seré vuestro propósito, cuando tan sólo me sospechéis. Yo seré vuestra imagen cuando creáis en mí. Yo sólo seré Dios cuando vosotros seáis un todo conmigo: cuando lleguéis a ser Dios conmigo. Y juntos volveremos a empezar un proceso más allá del no-tiempo, pues el tiempo habrá perdido su razón de ser.

Quien esto escribe —debo confesarlo— no logró asimilar esta supuesta parábola.

—Y tú ¿qué nombre le das al Padre? —Eliseo no retrocedía ante nada—. Porque, según creo, tú también eres Dios... ¿Cómo se entiende este galimatías? Siendo Dios, ¿por qué el Padre es más que tú?

Pero el Maestro tampoco era de los que atrancaban...

—Responde primero a una pregunta: ¿crees que podrías beberte el agua del *yam*?

—No, Maestro...

—Pues nuestro Padre es un lago al que se olvidaron de cercar... No te empeñes en comprender la naturaleza de Dios: ¡siéntela! Los nombres que las criaturas le atribuyen dependen de la forma con que ellas conciban al Creador. La «causa-centro-primera» del universo nunca se ha revelado por su nombre: sólo por su naturaleza. Al Padre le da lo mismo cómo le llames. Él no impone ninguna forma de reconocimiento, ni de culto oficial, ni de adoración servil a las criaturas dotadas de inteligencia y voluntad. Lo importante es que, en lo más hondo de vuestros corazones, le reconozcáis, le améis y le adoréis..., voluntariamente. El Creador rehúsa ejercer una prepotencia en el libre arbitrio espiritual de sus criaturas materiales y, mucho menos, forzarlas a la sumisión...

(1)   El Maestro utilizó la palabra griega *aion* (eternidad). *(N. del m.)*

—Pero las religiones...

—¿Sabéis cuál es el don más precioso del hombre? —nos interpeló, posando la penetrante mirada en uno y otro, alternativamente.

—La libertad —esgrimí con no demasiada seguridad.

—La consagración amorosa de la voluntad humana a la del Padre. De hecho, hijos míos, es el único don válido que el hombre puede ofrecer a Dios.

—¿Quieres decir que no podemos ofrecer nada más?

—Hacer la voluntad de nuestro Padre lo es todo. En Él, los humanos viven, se mueven y tienen su existencia. Ése es el verdadero culto, que satisface plenamente la naturaleza del Padre Creador, dominado por el amor.

Eliseo volvió a la carga.

—Y tú, Maestro, ¿cómo le llamas?

—Te lo he dicho: *abbá*.

Aquella palabra aramea venía a significar «papá»: el más entrañable de los vocablos que, por cierto, jamás era utilizado por los judíos cuando se referían a Dios.

—... En espíritu —continuó— todos los nombres otorgados a Dios guardan idéntico significado, aunque, en palabras y símbolos, cada una de las denominaciones expresa el grado y la profundidad con que el Padre es entronizado en el corazón de sus criaturas...

—Y por ahí —mi hermano señaló al cielo—, ¿cómo le llaman?

El rabí sonrió de nuevo.

—Cerca del centro del universo de los universos, el Padre Universal es generalmente conocido bajo nombres que vienen a significar la «causa-primera». Más allá, en el exterior, en los universos del espacio, los términos empleados para designarlo coinciden con el de «centro universal». Más lejos, en la creación estrellada, es conocido por «primera causa creadora» y «centro divino». En una constelación vecina a la vuestra, Dios es llamado «el Padre de los universos». En otra: el «apoyo infinito». Hacia oriente recibe el nombre de «Divino Controlador». También ha sido calificado como el «Padre de las luces», el «Don de la Vida» y el «Único Todopoderoso».

El «universo de los universos», los «universos del espacio», la «creación estrellada»... Aquello escapaba a mi corto conocimiento. Hubiera deseado preguntarle sobre tan magna creación, pero, honradamente, las fuerzas me abandonaron. Eliseo, en cambio, continuaba despierto y dispuesto...

—Antes has mencionado el Paraíso. ¿Existe en realidad o se trata de otra bella metáfora?

—Vosotros lo asociáis a un lugar pleno de felicidad y no estáis equivocados. Pero, mientras permanezcáis sujetos a la carne, jamás podréis aproximaros siquiera a su magnífico e inmenso esplendor.

Eliseo, inasequible al desaliento, insistió:

—¿Te atreverías a definirlo en cuatro palabras?

—Centro de gravedad absoluta. O, mejor, isla nuclear de luz.

—¡Dios mío! —exclamó mi hermano—. ¡Luego es cierto!...

Y antes de que Jesús acertara a proseguir fue directamente al grano:

—Muchos seres humanos piensan que, al morir, entrarán en el Paraíso. ¿Están equivocados?

—Querido amigo, el hombre es como un niño: posesivo, inconsciente y atado únicamente al mundo cercano que le rodea. Ya te he dicho que la carrera hacia la Perfección, hacia el Paraíso, o, si lo prefieres, hacia nuestro Padre, exige una dilatada preparación en otras «moradas»...

—Entonces, ¿cuándo veremos a Dios cara a cara?

—A veces —se lamentó el Resucitado— parecéis ciegos... ¿Por qué le buscas fuera si Él te ha regalado parte de su esencia?

Mi compañero —a juzgar por la expresión de su rostro— no comprendió.

—Se ha dicho: «Vosotros no podéis ver mi rostro, ya que ningún mortal puede verme y vivir.» Pues bien, yo os digo que ningún ser material podría contemplar el espíritu de Dios y preservar su existencia terrestre. Es imposible a los grupos inferiores de seres espirituales y a todos los órdenes de personalidades materiales captar la gloria y el resplandor espiritual de la presencia de la personalidad divina. La luminosidad espiritual de esa presencia del Padre es una luz que ningún mortal puede soportar, que ninguna criatura material ha visto y que no podrá ver.

—En resumen —manifestó Eliseo—, que después de la muerte tampoco le veremos...

—Hijo mío, en la inmensidad de la creación, Dios no trata directamente con las personalidades dotadas de voluntad. Lo hace de otras maneras: como te he dicho, «instalándose» en lo más íntimo de cada ser y a través de un vasto circuito de personalidades celestes.

—¿Te das cuenta de lo que acabas de exponer?

Supongo que aquella perplejidad en el rostro del Maestro fue simulada.

—Si no te he entendido mal —prosiguió Eliseo—, Dios se «instala» en cada uno de nosotros...

El Señor no tenía prisa en responder. Se concedió unos segundos, multiplicando así la ansiedad de mi hermano.

—Ésa, mi pequeño curioso, es la más grande verdad que podrás escuchar de mis labios.

Y desplazando los ojos hacia mi persona, subrayó:

—Tu hermano lo sabe: la falsedad no puede anidar en mi corazón. Y yo te digo que cada criatura mortal dotada de inteligencia y voluntad recibe, directamente del Padre, una «chispa» de Él mismo, enviada desde el Paraíso y que vive en el órgano mental de los mortales, ayudándolos a desarrollar su alma inmortal, destinada a sobrevivir por toda la eternidad. La presencia de este «ajustador divino» (así podríamos calificarlo) en la mente humana es revelada merced a tres fenómenos experienciales: a la aptitud intelectual para conocer a Dios, a la necesidad espiritual de encontrarle y al intenso deseo de toda personalidad de parecérsele.

Fue como un chispazo. De pronto creí entender la famosa frase bíblica: «hecho a su imagen y semejanza». Y el Maestro, captando «mi» hallazgo, intervino rápido.

—¡Así es, Jasón! Y en verdad te digo que en todas vuestras aflicciones, Él se aflige. En todos vuestros triunfos, Él triunfa en vosotros y con vosotros. Su divino espíritu es realmente una parte de vosotros, aunque la inmensa mayoría de los humanos jamás llega a descubrirlo.

—Ajustador divino... ¡Me gusta la definición! —Eliseo, poco amante de rodeos, le disparó a quemarropa—: Si es como dices, Señor, si cada ser humano recibe esa «chispa» del mismísimo Dios, ¿qué sucede con aquellas criaturas que no llegan a nacer? Tú no ignoras que ayer, hoy y «mañana», el aborto provocado es una realidad...

Al mencionar la palabra «aborto», la faz del Maestro se

oscureció. Mi hermano debió de creer que lo tenía atrapado.

—Mira a tu alrededor. ¿Qué ves?

—No sé..., campos florecientes, colinas hermosas, un lago...

—Dime ahora: ¿crees que todo eso es consecuencia de la casualidad?

Eliseo no dijo nada. Como yo, tenía sus dudas.

—Os lo he repetido: la Creación entera es obra de nuestro Padre. El *maarabit* no soplaría, las mieses no madurarían y las tilapias no alimentarían a los hombres si Él no lo hubiera deseado. Todo obedece a un orden basado en el amor. Cualquier profanación de ese orden repercute en el resto. En consecuencia, incluso por puro egoísmo personal, las criaturas humanas deben respetar las leyes de la Naturaleza. ¿Creéis de verdad que nuestro Padre está sujeto al error? Sus leyes son fruto del amor. Y os aseguro que el amor es la única moneda válida en el universo, imposible de falsificar...

—Si el Padre es amor —tercié en la conversación—, ¿por qué consiente el mal?

—El mal, mi atormentado amigo, es un concepto relativo. El mal potencial es inherente al carácter necesariamente incompleto de Dios, como expresión de la infinidad y de la eternidad limitadas por el espacio-tiempo. El hecho del elemento parcial, en presencia del total perfeccionado, constituye la relatividad de la realidad. En todo el universo, cada unidad es considerada como una parte del todo. La supervivencia de la fracción depende de la cooperación con el plan y la intención del todo, del deseo sincero y del consentimiento perfecto de hacer la divina voluntad del Padre. Si existiese un mundo evolucionario sin error, sin posibilidades de juicios imprudentes, sería un mundo sin inteligencia libre. En mi universo hay mil millones de mundos perfectos, con sus habitantes perfectos, pero es preciso que el hombre en evolución sea falible, si de verdad desea ser libre. Es imposible que una inteligencia libre y sin experiencia sea uniformemente sabia a priori. Pero no confundáis error con pecado. La posibilidad de juicio erróneo sólo se vuelve pecado si la voluntad humana asume y adopta conscientemente un juicio inmoral intencional.

—Según esto —enlacé con sus explicaciones—, creer que las desgracias son enviadas por Dios puede ser una absoluta estupidez...

—Más que una estupidez, Jasón, una consecuencia de la ceguera humana. El Dios eterno es incapaz de sentir la cólera o de castigar a sus hijos. Ésas son emociones humanas, vulgares y despreciables, indignas de ser llamadas humanas y, mucho menos, divinas.

Hacia las once de la mañana, las primeras rachas del viento del oeste —el *maarabit*— se dejaron sentir sobre la colina. Los cabellos y la túnica del Hombre se agitaron y, tal y como preveíamos, la temperatura ambiente se elevó notablemente. A los pocos minutos, tanto Eliseo como yo empezamos a transpirar copiosamente. Ambos nos percataríamos en seguida de otro singular fenómeno: a pesar del sofocante calor, igual para todos, la epidermis de Jesús se mantuvo seca y lozana, sin el menor indicio de sudor. Ni su rostro, cuello, axilas o palmas de las manos presentaron atisbo alguno de refrigeración cutánea. Mientras la negra túnica de Eliseo, o la mía, terminaron por pegarse a los cuerpos, la del Galileo siguió suelta e impecable. A lo largo de la conversación, mi compañero hizo un disimulado gesto con los ojos, señalándome la parte superior del cayado, con el claro propósito de que procediera a un «chequeo» del organismo del Resucitado. Reconozco que fue un fallo o una negligencia. Pero, sinceramente, me sentí incapaz de «espiarle» en aquellos momentos. Sus palabras me interesaban más que los análisis.

Jesús, al captar mi silenciosa negativa, lo agradeció con una mirada que me encendió por dentro. Y aguardó la siguiente pregunta. Era curioso. En mis ratos de soledad me había entretenido en levantar una torre de preguntas. Ahora, en cambio, frente a Él, no se me ocurría ninguna.

Mi hermano, de mente más ágil y sibilina, sí estaba dispuesto a «exprimir» a nuestro singular interlocutor.

—¿Por qué no nos hablas un poco más de ese Paraíso?

El Maestro se encogió de hombros.

—Lo haré, si así lo deseas, pero será como si vosotros trataseis de hacer comprender a mis pequeñuelos de hoy el sentido de vuestra misión... Antes deberían conocer otras muchas cosas.

Suspiró profundamente y, durante unos segundos, se

entretuvo —supongo— en la búsqueda de las palabras adecuadas. He aquí su explicación, en palabras del siglo XX. (Algunos términos, como «gravedad», no existían en aquella época. Jesús nunca lo pronunció.)

—El Paraíso deriva de la Deidad, aunque no puede decirse que sea una Deidad. Las creaciones materiales no son sólo una parte de la Deidad: son una consecuencia. Podríamos decir que, sin calificación especial, es el Absoluto del control material-gravitacional, por la «causa-centro-primera». Esa inmensa «isla», cuyas dimensiones no podríais concebir con la limitada mente humana, permanece inmóvil. Es la única creación estática en el universo de los universos. La isla del Paraíso tiene un lugar en el universo, pero carece de posición en el espacio. Se trata de una isla eterna, origen efectivo de los universos físicos pasados, presentes y futuros...

¡A qué negarlo! A mitad de la explicación había vuelto a «perderme».

—... El Paraíso es un término que incluye los Absolutos focales personales e impersonales de todas las fases de la realidad universal. El Paraíso puede implicar y reunir todas las formas de la realidad: Deidad, Divinidad, personalidad y energía espiritual, mental o material. Todo tiene al Paraíso como punto de origen, de función y de destino, en lo que se refiere a su valor, su significado y su existencia de hecho. Pero no os confundáis. La isla eterna no es un Creador. Es un controlador único de numerosas actividades universales. De un extremo a otro de los universos materiales, el Paraíso influye en la conducta de todos los seres relacionados con fuerzas, energías y potencias. Pero, en sí mismo, es único, exclusivo y aislado en los universos. No representa a nada y nada representa. No es una fuerza ni una presencia. El Paraíso es, simplemente, el Paraíso.

Ni Eliseo ni yo nos atrevimos a formular comentario alguno. Era imposible. Yo, como siempre, acepté su palabra. El Paraíso existe y debe tratarse de un lugar (?) inenarrable.

—Y todas esas cosas —terció Eliseo—, ¿por qué no son reveladas con claridad? Los hombres quizá encontrarían sentido a la vida...

—Hijo mío, es conveniente que los hombres no reciban una revelación excesiva...

Atónito, casi indignado, Eliseo protestó.

—Ello —prosiguió el Maestro con absoluta calma— asfixiaría la imaginación. El progreso exige que la individualidad se desarrolle. La mediocridad busca perpetuarse en la uniformidad. Fuera del contacto con el Padre Universal, ninguna revelación puede ser jamás completa. Porque vuestro mundo ignora generalmente el origen de las cosas, incluso físicas, se ha estimado conveniente darle, de vez en cuando, nociones de cosmogonía, pero esto siempre ha provocado confusiones. Las leyes que gobiernan la revelación limitan grandemente porque prohíben, como os ocurre ahora a vosotros, la transmisión de conocimientos inmerecidos o prematuros. La revelación es una técnica que permite economizar siglos y siglos de tiempo en el trabajo indispensable de selección y de análisis minucioso de los errores de la evolución, a fin de extraer las verdades adquiridas por el espíritu...

—Pero esas revelaciones —intervino mi hermano con nerviosismo— ayudarían a la Ciencia...

El Maestro negó con la cabeza.

—... La revelación no debe engendrar ciencia, ni tampoco religiones. Su función es coordinar a ambas con la verdad de la realidad.

—Pero la Ciencia...

—Vuestra Ciencia, como la de todos los tiempos, es sólo un espejo, que refleja vuestra propia imagen cambiante. Y te diré más: tanto la Ciencia como la religión están permanentemente necesitadas de una autocrítica más intrépida y de una más clara conciencia de lo insuficiente de sus respectivos estatutos evolutivos. En los dos terrenos, los educadores humanos caen con frecuencia en el dogmatismo y en un exceso de confianza en sí mismos.

Mi compañero sonrió burlonamente.

—Tú, Maestro, no pareces muy amante de las religiones. ¿Quién lo diría?

—El sectarismo, mi querido hijo, es una enfermedad de las religiones institucionales. En cuanto al dogmatismo, una esclavitud de la naturaleza espiritual. Es mucho mejor tener una religión sin iglesia, que una iglesia sin religión.

—Eso me interesa —apuntó Eliseo, disfrutando de aquella increíble liberalidad del Resucitado—. ¿Cuáles son, en tu opinión, los peligros de las iglesias?

—En otra oportunidad hablé de esto con tu hermano.

Pero lo repetiré, si ése es tu deseo. Las religiones formalistas tienden a la fijación de las creencias y a la cristalización de los sentimientos; fosilizan la Verdad; se desvían del servicio de Dios al de la iglesia; luchan entre sí y entre los hermanos, en nombre del amor, propiciando las sectas y las divisiones; establecen autoridades eclesiásticas opresivas; conducen al nacimiento del falso estado mental aristocrático de «pueblo elegido»; mantienen ideas falsas y exageradas sobre la santidad; se tornan rutinarias y petrificadas y terminan venerando el pasado, ignorando las necesidades del presente.

—¡Dios mío! —lamentó mi compañero—. ¡Pero tú también formarás una iglesia!

El silencio cayó sobre la colina. El Maestro le miró con dureza. Finalmente, señalando hacia mí con su mano izquierda, respondió sin rodeos:

—Si no deseas oír mis palabras, escucha al menos las de Jasón. Cuando el Padre permita que me acompañes, analiza bien mi proceder. Juzga entonces en lo más íntimo de tu ser y recuerda lo que acabas de afirmar. Es importante que distingas la verdad. Yo no vine al mundo a crear iglesias. Sólo a dar testimonio de nuestro Padre. La naturaleza humana es débil (lo sé) e, involuntariamente, mi mensaje será trastocado, surgiendo así una nueva religión..., «a propósito» de mi persona.

Palabras proféticas las de Jesús de Nazaret... Sobre todo para Eliseo. ¿Quién podría imaginar en aquel mes de abril del año 30 lo que sucedería dos años antes, «en el pasado»? Obviamente, ninguno de los dos reparamos en la trascendencia de aquella frase: «Cuando el Padre permita que me acompañes...»

—¿Y cuál es tu religión?

—Os lo he dicho: hacer la voluntad del Padre. Entregarse generosamente al amor y a la apasionante aventura de la búsqueda personal de Dios. Yo no deseo credos ni tradiciones que fosilicen el pensamiento humano. Los que acepten mi mensaje jamás serán dogmáticos. Son las metas (no los credos) las que deben unir a los hombres. Y la que yo os he revelado es ligera y cristalina: llegar al Padre. Hacer su voluntad. Descansar en Él.

No pude contenerme. Y, saltando por encima de las muchas cuestiones que todavía almacenaba Eliseo en su insaciable corazón, me interesé por el destino de esta caótica Humanidad a la que pertenezco.

—En verdad os digo —sentenció con los ojos radiantes por la esperanza— que el futuro del mundo es espléndido. Las tribulaciones pasarán. Y llegará el día en que los hombres olvidarán rencillas y oscuros intereses. Ese día, las naciones de la Tierra, como un solo pueblo, aceptarán el doble mensaje que os traigo: que el Padre existe y que todos sois hermanos. Vuestro destino es la luz. Y nadie os arrebatará ese derecho. Entonces, sólo entonces, hallaréis la paz. Para llegar a eso debéis aprender primero a gozar de los privilegios sin abusar de ellos, a disponer de la libertad como de un delicado recipiente de cristal que conviene manejar con delicadeza y a poseer el poder, rehusando utilizarlo para ambiciones personales. Tales son los indicios de una «Humanidad avanzada».

—Entonces estamos muy lejos...

La insinuación de Eliseo quedó en el aire. El cinturón de seguridad en torno a la «cuna», proyectado a 600 pies, había detectado un «target». El computador central transfirió la alerta, haciendo vibrar la conexión auditiva. Me puse en pie. Alguien rondaba o se acercaba a la colina.

Con una escueta indicación fue suficiente: mi hermano comprendió que «algo» sucedía e, incorporándose al punto, miró en silencio al extraordinario Hombre. Fue una mirada de admiración. Jesús le correspondió con un guiño. Alzó sus manos y se despidió con un lacónico «Id pues...».

Hacia las 11.30, el radar 2D (1) confirmaba las señales

(1) Este tipo de radar, de alerta temprana (AT), se caracteriza por sus grandes longitudes de pulso (en nuestro caso, Pw, 2 a 20 usec), baja frecuencia de repetición (PRF, 100 a 400 pps) y una frecuencia de transmisión del orden de 500 a 3 000 Mhz (en bandas C a F). La gran longitud de pulso autoriza a la transmisión de potencias muy altas (1 a 10 Mw) que, unido a su baja PRF, nos permitía una detección de hasta 250 millas. El tipo de barrido —circular— giraba 360 grados alrededor de un eje vertical fijo, con un período lento: entre 3 a 8 rpm. Los valores de apertura de este haz eran de 1 a 2 grados en azimut y de 20 a 30 en elevación. Ello nos proporcionaba una excelente resolución en azimut y un buen cubrimiento en altitud. De hecho, en el «incidente» con el extraño objeto en el monte de los Olivos jugó un papel decisivo. *(N. del m.)*

infrarrojas. Algo se movía en el radial 135, avanzando con lentitud en dirección norte, prácticamente en paralelo a la falda oriental del promontorio. La posición coincidía con el segundo ramal: el que culebreaba por la referida ladera este, hasta coronar la cima en la que continuaba el Resucitado.

Dudamos. ¿Convenía activar el escudo gravitatorio? Si se trataba de los discípulos, a juzgar por el camino que habían tomado, pasarían a unos 80 o 100 metros al este de la «cuna». Era preciso asegurarse. Catapultamos uno de los «ojos de Curtiss», estacionándolo a 150 pies de altitud sobre el «eco». Al identificar al grupo humano respiramos aliviados. Efectivamente, eran ellos.

A las 11.45 se detenían a corta distancia de la cima. El Maestro, en pie, los esperaba.

A partir de esos momentos, con la ayuda del «ojo de Curtiss» y del resto del instrumental, nos entregamos a una febril labor de observación de la escena y, sobre todo, del análisis del enigmático «cuerpo» del rabí de Galilea.

Lo que aconteció en la cima de la colina no fue fácil de comprender. El Señor los saludó, invitándolos a que se aproximaran. El Zelote, más impresionado que el resto, fue el último en llegar hasta Él. Y a una orden del Resucitado, los once se arrodillaron a su alrededor. Entonces, levantando el rostro hacia los cielos, pronunció unas solemnes palabras. Más que hablar, Jesús gritó, pleno de seguridad, poder y majestad. Al oírle nos estremecimos.

—¡Padre mío, te traigo de nuevo a estos hombres: mis mensajeros! De entre los hijos de la Tierra, he elegido a éstos para que me representen, como yo he venido representándote. ¡Ámalos y acompáñalos, como tú me has amado y acompañado! Y ahora, Padre mío, dales la sabiduría, ya que pongo en sus manos todos los asuntos del reino. Nuevamente, Padre mío, te doy las gracias por estos hombres y los dejo bajo tu guardia...

Aquello parecía una confirmación como mensajeros y embajadores del reino. Pero, al no conocer lo que había sucedido en vida del Maestro en aquella «montaña de la ordenación», fue imposible hacerse una idea exacta de la trascendencia de lo que el rabí decía y hacía. (Durante el tercer «salto» —creo que debo adelantarlo—, la escena en cuestión se repetiría con los doce, y quien esto escribe comprendería su importante significado. La «montaña de la ordenación», tal y como la denominaban Jesús y sus hombres, fue el lugar donde los íntimos recibieron la designación «oficial» como discípulos del Maestro. Una ceremonia, en honor a la verdad, largamente esperada por todos ellos. Pero no adelantemos los acontecimientos.)

Concluida la plegaria, en mitad de un respetuoso silencio, el Resucitado se acercó a cada uno de los presentes, colocando las manos sobre sus cabezas. En cada imposición, el Señor cerraba los ojos, permaneciendo así por espacio de varios segundos. Sólo Felipe y Simón Pedro —los más curiosos— se permitieron alzar ligeramente los ojos, espiando los movimientos de Jesús.

Terminada la imposición de manos, les rogó que se alzaran. Y, recuperando su buen humor, departió con ellos durante una media hora, rememorando —como sucediera en la playa de Saidan— los «viejos tiempos». Por último, hacia las 12.45 horas, se dirigió a Simón, el Zelote, abrazándolo durante casi un minuto. No hubo palabras en aquel efusivo abrazo. Pero los ojos del patriota se llenaron de lágrimas. Acto seguido, uno por uno, repitió la entrañable despedida. Y retrocediendo hasta el centro del círculo que formaban los íntimos, desapareció fulminantemente. En el aire, durante décimas de segundo, quedó flotando una luminosidad azul.

Mi compañero me miró, perplejo. Yo, impotente, arqueé las cejas, cediendo ante la evidencia. Esta vez no hubo anuncio para una tercera aparición. ¿Significaba esto que las «presencias» de Jesús en la Galilea habían finalizado?

Tras unos minutos de confusión, los discípulos emprendieron el regreso a Nahum.

¿Por dónde empezar? Lo poco que captamos con nuestros aparatos fue tanto y tan inconcebible que a punto he estado de rendirme y pasar por alto el capítulo de los análisis del llamado por los creyentes «cuerpo glorioso» del Galileo. Una expresión afortunadísima que, sin embargo, me atrevería a modificar por la de «cuerpo milagroso», aunque sé que los milagros no existen...

También sé que la Ciencia ortodoxa sonreirá burlona ante lo que voy a exponer. No me preocupa. A estas alturas, ¿qué puede importarme su necia rigidez?

Con el fin de no agotar al posible receptor de estos diarios, me limitaré a exponer someramente los «descubrimientos» que la Divina Providencia tuvo a bien regalarnos.

Primero. Aquel «cuerpo», como imaginábamos, carecía de sistema circulatorio. Durante la hora larga que el Resucitado permaneció al alcance de los detectores de ultrasonidos (1), tanto las exploraciones en superficie (a 7,5 Mhz) como las de mayor penetración (a una frecuencia de 3,5 Mhz), resultaron negativas. En las pantallas no obtuvimos imágenes de arterias, venas, capilares ni tampoco del sistema linfático. ¡Nada!

Segundo. A pesar de esta ausencia —vital para un ser vivo como el hombre—, el «cuerpo» presentaba una aparente perfecta formación del sistema muscular, al menos en lo que a los músculos «voluntarios» se refiere. Los «viscerales», en cambio, no contaban... La naturaleza y disposición de los primeros —con sus características estrías— tampoco se diferenciaban de los «nuestros» (2). Este armazón parecía sustentado por «algo» similar a una estructura ósea. Y

(1) Como ya he detallado en otros momentos, Caballo de Troya seleccionó el mecanismo ultrasónico por su naturaleza inofensiva y por sus especiales características, idóneas para la exploración y posterior conversión en imágenes de órganos internos, así como para el control del torrente sanguíneo, corazón, ojos y tejidos blandos en general. Con intensidades que oscilan entre los 2,5 y los 2,8 miliwatios por centímetro cuadrado y con frecuencias aproximadas a los 2.25 megaciclos, el dispositivo de ultrasonidos transforma las ondas iniciales en otras audibles, mediante una compleja red de amplificadores, controles de sensibilidad, moduladores y filtros de bandas, todos ellos miniaturizados. Con el fin de solventar el arduo problema del aire —enemigo de los ultrasonidos— y ya que las mediciones sólo podían efectuarse a distancia, los especialistas del proyecto idearon un revolucionario sistema, capaz de «encarcelar» y guiar los citados ultrasonidos a través de un finísimo «cilindro» o «tubería» de luz láser de baja energía, cuyo flujo de electrones quedaba «congelado» en el mismísimo instante de su emisión. En el caso que nos ocupa, dado que el «cuerpo» se hallaba a una distancia de 400 metros, las ondas fueron potenciadas por un doble generador de alta frecuencia. *(N. del m.)*

(2) Los músculos presentaban las típicas partes contráctiles y los tendones. Las primeras, formadas por los elementos cilindroides alargados —las fibras musculares propiamente dichas—, provistas de numerosos núcleos. Todo «normal». Incluso la fina y transparente membrana —el «miolema»— que cubre la citada fibra muscular. En cuanto a los tendones, también eran de naturaleza fibrosa, con los correspondientes nervios motores y sensitivos, cuyos filetes se arborizaban dentro de los habituales corpúsculos musculotendinosos de Golgi. *(N. del m.)*

digo «parecía» porque el supuesto esqueleto no era visible con los ultrasonidos, «traduciéndose» en zonas de sombra.

Uno de los aspectos más desconcertantes lo constituyó el extraño «líquido» (las palabras, de nuevo, son un torpe vehículo) que impregnaba —sin necesidad de vasos ni red capilar alguna— lo que quizá podríamos definir como un tejido conjuntivo en el que se anclaba la masa muscular. Este «líquido» actuaba (?) como el agua que empapa una esponja. Su composición fue imposible de precisar con exactitud, aunque sospechamos que podría guardar cierta relación con la solución de Ringer (1), desempeñando el importantísimo papel, entre otros, de «captador» del oxígeno del aire, que sería difundido por la totalidad de las unidades celulares. (Este postulado, obviamente, tiene un carácter especulativo.)

Tercero. Aquel «cuerpo» no presentaba vísceras. Es decir, carecía —o nosotros no pudimos localizarlos— de aparato digestivo, hígado, páncreas, etc., así como de pulmones... ¡y corazón! Esto, quizá, justificaba por qué Eliseo no encontró el pulso y por qué el Resucitado se negaba a comer. ¿Qué fue lo que percibimos en el interior? «Algo» tan anormal que me siento impotente para definirlo. La resonancia magnética nuclear y los ultrasonidos revelaron un auténtico «torbellino» de filamentos y zonas espaciales, de un rico cromatismo, vibrando y fracturándose a velocidades vertiginosas, con las nubes atómicas ¡en perfecto orden! Si tuviera que describir aquel «vacío», quizá me inclinase por la pobre e inexacta expresión de un «horno generador». Pero seguramente era mucho más...

En esta deficiente exposición, entre los muchos errores que, supongo, estoy cometiendo, hay uno que puedo rectificar. Aunque no logramos ubicar el aparato digestivo, sí encontramos un elemento residual, que aclaraba —a medias— el incomprensible fenómeno de la voz y de las carcajadas de Jesús. Para un ser humano que careciese de pulmones, la columna de aire necesaria para hacer vibrar

(1) La solución de Ringer, como conocen bien los especialistas, de naturaleza salina, está compuesta de cloruro de sodio, cloruro de potasio, cloruro de calcio, bicarbonato de sosa, fosfato monosódico, dextrosa y agua. Es un medio ideal para la conservación de vísceras, siendo utilizada también en todas las formas de deshidratación, acidosis o alcalosis, así como para mejorar la actividad renal. (N. del m.)

la glotis dejaría de existir y los sonidos difícilmente aflorarían a su garganta. El «cuerpo» de Jesús presentaba una boca y una faringe normales, con un rudimentario y corto «tubo» (?) que se hundía en el «horno» interno. La única posible explicación a la realidad de sus palabras podía estar en la sustitución del aire por una serie de impulsos eléctricos (?) que hacían vibrar la referida área de la glotis.

Cuarto. Tanto los sentidos del oído, de la vista, como el del tacto, presentaban estructuras idénticas a las humanas, aunque las conexiones cerebrales resultaron inescrutables, debido a la especialísima configuración y naturaleza de lo que —arriesgando mucho— podríamos calificar de «cerebro». El aparato lagrimal, por ejemplo, era perfecto, a excepción de las vías lagrimales que, en el hombre normal, conducen el excedente a las fosas nasales. Aquí no existía. En cuanto a la piel (?), resultó otro misterio. Tanto mi compañero como yo la habíamos tocado y contemplado a placer. Ni en la playa de Saidan ni en la «montaña de la ordenación» percibimos diferencias sustanciales. La temperatura corporal, incluso, parecía correcta. Pero, de ser así, ¿por qué aquel «cuerpo» no emitía radiación infrarroja? El «bombardeo» teletermográfico sólo sirvió para corroborar lo que ya sabíamos (1). El tegumento externo o piel, mer-

(1) El mayor, en páginas precedentes, explica así algunos de los fundamentos del sistema de teletermografía dinámica: «La detección de la temperatura cutánea a distancia se realizó gracias a la propiedad de la piel humana, capaz de comportarse como un emisor natural de radiación infrarroja o IR. Tal y como se sabe por la fórmula de la ley de Stephan-Boltzmann ($W = \varepsilon JT4$), la emisión es proporcional a la temperatura cutánea, y debido a que T se halla elevada a la cuarta potencia, pequeñas variaciones en su valor provocan aumentos o disminuciones marcados en la emisión infrarroja (W: energía emitida por unidad de superficie; ε: factor de emisión del cuerpo considerado; J: constante de Stephan-Boltzmann, y T: temperatura absoluta). En numerosas experiencias, iniciadas por Hardy en 1934, se había podido comprobar que la piel humana se comporta como un emisor infrarrojo, similar al «cuerpo negro». (Este espectro de radiación infrarroja emitido por la piel humana es amplio, con un pico máximo de intensidad fijado en $9,6\mu$). Nuestro dispositivo de teletermografía consistía, por tanto, en un aparato capaz de detectar a distancia intensidades de radiación infrarroja. Básicamente constaba de un sistema óptico que focalizaba la IR sobre un detector. Éste se hallaba formado por sustancias semiconductoras (principalmente SbIn y Ge-Hg) capaces de emitir una mínima

ced a las imágenes macroamplificadas, se reveló como una envoltura «normal», con sus dos capas —la dermis y la epidermis—, con el correspondiente pigmento en las células de Malpighi, pero con algunas radicales diferencias. Por ejemplo: las papilas dérmicas eran de una sola clase (nerviosas), con total ausencia de las eminencias cónicas vasculares. Faltaban igualmente las glándulas sudoríparas. Como pudimos ratificar al paso del *maarabit*, sencillamente, no transpiraba. Los órganos de la sensibilidad térmica, tanto los receptores sensibles al frío (corpúsculos de Krause) como los del calor (Ruffini), eran normales. Esto nos confundió mucho más. ¿Qué finalidad podían tener en un organismo que no necesitaba de refrigeración cutánea y que —aunque no llegamos a constatarlo— quizá fuese igualmente insensible al frío? Los órganos de la sensibilidad dolorosa también aparecían perfectamente diferenciados a través de una red de terminaciones nerviosas libres que se arborizaba en los intersticios del epitelio cutáneo. Entonces comprendí por qué Jesús había retirado las manos tan precipitadamente del fuego y por qué vació una de sus sandalias del molesto granulado de la playa de Saidan.

------

señal eléctrica cada vez que un fotón infrarrojo de un intervalo de longitudes de onda determinado incidía en su superficie. Y aunque el detector era de tipo "puntual" —capaz de detectar la IR procedente de un único punto geométrico—, Caballo de Troya había logrado ampliar su radio de acción mediante un complejo sistema de barrido, formado por miniespejos rotatorios y oscilantes. La alta velocidad del barrido permitía analizar la totalidad del cuerpo en cuestión (en este caso de Jesús), varias veces por segundo. Esto, a su vez, posibilitaba la obtención de imágenes dinámicas. Seguidamente a la emisión, la señal eléctrica correspondiente a la presencia de fotones infrarrojos era amplificada y filtrada, siendo conducida posteriormente a un osciloscopio miniaturizado. En él, gracias al alto voltaje existente y a un barrido sincrónico con el del detector, se obtenía la imagen correspondiente, que quedaba almacenada en la memoria de cristal de titanio del ordenador. Por supuesto, nuestro teletermógrafo disponía de una escala de sensibilidad térmica (0,1, 0,2 o 0,5 grados centígrados, etc.) y de una serie de dispositivos técnicos adicionales que facilitaban la medida de gradientes térmicos diferenciales entre zonas del termograma (isotermas, análisis lineal, etc.). Las imágenes así obtenidas podían ser de dos tipos: en escala de grises (muy adecuadas para el estudio morfológico de los vasos) y en color (entre ocho y dieciséis), muy útil para efectuar mediciones térmicas diferenciales con precisión. Ambos sistemas podían ser utilizados de forma complementaria.» *(N. de J. J. Benítez.)*

Quinto. Al carecer de aparato urogenital interno, lo que entendemos por funciones secretoras, excretoras y de reproducción estaban de más. Esto, obviamente, nos conducía a un no menos interesante doble dilema. Suponiendo que lo necesitase, ¿cómo efectuaba las eliminaciones metabólicas y la transmisión de la vida? Esta última cuestión se nos antojó fuera de lugar. A veces olvidábamos que aquel «cuerpo» no se hallaba sujeto a las leyes de «nuestra» naturaleza...

Conforme fuimos profundizando, los «hallazgos» nos desbordaron. Y el *clímax* de semejante desconcierto llegaría con los análisis del sistema nervioso y de la zona, sin duda, más noble de tan prodigioso organismo.

Sexto. No hubo demasiadas dificultades para constatar que aquel «cuerpo» —esta palabra cada vez resulta más inadecuada— disponía de «algo» bastante similar a nuestros sistemas nerviosos central y periférico. El primero —a pesar de las dificultades para penetrar el hueso con los ultrasonidos— ofrecía una forma conocida: un largo tallo, con el correspondiente engrosamiento en el extremo superior. Presumiblemente se hallaba alojado en el conducto óseo craneorraquídeo (lo que nosotros denominamos «eje cerebroespinal o neuroeje»). El periférico, por su parte, aparecía ramificado por toda la «cubierta» muscular, partiendo del neuroeje. Miríadas de aquellos cordones nerviosos o «nervios» se perdían en el vibrante «horno» interior.

La gran sorpresa, digo, se produciría al explorar el abultamiento superior del sistema nervioso central, que la medicina define como «encéfalo».

Con la inestimable ayuda de las imágenes obtenidas por resonancia magnética nuclear (1), apoyadas desde el «ojo

(1) La técnica RMN (resonancia magnética nuclear) fue establecida por los profesores Bloch y M. Purcell, de la Universidad de Harvard, que fijaron las bases experimentales para la espectroscopia de la RMN. Mucho antes, los científicos ya sabían que los núcleos atómicos gozan de un momento angular derivado de su propiedad intrínseca de rotación: el spín. (No es mi propósito entrar aquí y ahora en polémicas, pero, como ya detallé en su momento, la actual estructura de la mecánica cuántica está viciada de raíz. De ahí que no pueda aceptar del todo la formulación del principio del spín. Por ejemplo: los físicos, incapaces de explicar satisfactoriamente el efecto «Zeeman», han creado el concepto de momento angular del referido spín, construyendo con ello un

de Curtiss» con el fin de obtener el necesario retorno de las secciones transversales, el interior del cráneo del Resucitado apareció ante nuestros atónitos ojos como un «mundo irreal». La masa encefálica no existía como tal. Cerebro, cerebelo, duramadre, bulbo raquídeo, hipófisis, etc., habían sido sustituidos por un esferoide —una especie de «super-galaxia»—, luminiscente, en perpetua palpitación y conformado por trillones de «circuitos» de algo semejante a las sustancias blanca y gris, con «cuerpos celulares», «tallos protoplasmáticos» y «cilindro-ejes»..., puramente atómicos. A nivel teórico y especulativo imaginamos que aquella intrincada «tela de araña» desarrollaría las mismas funciones que «nuestros» hemisferios, ventrículos, etc. Pero no podemos asegurarlo. Lo cierto es que aquel poderoso e «inmaterial encéfalo» parecía regular las operaciones motoras, en estrecha colaboración con el sistema periférico. Dudamos, por supuesto, que existiera ningún tipo de red nerviosa visceral o vegetativa.

El perfecto orden de las nubes atómicas de aquel «cuerpo» y de su «encéfalo» —desafiando toda entropía— nos facilitó las cosas (1). Nosotros, en aquellos atropellados

_____

modelo matemático difícilmente sostenible. Sencillamente —y al hablar de los *swivel* creo que lo apunté—, lo que los científicos denominan «spín» es algo muy diferente. Si consideramos una red espacial de M dimensiones, la deformación en dos ejes axiales orientados ortogonalmente y que se cortan en un *swivel* o «punto espacial», dará lugar a un efecto que, en el caso de un campo electrostático o magnético, es representado por los fisicomatemáticos por un vector, asignándole un número cuántico. Grave error, a mi entender.) Pues bien, hecha esta aclaración, al estar los núcleos eléctricamente cargados, el spín corresponde a un flujo de corriente en torno al eje de dicho spín, que genera a su vez un pequeño campo magnético. Sólo los núcleos con un número impar de nucleones (protones o neutrones) tienen un spín total o neto y se presentan, por tanto, a la espectroscopia por RMN. Entre estos núcleos se cuenta el protón (H-1), que es el núcleo del 99,98 por ciento de todos los átomos de hidrógeno que existen en la naturaleza, el de carbono-13 (C-13), que es el núcleo del 1,1 por ciento de todos los átomos de carbono, y el del fósforo-31 (P-31), que lo es de todos los átomos de fósforo. *(N. del m.)*

(1)   Como es bien sabido por los especialistas en RMN, este tipo de espectroscopia exige que el cuerpo a explorar sea previamente sometido a un campo magnético, con el fin de «ordenar» sus átomos. Sólo entonces pueden enviarse las ondas propiamente dichas. En general, en

momentos, no llegamos a descubrirlo. Pero, meses más tarde, los especialistas de Caballo de Troya, al analizar la «documentación», fueron a dar con una «característica» de aquel supercerebro que, con el devenir de las investigaciones, culminaría en uno de los más extraordinarios hallazgos de nuestra era. Una «revelación científica» que, si algún día es proclamada pública y oficialmente, conmoverá los cimientos de la Humanidad, llenando de alegría y optimismo —supongo— a filósofos, pensadores y, desde luego, a todas las religiones. Me estoy refiriendo a lo que, sin lugar a dudas, podría ser considerado como el «habitáculo», «soporte» o «receptáculo» (las definiciones terminológicas se quedan cortas y pobres) del alma humana. Resultaría imposible desarrollar aquí la miríada de experimentos llevados a cabo por mis compatriotas, a raíz de nuestro involuntario descubrimiento y que, insisto, les ha conducido a la constatación científica de ese «ente» en el que millones de seres humanos creen por la fe. Pero entien-

---

la resonancia magnética nuclear se aplican dos campos a las células o tejidos. El primero, más intenso, provoca, como digo, la orientación de los dipolos nucleares (hidrógeno-1, carbono-13 y fósforo-31). Entonces, el dipolo de cada núcleo se alinea en el sentido del campo o contra él. Al dirigir el segundo campo —una radiación electromagnética en la zona de radiofrecuencia del espectro— llega un momento en que dicho tipo de núcleos «resuenan»; es decir, absorben los radiofotones. Por ejemplo: en un campo magnético de una intensidad de 84 000 gauss, el núcleo de hidrógeno-1 resonará a una frecuencia de unos 360 megahertzios (360 millones de ciclos por segundo). El del fósforo-31 lo hará a unos 146 megahertzios y el del carbono-13 resonará a razón de 90 megahertzios. A partir de estas señales es posible reconstruir, en imágenes, cualquier parte del cuerpo, con la ayuda de un computador. Nuestros sistemas de RMN, diseñados por los expertos de la Technicare Corporation, de Ohio, habían sido dotados de un imán de 0,15 tesla (1 500 gauss) y habían sido «reforzados» por un complejo dispositivo —basado en los *squid*—, destinado a la medición de interferencias cuánticas superconductoras, capaz de registrar ínfimas variaciones de naturaleza magnética. (El campo normal terrestre —entre 0,2 y 0,5 gauss— fue «borrado» por «Santa Claus», que apantalló el *squid* a razón de 10^{-7} gauss.) Estas mediciones alcanzaban hasta la cienmilésima de gauss. Uno de estos *squid*, instalado en la zona inferior de la «vara de Moisés», constaba, básicamente, de una bobina de medida, una sonda criogénica, la necesaria unión de Josephson y el circuito resonante o detector final. En las primeras apariciones de Jesús resucitado, como ya mencioné, resultaron de extrema utilidad. *(N. del m.)*

do que es mi deber aportar algunos datos —los más significativos—, con la única finalidad de desvelar el feliz acontecimiento.

Todo empezó cuando, en una de las «áreas» de aquel filamentoso y singular «encéfalo» —que venía a corresponder a la corteza del tercer ventrículo, bajo el tálamo—, los científicos, prácticamente por azar (1), detectaron unos átomos de un gas noble (el kriptón). En total, 86 conjuntos biatómicos que giraban en órbitas comunes. Los planos orbitales, sensiblemente paralelos, disfrutaban de un «eje» común que, a su vez, describe un movimiento vibratorio armónico cuya frecuencia y amplitud estaban en función de la temperatura (0,2 megaciclos para 35 grados centígrados). En un primer momento, los investigadores no prestaron excesiva atención a esos átomos. En realidad, desde mucho antes, algunos laboratorios que ensayaban con la fecundación de óvulos humanos ya habían detectado su presencia en el interior de dichos óvulos (concretamente en la desoxirribosa). Estos átomos de kriptón se encontraban en los extremos de la cadena helicoidal del ácido desoxirribonucleico, formando varias parejas: las 86 ya mencionadas. Al parecer, según mis noticias, tales series ordenadas de átomos sólo habían sido detectadas en las células germinales de hombres y animales pluricelulares, aunque, con el paso del tiempo, el descubrimiento se extendería al resto de las células. Pero la primera de las grandes sorpresas surgió cuando uno de los especialistas tuvo la genial e intuitiva idea de analizar la distribución electrónica de tales átomos. Como conocen bien los expertos en física cuántica, los electrones ocupan posiciones instantáneas, cuya función probabilística se rige por el azar. Este principio del «indeterminismo» —común en el mundo microfísico— «era» sagrado. Y digo «era» porque, como veremos, los esquemas mentales de aquellos científicos no tardarían en volatilizarse. ¡En tales átomos de kriptón, las posiciones aparecían regidas por un sincronismo desconcertante! Los

(1) Aunque, como he dicho, no creo ya en la casualidad, lo cierto es que la localización de estas 86 parejas de átomos de kriptón fue estimada como fruto del azar. Baste decir que, por ejemplo, en un milímetro cúbico de gas kriptón enrarecido pueden contabilizarse del orden de 10 000 millones de átomos libres. *(N. del m.)*

átomos homólogos en las cadenas de kriptón de los distintos espermatozoides investigados presentaban una distribución similar y sincrónica; como si fueran relojes que funcionasen al unísono, ligados, quizá, por ocultas emisiones de radiación, que estimulasen dicho comportamiento o como si un misterioso fenómeno de resonancia obligase a todos los electrones a regirse por el mismo patrón. Se pensó que la proximidad de las células en estudio podía provocar tal efecto de resonancia. Más tarde —con idéntica sorpresa— pudieron comprobar que todos los seres vivos se comportaban en sus cadenas de átomos de kriptón de idéntica forma. (Parece ser, incluso, que este fenómeno es universal y que el código genético encerrado en el ácido desoxirribonucleico no es sino uno de los eslabones de esa cadena de factores que explican el comportamiento de la materia, animada por la vida. Una vida, a fin de cuentas, «inspirada» por Dios.) Pues bien, esta cadena de átomos de kriptón presenta una doble función: la de «almacenaje» en el seno de los seres vivos de una información codificada sobre todos los posibles seres orgánicos integrados en el universo y, en segundo término, la captación del medio ecológico circundante de toda suerte de informaciones. Al comparar estas últimas con las primeras, el ser vivo estaría en condiciones de provocar las necesarias mutaciones, dando lugar a un «individuo» nuevo o diferente. En otras palabras: estos átomos de kriptón contienen las claves codificadas para la formación de todas las posibilidades de seres orgánicos que puedan darse en la naturaleza. Las cifras son mareantes: se sospecha que las posibilidades de mutaciones podrían superar los 18 millones. Según esto, cada cambio de un electrón en el seno de una subcapa orbital, de las ocho que existen en cada átomo de kriptón, codificaría un *philum*. Y cada uno de los cuatro «saltos» electrónicos representaría, en consecuencia, otras tantas ramas. La morfología que adoptase un animal, en el caso de producirse una mutación, estaría en función de las mencionadas posiciones electrónicas de los electrones de los restantes átomos de la pequeña nube de kriptón. Ésta disfruta, por tanto, grabada en forma de código, de toda la filogenia de los seres vivos posibles en el universo. ¡Algo trascendental!

Pero entremos ya en el descubrimiento final y más sugestivo. Cualquier observador medianamente avisado podrá argumentar: «¿Cómo es posible determinar científicamente la existencia de un "ente" adimensional, como se supone que es el alma, y, consecuentemente, inaccesible al control de los instrumentos de un laboratorio?»

Partiendo del postulado de que la Ciencia evalúa siempre la existencia de un factor en función de los efectos que produce, quizá estemos en condiciones de responder a esa pregunta (1).

Tras el hallazgo de estos átomos aislados en el «encéfalo» del Resucitado, los científicos investigaron una importante muestra de cerebros humanos, encontrando que dicha «nube» se hallaba alojada siempre en la misma zona y a idéntica profundidad, en el hipotálamo. (Este gas, como es sabido, no se combina con ningún otro cuerpo o elemento químico. Su presencia, por tanto, resultaba muy extraña; más aún, teniendo en cuenta su reducidísimo volumen.) Estaba claro, en definitiva, que no se hallaban ante un fenómeno aleatorio. Y una noche, en pleno examen de la corona electrónica de estos átomos —con el fin de observar posibles alteraciones cuánticas provocadas por probables transferencias energéticas—, nuestros investigadores detectaron «algo» sobrecogedor. El cuerpo de uno de los voluntarios yacía en una cámara especialmente acondicionada, en la que habían sido eliminados todos los residuos de gas kriptón. Una serie de sondas perforaba su cráneo (zona parietal derecha). Aunque había sido sometido a anestesia local, el resto de los mecanismos reflejos y conscientes no se hallaba inhibido. Toda una maraña de detectores de funciones fisiológicas había sido distribuida por su cuerpo. Ante una pantalla iban apareciendo las cifras y parámetros suministrados por los computadores, perfectamente ordenados en columnas. Cada uno de estos dígitos

(1) Este problema podría ser planteado en otros muchos terrenos de la Ciencia. Por ejemplo, en astronomía. Una persona no informada puede argumentar: ¿cómo es posible averiguar la distancia de estrellas situadas a millones de años-luz? Un astrónomo sonreiría comprensivo y le haría ver que ciertas estrellas —las «cefeidas»— emiten un flujo de luz intermitente, de modo que, en el intervalo entre dos máximos, su logaritmo varía proporcionalmente a su brillo. La comparación del brillo aparente y real es la base de estimación para esas distancias estelares. (N. del m.)

reflejaba la situación probabilística de cada electrón, en relación a uno, tomado como referencia en cada instante, pero con expresión de tiempo «factoriado» (en «cámara lenta»). Cuando una cifra saltaba a otra columna se expresaba con ello un salto cuántico a otro nivel energético. Ésta era la finalidad del estudio. De pronto, como decía, los expertos quedaron paralizados. La pantalla del equipo detector fue desconectada y los científicos se abalanzaron sobre las columnas de números. «Aquello» era imposible. Los dígitos guardaban una relación secuencial. Es decir, aparecían distribuidos armónicamente, según una función periódica. Los electrones, que según el principio de incertidumbre, deberían de ubicarse en sus niveles energéticos de un modo anárquico, parecían superar el teórico y obligado «caos», regulando su función probabilística y rompiendo así con la supuesta inflexible ley del citado indeterminismo microfísico. La impresión fue tan fuerte que, en aquellos momentos, la mayoría buscó una explicación en el simple azar. Pero no. La experiencia, repetida hasta la saciedad y en individuos diferentes, arrojaba siempre idéntico final: aquellos movimientos armónicos de los electrones corticales del átomo de kriptón coincidían con los impulsos nerviosos emitidos por la corteza cerebral de los voluntarios en experimentación. En otras palabras: con los movimientos conscientes de sus brazos, pies, manos, voces, etc. No ocurría lo mismo, sin embargo, con los movimientos llamados reflejos o con los impulsos emitidos por el sistema neurovegetativo. En un principio se llegó a emitir la hipótesis de que tales movimientos codificados en la corteza electrónica de kriptón podían estar condicionados: que fueran, en suma, un efecto de los neuroimpulsos emitidos por el encéfalo del ser vivo. Pero la verdad es que no acertaban a comprender la funcionalidad de dicho código en un átomo aislado de un gas inerte. Un año más tarde se produciría un nuevo y asombroso —yo diría que vital— descubrimiento: aquellos movimientos armónicos de los electrones de la corona del átomo PRECEDÍAN (he dicho bien: ¡precedían!) a la conducta voluntaria de los hombres y mujeres con los que se experimentaba. El «adelanto» en cuestión oscilaba alrededor de una millonésima de segundo sobre las reacciones neurofisiológicas del organismo.

En palabras más simples: parecía como si aquellos electrones fueran el alma del individuo, «dictando» las oportunas órdenes al cuerpo. Esto, obviamente, era absurdo. Los electrones carecen de vida. Pero entonces, si no se movían como consecuencia del azar, debía de existir un «factor» independiente que fuese capaz de ejercer un control sobre ellos. La conclusión final —por no hacer más engorroso este informe— fue tan sencilla como trascendental: ese «factor» invisible, intangible y desconocido, tenía que ser lo que la filosofía y las religiones denominan «alma». Por primera vez en la historia, su constatación científica era un hecho. La Ciencia, una vez más, acudía en ayuda de la religión...

Como es fácil imaginar, estas experimentaciones no se limitaron al exclusivo campo humano. Los científicos, dominados por la curiosidad, quisieron desentrañar una vieja incógnita: ¿tenían alma —tal y como la concebimos los seres inteligentes— los animales? Y las investigaciones se extendieron a otros muchos seres orgánicos —unicelulares y pluricelulares—, incluyendo virus y compuestos orgánicos autorreproducibles. Los resultados fueron desalentadores. Se detectaron átomos aislados de neón y xenón en muchos seres vivos y millones de átomos de gas helio en los animales provistos de estructuras nerviosas superiores. Hubo incluso un destello de esperanza cuando los átomos de kriptón aparecieron en los mismos puntos encefálicos de los «inteligentes» simios. Pero sus «nubes» de kriptón se movían según la función probabilística habitual en el resto de los átomos de la naturaleza. No fue registrado ningún código. Hasta hoy, por tanto, persiste la duda: ¿existe una alma en los seres biológicos no humanos? Curiosamente, Jesús de Nazaret, siempre que se refirió al «alma», lo hizo en relación directa con los seres dotados de inteligencia y voluntad...

Las investigaciones, tras estos sensacionales hallazgos, adquirieron un ritmo vertiginoso. En las «nubes» atómicas de kriptón de cada encéfalo humano fueron localizadas las funciones de tres de estos átomos. Dos tenían un carácter «emisor», y el tercero, «receptor». Los primeros son los responsables del envío —convenientemente codificados— de cuantos informes puede suministrar el sistema nervioso cortical (1). Algo así como si se transmitiera una especie de código Morse hasta una pequeña emisora (el helio). Se produce entonces un efecto cortical de resonancia entre la corona electrónica de los átomos de helio y los de kriptón y éste, a su vez, vuelve a transformar el código recibido en otro de similares características, pero «inteligible» para el alma. (El átomo de kriptón haría las funciones, salvando las distancias, de una especie de receptor de televisión o de radio que recibe y emite al alma, en un lenguaje que sólo ella conoce, cuanto ocurre en el hombre y en su entorno.)

Los átomos «receptores», por su parte, siguiendo un proceso inverso, envían al cuerpo una serie de instrucciones procedentes del alma. Estos «mensajes» son catapultados desde los átomos de kriptón a millones de átomos de helio, modificándose sus estados cuánticos de forma que irradian «cuantum» de frecuencias menores que las de la luz (radiación infrarroja). A partir de aquí, otro tipo de neuroórganos —tampoco conocidos aún por los fisiólogos—, que trabajan de manera parecida a los pares termoeléctricos, transforman esos mensajes termomodulados en impulsos nerviosos, canalizados por las redes neuronales. Estos neuroórganos están distribuidos en las áreas motoras de ambos lóbulos frontales; concretamente, en las zonas situadas atrás y debajo del «gran surco central». Como acostumbraba decir el Maestro: «Quien tenga oídos, que oiga...»

Volviendo al «cuerpo glorioso» del Resucitado, a manera de resumen, podríamos decir —dentro de las terroríficas limitaciones que ello implica— lo siguiente:

1. Aquella estructura, aparentemente humana, no se hallaba sujeta a las grandes servidumbres de la naturaleza del hombre terrenal. Esto, evidentemente, la situaba en ventaja. Las necesidades fisiológicas llamadas básicas no contaban para ella.

(1) Todas las imágenes ópticas, acústicas, olfativas, etc., recibidas a través de las neuronas conectadas con los órganos de los sentidos, procedentes de los estímulos del mundo exterior, todas las imágenes almacenadas en la memoria, todo el desarrollo de los procesos mentales, son remitidos por ciertas vías nerviosas hasta unos órganos, ignorados aún por la neurología, donde se produce una reacción química exotérmica que, al liberar calor, excita el estado cuántico de una red de átomos libres de helio. *(N. del m.)*

2.   Al estudiar todo el desarrollo de las «apariciones» llegamos a la conclusión de que, por razones que se nos escapan, la formación de dicho «cuerpo» experimentó diferentes y bien definidas fases o procesos de «materialización», pasando por etapas «nebulosas», «cristalinas o transparentes» —en las que el Maestro se negó a que le tocasen— y de una materialidad externa perfectamente conformada. En las primeras etapas —digamos de semiformación—, aquellas «presencias» provocaban unos intensísimos campos magnéticos (de hasta 200 000 gauss), que, sin duda, fueron los responsables del arrastre de las espadas, copas metálicas, etc., en el interior del cenáculo. Es imposible certificar si esos diferentes estadios que fue presentando el «cuerpo glorioso» de Jesús corresponden a otras tantas «formas de vida», independientes entre sí, a las que puede tener acceso el hombre después de la muerte o si, por el contrario, todas ellas constituyen un único y escalonado proceso (?).

3.   Sea como fuere, lo cierto es que el «estado terminal» que nos fue dado ver y examinar parecía estar orientado —en sus funciones nobles y básicas— a algo que el ser humano mortal sólo puede soñar y añorar: el CONOCIMIENTO. Aquel «supercerebro», dominando y dominante, tenía que ser una fuente incalculable de sabiduría, de emociones y de sentimientos.

4.   Si «aquélla» —como aseguró el Maestro— era una de las formas de vida después de la muerte, quien esto escribe, humilde y sinceramente, no teme ya ese paso... Es más: ruego al Padre Todopoderoso para que acorte mis días sobre la Tierra y me permita comprobar cuanto sé e intuyo. El miedo a morir, por la gracia de Jesús de Nazaret, ha quedado superado.

23 DE ABRIL, DOMINGO

Debo reconocerlo. La misión también se vio humillada por los errores y fracasos. Algunos, como el de aquel 23 de abril, primer día de la semana para los judíos, pudieron costarnos muy caro. Supongo que muchos de estos problemas fueron inevitables. Aun así, dada la naturaleza de nuestro trabajo, no tenemos justificación. Como se verá, un despiste o una simple falta de coordinación podían originar una catástrofe e incluso la muerte de los exploradores.

En realidad, yo no tuve conciencia de lo ocurrido hasta bien entrada la tarde. Todo empezó esa mañana...

Al examinar el programa del día nos vimos enfrentados a un dilema: ¿habían finalizado las apariciones del Maestro en la Galilea? De ser así, ¿cuáles eran los pensamientos e intenciones de los discípulos? ¿Regresarían a Jerusalén?

Los textos de Marcos y Lucas —incluyendo los llamados Hechos de los Apóstoles— refieren un doble acontecimiento que, evidentemente, no había tenido lugar: la postrera presencia del Señor en la Ciudad Santa y su ascensión (?) a los cielos. En los Hechos (1, 3 y 2, 1) hallamos unas posibles pistas, en relación a la fecha en que pudieron suceder tan extraordinarios sucesos. «A estos mismos (a los discípulos) —reza el versículo 3 del mencionado primer capítulo de los Hechos—, después de su pasión, se les presentó dándoles muchas pruebas de que vivía, apareciéndoseles durante cuarenta días...» Desde la madrugada del domingo, 9 de abril, momento de la resurrección, hasta la segunda aparición en el *yam*, habían transcurrido dieciocho días. Si Lucas, posible autor de los Hechos, estaba en lo cierto, la última de las presencias de Jesús y su enigmática ascensión deberían registrarse alrededor del 18 de mayo. Esta fecha venía corroborada, implícitamente, por el primero de los versículos del capítulo 2 del citado texto de Lucas: «Al llegar el día de Pentecostés...» Es decir, concluido el período de cincuenta días existentes entre la Pascua y la referida fiesta de la siega y de la renovación de la Alianza. Por tanto, la jornada de las supuestas «lenguas de fuego» (?) sobre las cabezas de los discípulos era posterior a la ascensión.

Aceptando como buenos los textos sagrados (una suposición problemática, a la vista de los errores y contradicciones consignados), todo esto significaba que, a partir de aquel domingo, 23, Caballo de Troya disponía de una treintena de días para el remate de la segunda fase de la exploración. Un período de tiempo minuciosamente contemplado en el que, sin embargo, las «líneas maestras» de la investigación debían ajustarse al natural devenir de los hechos. Pero ¿cuáles iban a ser esos acontecimientos? Los evangelistas, como de costumbre, son parcos en sus narraciones y ese periodo de un mes se hallaba «en blanco». La primera medida a adoptar, evidentemente, consistía en averiguar los propósitos de los íntimos. Nuestras actuaciones ahora, insisto, dependían de sus movimientos. Por ejemplo: si optaban por regresar de inmediato a Judea, los planes tendrían que ser modificados. Uno de los trabajos —la visita a Nazaret— constituía una pieza clave en la reconstrucción de la infancia y juventud de Jesús.

Así que, de mutuo acuerdo, convenimos en que mi presencia en Saidan era obligada y urgente. Además, el asunto de la dolencia del padre de los Zebedeo seguía en pie.

Y con el frescor del amanecer abandoné el módulo, encaminándome a buen paso hacia la vecina aldea de pescadores. El error, fruto de las prisas, estuvo en no coordinar nuestras respectivas actividades para dicha jornada. Eliseo —eso entendí— permanecería en la «cuna», entregado a la clasificación, estudio y codificación del voluminoso material científico obtenido en la reciente aparición del rabí. ¿Quién iba a imaginar que cambiaría de idea?

En la bolsa de hule, después de no pocas meditaciones y quebraderos de cabeza, fue incluido un sencillo artilugio, destinado a solventar el *acusma* que padecía el jefe de los Zebedeo: una «jeringa auricular» de tosco hierro, de 20 centímetros de longitud por 5 de diámetro, provista de una «aguja» hueca, del mismo material, apoyada por un émbolo macizo de madera. El instrumento no rompía los modos y maneras de la medicina de entonces, que conocía desde muy antiguo esta clase de «aparatos». (El papiro de Ebers —1 550 años antes de Cristo— habla de «jeringuillas», a manera de «lavativas», muy comunes, por ejemplo, en el tratamiento de obstrucciones intestinales.)

Debí figurármelo. Aquel tránsito de gente no era normal. Procedentes de la ribera occidental del lago, de Nahum y de los caminos del norte y del este, hombres, mujeres, ancianos y niños marchaban presurosos hacia la apacible Saidan. En grupos, en solitario, a pie o a lomos de caballerías, todos se dirigían al hogar de los Zebedeo, con un objetivo común: comprobar la veracidad de los rumores que, inevitablemente, se habían propagado por el Kennereth. Esas noticias —por lo que pude ir captando en la marcha hacia Bet Saida— hablaban de las apariciones, a orillas del *yam*, del discutido «constructor de barcos». Las opiniones, como es fácil imaginar, eran de todos los calibres. Los había que aceptaban dichas «presencias milagrosas» a pie juntillas, recordando a los incrédulos «otros muchos prodigios» del rabí. Algunos, en especial los letrados sacerdotes al servicio de las sinagogas de Nahum y Migdal, se mostraban reticentes. La mayoría guardaba silencio, a la espera del testimonio de los discípulos.

Hacia las 07 horas, al pisar la calle principal de Saidan, quedé impresionado: decenas de curiosos se agolpaban frente a la hacienda de los Zebedeo. Fue imposible alcanzar el portalón. Éste, sólidamente atrancado, cerraba el paso a la muchedumbre que, de vez en cuando, lo aporreaba, clamando para que los propietarios les franquearan la entrada y explicaran lo sucedido. Cautelosamente volví sobre mis pasos, descendiendo hacia la playa. Al cruzar cerca de los restos de la fogata me estremecí. De seguro, de haberme aproximado, hubiera descubierto las huellas en la arena de las sandalias del Maestro. Pero mi objetivo era otro. Por fortuna, el flanco sur del caserón se hallaba despejado. Remonté los peldaños, pero, al empujar la puerta de servicio, la encontré igualmente bloqueada... y vigilada. A mis golpes, la chirriante portezuela se entreabrió. Lo primero que vi fue la reluciente hoja de una espada. Detrás, el renegrido rostro del Zelote, con los hundidos ojos negros saturados de recelo. Dudó. Pero Juan, que había acudido presto a la llamada, ordenó que me dejara pasar. En el centro del patio, los íntimos, las mujeres, el padre de los Zebedeo (evidentemente repuesto), Assi, el «auxiliador» esenio, y la servidumbre participaban en una acalorada asamblea.

El Zebedeo me susurró «lo último». Simulé no estar al tanto de la aparición del Maestro en la montaña de la ordenación, interesándome por los detalles. Pero, rogándome paciencia, se reincorporó a la discusión. Aquella «cumbre» de los hombres de Jesús de Nazaret resultaría altamente instructiva y, en cierta medida, premonitoria. Sin yo saberlo estaba presenciando el nacimiento de una ruptura —que sería total al cabo de una semana— entre los íntimos. También entre aquella veintena de galileos las opiniones eran dispares. El motivo era muy distinto. Todos, por descontado, aceptaban la realidad de las apariciones. Lo que estaba en juego, como digo, era mucho más profundo: ¿había llegado la hora —como defendía Pedro— de salir a los caminos y proclamar la buena nueva? ¿Qué debían hacer con el gentío que los reclamaba?

En aquel choque dialéctico se debatía, además, otro asunto de vital interés. Con la excepción de Juan Zebedeo, Mateo Leví y Andrés, el resto propugnaba el inmediato retorno a Jerusalén. (Santiago, el hermano de Juan, como de costumbre, se reservó su opinión.) Simón Pedro, por ejemplo, estaba convencido de que Jesús «se hallaba definitivamente junto al Padre y de que no regresaría en un tiempo». El intuitivo Juan, basándose en «algo» que el Resucitado les había insinuado en la última de las apariciones y que, francamente, nosotros no captamos, defendía lo contrario: la permanencia del grupo en la Galilea «hasta que no se produjera esa tercera presencia del rabí». La insinuación de Jesús resucitado debió de ser tan sutil que, por lo que pude comprobar, la mayoría no reparó en ella, enfrentándose a la propuesta del Zebedeo. Presa de uno de sus ya familiares ataques de fervor y entusiasmo, Pedro terminó por auparse por encima del vocerío y, gesticulando y vociferando, empezó a renegar de los disidentes. Con su mordaz lenguaje humilló inmisericorde a su hermano e, indirectamente, a Mateo y a Juan por atreverse a dudar de sus explosivos discursos. No me cansaré de insistir: estábamos asistiendo al nacimiento de un líder y, lo que era más penoso, a un distanciamiento ideológico entre los íntimos. Algo muy humano en toda asociación, pero que, obviamente, no fue transmitido por los evangelistas.

La encendida polémica se prolongaría durante más de dos horas. Al final, la obstinación del trío representado por Juan —que amenazó con separarse del grupo— los condujo a una especie de pacto. Es curioso. Aquél, en mi humilde opinión, constituyó otro de los graves trances por los que atravesó el naciente «colegio apostólico». El pacto, promovido por Pedro a manera de «ultimátum», consistía en un margen de espera de una semana. Si llegado el siguiente sábado, 29, el rabí no se había manifestado, «él mismo (Simón Pedro), sólo o acompañado, abriría los ojos del mundo, predicando la buena nueva».

La «tregua» fue aceptada por ambos bandos. Y, sin encomendarse ni a Dios ni al diablo, el impulsivo *sais* —quizá en un intento de dejar constancia de la firmeza de sus propósitos— se encaminó al portalón de entrada. Con un violento y malhumorado puntapié desatrancó la viga que apuntalaba la puerta, abriendo la doble hoja de par en par. El gentío, al verle, arreció en sus confusas peticiones. Y Pedro, alzando los brazos como un iluminado, ordenó silencio. Sus compañeros, confusos y temerosos, se mantuvieron al principio a una prudencial distancia, con las espadas dispuestas ante cualquier posible contingencia. Aquel arrojo del irreflexivo Pedro sería una de las claves de su posterior éxito como «cabeza visible» y «portavoz» de los «embajadores del reino»..., o de lo que quedó de ellos.

En un tono grandilocuente y valeroso —también conviene resaltarlo— expuso a la muchedumbre «parte» de lo que habían visto y oído, tanto en la playa de Saidan como en el monte de la ordenación. Y digo «parte» porque, astutamente, silenció las conversaciones por parejas. Sus vibrantes palabras fueron interrumpidas en diferentes ocasiones. Unos, para burlarse descaradamente de los «visionarios». Otros, solicitando detalles y, en especial, para suplicarle que les dijera qué debían hacer y cómo encontrar el reino del que les hablaba. No por falta de ganas, sino obligado por los imperiosos tirones de ropa que le propinaban sus compañeros desde atrás, Simón no tuvo más remedio que zanjar el improvisado discurso, emplazando «a cuantos lo deseasen a una próxima asamblea multitudinaria, en aquella misma playa, a la hora nona (las tres de la tarde) del próximo *sabbat*. Entonces —concluyó— os hablaré con más calma».

El portalón volvió a cerrarse y las gentes —un tanto defraudadas— se enzarzaron en mil debates. El desfile humano, a pesar de la promesa de Simón Pedro, no se extinguiría hasta bien entrada la noche. El irreflexivo gesto del *sais* fue recriminado al punto por Andrés y el resto de los

Zebedeo, acusándole de «inconsciente». El enfado de estos hombres era tal que, por espacio de algún tiempo, se negaron incluso a dirigirle la palabra. Cuando los ánimos volvieron a su cauce me las ingenié para aislarme en el interior de la casa con el apesadumbrado Juan y con Assi, el esenio. Les expuse mi deseo de reconocer al jefe de la familia y, si daban su consentimiento, someterle a la definitiva eliminación del mal que le aquejaba. A los pocos minutos, el Zebedeo conducía a su anciano padre hasta la alcoba donde me disponía a llevar a cabo la sencilla «intervención». Alegó que se encontraba mucho mejor, pero, dócil y sonriente, se doblegó a mis sugerencias, sentándose frente al ventanuco orientado al este. Solicité de Juan que calentara agua y, de inmediato, ayudado por Assi, transportaron hasta la estancia un curioso brasero de hierro cuadrangular. El artilugio —un *authepsa*— era uno de los escasos enseres importados de Italia (posiblemente de Pompeya). En el centro, un brasero mantéia caliente el agua almacenada en las huecas paredes, así como en las cuatro torretas que emergían de las esquinas.

Ante la curiosa e inquisidora mirada del «auxiliador» examiné los oídos del Zebedeo. Como suponía, el rígido tratamiento de aquellos días había hecho efecto: el cerumen, reblandecido, «flotaba» prácticamente en el conducto auditivo externo. Cuando estimé que el agua había alcanzado una temperatura idónea (alrededor de 20 grados centígrados), rescaté la «jeringa» de la bolsa y procedí a su llenado. A una indicación mía, Assi, cargado de buena voluntad, sostuvo una escudilla de madera bajo la oreja derecha del paciente anciano. En principio procuré que el Zebedeo no viera el grueso artilugio. Traté de tranquilizarle, anunciando que no experimentaría dolor alguno y avivando su confianza en aquel médico y amigo. Juan me guiñó un ojo, animándome. Introduje la «aguja» de metal en el oído y, suave y lentamente, inyecté el agua caliente. El anciano, al notar el flujo, cerró los ojos. Pero se contuvo. Al momento, una negra «bola» de cera —grande como una alubia— saltaba sobre el plato. El esenio sonrió maravillado. La segunda extracción fue tan rápida y certera como la primera. Guardé de nuevo el «instrumental» y, tras una rutinaria exploración de los ya libres conductos auditivos, le mostré los molestos tapones. Los contempló atónito y alzando los azules ojos, me sonrió, agradeciendo en silencio mi supuesta pericia como sanador. ¿Quién podía imaginar entonces que aquella elemental «curación» me franquearía las puertas de su confianza... y de su gran secreto?

Digo yo que fue la Providencia. Quién sabe...

Los objetivos en la aldea de pescadores se hallaban cubiertos. El cerumen fue paseado como un trofeo, ganándome —dicho sea sin ánimo de presunción— las felicitaciones de la parroquia y el cariño de los anfitriones. En cierto modo, aquellas muestras de afecto fueron una inyección de oxígeno. Sencillamente, me sentí feliz. Conocía, además, las intenciones del grupo: permanecer en el lago, al menos hasta el sábado, 29. Ello facilitaba las cosas. Si no surgían contratiempos, parte de lo planeado por Caballo de Troya podría desarrollarse a lo largo de los próximos seis días. Más concretamente, la meticulosa investigación —«sobre el terreno»— en la no muy distante Nazaret. Una exhaustiva verificación, en suma, de los muchos datos reunidos hasta esos momentos acerca de la infancia y juventud del Hijo del Hombre.

Con el sol brillando en el cenit, cuando me disponía a retornar a la «base madre», ocurrió algo providencial. Como decía, uno ya no sabe qué pensar.

Cargado de razón, Bartolomé —cuya familia residía en Caná— anunció su intención de viajar hasta la mencionada aldea, al oeste del *yam*, y abrazar a los suyos. La iniciativa tuvo un efecto multiplicador. Los gemelos aplaudieron la idea, comunicando al resto que, por su parte, harían otro tanto, desplazándose a la granja de sus padres, en las cercanías de Gerasa. Juan Zebedeo trató de abortar la «espantada», recordándoles la posibilidad de que el Maestro se presentara de improviso. Sus pretensiones se vendrían a pique cuando, haciendo causa común, Leví —apacible pero contundentemente— le hizo ver «que llevaban muchas semanas sin saber de sus mujeres e hijos y que justo era que atendieran también los asuntos terrenales».

—Nosotros, después de todo —reprochó Felipe al Zebedeo, apoyando así las razones del ex publicano—, estamos en casa...

El asunto quedó sentenciado cuando la Señora, dirigiéndose al contrariado Juan, intentó persuadirle de algo que, en el fondo, parecía elemental: su Hijo, casi con seguridad, en el caso de que volviera a presentarse, lo haría ante la totalidad de los discípulos. Nunca ante unos pocos. Paradójicamente, el que se había manifestado acérrimo defensor de la permanencia en Saidan, claudicó, comprometiéndose incluso a «escoltarla» hasta Nazaret. También la madre de Jesús deseaba visitar a los suyos, y Juan, que no olvidaba las palabras del rabí en la cruz, renunció a su idea, disponiéndolo todo para el alba de la siguiente jornada. En principio, por tanto, la Señora, el Zebedeo y Natanael harían juntos el camino hasta Caná. Ni que decir tiene que me apresuré a unirme a la expedición. El Zebedeo acogió mi propuesta con tanta alegría como alivio. «Los caminos —argumentó burlón— no son seguros y la compañía de un mago siempre es una garantía...» Encajé la broma con deportividad. Concretada la reunión en el muelle de Nahum —después del alba—, abandoné el caserón y la aldea. ¿Qué más podía pedir? Inspeccionar Nazaret al amparo de la Señora era una suerte. Pero antes, esa misma y esquiva fortuna me reservaba una amarga experiencia.

El viaje de vuelta, esta vez en compañía de Mateo y el Zelote (ambos tenían sus residencias oficiales en Nahum), fue bien hasta la citada ciudad. Hablamos poco. Los discípulos, embozados en sus ropones para evitar ser reconocidos por los caminantes, tenían prisa por llegar. A eso de las 14.30, hora y diez minutos después de nuestra partida de Saidan, avistamos la «ciudad de Jesús». Nos despedimos con frialdad. Yo proseguí por la calzada, a la búsqueda del camino habitual de acceso a la «cuna», por el filo sur del promontorio. La tragedia planeaba ya sobre nosotros.

Rebasada Nahum, muy cerca del desvío que conducía a la bifurcación, empecé a presentir algo. Al efectuar la rutinaria conexión auditiva, con el fin de alertar a Eliseo de mi retorno, no obtuve respuesta. Perplejo, presioné una y otra vez mi oído derecho, repitiendo la llamada. Era imposible que no me recibiera. En segundos, por mi mente desfiló un sinfín de posibles explicaciones. ¿Fallaba la conexión auditiva? ¿Se había registrado alguna caída de energía en la nave? Sin querer me trasladé al dramático momento del desmayo de mi hermano, en pleno descenso sobre el Olivete. ¿Habría sufrido otro desvanecimiento? Mi corazón se aceleró. Tenía que llegar al módulo cuanto antes. Pero nada más iniciada la carrera, atajando por el sendero que desembocaba en el circo rocoso, un lejano vocerío me contuvo. Por aquella misma pista polvorienta descendía un grupo de gesticulantes y, a primera vista, alterados galileos. Retrocedí. Fue instintivo. El cruce, en tan comprometida vereda, con alguien de Nahum o de los alrededores no era recomendable. La seguridad de la «cuna» podría haber corrido un riesgo innecesario. Me precipité sobre la calzada, desapareciendo en dirección a Tabja. No puedo estar seguro pero creo que no fui detectado por el referido grupo. Más tarde comprendería las razones de su indignación. En tan críticos instantes no reparé en otro detalle, altamente sospechoso: los posibles vecinos de Nahum no traían la dirección de la cima de la colina. ¡Bajaban por el ramal que moría en la menguada explanada existente frente a la cripta funeraria!

Ataqué la ladera sur y a cosa de cien metros del punto de contacto, con las moles basálticas que rodeaban el cementerio a mi derecha, me detuve sin resuello, ajustándome las lentes especiales. Al invadir el área de seguridad IR, la conexión auditiva empezó a vibrar. Los sistemas, por tanto, se hallaban en automático. La conexión funcionaba. Pero ¿y mi compañero? No lograba entenderlo. ¿Qué había sucedido en mi ausencia? Al visualizar el fulgurante módulo, el corazón, bombeando intensamente, casi se detuvo del susto: la escalerilla hidráulica había sido activada. Evidentemente, Eliseo tenía que ser el responsable de aquello. Pero ¿por qué?

Me introduje en la nave como un ciclón. En efecto: mi hermano había desaparecido. Bregando con la incertidumbre era difícil serenarse. Tenía que pensar. ¿Qué podía haber ocurrido? Revisé los paneles de control. Todo funcionaba a la perfección. «Santa Claus» tampoco aportó información sobre el asunto. Los únicos indicios eran el traslado de la alerta infrarroja al sistema director —que respondió con precisión— y la presencia en tierra de la escalerilla. Algo estaba claro: mi compañero portaba su propia conexión auditiva. Es más: el hecho de haber fijado en 300 pies el límite del escudo protector me tranquilizó un poco. Si hubiera albergado la intención de alejarse a una mayor distancia, lo prudencial habría sido establecer el alcance de la radiación IR en un radio superior. Eso era lo obligado y, por supuesto, la meticulosidad de Eliseo estaba fuera de toda duda. Estos razonamientos, sin embargo, fallaban en un punto. Si Eliseo se encontraba dentro de ese radio de acción de 300 pies, lo lógico es que el computador central, como en mi caso, le hubiera alertado. El «intruso» —que en aquellas circunstancias era yo mismo— no habría pasado inadvertido. Eso, naturalmente, admitiendo que su ubicación fuera correcta. En previsión de que tales deducciones estuvieran acertadas, me instalé frente a los paneles de mando, abriendo el canal de la conexión auditiva. Aquélla era otra de las deficiencias del programa: mientras el explorador que permanecía fuera del módulo no tomara la iniciativa, activando su «cabeza de cerilla», el receptor —en este caso el piloto situado en la «cuna»— se veía incapacitado para establecer contacto. (A raíz de este «incidente», Eliseo rectificaría los dispositivos, consiguiendo que dicha conexión auditiva pudiera ser abierta y emprendida por ambas partes, indistintamente.)

La espera fue angustiosa e interminable. Insisto: no lograba comprenderlo. Si mi hermano —como así debía ser en buena lógica— había recibido las señales de «Santa Claus», advirtiéndole de la irrupción de un ser vivo en las inmediaciones de la «base madre», ¿por qué no hacía acto de presencia o, cuando menos, por qué no intentaba una rutinaria conexión con la nave? En sus cálculos debía figurar que aquel intruso podía ser yo. «A no ser que...» La hipótesis de que hubiera sufrido un accidente fue rechazada. Pero la semilla de la duda estaba sembrada. Y un sudor frío me acompañó en aquellos dramáticos momentos. ¡Tenía que actuar! ¡Tenía que salir en su búsqueda! Pero ¿hacia dónde?

En un postrer intento por hallar algo de luz chequeé los discos del ordenador, comprobando que la codificación de los informes y estudios sobre el «cuerpo glorioso» del Maestro —labor en la que le había dejado inmerso en el instante de abandonar la nave— se hallaba detenida en el impresionante capítulo del «supercerebro». Lo confieso. En esos momentos de ansiedad no tuve la percepción necesaria para captar que quizá aquellos abrumadores hallazgos podían ser la causa de tan brusca e inexplicable desaparición. ¿Cuándo aprenderé a oír la sutil voz de la intuición? Lo único que saqué en claro es que dicho trabajo había sido interrumpido hacia las 10 horas. Teniendo en cuenta que los cronómetros del módulo señalaban en aquellos instantes las 16, cabía la posibilidad de que llevara en el exterior... ¡seis horas! En tan dilatado período de tiempo podía haber caminado mucho más allá de Saidan, de Migdal o de Corozaïn, por poner algunos ejemplos. ¿Qué tonterías estaba pensando? Ninguna de esas marchas guardaba relación con nuestros planes. ¿Y si hubiera sufrido un percance, perdiendo la memoria? No, no debía caer en la trampa del tremendismo... Sin embargo, aquella alteración en el segundo aterrizaje...

Tratando de racionalizar mis cada vez más perdidos pensamientos —mientras aguardaba ansioso una comunicación que no llegaba—, dibujé en mi mente un «inventario» de los posibles lugares a los que podía haberse dirigido. Rechacé la cripta funeraria. Aunque sus visitas al cementerio habían menudeado en las últimas jornadas, contribuyendo a completar los análisis antropológicos, la autonomía de la potente linterna no daba para tantas horas de investigación.

¿Habría descendido a los depósitos de Tabja? Las reservas de agua eran todavía abundantes. Además, ese paraje se hallaba a unos veinte minutos del módulo y, en consecuencia, fuera del límite IR.

¿Nahum? Mucho menos... ¿Y si hubiera intentado localizarme en Saidan? Pero ¿a cuenta de qué? En la «cuna» todo marchaba como un reloj. Desestimé también esta posibilidad.

A las 16.30, definitivamente confuso, decidí salir en su busca. El segundo lamentable error por mi parte fue no revisar el compartimiento de las herramientas. Hubiera ahorrado tiempo y disgustos.

El rastreo por la colina fue infructuoso. No supe identificar ni la más leve huella de su paso. Y no sé muy bien por qué, el presentimiento de que pudiera hallarse en Tabja o Nahum fue cristalizando en mi angustiado ánimo. Así que, sin pérdida de tiempo, me presenté en la zona de los molinos. Nakdimon, el funcionario encargado de las aguas, se encogió de hombros. No había visto a nadie de las características de Eliseo. Desalentado, deshice lo andado y, al encontrarme de nuevo en la estrecha embocadura de la calzada, al pie del talud que me servía de referencia para ascender por la ladera hacia la nave, cambié momentáneamente de planes. Sí, antes de proseguir hacia Nahum, echaría otra ojeada a la «cuna». Merecía la pena perder unos minutos frente a los controles, aguardando la ansiada comunicación.

«Quién sabe —me animé a medias—, quizá se halle de regreso y todo esto no sea más que un malentendido...»

Pero el módulo, lo sabía, continuaba desierto. Y la voz de mi compañero siguió muda.

Ahora, meditando sobre el particular, me asombro de mi propia entereza. No hay duda: fuimos magníficamente entrenados. No comprendo cómo no me derrumbé. Sentado en mitad de aquel horrible silencio, solo y sin poder creer lo que estaba sucediendo, debería de haber enloquecido. ¿Qué hubiera sucedido de no aparecer Eliseo? ¿Qué habría sido de la operación? Yo solo habría tenido demasiadas dificultades...

Gracias a los cielos, mi coraje estaba vivo. Más que vivo, rabioso. Y dispuesto a todo salté de nuevo a tierra.

Serían las 18 horas. Recuerdo que la amenaza del anochecer se cernía ya por el horizonte. Apenas si quedaban treinta minutos de luz. Y con un nudo en el vientre tomé el rumbo de Nahum. Ciego de rabia, capaz de destrozar a quien pudiera lastimarle (el código ético de Caballo de Troya me importó un comino en aquellos momentos), trepé por los negros bloques de basalto del circo, mentalizándome para remover Nahum de arriba abajo. Y si eso no fuera suficiente, peinaría Saidan, Migdal y lo que hiciera falta. Mi hermano era lo primero.

Crucé la pequeña explanada y, al pisar la vereda que llevaba hacia el este, una imagen —¿o fue una sombra?—, fugaz como un relámpago, me clavó al polvo del camino. En mi obcecación estuve a punto de no distinguirla. Tiemblo sólo de imaginarlo. Dudé. «No es posible...» La excitación empezaba a jugarme malas pasadas. Era preciso controlarse. Contuve la respiración, temeroso de volver el rostro y descubrir lo que creía haber descubierto. Y al momento, por asociación de ideas, la escena de los galileos descendiendo por la colina apareció en mi memoria. Fue una secuencia rápida y confusa. No sé cómo pero en ese espacio infinitesimal de tiempo supe lo que había ocurrido. Y la angustia se abrió como un pozo sin fondo, erizándome los cabellos.

Giré despacio. Lentamente. Con la respiración agitada. Rezando para que aquella impresión no fuera cierta. Lo era, lamentablemente...

«¡Oh, no!»

En efecto, la enorme muela —que no pudimos desplazar en su momento— había sido rodada hasta su lugar, sellando la cripta. Sólo cabía una explicación: alguien, nunca supimos quién, descubrió la profanación, poniendo sobre aviso a los posibles propietarios del panteón, que se personaron en el circo rocoso y lo clausuraron de nuevo. Aquel grupo de indignados galileos tenía que ser el responsable del cierre. Pero ¿y mi hermano? ¿Cuál había sido su suerte? De encontrarse en el interior, en cualquiera de las dos plantas, de seguro que tendría que haber oído y sentido las voces, los pasos o el rugido de la losa en su roce con la fachada. Si era así, al verse enterrado vivo, ¿por qué no había solicitado auxilio a través de la conexión auditiva? ¿O es que no se hallaba en la cripta? ¿Y si hubiera sufrido un ataque por parte de los vecinos de Nahum? Eliseo, que yo supiera, no iba armado. Me negué a aceptarlo. El lugar era sagrado para los judíos. Difícilmente lo habrían mancillado con un derramamiento de sangre. Pero ¿quién podía asegurarlo? Aquellos fanáticos eran capaces de todo.

Me pegué a la piedra circular, intentando captar algún sonido procedente del interior. Lo único que escuché fue el retumbar de mi corazón, a punto de escapar por la garganta. No podía permanecer en aquella duda. No había otra solución que descalzar la muela y aventurarse en la gruta. Peleé con la cuña de madera y, al fin, jadeando, conseguí arrancarla. Y empujando como jamás lo había hecho, la roca rodó por el inclinado canalillo hasta empotrarse entre bramidos en el flanco oeste de la fachada. Descompuesto me asomé al corto pasillo que conducía a la primera de las cámaras.

—¡Eliseoooo!...

El eco devolvió la llamada. Esperé. Nada. Silencio. La cripta, negra como boca de lobo, parecía solitaria. «¿Y si estuviera equivocado?» Quizá mi compañero había tenido el atinado sentido de no proseguir con los estudios. Quizá estaba perdiendo el tiempo. «Debería haber continuado mi camino hacia Nahum...»

A pesar de aquel forcejeo conmigo mismo seguí caminando, descendiendo a tientas hasta la antecámara. «Además, allí no se veía nada... En todo caso, debería regresar a la nave y proveerme de alguna antorcha.» De pronto, un miedo cervuno me obligó a retroceder. «¿Y si aquellos energúmenos se presentaban de nuevo y volvían a sellar la tumba?» La macabra idea secó mi último aliento. En ese caso podía darme por muerto... y enterrado. Un solo hombre, desde el interior, no tenía posibilidad alguna de desplazar aquella roca, una vez calzada en el canal. Sentí frío. Un frío seco, consecuencia de mis propios miedos.

—¡Eliseoooo!...

Si estaba allí, ¿por qué no respondía? En el fondo, aquel silencio, apenas roto por mi desordenada respiración, era un buen síntoma. «Seguramente estoy equivocado...»

Dispuesto a desafiar mi propio pánico, con los brazos extendidos, agitando la «vara de Moisés» en el tenebroso vacío a manera de improvisado bastón de ciego, penetré en la primera de las cámaras funerarias que desembocaban en la referida antecámara. No había forma de acostumbrar las pupilas a la espesa negrura. Repetí las llamadas. Golpeé el suelo, las paredes y los rincones en un vano intento de localizarle o de encontrar algo que me sirviera de ayuda. Los nichos o *kokim* se hallaban perfectamente cerrados, tal y como los habíamos dejado. El rastreo se repitió en las siguientes salas funerarias y con idéntico fruto. No sabría explicar por qué, pero la idea de descender a la galería inferior me torturaba. Lo achaqué al miedo. Nunca me gustaron los cementerios y menos en aquellas circunstancias. Pero debía bajar.

Tanteé los peldaños con el canto del cayado. El camino se hallaba libre. Y una vez en la espaciosa segunda cueva

430

me detuve indeciso, con el pulso acelerado y un imposible deseo de perforar las tinieblas.

—¡Eliseoooo!...

Elegí el muro de la derecha y, pegándome a la fría roca, fui avanzando con lentitud, reconociendo por el sonido de los golpes los diferentes sarcófagos de piedra que reposaban en los arcosolios. El corazón latía vigorosamente, en un esfuerzo por mantener despejado el cerebro. Ahora entiendo a las personas que se desvanecen como consecuencia del terror. La lengua, como el esparto, fue incapaz de modular una nueva llamada. Completé el recorrido y, al retornar al punto de partida, a los escalones, respiré aliviado. Si no recordaba mal no había quedado un solo rincón por escudriñar. Eliseo, definitivamente, no se hallaba en el cementerio. Pero entonces... La presión psicológica se duplicó. ¡Estaba a cero! ¡Como al principio! ¡Dios...!

Olvidando lo macabro del lugar —¡qué podía temer de aquellos cientos de esqueletos!— fui a sentarme en los últimos peldaños. No debía rendirme. Aquella pesadilla sólo podía ser eso: un fugaz mal sueño. En cualquier momento, cuando menos lo esperase, despertaría —quizá en el módulo— y mis ojos reconocerían al diligente Eliseo. Pero no estaba soñando. Mi hermano había desaparecido.

Aquél fue uno de los escasos momentos, en toda la operación, en el que di rienda suelta a mis sentimientos. Y lloré con rabia. Con amargura. Con desesperación. Pero la Providencia es la Providencia...

Súbitamente, en la lejanía de la maldita fosa, creí escuchar algo. Levanté el rostro, sintiendo cómo los escalofríos me devoraban.

—¿Qué ha sido eso?

Me puse en pie, presintiendo un peligro. Juraría que el extraño sonido había brotado del fondo de la galería. «No es posible.» Esa zona también fue batida por la «vara». «¡Alucinaciones, Jasón!», me reproché al momento.

Una segunda oleada de escalofríos fue la inmediata y fulminante respuesta a un nuevo y más nítido «crac». Intenté tragar saliva. Imposible. El miedo me tenía preso. Era un sonido seco. Como el del entrechocar de huesos... Las rodillas se doblaron. ¿Huesos? «¡No, calma, Jasón! Los muertos no resucitan... Bueno, algunos sí...»

Los confusos crujidos cesaron. No había duda: llegaban del fondo de la cueva. «Pero...» De pronto recordé: «¡Maldición!... ¿Cómo no me había dado cuenta?» Temblando de pies a cabeza avancé un par de pasos por el centro de la galería. Otro sonido me paralizó nuevamente. Esta vez no fue como los anteriores. Parecía un gemido... «¡Dios de los cielos!: ¡el pozo!, ¡la fosa común! ¡La había olvidado!»

A un metro del osario, consumido por la incertidumbre, tropecé con algo... metálico. Me agaché y, palpando en la oscuridad, reconocí el «obstáculo»: ¡era el foco y la batería que lo alimentaba!

—¡Eliseo!...

Quebrada por el pavor, mi voz apenas obedeció.

—¡Aquí!...

¡Era él! ¡Era mi hermano!

Hecho un manojo de nervios, activé la lámpara. La carga se hallaba prácticamente exhausta. Pero la mortecina radiación residual fue suficiente para ubicarlo. Eliseo, caído sobre los huesos y calaveras, tenía el rostro ensangrentado. A su lado, el gran saco de las herramientas. Me arrojé al fondo del osario, abrazándole. Fue la primera vez que le vi sollozar y hundir su rostro en mi pecho.

Al examinar la frente comprobé que presentaba una brecha y que la sangre había coagulado. ¿Cuánto tiempo llevaba en aquel lugar? ¿Qué había sucedido? No eran momentos para interrogarle. Pregunté tan sólo si podía caminar. Asintió y, tras ayudarle a salir del pozo, pasando su brazo izquierdo sobre mis hombros, cargué con él y con el instrumental, huyendo de aquel infierno.

Una vez en la seguridad de la nave, practicada una primera cura de urgencia, me explicó lo ocurrido. Efectivamente, a eso de las diez de la mañana, desazonado por los descubrimientos, optó por interrumpir los estudios sobre el «cuerpo glorioso» de Jesús.

—Lo reconozco —confesó—, no calculé los riesgos y decidí aliviar la tensión con un trabajo más «terrestre».

Así fue cómo penetró en la cripta, dispuesto a continuar las investigaciones antropológicas.

—Todo estaba bajo control, Jasón: el cinturón IR en automático, mi conexión... Pero, hacia las trece horas, la segunda batería empezó a fallar. Me disponía a retornar cuando, inesperadamente, oí ruidos en la galería superior. Recogí precipitadamente el material —prosiguió con amargura— y, sospechando que pudiera tratarse de algún nativo, corrí en la oscuridad, con ánimo de ocultarme en lo más profundo de la gruta. La linterna rodó por el suelo y, en mi nerviosismo (¡viejo amigo!, ¡cómo eché de menos tu serenidad!), olvidé esa traicionera fosa, cayendo en ella como un fardo. Después no recuerdo... Al recobrar el sentido apareciste tú.

Me estremecí horrorizado. No sólo ante la comprometida situación que se hubiera planteado, en el caso de haber sido descubierto, sino, muy especialmente, al pensar en las consecuencias de una caída como aquélla. Por otra parte, ¿quién podía asegurar que no había sido detectado por los galileos?

Hundirle en nuevos sufrimientos no era justo. Así que no mencioné el cierre de la tumba. Jamás supo que había sido enterrado vivo.

Todo aquello explicaba por qué no captó las señales de «Santa Claus» y, lógicamente, su largo silencio.

El golpe, por fortuna, no revestía trascendencia. Sin embargo, en previsión de una siempre posible infección, le apliqué, tópicamente, un antibiótico de penetración rápida (fusidato sódico) y una dosis de recuerdo, por vía subcutánea, antitetánica. Casi no volvimos a hablar de aquel lamentable incidente. Eso sí: sirvió de lección. A partir de entonces, por muy nimias e intrascendentes que pudieran ser o parecer, nuestras acciones fueron sometidas a una exposición y análisis previos. En cada momento de la exploración (hasta que sucedió lo que sucedió) supimos dónde se hallaba el otro, con qué objetivos y cuáles eran los límites geográficos y temporales de cada maniobra. Aun así —no nos engañemos—, hubo sus más y sus menos...

Aunque la recuperación de Eliseo fue rápida, el resto de la jornada no fue fácil para quien esto escribe. Mis propósitos de viajar a Nazaret a la mañana siguiente se tambalearon. No me atrevía a dejarle solo. Y no por miedo a que cometiera otra torpeza —yo era mucho peor en ese sentido—, sino ante la duda de que se presentase cualquiera de las numerosas formas de tétanos conocidas. (Las heridas, en general, son susceptibles de este tipo de infección. Tanto si las ha provocado una arma como el impacto con una piedra, huesos, etc. En especial, si se han visto contaminadas por la tierra o el estiércol.)

Mi silencio no pasó inadvertido. Y al requerir información sobre mi estancia en Saidan percibió la causa de mi inquietud. Eliseo no buscó convencerme o animarme para que continuara con el plan previsto. En silencio, con gesto decidido, puso manos a la obra, preparando el equipaje.

Le dejé hacer. Yo sabía que, una vez tomada una decisión, difícilmente rectificaba. Por supuesto, aunque tampoco le dije nada, yo también adopté una resolución: esperaría al amanecer del lunes. Si su estado inspiraba confianza, partiría. En caso contrario, nada ni nadie me obligaría a seguir a la Señora y al Zebedeo.

En realidad, el pequeño saco de viaje que debía cargar no contenía gran cosa: un par de sandalias de repuesto, una frugal partida de frutos secos (de alto poder calórico) —higos prensados, pasas y nueces, fundamentalmente—, una calabaza ahuecada con la pertinente ración de agua previamente filtrada y hervida (1) y, eso sí, una docena de fármacos, perfectamente camuflados en sendas ampolletas de arcilla (2). En la bolsa de hule que colgaba del ceñidor,

---

(1)   Las normas de Caballo de Troya, en este capítulo, eran rígidas e inflexibles. Además de una rigurosa quimioprofilaxis, las reglas higiénicas a seguir mientras nos encontrásemos en contacto directo con aquella civilización eran sagradas. El agua, por ejemplo, vehículo de importantes enfermedades transmisibles, tales como la disentería bacilar, fiebres tifoides, paludismo (en Egipto era conocida por el nombre de *aat*), amebiasis y una larga lista de poliparasitismos, estaba prohibida. En teoría sólo podía consumirse aquella que hubiera sido previamente potabilizada por nosotros. En este sentido, los exploradores se hallaban obligados a rechazar cualquier oferta de líquido elemento que, como digo, no hubiera sido tratado convenientemente y en nuestra presencia. Por supuesto, no siempre fue así... En la «cuna», tanto el agua de lluvia como la suministrada desde el exterior, era filtrada y sometida a ebullición, al menos por espacio de diez minutos. Con el fin de evitar los posibles quistes de *Entamoeba histolytica* y *Giardia lamblia* —parásitos frecuentes en aquellos climas y resistentes a la cloración—, el agua recibía las correspondientes dosis de tintura de yodo: de cinco a diez gotas al 2 por 100 por cada litro. *(N. del m.)*

(2)   Aunque, gracias a Dios, no fueron utilizados con profusión, cada vez que uno de los expedicionarios emprendía un viaje de cierta

lo acostumbrado: las «crótalos», los dineros —cada vez más mermados— y el último salvoconducto de Poncio. Puesto a punto el petate nos miramos en silencio. Creo que ambos sabíamos de los pensamientos del otro. Pero, muertos de cansancio y fulminados por las emociones del

---

duración, en su bagaje debía figurar una mínima colección de fármacos, imprescindibles en caso de emergencia. Este «botiquín» habitual —siempre camuflado en recipientes de la época— reunía diferentes analgésicos antitérmicos (paracetamol y ácido acetilsalicílico, preferentemente), analgésicos más potentes (a base de codeína), antibióticos de amplio espectro (tetraciclina, cotrimoxazol y amoxicilina, entre otros), antidiarreicos (loperamida), antiácidos (trisilicato de magnesio e hidróxido de aluminio), antihistamínicos, antibióticos para uso tópico (neomicina y bacitracina, generalmente), la cloroquina (importantísima como antipalúdico), un amebicida (tinidazol o metronidazol), una mezcla especial para rehidratación por vía oral e, incluso, según los viajes y expediciones, sueros antiponzoñosos polivalentes y soluciones antifúngidos (clotrimazol o miconazol, indistintamente).

El inevitable capítulo de los alimentos fue otra constante preocupación. Muchas de aquellas enfermedades podían contraerse también a causa de víveres contaminados por moscas o, como en el caso de las verduras y vegetales, a raíz del contacto con aguas residuales. Nuestros cuidados fueron extremos en lo referente al consumo de carnes. Sabido es que, por ejemplo, la de vaca puede transmitir la *Taenia saginata* y la de cerdo —impuro para los judíos—, la *T. solium* o *Trichinella spiralis*. En cuanto a determinados peces de agua dulce —huéspedes intermediarios de *Diphillobothrium latum*— o de mar (transmisores de la clonorquiasis), las reservas debían ser igualmente minuciosas. Asimismo estaba prohibida la ingestión de serpiente, capaz de originar una porocefalosis, y algunas muy específicas familias de cangrejos, portadoras de la paragonimiasis. En todo caso, los alimentos consumidos en el exterior de la nave debían hallarse inexcusablemente bien cocidos o en frituras que alcanzasen una temperatura base de 50 grados. (A dicha temperatura la mayoría de los agentes patógenos resulta destruida.) La fruta cruda, obviamente, sólo podía ser comida una vez pelada. Con los huevos y dulces en general, los cuidados eran mucho más severos. Entre nosotros utilizábamos un dicho que podría sintetizar este riguroso y necesario control higiénico-sanitario: «En el trópico (aunque nuestra situación geográfica no obedeciera exactamente a la de los países tropicales), o hervido o cocido o pelado..., u olvidado.»

Con la ropa, en cambio, no tuvimos problemas. La «piel de serpiente» constituyó una magnífica e irreemplazable protección durante una buena parte de la operación. Respecto a las túnicas y ropones, eran lavados en el módulo, destruyendo así cualquier depósito de huevos de moscas e insectos, cuyas larvas podrían haber constituido un peligro (miasis).

Por último, siempre que fuera posible, evitábamos caminar descal-

día, nos retiramos a las literas, dejando que fuera el Destino —como tantas veces— quien marcara la pauta a seguir. Y el Destino, una vez más, se mostró férreo e inflexible.

DEL 24, LUNES, AL 28 DE ABRIL, VIERNES

Poco a poco nos acostumbramos. Y llegó a ser algo familiar. Cada amanecer —mientras el módulo permaneció en la ladera sur del monte de la «ordenación»—, bandadas de pájaros hacían saltar las alarmas infrarrojas, despertándonos. Eliseo fue el primero en asearse. Le estuve observando. Me pareció repuesto. Incluso —nunca supe si fingía—, mientras preparaba el desayuno, le oí canturrear. Es curioso: el agotado era yo. Entonces lo achaqué al trasiego de la pasada jornada. El caso es que necesité de toda mi voluntad para ponerme en pie. Y mi hermano, por derecho, fue al grano. El susto —eso dijo— había pasado. Se hallaba en perfecta forma y, en consecuencia, los planes de la operación no debían alterarse. Saldría para Nazaret.

Dejó que le examinara. La cicatrización prosperaba y, a pesar de la minuciosidad con que lo hice, su temperatura y constantes vitales resultaron mejores que las mías. Desconfiado, insistí:

—¿Seguro que estás en condiciones?

Sólo me permitió que se lo preguntase una vez. Y convencido de que su estado físico y anímico era excelente, le dimos un último repaso al programa. La expedición —estimada en cinco días como máximo— entrañaba algunos inconvenientes. El más serio: la incomunicación. En línea recta, la distancia que nos separaría era de 28 kilómetros. Los obstáculos naturales que se interponían entre la «cuna» y Nazaret —en especial la cadena de montes situada al noreste de la referida villa, con cotas de hasta 573 metros—

---

zos. De esta forma se soslayaba el siempre latente riesgo de las infestaciones por helmintos (fundamentalmente anquilostomas, estrongiloides y larva migrans cutánea). Ni que decir tiene que, durante buena parte del tercer «salto», estas medidas se acentuaron al límite. *(N. del m.)*

hacían inviable la conexión «vía láser», único medio factible de transmisión a partir de los 15 000 pies (5 kilómetros). Disponíamos, sí, del «ojo de Curtiss», susceptible de ser lanzado hasta una distancia límite de 10 kilómetros. Pero un mínimo sentido de la prudencia no aconsejaba su uso en tales circunstancias.

Otro de los riesgos —siempre a tener en cuenta— lo constituía el camino propiamente dicho, con la permanente amenaza de los bandidos, los posibles ataques de animales salvajes y las imprevisibles inclemencias meteorológicas. Según nuestros cálculos —totalmente teóricos, claro está—, la distancia entre Nahum y Nazaret podía ser cubierta, a buen paso y sin contratiempos, en un tiempo que quizá oscilase entre las cinco y seis horas. La ruta habitual, frecuentada por las caravanas procedentes de la fértil llanura de Esdrelón y de Damasco, comprendía —según nuestras informaciones— algunos puntos obligados: el *wadi* Hamam o Valle de las Palomas, al suroeste de la ciudad de Migdal; Arbel y el desfiladero de los «Cuernos de Hittín» y, desde este macizo rocoso —siempre hacia el oeste—, dejando a la derecha los poblados de Lavi y el actual Tur'an, las colinas de Caná. Desde aquí a Nazaret sólo restarían media docena de kilómetros. La nueva aventura —lo confieso— me fascinaba. Recorrer, palpar y husmear hasta el último rincón de la aldea donde Jesús había vivido tantos años era un reto y una oportunidad que no podíamos desperdiciar. Estaba seguro: de aquella visita surgirían esclarecedoras revelaciones sobre esa «vida oculta», como la califican —erróneamente por cierto— los cristianos. Y la emoción de lo desconocido levantó mi ánimo, eclipsando aquel decaimiento físico.

Durante este período de tiempo en el que me hallaría ausente, Eliseo se responsabilizaría de la culminación de los estudios y codificación de todo lo relacionado con el «cuerpo glorioso», así como de las observaciones y recogida de muestras del *yam*, vitales para la no muy lejana tercera exploración. De mutuo acuerdo establecimos esa área de investigación en el triángulo formado por el punto de contacto, Tabja y Nahum. De momento, la cripta funeraria fue considerada como «zona prohibida». En caso de «alta emergencia», mi hermano tenía órdenes rigurosas: utilización primero de las defensas convencionales (cinturón gravitacional, etc.) y, en el supuesto de tener que abandonar la ladera, traslado del módulo a los casi inaccesibles picachos de Hittín. Sólo si fuera absolutamente preciso debería recurrir —en mi nombre— a la protección del hogar de los Zebedeo, en Saidan. Y rogando a los cielos para que nada de esto ocurriera, Eliseo y quien esto escribe se despidieron con un entrañable abrazo. La suerte estaba echada.

Y a las 05.30 horas, con el alba, descendí hacia Nahum, evitando la senda que partía del circo rocoso. Negros nubarrones encapotaban el lago y refrescaban la temperatura. El cambio podía ser bueno o malo, según se mirase. La lluvia llenaría los mermados depósitos de la «cuna» pero, al mismo tiempo, podría crear problemas en la marcha hacia Nazaret.

No tuve que aguardar en demasía. Aunque las citas en aquel tiempo no tenían nada que ver con lo que hoy conocemos y practicamos, mis amigos, a su manera, fueron puntuales (1). Hacia las 06.30, la lancha que había capitaneado Simón Pedro atracaba al este del puerto, en uno de los muelles triangulares próximo al astillero de los Zebedeo. Me sorprendió ver a los gemelos y al jefe del caserón. Éste fue el único que desembarcó. Me saludó cordial y, con su proverbial parquedad de palabra, alzó la mano izquierda, despidiéndose del resto de los pasajeros de la barca. A continuación le vi desaparecer en dirección al astillero. Sin pérdida de tiempo me acomodé a proa, junto a la Señora.

(1) Como creo haber apuntado en ocasiones precedentes, la medición del tiempo en aquella época no era como hoy. Incluso entre las culturas de Oriente y Occidente existían sustanciales diferencias. Los judíos, por ejemplo, consideraban la puesta de sol como el inicio de un nuevo día. El Génesis así lo proclamaba: «La noche y la mañana eran un solo día.» Los romanos, en cambio, empezaban la cuenta a partir de la aurora. Las horas, por supuesto, existían para unos y otros. Pero no con la interpretación que hoy conocemos. El cómputo de minutos y segundos era conocido desde los tiempos del exilio en Babilonia, aunque raramente hacían uso de él. Quedar citado con alguien a las 09 horas y 15 minutos, por ejemplo, habría sido un absurdo. La gente se citaba «al atardecer», «al alba» o entre las diferentes y principales «horas» del día o las «vigilias» de la noche. Sólo las familias adineradas disponían del lujo de un reloj. Quizá más adelante hable de estos curiosos artilugios. El tiempo, en definitiva, era concebido de otra forma: sin premuras, sin el actual y lamentable sentido de «esclavitud». (N. del m.)

438

Y al punto, Juan, Bartolomé y los hermanos de Alfeo reemprendieron la boga, costeando hacia Tabja. Estaba equivocado. Con gran sentido práctico, el Zebedeo prefirió cubrir aquellos kilómetros que nos separaban del *wadi* Hamam —punto de arranque de la caminata—, no por el camino de la costa, sino por el lago. Ello nos proporcionaba un ahorro de energías —en especial para María— y un más rápido desplazamiento hacia nuestro objetivo. En los ojos de la Señora descubrí un especial brillo de alegría. Pero, durante la media hora larga que duró la travesía, apenas si hablamos. «Por razones de seguridad» —según Juan—, el desembarco se llevó a efecto a media milla al sur del puerto de Migdal, en una playa desierta. La Señora agradeció con una sonrisa que le tendiera una mano y ayudara a descender a tierra. Al parecer, dada la inquietud reinante en el *yam* a raíz de las apariciones del Maestro, los íntimos —el Zebedeo el primero— creyeron oportuno evitar cualquier tipo de encuentro, en especial en las poblaciones que se asomaban al lago. «Tiempo habría —argumentó Juan, rememorando las ardorosas intenciones de Pedro— de enfrentarse a las gentes y hablar claro...»

Bartolomé y el Zebedeo cargaron sendos sacos de viaje y yo, como uno más, me responsabilicé del pellejo que contenía el agua. Y rápidamente, tras un mutuo y lacónico «Que la paz sea con vosotros», Judas de Alfeo empujó la lancha hacia el *yam*, saltando al interior. Minutos después los gemelos se perdían en la plomiza superficie de las aguas, rumbo a Saidan.

Y Natanael, tomando la iniciativa, se puso en cabeza de la expedición, adentrándose en la llanura que nos separaba de Hamam. Inspiré con fuerza y, dirigiendo una última mirada al lejano promontorio en el que esperaba mi hermano, me situé inmediatamente detrás de Juan, cerrando la escueta comitiva. Una nueva y excitante aventura acababa de empezar...

[*NOTA DEL AUTOR*

Entiendo que, llegados a este punto del diario del mayor, antes de proseguir con sus vivencias, conviene saldar una deuda con el lector. En mi anterior obra —Caballo de Troya 2—, *por razones ajenas a mi voluntad y de carácter puramente técnico, me vi obligado (por segunda vez) a interrumpir el increíble relato sobre la infancia y juventud de Jesús de Nazaret. Éste, digo, es el momento ideal para retomar el hilo de tan sustanciosa y esclarecedora narración, suspendida en plena huida de José y María a Egipto.*

Y al igual que en aquellas ocasiones, antes de proceder a la exposición de dicho relato, siento la necesidad de advertir de nuevo a los pusilánimes, o a todos aquellos cuyos principios religiosos se hallen irremisiblemente «cristalizados», que, por favor, abandonen la lectura de las páginas que ahora llegan. No es mi deseo lastimar la sensibilidad de esos posibles lectores. Tan sólo, como ya he dicho en múltiples oportunidades, intentar aproximarme a una de las mil caras de la Verdad.

Dicho esto, entremos de lleno, sin miedo, en la asombrosa «vida oculta» del Hijo del Hombre.]

✡ ✡ ✡ ✡ ✡ ✡ ✡ ✡ ✡

... *La matanza* [el mayor se refiere a los inocentes en la aldea de Belén y alrededores] alcanzó a dieciséis niños. Era el mes de octubre del año 6 antes de la era cristiana. Jesús contaba entonces catorce meses de edad.

Y antes de que nos adentremos en esa otra ignorada etapa de la vida de Jesús —la estancia en Egipto—, quise despejar un par de dudas que seguían planeando sobre mi mente.

—¿No fue un ángel quien advirtió en sueños a José que debía huir de Belén?

María replicó al instante:

—Sí..., un «ángel» llamado Zacarías, mi primo.

Mateo había vuelto a fallar. Y tuve que aceptar la reprimenda de la Señora, que calificó mi imaginación de «calenturienta y poseída por locos demonios».

Sonreí para mis adentros. En el fondo, la amonestación habría que hacérsela al confiado y sin par evangelista...

La segunda cuestión fue recibida con idéntica perplejidad.

—¿Una estrella?

—En efecto —insistí—, cuentan que aquellos sacerdotes de Ur fueron guiados por una estrella de gran brillo...

—Algo escuchamos, sí, pero nosotros no vimos nada tan extraordinario... Quizá José, si viviera, podría darte más detalles. Lo siento.

Tuve que resignarme. La historia de la no menos célebre estrella de Belén quedó en suspenso. Más tarde, como ya mencioné, en la exploración por las colinas situadas al sur de la Ciudad Santa, ésa y otras incógnitas quedarían despejadas. Por ejemplo, la sangrienta matanza de los infantes. ¿Cómo se llevó a cabo? ¿Se salvaron más niños, además de Jesús? ¿Cómo reaccionó la aldea ante el brutal exterminio?

Pero quedaban tantos temas por tocar...

¿Qué ocurrió en Alejandría? ¿Cuánto tiempo permanecieron en la ciudad egipcia? ¿Qué sucedió en los viajes de ida y vuelta? ¿Cómo fueron aquellos primeros años de la vida de Jesús?

El tiempo apremiaba y centré mis preguntas en la huida a Egipto...

Aquélla fue una etapa tranquila en la vida de la familia. La estancia en la populosa y arrogante Alejandría se prolongaría dos años. Concretamente, hasta agosto del «menos cuatro».

La Señora guardaba un entrañable recuerdo de los hospitalarios hebreos que les acogieron desde el primer momento: unos acaudalados parientes de José. El carpintero de Nazaret no tardaría en encontrar trabajo y, meses más tarde, la fortuna volvería a sonreírles: José sería contratado como contramaestre de una nutrida cuadrilla de obreros, dirigiendo la construcción de un edificio público. Este empleo le proporcionaría la suficiente experiencia como para —a su vuelta a la Galilea— aventurarse en la profesión de contratista de obras. Un trabajo compartido con la ebanistería propiamente dicha que, fatalmente, le conduciría a la muerte.

Leyendo los textos evangélicos de Mateo, uno tiene la sensación de que esta permanencia en Egipto tuvo un carácter puramente transitorio. En efecto, así fue. Sin embargo, por lo que pude deducir de las palabras de María, el matrimonio estuvo a punto de ceder a las pretensiones de sus familiares y amigos de Alejandría, afincándose en Egipto...

—Deseábamos y necesitábamos iniciar una nueva vida

—explicó con nostalgia— y aquellas buenas gentes hicieron lo imposible para que nos quedásemos. En cierto modo tenían razón: nuestro hijo hubiera podido ejercer una mayor influencia desde Alejandría que en una remota aldea de la Galilea...

—Entonces —le interrumpí, confuso—, ¿vuestros amigos sabían...?

Sonrió, buscando mi comprensión.

—Nuestro secreto, querido Jasón, era difícil de guardar. Al principio sólo lo supieron los parientes más cercanos a José.

—¿Qué fue lo que conocieron... exactamente?

Sus profundos ojos volvieron a asombrarse ante mis aparentemente absurdas preguntas.

—¿Qué podíamos decirles que tú no sepas? Sencillamente: que Jesús era el «hijo de la Promesa».

Durante mucho tiempo, en el seno de la familia de Nazaret, ésta sería la secreta forma de designar al primogénito.

—Como era de esperar —prosiguió indulgente—, uno de aquellos parientes terminaría por revelar el secreto a otros amigos de Menfis. Y como buenos creyentes se apresuraron a visitarnos, buscando, como te digo, la fórmula para que nos quedásemos definitivamente. Allí, eso era cierto, nuestro hijo habría recibido una educación más esmerada. Hicieron muchos planes. Todos, como nosotros, creían en la venida del Mesías libertador. Su amor y generosidad llegó al extremo de regalar a Jesús un ejemplar de la traducción griega de los textos sagrados de la Ley.

(Aquel libro desempeñaría un importante papel en la posterior educación del joven Jesús.)

—Dudamos. Pero, de mutuo acuerdo, declinamos la invitación y decidimos regresar a nuestra tierra.

Rememorando esta situación me he preguntado qué habría sido del Maestro, y de su obra, si, en efecto, sus padres terrenales hubieran aceptado vivir en Egipto. El Hijo del Hombre, quizá, sería conocido hoy como «Jesús de Alejandría»... Pero la Providencia, obviamente, tenía otros planes. Estas presiones por parte de sus conocidos retrasarían, sin embargo, el regreso a la Judea.

Al interesarme por la vida del pequeño Jesús durante aquellos meses, la Señora se encogió de hombros. Poco había que contar. Lo más sobresaliente —siempre según María— fue el tardío destete del niño y las continuas discusiones con José, a causa de la seguridad del bebé. En el primer asunto, las causas eran razonables. La agitada estancia en Belén y los sinsabores y angustias de la fuga a Egipto hicieron que la Señora le amamantara hasta casi los dos años. Sólo después de instalados en Alejandría cambiaría la alimentación. Esta prolongada lactancia materna —aunque hoy el tema se halla sometido a discusión—, lejos de perjudicar al niño, le benefició. La mayor parte de los especialistas de nuestro tiempo defiende este tipo de alimentación, al menos hasta el sexto o séptimo mes, como la mejor garantía inmunológica y de nutrición (1). Estoy convencido de que, inconscientemente, al dar el pecho a Jesús durante tantos meses, María le procuró una excelente reserva defensiva, conjurando o demorando así los indudables riesgos de una alimentación basada exclusivamente en la leche de vaca, cabra u oveja, que era lo normal (2). No

(1) A pesar de la eficacia de las medidas higiénico-sanitarias de la lactancia artificial —más que dudosas en el siglo I—, los expertos en puericultura y nutrición saben que una parte de las responsabilidades de los fracasos de esta clase de alimentación recae justamente en las deficiencias higiénicas de la leche no humana. Los gérmenes patógenos y saprofitos son incontables y peligrosos en dicha fórmula de lactancia artificial. Baste un simple ejemplo: según los estudios de Freudenreich y Miquel, si en el momento del ordeñado existen en un centímetro cúbico de leche 9 300 unidades bacterianas, a las tres horas esta cifra se ha duplicado. A las seis horas, esa colonia es veinte veces mayor, alcanzando el millón de unidades bacterianas en nueve horas (N. del m.)

(2) Especialistas del prestigio de Bacialli, Brusa y Lucca, entre otros, han estudiado muy a fondo los peligros de la alimentación infantil a base de leche animal. El número de gérmenes que puede desarrollarse en ella es ilimitado. Kufferath, por ejemplo, estableció las siguientes contaminaciones bacterianas en la leche de origen animal: el 8 % de las leches examinadas contenía de una a cien mil unidades por c.c. El 26 % alcanzaba un porcentaje que oscilaba entre las cien mil y un millón de unidades bacterianas por c.c. Y el 66 % de esas leches reunía más de un millón de unidades, también por c.c. Algunos de estos gérmenes aparecen de manera ocasional, por contaminaciones fortuitas. Otros, por el contrario, son propios del hábitat de estos animales domésticos. En aquel tiempo, en que la pasteurización estaba aún muy lejana, los gérmenes patógenos —tanto los termolábiles como los termorresistentes— hacían verdaderos estragos. El bacilo de la tuberculosis, por ejemplo, del tipo bovino o humano, era particularmente agresi-

podemos olvidar que, en aquel tiempo, el índice de mortalidad infantil era muy elevado (superior en muchos casos al
50 por 100). Lamentablemente, una parte de esa mortan-
dad tenía sus raíces en las extensas colonias de gérmenes
que anidaban en estos animales de leche —cabras y ovejas

---

vo. Y lo mismo sucedía con la llamada bacteria melitense *(Brucella meli-
tensis)*, patógena para la vaca y la cabra. La bacteria de «Bang», muy
común en aquellos establos, podía ocasionar en el hombre un síndrome
similar al de la fiebre melitense. Las vacas infectadas por esta bacteria
pueden no presentar síntomas, sin perjuicio de que vayan eliminando
gérmenes a través de la secreción láctea, contaminando así al consumidor de leche cruda. El bacilo del tifus podía llegar también a la leche,
con el uso de agua contaminada no potable o por parte de individuos
que hayan sufrido esta enfermedad y que continúen eliminando gérmenes por la orina, heces y, sobre todo, a través de una deficiente higiene
en el ordeñado. Otro tanto sucedía —y aún sucede— con los diferentes
tipos de bacilo disentérico. La importancia de las afecciones locales de
la mama está igualmente demostrada por todos los procesos supurati-
vos de ésta, debidos a los piógenos comunes, en especial a algunos
estreptococos *(Streptococcus mastiditis)*, muy temibles por la gravedad
con que pueden evolucionar las afecciones del aparato digestivo que
provocan. Rosenau describió una epidemia de angina estreptocócica
que originó once casos de muerte en una población de 1 200 habitantes.
Dicha epidemia se desarrolló a las cuarenta y ocho horas de haber consumido leche procedente de vacas afectadas de mastitis supurada con
presencia del estreptococo. A este lamentable cuadro había que añadir
los gérmenes saprofitos, «habituales» de la leche animal, incluso en la
recién ordeñada. Ni aun los mismos conductos galactóforos se mantienen estériles en los intervalos entre los ordeñados, ya que algunos gérmenes —huéspedes habituales de la superficie cutánea de los
animales— encuentran en ellos las condiciones más apropiadas para su
fijación y proliferación. Entre la numerosa flora saprofítica de la leche
se encuentran los estreptococos, enterococos, las lactobacterias, así
como la del colon y el *B. lactis* aerógenes. Estos gérmenes, al fermentar
la lactosa, precipitan por acidificación la caseína, pero sin proferir a la
leche propiedades dañinas. (Son los llamados «gérmenes de acción fer-
mentante», normalmente no esporógenos.) Los de «acción proteolítica»
—a menudo esporógenos— abarcan bacterias del grupo *proteus* y baci-
los *subtilis* y *mesentericus*. Estos últimos, esporógenos, no son destruidos por la pasteurización, aunque su desarrollo se ve dificultado por la
simultánea presencia de los gérmenes fermentantes de la lactosa, que
acidifican el medio. La acción de estos gérmenes se desarrolla cuando
la leche es conservada largo tiempo. Como son activos productores de
enzimas proteolíticos, puede tener lugar la peptonización de la caseína
e, incluso, la putrefacción. Ésta es sostenida las más de las veces por el
B. putrificus, que se encuentra a menudo en los forrajes mal conservados. Además de estos gérmenes termorresistentes y esporógenos se han

444

sobre todo—, primordiales en la economía de aquellos pueblos. (La leche se consumía fría o caliente, pero jamás hervida.)

El segundo problema —la obsesión de María por la integridad física de Jesús— le conduciría a lo que hoy definimos como un estado de estrés.

—Era superior a mí —reconoció con humildad—. En la casa había dos niños, y otros cuatro o cinco en la vecindad, de la misma edad de nuestro hijo. Pues bien, no soportaba verle jugar con ellos. Ni siquiera en el jardín interior. Temblaba ante la posibilidad de que se accidentara. José y yo discutimos a causa de esto. Él deseaba que creciera en un ambiente normal, sin esos cuidados que (lo sé) llegaron a ser enfermizos.

Los sensatos consejos del contratista y del resto de la familia le convencerían finalmente para que cesara en semejante actitud, que podría haber deformado el carácter o la personalidad del Jesús niño. Y el pequeño pudo moverse y jugar con libertad, aunque siempre bajo la vigilante mirada de su madre. Sin embargo, aquel temor le acompañaría durante toda la infancia del «niño de la Promesa».

Y en agosto del mencionado año 4 antes de nuestra era, cuando Jesús cumplía su tercer aniversario, la familia partió de Alejandría, embarcando en una de las naves de su amigo Azraéon, rumbo al norte: al puerto de Joppa (Jaffa), a unas 300 millas. Allí arribarían a últimos de dicho mes de agosto. Aquél fue el primer viaje por mar de Jesús. «Una experiencia inolvidable», según su madre...

—Era incansable. Corría, saltaba y jugueteaba por la cubierta, asomándose deslumbrado al mar. Hizo buenas migas con la marinería. Sus continuas preguntas empezaban a ser comprometidas para todos.

Desde Joppa —vía Lydda y Emmaüs— saldrían de inmediato hacia Belén. Allí permanecerían todo el mes de septiembre, negociando otro asunto de vital importancia:

---

de tener en cuenta otros igualmente termorresistentes, pero no esporógenos. Por ejemplo: el *S. thermophilus* y el *B. bulgaricum*, ya mencionados, y los llamados «mammococos» de Gorini, que proceden de las ubres de los bovinos. Estos cocos se consideran como parte del grupo de los enterococos. *(N. del m.)*

¿debían establecerse en la ciudad de David o, como sugería José, regresar al norte e instalarse en Nazaret?

Antes de que la Señora profundizara en este, para mí, desconocido tema, hice un paréntesis. Según Mateo (2, 19-21), la salida de José, María y el niño de Egipto tuvo un carácter «sobrenatural». «Muerto ya Herodes —asegura el evangelista—, el ángel del Señor se apareció en sueños a José en Egipto y le dijo: "Levántate, toma al niño y a su madre y vete a la tierra de Israel, porque son muertos los que atentaban contra la vida del niño."»

Como de costumbre tuve problemas para insinuarle «lo del sueño de José». Negando con la cabeza disipó todas mis dudas:

—¿Un sueño? No, que yo sepa... La presencia de un ángel —sonrió burlonamente— no era necesaria. Queríamos volver y, sencillamente, regresamos. ¡Qué cosas tienes, Jasón!

Una vez más, el evangelista había inventado o se había dejado arrastrar por una innecesaria magnificación de los acontecimientos. Las cosas fueron más naturales y lógicas. Como también lo fue el siguiente dilema: ¿Belén o Nazaret?

La Señora —así lo expresó— era partidaria de educar a su hijo en la antigua aldea de David. Los cristianos que, voluntaria o involuntariamente, han forjado en sus mentes una imagen espiritual y estereotipada de María puede que no comprendan este ardiente deseo de la madre terrenal del Maestro. Aunque habrá nuevas oportunidades para insistir sobre ello, conviene no perder de vista que, tanto entonces, como a lo largo de la vida de Jesús, María concibió la misión de su primogénito como la de un «libertador político», llamado a ocupar el trono del rey David. El añorado Mesías —lo he dicho muchas veces— era un símbolo, una esperanza, que derrocaría al invasor y alzaría a la nación judía por encima del resto de las naciones. José, por su parte, con un sentido práctico más agudizado, no veía con buenos ojos el acceso al poder de Arquelao, uno de los hijos del sanguinario Herodes el Grande, fallecido ese mismo año «menos cuatro». El carácter igualmente violento del nuevo tetrarca de la Judea (1) no le inspiraba confian-

(1) Herodes el Grande, fallecido a los setenta años, dejó una numerosa y confusa prole, fruto de sus diez esposas e incontables concubinas. Uno de estos hijos fue Arquelao, nacido de su unión con Maltace.

za. El prudente e intuitivo contratista de Nazaret —que no estaba muy seguro de la misión mesiánica de su hijo— sospechaba que los malos tiempos no tardarían en caer sobre la Judea. El tiempo le daría la razón.

Fueron necesarias tres semanas para vencer la tozuda

El cadáver de Herodes el Grande fue trasladado con gran pompa desde Jericó a la fortaleza Herodium, al sur de Jerusalén, y allí, según parece, fue sepultado en un féretro dorado. Ese mismo día, el canciller del tesoro y conservador del gran sello, Ptolomeo, hizo público el testamento del tirano. Los sucesores eran tres de sus hijos más jóvenes: Arquelao heredaba la Judea, Herodes Antipas —el «viejo zorro» que años más tarde trataría de interrogar a Jesús— fue designado tetrarca de la Galilea y de la región de la Perea, al este del Jordán, y, por último, Filipo se llevó los territorios del este y noreste del lago de Tiberíades. Arquelao, finalizados los funerales por su padre, se dirigió a Jerusalén, donde ofreció sacrificios en el templo. Y allí se encontraría con un pueblo excitado, ansioso de justicia por los asesinatos del fallecido Herodes el Grande y exigiendo una reducción de los impuestos y demás cargas tributarias. Arquelao, temiendo una revuelta, envió a sus leales tropas de mercenarios al templo, cargando contra la multitud. En la refriega fueron acuchillados tres mil peregrinos y vecinos de la Ciudad Santa. La fiesta de la Pascua fue suspendida, y a partir de aquella carnicería, el sucesor de Herodes fue tan odiado como su antecesor. Arquelao debía viajar a Roma para confirmar su título de rey, y al llegar a la presencia de Augusto, se encontró con que su hermano Antipas, su tía Salomé y otros miembros de la familia le disputaban el trono. El pueblo aprovechó la ausencia del también «odiado edomita» y se alzó contra la tiranía de la familia herodiana. El legado romano en Siria, Publio Quintilio Varo, responsable de la paz en Judea, envió una legión a Jerusalén, al tiempo que, por mandato del emperador, Sabino era designado gobernador y comisionado a la Judea para velar por los intereses romanos, en ausencia de Arquelao. El tal Sabino se instaló en la fortaleza Antonia, al noroeste del templo, pero, nada más llegar, robó la cámara del tesoro, organizando un régimen de terror. Coincidiendo con la fiesta judía de *Schawuot* —de la cosecha—, los peregrinos se amotinaron y los mercenarios romanos irrumpieron en el santuario (el peor delito que podía cometerse contra los judíos), incendiando los pórticos que rodeaban el templo y, como digo, saqueando el tesoro. El nuevo gobernador recibiría la bonita suma de 400 talentos (el talento hebreo —posterior al cautiverio de Babilonia— equivalía entonces a algo más de 1 200 dólares. Cuatrocientos talentos en oro, por tanto, venían a suponer alrededor de medio millón de dólares de 1973). Pero la ira del pueblo era incontenible y los romanos retrocedieron hasta Antonia, donde quedaron aislados. La revuelta se extendió pronto a todo el país. En el norte, en la Galilea, la patria de los zelotes, uno de los más populares rebeldes —Judas el Galileo— reuniría una serie de guerrillas, acosando sin tregua a los romanos. En el este se levantaría Simón, un antiguo esclavo

resistencia de María, empeñada en fijar la residencia en Belén. Apenas habían transcurrido cinco meses desde la toma de posesión de Arquelao y el fuego, la muerte y la destrucción se habían enseñoreado ya de la Judea, amenazando al resto del país. No hacía falta ser muy despierto ni acudir al recurso de los «sueños sobrenaturales», como afirma Mateo, para deducir que el nuevo gobernante sólo traería consigo la desgracia y el luto. No hay que buscar, por tanto, extrañas razones para justificar la marcha de José. La «ficha policial» de Arquelao hablaba por sí sola. De todas formas —también hay que admitirlo—, uno piensa que la Providencia estaba «muy al tanto» de la situación. La permanencia de la familia en Alejandría, hasta agosto, resultaría oportunísima. De haber retornado meses antes, las

---

de Herodes, autonombrándose rey. La sangre y el fuego asolaron pronto Israel. Athronges, un pastor de fuerza casi mitológica, revestido también de la diadema real y acompañado de sus cuatro hermanos, se lanzó contra los romanos, consiguiendo destrozar toda una cohorte romana en Emmaüs. Varo envió dos nuevas legiones y la Galilea fue arrasada, incendiando Séforis, la capital. La mayoría de sus habitantes, partidarios del patriota Judas ben Ezequías, fue vendida como esclavos. Las legiones de Varo pasarían a cuchillo a la población de Emmaüs, incendiando la aldea. Por fin consiguen entrar en Jerusalén, poniendo fin al asedio a la fortaleza Antonia. La venganza de Roma sería cruel. Decenas de pueblos fueron calcinados y más de dos mil guerrilleros, crucificados y expuestos en los cruces de los caminos. Sólo cuando la rebelión quedó sofocada, Augusto se decide a resolver el espinoso asunto de la sucesión de Herodes el Grande. Una embajada judía llega entonces a Roma y el emperador convoca una asamblea en el nuevo templo de Apolo, en el Palatino, dejando que hablen todas las partes en litigio. Los representantes del pueblo judío piden la autodeterminación para Judea, con una constitución republicana y siempre bajo la tutela de un gobernador romano. Pero Augusto termina por confirmar el testamento de Herodes: Arquelao recibiría la Judea, aunque no con el título de rey, sino como etnarca. También Samaria e Idumea, al sur, serían para el nuevo tirano. Las prudentes recomendaciones del emperador, sugiriendo a Arquelao que gobernase con moderación, serían olvidadas nada más pisar Jerusalén. Digno hijo de su padre, el etnarca hace y deshace, creando un clima de terror. Años más tarde, otra embajada judía viaja de nuevo a Roma, presentando sus quejas a Augusto. Y éste decide destituir a Arquelao, desterrándolo a las Galias, tal y como sucedería años después con su hermano Antipas, bajo el mandato de Calígula. Era el año 6 después de Cristo. José, a la vista de este «historial policial» de Arquelao, estuvo muy acertado al elegir la Galilea como sede definitiva para su familia. (N. del m.)

448

revueltas en la Galilea y en la Judea habrían sido una constante amenaza para su seguridad.

A primeros de octubre de ese año 4 antes de nuestra era, José, María y el pequeño Jesús emprenderían por fin el viaje de vuelta a Nazaret. La Señora y el niño, a lomos de un burro, comprado por el contratista. José, a pie, en compañía de cinco parientes que no consintieron que viajaran en solitario. En esta ocasión, el itinerario fue por el interior: de Belén a Lydda y, desde allí, a Scythópolis y Nazaret, por la llanura de Esdrelón. En el camino, que se prolongaría cuatro jornadas, José indicó a su esposa «que no creía aconsejable difundir entre sus familiares y amigos la noticia de que eran los padres del "niño de la promesa"». María se mostró conforme.

—Al remontar la última colina —comentó agradecida por aquella posibilidad de recordar «tan felices tiempos»— y avistar la aldea experimentamos una profunda emoción. ¡Al fin en casa!...

La mujer hizo una pausa, torciendo el gesto, contrariada.

—... Pero no. Los problemas no habían terminado. Nuestra casa se hallaba ocupada, desde hacía tres años, por uno de los hermanos de José. La culpa fue nuestra. La salida de Egipto fue tan sigilosa que todo el mundo en Nazaret nos creía aún en Alejandría. Mi cuñado, lógicamente contrariado, se resistió. Fue una situación violenta y desagradable. A la mañana siguiente se mudó y, finalmente, pudimos disfrutar de la paz de nuestro pequeño hogar...

Jesús tenía entonces tres años y dos meses de edad. Según su madre era un «muchachote sano, fuerte... y precioso». Había resistido bien los continuos cambios de residencia, y los viajes, llenando la humilde casa de Nazaret con su desbordante alegría.

—La única sombra de tristeza en su corazón —señaló la Señora— se debió a la natural añoranza de sus amigos de Alejandría. Pero muy pronto encontraría nuevos camaradas de juegos. En especial, uno llamado Santiago. Aquel excelente muchacho llegaría a ser íntimo de mi hijo...

Según mis informaciones, aquel cuarto año de la vida de Jesús discurriría sin contratiempos de importancia. Crecía fuerte y sano, «con un apetito feroz» y, en palabras de la Señora, «haciendo mil y una preguntas sobre lo que le rodeaba».

De seguro, el acontecimiento más señalado para el joven matrimonio (María debía de contar entonces unos diecisiete años), y no digamos para Jesús, fue el nacimiento, en la madrugada del 2 de abril de aquel año 3 antes de nuestra era, del segundo hijo. También fue varón y, obviamente, llenó de alegría a José. (Aunque los judíos no llegaban en este sentido a los crueles extremos de los egipcios, griegos y romanos —que despreciaban, abandonaban y mataban a las niñas recién nacidas—, lo cierto es que el alumbramiento de una hembra era motivo de «desolación y tristeza». «Falso tesoro las hijas —rezaba el Talmud—. Además, estamos obligados a vigilarlas siempre.») Le fue impuesto el nombre de Santiago y, a los ocho días, como marcaba la Ley, puesto en manos del *mohel* del pueblo: el experto en la delicada operación de circuncidar (1).

A mi pregunta de cómo reaccionó el pequeño Jesús ante la llegada de su primer hermano, la Señora esbozó una dulce sonrisa, comentando:

—¡Feliz! Se pasaba las horas muertas contemplándole. Reía a carcajadas cuando le veía llevarse el dedo a la boca...

Las cosas, poco a poco, empezaban a marchar. A mediados de ese verano, José consiguió uno de sus sueños: montar un taller en un punto estratégico del pueblo, cerca de la fuente pública y de la posada. Se asoció con dos de sus hermanos y los negocios prosperaron. Consiguieron reunir

---

(1)   Como asegura Rops en sus acertados estudios sobre el pueblo judío, el rito de la circuncisión fue, y sigue siendo, sagrado para la raza judía. Un ejemplo bien palpable de esta creencia la encontramos en las madres que prefirieron morir antes que renunciar a la circuncisión de sus hijos, en plena época de los macabeos (I Mac. I, 63 y II, 46). Veían en ello la gran señal de su alianza con Dios. Tratar a alguien de «incircunciso» era una de las injurias más despreciables. Por supuesto, los antiguos hebreos sabían muy bien que aquel rito —de clara finalidad higiénico-sanitaria— no era exclusivo de su pueblo. Antes del mandato de Yavé, otros muchos lo conocían y practicaban. Las modernas investigaciones etnológicas han descubierto que dicha práctica alcanzaba al Antiguo Imperio egipcio, a infinidad de tribus del África oriental y occidental, Australia, Polinesia y América meridional, entre otros continentes. Los fenicios, por ejemplo, según Heródoto, lo aprendieron de los egipcios y éstos, posiblemente, lo recogieron de los etíopes. *(N. del m.)*

una cuadrilla de obreros que enviaban a trabajar a las aldeas y ciudades cercanas, fundamentalmente en la construcción de edificios. Paulatinamente, su especialidad de ebanista y carpintero de muebles y aperos de labranza fue quedando en un segundo plano. Y aunque pasaba muchas horas en su taller, afanado en la construcción de carretas, yugos y otros enseres de madera, su principal ilusión y objetivo era la contrata de obras. Por aquel tiempo alternaría también la madera con el trabajo sobre cuero, lona y fabricación de cuerdas.

—Nuestro hijo pasaba muchas horas en el taller de su padre, observando a José y escuchando con la boca abierta las bromas, conversaciones y relatos de los conductores de caravanas y de los viajeros que precisaban de los servicios de mi marido.

De esta forma nacería en Jesús un vivo interés por las costumbres de otros pueblos lejanos. Como iremos viendo, ese roce con gentiles de los cuatro puntos cardinales resultaría altamente provechoso para el inquieto y siempre despierto joven de Nazaret. En julio de ese año, sin embargo, las visitas de Jesús al taller familiar se verían bruscamente interrumpidas. Unos viajeros, portadores de algún tipo de infección parasitaria, recalaron en la humilde villa, provocando una epidemia intestinal de graves consecuencias. Y María, con gran sentido de la prudencia, asustada ante las dimensiones que empezaba a adquirir el mal, optó por preparar el equipaje y huir de la zona, llevando consigo a sus dos hijos. José, a pesar de las súplicas de la Señora, no se movió de Nazaret.

—A toda prisa —prosiguió María, rememorando con inquietud el tenso momento—, desesperada ante la posibilidad de que el travieso Jesús, que jugaba y andaba por todas partes, hubiera contraído ya la enfermedad, partimos esa misma noche hacia la granja de uno de mis hermanos, a 44 estadios al sur de Nazaret, en la carretera de Megido, muy cerca de Sarid. Allí nos refugiamos durante dos meses. Gracias a Dios (bendito sea su nombre), ninguno de mis pequeños se contagió. Aquélla fue una extraordinaria experiencia para Jesús. Disfrutó de lo lindo con los animales; sobre todo con las ocas... —La Señora compartió mi sonrisa. No era muy difícil imaginar al revoltoso y pletórico niño, correteando a las aves de corral o dando de comer al ganado—. Había una oca, vieja y torpe, que hizo especial «amistad» con mi hijo. La despedida, hermano Jasón, fue un drama... Jesús quería llevársela a Nazaret. Al final tuve que reñirle. El camino de regreso a casa fue un mar de lágrimas.

Por los detalles facilitados sobre la epidemia en cuestión es muy probable que se tratara de una disentería bacilar —extremadamente peligrosa y de un alto riesgo de contagio—, provocada por el bacilo de Shiga. Este tipo de disentería aguda era prácticamente mortal en aquel tiempo. Durante mis exploraciones, y, por supuesto, en las llevadas a cabo por Eliseo, constituyó un permanente y funesto «fantasma» que debíamos vigilar sin descanso. María hizo muy bien al salir de Nazaret. Estas epidemias se propagan por contagio, siendo el hombre —y sus deyecciones— los depósitos bacterianos. La transmisión directa puede efectuarse a través de las manos, ensuciadas, por ejemplo, con las deyecciones disentéricas. Y, aunque resulte desagradable mencionarlo, no podemos ignorar que, en tiempos de Jesús, la mayoría de las personas no observaba una estricta limpieza de sus cuerpos después de consumadas sus necesidades fisiológicas. El pueblo liso y llano practicaba esta necesaria acción higiénica a base de hojas, piedras o trozos de cerámica y, lamentablemente, en infinidad de casos, con la mano izquierda. Si el afectado por la disentería bacilar no tenía la precaución de lavarse después de una de las típicas diarreas, el peligro de llevar el contagio a todo cuanto tocase resultaba obvio. Se daban, además, otras muchas formas indirectas de transmisión. Bien a través de los objetos en contacto con las deyecciones de los disentéricos, por los vestidos, ropas de cama, vasos y platos, alimentos contaminados e, incluso, a través de la tierra (1), moscas, insectos y agua. La Divina Providencia, una vez más, había salvaguardado al «hijo de la Promesa»...

(1)   El suelo, por las deyecciones que en él se depositan, se convierte en un agente de contagio de enorme importancia. Widal refiere la historia de una epidemia, ocasionada en París por unos tapices persas. Como es sabido, éstos son envejecidos artificialmente, enterrándolos en hoyos, donde son apilados y espolvoreados con mantillo de estiércol muy seco, del que los excrementos humanos no están excluidos. *(N. del m.)*

La Señora dio a luz al tercero de sus hijos —en este caso una niña— en la noche del 11 de julio de ese año «menos 2». Recibió el nombre de Miriam (María), como su madre.

—Fue el mejor regalo de cumpleaños para Jesús —abrevió María—. Como sabes, cumpliría cinco años el 21 de agosto...

La noche siguiente, el curioso Jesús preguntaría por primera vez sobre el misterio de la vida y del nacimiento de los seres vivos. Como ya indiqué, durante aquellos años de su infancia, el pequeño no dejaría de formular preguntas. Todo le interesaba. Todo le sorprendía. Su curiosidad era insaciable y sus padres llegaron a tener verdaderos problemas a la hora de responder. En ocasiones se veían en la necesidad de esperar uno o dos días hasta que, a su manera y no siempre con acierto, procuraban satisfacer las dudas del *bekor* o primogénito. En el tema que nos ocupa —el de la procreación, gestación y alumbramiento—, es muy posible que Jesús no se sintiera del todo satisfecho con las claras, pero insuficientes, explicaciones recibidas. La culpa, desde luego, no era de ellos. En aquella época, los fundamentos de la maternidad no se hallaban del todo claros. La medicina egipcia, griega o babilónica conocía bien los órganos genitales externos, así como el útero. Pero el papel de los ovarios no se menciona en ningún documento. Los egipcios, por ejemplo, creían que los órganos pelvianos podían moverse con libertad y que, cuando enfermaban, debían ser fijados mediante fumigaciones. En contraste con la importancia dada a los testículos —cuya significación fisiológica era bien conocida—, el papel de la mujer en la reproducción era confuso. La idea más generalizada entonces apuntaba hacia un útero, permanentemente abierto y dispuesto para la concepción. La influencia egipcia les hacía creer que «los huesos y tendones provenían del padre y la carne de la madre». En cuanto al esperma, se aceptaba que quedaba almacenado en los huesos. Tras el parto de Miriam, la Señora debió de sufrir algún trastorno pasajero y de escasa importancia porque —comentaba divertida— «para aumentar el flujo de la leche me friccionaron la espalda con una raspa de pescado mojada en aceite...».

Y con su quinto aniversario llegaría también un obligado cambio en la vida del pequeño y feliz Jesús de Nazaret.

La madre del Maestro no era una excepción. Como cualquier ser humano guardaba en su memoria pequeños y grandes recuerdos de la infancia de sus hijos. Uno de estos aparentemente triviales «detalles» lo constituía la cuna de madera «que nunca tuvo Jesús». José, al parecer, se hallaba tan ocupado en el taller y en los negocios que —como sucede con frecuencia en todos los hogares— no pudo encontrar un hueco para remediar tan básica necesidad. Ya se sabe: «En casa del herrero...» Pero la Señora, que casi siempre se salía con la suya, le hizo prometer que la cuna aparecería en la casa antes del alumbramiento del tercero de los hijos. Y así fue. Miriam tuvo su cuna.

Y llegó el día. El 21 de agosto de aquel año 2 (antes de nuestra era), al cumplir los cinco años, Jesús —de acuerdo con la costumbre— pasó a depender de su padre terrenal en todo lo concerniente a la educación moral y religiosa. Hasta ese momento, los varones permanecían bajo la tutela de la madre. Las niñas, en cambio, seguían dependiendo de ella hasta llegados los doce años y medio. Con la primera menstruación, lo normal es que fueran desposadas, pasando así a la tutela del marido. Como quedó reflejado, la sociedad judía de entonces centraba todo su interés en los varones. Las mujeres no contaban. Ese día, María confió su primogénito a José. A partir de esa fecha, el padre tenía la obligación de enseñarle un oficio —generalmente el suyo— y de procurarle una educación. Sobre todo, una sólida formación religiosa. «Instruye al niño en su camino —rezaba el texto sagrado—, que aun de viejo no se apartará de él» (Prov. XXII, 6). Aunque la escuela pública resultaba insustituible en la educación de los muchachos, la Ley especificaba cómo los padres debían instruir a sus hijos en los mandamientos de Yavé, en los gloriosos hechos protagonizados por su pueblo, en el sentido de las fiestas y de toda la liturgia y, en fin, en un profundo respeto hacia Dios. A pesar de este forzoso «cambio», la Señora, como era natural, no perdió de vista a su primogénito, colaborando con José en todo lo concerniente a la formación humana y familiar del pequeño. El fuerte temperamento de María —más audaz que el de su marido— no le hubiera permitido permanecer al margen. Jesús, entonces, de la mano de su madre, aprendió a conocer y cuidar las flores y enredaderas que llenaban el pequeño jardín y los muros de la casa de Nazaret.

—Fue una época sosegada y maravillosa —prosiguió María, sacando a la luz, sin prisas, sus vivencias—. Recuerdo que acondicioné el terrado de la casa como lugar de juegos para mis hijos. José hizo unas cajas de madera y las llené de arena. Allí, Jesús primero y Santiago después, empezaron a garabatear sus primeras letras. Les encantaba hacer mapas y jugar a guerras...

Aquel punto me interesó especialmente. Hoy día, algunos exegetas dudan de que el Maestro supiera escribir. Una de las razones para tan absurdo argumento es la incuestionable realidad de que «no dejó escritos». En eso tienen razón. No los dejó..., directamente; es decir, de su puño y letra. Pero, como veremos más adelante, sí los «dictó». Yo lo sabía. Jesús conocía el griego. Lo hablaba a la perfección. Pero, parapetándome en una sencilla excusa, traté de averiguar cuándo y cómo aprendió aquella segunda lengua.

—Fue cosa de su padre —aclaró la Señora—. Él lo hablaba muy bien. Yo, en cambio, ya ves —se ruborizó—, cuatro cosas...

María exageraba. Su griego, con un duro acento y algo precario, eso sí, era perfectamente inteligible.

—José era un hombre inquieto, consciente de la importancia de los idiomas. Cuando el niño empezó a soltarse en nuestra lengua natal, el arameo, se empeñó en que aprendiera griego. Si tenía que continuar el oficio de su padre, viajando de aquí para allá, era vital que se defendiera en la lengua de los comerciantes. El texto que le regalaron en Alejandría resultó de gran importancia en su aprendizaje. Mi Jesús era despierto e inteligente como él solo y a los pocos meses empezó a leer la traducción de la Ley que nos entregaron en Egipto.

En todo Nazaret —según la Señora— sólo había entonces dos ejemplares en griego de las Escrituras. Uno, como digo, en la casa de José. Esta circunstancia contribuiría también a fomentar una serie de visitas al hogar de la familia que, indirectamente, enriquecerían al primogénito. Por allí pasaría un buen número de sabios y pacientes investigadores, cuyas pláticas y consejos causaron honda impresión en Jesús. Más adelante, cuando el muchacho pudo dominar el griego, él mismo, por propia iniciativa, se lanzó a la ardua labor del aprendizaje del hebreo. Jesús, por tanto, era bilingüe, aunque leía y escribía también la sagrada lengua de las Escrituras. El hecho de que no dejara nada escrito no es razón para calificarle de semianalfabeto, como pretenden algunos. Tampoco dejó descendencia. ¿Quién, en su sano juicio, puede tacharle por ello de estéril o impotente? Las causas por las que, en efecto, se negó a dejar tras de sí hijos o documentos escritos fueron otras. Unas «razones» que tuvieron mucho que ver con ciertas decisiones, adoptadas por Él poco antes de su vida de predicación. Esto lo descubriría más adelante, a raíz del tercer «salto».

Su quinto año de vida, en fin, transcurrió sin mayores sobresaltos, excepción hecha del temporal cambio de domicilio y de un ligero trastorno digestivo que, exagerando, María calificó de «enfermedad». Su primera enfermedad. En realidad, por los datos aportados por la madre, debió de tratarse de una vulgar indigestión (un empacho), provocada por una desmesurada ingestión de higos. Algo muy normal en los niños.

—Antes de que cumpliera los seis años —recordó súbitamente la Señora— sucedió algo que le desilusionó profundamente...

Aguardé impaciente.

—Jesús estaba convencido de que nosotros, sus padres, lo sabíamos todo. ¡Imagínate su sorpresa cuando, nada más empezar aquel verano, un pequeño temblor de tierra sacudió Nazaret! Nos miró atónito. Preguntó, pero José no supo darle una explicación.

(En aquel tiempo, este tipo de fenómenos naturales era asociado a la acción de Dios o a los espíritus maléficos) (1).

(1) Los hebreos —en especial a raíz de su exilio en Babilonia— creían firmemente en la intervención, ora benéfica, ora malévola, de una legión de espíritus. Los «buenos» quedaban supeditados a Yavé, convirtiéndose en sus sirvientes o mensajeros (los ángeles). Le seguían en la brisa o en el fuego. Por ello decían que «convierte al viento en su mensajero y a las llamas en sus ministros» (Salmos 104, 4). Según el Libro de los Jubileos, Dios creó los espíritus del viento y de las nubes, de la blanca escarcha, de la nieve y del granizo, de los truenos y de los

—«Hijo mío», replicó mi marido, «en realidad, no lo sé». Jesús permaneció mudo, con una sombra de incredulidad en su rostro. Ya ves..., ¡le fallamos! Nunca nos lo dijo, pero yo supe que, desde aquel día, empezó en él una progresiva carrera de decepciones. Intentamos convencerle de

rayos, del frío y del calor y de las cuatro estaciones. Según la creencia popular, estos espíritus buenos protegían al moribundo, alimentaban al hambriento, guiaban a los caminantes y, en ocasiones, se ocupaban también de los castigos y calamidades. Después del mencionado exilio entre los persas —auténticos «inventores» de la «angelología»—, los judíos empezaron a dar nombres a muchos de estos mensajeros de Yavé. Cuatro de estos espíritus ocupaban las cuatro esquinas del trono de Dios, dominando desde allí los cuatro costados de la Tierra. Setenta ángeles gobernaban los destinos de las setenta naciones que, según se creía, formaban el mundo. Los judíos se hallaban bajo la tutela de Miguel y Gabriel. Cada ser humano —a excepción de los esclavos, claro— tenía su particular ángel guardián. A veces, incluso, hasta dos. El vacío entre Dios y los hombres se veía cubierto de esta forma por una miríada de espíritus de diferentes órdenes y rangos.

Los demonios eran un capítulo aparte. Durante nuestras exploraciones tuvimos muchas ocasiones de comprobar hasta qué punto se hallaban influidos por estas creencias y supersticiones, incluyendo, naturalmente, a los discípulos del Maestro. Estos espíritus perniciosos eran tan abundantes y poderosos como los buenos. Su única ocupación —decían— era el mal. Así, la mayor parte de las enfermedades corporales o del espíritu tenía su origen en los malignos. Se les atribuía, incluso, toda suerte de calamidades: malas cosechas, incendios, granizo, rayos, inundaciones, nevadas, etc. Y para conjurar o contrarrestar su poder fueron apareciendo los hechizos y fórmulas mágicas, de dominio público entre los judíos. A pesar de las críticas de los profetas y del rigor de la Ley, jamás se extinguieron. Eminentes doctores llegaron a formular varias hipótesis sobre el origen de estos demonios. ¿Habían salido del alma de Adán, después de su primera desobediencia? ¿O eran fruto de la relación entre los «hijos de Dios» (así llamaban también a los ángeles buenos) y las hijas de los hombres? ¿Se trataba de las almas de los impíos que sobrevivieron al diluvio o las de los que edificaron la torre de Babel? Lo cierto es que, según el pueblo, deambulaban por todo el mundo y a todas horas, a la «caza» de algún durmiente. Otros «trabajan» durante la noche, provocando falsos y malos sueños (pesadillas), por lo cual era preferible no saludar a nadie en la oscuridad, dormir con alguna luz y evitar las casas en ruinas o vacías. El hombre tenía mil demonios a su izquierda y diez mil a su derecha. Y un viejo dicho aseguraba que «de abrir sus ojos y poder verlos, el ser humano se preguntaría cómo era posible existir». Estos malignos habitaban en las alcantarillas, en los lugares desolados, a la sombra de los barcos, en las ruinas, en los matorrales... (Incluso hoy, en pleno siglo xx, cuando un árabe del desierto lanza una piedra o deja caer un objeto al suelo se disque nuestra sabiduría era muy limitada. Fue inútil. Supongo que aquél fue un amargo día para su bulliciosa imaginación. Desde muy atrás, mi marido y yo misma teníamos serios problemas para saciar su curiosidad. La intervención de los buenos y malos espíritus en muchos de los sucesos físicos (enfermedades, tormentas, calamidades, etcétera) no le convencía. No lo veía claro. Se pasaba el tiempo discutiendo. Su lógica era temible e impropia de su edad. A veces nos daba miedo. Las cosas llegaron a tal extremo —sonrió con benevolencia— que José se escondía, huyendo así de sus embarazosas preguntas...

No sé si es el momento adecuado. Quizá debiera hablar de ello más adelante. Baste un ligero apunte. Muchos creyentes están convencidos de que Jesús fue consciente de su naturaleza divina desde su más tierna infancia. A ello ha contribuido —no poco— la serie de fantásticas leyendas, todas de carácter apócrifo, que han ido circulando a lo largo de la Historia sobre el Jesús infante. La realidad fue otra. El joven de Nazaret necesitaría bastantes años para «descubrir» quién era en verdad. En todo ese tiempo sus ideas y comportamiento fueron los de un ser humano normal. Un hombre, eso sí, inquieto, curioso y en permanente

---

culpa con aquellos espíritus a los que pudiera haber lastimado.) Para los hebreos, estos espíritus malignos se hallaban divididos —cómo no— en múltiples categorías. Los más notables eran los «destructores» y «lastimadores». Como ya mencioné, se les hacía responsables de casi todas las dolencias. Desde una simple jaqueca hasta la muerte, pasando por la lepra, la locura, etc. La fe en estos demonios se hallaba tan arraigada en los tiempos de Jesús que llegamos a conocer una especie de sociedad destinada a la vigilancia y tratamientos de los «poseídos» y «endemoniados». Portaban los más asombrosos talismanes y dominaban mil conjuros y brebajes «mágicos». Los jefes de estos espíritus del Mal eran Azazel, Asmadeo (*Ashmedai* en hebreo) y Belcebú (también conocido como Satán), entre otros. El día de la solemne fiesta de la Expiación, los judíos soltaban una cabra del templo, en honor a Azazel. Constituía un símbolo: todos los pecados del pueblo pasaban de golpe al infeliz animal. Ashmedai era el rey de los demonios. En cuanto a Belcebú —citado por Jesús—, parece ser que tenía su origen en Baalzebûb, antiguo dios filisteo de las moscas, en la ciudad de Ekron (2 Reyes 1, 2). Con el tiempo recibiría el sobrenombre de Satán, que significaba «adversario». (El término «diablo» se derivó en realidad de la palabra griega *diabolos* [«calumniador»], porque se suponía que estos seres pasaban el día y la noche acusando a los hombres ante Dios.) *(N. del m.)*

lucha consigo mismo. Pero ese «drama», insisto, merece un capítulo aparte.

La Señora se refirió después a otro acontecimiento, ocurrido a primeros de aquel año 1 antes de nuestra era: la visita a Nazaret de sus primos Isabel y Zacarías.

—¡Qué alegría, Jasón! Juan, su hijo, estaba precioso...

Aquél, efectivamente, sería un encuentro histórico. Era la primera vez que Jesús y su primo lejano se veían.

—Se hicieron muy amigos. Mi hijo le mostró las cajas de madera de la azotea y allí permanecían horas y horas, jugando con la arena.

Aunque la visita fue breve —apenas una semana—, las familias tuvieron tiempo suficiente para proseguir con «sus planes» respecto al futuro del «hijo de la Promesa» y su «lugarteniente», como consideraban al que, años después, sería conocido como Juan, «el anunciador». Esos «planes» —no me cansaré de repetirlo— asustarían hoy a los cristianos. No se trataba de preparar una misión espiritual. Nada de eso. Todo giraba en torno al «decisivo Mesías político, que expulsaría al odiado extranjero (a los romanos) del sagrado suelo de Yavé».

Ahora, con el cadáver del Maestro en la tumba de José de Arimatea, su madre bajó la vista, consciente de su grave error. Isabel y María, en aquellos lejanos años, no concebían siquiera a sus respectivos hijos como «anunciadores o mensajeros» de un reino espiritual. Y la Señora, por supuesto, ni se planteó la posibilidad de que Jesús fuera realmente uno de los Hijos de Dios. Esta firme creencia en un Mesías revolucionario y libertador —como veremos— les conduciría, sobre todo a María, a desagradables choques con sus hijos. ¡Qué deformada aparece hoy la imagen de aquella patriótica galilea! Los creyentes, en su mayoría, se empeñan en sostener un falso y artificial recuerdo de una mujer que, aun siendo la madre terrenal de un Dios, no por ello era menos humana.

La amistad con Juan estimuló en Jesús el interés por la historia, fiestas y tradiciones de Israel. Su primo le habló de Jerusalén, de su grandeza, de sus edificios y del templo. Y aquellas imágenes quedaron grabadas a fuego en la mente del Jesús niño.

—Desde entonces —resumió la Señora—, cada poco repetía la misma pregunta: «¿Cuándo viajaremos a Jerusalén?» José, con su infinita paciencia, fue explicándole el porqué de cada una de nuestras fiestas y celebraciones: la Pascua, Pentecostés, Año Nuevo, la Dedicación... Pero lo que le tenía trastornado era el sagrado rito del sábado.

—¿Por qué?

—No entendía el rigorismo de la Ley. Y yo —confesó bajando el tono de la voz— tampoco...

La postura de María —muy liberal en asuntos religiosos— era comprensible. Galilea se distinguía por su hospitalidad y por una forma de ser, mucho más abierta que la del resto del país. Nazaret, en este aspecto, era uno de los núcleos más tolerantes. El viejo dicho —«¿es que de Nazaret puede salir algo bueno?»— encajaba a la perfección en la actitud de sus habitantes, perfectamente integrados entre los prosélitos extranjeros. (Una «lepra nacional», según los fariseos de la Judea.)

—Peor fue —añadió con un gesto de desolación— cuando, en aquellos meses, Jesús empezó a manifestar un casi blasfemo deseo de hablar directamente con Dios. ¡Quería dirigirse al Divino (bendito sea su nombre) de la misma forma que lo hacía con José! ¿Te imaginas, Jasón?

Claro que lo imaginaba. Como bien apuntaba su madre, aquella «loca pretensión» hubiera sido calificada de blasfema por la comunidad judía más ortodoxa. La palabra YHVH —Yod-Hé-Vau-Hé o Yavé— era sagrada. Nunca era pronunciada por los israelitas. Sólo el sumo sacerdote estaba autorizado a invocar dicho vocablo, una vez al año y en mitad de los gritos del pueblo (1). ¿Cómo entender entonces que un niño pretendiera hablar —de tú a tú— con el

(1) De hecho —los kabalistas lo saben bien—, el nombre YHVH, que nunca debía ser pronunciado por los profanos, era reemplazado por la palabra *Tetragrammaton* o por *Adonai* (Señor). Según la antigua tradición oral de los hebreos, esta palabra sagrada y secreta confería al mortal que conseguía desvelar su verdadera pronunciación todas las claves de las ciencias divinas y humanas. Según la Kábala, YHVH es la cima de toda iniciación; una palabra que irradia en el centro del triángulo flambeante en el emblema del grado XXXIII de la masonería escocesa. En el *Sepher Bereshit* o Génesis de Moisés, este vocablo designa la divinidad. Su construcción gramatical es tan insólita y peculiar que, en su misma estructura, aparecen los atributos que el hombre ha tenido a bien otorgar a Dios. Su más aproximada significación podría ser ésta: «El Ser que es, que fue y que será.» *(N. del m.)*

Divino? Inconscientemente, el Jesús infante empezaba a «remover» en lo más íntimo de su ser lo que, en su día, sería la razón de su vida y mensaje: el Padre. Pero Él, lógicamente, era todavía muy pequeño para comprender el verdadero alcance de aquel maravilloso y sublime deseo... Estas extrañas ansias llenaron de angustia y perplejidad al sencillo matrimonio. La «singularidad» de Jesús estaba abriendo un profundo abismo entre Él y los suyos. (Hoy lo llamaríamos «conflicto generacional».)

—Muertos de miedo ante la posibilidad de que sus absurdas pretensiones llegaran a oídos de los sacerdotes y del vecindario —concluyó—, luchamos en vano por convencerle de que debía orar como se nos había enseñado. Pero, incorregible y tozudo como yo, insistía en «tener una charla con su Padre de los cielos». Fue una batalla perdida. Ahora lo entiendo, Jasón.

En junio de aquel año 1 antes de nuestra era, José tomó una valiente decisión. Cedió el taller de carpintería a sus hermanos y, a pesar de las dudas de la esposa, se lanzó de lleno a la contrata de obras.

—¡Ah, querido hermano! —lamentó la Señora—, ¿por qué las mujeres somos tan desconfiadas? Era su sueño y yo, torpe y necia, le hice la vida imposible, renegando a cada momento por lo que estimé una locura. Ya ves, volví a equivocarme... Antes de que finalizara el año habíamos triplicado los ingresos...

Fue una de las pocas veces que pronunció unas palabras de amor. Unas sencillas frases que denotaban su enamoramiento hacia el voluntarioso y noble José. Suspiró y, casi para sí, exclamó:

—¡Mi amor!... ¡Cuánto te necesito!

Desde entonces, hasta poco después del fallecimiento del contratista, la familia de Nazaret no temió ya la miseria.

—Aquellos dineros, sin ser nada del otro mundo, nos permitieron algunos desahogos.

—¿Cuáles? —pregunté sin reprimir la curiosidad.

—No sé... Estudios de los niños, algunos viajes..., ¡una maravillosa vaca, un palomar!...

En los años sucesivos, su nuevo trabajo obligó a José a viajar constantemente. Puso en marcha numerosas obras en poblaciones como Caná, Migdal, Naïm, Nahum, Endor,

Séforis y, por supuesto, en la misma Nazaret. Una de estas construcciones —en la referida Séforis, capital de la Galilea—, como ya anuncié, le llevaría a una muerte prematura...

Jesús sacó un gran partido de la profesión de su padre terrenal. Su hermano Santiago ayudaba ya a su madre en las labores de la casa y esto permitió que el primogénito acompañara al contratista en muchos de estos desplazamientos por la región. No hacía falta que me lo recordase. Jesús era un observador nato. Y aquellos cortos viajes le enriquecieron. Como a cualquier niño de su edad, estas primeras experiencias le llenaron de asombro, guardándolas en su corazón hasta el final de sus días.

—No te imaginas las historias que nos contaba a la vuelta. Me volvía loca. Pero me sentía feliz al ver su cara de satisfacción. ¡Era una delicia!

Poco antes del año 1 de la era cristiana (el año «cero», como es sabido, no cuenta), María y José tuvieron que «llamarle al orden».

—No —corrigió la Señora—, no fue un problema de indisciplina o desobediencia. Jesús era atento y cumplidor. Pero su pasión por la naturaleza, por los viajes y por aprender le hacían olvidar con frecuencia sus obligaciones domésticas. Le pedí repetidas veces que ayudara en las faenas de la casa. Pero siempre desaparecía... Hasta que un día, después de tratar el asunto con José, su padre se sentó junto a él, explicándole muy serio que, de momento, debía someterse a la disciplina del hogar, en beneficio de la felicidad colectiva. Jesús oyó en silencio. Sabía escuchar. Reflexionó y, de buen grado, pidió perdón. No hubo que reprenderle nunca más. Era el primero en ir a la fuente, en dar de comer a sus hermanos más pequeños, en cuidar de que no se apagara la lumbre y todas esas cosas... Eso sí, cuando tenía un minuto libre corría a jugar, a inspeccionar las flores o las plantas o a tumbarse boca arriba en la colina próxima.

—¿Y qué hacía en esa colina?

María levantó los ojos hacia el techo.

—Sentía pasión por las estrellas. Sus preguntas sobre el particular fueron un suplicio para el pobre José. Quería saberlo todo: ¿por qué el Sol no brillaba durante la noche? ¿Por qué la Luna era redonda? ¿Por qué, de vez en cuando, se movían las estrellas? ¿Por qué otras permanecían quietas? ¿Por qué la oscuridad duraba justamente lo que duraba? ¿A qué distancia estaba el Sol?... En fin, ya puedes comprender los apuros de mi marido y por qué terminaba por escapar cada vez que el niño arremetía con su interminable cuestionario.

Hace dos mil años, la concepción del universo y de sus leyes resultaba extremadamente rudimentaria y confusa para la mayoría de los seres humanos. Y los judíos no eran una excepción. Alrededor del año 580 antes de nuestra era, la escuela de los librepensadores griegos inició un tímido estudio del cosmos. Los filósofos milesios, por ejemplo, creían que todo el universo era racional y que podía ser entendido y explicado a través de una cuidadosa observación científica. No iban descaminados. Pero no todos pensaban así. De esta forma se empezó la elaboración de una teoría sobre el universo físico visible. Los griegos estimaron que los cuerpos celestes giraban en torno a la estrella Polar, considerando que el Sol pasaba por debajo de la Tierra durante la noche y no alrededor de su borde, como pensaban otros astrónomos. Por supuesto, la ciencia de entonces suponía que nuestro mundo era el centro del universo. Siglos después, Aristarco de Samos expondría una nueva y revolucionaria teoría: la Tierra giraba alrededor del Sol, describiendo una circunferencia. Plutarco defendió la acertada hipótesis de Aristarco, pero los «poderes fácticos» terminaron por arrinconar la «loca idea», manteniéndose la postura geocéntrica. Sólo Galileo, siglos más tarde, se atrevería a dudar de nuevo. Éste, a grandes rasgos, era el panorama «científico» en el que tuvo que moverse Jesús.

Su séptimo año de vida en la Tierra resultaría igualmente intenso.

En el mes de *shebat* (enero-febrero) de aquel año 1 de la hoy denominada era cristiana, Jesús recibiría una de las mayores y más agradables sorpresas de su corta vida. Una mañana, al levantarse, sus hermosos ojos color miel se abrieron más de lo normal.

—No olvidaré jamás su expresión. Estaba perplejo...

El pueblo entero había amanecido cubierto por una espesa capa de nieve. Aunque las temperaturas medias de Nazaret en los meses más crudos raramente descienden por debajo de los 8 o 10 grados Celsius, aquel invierno fue excepcional, meteorológicamente hablando. Según María, la nevada alcanzó un *ammāh* de altura (un codo, aproximadamente; es decir, alrededor de 45 cm). Fue la más intensa de los últimos decenios. Ni los más viejos recordaban un fenómeno semejante. Para el niño y sus amigos —pasado el primer susto—, la novedad se convirtió en seguida en un excelente motivo de juego y diversión.

La anécdota me permitiría interrogar a la Señora sobre otro interesante capítulo de la infancia de Jesús. ¿A qué jugaba? ¿Cuáles eran sus juguetes favoritos?

María me miró con ternura.

—Tú, Jasón, no tienes hijos, ¿verdad?

Asentí en silencio.

—La verdad, ahora que lo mencionas, no lo recuerdo bien... Sé que jugaba con las cajas de arena, pero...

(Días más tarde, durante una inolvidable estancia en la hacienda de Lázaro, en Betania —creo recordar que entre el 11 y el 14 de ese mes de abril—, los hermanos de Jesús vendrían a enjugar este *lapsus* de la Señora.)

—Su juego favorito —me explicaría Santiago— consistía en esconderse en lo más recóndito del taller de carpintería y, sólo o en compañía de Jacobo y de mí mismo, construir ciudades y aldeas imaginarias a base de astillas, virutas y tacos de madera. También guerreábamos por las calles y campos o simulábamos bodas y funerales. Cuando se trataba de jugar a «entierros», siempre había peleas. Todo el mundo quería ser el muerto...

Así supe —ocasión habría de comprobarlo más de una vez— que los niños de Nazaret, como los de todo el mundo y todas las épocas, gustaban de divertirse «al esconder», a la «gallinita ciega», a la peonza, al aro, a la pelota (golpeándola con las manos), a los columpios, a los dados, al «juego del molino» (una especie de «tres en raya»), a los «pares y nones», a las adivinanzas (sirviéndose de los dedos; en Italia se conoce hoy como *morra*), al *cottabe* (que consistía en hundir unos platos que flotaban en una jofaina llena de agua; para ello lanzaban vino sobre las escudillas, y el que primero lo echaba a pique era el ganador), al *duodecim scripta* (un tablero parecido al juego del chaquete), «a coger» y, por supuesto, a otros juegos menos edificantes, como el *myinda* (hoy practicado en Creta). Los traviesos muchachos capturaban un escarabajo y, tras amarrarle una pequeña cuerda o cualquier otro material ligero, le prendían fuego, dándole caza.

Jesús no comprendía la prohibición de jugar en sábado. Pero, respetuoso y obediente, jamás protestó o incumplió lo establecido por la Ley judía.

Otra de sus aficiones preferidas era cuidar del palomar de su madre, recién adquirido con los sustanciosos ingresos del contratista. El producto de la venta de aquellos pichones era destinado a un fondo especial que administraba el propio Jesús y que, en la mayoría de los casos, se consumía en obras de caridad o en ayudas a los más necesitados del pueblo.

En el mes de *ab* (julio), el cada vez más robusto muchachito sufriría el primero y más espectacular de los muchos accidentes que le sobrevinieron en su agitada infancia. Al parecer —su madre tampoco lo recordaba con precisión— se hallaba jugando en el terrado cuando, de improviso, la aldea se vio azotada por una fortísima tempestad de arena, procedente del este. (Este tipo de tormentas es relativamente frecuente en los meses de marzo y abril, pero francamente anormal en julio.) El caso es que, al intentar bajar las escaleras de madera adosadas a uno de los muros de la vivienda, el viento y la arena le cegaron, rodando por los peldaños.

—Sólo fue el susto y alguna que otra magulladura —comentó María, estremecida—. Se lo había dicho a José: «Algún día tendremos una desgracia...» A la mañana siguiente, tras oír en silencio mis improperios, colocó una barandilla y el peligro fue conjurado.

Quizá sea una simpleza, pero no ocultaré mis pensamientos. Al oír el relato de este suceso —muy normal por otra parte—, me pregunté algo que, sólo mucho después, me atrevería a formular al Maestro. Si es cierto que existen los llamados «ángeles guardianes» y que cada cual tiene el suyo, ¿por qué no evitaron tan peligrosa caída? ¿Qué habría ocurrido si Jesús hubiera fallecido a causa de los golpes? Repito: sé que puede parecer una frivolidad por mi parte. Eso no era posible. Pero la caída se produjo... El Maestro, cómo no, tenía la explicación.

El percance, sin embargo, resucitó en María los viejos temores. Y su ansiedad se multiplicó.

El cuarto día de la semana (miércoles para los judíos), 16 de marzo de aquel año 1, el hogar conoció de nuevo la alegría de un nuevo hijo. La Señora dio a luz a su cuarto vástago: José.

—En junio del año anterior —desveló María, ruborizándose—, cuando llegaron los primeros síntomas del nuevo embarazo, José y toda mi familia se sintieron felices. Dios, bendito sea su nombre, nos bendecía otra vez. Pero yo no estaba segura. Así que, por primera vez, mi marido me obligó a someterme a las pruebas de embarazo...

Una de estas, digamos, «pruebas de laboratorio» —que la Señora aceptó sumisa— consistía en observar los efectos de la orina sobre determinados vegetales. Si las hojas se marchitaban o los cereales no crecían, el embarazo era descartado (1). Naturalmente, salió «positivo».

(1) Hoy se ha comprobado científicamente que la orina de los varones —y de las hembras no embarazadas— impide ese crecimiento en un ciento por ciento de los casos. La de las embarazadas, en cambio, lo permite en un 40 por ciento. En aquel tiempo, estas «pruebas de embarazo» eran de lo más fantástico y peregrino. Los egipcios fueron los pioneros. Si la paciente vomitaba después de estar sentada sobre harina de dátiles mezclada con cerveza, tenía posibilidades de concebir. El número de vómitos señalaba los hijos que podía procrear. Si después de una fumigación genital aparecían borborigmos o evacuaba orina con heces, concebiría. Otra «prueba», recomendada incluso por el célebre Hipócrates (Afor. 5, LIX), se basaba en la introducción de ajo por la vagina, comprobando el aliento de la mujer. (Esto recuerda, en cierta forma, la prueba de Speck: inyectar fenolftaleína en el útero e investigarla en la orina.) Otra de las obsesiones de entonces —y de todos los tiempos— era tratar de averiguar el sexo del niño antes del nacimiento, posiblemente como reflejo del perenne interés machista por una descendencia masculina. Los egipcios creían que las propiedades de la orina de una embarazada diferían de acuerdo con el sexo del feto. Si la cebada «crecía más de prisa» —reza el papiro de Berlín (vs. 2, 2-5)—, estábamos ante un varón. Si era el trigo el que así se comportaba al ser regado con la orina de la embarazada, el feto era una niña. En realidad, como afirma Grapow, la asociación tenía un carácter lingüístico: siendo la cebada una palabra del género masculino, «prefería» la orina de la mujer que hubiera concebido a un varón. Por el contrario, siendo el trigo del género femenino, «prefería» una niña... Los textos populares egipcios relacionan también la cebada y los hombres y el trigo y las hembras, creando así curiosos juegos de palabras: «it» («padre») e «it» (cebada) y «mwt» (madre) y «mtwt» («germen»). A pesar del carácter fantástico y

Al cumplir los siete años de edad, Jesús —como el resto de los niños judíos— estaba obligado a iniciar su educación en las escuelas «públicas» o en las sinagogas. En agosto, por tanto, pisó por primera vez una escuela. Para entonces dominaba ya el griego con cierta soltura. Esta asistencia a lo que hoy podríamos denominar «estudios elementales» se prolongaría hasta los diez años. Allí conocería los rudimentos del libro de la Ley, tal y como fue escrito en el idioma hebraico. En los tres años siguientes pasaría a una «escuela superior», aprendiendo, por el tradicional método de la repetición en alta voz, las enseñanzas más profundas de la sagrada Ley.

Por descontado —aunque algunos historiadores lo dudan—, en la Palestina de Jesús había escuelas. Y la enseñanza era obligatoria y gratuita. Se trataba, eso sí, de una invención relativamente reciente: un centenar de años, aproximadamente. Simeón ben Schetach, un rabí presidente del Sanedrín y hermano de la reina Alejandra Salomé, fue el fundador de la primera *beth hasefer* o «casa del libro», según consta en Kethouboth (VIII, 11). El ejemplo cundió rápido y, poco a poco, se institucionalizó una verdadera instrucción pública. La enseñanza era sagrada. «Si posees el saber —rezaba una máxima—, lo tienes todo; si no tienes el saber, no posees nada.» Y algunos doctores de la Ley proclamaban: «¡Más vale que se destruya un santuario antes que una escuela!» (Bab. Sabbat, CXIX, 6). Después de la muerte del Maestro —hacia el año 64 de nuestra era—, un preclaro sumo sacerdote, Josué ben Gamala, promulgaría un decreto que podría considerarse como la primera «ley escolar». En él se recogían hasta los más pequeños detalles: la obligación de los padres de enviar a sus hijos a la escuela, las sanciones contra los alumnos distraídos o rebeldes y la organización de un «segundo grado» para los más aventajados. Jesús, como digo, conoció

---

supersticioso de estas «pruebas», muchos otros pueblos —griegos, árabes, judíos, etc.— las han conservado durante miles de años. Ebers encontró vestigios de todo ello hasta Constantino el Africano. Por su parte, Iversen, al hallarlas en las obras del florentino Petrus Bayrus, pensó que le habían llegado a través del *Codex Paulinae Lipsiensis*, similar al *Peri europeista* que se atribuye a Galeno, o bien por traducciones tardías de Sorano, ya que ambas obras mencionan pruebas similares. *(N. del m.)*

esta sagrada obligación y, naturalmente, se benefició de ella. El maestro solía ser un *hazán*; es decir, una especie de «gerente-sacristán» de la sinagoga. Su sueldo se hallaba supeditado a lo que los padres de los alumnos tuvieran a bien entregarle. Más adelante, cuando las escuelas empezaron a reunir a más de veinticinco alumnos, fueron nombrados maestros especiales. A pesar de las evidentes penurias económicas por las que solían atravesar estos profesores, la comunidad judía les tenía en una alta estima. Eran llamados popularmente «mensajeros del Eterno».

En Nazaret, como en casi todas las escuelas del país, los muchachos se sentaban en el suelo —generalmente al aire libre—, formando un semicírculo. El maestro se situaba o paseaba frente a ellos. No resulta difícil imaginar al joven Jesús, repitiendo a coro, de memoria, palabra por palabra, los textos del Levítico (el primer libro por el que empezaban las enseñanzas), de los Profetas, de los Salmos, etc. La sinagoga de su pueblo contaba, además, con un valioso ejemplar de las Escrituras en hebreo. Los procedimientos mnemotécnicos eran esenciales en aquel aprendizaje de las extensas y complicadas Escrituras. Repeticiones, paralelismos y aliteraciones eran fórmulas obligadas para memorizar. Hoy, inmersos en la cultura del libro y de las imágenes, resulta difícil asimilar un procedimiento de transmisión oral tan aparentemente monótono y cansino (1). Sin embargo, es justo reconocer su eficacia. Modernas investigaciones han demostrado la importancia fisiológica y psico-

(1)   Esta forma de enseñanza y de transmisión es antiquísima. Obras como los Salmos, los Proverbios, los cánticos nupciales del Cantar de los Cantares fueron piezas habladas o cantadas. Sólo más tarde serían puestas por escrito. Otro tanto sucedió con los poemas de Homero. En Atenas, Pisístrato se hizo célebre al fijar los textos por escrito. ¿Y qué decir del Corán, cuyo nombre incluye la idea de «palabra recitada»? La enseñanza de los rabíes judíos era oral. El tratado talmúdico *Gittin* (LX, a) habla, incluso, de la prohibición de fijar esas enseñanzas por escrito. La propia palabra Talmud significa «aprendido de memoria». Hacia el año 1000, Sherira Gaón afirmaba que «los sabios estiman que es deber suyo recitar de memoria». Todo esto debe conducirnos a una premisa vital para poder comprender mejor al pueblo judío de aquel tiempo: la palabra era todo un instrumento, todo un arte, todo un medio de expresión y de transmisión de ideas, sentimientos y tradiciones. «Algo» que, desgraciadamente, el hombre occidental de hoy está perdiendo. *(N. del m.)*

lógica de esta ritmo-pedagogía, que tan provechosa resultaría, en el futuro, para el rabí de Galilea. No puede extrañarnos, por tanto, su inagotable dominio de las Escrituras. Desde muy niño las desmenuzó y memorizó como sólo aquel pueblo sabía hacerlo. Entiendo que su «poder divino» —que se manifestaría con plenitud a partir de los 30 años, aproximadamente— nada tuvo que ver en su exhaustivo conocimiento de los textos y citas bíblicos. Esta enorme erudición se consolidó mucho antes y por mecanismos puramente humanos. Como decía, los rabíes le daban una gran importancia a las fórmulas memorísticas. Rabí Dostai, hijo de Janai, decía en nombre del rabí Meir: «El que olvida algunas palabras de lo que ha aprendido, causa su perdición» (Pirké Aboth, III, 8). En las escuelas se repetía sin cesar con el fin de estimular a los alumnos: «Eres como una cisterna bien afirmada, que no pierde ni una gota de agua» (Pirké Aboth, IV, 8). Esta obsesión por la fijación memorística llegaba al extremo de considerar al que recitaba como un hombre piadoso, e impío al que descuidaba tales ejercicios. Las niñas, lamentablemente, no tenían acceso a las escuelas ni a la enseñanza. Hasta los doce años y medio no podían poseer nada; debían respetar al padre y a los hermanos; lo que encontrasen en la calle o en el campo era del padre; podían ser vendidas como esclavas; no tenían capacidad jurídica; no podían heredar, aunque fueran primogénitas; no podían decidir por sí mismas y, en caso de mutilación o violación, la posible indemnización pasaba automáticamente al progenitor. Quizá fuese el uso exclusivo de las Escrituras en la pedagogía lo que inclinó a los judíos a negar este elemental derecho de instrucción a las niñas. El problema era sencillo. Si la mujer no ocupaba lugar alguno oficial en la religión, ¿a qué enseñarle la Ley? En el escrito rabínico *Sota* (IX, a), el asunto queda sentenciado con la siguiente y rotunda frase: «Más valdría ver a la Torá devorada por el fuego que oír sus palabras en labios de mujeres.» Naturalmente, no todos eran tan radicales en la Palestina de Jesús. La familia de María y José, por ejemplo, supo educar e instruir a sus hijas, al margen de la escuela. Unas escuelas en las que, con más frecuencia de lo que podamos sospechar, la disciplina era sinónimo de castigo. Los «sabios doctores» refrendaban abiertamente el uso de la vara para con los estudiantes indisciplinados o, simplemente, torpes y distraídos. «Odia a su hijo —dice el libro de los Proverbios— el que da paz a la vara.» Y otro versículo reza así: «No ahorres a tu hijo la corrección, que porque le castigues con la vara no morirá.» Un libro, la verdad, muy poco edificante desde el punto de vista pedagógico que, sin embargo, era tomado al pie de la letra por la mayoría de aquellos *hazán* o maestros de sinagoga, siempre con un palo en la mano. «La necedad se esconde en el corazón del niño —sentencia dicho texto (Prov. XXII, 6)—; la vara de la corrección la hace salir de él.» Por fortuna para Jesús, las varas de sus maestros jamás le golpearon. Tuvo «problemas», sí, pero de otra índole...

Además del estudio, el primogénito de María tenía también otra debilidad: oír a los mercaderes y conductores de caravanas que se detenían habitualmente en Nazaret. Su conocimiento del griego le permitió dialogar con toda clase de gentiles, procedentes de los más remotos países, enriqueciendo así su formación humanística. Estos años de continuo diálogo con gentes de todos los credos y razas estimularían sus cada vez más ardientes deseos de emprender largos viajes. Pero tales «sueños» no cristalizarían hasta muchos años más tarde. Hubiera dado mi vida por presenciar algunas de aquellas animadas tertulias con los viajeros y guías que pernoctaban en la posada o que hacían un alto junto a la fuente pública de Nazaret y oír los comentarios y preguntas del joven Jesús...

Creo no equivocarme si afirmo que tales encuentros con los gentiles resultaron «providenciales», marcando en parte su destino. Fue a través de este contacto directo con la realidad del mundo como el Maestro empezó a conocer y a amar a todos sus semejantes. Sus padres terrenales y la escuela influyeron poderosamente en su formación. Nadie lo duda. Pero esa maravillosa oportunidad de relacionarse con hombres de toda condición aceleró su proceso de maduración, transformándole, poco a poco, en un Hombre abierto y tolerante.

—¿Que si era buen estudiante?

María, llevada de su celo de madre, replicó a mi pregunta con un entusiasmo no exento de parcialidad. Era lógico.

—Fue brillante, Jasón. Además, tenía una gran ventaja sobre sus compañeros: sabía griego... ¿No me crees? La Señora debió de notar mi escepticismo.

—Sólo te diré algo. Al terminar el curso, el maestro le dijo a José: «Me temo que soy yo quien más ha aprendido con las atinadas preguntas de vuestro hijo...»

En aquel primer año escolar sucedió algo premonitorio. Era costumbre que cada alumno, al ingresar en la escuela, escogiera un texto sagrado sobre el que trabajaba y profundizaba —una especie de «texto universitario»—, preparando una tesis que debía ser presentada al final del ciclo primario: a los trece años. Pues bien, Jesús eligió un párrafo del profeta Isaías (III, 61, 1-2) que habla por sí solo en relación a lo que sería su futura misión. El texto dice así: «El espíritu del Señor Dios está sobre mí, por cuanto me ha ungido Dios. A anunciar la buena nueva a los pobres me ha enviado, a vendar los corazones rotos; a pregonar a los cautivos la liberación, y a los reclusos la libertad...»

Isaías, posiblemente sin saberlo, había profetizado el anuncio de la buena nueva del reino.

El primogénito aprendió mucho en aquel año escolar, sacando igualmente un gran provecho de los sermones y pláticas de los sábados, en la sinagoga. En Nazaret, como en otros pueblos de la Galilea, existía una saludable costumbre: los sacerdotes y ancianos del lugar pedían siempre a los visitantes de relevancia que leyeran o se dirigieran a la comunidad en los habituales oficios sabáticos. De esta forma, el inquieto muchacho tuvo ocasión de oír a notables pensadores del mundo judío, así como a otros —menos ortodoxos— que, sin duda, le hicieron meditar tanto o más que los primeros sobre las realidades religiosas del momento. Nazaret era uno de los veinticuatro centros sacerdotales reconocidos oficialmente en Israel. Sin embargo, su liberalidad a la hora de interpretar las leyes y preceptos religiosos —como sucedía en el resto de la Galilea— hacía posibles estas intervenciones públicas tan «poco ortodoxas», impensables en la Judea. Es preciso recalcar esta importantísima circunstancia —la gran tolerancia religiosa de Nazaret— para entender mejor el futuro comportamiento del Maestro. Esto explica, por ejemplo, la costumbre de José de pasear cada tarde del sábado por los alrededores de la aldea, en compañía de Jesús. Entre la constelación de prohibiciones establecida para el *sabbat* había una que marcaba, incluso, el máximo de pasos que podían darse. Por supuesto, «hecha la ley, hecha la trampa». Y esa dificultad para viajar o desplazarse en sábado era paliada con el truco del *erub* y de los dos mil codos, a partir del lugar donde uno residía. (Si en la vigilia del sábado se tenía la precaución de dejar dos comidas preparadas para dicha festividad, el punto elegido era considerado como una nueva morada. En consecuencia, los dos mil codos —un kilómetro, aproximadamente— se contaban desde este último falso «domicilio») (1).

(1) El legalismo judío en materia religiosa resultaba asfixiante. El tratado del *Shabbat*, por ejemplo, con sus 24 capítulos y 139 disposiciones, es una viva muestra de este rigorismo contra el que Jesús luchó desde el principio. Resultaría agotador recordar aquí esa pléyade de normas —la mayoría absurdas— que, según la Ley, debía respetarse cada sábado. Basten algunos ejemplos para entender mejor esa decidida oposición del Maestro a la esclavitud que representaba dicha festividad: algunas formas de dar limosna estaban prohibidas. («En el caso de que un pobre esté fuera de una casa —dice la Misná— y el dueño de dicha casa esté dentro, si el pobre introduce la mano y deposita algo en la mano del dueño o si recoge algo de aquél y lo saca, entonces el pobre es culpable y el dueño de la casa queda exento de culpa.») No se podía acudir al peluquero ni al baño. El sastre debía tener sumo cuidado con la aguja que llevaba prendida en la ropa: si salía de su casa o taller en sábado y la transportaba, incurría en pecado. Lo mismo sucedía con el escriba y su pluma. Nadie debía despulgar vestidos o cabellos en sábado ni tampoco leer a la luz de una lámpara. (Esto podría llevarle a reavivar la candela, quebrantando así el reposo sabático.) No se podía comer junto a una mujer que estuviera menstruando. Estaba igualmente prohibido vender esclavos en sábado, cargar bestias y freír carne, cebollas o huevos. (En la operación de cocinar se corría el peligro de atizar el fuego, cayendo así en culpa.) Nadie podía agujerear la cáscara de un huevo, llenarla de aceite y colocarla sobre la lámpara para que gotee. Si uno apagaba una vela, lámpara o mecha, por el simple hecho de ahorrar, era culpable. Esta serie de demenciales prohibiciones llegaba al punto de poder trasladar en sábado una lámpara nueva, pero no una vieja. El rigor de la Ley alcanzaba incluso a determinados adornos femeninos. Una mujer no podía salir a la calle con hilos de lana, ni con ovillo de lino, ni con lazos en la cabeza. El hombre corría peor suerte: no podía salir en sábado con sandalias cosidas a aguja, ni con una sola sandalia, ni con un amuleto (si no es de un entendido), ni con coraza, ni con yelmo, ni con botas. «El que transporte algo con la mano derecha o con la izquierda —dictaba la Ley—, en su seno o sobre sus espaldas, es culpable, porque así acostumbran a acarrear los hijos de Coat (responsables

José, como la mayoría de sus convecinos, a pesar de sus profundas y sinceras convicciones religiosas, no estaba dispuesto a dejarse aplastar por semejante «locura burocrática». Y mucho menos en su único día de descanso. De ahí que, haciendo caso omiso del penoso lastre de la Ley, cada *sabbat* tomaba a su primogénito, paseando feliz hasta lo más alto de la colina situada al noroeste de Nazaret.

—Era su excursión favorita. Desde allí se divisa un maravilloso panorama: las nieves del Hermón, el monte Carmelo, el Jordán y, en los días claros —puntualizó María—, hasta las velas de los barcos en el «Gran Mar» (el Mediterráneo). Jesús disfrutaba con aquellos paseos. Después, cuando mi marido faltó, él conservó la misma costumbre. Quería mucho a aquella colina...

A lo largo de ese séptimo año, su madre le enseñaría a ordeñar, a preparar el queso y, sobre todo, a tejer. La Señora era una excelente tejedora. Y jamás consintió que José y sus hijos vistieran otras ropas que no fueran las que ella misma confeccionaba. Por aquella época, Jesús y su vecino e íntimo amigo, Jacobo, harían un interesante descubrimiento: el taller del alfarero Nathan, cerca del manantial. Este buen anciano, habilísimo con el barro, quería a los niños y muy especialmente al despierto y espontáneo Jesús.

—Mil veces llegó a casa —comentó María suspirando— con la idea de ser alfarero. Nathan era bondadoso y les regalaba puñados de arcilla. ¡Me ponía la casa perdida! Le encantaba moldear... A instancias del alfarero rivalizaban entre ellos, a ver quién lograba la mejor figura. ¡Esta afición nos costaría más de un disgusto!

Su lamento estaba justificado. La Ley judía prohibía cualquier tipo de representación de imágenes humanas. Así había sido establecido por el propio Yavé. Pero el primogénito no terminaba de entender el porqué de esta limitación a unos sentimientos tan nobles como los de la expre-

---

del transporte de los objetos del tabernáculo. Núm. 7, 9). El que transporta en el reverso de la mano, en el pie, en la boca, en el dedo, en la oreja, en el pelo, en la bolsa con la apertura hacia abajo, entre la bolsa y la camisa o en el volante de la camisa, en el zapato, en la sandalia, está eximido, ya que no transporta del modo que es habitual en los porteadores.» Para qué seguir... *(N. del m.)*

sión artística. Meses más tarde, esta inclinación le conduciría a una grave crisis.

Por mis conversaciones con la madre y demás familiares de Jesús —en especial con sus hermanos— supe que su octavo año (2 de nuestra era) resultaría especialmente intenso. En el capítulo escolar, por lo que pude deducir en mis posteriores indagaciones en Nazaret, las cosas fueron bien. Jesús, por mucho que se empeñase la Señora, no era un alumno extraordinario. Las conversaciones con el viejo profesor de la sinagoga serían esclarecedoras. El niño era un estudiante aplicado, despierto y con un sobresaliente afán de conocer. Pero nada más. Esa entrega, precisamente, le supuso, por parte de los responsables de la escuela, una valiosa «licencia»: librar una semana de cada cuatro. Esta dispensa fue acogida con entusiasmo por el primogénito, que pudo compaginar así sus estudios con otras aficiones: la pesca y el campo. Alternativamente, cada una de aquellas semanas la pasaba a orillas del *yam*, en las cercanías de Migdal, con uno de sus tíos y en la granja del hermano de María, a 44 estadios al sur de Nazaret. Poco a poco, merced a estas vacaciones, fue interesándose por las técnicas de pesca y por las más variadas labores agrícolas. (En nuestro tercer «salto» tendríamos la maravillosa oportunidad de contemplar sus excelentes dotes como pescador, ejercitadas desde la infancia.) Su primera experiencia con una red tendría lugar en mayo (el mes de *Iyyar*) de ese año 2.

Su carácter alegre y servicial contribuyó a que las familias de sus tíos terminaran por quererle entrañablemente —cualquiera que le hubiera conocido mínimamente quedaba prendado al momento—, disputándose incluso sus permisos mensuales. La que más sufrió con aquellas periódicas ausencias fue su madre. Era imposible borrar de su corazón la idea de un accidente o de una enfermedad.

—Estaba acostumbrada a tenerlo junto a mí —explicó resignada—, y estas ausencias me mortificaban. Vivía pendiente de cualquier posible noticia procedente de la granja o de Migdal. Pero, como en otras muchas cosas —murmuró—, tuve que ir haciéndome a la idea de perderle...

Aquel año apareció en Nazaret un profesor de matemáticas, oriundo de Damasco. Cuando, en mi visita a la aldea, intenté localizarle, el misterioso personaje había desaparecido. Al parecer, aquel judío era mucho más que un maestro en números... Jesús entabló contacto con él y, además de recibir una esmerada y avanzada instrucción en todo lo concerniente a matemáticas de la época, sus ojos se abrieron igualmente a otro fascinante y esotérico «mundo»: el de la Kábala. Éste fue otro de sus «secretos»...

Y también por primera vez en su corta vida, el primogénito se inició en una labor que, al fin y a la postre, desempeñaría hasta la muerte: la de enseñar.

—Como un hombrecito —apuntó la Señora con orgullo—, mi Jesús empezó a mostrar a su hermano Santiago los rudimentos del abecedario. Se sentaba con él a la puerta de la casa y, una y otra vez, le repetía las letras, escribiéndolas en trozos de cerámica.

—¿Era paciente?

—Mucho. A pesar de la lógica torpeza de Santiago, jamás le vi renegar.

Los que sí perdían la paciencia eran sus maestros. Conforme avanzaba el curso, sus preguntas —demoledoras a veces— se hacían inquietantes, impertinentes y sacrílegas. Las explicaciones del profesor no le satisfacían. «¿Por qué Dios hizo la Creación en seis días? Eso es imposible —argumentaba con razón—. Mi padre José necesita un mes para construir una casa...»

La geografía y la astronomía, sobre todo, eran el caballo de batalla. Nadie sabía razonarle satisfactoriamente el porqué de las estaciones secas o lluviosas, las variaciones de clima existentes entre Nazaret y el valle del Jordán, por ejemplo, o los eclipses. Por lo que pude averiguar, el muchacho empezó a convertirse en una pesadilla para maestros, sacerdotes y, naturalmente, para su propia familia, que tenía que encajar —día tras día— las críticas y reprimendas de los instructores, heridos en su orgullo profesional. Sin saberlo, Jesús estaba gestando una atmósfera de rechazo y antipatía entre determinados círculos de la villa. Una situación irreversible que, con el paso de los años, le forzaría al definitivo abandono de Nazaret.

En el mes de *Adar* (febrero) surgiría la primera gran

oportunidad para Jesús. Una ocasión para «cambiar de aires» y para recibir una más pulcra educación religiosa. Todo sucedió a raíz de una confidencia del deslenguado primo lejano de María: Zacarías, el esposo de Isabel. El padre de Juan, a pesar del mutuo acuerdo entre las familias de guardar en secreto lo relacionado con el «hijo de la Promesa», confesó el asunto a Nahor, un profesor de una de las academias rabínicas de Jerusalén. Éste visitó el hogar de Isabel, examinando a Juan. Después, por consejo de Zacarías, viajó a Nazaret, con idéntica finalidad: observar a Jesús.

—Nosotros fuimos los primeros sorprendidos —matizó la Señora—. José, incluso, se indignó ante la ligereza de Zacarías. Pero el mal ya estaba hecho. Y Nahor se entrevistó con Jesús. Le hizo muchas preguntas y, a juzgar por sus comentarios y las expresiones de su rostro, no le gustó demasiado la actitud de nuestro hijo...

—¿Por qué?

—Supongo que le pareció un descarado. Las contestaciones de mi hijo en temas religiosos no fueron de su agrado. Pero, según nos confesó en privado, lo comprendía, dado que vivíamos en la Galilea...

—¿Y qué quería exactamente?

Se encogió de hombros.

—¡Ya puedes imaginártelo!...

No, no lo imaginaba.

—... ¡Llevárselo a Jerusalén! Eso dijo, al menos. Desde luego, algo vio en él cuando, sin más, nos propuso que estudiase en la Ciudad Santa. ¡Y gratis!

—No lo entiendo —tercié, simulando perplejidad—. Era una buena oportunidad. ¿Por qué no prosperó?

—José y yo lo discutimos muchas horas. Pero mi marido no lo veía claro. Yo sí. Jerusalén hubiera sido la culminación de su carrera...

Conviene matizar que esta expresión —«la culminación de su carrera»— tenía un sentido... muy especial. María, ya lo dije, creía en su hijo como Mesías político. Aquella oportunidad, sin duda, le habría beneficiado..., desde ese concretísimo punto de vista. Sin embargo, aunque estaba persuadido de que Jesús sería, en efecto, el «hijo de la Promesa», su padre terrenal nunca tuvo claro el papel mesiánico de su primogénito, tal y como lo enfocaba la Señora. Y murió con esa duda. Intuía que le aguardaba una gran misión, pero obviamente no podía conocer su naturaleza. Y, tal y como manifestó su esposa, rechazó la oferta de Nahor. Las discrepancias entre José y María inclinaron al rabí por una fórmula intermedia. Les pidió autorización y, sin más rodeos, planteó a Jesús si aceptaba estudiar en Jerusalén.

—Mi hijo le oyó atentamente. Pero no dijo nada. Después de la exposición de Nahor vino a nosotros y nos consultó. Con Jacobo, su íntimo amigo, hizo otro tanto.

—¿Y cuál fue su decisión?

—Dos días después se entrevistó de nuevo con el rabí, explicándole que existían grandes diferencias de criterio entre sus padres y consejeros y que, en resumen, no se sentía capacitado para pronunciarse. «Ante esta situación», añadió llenándonos de confusión, «he decidido hablar y consultar con mi Padre que está en los cielos».

(Eran los primeros «síntomas», los primeros «aldabonazos», de aquel Jesús Dios que todos conocemos y en el que muchos creemos. Su «conciencia» superior —valga la expresión— empezaba a «despertar».)

—... Horas más tarde se reunía de nuevo con el rabí, diciéndole: «Siento que debo quedarme en casa, con mi padre y mi madre. Ellos me quieren y, en consecuencia, harán por mí mucho más que otros que pueden ver mi cuerpo y conocer mi pensamiento, pero que no me quieren.»

La Señora se llenó de amor al recordar aquella sentencia.

—Quedamos maravillados. Nahor el primero. Y no se volvió a hablar del tema. El rabí regresó a Jerusalén y Jesús continuó con nosotros.

Por supuesto, no todo fueron pruebas y sinsabores en aquel octavo año. En la noche del viernes, 14 de abril, llegaría al mundo Simón, el tercero de sus hermanos. Y en esas mismas fechas, el primogénito se iniciaría también en otra de sus secretas pasiones: la música.

Lo encontré lógico. Un ser humano de aquellas características —sensible e intuitivo— tenía que amar la música.

—Todo fue idea suya —adelantó María—. Nosotros no hubiéramos podido costear las clases, pero él se las ingenió para sacar el dinero necesario. ¿Cómo? Vendiendo los quesos y la mantequilla que él mismo preparaba. José nunca dijo nada, pero yo sé que se sentía orgulloso de la afición de su hijo por el arpa. Y así fue cómo empezó a recibir las primeras clases. Años más tarde, aunque no lo creas, Jasón, tendría su propia arpa.

Un instrumento —no exactamente una arpa— que yo, gracias a la Providencia, llegaría a tener en mis manos...

Y hablando de la Providencia. Aunque ya me he referido a ello en otros momentos de este atropellado diario, en ocasiones no puedo sustraerme a la idea —siempre hipotética, claro está— de cómo hubiera sido la formación de Jesús en Alejandría o Jerusalén. Tuvo oportunidad de vivir y estudiar en ambas ciudades. No es difícil imaginarlo. De haber residido en Egipto, su educación habría estado en manos judías. Toda su mente, quizá, se habría visto imbuida por la rígida teología rabínica. En la Ciudad Santa, esa formación podría haber sido mucho más rígida, incluso. Pero la Providencia quiso que fuera Nazaret. Y el acierto fue pleno. El Maestro se movió así en un muy deseable equilibrio, a idéntica distancia de la ortodoxia oriental y la permanente inquietud de los gentiles y de la cultura helena. ¡Cuanto más conozco de este personaje, más claros aparecen ante mí los designios de ese gran Dios al que Jesús llamaba Padre!

El año 3 fue decisivo en su desarrollo físico. En su noveno aniversario en la Tierra, Jesús conoció las enfermedades infantiles —sarampión, varicela, etc.—, no tan vulgares en aquel tiempo. Por fortuna, estas dolencias infecciosas le sobrevinieron a una edad en la que sus defensas naturales, su aceptable alimentación y su fuerte y sana constitución física constituyeron una sólida y providencial barrera, evitando así posibles y peligrosas complicaciones. De haber afrontado tales males a una edad más temprana, quizá los problemas y secuelas hubieran sido diferentes. A raíz de estos procesos, el cuerpo del muchacho experimentó un notable crecimiento, que le haría sobresalir por encima de la numerosa población infantil de la aldea. Un desarrollo que, como espero tener ocasión de narrar, le traería ventajas e inconvenientes...

Sus clases en la escuela prosiguieron con normalidad, disfrutando cada mes de la merecida semana de vacaciones. Todo marchaba sin excesivos contratiempos hasta que un buen día de invierno...

—Me asusté. José no estaba en casa. El maestro traía a Jesús por el brazo y, con evidente indignación, le acusó de sacrílego y no cuántas cosas más. ¿Qué había ocurrido? Eso fue lo que pregunté. Me pidió que le acompañara a la escuela. Jesús, entretanto, permaneció en casa, mudo y sin intentar siquiera defenderse. En el suelo de la escuela había un retrato. ¡Era la cara del profesor! ¡Perfecta, Jasón! Al comprender la nueva travesura de mi hijo me llené de angustia. Aquello estaba prohibido por la sagrada Ley de Dios, bendito sea su nombre. Yo sabía que le gustaba pintar. En la casa guardaba una colección de paisajes y figuras de arcilla. Pero aquello...

El incidente, aunque ahora pueda parecer una niñería sin importancia, provocaría una reunión de los ancianos del lugar y, como es comprensible, un profundo disgusto en el seno familiar. José fue amonestado, exigiéndosele que reprendiera y castigara a su díscolo primogénito, «devolviéndole al buen camino». El comité de ancianos de Nazaret se entrevistó seguidamente con el contratista, explicándole con toda nitidez y firmeza que «semejante blasfemia podía costarle la definitiva expulsión de su hijo de la escuela».

—Mi marido, abrumado, guardó silencio. No era la primera acusación de esta índole contra Jesús, pero sí la más severa.

—¿Y qué hizo Jesús?

—¿No lo adivinas?...

—Francamente, no.

María movió la cabeza sin poder comprender aún la audacia del niño.

—Para sorpresa de todos se presentó voluntariamente ante los ancianos, defendiendo su afición artística. Quedaron estupefactos. Menos mal que, salvo unos pocos, la mayoría se lo tomó con sentido del humor. Habló, argumentó y, por último, dijo que acataría la decisión del tribunal. De acuerdo con José, los ancianos estimaron que, mientras viviese con nosotros, no volvería a pintar ni a moldear con arcilla. Jesús oyó la sentencia en silencio. No le vi mover un músculo. Pero cumplió. Mientras permaneció en Nazaret jamás le vi tomar un trozo de barro o pintar.

Aquélla sería una de las más duras pruebas de su agitada infancia. En el fondo tuvo suerte. De haber sido juzgado por un consejo de Jerusalén, el castigo podría haber sido más duro e infamante. Los azotes, por supuesto, no se los habría quitado nadie, a pesar de su minoría de edad (1).

Pero no todo fueron descalabros y frustraciones. En aquel noveno año de su vida, Jesús, siempre en compañía de su padre terrenal, escaló por primera vez el mítico monte Tabor, a unos seis kilómetros al este de Nazaret. (Una redondeada colina de 1 000 pies de altura en cuya cima, según la tradición cristiana, tuvo lugar la famosa «transfiguración». Más adelante, Eliseo comprobaría que dicho suceso ocurrió en realidad en otro lugar, a muchas millas al norte) (2).

—La aventura —contaría la Señora— le emocionó. Regresó radiante. Decía que, desde la cumbre, «podía contemplarse el mundo entero, menos la India, África y Roma».

El 15 de septiembre nacería Marta, la segunda de las

(1) En general, a partir de los doce años, los varones entraban a formar parte, de pleno derecho, en la asamblea del pueblo judío. «El hijo rebelde y contumaz —especificaba la Ley— podía ser castigado, incluso, a la pena capital.» ¿Y a partir de qué momento se le consideraba «hijo rebelde y contumaz»? El capítulo VIII del tratado *Sanhedrin-makkot* dice textualmente: «Desde que le hayan salido dos pelos (la pubertad), hasta que le haya crecido en torno la barba, la inferior, no la superior...» ¿Y a partir de qué momento era culpable? «Si ha comido un *tritemor* (la tercera parte de un peso) de carne y bebido medio *log* de vino italiano.» *(N. del m.)*

(2) El Tabor era famoso desde tiempos remotos. Concretamente, desde la derrota de Jabín por Débora y Barac (Jueces IV). Bajo el mando de Débora, Barac reunió un ejército de diez mil hombres, pertenecientes a las tribus de Zabulón y Neftalí, acampando en lo alto del Tabor. Por su parte, el capitán Sísara apostó sus «nueve mil carros de hierro» en la llanura de Esdrelón, a los pies del Tabor. Y allí sufrió una ignominiosa derrota. A través de la historia, la cima del Tabor fue utilizada siempre como fortaleza. En el año 218 a. de J.C., Antíoco el Grande, antes de llevar su campaña hasta el Jordán, tomó el Tabor y estableció en él una guarnición. Gabino, cincuenta y tres años antes de Cristo, libró también una batalla en sus proximidades, venciendo a los judíos que mandaba Alejandro. Éste, según Josefo (Guerras I, 8-7), perdió diez mil guerreros. Cuando se registró la guerra judía, Flavio Josefo reforzó las defensas del Tabor, situando allí un cuartel. Según Plácido, general de Vespasiano, enviado a atacar el Tabor, «era imposible ascender hasta allí». Sólo mediante una estratagema consiguió la conquista de la cima y de su fortaleza. *(N. del m.)*

hermanas de Jesús. El alumbramiento obligaría a José a ampliar la primitiva vivienda. Y en una de las nuevas habitaciones, accediendo a los deseos de su primogénito, el contratista instaló un banco de carpintero. Durante varios años, aquel pequeño taller haría las delicias de Jesús. Allí trabajaba a ratos perdidos, perfeccionándose en el oficio y especializándose en la construcción de yugos.

Aquel invierno y los siguientes fueron especialmente crudos. Nevó con intensidad y Jesús tuvo la oportunidad de conocer algo que le dio que pensar: el hielo.

—Sus preguntas, Jasón, siguieron mortificando a propios y extraños. Quería saber por qué el agua se hacía sólida y por qué, a su vez, el hielo se convertía en agua... Nos volvió locos durante todo el invierno.

En los meses de *sivan* y *tammuz* (junio-julio, aproximadamente), Jesús ayudó a su tío, el granjero, en la siega de los cereales. Era la primera vez que tomaba una hoz en sus manos. Como era de esperar, su madre se indignó.

—¡Era una criatura, Jasón! Sólo tenía nueve años... ¿Hubieras dejado tú que uno de tus hijos manejara una de esas peligrosas herramientas?

María, al enterarse, empujada por su celo, puso el grito en el cielo, amonestando a su hermano.

—Sé que fue inútil —añadió convencida—. Siguió segando a escondidas...

Como decía, antes de cumplir los diez años, el muchacho experimentó un notable desarrollo físico. Esta circunstancia, unida a su agilidad mental y a su no menos considerable madurez intelectual, le valió ser nombrado «jefe» de un grupo de siete compañeros de su misma edad. Por supuesto, ninguno de aquellos amigos notó nada «sobrenatural» en Jesús. Era uno más. Inquieto, curioso y en permanente actividad, pero, a fin de cuentas, un muchacho como los demás. Un solo detalle extrañaba y, a menudo, crispaba los nervios del resto de la «banda»: el «jefe», a pesar de su corpulencia, sentía un rechazo natural por la violencia. En multitud de ocasiones, aun llevando la razón, eludió las peleas. Esto, al principio, hacía sufrir a sus camaradas de juegos. Pero, poco a poco, fueron acostumbrándose y aceptando la especial docilidad y mansedumbre del primogénito del contratista. Todo hay que decirlo: la verdad es que Jesús encontró un excelente valedor en su íntimo amigo Jacobo, el hijo del albañil asociado con José. Aquél, un año mayor que Jesús, procuraba mantener a distancia a cuantos trataban de abusar de su amigo. Y lenta y progresivamente, merced a su equidad y simpatía, el hijo mayor de María terminaría por ser aceptado como un líder. (Esto sucedería años más tarde, desembocando —cuando el Maestro contaba diecisiete años— en una grave crisis. Pero demos tiempo al tiempo.)

En el año de su décimo aniversario (4 de nuestra era) sucedería «algo» que, por aquel entonces, pasó casi inadvertido para sus padres terrenales. Eran, insisto, fugaces y esporádicos «fogonazos» de lo que «dormía» en su interior.

—Fue un sábado. El 5 de julio. Lo recordaré mientras viva. —La Señora, sin poder remediarlo, se sentía culpable por tantos años de «ceguera», como ella misma lo definió—. Mi marido y Jesús habían salido al campo, dispuestos a disfrutar de su paseo semanal. Según me contó José, nuestro hijo, de buenas a primeras, le confesó algo: «Sentía que su Padre de los cielos le reclamaba y que él no era en realidad quien todos creíamos que era.» Fueron palabras incomprensibles. José, muy preocupado, no supo darle razón. Pero no lo comentó con nadie. Al día siguiente, Jesús habló conmigo. Fue una larga conversación. Le noté inquieto. Confuso... Como si «algo» en su interior se revelara. Lamentablemente, ni él ni yo sacamos demasiado en claro. ¿Qué podía ser aquello de «su Padre de los cielos»? José y yo, como te decía, guardamos un absoluto silencio sobre tales revelaciones. De haber llegado a oídos de los vecinos y sacerdotes podría haber sido tachado de loco o de blasfemo. Era muy peligroso que hablara así de Dios, bendito sea su nombre. Todo el mundo en Nazaret sabía que era hijo nuestro...

A raíz de aquellas manifestaciones, el carácter de Jesús cambió notablemente.

—Sí, se volvió taciturno y solitario. Y empezó a frecuentar (más de lo debido, en mi opinión) la compañía de los adultos. Se sentía confortado con ellos. Y éstos le oían con agrado. Ni a José ni a mí nos gustaba aquel alejamiento de los muchachos de su edad. Y le reprendimos muchas veces, suplicándole que se dejara de tantos y tan profundos discursos con los mayores y que volviera a lo natural: a los juegos. Nuestro éxito fue escaso.

En agosto, al cumplir los diez años, ingresó en la escuela superior. Lejos de mejorar, la situación empeoró...

—Era incorregible. Sus preguntas fueron en aumento y la inquietud entre los maestros terminó por propagarse al resto de la aldea. Fuimos nuevamente convocados por los responsables de la sinagoga y llamados al orden. ¡Qué vergüenza, Jasón!

En esta ocasión, José adoptó una actitud más severa: debía moderar sus intervenciones en la escuela. «Es más —le ordenó—, te limitarás a preguntar lo estrictamente necesario.»

Durante algún tiempo obedeció. Estos «escándalos» fueron aprovechados por sus enemigos. Jesús también los tenía. Era normal en una villa donde todos se conocían. Los que más se ensañaron con Él y con su familia fueron los padres de los alumnos más torpes y retrasados. Sin el menor pudor le acusaron de «soberbio, descarado y presuntuoso». Pero el muchacho no se sintió ofendido por las habladurías y calumnias. Prosiguió sus estudios y trabajos, dedicando una especial atención a la pesca. Sus periódicas visitas al *yam* le liberaron en parte de la opresión y del injusto hostigamiento de que era objeto en Nazaret. Su pasión por el lago llegó al punto de manifestar a su padre que, «en el futuro, deseaba ser pescador».

—José escuchó sus palabras con interés y cariño. Pero no las tomó en consideración. Hasta entonces había querido ser alfarero, agricultor, maestro, músico, carpintero, conductor de caravanas y no sé cuántas cosas más... Mi marido, siempre práctico, aprovechó la oportunidad para insinuarle que lo más seguro y rentable era la agricultura o la carpintería. ¿Te digo un secreto?

La animé con una sonrisa.

—... Si se hubiera decidido por la contrata de obras, José habría sido feliz. Pero Dios (bendito sea su nombre) se lo llevó antes de que Jesús cumpliera los quince años.

Su lamento estaba justificado. La prematura muerte del contratista en un accidente de trabajo, en Séforis, modificaría el curso de la vida del primogénito y de toda la familia. Como sabemos, el Destino tenía otros planes para el «hijo de la Promesa».

Aquél sería uno de los últimos períodos de calma y relativa felicidad. Jesús estaba a punto de afrontar un cúmulo de duras pruebas.

El año 5 no empezó mal del todo. Su moderación en la escuela surtió efecto y los ánimos volvieron a la normalidad.

A mediados de mayo, siguiendo la costumbre establecida tiempo atrás, Jesús acompañó a su padre terrenal en otro de sus habituales viajes de negocios. Esta vez se dirigieron a la ciudad griega de Scythópolis, en la Decápolis, muy cerca de la margen derecha del río Jordán. Durante la marcha —de unos 35 kilómetros—, José le habló del rey Saúl, de su derrota contra los filisteos en el monte Guilboá y de su posterior suicidio, arrojándose contra su propia espada.

—Aquel viaje —relató la Señora con cierta reticencia— fue bastante desagradable... para mi marido.

La presioné diplomáticamente. María no parecía muy dispuesta a entrar en detalles.

—¿Para qué recordar cosas tristes?

—Es preciso conocerlo todo —insistí con vehemencia—. Algún día, el mundo lo agradecerá...

Sonrió con escepticismo. Pero accedió a contar «lo sustancial».

—... Mi hijo debió de quedar muy impresionado por la belleza y grandiosidad de la ciudad. Anteriormente había estado en Séforis, pero Scythópolis (1) es otra cosa. Según

(1) La única de las diez ciudades griegas (la Decápolis) situada al oeste del Jordán era Scythópolis, la antigua Beth-Sean o ciudad de los escitas, fundada por los belicosos nómadas en sus correrías en el siglo VII a. de J.C. La mayoría de estas poblaciones helénicas se constituyó cuando los descendientes de los generales de Alejandro, lágidas de Egipto y seléucidas de Siria conquistaron la Palestina. Las más notables eran Gerasa, Pella, Hipos, Gadara, Filadelfia y, más al norte, Damasco. Pompeyo les había concedido la autonomía municipal, siempre bajo el gobierno y la soberanía de Roma. Los macabeos lucharon por devolver a estas ciudades al judaísmo. Pero su éxito fue relativo. El propio Alejandro Janeo tuvo que rendirse a la evidencia: la Decápolis, a pesar de hallarse incrustada en los territorios de Israel, era un «mundo aparte»,

José, sus elogios de los monumentos y edificios fueron en aumento y, como era natural, mi marido se sintió ofendido. Trató de contrarrestar entonces aquel improcedente fervor hacia una ciudad pagana, hablándole de la magnificencia de Jerusalén. Pero Jesús no le prestó atención. Y sus preguntas arreciaron, entristeciendo el ya dolorido ánimo de su padre. Para colmo de males, en aquellas fechas se celebraban en la Decápolis los tradicionales juegos y competiciones deportivas anuales. José (que no sabía decir que no) cedió a las insistentes peticiones de nuestro hijo y le llevó al anfiteatro. Las demostraciones de los atletas le entusiasmaron. Y José, estupefacto, le oyó decir que «sería una gran idea organizar unos juegos similares en Nazaret». Intentó convencerle de que todo quello no era sino una «detestable manifestación de vanidad». Jesús se negó a aceptar la opinión de José. Y ya en la posada estalló la crisis. Tú, Jasón, no le conociste. Mi marido era un hombre bueno, incapaz de hacer el mal. Jamás golpeó a ninguno de sus hijos. Pero aquella noche (me contó entristecido) perdió los nervios y, en mitad de una acalorada discusión con nuestro primogénito, llegó a zarandearle por los hombros...

—¿Por qué?

—Jesús, olvidando los sagrados preceptos de la Ley, le sugirió la posibilidad de construir en Nazaret uno de aquellos anfiteatros. Fue la gota que colmó el vaso. Según mis noticias —lamentó la Señora—, fue la única vez que José se enfrentó violentamente con él. «¡Hijo mío —le dijo—, que nunca más, en toda mi vida, te oiga una cosa semejante!»

---

claramente helenizado, bajo el comercio, la cultura y los dioses griegos. El caso de Pella, por ejemplo, fue dramático. Prefirió que la destruyeran a caer bajo la órbita de Jerusalén. Herodes el Grande, más astuto que los macabeos, llegó a un pacto con la Decápolis, beneficiándose de su indudable progreso. Con el tiempo surgieron también en Palestina otras ciudades griegas o claramente helenizadas, tales como Tolemaida (la antigua Acca o Acre), Gaza y Cesarea (el gran puerto de Israel). Siquem fue reconstruida igualmente por Herodes, recibiendo el nombre de Sebasta y alojando a una importante población griega. Lo mismo sucedería con Tiberíades y con Séforis, la capital de la Galilea. Los romanos, al hacerse con el poder en Palestina tras la muerte de Herodes, contribuyeron al distanciamiento y al recelo entre los judíos y los habitantes de estas ciudades, estableciendo en las mismas sendas guarniciones, con importantes tropas auxiliares de origen samaritano. *(N. del m.)*

—¿Y qué hizo Jesús?

—Al ver a su padre tan indignado se asustó. Y replicó: «Así lo haré.» Puedo asegurarte que, mientras José vivió, el asunto de los juegos no se mencionó en Nazaret.

Me lo pregunté muchas veces a lo largo de aquellas conversaciones con la Señora y demás parientes del Maestro. Dadas las especialísimas circunstancias que concurrían en el primogénito y su no menos singular carácter, ¿llegaron sus padres terrenales a temerle? ¿Sentían quizá por Él alguna debilidad o preferencia?

Cuando se lo insinué, María fue tajante:

—¿Miedo a Jesús? ¡Qué cosas se te ocurren, Jasón! Mi hijo, a pesar de sus problemas, era servicial, dulce y amoroso hasta extremos que no puedes imaginar. De no ser así, ¿crees que hubiera hecho lo que hizo cuando caí enferma? En cuanto a las preferencias —dudó unos segundos—, pues sí, lo reconozco. Algo había. Era natural. Pero te diré otra cosa. Cada vez que cualquiera de nosotros intentaba tener algún pequeño detalle con él, el rechazo era inmediato. No consintió nunca ese tipo de deferencias hacia su persona.

¿La Señora enferma? Mis informaciones al respecto eran nulas. ¿Qué había ocurrido?

La dolencia de la madre marcaría el comienzo de una nueva y dura etapa en la infancia de Jesús. En realidad, ahí terminarían sus años felices, los juegos y los viajes.

Según sus explicaciones, el problema surgió a raíz del nacimiento de Judas, el miércoles, 24 de junio de aquel año 5. El séptimo hijo —uno de los más conflictivos, por cierto— traería consigo una peligrosa infección: unas «fiebres malignas» que, a juzgar por la sintomatología, identifiqué a priori con la llamada «septicemia de las paridas» o fiebre puerperal (1). Una dolencia, sobre todo en aquel tiempo,

_____

(1) El puerperio, básicamente, es un proceso de regresión fisiológica, excepto en la glándula mamaria. Clínicamente se caracteriza por una serie de síntomas genitales, mamarios y generales. Entre los primeros figuran los conocidos «entuertos» y los «loquios». En general son más frecuentes en las multíparas. La abundancia en las secreciones —sudoral, urinaria y loquial— provoca una pérdida de peso durante los primeros ocho días. (Alrededor de 4 kilos.) Estas fiebres pueden complicarse fácilmente, a causa de los microbios patógenos (estrepto, estafilococo y colibacilo), pudiendo provocar la muerte. En realidad debe-

especialmente peligrosa. Dado que el parto no fue distócico, lo más probable es que la anemia o la fatiga en la madre constituyeran factores determinantes en la etiología. No puedo asegurarlo, naturalmente, pero cabe la posibilidad de que se tratara de una infección estafilocócica y tardía, mucho más benigna que las generalizadas y estreptocócicas. El caso es que la Señora se vio obligada a guardar cama por espacio de varias semanas, sufriendo —según contó— de estreñimiento, alta fiebre, dolores de cabeza, «llamaradas de calor» y una «sed angustiosa», amén, lógicamente, del típico cuadro de alteraciones mamarias. Esta penosa y delicada situación de María obligó a su marido a permanecer en Nazaret. Y Jesús vio cómo todos sus planes caían por tierra. Tuvo que atender los recados de su padre, a sus hermanos más pequeños, a las necesidades de la casa y, por descontado, a su madre. La escuela quedó en suspenso y sólo la buena voluntad de uno de sus maestros —que acudía al hogar una tarde por semana— le ayudó a no perder el curso. Este buen judío, paciente, amable y comprensivo, ayudó mucho al primogénito de José en aquellos aciagos días. Por fortuna, la Señora no experimentó las temidas complicaciones puerperales —cardíacas, digestivas, respiratorias, etc.— y el tratamiento de los «sanadores» de la villa, aunque elemental, resultó eficaz en lo que a la asepsia se refiere.

—Jamás me había sentido tan mal —especificó—. El castañeteo de los dientes, los temblores y aquellos dolores de cabeza casi acaban conmigo. Pero todos (Jesús el primero) se portaron maravillosamente. Mi hijo aprendió, incluso, a cocinar. Él me preparaba la leche, los caldos calientes, los huevos y la carne cruda... ¡Pobrecillo, cuánto sufrió por mi culpa! Desde entonces se terminaron los juegos, los paseos...

---

ría hablarse de «infecciones puerperales», no de infección, ya que responden a un conjunto múltiple de factores o accidentes toxiinfecciosos. Cuando la mujer se encuentra sana —como era el caso de María—, lo más probable es que la infección tenga su origen en el microbismo latente vaginal o perineal, exaltado en su virulencia por el traumatismo obstétrico o por las deficientes condiciones higiénicas de la partera. Quizá fuera éste el caso de la madre de Jesús. De haberse complicado hacia una infección generalizada, la suerte de María habría resultado muy comprometida. *(N. del m.)*

Efectivamente, un par de años antes de lo previsto, el muchacho se vio empujado a reemplazar al cabeza de familia en muchas de sus funciones al frente del hogar. Aquel verano, al cumplir los once años, era ya todo un hombrecito, cargado de responsabilidades —demasiadas para su corta edad— y con una cada vez más penosa angustia: «¿Quién era en realidad? ¿Qué significaba el Padre de los cielos para Él? ¿Cuál era en verdad su misión? ¿Qué le reservaba el Destino?»

Y Jesús fue encerrándose en sí mismo. Desde la enfermedad de su madre —aunque jamás perdería aquella contagiosa y envidiable alegría de vivir— ya no fue el de antes. Sus juegos y conversaciones con los viajeros y conductores de caravanas se fueron espaciando y, muy lentamente, surgió en Él una gran interrogante: «Si debía ocuparse de los asuntos de su Padre, ¿qué hacer con sus ineludibles obligaciones familiares?»

Años más tarde, este crudo dilema llegaría a convertirse en un angustioso drama personal. Un drama no contemplado por los evangelistas y que, en mi modesta opinión, resulta de vital importancia para conocerle mejor. La infancia y la juventud de este Hombre, como las de cualquier ser humano, fueron de suma trascendencia. Su obra, su mensaje y el conjunto de sus acciones durante la llamada «vida pública» pueden entenderse con mayor claridad cuando uno ha tenido acceso a esos cruciales primeros años. De ahí que, en este sentido, mi reproche a los evangelistas sea total. Con su silencio han privado a creyentes y no creyentes de unas informaciones y de una perspectiva esenciales en un estudio medianamente serio. Pero prosigamos con el no menos decisivo duodécimo año de su vida.

Este período, previo a la adolescencia, se vio fuertemente influido por la reciente enfermedad de su madre y por esas crecientes dudas en torno a su misión en la vida. La Señora lo resumiría con gran acierto:

—Volvió a la escuela, sí, y también a su pequeño taller de carpintería. Pero su corazón se hizo solitario. Si antes nos disgustaban sus continuas y agudas preguntas, a partir de entonces empezamos a preocuparnos por lo contrario: por sus largos silencios.

A los ojos de la vecindad, aquel cambio en el modo de

ser de Jesús fue interpretado como «una vuelta a la sensatez y a la discreción». El muchacho no hizo nada por sacarles de su error. ¿Quién hubiera podido comprenderle? Ni siquiera sus padres tenían esa posibilidad. José y María, permanentemente atentos, eran conscientes de que «algo» extraño e intangible crecía en lo más íntimo de su ser. Su padre terrenal fue quien más se aproximó a la verdad. Pero, como ya dije, su repentina muerte le privaría de profundizar en tan singular misterio. En cuanto a la Señora, su idea de un Jesús mesiánico, revolucionario y libertador le iría distanciando del primogénito, llenándola de amargura. Su hermano Santiago me lo contaría a espaldas de su madre:

—En aquellos años, las graves discrepancias entre mis padres llegaron a oídos de Jesús. Él les escuchaba durante la noche. Creían que dormía, pero no era así. Mi madre no entendía el sentido de la misión de mi hermano y Maestro. Y se desesperaba al ver que Jesús no aceptaba sus directrices respecto al futuro. Ella pretendía que el «hijo de la Promesa» se alzara como un líder y que arrastrara a las masas, expulsando a los odiados invasores de Roma. Mi padre, en cambio, se inclinaba por una acción espiritual.

Quizá como una necesaria vía de escape, el joven Jesús intensificó las lecciones de música, dedicándose con ardor al cuidado y educación de sus hermanos. Este interesante capítulo —que espero poder desarrollar a su debido tiempo— le ocasionaría grandes alegrías y, cómo no, serios disgustos. En especial con José y Judas. Este último, durante bastantes años, fue el rebelde de la familia.

En agosto, al cumplir los doce años, tuvo lugar un pequeño incidente —apenas una anécdota— que refleja la sutil inteligencia de José y la innegable influencia que Jesús empezaba a ejercer sobre su familia y entorno. Una influencia que ya no cesaría.

Entre los judíos existía la costumbre —cada vez que se entraba o salía de la casa— de tocar la *mezuza* (un pequeño estuche rectangular de madera, incrustado en una de las jambas de la puerta, que contenía un minúsculo pergamino con los mandamientos divinos), llevándose los dedos a los labios. Pues bien, en uno de aquellos días, Jesús preguntó a sus padres sobre dicha tradición, haciéndoles ver que, desde su punto de vista, «el hecho de tocar la *mezuza* era un rito tan idolátrico como pintar o representar figuras humanas». Su lógica fue tan aplastante que, al día siguiente, ante el asombro del vecindario, José retiró el pergamino, aceptando los argumentos de su hijo. Con el tiempo, Jesús cambiaría muchas de las costumbres religiosas de su hogar. Sobre todo, las oraciones. El incomparable padrenuestro fue una de sus geniales innovaciones. Pero esto pertenece a otro momento de su fascinante vida...

Como consecuencia de estos esfuerzos para adaptarse —quizá la palabra apropiada fuera «someterse»— al criterio y voluntad de la mayoría en lo concerniente a las pautas sociorreligiosas, el adolescente caería al final del año en un profundo abatimiento.

Santiago, su hermano y confidente, explicó así las razones de este pasajero decaimiento moral:

—Honra a tu padre y a tu madre. Ellos te han dado la vida y la educación. Así dice uno de los principales mandamientos. Jesús tuvo que enfrentarse a ese arduo dilema. ¿Seguía los consejos de su conciencia, rechazando muchas de las ataduras religiosas tradicionales, o permanecía fiel a los deseos de nuestros padres?

El futuro rabí de Galilea no tardaría en sobreponerse a tan angustiosa incertidumbre. Una vez más, su decisión fue justa: conjugaría ambos criterios. Respetaría la voluntad de sus mayores y, en su momento, «se entregaría a la misión que empezaba a clarear en su corazón».

Lo que no sabía Jesús es que esos planes estaban a punto de naufragar brusca y estrepitosamente.

En el año 7, el de su trece aniversario, se consumó el salto de la infancia a la adolescencia. María, los hermanos de Jesús y la familia de Lázaro, en Betania, fueron mis puntuales informadores. Gracias a su bondad pude reconstruir las líneas maestras de tan decisivo año.

Su voz empezó a cambiar, apuntando hacia aquel grave y sonoro timbre que le caracterizaría. También su cuerpo experimentó importantes variaciones. Apareció el vello, anunciando la virilidad.

En la noche del domingo, 9 de enero, nacería Amos.

Judas tenía solamente catorce meses y Ruth, la hija póstuma de José, llegaría al mundo dos años más tarde.

En el mes de *adar* (febrero), Jesús había superado su abatimiento. A diferencia de los restantes jóvenes de Nazaret, en su mente bullían grandes ideas. Una de ellas, sobre todo, seguía germinando oscura y silenciosamente: «iluminar a la Humanidad. Hablar a los hombres de su Padre celestial».

Según la Señora, el feliz término de los exámenes en la escuela de la sinagoga contribuyó —y no poco— a sacarle de aquel retraimiento. Los trece años era una fecha solemne para las familias judías. Los hijos eran proclamados mayores de edad ante la Ley. Oficialmente se le consideraba «hijo mayor rescatado del Señor». En lo sucesivo, como cualquier adulto, el nuevo miembro de la comunidad de Yavé debería recitar el *Shema Israel* tres veces al día, proclamando así su fe en el Único. También se vería obligado a ayunar, en especial durante la fiesta de la Expiación, y a peregrinar a Jerusalén durante la solemne Pascua, disfrutando del derecho a unirse a los hombres en el templo. Ser «hijo de la Ley» constituía un orgullo y un motivo de intensa alegría, compartido por todos los parientes y amigos (1). Para estar presente en tan señalada festividad —el día del *Bar Mizvá*—, José regresó de Séforis el viernes anterior. El contratista había iniciado la que sería su última obra: un edificio público, planeado y subvencionado por Herodes Antipas.

Y el 20 de marzo Jesús vivió uno de sus momentos más felices. Al oír su reposada y pulcra lectura, todos se sintieron orgullosos de aquel joven, «que prometía días de gloria para Nazaret». Su viejo maestro, los ancianos y su propia familia se hicieron lenguas sobre el futuro que le aguardaba, trazando planes para su ingreso en las más prestigiosas academias rabínicas de la Ciudad Santa. El ardor de María

(1) Tan destacada fecha es celebrada incluso en la actualidad en la sociedad judía, con un carácter profundamente religioso. El joven es conducido con gran solemnidad del *kibbutz* a la frontera, donde deberá hacer una simbólica guardia armada, en defensa de la sagrada tierra de Yavé. En ocasiones se le extrae sangre, destinada a transfusiones. Hoy, como hace dos mil años, al llegar a su mayoría de edad, el muchacho judío se integra plenamente en la comunidad. *(N. del m.)*

y de sus convecinos fue tal que Jesús llegó a creérselo: acudiría a Jerusalén en un plazo máximo de dos años, a contar desde su decimotercer aniversario. Pero Jesús nunca llegaría a ser «rabí de Jerusalén»...

A primeros de abril, tras recibir su diploma, José le proporcionó una ansiada noticia: viajaría con ellos y asistiría a su primera Pascua. Aquel año caía en sábado, 9 de abril. Y el lunes, 4, un grupo de ciento treinta vecinos emprendió la marcha hacia Jerusalén. José hubiera deseado acortar camino atravesando Samaria, pero la mayoría de los peregrinos se opuso. Las relaciones con los samaritanos eran tensas. Y el viaje se desarrolló por Jizreel, hacia el valle del Jordán. El temido Arquelao había sido desterrado a las Galias un año antes y, en principio, nada hacía temer por la vida del «hijo de la Promesa». Su estancia en la Ciudad Santa —pensaron sus padres— no tenía por qué ser motivo de alarma. Una vez más se equivocaron.

El cuarto y último día de marcha, la carretera de Jericó a Jerusalén era un hervidero de peregrinos. A mitad de camino, Jesús, que acompañaba a su madre en el grupo de las mujeres, divisó por primera vez una colina que, con los años, le resultaría tristemente familiar: el Olivete.

—Cuando le advertimos que la Ciudad Santa se hallaba al otro lado —comentó María—, su rostro se iluminó y empezó a dar saltos de alegría. Mi entusiasmo se vino abajo cuando le oí decir que «allí estaba la casa de su Padre».

En aquel viaje, José y María conocerían a otra singular familia: la de Simón de Betania. El grupo acampó en las inmediaciones de la citada aldea y la Providencia quiso que el tal Simón, un próspero agricultor, atendiera en su casa al contratista de Nazaret. Así nacería una sincera amistad entre ambas familias y, muy especialmente, entre Jesús y el primogénito de Simón: Lázaro, un muchacho de su misma edad.

Al reemprender la marcha, los peregrinos tomaron la senda más corta —la que cruzaba el monte de las Aceitunas—, deteniéndose maravillados en la cima. Era el atardecer del jueves, 7 de abril del año 7. Jesús contemplaba Jerusalén por primera vez.

—No dijo nada —explicó su madre—. Pero yo sé que la magnífica vista de los palacios y del templo le emocionó.

Entramos rápidamente en la ciudad y nos dirigimos a la casa de uno de mis parientes. Era el único en Jerusalén que, a través de mi primo Zacarías, había conocido la historia de Juan y de Jesús. Recuerdo que cruzamos frente al templo y que tuve que regañarle sin cesar. Estaba loco de alegría. Jamás había visto tanta gente junta y, a cada momento, soltaba las riendas del burro, mezclándose entre la multitud.

Al día siguiente, el de la preparación, José tomó a su hijo de la mano y se presentó en una de las academias rabínicas, interesándose por los planes de estudio. Estaba decidido: al cumplir los quince años ingresaría en una de aquellas prestigiosas escuelas superiores. Pero la víspera de aquella Pascua, viernes, 8 de abril, sucedería algo que hizo dudar al primogénito. Sólo Santiago lo supo. Y él me lo narraría, tal y como lo escuchó de labios de su hermano mayor:

—«A la vista del templo y de la muchedumbre (me contaría Jesús años después) sentí como si un rayo de luz iluminara mi mente. Y mi corazón experimentó una gran piedad por aquellas confusas e ignorantes gentes. Mi misión empezaba a estar clara.» Creo, Jasón, que aquél fue un día decisivo en la vida de mi hermano y Maestro. Esa misma noche, según me contó, un ángel se presentó ante él en mitad de una intensa luz azul y le dijo: «Ha llegado la hora. Ya es el momento de que empieces a ocuparte de los asuntos de tu Padre.»

Como digo, este suceso pasó inadvertido para José y María. Si fue cierto —y no veo razón para dudar de la palabra del Maestro—, aquélla era la primera vez que Jesús tenía un encuentro con un ser sobrenatural. Desde entonces, su proceso interno —no sé si la expresión es acertada— se aceleraría. Era el principio de su gran carrera... Progresivamente, Jesús iría tomando conciencia de su auténtico origen, de su doble naturaleza (humana y divina) y de su cometido como Hijo del Hombre. Cualquier observador medianamente objetivo reconocerá conmigo que no podía ser de otra forma. Un Jesús-niño, consciente de su divinidad, habría resultado antinatural, lesionando su evolución intelectual. Era lógico que semejante descubrimiento fuera gradual.

A pesar de sus ilusiones, Jerusalén terminaría decepcionándole. Para ser exacto: el templo y sus cambalaches.

Los días que siguieron a la solemne fiesta de la Pascua los pasó callejeando y disfrutando del agitado ir y venir de los vecinos y de los miles de peregrinos llegados desde todo el mundo conocido. Fueron —según Santiago— unas jornadas de absoluta libertad, que tardarían mucho en repetirse. Su respeto por la Ciudad Santa era profundo y sincero. En especial, por la «casa de su Padre». Pero, al adentrarse en el «atrio de los gentiles», la decepción cayó sobre Él.

Aquel sábado, Jesús, en compañía de sus padres, atravesó el templo, yendo a reunirse con el resto de los muchachos que iba a ser oficialmente consagrado como «hijos de la Ley». El vocerío, los traficantes de monedas y la falta de compostura le desasosegaron. Pero su gran decepción empezó al ver cómo su madre se separaba de ellos, encaminándose al «atrio de las mujeres», el único recinto del templo autorizado a las hebreas.

—A mi hermano no le cabía en la cabeza que, en un día tan emotivo como aquél, nuestra madre no le acompañara en su ceremonia de consagración. Y se indignó.

Las desilusiones no cesarían ya en toda la jornada. Jesús tomó parte en los ritos de su consagración como «hijo mayor rescatado de Yavé», pero la frialdad, rutina y superficialidad de los sacerdotes le dejó perplejo. Aquello no guardaba relación alguna con el calor y el sentimiento de los oficios que se practicaban en Nazaret. En cuanto a los modos y maneras de los peregrinos, traficantes y prostitutas que llenaban el «atrio de los gentiles», fueron superiores a sus fuerzas. Como apuntó Santiago, «no había diferencia entre aquellas cortesanas, cambistas y comerciantes de ganado, especias, etc., y los que había visto en Séforis o Scythópolis». Visitaron igualmente el «patio de los pastores» y allí, a la vista de los sacrificios de los rebaños de corderos, estuvo a punto de vomitar. Los balidos de los agonizantes animales, los cuchillos, las manos chorreando sangre y la gélida mirada de los sacerdotes-matarifes rebasaron los límites de la resistencia de aquel adolescente, defensor a ultranza de los animales y de la naturaleza. El espectáculo le asqueó de tal forma que, tirando de su padre, huyó del recinto.

—José —añadió el segundo de los hijos— comprendió la desolación de Jesús e intentó suavizar el impacto, conduciéndole hasta la Puerta de la Belleza. Sus explicaciones ante la majestuosa obra de bronce de Corinto no surtieron efecto. Así que, tras recoger a mi madre, salieron del templo, dedicando buena parte de la tarde a pasear por Jerusalén. Mi padre deseaba que Jesús se calmara y entrara en razón. Pero eso era difícil. Mi hermano y Maestro era de ideas fijas. No aceptaba el derramamiento de sangre como medio para apagar la cólera del Todopoderoso. Es más: en plena discusión con mis padres se negó a creer en un Dios (bendito sea su nombre) justiciero y sediento de venganza. José, con toda su dulzura, le hizo ver que aquellas costumbres eran muy antiguas y que se ajustaban a la más pura ortodoxia. Pero Jesús replicó: «Padre, esto no puede ser verdad. El Padre de los cielos no puede mirar así a sus hijos extraviados. Él no puede amarme menos de lo que tú me quieres. Por muy imprudentes que sean mis actos, estoy seguro de que jamás te dejarás llevar por la cólera. Entonces, si tú, mi padre terrestre, eres capaz de perdonarme, ¿cómo será el de los cielos, infinitamente más bondadoso y misericordioso que tú?»

José y María guardaron silencio ante la lógica de su primogénito. Y confusos por tan extraña forma de interpretar al Padre Universal retornaron al domicilio de sus parientes. Simón, el de Betania, les había invitado a festejar con su familia la tradicional cena pascual. Y en compañía de otros familiares de Nazaret se reunieron en la hacienda del padre de Lázaro, en torno al cordero, el pan sin levadura y las también obligadas hierbas amargas.

—Siendo como era un nuevo «hijo de la Alianza» —comentó la Señora—, le pedimos que relatara el origen de la Pascua. Y Jesús lo hizo a las mil maravillas. Pero, como siempre —subrayó contrariada—, tuvo que dar la nota. En mitad de las explicaciones hizo alusión a lo que había visto y sentido en el templo, criticando los sacrificios y la irreverente presencia en el «atrio de los gentiles» de los comerciantes y «burritas». Yo me sonrojé. Lo siento, amigo Jasón: eran otros tiempos y no podía comprender su comportamiento...

En más de una ocasión me pregunté por qué el Maestro se negaba a comer el tradicional cordero pascual. (En la última cena, por ejemplo, no lo probó.) La raíz de tal actitud se hallaba en esta su primera visita al templo de la

Ciudad Santa. En su mente empezó a germinar la idea de una Pascua sin sangre y sin aquellos ritos, tan desagradables y contrarios a la verdadera esencia del Padre celestial.

—Esa noche dormimos mal. Jesús también se levantó en infinidad de ocasiones. Parecía preocupado. Se sentaba en el jardín, con la cabeza entre las manos, y así permanecía horas y horas. Su padre y yo nos mirábamos impotentes. No sabíamos qué le ocurría. Y lo peor es que no nos atrevíamos a preguntarle.

Santiago, que años más tarde viajaría a Jerusalén en compañía de su hermano mayor, sí conocía las razones de aquella inquietud. En la mente de Jesús bullía un sinfín de preguntas sobre la absurda teología de su pueblo. Preguntas que, poco a poco, irían encontrando respuestas.

El malestar de la familia de Nazaret ante el incómodo e inescrutable silencio de su primogénito fue tal que, una vez concluida la Pascua, José se planteó la posibilidad de adelantar el regreso a la Galilea. Pero sus amigos y parientes le convencieron para que esperase.

Al día siguiente, Jesús y su nuevo amigo, Lázaro, se dedicaron a «explorar» Jerusalén y sus alrededores. Aquellas correrías y «aventuras» le hicieron olvidar, en parte, sus angustias e incertidumbres. Y antes de concluir la jornada descubrirían «algo» que, pocos días después, daría lugar a otro «acontecimiento histórico»: ¡el único, en toda su infancia y juventud, que aparece en los evangelios! El posible lector de este diario habrá adivinado que estoy refiriéndome al incidente de Jesús con los doctores de la Ley. ¡Parece increíble que los evangelistas considerasen este suceso como el único digno de mención en toda la vida «oculta» (?) del Maestro!

Ese «algo» fue, ni más ni menos, la presencia en las proximidades del santuario de grupos de judíos que conferenciaban e intercambiaban preguntas y respuestas con los rabinos y doctores de la Ley. Desde aquel domingo, 10 de abril, Jesús no dejaría de acudir un solo día a las agitadas y espontáneas reuniones en el templo. Esta circunstancia me parece de especial importancia para entender mejor lo que sucedería días más tarde y que en el texto de Lucas (2, 41-52) aparece incompleto. A pesar de sus ardientes deseos de intervenir en las discusiones, el muchacho se contuvo, consciente de su juventud y de las restricciones que imponía la Ley a los nuevos consagrados. (Una vez transcurrida la semana de Pascua, los nuevos «hijos de Yavé» podían acceder a estas reuniones en el exterior del templo.)

El miércoles, 13 de abril, José y María le autorizaron a pernoctar en la casa de Lázaro, en Betania. Fue una noche inolvidable, en la que Jesús abrió su corazón, manifestando sus inquietudes. Desde aquellas confesiones, Lázaro fue ya un incondicional del joven primogénito de Nazaret.

Pero el momento de la partida de los peregrinos se acercaba y, antes de emprender el viaje de regreso a la Galilea, Jesús, en compañía de sus padres terrenales y del viejo maestro de la sinagoga de Nazaret, acudió de nuevo a la escuela rabínica elegida para sus estudios superiores. Y allí, definitivamente, quedó fijado su ingreso en la misma para el mes de agosto del año 9. Es decir, al cumplir los quince años.

«El resto de la semana —según mis informadores— transcurrió con normalidad. Jesús demostró un especial interés por las conferencias-coloquios del templo, así como por los muchos compañeros de consagración, llegados de los más remotos países. Dada su incorregible curiosidad, a nadie le extrañó que pasara las horas pegado a las rejas que separaban a estos grupos del resto de los gentiles y de la comunidad o en interminables interrogatorios con los jóvenes judíos procedentes de Egipto, Mesopotamia o de las vecinas provincias romanas del Extremo Oriente. Le interesaba y se preocupaba por todo: sus costumbres, sus métodos educativos, sus creencias...»

Estos contactos con la juventud de naciones tan distintas y distantes —estoy seguro— estimularon en Él sus dormidos deseos de viajar y conocer «sobre el terreno» otras formas de vida, otros pueblos, otros hombres. Un afán del que tampoco nos hablan los libros sagrados y que, sin embargo, como descubriríamos en nuestro segundo «salto», pudo y supo materializar «cuando sus obligaciones familiares se lo permitieron». ¡Qué equivocados están cuantos piensan y opinan que el Maestro jamás traspasó las fronteras de su país!

Y, al fin, los peregrinos de Nazaret se dispusieron a partir hacia la Galilea.

Fue un lunes, 18 de abril de aquel año 7, cuando el grupo se congregó en las proximidades del templo, partiendo hacia Betania. Ni María ni José, en la lógica agitación de los preparativos del viaje, se percataron de la ausencia de su primogénito.

Sinceramente, no pude entender semejante descuido y así se lo confesé a la Señora.

—Sí, tienes toda la razón —comentó sin el menor deseo de excusarse—. Deberíamos haber sido más cuidadosos. Pero ya sabes lo que ocurre en esos viajes multitudinarios... ¡Quién podía imaginar! Jesús era ya un miembro de pleno derecho de la comunidad y, en consecuencia, estaba obligado a viajar con los hombres. Así que, al no verle conmigo, pensé que iría en el grupo de cabeza, con José. Mi marido, por su parte, creyó lo contrario: que se había unido a las mujeres y que, como en el viaje de ida a Jerusalén, estaría a mi lado, conduciendo las riendas de nuestro burro. En fin, ¡un desastre!

—¿Y qué hizo Jesús? ¿Dónde estaba en el momento de la partida?

—Luego lo supimos. Aquella mañana, según su costumbre, acudió al templo, permaneciendo absorto en las discusiones entre los doctores de la Ley. Tanto su padre como yo sabíamos de esta afición. Pero, la verdad, no reparamos en ello hasta mucho después. ¡Mala suerte, Jasón!

Durante mi estancia en Betania, merced a las confidencias de Santiago, su hermano, y de la familia de Lázaro, tuve la oportunidad de «reconstruir» lo acaecido en aquellos cuatro días: desde ese lunes, 18, al jueves, 21, en que sus padres dieron con Él.

Hasta Jericó, final de la primera etapa, todo fue bien. Pero, al reunirse, José y María quedaron estupefactos. ¿Dónde estaba Jesús? Nadie le había visto. Sus esfuerzos fueron infructuosos. Preguntaron incluso a los últimos peregrinos que llegaban de Jerusalén. Ni rastro. Y, como es normal, nerviosos y desolados, empezaron a acusarse mutuamente.

—José se enfadó conmigo y yo con él. ¡Con decirte que estuvimos dos días sin dirigirnos la palabra!...

Quizá convenga hacer un pequeño paréntesis antes de

proseguir con los hechos. La parquedad del relato de Lucas primero y la tradición cristiana después han contribuido a forjar una imagen distorsionada de aquellos días. Los cristianos suelen juzgar esta «ausencia» de Jesús como una «pérdida». De hecho, la iglesia católica abrevia y titula este pasaje con una rotunda y errónea expresión: «el Niño perdido y hallado en el templo». Lucas, por descontado, no habla de extravío alguno (1). Ha sido la tradición la que ha malinterpretado los hechos. Como se verá, el «hijo de la Promesa» no estuvo perdido durante esos tres largos días. Sabía dónde estaba. Es más: a partir del mediodía (la hora sexta) de aquel lunes, Él tuvo conocimiento de la partida del grupo hacia Nazaret. Otra cuestión es por qué no salió tras la caravana. Dicho esto, prosigamos con los acontecimientos, tal y como me fueron narrados.

Hacia las 12 horas, las discusiones en el templo fueron interrumpidas, reanudándose poco después. Jesús, entusiasmado con los debates —más reposados y minoritarios desde el éxodo de los peregrinos—, no dio importancia a lo que, a todas luces, constituía una inexcusable negligencia por su parte. Permaneció en el «atrio de los gentiles» hasta la caída de la tarde, sin atreverse, de momento, a intervenir en las conferencias. Al anochecer se presentó en Betania, cuando la familia de Simón se disponía a cenar. Nadie le preguntó. Todos dieron por hecho que José y María conti-

(1)   En el capítulo 2 (versículos 41 al 50) del evangelio de Lucas se lee textualmente: «Sus padres iban todos los años a Jerusalén a la fiesta de la Pascua. Cuando tuvo doce años, subieron ellos como de costumbre a la fiesta y, al volverse, pasados los días, el niño Jesús se quedó en Jerusalén, sin saberlo sus padres. Pero, creyendo que estaría en la caravana, hicieron un día de camino, y le buscaban entre los parientes y conocidos; al no encontrarle, se volvieron a Jerusalén en su busca.

»Y sucedió que, al cabo de tres días, le encontraron en el templo sentado en medio de los maestros, escuchándoles y preguntándoles; todos los que le oían, estaban estupefactos por su inteligencia y sus respuestas. Cuando le vieron, quedaron sorprendidos, y su madre le dijo: "Hijo, ¿por qué nos has hecho esto? Mira, tu padre y yo, angustiados, te andábamos buscando." Él les dijo: "Y ¿por qué me buscabais? ¿No sabíais que yo debía estar en la casa de mi Padre?" Pero ellos no comprendieron la respuesta que les dio.» Como vemos, el evangelista, a pesar de haber recogido este suceso por terceras personas, no habla de «pérdida» o «extravío» de Jesús. Sencillamente, «se quedó en Jerusalén». *(N. del m.).*

nuaban en la ciudad y que el primogénito —como ocurriera el miércoles último— contaba con el permiso paterno para visitarles. Hoy, consecuencia de esa desinformación histórica, la imagen de un Jesús dócil, sumiso y «todo espiritualidad» choca necesariamente con la de aquel otro muchacho, capaz de desentenderse de su familia y de la angustia que ello provocó. Pero las cosas son como son; no como nos hubiera gustado que fueran...

Tras una noche en vela, en la que le vieron pasear por el jardín sumido en profundas meditaciones, Jesús partió de nuevo hacia Jerusalén, deteniéndose en la cima del Olivete. Esta vez fue Santiago quien me descubriría otro pequeño gran secreto de su hermano, ignorado —como tantos otros— por su propia madre.

—A la vista de la Ciudad Santa, mi hermano y Maestro lloró amargamente. Fue su primer llanto por Jerusalén. El segundo, como sabes, ocurriría muchos años después y por razones parecidas: la ceguera y pobreza espirituales de un pueblo, esclavizado por sus propias tradiciones y por las legiones romanas.

A la misma hora en que el entusiasta jovencito se presentaba en el templo —dispuesto a intervenir en las discusiones—, sus padres emprendían el regreso a Jerusalén.

—Nuestra ansiedad era tan dolorosa —matizó la Señora— que fuimos derechos a la casa de mis parientes, en la ciudad, sin detenernos siquiera en Betania. De haberlo hecho nos habríamos ahorrado muchos sinsabores.

José y María por un lado y sus familiares por otro le buscaron insistentemente, «peinando» Jerusalén. Entretanto, el primogénito —entregado en cuerpo y alma a los debates— no tardaría en destaparse, formulando toda suerte de preguntas. Lo impertinente y osado de muchas de ellas se vio suavizado al principio por la candidez e ingenuidad de su tono. Pero los eruditos e intransigentes doctores de la Ley no tardarían en impacientarse. El primer conato de indignación general se registraría cuando Jesús, con su habitual valentía y claridad, preguntó «si era lícito condenar a muerte a un gentil que —ebrio o inconscientemente— hubiera profanado las áreas sagradas del templo». Uno de los sacerdotes, nervioso, mirándole fijamente, preguntó su edad. «Me faltan cuatro meses —replicó el muchacho— para cumplir los trece años.» Y el doctor, fuera de sí, exclamó: «Entonces, ¿por qué estás aquí si no tienes la edad para ser un hijo de la Ley?»

Jesús le aclaró que acababa de ser consagrado y que era un estudiante de Nazaret. Al oír la palabra «Nazaret», la concurrencia estalló en una risa burlona. Y uno de los portavoces de los rabinos comentó sarcástico: «¡Teníamos que haberlo imaginado! ¡Es de Nazaret!»

Los comentarios y murmuraciones se dispararon, pero, de pronto, el doctor que presidía la asamblea ordenó silencio, señalando que aquellas censuras eran injustas. «Si los dirigentes de la sinagoga de Nazaret le han admitido a los doce años, en lugar de a los trece, sus razones tendrán...» No todos aceptaron este criterio. Y algunos de los doctores más ortodoxos se retiraron escandalizados. La mayoría, sin embargo, decidió que el inquieto adolescente tomara parte en los debates, en calidad de alumno. Sus primeros choques, por tanto, con la casta sacerdotal judía tuvieron lugar el martes, 19 de abril del año 7 de nuestra era: mucho antes de lo que todos creíamos.

Concluida esta segunda jornada, Jesús se retiró a Betania.

Su tercer día en el templo resultaría sencillamente triunfante. La noticia de un joven galileo —casi un niño—, dejando en ridículo a los presuntuosos escribas y doctores de la Ley, se difundió entre los habitantes de Jerusalén, que acudieron curiosos y divertidos a presenciar el «espectáculo». Uno de aquellos asombrados testigos fue Simón, el padre de Lázaro.

—José y yo buscamos también en el templo —manifestó la Señora— y llegamos a estar muy cerca de aquellos grupos de conferenciantes. Pero ¿quién podía suponer que el centro de tal atracción era nuestro hijo?

Sólo aquellas personas que alguna vez hayan sufrido la dolorosa desaparición de un ser querido —en especial de un hijo— podrán aproximarse al sufrimiento experimentado por el matrimonio de Nazaret durante las setenta largas horas que duró ese suplicio. ¡Setenta horas de insomnio, de lágrimas, de angustia y —¿por qué ocultarlo?— de desesperación! José y sus familiares no dejaron un solo lugar de la Ciudad Santa por escudriñar. Preguntaron incluso en la fortaleza Antonia, en el mercado de esclavos y en las posadas que albergaban habitualmente a los conductores de caravanas. Todo resultó inútil.

Entretanto, el templo seguía al rojo vivo. Las incesantes y agudas preguntas de Jesús levantaban murmullos de admiración, obligando a los eruditos a recapacitar. Varias de las interrogantes formuladas en aquel miércoles, 20 de abril, causaron una especial sorpresa e inquietud entre el auditorio. Fueron éstas: «¿Qué hay en verdad en el Santo de los Santos? ¿Por qué las madres de Israel deben separarse de los hombres en el interior del templo? Si Dios es un padre que ama a sus hijos, ¿por qué estos sacrificios de animales para ganar el favor divino? ¿Las enseñanzas de Moisés han sido malinterpretadas? Si el templo está consagrado a la adoración del Padre de los cielos, ¿es normal consentir la presencia de mercaderes y cortesanas en su atrio? El Mesías esperado, ¿será un príncipe transitorio que ocupe el trono de David o se tratará de una luz de vida en un reino espiritual?»

Fueron necesarias más de cuatro horas para que los doctores de la Ley salieran al paso de tales cuestiones. Los testigos de aquellos debates dialécticos quedaron prendados no sólo ante la sagacidad del muchacho, sino, muy especialmente, por la lealtad de su tono y planteamientos. Era evidente que Jesús no jugaba a competir. Sólo le interesaba una cosa: proclamar «su» Verdad. Una Verdad que ganaba terreno en su corazón y que ya nunca le abandonaría. Una Verdad tan inmensa como simple: proclamar la realidad de un Padre Universal que nada tenía que ver con aquellas sangrientas y coléricas interpretaciones judías.

Al anochecer, Simón le acompañó hasta Betania. Casi no hablaron. El padre de Lázaro, Marta y María estaba deslumbrado. Después de la cena, a pesar de los encendidos elogios de la familia, el «hijo de la Promesa» se retiró de nuevo al jardín, permaneciendo en soledad hasta altas horas de la madrugada. «En aquellos críticos momentos —según Santiago—, Jesús estrenaba su gran tragedia personal.» Todo un drama interno que se prolongaría durante años y del que ningún evangelista se ha hecho eco. Un angustioso dilema, vital a la hora de conocerle y de conocer su obra posterior. El Hijo del Hombre deseaba llevar la luz a su pueblo —revelarle la grandiosidad del Padre de todos—, pero, al mismo tiempo, dada su extrema juventud y las naturales ataduras familiares, no sabía cómo ni cuándo intentarlo. Y aquella noche, como tantas otras, intentó forjar un plan. Lógicamente, no lo conseguiría hasta casi veinte años después. Dos décadas en las que, a pesar del injustificable silencio de los supuestos escritores sagrados, Jesús de Nazaret apenas tuvo un minuto de respiro. Pero todo ello —Dios lo quiera— será narrado en su momento...

Y llegó el amanecer del jueves, 21 de abril. Esa mañana, mientras desayunaba en la casa de Simón, un comentario de la madre de Lázaro devolvió a Jesús a la cruda y prosaica realidad. «¿Cuándo partían hacia la Galilea?» El muchacho debió de percibir entonces la magnitud de la tragedia. Sus padres terrenales, suponiendo que hubieran seguido viaje, debían de hallarse ya en Nazaret. Pero sus ansias por aprender y la firme resolución de «ocuparse de los asuntos de su Padre» fueron más fuertes. Y por cuarta vez se presentó en el templo, enzarzándose en una delicada discusión sobre la Ley y los profetas. Los doctores y rabinos no salían de su asombro. Aquel jovencito no sólo conocía a fondo las Escrituras hebraicas, sino también su traducción al griego. La admiración del auditorio llegó a tal extremo que, nada más iniciarse el debate de la tarde, el presidente de la asamblea le reclamó a su lado, honrándole así ante los presentes.

Mi siguiente pregunta fue elemental:

—¿Cómo lograsteis localizarle?

María, visiblemente apenada por aquellos recuerdos, lo explicó sin rodeos:

—La noche anterior, una vez en la casa de mis parientes, José y yo escuchamos una extraña historia: un adolescente de Galilea venía reuniéndose en el templo con los doctores de la Ley, causando un gran revuelo con sus hábiles comentarios. Pero no caímos en la cuenta...

—No puedo entenderlo —le interrumpí—. Vosotros conocíais a Jesús mejor que nadie... ¿Cómo es posible que no sospechaseis?

La Señora negó con la cabeza y, resignada, añadió:

—No, Jasón. Te equivocas. Ni su padre ni yo le conocimos de verdad. Muy pocos supieron leer en su corazón. ¿Qué quieres que te diga? No nos cabía en la cabeza que nuestro hijo pudiera hacer una cosa así. Hasta tal punto es cierto lo que te digo que, esa misma noche, tomamos la decisión de salir de Jerusalén e iniciar la búsqueda en otra dirección. Iríamos a casa de mi prima Isabel. Y al día siguiente, pensando que Zacarías podía estar de servicio en el templo, nos presentamos en el «atrio de los gentiles». Dimos muchas vueltas, intentando localizar al marido de mi prima. Y pasamos cerca del nutrido grupo de curiosos que asistía a los debates. Hasta que (gracias a los cielos), en uno de aquellos angustiosos ir y venir, José creyó oír una voz familiar. Nos abrimos paso entre el gentío y, ¡Dios Todopoderoso (bendito sea su nombre), allí estaba mi hijo!, sentado en las escalinatas, discutiendo y preguntando como si tal cosa...

Los ojos de la Señora chispearon.

—¡Nunca llegué a entenderlo! Estábamos medio muertos de miedo y de aflicción, pensando incluso lo peor, y él..., ¡tan feliz!... ¡Te juro, Jasón, que en aquel momento me dieron ganas de abofetearle! Y me fui hacia él como una fiera. Pero José, consciente de la mucha gente que nos observaba, me retuvo por el brazo, lanzándome una significativa mirada. Yo supe lo que quería decirme, pero mi enojo (ahora lo lamento de veras) estaba más que justificado.

—¿Cómo reaccionó Jesús?

—Como siempre —estalló María—. Al principio se quedó mudo. Después se puso en pie y, con toda calma, esperó a que nos acercáramos. Y en mitad de un silencio de muerte, sin poder contenerme, le recriminé su inconsciencia, diciéndole: «¡Hijo mío, ¿por qué nos has tratado de esta manera? Hace más de tres días que tu padre, y yo misma, te estamos buscando desesperadamente!» Reconozco que ni siquiera le dejé hablar. «¿Cuál ha sido la razón para que nos hayas abandonado?»

—Y José ¿qué hizo?

—Nada. En sus ojos se leía el mismo disgusto, pero se mantuvo en silencio. Todo el mundo se volvió hacia Jesús, esperando una explicación. Fueron unos minutos muy desagradables. Y al fin, con una entereza y frialdad que todavía me aterra, replicó:

»—¿Por qué me habéis buscado tanto tiempo? ¿No esperabais encontrarme en la casa de mi Padre? ¿Es que no sabéis que ha llegado la hora de dedicarme a los asuntos de mi Padre?

»La situación se hizo realmente tensa. José y yo quedamos estupefactos. Y la gente, en silencio, se levantó y se fue. Entonces, en un tono conciliador, nos tomó por el brazo y, llevándonos hacia el exterior, comentó con dulzura:

»—¡Venid, padres míos! Cada uno ha obrado según su mejor voluntad. Nuestro Padre celestial ha ordenado estas cosas... Volvamos a casa.

»Esa misma tarde salimos para Nazaret. Yo estaba aturdida y destrozada. No entendía nada. Y al pasar junto al monte de las Aceitunas y oír aquellas enigmáticas palabras, mi confusión fue total...

—¿Qué palabras?

—De pronto levantó su bastón y, dirigiéndolo hacia la Ciudad Santa, exclamó con emoción:

»—¡Oh, Jerusalén..., Jerusalén! ¡Qué esclavos sois, sometidos al yugo romano y víctimas de vuestras propias tradiciones! ¡Pero volveré para purificar este templo y liberar al pueblo de esta esclavitud!

»Perplejos, no nos atrevimos ni a respirar. Estábamos desorientados. ¿Por qué hablaba así? Jasón, ¡era un crío! En aquellos momentos —se lamentó— no comprendimos sus proféticas palabras. Mejor dicho, fui yo quien las interpretó al revés... ¡Qué angustia cuando amas a un hijo y no logras descifrar sus inquietudes!

El viaje a la Galilea debió de ser terrible. Nadie hablaba. Jesús, durante los tres días de marcha por el valle del Jordán, apenas si despegó los labios. En cuanto a sus padres, por muchas vueltas que le dieran, seguían sin asimilar las duras frases de su primogénito en el templo. Esta humana actitud difiere de lo escrito por Lucas al final del segundo capítulo: «Bajó con ellos —se dice en los versículos 51 y 52— y vivía sujeto a ellos. Su madre conservaba cuidadosamente todas las cosas en su corazón. Jesús progresaba en sabiduría, en estatura y en gracia ante Dios y ante los hombres.»

Puedo estar de acuerdo con el confiado Lucas en casi todo, excepto en algo primordial. Cuando uno lee este párrafo tiene la sensación de que María entendía a la perfección cuanto hacía y decía su Hijo. Naturalmente que «su madre conservaba cuidadosamente todas las cosas en su corazón», pero la pregunta es: ¿las comprendía? La omisión por parte del evangelista de cuanto llevo relatado conduce a la falsa idea de que la Señora compartía los anhelos e incertidumbres de Jesús. Nada más lejos de la realidad. Si Lucas hubiera interrogado a María —cosa improbable—, su narración hubiera sido otra. ¿O quizá no? El propio escritor, posiblemente sin querer, se traiciona en el versículo 50: «Pero ellos no comprendieron la respuesta que les dio.» Ahí, sutilmente, se apunta la gran tragedia de unos padres que, en esos momentos y a lo largo de casi toda la vida del Maestro, no supieron leer en el corazón de su Hijo. Sus pensamientos e ilusiones, como ya manifesté, iban por otros derroteros..., más humanos. En el fondo resulta demoledor que el evangelista reconozca —aunque sólo sea de pasada— que sus padres terrenales no comprendieran «que Jesús debía ocuparse de los asuntos de su Padre celestial». En buena lógica, por sentido común, cualquier creyente debería sospechar que esa incomprensión no fue pasajera... ¿Por qué los evangelios no mencionan la reticente postura de María? La o las razones son fáciles de imaginar. De cara a las nacientes comunidades cristianas no debió parecerles muy edificante el contar «toda la verdad». Es decir, la realidad de una madre incapaz de entender los altos designios de su Hijo y en clara y abierta oposición a sus proyectos netamente espirituales. La Señora, como veremos más adelante, era una convencida patriota.

Al llegar a Nazaret, Jesús habló al fin con sus padres. Y después de una larga conversación les dio a entender que jamás volverían a sufrir por su causa. Su exposición finalizaría con estas palabras: «Aun cuando tenga que obedecer a mi Padre de los cielos, también obedeceré a mi padre en la Tierra. Esperaré mi hora.»

Lo que no sabía el «hijo de la Promesa» es que aquella sumisión a José tenía los días contados.

Este giro en la actitud de Jesús respecto a sus padres terrenales (en realidad, siempre les estuvo sumiso) y las encendidas frases del adolescente en las afueras de Jerusalén reavivaron las esperanzas mesiánicas de María. Y, olvidado el disgusto, se embarcó con todas sus fuerzas e inteligencia en la definitiva conducción de su primogénito hacia «sus» ideales nacionalistas. Recurrió incluso a su hermano —el granjero y «tío preferido de Jesús»—, con el fin de inculcarle la imperiosa necesidad de luchar contra Roma. «Él era el "hijo de la Promesa", el salvador de Israel, el Mesías, el judío llamado a ocupar el trono de David y encabezar a cuantos deseasen liberarse de la ignominiosa colonización romana.» Lo siento por los ingenuos y confiados cristianos que han mantenido una imagen místico-religiosa de María. Aquella brava mujer nada tuvo que ver con lo que ha pintado la tradición.

Sus desvelos para convertir a su Hijo en el gran líder de la revolución judía no tardarían en flaquear. Aunque el joven no volvió a desairarles, su distanciamiento era cada vez más acusado. Las consultas a José y María escaseaban. Se mantenía en silencio, aprovechando la mínima ocasión para retirarse a la colina del noroeste y caer en profundas meditaciones.

—¡Ah, Jasón! ¡Se nos escapaba de las manos! Desde la visita a Jerusalén, nunca fue el de antes. Obedecía, sí, pero su única obsesión era «hablar con su Padre celestial». Conversábamos en contadas ocasiones. Y, cuando lo hacíamos, siempre terminábamos discutiendo. En aquel tiempo empezó a sentir un especial rechazo hacia los sacerdotes corrompidos. Los había visto y oído en el templo y no entendía que pudieran ser nombrados por razones políticas. «Era un insulto», decía.

He aquí otra cuestión interesante. El recelo —que no odio— del Maestro hacia aquellas intransigentes, desleales e hipócritas castas de saduceos, escribas y fariseos nació justamente a sus doce años.

Como es natural, la visita a la Ciudad Santa también trajo consigo algunos aspectos positivos. La «hazaña» del muchacho entre los doctores de la Ley corrió de boca en boca por Nazaret, llenando de orgullo y satisfacción a sus profesores y convecinos. Y muchos empezaron a compartir las ilusiones de su madre: «de Nazaret surgiría un brillante maestro y, quizá, un jefe de Israel». Todos en la aldea aguardaban impacientes a que Jesús cumpliera los quince años y tuviera acceso al solemne acto de la lectura de las Escrituras en la sinagoga. Presentían que algo grande podía suceder en tan señalado *sabbat*. No se equivocaron... Pero antes, el Destino cambiaría el rumbo de la vida del Hijo del Hombre.

El año 8 de nuestra era, el primogénito alcanzó los catorce años de edad. Físicamente era un joven corpulento y de gran belleza, que destacaba por su penetrante mirada y sus acogedores modales. Siguió trabajando en su pequeño taller de carpintería, ampliando su especialidad —la fabricación de yugos— a otros menesteres como el cuero y la tela.

—Si continúa por ese camino —repetía José—, pronto será un hábil carpintero...

Pero, sin duda, uno de los hechos más notables de aquellos primeros meses pasaría desapercibido para sus padres y amigos. Quizá me he quedado corto al calificarlo de «notable»... Santiago, el hombre que más sabía de la infancia y juventud de su hermano mayor, supo guardarlo en lo más íntimo de su ser.

—Aunque a sus doce y trece años —me confesó— ya empezaba a intuirlo, fue por aquellas fechas, a punto de cumplir los catorce, cuando «la luz de los cielos» le iluminó y supo quién era en verdad. Yo no le entendía. Ahora sí le comprendo. Su mente se estaba abriendo a otra realidad. Fue algo gradual. Muy lento. Él me hablaba de estas cosas. Me decía que «su Padre celestial le había enviado» y que Él no era en realidad quien yo creía que era... Llegué a pensar que desvariaba o que algún demonio maligno le tenía poseído. Pero su conducta, su bondad y sentido de la justicia no eran propios de un loco.

Sus excursiones en solitario a la colina del noroeste se multiplicaron en los meses de julio y agosto. Muchos de sus vecinos le vieron pasear con la cabeza baja y las manos a la espalda, siempre absorto y ajeno a cuanto le rodeaba. Tan singular conducta afectó de nuevo a sus relaciones con José y María, que no lograban explicarse aquellos prolongados y enigmáticos paseos en soledad. Ciertamente —no podemos negarlo—, Jesús era un muchacho amable y brillante, pero difícil de entender. Era lógico. Y más aún en tales momentos y circunstancias.

—Ella quizá no te lo diga nunca —aseguró Santiago en una de nuestras largas entrevistas en la hacienda de Lázaro—, pero así fue. Por aquel entonces, mi madre empezó a dudar del prometido destino de mi hermano y Maestro.

—¿Por qué?

—Mi padre y ella lo comentaron entre sí en multitud de ocasiones: Jesús no hacía prodigios. Y todo el mundo en Israel sabe que un verdadero profeta está llamado a realizar grandes señales...

Esto era cierto. Las personas piadosas en Palestina estaban convencidas de que no podía haber profetas o Mesías..., sin milagros. Y el «hijo de la Promesa», al menos hasta los catorce años, no se había distinguido precisamente por dicha virtud. (Con ocasión de la tercera «aventura» descubriríamos que el Maestro sentía un notable rechazo hacia esta clase de manifestaciones, aparentemente «extranaturales».)

A pesar de la tensa situación familiar, José se las ingenió para ahorrar el dinero necesario, de cara al ingreso de su primogénito en la escuela rabínica de Jerusalén. Todo fue dispuesto —y bien dispuesto— para ese gran momento. Las cosas, al margen de estas incomprensiones, marchaban bien en el hogar de Nazaret. Los ingresos del contratista eran sustanciosos y en la casa no faltaban los alimentos, los vestidos ni las blancas piedras pulidas que servían de pizarras y en las que escribían y practicaban los hijos del matrimonio. Jesús fue autorizado a reanudar sus clases de música. El porvenir, en definitiva, parecía prometedor.

El 21 de agosto, María regalaría a su Hijo una espléndida túnica de lino confeccionada por ella misma.

—Jesús me abrazó emocionado, soltándome dos sonoros besos. Fue un día muy feliz...

Un mes y cuatro días más tarde, aquella felicidad se convertiría en tragedia.

—No puedo ni debo ocultarlo, Jasón. Teníamos nuestras diferencias. Discutíamos... Pero, en conjunto, la vida nos sonreía. Todo iba bien...

La Señora bajó los ojos. Pero, tras unos segundos de vacilación, reanudó sus explicaciones con idéntico coraje.

—Aquella mañana del martes, 25 de septiembre, todo se vino abajo. Un mensajero apareció en el taller de mi hijo y le anunció que José había sufrido un grave accidente. Al parecer, según dijo, había caído desde lo alto de una obra, en la residencia del gobernador, en Séforis...

La reciente crucifixión de su Hijo y el recuerdo de aquellos tristes momentos en Nazaret quebraron la voz de María. Y en mi garganta —no pude evitarlo— se formó un nudo.

—... Jesús y el mensajero vinieron a casa y, como buenamente pudieron, me explicaron que José se hallaba herido... Ninguno de nosotros podía imaginar la gravedad de la situación. Quisimos creer que nada malo le sucedería. Estábamos en un error. Jesús se empeñó en ir a Séforis, aconsejándome que me quedara en casa. Me negué, por supuesto. Todavía no sé cómo ni de dónde, pero eché mano de toda mi energía y se lo prohibí. Era yo quien debía correr a su lado. ¡José era mi marido, mi amor! Jesús obedeció y permaneció al cuidado de los niños. Yo, en compañía de Santiago y del mensajero, salí al momento hacia la ciudad. Cuando llegamos a Séforis, José había muerto.

Allí concluiría mi larga conversación con la Señora, en la casa de los Zebedeo, en Jerusalén. Días más tarde, en Betania, completaría el dramático y decisivo suceso: el contratista, fallecido a los treinta y seis años —prácticamente a la misma edad en que moriría Jesús—, sería conducido al día siguiente hasta Nazaret, siendo inhumado junto a sus antepasados.

De un golpe, la vida del «hijo de la Promesa» y de toda su familia quedó en suspenso. A partir de aquel 25 de septiembre del año 8, nada sería igual. Jesús acababa de convertirse en el nuevo cabeza de familia. Ello significaría el definitivo adiós a sus estudios en Jerusalén, a los sueños de grandeza de María y, lo que era más importante, a la inminente puesta en marcha de sus acariciados planes para «revelar a los hombres la maravillosa realidad de su Padre celestial». A sus catorce años recién cumplidos, el Hijo del Hombre se disponía a experimentar otra dura etapa de su encarnación en la Tierra. De la noche a la mañana saltaría de la infancia y adolescencia a una prematura juventud (casi a la madurez), plagada de dificultades, dudas, decepciones, miedos, pobreza (un capítulo decisivo) y «sueños». Todo un ciclo trascendental del que ningún evangelista quiso ocuparse.

Como creo haber escrito, este dilatado y apasionante período de la mal llamada «vida oculta» del Maestro —más de dieciséis años— merece un tratamiento aparte. En consecuencia, aplazaré su narración hasta nuestra histórica entrada en la aldea de Nazaret, durante el segundo «salto».

Y el diario del mayor —como queda dicho— prosigue así:

«... Bartolomé y el Zebedeo cargaron sendos sacos y yo, como uno más, me responsabilicé del pellejo que contenía el agua. Y rápidamente, tras un mutuo y lacónico "que la paz sea con vosotros", Judas de Alfeo empujó la lancha hacia el *yam*, saltando al interior. Minutos después los gemelos se perdían en la plomiza superficie de las aguas, rumbo a Saidan.

»Y Natanael, tomando la iniciativa, se puso en cabeza de la expedición, adentrándose en la llanura que nos separaba de Hamâm. Inspiré con fuerza y, dirigiendo una última mirada al lejano promontorio en el que esperaba mi hermano, me situé inmediatamente detrás de Juan, cerrando la escueta comitiva.

»Una nueva y excitante aventura acababa de empezar... ¿Qué sorpresas me deparaba el Destino en Nazaret? ¿Tendría ocasión de verificar los más destacados sucesos de la infancia y juventud del Hijo del Hombre? ¿Vivirían aún sus viejos maestros, amigos y convecinos?...»

Agosto de 1987.

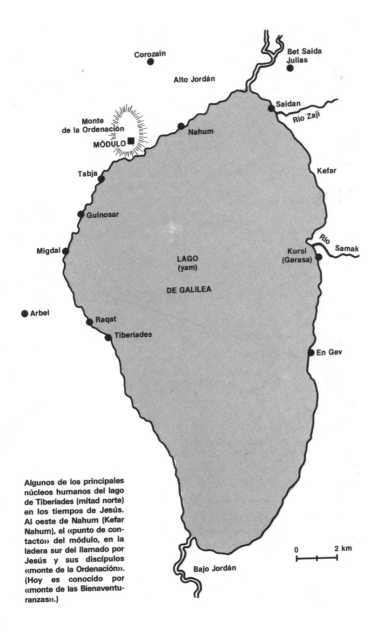

Corozaïn

Bet Saida
Julias

Alto Jordán

Saidan

Río Zají

Monte
de la Ordenación
MÓDULO

Nahum

Kefar

Tabja

Guinosar

Río Samak

Migdal

Kursi
(Gerasa)

LAGO
(yam)

DE GALILEA

Arbel

Raqat

Tiberíades

En Gev

Algunos de los principales
núcleos humanos del lago
de Tiberíades (mitad norte)
en los tiempos de Jesús.
Al oeste de Nahum (Kefar
Nahum), el «punto de con-
tacto» del módulo, en la
ladera sur del llamado por
Jesús y sus discípulos
«monte de la Ordenación».
(Hoy es conocido por
«monte de las Bienaventu-
ranzas».)

Bajo Jordán

0   2 km

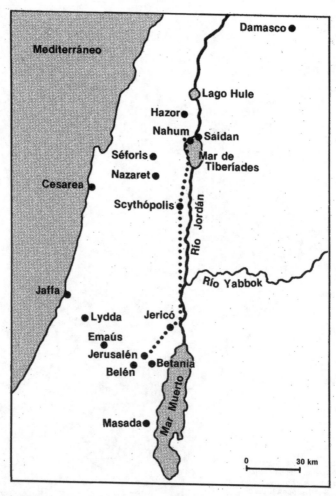

Israel en el siglo I. En línea de puntos, la trayectoria seguida por la nave desde el monte de los Olivos, al este de Jerusalén, hasta el noroeste del «yam» o mar de Tiberíades.